朱熹佚文辑考

束景南 ◎ 撰

上海古籍出版社

图书在版编目（CIP）数据

朱熹佚文辑考 / 束景南撰. -- 上海 : 上海古籍出版社, 2024. 12. -- ISBN 978-7-5732-1346-4

Ⅰ. I206.44

中国国家版本馆 CIP 数据核字第 2024DV2867 号

朱熹佚文辑考
束景南　撰

上海古籍出版社　出版发行

（上海市闵行区号景路 159 弄 1-5 号 A 座 5F　邮政编码 201101）
（1）网址：www.guji.com.cn
（2）E-mail：guji1@guji.com.cn
（3）易文网网址：www.ewen.co
上海展强印刷有限公司印刷
开本 890×1240　1/32　印张 20.25　插页 5　字数 454,000
2024 年 12 月第 1 版　2024 年 12 月第 1 次印刷
印数：1—1,100
ISBN 978-7-5732-1346-4
B·1423　定价：118.00 元
如有质量问题，请与承印公司联系
电话：021-66366565

出版说明

《朱熹佚文辑考》为清陈敬璋《朱子文集补遗》以降，第一部朱熹集外佚文辑佚之作。初版于1991年由江苏古籍出版社（今凤凰出版社）出版，广受好评。然因种种原因，未能再版。

此次出版，作者略作修订：一、删去《山茶》《梅》两篇；二、改正初版考订、行文、引文等方面的疏失；三、因《训蒙绝句》《婺源茶院朱氏世谱》《〈诗集解〉辑存》三篇录文篇幅较大，且《朱熹佚诗佚文全考》已全文收录，故根据编辑建议，保留文首考辨文字，录文部文以"文参《朱熹佚诗佚文全考》"形式予以说明，不再收录。

在个别佚文的考辨上，作者在《朱子大传》《朱熹年谱长编》上有所修订，可参考。此处一仍其旧。

特此说明。

上海古籍出版社
2024年11月

目 录

叙 ··· 1

第一编　朱熹佚文辑考编年 ································· 1
春日过上竺 ·· 3
访昂山支公故址 ·· 6
题烂柯山 ··· 8
与彦修少府帖 ··· 9
赠内弟程允夫 ··· 10
与程允夫 ··· 12
答汪次山书 ·· 14
乞汞帖 ·· 16
曾子固年谱序 ··· 17
曾子固年谱后序 ·· 17
题凤山庵 ··· 23
夜叹 ··· 25
岱山岩访陈世德光同年 ······································· 27
题梵天法堂门扇 ·· 28
题陈廷佐亭 ·· 28
答许平仲 ··· 29

过飞泉岭	30
刘氏像赞	32
训蒙绝句	34
与汪应辰	35
芹溪九曲诗	37
训学斋规	39
书少陵送路六侍御入朝诗寄伯恭	44
批柯国材《辩孟》	47
丰城荣光书院	48
与汪应辰书	49
与祝直清书	51
问张敬夫	53
毋自欺斋铭	56
重过南塘吊徐逸平先生	58
南岳唱酬诗	60
登刘园宴坐岩有怀	62
与刘晦伯书	63
太极图说解二稿残文	65
龙光书院心广堂记	70
送汪大猷归里	73
游昼寒	75
题米敷文楚山秋霁图卷	78
问吕伯恭	79
《中庸章句》二稿残文	82
问张敬夫	88

汪端斋听雨轩	90
与陆子静	92
题响石岩	93
过德兴县叶元恺家偶题	95
题程烨程燧兄弟双桂书院	96
与吕子约	98
仙霞岭	99
跋睢阳五老图卷并诗	100
勉学箴	102
琴坞记	103
书离骚经	104
淳熙戊戌七月廿九日早发潭溪西登云谷取道芹溪友人丘子野留宿因题芹溪小隐以贻之作此以纪其事	105
题响石岩	106
建阳县学藏书厨铭	107
与金希傅二书	108
南塘诗	110
跋延平本《太极通书》后	111
米敷文潇湘图卷二题	113
题卧龙潭	115
赠刘虚谷	116
拙逸子说	117
与时宰二札	118
与陆子静	122
与傅安道书	123

题华盖石 …………………………………………… 124

华盖石 ……………………………………………… 125

昭德源 ……………………………………………… 125

庐山双剑峰 ………………………………………… 125

鹤鸣峰 ……………………………………………… 126

狮子峰 ……………………………………………… 126

与刘子澄书 ………………………………………… 127

北双剑峰 …………………………………………… 128

隆冈书院四景诗 …………………………………… 129

戒子塾文 …………………………………………… 132

范浚小传 …………………………………………… 133

与杨德仲贡士柬 …………………………………… 135

题水帘洞 …………………………………………… 137

与黄直卿 …………………………………………… 138

题景范庐 …………………………………………… 139

题任氏壁 …………………………………………… 141

游会稽东山 ………………………………………… 143

夜宿洪亭长家 ……………………………………… 144

对菊 ………………………………………………… 144

唐门山将军岩 ……………………………………… 146

题陶渊明小像 ……………………………………… 147

题壁格言 …………………………………………… 148

致某人札子 ………………………………………… 150

跋北宋拓真定武兰亭叙五字殊字未损本 ………… 152

右军宅 ……………………………………………… 154

与季观国	155
访竹溪先生	156
与徐逸书	158
谒二徐先生墓	159
追和徐氏山居韵	161
题东屿书院	162
与陆放翁帖	163
咏南岩	165
咏一滴泉	168
方池	169
与某人帖	170
校定急就篇(拾遗五条)	173
寄石斗文	174
摩崖三刻	176
廓然亭	178
游灵石诗	179
与陆子静	180
与陆子静	181
与陆子静	182
答詹体仁书	183
与陆子静	185
鼓山题刻	186
与某人帖	187
与岳霖书	189
与某人书	191

与王齐贤帖 …… 192
与某人帖 …… 193
与某人帖 …… 195
与志南上人二帖 …… 197
跋任伯雨帖 …… 199
陈文正公像赞并序 …… 201
复学者书 …… 205
与学者书 …… 206
挽崔嘉彦 …… 207
跋屏山先生友石台记 …… 210
与程绚 …… 212
与陆子静 …… 214
与马会叔六书 …… 215
对镜写真题以自警 …… 219
砚铭 …… 221
蔡忠惠像赞 …… 222
王氏谱序 …… 223
书嵩山古易跋后 …… 224
金榜山记 …… 226
金榜山 …… 226
祭南山沈公文 …… 228
与陆子静 …… 230
跋陆子强家问 …… 232
与程允夫二书 …… 233
贻朝士书 …… 234

与潘文叔明府书 …… 236
与某人书 …… 237
致教授学士 …… 238
石刻题词 …… 240
与汪会之书 …… 241
与汪会之书 …… 244
登福山远眺 …… 246
崇真观 …… 247
何君飞仙 …… 248
与赵子直 …… 250
昙山题诗 …… 251
昙山题名 …… 252
挽王德修 …… 254
和欧阳庆嗣 …… 255
与程允夫 …… 256
与程允夫 …… 257
与程允夫 …… 258
与吕子约 …… 262
与汪时法书 …… 263
梅花赋 …… 265
紫岩周氏谱序 …… 268
书《禹贡》九江彭蠡说后示诸生 …… 269
与杨通老 …… 271
跋曾景建作送蔡季通赴贬诗 …… 272
小均四景诗 …… 273

与某人帖 …………………………………… 276
与陈景思 …………………………………… 277
与某人书 …………………………………… 278
与度周卿书 ………………………………… 281
与庐陵后生 ………………………………… 283
与徐允叔 …………………………………… 286
徽州传朱子切韵谱 ………………………… 287
与侄六十郎帖 ……………………………… 289
与胡伯量 …………………………………… 291
与黄商伯 …………………………………… 292
济南辛氏宗图旧序 ………………………… 293
济南辛氏宗图原序 ………………………… 293
论语颜渊注稿 ……………………………… 302
跋尹和靖书伊川四箴 ……………………… 313
无题 ………………………………………… 314
题字 ………………………………………… 315
胡氏族谱序 ………………………………… 316
虱箴 ………………………………………… 317
蚤箴 ………………………………………… 317
与彭凤仪 …………………………………… 318
拾遗十一则 ………………………………… 319

第二编　单著辑录 …………………………… 323
婺源茶院朱氏世谱 ………………………… 325
《诗集解》辑存 …………………………… 328

第三编　语录抄存 ······ 337
师友问答 ······ 339
师训拾遗 ······ 345
岳麓问答 ······ 347
周佋记语录 ······ 358
黄有开记语录 ······ 364
黄显子记语录 ······ 369
精舍朋友杂记 ······ 379
吕煇记语录 ······ 381
吕德明记语录 ······ 393
蔡念成记语录 ······ 395
过庭所闻 ······ 396
林恪记语录 ······ 397
周标记语录 ······ 398
王遇记语录 ······ 399
范元裕记语录 ······ 400
蔡聚记语录 ······ 401

第四编　朱熹著作真、伪、编、佚考 ······ 403
朱熹文集编集考 ······ 405
朱熹语录编集考 ······ 418
朱熹前《四书集注》考 ······ 439
《四书集注》编集与刊刻新考 ······ 468
朱熹作《周易本义》与《易九图》、《筮仪》真伪考 ······ 479
朱熹未作《古易音训》考辨 ······ 492

朱熹作《易传》考 …………………………………… 496
朱熹校正程氏《易传》及《晦庵先生校正周易系辞精义》
　真伪考辨 ………………………………………… 504
朱熹作《诗集解》与《诗集传》考 ……………… 513
朱熹《家礼》真伪考辨 …………………………… 530
朱熹作《训蒙绝句》考 …………………………… 544
朱熹南岳唱酬诗考 ………………………………… 562
朱熹著述补考十种 ………………………………… 580
朱熹诗文辨伪考录 ………………………………… 601

叙

　　晦庵生平著述之富,古今鲜匹。当乾道淳熙之际,临安酣歌醉舞,苟安氛雾遍被东南半壁,晦庵乃以一代儒宗,岿然崛起闽中,遂成有宋理学泰斗。唯其一生讲经授徒,著述论学,以倡道为己任,总其仕历,未及七考;而交游之广,足迹几遍八闽,一上匡庐,二涉湖湘,七赴都下,江西浙右皖南,为其出入驰骋之地,固彬彬多道学弟子焉。因其学问涉猎,无有涯涘,丹经佛门,俱尝深窥;羽客方士,皆乐与游;乃至三教九流,乞铭求跋、假名自重者接踵,故友亲旧,往札还书、附骥自荣者无断。遂使从游弟子,多怀遗录;偶交士人,常存私篇。又况其雅嗜山水,踪迹所至,必欲访友问学,交结高隐,谈性说命、讲禅论法之余,携子吟咏,唱酬于花间林下,烟云台榭之中,多有即兴之馈,信笔之题,醉墨之书,兴尽人去,盖初未尝思辑其咏其题以传也。故其诗文题刻多有散在海内,冷落山间,手札真迹,私家宝之,秘不轻出,卒或入家牒宗谱之传,或载方志金石之书,或录图书艺术之编,帝宫摩挲,鉴家珍玩,拥片楮而为奇货,视儒圣几如古董,然则诗文散佚亦可谓巨矣。早年声名未显之时,学问大旨未立之际,所作之亡尤多,家藏石刻之序,南丰年谱之订,困学恐闻之编,毛诗集解之作,皆其荦荦大者,宜乎白田慨然有"文集之遗逸亦多矣"之喟也。或思裒聚,而书海浩瀚,望而生畏;鱼珠莫辨,翻成覆瓿。尝考朱熹之文,初因党禁峻厉,未能成编。迨嘉定禁弛,方由朱在编辑成集,已多有佚。旋有续集、别集继刻,又惜采辑不广,未加遍访尽搜之功。至宋末有前集四十卷、后集九十一卷、续集十卷、别集二十四卷本出,收辑堪称巨富,然历世唯知拜朱熹为无上偶像,神其人而蔑其文,是巨编入元竟佚。至清方有朱玉大全类编之纂,补辑遗诗二十余首,真伪错舛,无有考辨,难免狗尾续貂之讥。嗣后虽治朱熹名家纷出如云,而或已苦其现存卷帙浩繁,又何暇问津辑佚耶? 余也晚生,既愚且阎,不自知谫陋,妄欲辑考朱熹逸篇,以复前后续别集本原貌,累年兀兀,穷古籍数千余种,钩玄阐幽,海搜山抉,爰成是编。大抵是书辑考并重,厘为四类:凡今文集未收诗文,残简零章,一一采辑,以余所见,附以考辨,按年编次;单著前人未有辑者,考订抄存;语录不见于朱子语类大全者,取其精而有据者为一集;凡朱熹生平著述之真、伪、编、佚,乃就其有争议之重要悬案误说,详与考辨,自创新解,用殿其末。窃自谓余之所辑,剔伪存真,多原在前后续别集本中;余之所考,发覆订误,或稍可补前人之所未备。有是一编,或有裨于探究朱熹生平与思想演变之迹,于朱熹文集专著之外,复睹晦翁一重真面目欤? 惟自思学识浅薄,善本秘笈,未能尽窥;墨宝真迹,无从亲睹;朱熹卜居过游之地,未尝一一寻访;近岁发现资料,更无得问鼎染指。自知采辑多有遗误,考辨多存阙疑,欲俟再订。井蛙之见,或竟以伪当真,在所难免。尚祈海内通人,纠其讹谬,补其遗阙,他日重镂,得成完璧,是所愿焉。甲子九月景南识于姑苏十方立书轩。

第一编　朱熹佚文辑考编年

春日过上竺（绍兴十八年，1148）

竺国古招提，飞甍碧瓦齐。
林深忘日午，山迥觉天低。
琪树殊方色，珍禽别样啼。
沙门有文畅，啜茗漫留题。

上诗见释广宾《杭州上天竺讲寺志》卷十四《诗文纪述品》，又见《武林梵志》卷五"上天竺寺"条。《古今图书集成·方舆汇编·山川典》第二百九十卷《西湖部》录此诗，题作《天竺》，乃随意妄改。上天竺寺在西湖上天竺山，建于后晋天福四年。《武林梵志》卷五"上天竺寺"云："晋天福间，僧道翊……得奇木，刻画观音大士像。后汉乾祐间，有僧从勋自洛阳持古佛舍来置顶中……吴越主尝梦白衣人求葺其居，寤而有感，遂建天竺观音看经院……建炎四年，乌珠入临安，高宗逊于海，乌珠谒天竺，问知观音本始，乃举之舆中，与《大藏经》并徙……乾道三年，建十六观堂。七年，改院为寺，门扁皆御书。庆元三年，改天台教寺。"是寺为天台法华胜地，南宋公卿士子多好来游观题诗，皇帝后妃尤好请上竺观音赐福消灾。按朱熹生平七入都下，唯绍兴十八年春试中进士与二十年铨试中等，乃春间在临安。据《宋史·高宗纪》，绍兴十八年正月己巳高宗赵构驾幸上天竺礼佛问法，惊动都人举子，故是诗应为朱熹该年首来临安应试前游上天竺所作。盖宋时赴考举子常来上天竺祈梦，问卜科场吉凶。二月十九日又为观音大士诞辰，天竺大作道场，都人倾城往观烧香，尤招引入都举子往游。朱熹十八岁前后正为其耽嗜佛理而好访禅问老之时。《语类》卷一百零四辅广录云:"某年十五六时,亦尝留心于此。一日,在病翁所会一僧,与之语,其僧只相应和了说,也不说是不是,却与刘说:'某也理会得个昭昭灵灵底禅。'刘后说与某,某遂疑此僧更有要妙处在,遂去扣问他,见他说得也煞好。及去赴试时,便用他意思去胡说……试官为某说动了,遂得举。"病翁刘子翚与上天竺寺关系尤密,《刘氏宗谱》卷一载靖康二年刘子翚兄弟护刘韐柩归葬,尝将嘉兴田舍上天竺寺"以副素志"。今《屏山集》卷十六亦有《过天竺寺》等,可见其与上天竺寺僧甚熟。故朱熹来访上天竺寺僧或出于刘子翚介绍。上天竺寺因高宗孝宗常驾幸、赐田、赠匾而名著佛界士林;而天台宗以"一心三观"、"三谛圆融"为宗旨,尤以借"方便法门"调和儒佛道为其特点,与朱熹其时崇儒而出入佛老尤为契合,自必心向往之,到寺谈禅留题也。"文畅"乃借唐释名,何人未详。《鹤林玉露》甲编卷四《朱文公词》条云:"世传《满江红》词云:'胶扰劳生,待足后何时是足?据见定随家丰俭,便堪龟缩。得意浓时休进步,须知世事多翻覆。漫教人白了少年头,徒碌碌。谁不爱,黄金屋;谁不羡,千钟禄。奈五行不是,这般题目。枉费心神空计较,儿孙自有儿孙福。也不须采药访神仙,惟寡欲。'以为朱文公所作。余读而疑之,以为此特安分无求者之词耳,决非文公口中语。后官于容南,节推翁谔为余言,其所居与文公邻,尝举此词问公。公曰:非某作也,乃一僧作,其僧亦自号'晦庵'云。"《全宋词》录此词,于僧晦庵未有考。按僧晦庵即慧明法师,为上天竺僧,《杭州上天竺讲寺志》卷五《别传》:"宋晦庵慧明法师,盐官人。剃染祥符寺,后诣上竺慧光僧录轮下听习,二十年间不舍昼夜,顿了一家教观之旨。初住慧通,后赴循王府待制位,请迁富春兰若,寻投菁山常照,与叶公守枯槁,为净土归欤之计,兼诵《法华》等经。庆元己未抱疾,垂革,弟子请作颂,乃书'骨头只煨过'五字付之,累足泊然而逝。天乐沸然,舍利无数。"据此,知朱熹与上天竺寺僧确有交往相识,疑诗中"文畅"即指僧晦庵,盖由庆元上推二三十年,正为僧晦庵慧明法师于上天竺寺习"教观之旨"之时也。所谓节推翁氏所居与文公邻者,翁氏居崇安白水村,与朱熹妇翁白水刘勉之同邻而有联姻,朱熹《文集》卷九十二《司农寺丞翁君墓碣铭》云:"世家建宁府崇安县之白水村……予妇家与君有连姻,得早从君游,相期甚厚。"又卷八十三《跋赵忠简公帖》亦云:"翁又胡侍郎(寅)妻兄……予与翁亦亲旧,知之尤详。"(参见朱熹《刘勉之墓表》)朱熹少时已同翁氏"相期甚厚",而刘勉之亦好佛老,专同径山宗杲大弟子道谦、宗元说佛谈禅,则朱熹之访上天竺僧或亦出于白水翁氏与刘勉之介绍也。据诗末"啜茗漫留题"一句,知该诗乃题于上天竺,故不为世人所知,未入文集,而卒存于佛寺志中也。

访昂山支公故址（约绍兴十八年，1148）

支公肯与世相违，故结高堂在翠微。
青菜漫随流水去，黄彪时逐暮云归。
乔林挂月猿来啸，幽草生风鸟自飞。
八万妙门能测度，个中独露祖师机。

上诗见《（同治）广信府志》卷一之二《地理·山川》，云："昂山，东连贵溪，西接梅潭，南入福建，北带上清溪，广四十余里，山形昂耸，物产蕃庶……晋僧支遁居此山，朱子访其遗迹，题曰'昂山胜境'。"又卷九之十三《人物》朱熹条下引《弋阳志》，称其"又憩芗北十四都，其故址后人为构橼……又芗南七十都兴山寺，亲额'昂山胜概'四字，又作《上清桥记》"。今朱熹《文集》卷八十有《信州贵溪县上清桥记》。按朱熹入浙或赴临安，往返途中皆可往贵溪游昂山，其赴南康军任和知潭州则必经贵溪，隆兴二年其往豫章吊张浚丧，乾道三年往长沙访张栻，亦经贵溪（见《东归乱稿》），其游昂山并咏诗题额自属可能。然以此诗内容观之，禅气十足，尊崇支氏"八万妙门能测度"，则必作于其任同安簿前出入佛老之时，盖为早年尚未弃释信儒时佚作也。支遁名道林，般若学六家七宗之一即色宗之代表。《世说新语·文学》注引其《妙观章》云："夫色之性也，不自有色。色不自有，虽色而空，故曰色即为空，色复异空。"其所作《即色游玄论》今佚，而元文才《肇论新疏》云："东晋支道林作《即色游玄论》……彼谓青黄相等相，非色自能，人名为青黄等，心若不计，青黄等皆空，以释经中色即是空。"（《大正藏》第四十五卷）此诗中"青菜漫随流水去，黄彪时逐暮云归"，实即形象发挥支氏"色即是空"之说,而称之为"个中独留祖师机"。盖南宋时《即色游玄论》尚未佚,故朱熹可得见而于诗中言之也。按朱熹绍兴十八年以禅僧之说中举,曾寻访远游,过上天竺寺留诗,谒江山龟山门人徐逸平等,见《文集》卷八十一《跋徐诚叟赠杨伯起诗》;二十年铨试中等,又曾寻访远游,北谒湖州尹焞门人徐度等,见卷七十一《记和静先生五事》(参见下《范浚小传》所考)。两次远游均在其泛滥佛老之时,而途中均可经贵溪往游昂山,故此诗之作非在绍兴十八年,即在绍兴二十年也。

题烂柯山（绍兴十八年，1148）

局上闲争战，人间任是非。
空教采樵客，柯烂不知归。

上诗见《衢州府志》卷三，《古今图书集成·方舆汇编·山川典》第一百二十九卷《烂柯山部》亦载此诗。《浙江通志·山川》："烂柯山，在衢州府城南二十里，一名石室，道书谓为青霞第八洞天烂柯福地。晋樵者王质入山，见二童子对弈，观之，局方终而柯已烂，即于此地。"又《西安县志·山川》："烂柯山，在（西安）县南二十里，一名石室，下有石梁，道书谓青霞第八洞天烂柯福地……下有寺名石桥寺，山径幽寂，有虬松数株，皆千余年物，名'战龙松'……后临深谷，山腰裂一隙才径寸，长十余丈，窥见山外天日，名'一线天'。"按衢州为朱熹由闽入都必经之地，烂柯山在江山县与西安县之间，故如绍兴十八年赴临安中试后访江山徐诚叟、乾道三年经江山吊徐诚叟、淳熙三年归婺源经江山以及淳熙九年浙东提举任上等，均可往游烂柯山（详参见下《重过南塘吊徐逸平先生》所考）。然以此诗考之，朱熹访游道家洞天福地而以神仙之说入诗，应在其早年泛滥老佛之时，或即在绍兴十八年也。

与彦修少府帖（疑绍兴十九年，1149）

熹顿首彦修少府足下：别来三易裘葛，时想光霁，倍我遐思。黔中名胜之地，若云山紫苑，峰势泉声，犹为耳目所闻睹，足称高怀矣。然猿啼月落，应动故乡之情乎！熹迩来隐迹杜门，释尘芬于讲诵之余，行简易于礼法之外，长安日近，高卧维艰，政学荒芜，无足为门下道者。子潜被命涪城，知必由故人之地，敬驰数行上问，并附新茶二盏，以贡左右，少见远怀。不尽区区，熹再拜上问修彦少府足下，熹仲春六日。

上帖见《故宫历代法书全集》十四宋册五。按此帖广为流布，其真迹刻入《三希堂法帖》。行书，凡十七行，盖为朱熹书法之代表作品也。彦修少府，未详。刘子羽字彦修，然与此不合。观辞气风格似早年之作。宋人称县尉为"少府"，此彦修当尉于黔中某县而与朱熹同居崇安者，历考朱熹生平交游，惟一刘如愚明远尝尉于黔蜀之地，朱熹早年与之唱酬交游尤密，见朱熹《文集》卷八十七《祭刘参议文》（又参见卷七十七《建宁府崇安县五夫社仓记》），"彦修少府"者或即其人，而一字彦修邪？刘如愚，《崇安县志》有传。据《祭刘参议文》云刘氏"践扬中外三十余年。吴、蜀之乡，自尉而令；康、新之郡，由贰而专……旋登王畿，出参幕府……何一疾之弗瘳……熹以孤童，早依仁里，无所肖似，独荷知怜。登高写怀，每缴纷而近后；探囊搜秘，或拿攫以争光……"刘如愚卒于淳熙三年（1176），上推三十余年，则其尉于黔蜀约在绍兴十八年前后。以此帖"迩来隐迹杜门"云云考之，似在朱熹中进士第后居家而未出仕赴任之时。兹姑系于绍兴十九年之下俟再考。

赠内弟程允夫（绍兴二十年，1150）

外家人物有吾子，我乃平生见未尝。
文字只今多可喜，江湖他日莫相忘。

二

故家归来云树长，向来辛苦梦家乡。
行藏正尔未坚快，又见春风登俊良。

三

我忆当年诸老翁，经纶事业久参同。
只今零落三星晓，未厌栖迟一亩宫。

上三诗见《新安文献志》甲卷五十六，云"见《紫阳遗文》"。按戴铣《朱子实纪》卷十一有刘定之《紫阳书院遗文序》，云："（张）迖复搜集遗文，得金仁本抄录唐长孺家藏文公所作与他所述有关于书院者，悉汇为帙，题曰《紫阳遗文》……正统十四年己巳七月之吉。"是《紫阳遗文》由张迖编于正统十四年，而张又本之金仁本，是编乃收辑与新安有关之遗文，今佚。程洵《尊德性斋集·补遗》亦录此三诗，而末有自注云："仆不能诗，往年为澹庵胡公以此论荐，平生徼幸多类此。"今朱熹《文集》卷九《寄江文卿刘叔通》诗末亦有此注，查《新安文献志》于赠程允夫三首下录此寄江文卿刘叔通诗，并有此小注，则必是《尊德性斋集·补遗》迻录《新安文献志》所载赠程允夫三首时，误将此小注一并附后。朱熹归婺源展墓始得与程允夫相识，此诗云"故家归来云树长"，则必作在绍兴二十年春如婺源之时,盖是时两人皆颇事诗文,多有唱酬论诗。程允夫名洵,朱熹祖森娶程氏,其侄复亨为程洵父,故朱熹以内弟相称。今《文集》卷九十有《复亨墓表》,卷四十一有《答程允夫》十三书,卷八十七有《祭程允夫文》,卷七十有《读苏氏纪年》(是书程洵所著),《别集》有《答程允夫》九书,别又有唱酬之作,其与程往还交游之迹又载《尊德性斋集》,均可见两人关系之密。

与程允夫（绍兴二十年，1150）

闻之诸先生皆云：作诗须从陶柳门庭中来乃佳；不如是，无以发萧散冲淡之趣，不免于局促尘埃，无由到古人佳处也。如《选》诗与韦苏州诗，亦不可不熟观，然更须读《语》《孟》以深其本。

二

三百篇，性情之本；《离骚》，辞赋之宗。学诗而不本之于此，是亦浅矣。然学者所急，亦不在此。学者之要务，反求诸己而已。反求诸己，别无要妙，《语》《孟》二书，精之熟之，求见圣贤所以用意处，佩服而力持之，可也。县有五通庙最灵怪，某初还，或劝调之，不往。是夜会饮灰酒，遂动脏腑。次日又偶有蛇在阶旁，众以为不谒庙之故。因告以"某幸归，此去祖墓甚近，若能为祸福，请即某于祖墓之旁，甚便。"

上二帖载洪去芜《朱子年谱》，系于绍兴二十年之下。王懋竑《朱子年谱》转引，其于《朱子年谱考异》卷一有云："与内弟程洵前一帖，李本不载；后帖亦有删削，止云'有帖与内弟程洵论诗，且曰"学者所及"云云'。按朱子此时颇事诗文，而卒归重《语》《孟》与反求诸己，则大本已立矣。李本以意删削，非元本也，今从洪本。"然王懋竑《年谱》所引与程允夫第二帖亦不全，"县有五通庙"以下，兹据《古今图书集成·理学汇编》第一百六十二卷《任道部》所载《年谱》补。据程幼凤《程知录洵本传》（见《尊德性斋集·补遗》）云："洵初以诗文求教文公，公答书云：'如欲为文章士，自应不在人后；如果有意古人之学，则所示犹未得其门。'往复问答累数十书,载于《大全集》者仅十三书耳。"是朱熹与程洵书亡佚甚多（参见后辑考），此二帖盖即其中亡佚之篇。程幼凤传文中所引朱熹答书,即《文集》卷四十一《答程允夫》书二,其中又云:"所示诗文,笔力甚快;书中所云,则未敢闻命……但恐浮艳之词染习已深,未能勇决,弃彼而取此,则非仆之所敢知也。"与此二帖所言正合,均因程洵所寄诗文而发。盖是年朱熹如婺源展墓,洵遂从熹问学,始来书论作诗文之事,第二帖"某初还"云云,即指归婺源事。五通庙,《方舆胜览》卷十六:"徽州五通庙,在婺源县,乃祖庙,兄弟凡五人,本姓萧。每岁四月八日,来朝礼者四方云集。"

答汪次山书（绍兴二十年，1150）

别楮诲喻，良荷不鄙，已托德和弟布曲折矣，千万！千万！《周礼》文字此所无有，令郎今几何年矣，他经何所不治，而必为此，何哉？大凡治经之法，且先熟读正经，次则参考注疏。至于礼乐制度名数，注疏得之尤多，不知令郎曾如此下工夫否？若资质大段警悟，亦须着下三年工夫，于此自然精熟贯穿，何待他求？彼学成而名显者，岂必皆有异书乎！今人欲速，每事必求一捷径，不肯安心循序下实工夫，为此所误，一事不成者多矣，不可不自悟也。愚陋无所知，于此尝究心焉，颇见利病如此，取以布闻，称塞厚意。他不能有益于左右，徒以为愧尔。

上书见《新安文献志》甲卷九，又见弘治《徽州府志》卷十一。《新安文献志》于此帖下有至正戊子十月丙戌汪泽民跋云："吾宗与朱子世联姻娅，此二帖眷谊缱绻，溢乎辞表。《四友堂记》已遂其请，而明经之训所获多矣，正大详尽，真足为百世师法，览者尚起兴焉。从叔仲禹家藏此本，逾二百年什袭以传者，百世可也。"（二帖谓此与求作《四友堂记》帖也）按汪次山、朱德和均婺源人，此帖中所云"别楮"，当指绍兴二十年春朱熹如婺源展墓，与乡里亲旧相认，别后汪次山有书来告。朱熹《文集》卷四有《送德和弟归婺源二首》，其一："十舍辛勤触热来，琴书曾未拂尘埃。秋风何事催归兴，步出闽山黄叶堆。"其二："十年寂寞抱遗经，圣路悠悠不计程。误子南来却空去，但将迂阔话平生。"所谓"十舍辛勤触热来"，即指朱熹是年春自婺源展墓归，朱德和迢迢踏暑热来闽从学朱熹。其至秋归婺源，故有"秋风何事催归兴"之句。朱熹此札应即托朱德和转交汪次山,故帖中云"已托德和弟布曲折矣"。又据王懋竑《朱子年谱》:"绍兴十年庚申,十一岁,受学于家庭。"《续集》卷八《跋韦斋书昆阳赋》:"绍兴庚申,熹年十一岁,先君罢官行朝,来寓建阳,登高邱氏之居,暇日手书此赋以授熹,为说古今成败兴亡大致……"盖是年朱松以不附秦桧和议,请祠居家,熹始得读经受学。自绍兴十年至二十年恰正十年,故诗中有"十年寂寞抱遗经"之句。由此可确知朱德和归婺向汪次山面告朱熹之意及转呈此札当在绍兴二十年秋间。

乞汞帖（绍兴二十一年，1151）

欲观造化之理。

上帖见《湖州府志》卷四十三《碑板》，又见《吴兴金石记》卷十二。按：朱熹于绍兴二十一年春铨试中等，遂于五月北游湖州，《文集》卷七十一《记和靖先生五事》云："右五事，熹绍兴二十一年五月谒徐丈于湖州，徐丈以语熹，因退而书。"又朱熹叔朱槔时寓居湖州，《文集》卷八十七《祭叔父崇仁府君文》云："昔拜叔父于雪之川，既南归，遂不复见。"亦指绍兴二十一年北游湖州。槔好佛老，熹居其叔处为时较长，故往游名刹道场山而留乞汞帖。徐丈即徐度，字敦立，尹焞弟子，生平佞佛，崇仰径山宗杲新派禅宗，朱熹其时出入释老，耽迷宗杲、道谦禅说，与徐度思想相合，此次北游亦为访禅问道也。道场山为东南名寺，汪藻《浮溪集》卷十八《何氏书堂记》云："何山立于宋元嘉中，道场近出于唐末五季之初。然道场踵相蹑得人，法席雄盛，钟鼓殷殷，声闻东南；何山败屋数椽，残僧数辈，望之萧然，游者弗顾也。虽其兴先道场五百余年，而衰陋反出其下远甚……游道场者，如入王侯之家，其隆楼杰阁，足以吞光景而纳江湖。"此《乞汞帖》，实为了解朱熹早年泛滥佛老、访禅问道踪迹之珍贵资料也。

曾子固年谱序（绍兴二十三年，1153）

南丰先生者，讳巩，字子固，姓曾氏，南丰人。丹阳朱熹曰：予读曾氏书，未尝不掩卷废书而叹，何世之知公浅也！盖公之文高矣，自孟、韩以来，作者之盛，未有至于斯。夫其所以重于世者，岂苟而云哉！然世或徒以是知之，故知之浅也。知之浅，则于公之事论之，犹不能无所牴牾，而况于公之所以为书者，宜其未有以知之也。然则世之自以知公者，非浅而妄与？其可叹也已！公书或颇有岁月，参以史氏记及其他书旧闻次之，著于篇。

曾子固年谱后序（绍兴二十三年，1153）

丹阳朱熹曰：世有著书称公文章者，予谓庶几知公，求而读之，湫然卑鄙，知公者不为是言也！然则世之自以知公者何如哉？岂非徒以其名欤？予之说于是信矣。其说又以谓公为史官，荐邢恕、陈无己，以为英录检讨，而二子者受学焉，综其实不然。盖熙宁初开实录院，论次英宗时事，以公与检讨，一月免。岂公于是时而能有以荐士哉？其不然一也。恕治平四年始登进士第，元丰中，用公荐为史馆检讨，与修《五朝国史》，其事见于《实录》矣；为实录院检讨，而与修《英录》于熙宁之初，则未有考焉，其不然二也。师道见公于江淮之间而受教焉，然竟公时为布衣，元祐中乃用荐起家为郡文学，是公于史馆犹不得以荐之，况熙宁时岂有检讨事哉！其不然三也。一事而不然者三，则公所以教恕者，其在元丰史馆之时乎？未可知也。此予所谓牴牾者。斯人为世所重，自以知公，故予不得不考其实，而辨其不然者。其书世或颇有，以故不论著其非是者焉。

上二序见元刘埙《隐居通议》卷十四,亦载于《元丰类稿》及《建昌府志》等书。据陆心源《皕宋楼藏书志》卷七十五著录明正统刊本《南丰先生元丰类稿》五十卷中,有元大德甲辰丁思敬跋云:"及观紫阳夫子序公家谱,甚恨世之知公者浅。"又著录明成化刊本《南丰先生元丰类稿》五十卷、附录一卷,已只有年谱二序而已无年谱。《天禄琳琅书目后编》十八明刻集部有成化庚寅杨参刊本《元丰类稿》,亦止有朱熹二序而无年谱(按:《四库提要》云杨参刊本"年谱序二篇,无撰人姓名",非是)。是朱熹《曾子固年谱》元时尚在,明时已佚,止存二序。后人遂疑此二序为伪托,更进而疑朱熹尝作《曾子固年谱》。刘埙独崇南丰,于此二序犹云:"予考所谓'斯人为世所重'者,不知为谁,想在当时有权位,故不敢斥言之也。晦翁文字多称紫阳,今自称丹阳,未详。"清代年谱大家杨希闵铁镛,曾作朱熹、陆九渊、曾巩等年谱,而于《曾文定公年谱序》亦谓:"元南丰刘起潜《隐居通议》论曾文,犹及见《元丰续稿》四十卷,《年谱》亦存,并载朱子《年谱》及序后二篇……但称'丹阳朱熹',丹阳字极可疑,朱子《文集》又未载,恐依托。今仍录二篇于谱末备考。"今按:此二篇序实为朱熹之作无疑。《朱子语类》卷一百三十九杨方录有云:"先生旧喜南丰文,为作《年谱》。"《直斋书录解题》卷十七《元丰类稿》下亦云:"中书舍人南丰曾巩子固撰。王震为之序。《年谱》,朱熹所辑也。案韩持国为巩神道碑,称《类稿》五十卷、《续》四十卷、《外集》十卷,本传同之。及朱公为《谱》时,《类稿》之外,但有《别集》六卷,以为散佚者五十卷,而《别集》所存,其什一也。"足证朱熹确尝作《曾子固年谱》。端平元年(1234),谢采伯(谢深甫子)成《密斋笔记》,卷三有云:"朱文公为南丰作《年谱》,云:'自孟、韩子以来,作者之盛,未有至于斯'。

'何世之知公浅也！'至《语录》云：'坡公只是饮酒赋诗快活。'后学未喻其去取之由，会当有解其意者。"谢深甫与朱熹同时，谢采伯稍后，其所引序语正与刘埙所录相同，足证此二序非伪也。又朱熹《文集》卷八十三《跋曾南丰帖》云："熹未冠而读南丰先生之文，爱其辞严而理正，居常诵习，以为人之为言必当如此，乃为非苟作者。"所谓"以为人之为言必当如此，乃为非苟作者"，即指其于年谱序中所云"夫其所以重于世者，岂苟而云哉"。乃至用词亦同如斯，可见朱熹晚年亦不废其少作《年谱》及二序也。刘、杨以序自称"丹阳"相疑，亦未有考。按朱熹《文集》中多有署"丹阳"朱熹者（如卷八十二跋文）。盖无论朱熹远祖与新安近祖，皆可称"丹阳"。以远祖言，汉以来朱氏有过江居丹阳者，朱熹十五世孙朱次琦云："寓，司隶校尉、青州刺史，与李膺、杜密同称八俊，坐党锢，复与膺、密死狱中，子孙避难丹阳，遂为丹阳朱氏之祖。"（同治续修《南海九江朱氏家谱》卷一《姓族源流》）其后由丹阳繁衍散居姑苏等地（《新安月潭朱氏族谱·卷首》），故婺源朱氏各派皆自以为是姑苏朱氏之后（详见下《隆冈四景诗》所考），而上承丹阳朱氏之祖。以近祖言，丹阳乃新安古名，新安在秦为黟、歙二县，属鄣郡，汉武帝元狩二年改鄣郡曰丹阳，而以歙为丹阳都尉治，见《汉书·地理志》。朱熹《婺源茶院朱氏世谱序》云："吾家先世居歙州歙县之黄墩，相传望出吴郡。"故朱熹以远祖自称"吴郡人"及以近祖自称"新安婺源人"，其意皆可与自称"丹阳朱熹"相同也。至于朱熹序中所斥"湫然卑鄙"之人，后人均未能实考，而已遽断其序为伪。只刘埙疑为"想在当时有权位"。今按：孙觌《孙尚书文集》有《跋后山集后》云："秦会之尝跋《后山居士集》云：'曾南丰辟陈无己、邢和叔为英宗皇帝实录检讨，初呈稿，无己便蒙许可。至邢方遭横笔微声，称乱道。'余按：曾子开著亡兄《行述》，南丰尝为英宗实录检讨官，不逾月而罢，通判越州。今《类稿》中有《鉴湖序》，则熙宁二年也。其后守齐、襄、洪、福、明、亳六州，凡十三年。还朝为中书舍人，才数月，丁母忧，忧未除而卒，是元丰四年也。按谢克家叙《后山居士集》，元祐苏东坡卒，诸侍从荐无己，由布衣特起为徐州教授。则无己之任，在南丰之殁已七八年。南丰为检讨官不逾月，安能辟二公？自熙宁至元祐二十余年，陈无己始入仕，南丰墓木拱矣，会之牴牾如此。故事，实录有修撰检讨官，国史有编修官，以首相监总一代大典册，朝廷除授极天下文章之选，非辟阙也。试官考卷与乡先生课试诸生之文，则有横笔。邢和叔造宣仁太后之谤，排王珪，附蔡确，至今人闻其名，往往缩颈。南丰虽作者，敢加横笔于邢和叔之文乎！会之为宰相，乃不知史官非辟阙；既知尊称南丰、无己，而不知二公之先后……"又王明清《挥麈录》第三录卷一录其先人王铚《手记》云："秦会之暮年作《示孙文》云：'曾南丰辟陈无己、邢和叔为《英宗皇帝实录》检讨官，初呈稿，无己便蒙许可。至邢乃遭横笔，又微声数称乱道。邢尚气，跽以请曰："愿善诱"。南丰笑曰："措辞自有律令，一不当，即是乱道。请公读，试为公檃括。"邢疾读，至有百余字，南丰曰："少止。"涉笔书数句。邢复读，南丰应口以书，略不经意。既毕，授归就编。为阅数十过，终不能有所增损，始大服。自尔识关楗，以文章轩轾诸公间。'以上秦语。其首略云：文之始出，秦方气焰熏天，士大夫争先快睹而传之，今犹有印行昔存焉……案：曾南丰元丰五年受诏修《五朝史》，为中丞徐禧所沮寝命，继丁忧而终，盖未尝濡毫，初亦不曾修《英宗实录》也。陈无己元祐三年始以东坡先生、傅钦之、李邦直、孙同老荐于朝，自布衣起为徐州教授，距南丰之没后十年始仕，亦未始预编摩也。邢和叔元丰间虽为崇文馆校书郎，不兼史局。《英宗实录》熙宁元年曾宣靖提举，王荆公时已入翰林，请自为之，兼实录修撰，不置官属。成书三十卷，出于一手。"《朱子语类》卷一百三十九有辅广录云："广又问：后山是宗南丰文否？曰：他自说曾见南丰于襄汉间……广因举秦丞相教其子孙作《文说》，中说后山处，曰：他都记错了！南丰入史馆时，止为检讨官。是时后山尚未有官。后来入史馆，尝荐邢和叔，虽亦有意荐后山，以其未有官而止。"据此，可确知朱熹二序所斥"为世所重"之人，当为秦桧无疑。秦桧作文论南丰荐陈、邢，宋人颇多议论，而说各自有异，如陆游《老学庵笔记》卷七亦记："秦桧之跋《后山集》，谓曾南丰修《英宗实录》，辟陈无己为属。孙仲益书数百字诋之，以为无此事……会之但误以《五朝史》为《英宗实录》耳，至其言辟无己事，则实有之"。刘克庄《后村诗话》亦以为："秦会之尝记曾南丰辟陈后山为史属，且涂改后山史稿，世谓元无此事，乃秦谬误，殆以人废言也。"然皆在秦桧死后论事之有无，如朱熹之在秦桧生前气焰熏天、无耻士大夫以争睹秦文为快之时，著文怒斥，实属绝无仅有，朱熹少时仇视乞和投降派于此可见。考朱熹二十岁前后始读曾南丰文，《文集》卷八十四《跋曾南丰帖》云："余年二十许时，便喜读南丰先生之文，而窃慕效之。"则其作《曾子固年谱》及二序应在绍兴二十年（1150）以后。《挥麈录》云"秦会之暮年作《示孙文》"，按秦桧死于绍兴二十五年。朱熹既称"世有著书称公文章者"，"世之自以知公者"，明是秦桧尚在未死，故朱熹于序中未指名直斥，则可知朱熹作《年谱》及二序当在绍兴二十五年以前。然朱熹绍兴二十三年秋赴同安主簿任，其后已无暇作谱。由此可知朱熹《曾子固年谱》及二序应作于绍兴二十二三年间。前引杨方录乃记在乾道六年（1170），既称

"旧",亦证其为朱熹少作也。今《曾子固年谱》已佚,唯刘埙《隐居通议》卷十四"南丰先生学问"条下曾略述《年谱》大概,兹特迻录如下:

其上《连州书》,十五岁所作。前集《秃秃记》,二十五岁所作。公生于真宗天禧己未岁,至仁宗嘉祐二年丁酉及第时,年三十九矣。神宗元丰五年壬戌四月,试中书舍人,赐金鱼袋。九月二十八日,仁寿太君朱氏卒,公丁忧。明年癸亥四月丙辰,公卒于江宁府,年六十五,归葬南丰。朱文公作《年谱》,具载其本末如此。

题凤山庵（绍兴二十三年，1153）

心外无法，满目青山。

通玄峰顶，不是人间。

上题见嘉靖《安溪县志》卷七。明正德年间邹鲁《改建朱文公书院记》引此题，并云："绍兴中，我晦庵朱夫子来簿同安时，以按事留县三日，极爱县之泉石奇峭，谓绝类建、剑山水佳处，往往发泄于吟咏之间，尝于庵题句有云……"《安溪县志》卷四《学校》"朱文公祠"条云："旧为书院，昔朱子为同安簿时，尝按事安溪，有题咏在通玄峰凤山庵间。正德十六年，知县龚颖即以凤山庵改为书院，塑像奉祠。"又卷一《地舆》"凤山"条："在县治北，一峰峙立，分为两翼，若凤翥然，故名。"按此题多被方志金石之书著录，流传极广，如《重修泉州府志》卷八《山川》："凤山，在县治北，县主山也。一峰特立，分为两翼，若凤翥然。一名凤髻山。五代刘乙、詹敦仁、子琲并隐其下。《闽书》：'山顶有庵，曰通玄观，有池，曰凤池。宋朱文公按事于此，题句庵壁曰："心外无法，满眼青山。通玄峰顶，不是人间。"又诗："县郭四依山……"明邑令龚颖改庵为文公书院'。"朱熹绍兴二十三年赴同安，是年冬曾往安溪按事三日，今《文集》卷一《牧斋净稿》中有《安溪道中泉石奇甚绝类建剑间山水佳处也》、《留安溪按事未竟》、《安溪书事》等诗，朱熹凤山庵题句即在同时。然是题虽广传，却向未有考。今按：朱熹此题实本法眼文益大弟子天台德韶国师所作偈诗而加以颠倒变化。《五灯会元》卷十《天台德韶国师》："天台山德韶国师，处州龙泉陈氏子也……次谒龙牙，乃问：'雄雄之尊，为甚么近之不得？'牙曰：'如火与火。'师曰:'忽遇水来,又作么生?'牙曰:'去!汝不会我语。'师又问:'天不盖,地不载,此理如何?'牙曰:'道者合如是。'师经十七次问,牙只如此答。师竟不谕旨,再请垂诲。牙曰:'道者,汝已后自会去。'师后于通玄峰澡浴次,忽省前话,遂具威仪,焚香遥望龙牙礼拜曰:'当时若向我说,今日决定骂也。'……最后至临川谒法眼,眼一见深器之……师有偈曰:'通玄峰顶,不是人间。心外无法,满目青山。'法眼闻云:'即此一偈,可起吾宗。'""吾宗"者,即法眼宗所谓"三界唯心,万法唯识"也。此偈一出,遂广被禅师各取所需随意自解,多对"满目青山"放于偈末不甚满意而另加改作,如沩仰宗即用以解说其"三生"说云:"通玄峰顶,所思境也;不是人间,能思心也;心外无法,总不见有也;满目青山,只此一句,这僧与韶国师相隔。"(《万松老人评唱天童觉和尚颂古从容庵录》卷二第三十二则《仰山心境》)北硐居简禅师则将此偈改为"通玄峰顶,不是人间。心外无法,壶中有天"(《北硐居简禅师语录》,《禅宗集成》十五册)。朱熹仿禅师将是偈前后两句颠倒,更其突出"心外无法"、"三界唯心"之"吾宗",可谓巧妙改制,不露痕迹。朱熹早年出入禅宗各派于此可得一证。然其弃佛崇儒之后仍好此偈,《语类》卷一百零七有吴寿昌录云:"寿昌因先生酒酣兴逸,遂请醉墨,先生为作大字韶国师《颂》一首。"吴寿昌录在淳熙十三年,所书颂者即此偈也。又《文集》卷三十《答张钦夫》书十云:"释氏虽自谓惟明一心,然实不识心体;虽云心生万法,而实心外有法,故无以立天下之大本,而内外之道不备。然为其说者,犹知左右迷藏,曲为隐讳,终不肯言一心之外,别有大本也。若圣门所谓心,则天序、天秩、天命、天讨、恻隐、羞恶、是非、辞让,莫不该备,而无心外之法。"此书作于乾道四年以后,可见后来朱熹仍不以心外无法为非,与此凤山庵题偈一脉相承矣。

夜叹（绍兴二十六年，1156）

秋夜不可晨，秋日苦易暗。
我无汲汲志，何以有此憾？……
炼形羽化真寓言，世间那得有神仙？
要须力穑乃逢年，画犁十载甑空悬。
君不见：
黄鹤楼前金色鲜，何如归煮白石员……

上诗见程泌《沁水集》卷九《书犁春谢耕道所藏朱晦庵夜叹长篇后》。《台州外书》卷十四《古迹》二有"朱晦翁夜叹长篇手迹"。按程泌此后跋云："'秋夜不可晨……'昔人固同此感也。然扬子云有言：'人羡久生，将以学也；生而不学，何以生为？'嗟呼，学乎，夫岂角无用之空谈乎！善乎，欧阳文公之论曰：'学问足以润身，政事乃能及物。'文公所至，兴利除害，挚挚然以惠民泽物为事，又岂以口耳三寸之学教学者哉！"观此，朱熹此《夜叹》长诗乃言力学长生之事，而咏叹秋夜苦暗，人生难久，不如归隐山林。按《朱文公文集》卷八十一《跋南上人诗》云："南上人以此卷求余旧诗，夜坐为写此及《远游》、《秋夜》等篇，顾念山林，俯仰畴昔，为之慨然……淳熙辛丑清明后一日晦翁书。""顾念山林"云云，正与《夜叹》"何如归煮白石员"相合，今朱熹《文集》中无《秋夜》之诗，知跋中所云手写《秋夜》之旧诗，必是此《夜叹》长篇无疑，盖取首句"秋夜"二字为题也。朱熹淳熙六年南康任上初访志南（见后《与志南上人二帖》所考）。志南时挂锡梅山寺，故朱熹得与往返，手抄长篇旧作予赠。后志南挂锡天台国清寺，故朱熹此篇遂于台州上石，而为

《台州外书》入于古迹之部。今据朱熹所云,此篇当名《秋夜》为是。朱熹称是篇为"旧诗",观诗意不信神仙,而云"何如归煮白石员",则当作在绍兴二十四年至二十六年同安任上倦宦思归之时。《远游》作于绍兴十八年登举之后,与此篇大异其趣矣。

岱山岩访陈世德光同年（绍兴二十七年，1157）

一钱一剑出新州，五柳凭谁添酒筹？
岱壑何嫌松共老，碧波偏向桂招游。
不为身后百年计，自是人间第一流。
我欲门前张雀网，先将车辙到山头。

上诗见《永春州志》卷十四《艺文》。陈光，该志有传。其卷二《山川》云："岱山，石势峻拔，中有岩曰铁峰，岩下有珠树阁，右有西居堂，即宋陈光读书处，朱子访光至此，有诗。"陈光故宅在明苏里碧溪。《永春县志》同卷又录有陈光《和朱晦翁作》一首："去年渭北望卿频，今日深山屐齿新。珠树香沾千涧雨，莲峰翠滴四时春。渔郎有意休相问，樵子无心可与亲。石榻盘旋忘岁月，瓶罍羞馨故人贫。"据二诗，朱熹访陈光在春间，则应是绍兴二十七年事。按年谱：朱熹绍兴二十六年七月秩满，冬奉檄走旁郡，至二十七年春还同安。今《文集》卷二有《之德化宿剧头铺夜闻杜宇》，知朱熹此次走旁郡确尝经永春，《永春县志》卷二《山川》云："小尖山，《闽书》：'旁有大剧、小剧二岭，环永皆山，而是岭尤剧。宋朱文公任同安主簿时，尝宿大剧铺，有诗。'"又卷十一《寓贤》亦称朱熹"登绍兴中进士，为永春蔡兹所得士，而陈光、苏升其同年生也。又官泉漳时（按：指同安任），与陈知柔交相善，尝来永春，与知柔盘桓多日；到岱山访陈光，以事宿大剧铺。"查《绍兴十八年题名录》，第五甲第五十三人为陈光，云"泉州永春县登龙乡民苏里"，故诗称为同年。朱熹趁南来同安之便，自欲一访同年。

题梵天法堂门扇（绍兴二十七年，1157）

神光不昧，万古徽猷。入此门来，莫存知解。

题陈廷佐亭（绍兴二十七年，1157）

圆荷暮方展，闲花晓日红。

上二题见陈利用编、林希元增订《朱子大同集》，今《朱文公文集·别集》卷七有目无文。按《大同集》原为朱熹门人陈利用集朱熹簿同安时政令、条教、问答、语录及其他论撰而成，后皆辑入《别集》。然明时次崖林希元增订是书，所补有《别集》所未收者。《四库全书》乃将《朱子大同集》入存目，而云："诗文皆全集所载，问答亦语录所收，别无新异。"其说亦非。此二题盖即林希元增补者。梵天寺朱熹多有吟咏，《文集》卷二有《同僚小集梵天寺坐间雨作已复开霁步至东桥玩月赋诗二首》、《梵天观雨》，《别集》卷七有《题梵天方丈壁》。按卷二录朱熹同安任诗，皆按年编排，梵天寺诗在绍兴二十七年诗之间，此二题亦当作在同年。

答许平仲（约绍兴二十七年，1157）

仁人之心，未尝忘天下之忧，固如此也。漳泉汀三州经界未行，许公条究甚悉，监司郡守未有举行者。

上书见《朱文公大同集》卷三，应亦林希元所增补。许平仲，即许衍，《闽书》云："许衍，字平子，同安人。慷慨喜言事。隆兴二年，以太学生伏阙上书，士论韪之。乾道八年上舍登第。尝进《本论》二十篇，言四民利害及上供银揽户之弊。朱子与书，谓其'仁人之心，未尝忘天下之忧。'修究汀漳泉经界甚悉。通判建宁府未赴，卒。"李椿年行经界在绍兴十二年至二十年间，漳汀泉三州因何白旗起义未行经界。朱熹到同安任后，尝欲整顿版籍赋税，颇留意于经界之事，见《文集》卷二十一《经界申诸司状》，然卒未能有所作为。此书应即在同安任上所作。

过飞泉岭（绍兴二十七年，1157）

梯云石磴羊肠绕，转壑飞泉碧玉斜。
一路风烟春淡泊，数声鸡犬野人家。

上诗见《广东通志》卷一百零六《山川略》"飞泉岭"条下。飞泉岭在丰顺县南，揭阳县（今属揭阳市）西，为惠潮关隘。壁立万仞，周数十里，有泉飞空而下如瀑布。《广东名胜志》云："宋朱晦庵过此，书'落汉鸣泉'四大字于岭。"《广东通志》卷三百二十七《列传》"朱熹"条下引《郝志》云："（熹）尝游揭阳飞泉岭，寓郑进士家览胜亭，书'落汉鸣泉'四大字揭诸亭。"《新增广东考古辑要》亦有记载。按《潮州志·丛谈志》云："郑国翰，登绍兴十八年戊辰进士，原名郑翰，学者称澹轩先生。"《志》于此注云："国翰与文公同榜，其赐第亦在第五甲，文公游揭阳岭，常主其家，名益藉甚。"《潮州志》所说，乃本自《郑氏家谱》与《韩江闻见录》，盖非虚语。查《绍兴十八年题名录》，第五甲第五十一人为郑国翰，云："潮州海阳县长乐乡尚仁里。"朱熹先任同安主簿，后知漳州，均可以往游潮州。考朱熹《文集》卷二有《次韵潮州诗》六首及《夏日斋居得潮州诗卷咏叹之余用卒章之韵以纪其事》一首，均言及潮州之事，其中《销冠》："年来揭阳郡，牢落海阴墟。云峤无幽子，潢池有跖徒。单车亦已税，蔓草不须钼。比屋弦歌里，功高化鳄图。"可见朱熹熟知揭阳郡之况。而《山丹》云："昔游岭海间，几见蛮卉拆。素英溥夕露，朱蕤烂晴日。归来今几年，晤对祇寒碧。因君赋山丹，悦复见颜色。"足证朱熹确尝往游揭阳。此七首所言"濠上翁"、"故人海边郡"，当指傅安道自得。傅与朱松为至交，以"先人之旧"知顾朱熹甚厚，两人多有唱酬，傅子亦从朱熹学，傅卒，朱熹特迢迢赴泉州问吊。据朱熹《文集》卷九十八《傅安道行状》，傅安道因秦桧事牵连徙融州，绍兴三十二年改徙潮州（据"主上登极"一句可知）。朱熹此七首诗盖即傅在潮州时与之唱酬之作。由此可知绍兴三十二年前朱熹曾往游揭阳，以"归来今几年"考之，则必在任同安簿时也。按朱熹绍兴二十三年赴同安任，二十六年秩满，其间自无暇往游揭阳。然二十七年春候代不至，直至冬十月方归，其间行实各家年谱皆阙，而朱熹必在此时因候代无聊，乃往揭阳岭一游，或意在与同年郑翰相晤，诗中云"一路风烟春淡泊"，时令亦相合。潮州亦有朱熹弟子，郑翰之外，又有揭阳郭叔云（子从）、潮阳许敬之、郑南升（文振）等，疑即朱熹游揭阳时相识或郑翰荐引。又按：李元度《南岳志》卷七亦录此诗，题作《桐木山村谷诗》，"一路"作"一段"，"飞泉"作"飞流"。桐木山在湖北辰州，遂有以为此诗乃朱熹绍熙五年知潭州时作，且有诗碑出土，光绪《湖南通志》卷二八五引《辰州府志泸溪杂识》云："明崇祯初，浦市民间瓷土地祠，掘地得碑，有桐木山村舍诗一首，为考亭朱文公所题。其诗云……按朱文公未尝至辰，不知何由得此诗。"又据嘉靖《湖南通志》云："此诗《大全集》未见，桐木山为辰州府城之主山，今隶沅陵，而浦市居沅陵、泸溪两界之地，故此刻《泸溪杂识》载之，惟《县志》桐字作洞，未知孰是。"方志载朱熹绍熙五年招降瑶民蒲来矢起义，曾亲往辰州、鼎州谕苗，或此诗即作在其时。今按：观诗应作在春间，然朱熹绍熙五年五月方到长沙任，八月即赴都入朝。又辰州属湖北路，而朱熹乃任湖南路安抚使，不得往辰州谕苗也，详见后《朱熹佚文辨伪考录》中《桃溪》所考。故以此诗作于辰州桐木山说为非。疑此诗原为过飞泉岭作，后人附会为桐木山诗。又崇安县西有桐木关，乃由闽出江西要路，朱熹常经此地，诗抑或咏此桐木关而作耶？姑记疑于此。

刘氏像赞（绍兴三十一年，1161）

文馆学士光世公遗像赞

态度轩昂，志凌牛斗。渡世津梁，光门组绶。清扬有威，官箴无垢。仪型宛然，克昌厥后。新安朱熹拜撰。

太常寺博士玉公遗像赞

卓乎太常，其仪不忒。宽兮绰兮，刚克柔克。福地载仁，心田神德。启我后人，是效是则。新安朱熹拜撰

朝议大夫太素公遗像赞

敬尔容止，如圭如璋。朱门望重，青史名扬。懋修厥德，长发其祥。千秋俎豆，禴祀烝尝。新安朱熹拜撰

上三赞见《刘氏宗谱》卷一《像赞》。该谱云："十公庸，天资颖悟，器宇重厚，持身治家，绰有父□。囗靖公作处士公墓表云：抵公为屏山刘氏始祖□而易考公墓本处蟹坑□十公墓后，艮山坐癸。国子博士公讳光世，一名光位，克绍父志，勤俭起家，时人称公有君子之道四：其存心也仁，其临事也义，其与人也信，其处乡也礼。养亲敬长，气象浑厚，识者知其后必有大也。官至国子博士。夫人邓氏全全，葬蟹坑，艮山坐丑向未。每年合族子孙元旦拜其墓，年例三月三日祭。晦翁题其墓亭曰'种德夫人邓氏'。生四子：三五公宝、三六公贡、三七公玉、三八公旺……三七公玉葬蟹坑二七公墓后，娶游氏，生三子：文谋、文广、文谟……十三公讳文广……生一

子曰太素。朝议大夫念一公讳太素,幼有异□,勤读《诗》《书》。少长游学四方,从安定胡先生讲受《春秋》。归教乡里,生徒一百余人,随其才器授之……吴公逵以乡里贤士称之。著有《春秋解评》,存于家。四月廿八日忌,葬报德庵前数步。后孙韐贵显,赠朝议大夫。娶暨氏,赠崇安太君,累赠晋国夫人,三月十六日忌。"屏山刘子翬,盖即刘韐三子。按:光绪三年重修《刘氏宗谱》,乃由宋谱续修而来,卷一有胡原仲《屏山刘氏族谱序》云:"刘氏著姓,自西汉楚元王之后有九族,□□□□□□□乃九族之一也。五季乱,光州都督讳楚者,生六子:豳、豳、豳三者居不离旧,翱、翔、豳三者避乱入闽,翱居建阳麻沙,翔居崇安五夫,豳居建阳马铺。楚亦来闽,卒葬浦城延庆寺。今世孙屏山子翚与予以道义相交,讲论学问。虑宗祖之法废,后世谱牒不存,无复亲睦之教,宗族不数然,相视如路人,良可慨叹。遂编宗派系图,分为东西二族,南北两派,集成一帖,求为序其源流,以尊尽祖敬宗之心,木本水源之义,以为后世传焉。绍兴三十一年十月朔旦左宣教郎秘书省籍溪胡原仲序。"据此,朱熹作此三像赞应在绍兴三十一年,或即是年为编刘氏宗派系图所作。又刘子翚卒于绍兴十七年以前,亦无绍兴三十一年请胡宪作序之理,或请在绍兴十七年以前而序在三十一年邪?姑记疑于此俟考。

训蒙绝句（隆兴元年,1163）

按:朱熹《训蒙绝句》,向与《性理吟》同被认为伪作,实是朱熹早年之作,成于隆兴元年,详考见后《朱熹作训蒙绝句考》。是诗传世有二种不同版本;一为朱玉辑入《朱子文集大全类编》(简称朱本),共百首;一为郑端编入《朱子学归》(简称郑本),共九十九首。二本诗编排次序不同,文字多异,诗也有别。今以朱本为底本,参以郑本,异文校录于下,异诗亦附其后,以备参考。又《训蒙绝句》原为九十八首,今朱本为百首,疑其中《先天图》二首为伪。又朱本有《困学》等六首,同见于《朱文公文集》卷二。今一仍其旧不删,姑存原貌。

文参见《朱熹佚诗佚文全考》。

与汪应辰（隆兴元年，1163）

延平先生之故，则已详知之。虽悼门之变，而甚幸其终事无可悔者。感大君子与之周死生终始之际乃如此，至于涕陨而不知所言也……延平先生秋别于建溪之上，乃兹来还，遂隔生死，所欲质正者，无所与论。何当侍坐倾倒，以求诲约，非复有望于他人也。

上书见《（道光）玉山县志》卷三十一所载《汪文定公家传》，是传出自《文定家乘》。按：汪应辰《文定集》，《宋志》著录五十卷，今由《永乐大典》等辑出，仅存二十四卷，其亡佚尤多。汪应辰于朱熹为从表叔，关系至密，汪尝举朱以自代，惜今朱熹集中所载与汪应辰书多为论学之札，有关政事与私事之札多未收入，此《汪文定公家传》录汪应辰文及朱汪往返书札，皆不见今朱熹与汪应辰两人集中，尤可补史载与年谱之阙，知此《汪文定公家传》必亲睹朱熹与汪应辰两人手札真迹写成，疑原即附于《文定集》中。李侗卒于隆兴元年，《家传》云："（汪）除知福州，以绍兴三十二年十月到任。公好贤乐善，既入闽，始得朱元晦文。时文公奉岳祠家居，公一见如故相识，遍力荐于朝。隆兴元年，公除敷文阁待制，举文公自代……文公时被召，每咨公以出处，公亟问亟馈焉。公又得延平李愿中先生之言行于朱文公，他日因文公屈致之。既至忽疾，顷之已不救矣。公使参议王伯序、观察谢仿主治丧事，躬视丧具礼，意无不周备。朱文公与公书曰……公因为延平先生作墓志，盖文所力请也。"李侗十月五日忽卒，十一月朱熹自临安奏事归，即此答汪书所云"乃兹来还"，知此答书作于十一二月间。"延平先生秋别于建溪之上"，明是言该年秋朱与李有最后一见，向不为人所知，诸家年谱皆阙。考隆兴元年朱李确有两次最后相见,朱熹召赴临安乃九月十日离崇安,二十四日至二十六日在铅山。此前,李侗尝经武夷往铅山,又由铅山归,应汪应辰之聘往福州。朱熹撰《李延平行状》云:"晚以二子举进士,试吏旁郡,更请迎养。先生不得已,为一行。自建安如铅山(时李侗子李友直为铅山尉),访外家兄弟于昭武,过其门弟子故人于武夷潭溪之上,倘徉而归。"所谓"门弟子故人",即包括朱熹本人。又《李侗年谱》:"隆兴元年癸未,先生以二子更请迎养,自建安如铅山,访外家兄弟于昭武,遂游武夷而归。闽帅汪应辰迎先生于福唐,疾作,十月十五日卒于府治。"所谓"游武夷而归",亦必有与朱熹一见。李侗过武夷潭溪时间,据朱熹《祭李延平先生文》:"安车暑行,过我衡门;返旆相遭,凉秋已分。熹于此时,适有命召。问所宜言,反复教诏,最后有言:吾子勉之,凡兹众理,子所自知,奉以周旋,幸不失堕。归装朝严,讣音夕至。"可见李侗乃于夏暑五六月间赴铅山途经武夷,与朱熹一见;秋凉八九月间由铅山归途经武夷,与朱熹又一见。又朱熹《文集》卷二十四《与延平李先生书》云:"熹拜违侍右,倏忽月余……二十四日到铅山……天气未寒,更乞为道保重,以慰瞻仰。九月二十六拜状。"此书乃朱熹赴临安奏事途经铅山所作,所谓"拜违侍右",分明指两人曾有一见,由九月二十六日上推一月有余,则两人相见在秋八月下旬,与此答汪书言"秋别于建溪之上"完全相合。至于夏暑六月两人相见所论,见《延平答问》隆兴癸未李侗六月十四日书下附语:"后见先生,又云:'前日所答,只是据今日病处说,《语录》中意却未尽。他所以如此说,只是提破,随人分量看得如何。若地位高底人,微有如此处,只如此提破,便涣然冰释,无复疑滞矣。'"朱熹从学延平始末,由此答汪书而得确考,至可宝也。

芹溪九曲诗（疑隆兴元年，1163）

一曲移舟采涧芹，市声只隔一江云。
沙头唤渡人归晚，回首芦峰月一轮。

二曲溪边万木林，水环竹石四时清。
渔歌櫂入斜阳里，隔岸时闻一两声。

三曲舟行龙尾滩，推蓬把酒见南山。
回头点检仙踪迹，万顷白云时自闲。

四曲烟云锁小楼，寺临乔木古溪头。
僧归林下柴门静，麋鹿衔花自在游。

五曲峰峦列翠屏，白云深处隐仙亭。
子期一去无消息，惟有乔松万古清。

六曲溪环处士家，鼓楼栖下树槎牙。
龙去潭空名不朽，惟见平汀涌白沙。

七曲灵祠近水滨，聚龟石上耀金鳞。
林凹路入桃源近，时有鱼郎来问津。

八曲砚峰倚碧虚，泉流瀑布世间无。
凭谁染就丹青笔，写出芹溪九曲图。

九曲悠悠景最幽,巉岩峡石束寒流。
源深自是舟难到,更有龙池在上头。

上诗九首见嘉靖《建宁府志》卷三,朱玉《朱子大全类编·补遗》辑录,云出自《丘氏家谱》。《建宁府志》卷十八"丘义"条云:"字道济,一字仁卿,号子野,建阳人,隐居不仕。颖敏嗜学,淹洽子史,而尤邃于《易》。与朱熹相友善,常往来问答。有《易说》传于世。所著诗熹尝为之序,并题其堂曰'芹溪小隐',又著《复斋铭》并《芹溪九曲》等诗贻之。"又卷三"芹溪"条云:"在乐田里,源自岘山而下,盘流九曲,注于交溪,潺湲清澈,《事林广记》谓其为第三十一福地。宋朱熹有《芹溪九曲诗》。"今朱熹《文集》无为丘子野诗所作序,但卷七十五有为丘子野所作《论语纂训序》,云:"《论语纂训》……大抵宗程氏,盖熹外兄丘子野所述,子野亦以意附见。"又卷八十五有《复卦赞》,一名《复斋铭》,朱玉不知《复斋铭》即《复卦赞》,乃于《类编》中重复补入,今据《建宁府志》,乃知《复卦赞》(《复斋铭》)原来为丘子野作。丘子野为朱熹表兄,多在年轻时有唱酬。朱熹《文集》卷一有《奉酬丘子野表兄饮酒之句》《丘子野表兄郊园五咏》,均作于绍兴二十一年;又卷四十五有《答丘子野》一书。此芹溪九曲之咏似为早年亡佚之作。按《论语纂训序》作于绍兴三十二年,必曾编入《困学恐闻》之中。又《文集》卷二《困学》二首下有《复斋偶题》,当也与《困学》作在同时而同编入《困学恐闻》,知此《复斋偶题》必亦为丘子野所题,《复卦赞》(《复斋铭》)或即亦作在此时而同编入《困学恐闻》中。据此,疑《芹溪九曲诗》似亦作于隆兴元年前后,而为《困学恐闻》中之逸篇也。此作风格,盖与《武夷棹歌》九首相类。

训学斋规（疑隆兴元年，1163）

夫童蒙之学始于衣服冠履，次及语言步趋，次及洒扫涓洁，次及读书写文字，及有杂细事宜，皆所当知。今逐目条例，名曰《训学斋规》（一作《童蒙须知》），若其修身治心、事亲接物与夫穷理尽性之学，自有圣贤典训昭然可考，当次第晓达，兹不复详著云。

衣服冠履第一

大抵为人先要身体端正，自冠巾衣服鞋袜，皆须收拾爱护，常令洁净整齐。我先人常训子弟云：男子有三紧，谓头紧、腰紧、脚紧。头谓头巾，未冠者总髻；腰谓以绦或带束腰；脚谓鞋袜。此三者要紧束，不可宽慢；宽慢则身体放肆，不端严，为人所轻贱矣。

凡着衣服，必先提整襟领，结两衽纽带，不可令有阙落。饮食照管，勿令污坏。行路看顾，勿令泥渍。

凡脱衣服，必齐整折叠箱笥中，勿散乱顿放，则不为尘埃杂秽所污，仍易于寻取，不致散失。着衣既久，则不免垢腻，须要勤勤洗浣，若有破绽，则补缀之，尽补缀无害，只用完洁。

凡盥面，必以巾帨遮护衣领，卷束两袖，勿令有所湿。

凡就劳役，必去上笼衣服，只着短便，爱护勿使损污。

凡日中所着衣服，夜卧必更，则不藏蚤虱，不即敝坏。苟能如此，则不但威仪可法，又可不费衣服。晏子一狐裘三十年，虽意在以俭化俗，亦其爱惜有道也。此最饬身之要，毋忽。

语言步趋第二

凡为人子弟，须要常低声下气，语言详缓，不可高声喧哄，浮言戏笑。父兄长上有所教督,但当低首听受,不可妄自议论。长上简责或有过误,不可便自分解,姑自隐默,久却徐徐细意条陈,云此事恐是如此,向者当是偶尔遗忘;或曰当是偶尔思省未至。若尔则无伤忤,事理自明。至于朋友分上,亦当如此。

凡闻人所为不善,下至婢仆违过,宜且包藏,不应便尔声言,当相告语,使其知改。

凡行步趋跄,须是端正,不可疾走跳踯。若父母长上有所唤召,却当疾走而前,不可舒缓。

洒扫涓洁第三

凡为人子弟,当洒扫居处之地。拂拭几案,常令洁净。文字笔砚,凡百器用,皆当严肃整齐,顿放有常处。取用既毕,复置元所。

凡父兄长上坐起处,文字楮札之属,或有散乱,当加意整齐,不可辄自取用。

凡借人文字,皆置簿钞录主名,及时取还。窗壁几案文字间,不可书字,前辈云坏笔污墨,瘝子弟职,书几书研,自黥其面。此为最不雅洁,切宜深戒。

读书写文字第四

凡读书,须整顿几席,令洁净端正,将书册整齐顿放,正身体对书册,详缓看字,仔细分明读之,须是读得字字响亮,不可误一字,不可少一字,不可多一字,不可倒一字,不可牵强暗记,只是要多诵遍数,自然上口,久远不忘。古人云:读书千遍,其义自见。谓读得熟,则不待解说,自晓其义也。余尝谓读书有三到,谓心到、眼到、口到。心不在此,则眼不看仔细,心眼既不专一,只漫浪诵读,决不能记,记不能久也。三到之中,心到最急,心既到矣,眼口岂不到乎!

凡书册须要爱护,不可损污皱褶。济阳江禄书读未竟,虽有急速,必待掩束整齐,然后起,此最可为法。

凡写文字,须高执墨锭,端正研磨,勿使墨汁污手,高执笔,双钩端楷书字,不得令手指着毫。

凡写字,未问写得工拙如何,且要一笔一画,严正分明,不可潦草。

凡写字,须要仔细看本,不可差误。

杂细事宜第五

凡弟子,须要早起晏眠。

凡喧哄争斗之处,不可近;无益之事,不可为。

凡饮食,有则食之,无则不可思索,但粥饭充饥不可阙。

凡向火,勿迫近火傍,不惟举止不佳,且防焚焩衣服。

凡相揖,必折腰。

凡对父母长上朋友,必称名。及称呼长上,不可以字,必云某丈。如异姓者,则云某姓某丈。

凡出外及归,必于长上前作揖,虽暂出亦然。

凡饮食于长上之前,必轻嚼缓咽,不可闻饮食之声。

凡饮食之物,勿争较多少美恶。

凡侍长者之侧,必正立拱手,有所问则必实对,语言须不可妄。

凡开门揭帘,惟徐徐轻手,不可令震惊响。

凡众坐,必敛身,不可广占座席。

凡侍长上出行,必居路之右,住必居左。

凡饮酒，不可令至醉。

凡如厕，必去上衣，下必浣手。

凡夜行，必以烛，无烛则止。

凡待仆婢，必端严，勿得与之嬉笑。

凡执器皿，必敬谨，惟恐有失。

凡危险，不可近。

凡道路遇长者，必正立拱手，疾趋而揖。

凡夜卧，必以枕，勿以寝衣覆首。

凡饮食，举匙必置箸，举箸必置匙。食已，则置匙箸于案。

杂细事宜品目甚多，姑举其略，然大概具矣。凡此五篇若能遵守不违，自不失为谨愿之士，必又能读圣贤之书，恢大此心，进德修业，入于大贤君子之域，无不可者。汝曹宜勉之！

上篇见明张履祥《杨园先生全集》卷三十五《经正录》。朱玉补辑入《朱子文集大全类编》，题作《童蒙须知》。按：最早提及朱熹《童蒙须知》者，为元程端礼，其《程氏家塾读书分年日程》卷一云："又以朱子《童子须知》贴壁，于饭后使之记说一段。"此《童子须知》即《童蒙须知》。考宋代家塾书院盛行，多订有此类童蒙学规，以令学童朝夕讽诵履行。朱熹尤重童蒙教育，尝特为作《小学》一书，以为"古者小学，教人以洒扫应对进退之节，爱亲敬长隆师亲友之道，皆所以为修身齐家治国平天下之本，而必使其讲而习之于幼稚之时，欲其习与知长，化与心成，而无扞格不胜之患也。"（《小学序》）南康军任上又特将《叙古千文》刻置南康郡斋，传诸小学，以为"新学小童朝夕讽之而问其义，亦足以养正于蒙矣。"（《跋叙古千文》)淳熙十四年又为程端蒙、董铢所订以教乡人子弟之《学则》作跋,以为"凡为庠塾之师者,能以是而率其徒,则所谓成人有德,小子有造者,将复见于今日矣。"(《跋程董二二先生学则》)按隆兴元年朱熹成《论语要义》后,又特为儿辈训蒙之需而删录是书为《论语训蒙口义》,其序曰:"本其所以作,取便于童子之习而已,故名之曰《训蒙口义》。盖将藏之家塾,俾儿辈学焉,非敢为他人发也。呜呼,小子来前,予幼承父师之训,从事于此二十余年……施之汝曹,取其宜晓,本非述作……呜呼,小子其懋敬之哉……然致远恐泥,昔者吾几陷焉,今裁自脱,故不愿汝曹之为之也。呜呼,小子其懋戒之哉!"此序之文与《训学斋规》颇相类,疑此斋规亦隆兴元年朱熹作而藏之家塾,俾儿辈时习之用,此实为研究朱熹小学思想及宋代家塾之宝贵资料也。朱熹《续集》卷八有《与长子受之》,详告杂细事宜与此斋规全同,可相印证,知此斋规的出朱熹之手,疑亦在《困学恐闻》中。

书少陵送路六侍御入朝诗寄伯恭（隆兴二年，1164）

童稚情亲四十年，中间消息两茫然。
更为后会知何地？忽漫相逢是别筵。
不分桃花红胜锦，生憎柳絮白于绵。
剑南春色还无赖，触忤愁人到酒边。

仲春后三日寓剑川，书寄伯恭友丈，朱熹载拜。

上书见宋荦《西陂类稿》卷二十八《跋朱文公杜诗卷》，云："右朱文公书少陵《送路六侍御入朝》诗……前有'黔宁王子子子孙孙永保'之方印，又'钱氏素轩书画之记'在边圆印，钱氏合缝鼎印。后有'素轩清玩珍宝'花边大方印，又合缝鼎印。顺治三年七月初二日世庙以赐先文康，今上康熙三十四年六月荦重加装潢。此卷纸色苍然，书朴老而劲，的是真迹。尝藏明沐昭靖嗣侯家，后为武宗朝钱宁所得。宁败，没入大内，其源流历历可考。或以宁本佞幸，其印记未免为文公玷。余不谓然……今宁印正为此卷添一考据。"按：朱吕两人早年相识交往之况向来不明，朱熹此书，实借少陵自况，得见两人早年交往游之迹。考朱吕初识之年，朱熹《文集》卷三十三《答吕伯恭》书一云："三山（按：福州）之别阔焉，累年蜷伏穷山，不复通左右之问……比日冬寒……一两日当得对，恐未能无负所以见期之意。""得对"乃指隆兴元年十一月奏事垂拱殿，知此书即作在其时。两人初识于福州当在朱熹同安任上时，据《吕东莱年谱》，吕祖谦于绍兴二十五年春随父来福州，至二十七年十月其父任满，吕祖谦随侍离福州归婺。其间朱熹绍兴二十六年十二月尝一归崇安经福州，两人三山初见即在此时。自别后直至隆兴元年，七年未尝通问，即所谓"三山之别阔焉"。隆兴元年以后两人之交往，文集所载有阙。按此篇所言"剑川"乃指延平（南剑），《福建通志·河渠书》卷五："延平府南平县，三溪即剑津，亦名剑川。"文中署"仲春后三日"，朱熹绍兴二十八年正月曾见李侗于延平，然朱熹自绍兴二十七年至隆兴元年与吕未有通问，故此书非写于绍兴二十八年甚明。考隆兴二年春朱熹因吊李侗尝一至南剑，《朱子年谱》云："隆兴二年甲申春正月，如延平，哭李先生。比葬，复往会。"据汪应辰《文定集》卷十四《与吏部陈侍郎》书一："朱元晦在建安相遇，问学材识，足为远器，亦招其来此（福州），帅司准备差遣。"卷十五《与朱元晦》书四："窃闻元晦他日必再到延平，倘因而下顾（指朱来福州谒汪），莫大之幸。"书五："见许下顾，朝夕以冀，下旬即遣人往也。"又同卷《与吕叔潜》："魏公再相……两月之间，并本见其实施……朱元晦到此一月而归，其学问精进，所养益厚。"魏公张浚再相在隆兴元年十二月，时汪应辰知福州。可见隆兴二年正月朱熹往延平吊李侗后，即应汪氏之请至福州，汪于下旬遣人往延平迎接，则朱熹离南剑启程往福州在二月上旬，与此篇"仲春后三日寓剑川"相合。朱熹抄杜诗寄吕，实借杜诗以写朱吕两人契谊："剑南"乃借指南剑；"中间消息两茫然"，借指两人七年阔别，未通音讯；所叙春色，借指寓剑川所见之眼前景也；"忽漫相逢是别筵"，则实指不久前两人曾有匆匆一见相别。考前引卷三十三《答吕伯恭》书一中有云："昨日韩丈（按：南涧韩元吉，吕为其婿）出示家信，见及枉诲甚勤，不知所以得此，顾无以堪之，三复愧汗……而心欲一见面论肺腑，不知如何可得。"隆兴元年韩在朝为大农丞，见《南涧甲乙稿》卷二十二《赵彦堪墓表》，知朱熹是年入都奏事乃因韩元吉与吕祖谦恢复通问，而心甚欲一见。据《吕东莱年谱》:"隆兴元年六月七日,特授左从政郎,改差南外敦宗院学教授。"又《吕东莱文集》卷三有隆兴元年癸未七月《与汪端明圣锡》云:"某以引见,候告濡滞,留临安百余日,近方还会稽。初欲就桐庐阙,既而思之,恐不察者谓邀求近次,遂一听之。今所待阙,虽四年有余,然专意为学之日甚长,政所欲得也。"是隆兴元年七月以后,吕祖谦差宗学教授已待次居家归婺(待四年阙),而朱熹于是年十一月奏事归,婺州乃必经之地,朱熹既已先有书往吐其"心欲一见面论肺腑"之愿,则途经金华必然要与吕相晤。《金华县志》卷十一云:"朱熹,隆兴元年十月熹由监潭州南岳庙复召入对,祖谦以是年登第,会于临安。十一月熹除武学博士,与洪适论不合而归,祖谦与偕至婺,讲论问答不绝,与游南北诸山,题孝友二申君墓。"此云朱吕二人会于临安为非,然二人相见于婺则为事实。可见"忽漫相逢是别筵"即借指隆兴元年十一月朱熹归闽经婺与吕祖谦一晤又别,盖距其抄少陵诗寄吕仅隔二月也。杜诗所叙盖有如是之巧者。

批柯国材《辩孟》（隆兴二年，1164）

《辩孟》不知何处得。仁庙时有一孙抃，仕至枢密副使、参知政事，不知便是此人否。据温公《记闻》说，此人敦厚无他才，以进士高第，累官至两府。今读此书气象似是，兼纸亦是百十年前物。所论虽无甚奇，孟子意亦正不如此，似亦可以见其淳质之风，不审左右以为如何？前辈不可得而见，其遗物要可宝，岂必其贤哉？

上书见《朱子大同集》，应亦林希元所增补。柯国材名翰，同安人，卒于淳熙四年。朱熹《文集》卷八十七《祭柯国材文》云："余少之时，试史君里，实始识君。"是朱熹同安任上始识柯国材，其后两人多有书札往返论学。隆兴乾道之际，朱熹曾与柯国材诸人讨论修定《孟子集解》（详见后《朱熹前〈四书集注〉考》），《文集》卷三十九《答柯国材》书二云："《论语》比年略加工夫……更有《诗》（按：指《诗集解》）及《孟子》（按：指《孟子集解》）各有少文字，地远不欲将文字去，又无人别写得，不得相与商榷为恨尔；若遂此来之约，则庶几得讲之耳。"此答书言"武学阙尚有三年……且夕当宛转请祠也"，知作于隆兴二年十二月间。此篇论及《辩孟》，似即因修定《孟子集解》所致。

丰城荣光书院（隆兴二年，1164）

一道荣光带碧山，天风吹雨度云关。
树浮空翠迷村坞，泉落飞虹泻石湾。
赤岭豹栖朝气隐，剑潭龙起夜光寒。
咿唔何处经年韵，多在湖东乔木间。

上诗见雍正《江西通志》卷一百五十四。荣光书院应作荥光书院，即龙光书院。按《江西通志》卷二十一"龙光书院"条云："在丰城荥塘剑池庙左。宋绍兴间邑人陈自俯建，四方来学者三百余人，悉廪之。朱子曾过书院，留居一月。""荥塘剑池"云云与诗中"荣光"、"剑潭"相合。丰城为朱熹屡经之地，乾道三年赴长沙会南轩、淳熙六年赴南康军任、绍熙五年赴长沙任，来回均过丰城，然居留丰城俱未有达一月之久，唯隆兴二年秋朱熹往豫章吊张浚之丧，至丰城与张栻相见，有留荥光书院一月之可能，见《续集》卷五《答罗参议》书二。诗当于是年为陈自俯、熊世基世琦兄弟所作，详见后《龙光书院心广堂记》所考，盖为朱熹早年亡佚之作，或原编入是年所成《困学恐闻》之编中欤？

与汪应辰书（乾道元年，1165）

停卖僧田，烦扰顿息，为利不赀。追还拣兵官，亦甚快舆论。诸若此类，论之不为侵官，而其利甚溥。熹愿阁下不倦以终之，此亦论思献纳之助也。魏元履下第后，书来云："掞之归，遇闽人之就上庠试者，盖以千计，人人剧谈善政，问其所以然者，云：侍郎以忠恕之心，行简易之政。……"

二

近日陈应求侍郎来守建宁，一再相见，谈当世之事，慨然忧愤，盖亦以为今日非阁下，殆不能济东方之事，上天眷顾宗社，救败扶衰之期，非大贤孰能任之！

上二书见《玉山县志》卷九所载《汪文定公家传》，是传出自《文定家乘》。朱熹与汪应辰关系前已有考，此二书作于汪应辰帅蜀之时。《家传》云："其帅蜀也，又去朝廷远，权重事丛。公究心职事，知无不为，六年之间（按：包括帅闽）无毫发欺而顷刻怠。故凡斯民之欲恶，国家之利害，虽绵眇未露，纤微难就，莫不毕举，然必先有司稽众论，考成宪，虑后患，而后可有所行。福建旧鬻爵以赡宗胄，公乃请易僧牒，以革抑卖之扰。□□□重排保甲之令，且令家置兵器，公奏谓此不足以御寇，而适足以致寇，请已。其他如募海则定其番次，均其力役；雇水手则禁其苛扰，周其廪稍。朝廷虽急于征缮，公不苟从，民得以宽。寺观之田，计口之余，归之于官，事之钻刺，虽凶年必取盈焉。公既请于朝，朝有所施舍矣，既而版曹又欲卖之，方看追，会检许厘土揭价，上下骚然，谓卖之必先失其租,安知一年之所售,未足以敌一年之租乎?御营使欲差官于诸路募军者,公奏已之。朱文公与公书曰……"按:停卖僧田等等之事,不见载于《宋史·汪应辰传》,此《家传》叙述纤悉备至,当目有可信材料为据,惜朱熹答书未能全录,必是此二书议及朝政与当朝诸公,有所忌避,未编入集中,卒为《家传》所引。汪应辰帅蜀在乾道元年。陈俊卿应求守建宁亦在该年,见朱熹《陈俊卿行状》、杨万里《陈俊卿墓志铭》(《宋史》本传作"建康"误甚)。魏元履,《宋史》有传,与朱熹、张栻等交游,朱熹为作墓铭,张栻为作墓表。魏下第亦在是年。

与祝直清书（乾道二年，1166）

熹顿首直清贤表解元：昨还里中，屡获请见，抚存教诲，恩爱甚厚。别来切记，尊候万福。熹侍傍幸适，不足烦远念。屏迹闭门读书，有可乐者恨莫与之同尔。近视太叔翁发至《论孟训释》，看得程氏之理透彻，涵泳其间，多有好处，颇合鄙意。内疑惑未敢据所见，俟荣旋讨论，且留之。恨此中前辈寥寥，幸得古田林择之，邀至家馆，教塾、野二人，其见明切。近得湖南张魏公子钦夫者一二文字，观其所见正当，尽有发明，欲往见，相与讲释所疑，而千有余年道学不明，士之陋于耳闻目见，无以知道入德，其识趣往往如此。然世衰道微，邪说肆行，而莫之禁，士夫心术安得而不趋于坏！大抵为学是自己分上事，孟子谓"归而求之，有余师"是也。附去二程先生语录，详备可观，但患人之不读，亦须积累涵泳，由之而熟，脱然自有知处，人能勉励，学古人著工夫，把做一件事，深思力行，不患不到圣贤之域。两年来集得《孟子说》稿成，或有益于初学，后当录一本去。未由相见，千万保爱。老母道意，阁中郎侄一一佳胜。奉状不宣。

上书见《新安文献志》甲卷九。祝直清，无考，《新安学系录》卷七有"祝直清"条，只云："婺源人，行实阙。"今按：程尚宽《新安名族志》"祝"氏有云："婺源中山，在邑南五十里。其先曰约，仕唐银青光禄大夫，居德兴。至讳承俊者，迁歙之望京门，号半洲祝氏。宋忠州司户曰吉者，因伯父、朱子外大父确言徙州治事，举家获罪，始迁中山。传二世曰直清，举茂才，知无锡。"又《事文类聚》卷十载吕午伯可《跋祝公遗事后》云："祝氏世居江陵，自承俊迁于歙，曰仁质,号半州,其子也。孙象器,改名用之,登儒科,为太学博士。六世有名筠,预乡荐,学富而文赡。弟真,为郡学宾。至和甫,七世矣,名穆(即丙也),其诸父皆依朱文公,遂为建人……始太博有弟景先,即黄太史所赞其画像者,生男若女十有四人。其第四女,实为黟邑枢密汪公勃之夫人。又第三子硅之女,复归枢密子提刑公作砺……第二子确之女,适韦斋吏部朱公松,是为文公之母。"据此知祝直清应为祝确弟之孙,故朱熹以贤表相称。朱熹母卒于乾道五年,此书云"侍旁幸遭",应作在乾道五年以前。又书云"幸得古田林择之",林用中字择之,其始来从学朱熹并请朱熹字之曰"择之",在乾道二年三月,见《朱文公文集》卷七十五《林用中字序》,至乾道三年秋七月曾离去,见朱熹《别集》卷五《与林师鲁》。且书云"欲往见(张栻),相与讲释所疑",朱熹往潭州见张栻在乾道三年八月。故此书应作于乾道二年三月至三年七月之间。又据此书称祝直清"解元","俟荣旋讨论",当是祝直清方于秋试中解元,朱熹正待其荣归相与讨论,故可定此书必作在乾道二年秋冬之际。"昨还里中"者,乃指绍兴二十年归婺源展墓。"《孟子说》稿成",则指《孟子集解》一书草具。按朱熹《孟子集解》初创于隆兴二年(1164),见《别集》卷一《答魏元履》书五。经二年修改,定稿于乾道二年,见《文集》卷四十《答何叔京》书二、三、四,与此书所云"两年来集得《孟子说》稿成"完全相合。朱熹乾道三年往潭州访南轩前之思想动态与著述之况,于此书概可见也。

问张敬夫（乾道二年，1166）

和靖曰："脱使穷其根源，谨其辞说，苟不践行，等为虚语。"石子重云："愚以为人之所以不能践行者，以其从口耳中得来，未尝穷其根源，无着落故耳。纵谨其辞说，终有疏谬。若诚穷其根源，则其所得非浅，自然欲罢不能，岂有不践行者哉！"范伯崇云："知之行之，此二者，学者始终之事，阙一不可。然非知之艰，行之惟艰也。知而不行，岂特今日之患，虽圣门之徒，未免病此。如曾点舞雩之对，其所见非不高明，而言之非不善也，使其能践履，实有诸己而发挥之，则岂让于颜、雍哉！惟其于践履处未能纯熟，此所以为狂者也。又况世之人徒务知之，而不以行为事，虽终身汲汲，犹夫人也，矧知之而未必得其真欤？和靖之言，岂苟云乎哉！"

和靖之言，固有所谓，然诸君之说，意皆未究也。孔子观上世之化曰："大哉知乎！虽尧舜之民比屋可封，亦能使之由之而已。"知者，凡圣之分也，岂可易云乎哉！傅说之告高宗，高宗盖知之者，恭默思道，梦帝赉予良弼，非知之者有此乎？此旧学于甘盘之所得也。故《君奭篇》称在武丁时，则有若甘盘，而未及乎傅说！盖发高宗之知者，甘盘也，知之非艰，行之惟艰，说之意亦曰：虽已知之，此非艰也，贵于身亲实履之，此为知之者言也。若高宗未克知之，而告之曰：知之非艰，则说为失言矣。自孟子而下，大学不明，只为无知之者耳，若曰行者，则学者事父兄、事上，何莫不行也，惟其行而不著，习而不察耳。知之而行，则譬如皎日当空，脚踏实地，步步相应；未知而行者，如暗中摸索，虽或中，而不中者亦多矣。曾点非若今之人自谓有见，而直不践履者也，正以见得开扩，便谓圣人境界，不下颜曾请事战兢之功耳。颜曾请事战兢之功，盖无须臾不敬者也。若如今人之不践履，直是未尝真知耳，使其真知，若知水火之不可蹈，其肯蹈乎！

叔京云："经正则庶民兴，盖风化之行，在上之人举而措之而已。庶民兴，则人人知反其本，而见善明；见善明，则邪慝不能惑也。既人之不惑，则其道自然销铄而至于无也。"欧阳云叔云："使王政明而礼义充，虽有佛，无所施于吾民也，亦此意也。"

> 经乃天下之常经，所谓尧舜之道也。经正，则庶民晓然趋于正道，邪说不能入矣。但反经之妙，乃在我之事，不可只如此说过也。只如自唐以来名士如韩欧辈攻异端者，非不多，而卒不能屈之者，以诸君子犹未能进夫反经之学也。如后周、李唐及世宗，盖亦尝变其说，旋失即兴，复而愈盛昔，以在上者未知反经之政故也。

上文见《南轩先生文集》卷三十《答朱元晦》，兹将张栻所答仿朱熹《文集》例，仍低格附录于其下（下同）。按：朱熹此问，乃为与张栻讨论修改补订《孟子集解》。朱熹《孟子集解》初成于隆兴二年，乾道二年修改定稿。是书博采众家之说，于当时人一得之见盖亦不废，有所取引，其作法乃多与友人何镐（叔京）、石𡼖（子重）、范念德（伯崇）等往返讨论，集众人之说入书，故朱熹戏称是书为"古今集验方"，张栻此答书引何、石、范等人之说盖即因此故，其引实即《孟子集解》未定稿文也。朱熹《文集》卷四十《答何叔京》书四云："《孟子集解》重蒙颁示，以《遗说》一编见教，伏读喜幸，开豁良多。然方冗扰，未暇精思，姑具所疑之一二，以求发药。俟旦夕稍定，当择其尤精者著之解中，而复条其未安者，尽以请益。钦夫、伯崇前次往还诸说,皆欲用此例附之。昔人有古今集验方者,此书亦可为古今集解矣。"此书言及何镐作《杂学辨跋》、来春走政和展墓、下尤川省亲等,知作在乾道二年十月,所云"钦夫、伯崇前次往还诸说,皆欲用此例附之",即包括此一篇问张敬夫文。盖其与张栻往返讨论《孟子集解》之文尤多,同卷《答何叔京》书八即云:"钦夫亦时时得书,多所警发,所论日精诣。向以所示《遗说》数段寄之,得报如此,始亦疑其太过,及细思之,一一皆然……今录去上呈。其它答问反复,及它记序等文尚多,以伯修行速,不能抄写为恨。"(是书作于乾道二年三月)是年答问反复,今多不存。朱熹《孟子集解》今佚,据此问张栻文,犹稍可一窥是书之貌焉。

毋自欺斋铭（乾道三年，1167）

人所不知，己所独知。自修之要，在勿自欺。既不欺于显，又不欺于隐。诚意君子，于公始见。

上铭见隆庆《临江府志》卷十二《人物传》中"彭龟年"条下，云："（彭龟年）尝以'毋自欺'名斋，朱晦庵过访，为之铭曰……"彭龟年，字子寿，临江军清江（今江西樟树）人，从学朱熹，绍熙五年朱熹忤韩侂胄罢归，彭龟年抗争尤力，同入伪籍，《宋史》卷三百九十三有传。按《攻媿集》卷九十六《彭龟年神道碑》："淳熙十二年……以母硕人年高，丐祠便养，主管建昌军仙都观。自初第而归，益笃于学，以'毋自欺'名斋，以书问南轩张公《中庸》、《语》、《孟》大义，至是义理愈明，开发后进，抠衣北面者日众。复与刘子澄清之往复问辩，时相与折衷于晦庵朱公，而学愈成矣。"观此所述，彭龟年名其斋曰"毋自欺"，应在其乾道五年登进士第前后（晚年乃扁其居曰"止堂"）。据朱熹《文集》卷六十《答彭子寿》书一正言及作斋铭之事："斋铭之属，岂所敢承……窃闻之《大学》，于此虽若使人戒夫自欺，而推其本，则必其有以用力于格物致知之地，然后理明心一，而所发自然莫非真实。如其不然，则虽欲防微谨独，无敢自欺，而正念方萌，私欲随起，亦非力之所能制矣……特因来喻，借复言之。"以此书词气，彭龟年当尚在年轻求学、未中进士之时。按彭龟年从学刘子澄约在绍兴二十九年，见《止堂集》卷十五《祭寺簿刘子澄文》，刘子澄来访武夷问学朱熹亦在同一年，见朱熹《文集》卷三十五《答刘子澄》书一，彭龟年之问学张栻亦约在此时前后（参见《宋史》本传），故彭龟年问学朱熹当甚早。乾道三年朱熹,赴潭州访张栻往返皆经由临江,或是此前彭龟年已有书朱熹求斋铭未允,迨乾道三年朱熹经临江过访其庐,彭再请,朱熹不忍拂其意,乃书此铭以赠。今彭龟年《止堂集》由《永乐大典》、《历代名臣奏议》诸书辑成,较原书只什之四;又今朱熹集中亦只有与彭龟年书四通,余多亡佚,故其为彭作《毋自欺斋铭》之详情无从确考矣。

重过南塘吊徐逸平先生（乾道三年，1167）

不到南塘久，重来二十年。
山如龟背厚，地与马鞍连。
徐子旧书址，毛公新墓田。
青松似相识，无语重凄然。

上诗见《江山县志》卷四《学校》"逸平书院"条下，该志引《天启志》云："逸平书院，旧在南塘，宋逸平先生与朱考亭讲学之所。"明方豪《逸平书院记》云："吾邦有先正曰逸平先生音，徐姓，存名，诚叟其字。受业龟山，得程氏之学，与朱子实相友善，尝讲道于南塘书院。逸平既殁，朱子往吊焉，书院已为毛氏墓田，因赋诗寄哀，有'徐子旧书址，毛公新墓田'之句。"章拯《重修逸平书院记》云："（逸平）先生讲道南塘，尝作《潜心室铭》……朱子尝访之论道，甚加敬仰，乃为'南塘书院'之扁。"又徐霈《徐逸平先生正学书院跋》亦云："（逸平）得龟山正心之学，高遁不仕，隐于邑之南塘，从之者千数。朱晦庵疑孟子放心之说，造而问焉。先生作《心铭》遗之，学者识为印诀。"朱熹之访逸平，后人亦多有题咏，如清姜启立《登步鳌山访逸平先生遗迹》："群谓当时吾道南，高居屡驻大夫骖。传经无愧杨中立，求友频过朱晦庵。"毛默《访逸平先生遗迹》："心铭共说遗残碣，手泽谁传有积书。访道亲承中立教，质疑数接考亭车。"据徐霈所言，朱熹造访逸平应在早年生平学问大旨未立之时。《文集》卷八十一有淳熙七年作《跋徐诚叟赠杨伯起诗》云："熹年十八九岁时，得拜徐公先生于清湖之上，便蒙告以克己归仁、知言养气之说，时盖未达其言，久而后知为不易之论也。来南康得杨君伯起于众人中，意其渊源之有自也。一日出此卷示熹，三复恍然，思复见先生而不可得,掩卷太息久之。"绍兴十八年朱熹十九岁,中进士第,朱熹应是于及第后回闽途中造访逸平。由绍兴十八年下推二十年,为乾道三年,是年朱熹恰有往潭州访南轩张栻事,其归途有《东归乱稿》,所经之地一一可考,唯八月往潭州无诗纪行,似是赴潭途中尝顺道转江山访徐诚叟,则此诗应作在是年八月间。徐存诚叟,《宋元学案》卷二十五《龟山学案》有传,然其师承传说不一,有以为师杨时,有以为师萧顗。袁甫《蒙斋集》卷十一《徐逸平集序》云:"逸平徐公自言:其学得于萧先生,萧先生得于龟山杨先生,盖出于伊洛之学者也。"然卷十五《跋徐逸平诗帖》却又云:"盖求前辈师友渊源所自,如徐逸平之师杨龟山者。"林光朝《艾轩集》卷六《与杨次山》云:"龟山先生有一徒弟在永嘉,不知其存否。一在三衢,即徐诚叟,某旧识之,前日过三衢,已八十余岁。"按朱熹《文集》卷七十八《江山县学记》称徐"受业程氏门人",卷七十九《景行堂记》称"逸平受业程氏之门人"。或诚叟于杨时、萧顗皆尝师事之耶?朱熹对其学尤推重,称其"学奥行高,讲道于家,弟子自远而至者,常以百数"。于程氏之学"得诸心,成诸行,又能推其学以教人,仪刑音旨之传,于今尤未远也"。故四方士子多来问学,《攻媿集》卷一百《江元适墓志铭》:"始余游柯山,闻南塘徐诚叟先生之名,其学本于伊川,欲见而不得。今二十余年,乃闻其徒江君之贤于其乡之秀士,且曰南塘之门显者固多,而江君则得其传而不仕者也。"朱熹《文集》卷九十二《江介墓志铭》:"君讳介,字邦直……世居徽之婺源……亟走谒衢州徐先生诚叟,以书道其志,而请业焉。"又卷九十《董景房墓表》:"君少有大志,尝学于江山徐公诚叟先生之门,受其说而归。"卷三十四《答吕伯恭》书八:"偶浦城林叔文见访亦累日,云尝从徐诚叟学,颇能道其绪余。"则朱熹少时亦访徐诚叟,二十年后又以诗往吊,盖有以也。

南岳唱酬诗（乾道三年，1167）

渡兴乐江望祝融次择之韵

江头晓渡野云遮，怅望山岐映暮霞。
人值风波几千里，济川舟楫我侬夸。

岳后步月

清光冰魄浩无边，桂影扶疏吐玉娟。
人在峰头遥指望，举杯对影夜无眠。

自上封下福岩道旁访李邺侯书堂山路榛合不可往矣

山道榛芜大道荒，令人瞻望邺侯堂。
怀贤空自悲今昔，泪滴西风恨夕阳。

题南台

步入招提境，云间有古台。
管弦山鸟弄，琼玖雪花开。
方外人稀到，山头势更巍。
登临思不尽，何日再重来。

将下山有作

芒鞋踏破万重山，五日淹留在此间。
行客归来山下望，却疑身自九天还。

上诗五首见《南岳唱酬集》。朱熹、张栻、林择之三人南岳唱酬共得诗一百四十九首,今《朱文公文集》卷五所收唱酬诗仅四十八首,显有亡佚。今本《南岳唱酬集》一书收编三家唱酬之诗,多有伪作窜入,其不见于《朱文公文集》而实非伪作者即此五首,故辑录于此,详考见后《朱熹南岳唱酬诗考》。

登刘园宴坐岩有怀（乾道三年，1167）

风雪集岁宴，掩关聊自休。
今晨展遐眺，倚此寒岩幽。
同云暗空室，皓彩迷林丘。
崩奔小涧歇，飞舞增绸缪。
仰看鸢鹤翔，俯视江汉流。
乾坤有奇变，颒洞惊两眸。
三酌不自温，倚杖空冥搜。
悲歌动华薄，璀璨忽满裘。
向来一杯酒，浩荡千里游。
亦复有兹赏，微言寄清酬。
解携今几许，光景逝不流。
怀人眇山岳，省己纷怨尤。
对此奇绝境，一欢生百忧。
茫然发孤咏，远思谁能收？

雪中与林择之、祝弟登刘园之宴坐岩，有怀南岳旧游，赋此呈林择之属和，并寄敬夫兄。乾道三年冬十二月上浣，新安朱熹奉寄，时灯下走笔。

上诗真迹见《池北偶谈》卷十五"朱文公书"条，云："益都高木王梓，予从女兄之夫，博雅君子也。常遗予晦翁墨迹一卷……右诗盖书寄南轩者。昔人谓先生字学曹公，今此书正类东坡先生。卷首有柯敬仲题字，后有欧阳圭斋及大梁班彦功跋。"按朱熹《文集》卷五有此诗，然无后题，作年不明，故仍辑录于此。

与刘晦伯书（乾道五年，1169）

十二月十日某顿首：霜寒，远惟侍奉吉庆。武夷郑知观来，说赐田纽租事，欲求一言于徐丞，渠自去面恳，幸与详度言之，亦须不碍官府事体乃佳耳。提宫丈不敢拜书。韬仲已有新除未耶？向烦料理买山事，近又尝托季通言之，不知竟如何，更觅一信，若十千可就，则纳钱去也。因郑君行，草草附此。岁晚珍重，以迓新祉，不宣。某再拜晦伯知郡贤契友。

上书见虞集《道园学古录》卷十一《跋晦翁书后》，云："集尝见文公与东莱先生一帖云：'福建人刘氏兄弟爓、炳同预荐送，乃翁亦以免举试礼部，皆欲见于门下。某新阡与其居密迩，两年相从甚熟，知其耆学共教，幸与之进。'盖东莱时在馆阁也。此书所谓晦伯，爓也；韬仲，炳也。十千所买之山，岂即所谓新阡之近，而季通之所择乎……观买山之帖，新阡之好岂胜慨，然文公之书，岂欲以此艺成名者，而子昂、仲章氏举以为言，岂子昂独举其所深解，而仲章赞之耶！"今按：刘爓刘炳兄弟少从朱熹游，《朱文公文集续集》卷四有答刘晦伯书三十通，答刘韬仲书十一通，可见过从之密。虞集所见朱熹与吕东莱书，即《朱文公文集》卷三十三答吕伯恭第十一书。《云庄刘文简公文集》附《云庄年谱》云："乾道八年，试吏部，以文公书，受学于东莱先生吕成公。"所谓"以文公书"者，应即指此答吕伯恭第十一书。该书中有云"近因（魏）元履之子附状必达"，答吕伯恭第十书亦有云"魏应仲来墓次，得以略闻动静"，又云"比日冬深，熹去丧不死，痛慕亡穷"，可知两书同作在朱熹丁母忧之时。朱熹母祝孺人卒葬之年，据《朱文公文集》卷九十四《孺人祝氏圹志》:"乾道五年九月戊午卒……越明年正月癸酉,葬于建宁府建阳县后山天湖之阳。"答吕伯恭第十一书有云"某新阡与其居密迩,两年相从甚熟",据《云庄年谱》:"乾道六年,公与弟韬仲从文公游于寒泉。"相从两年,则此答吕伯恭第十一书当作在乾道七年(1171)。朱熹以此书荐刘氏兄弟从吕东莱游在该年冬(该书有"比冬日温"句),而刘氏兄弟受学于东莱已在次年,故《云庄年谱》次于乾道八年之。下"新阡"云者,指乾道六年朱熹葬母祝氏于天湖之阳,遂筑室其傍,扁曰"寒泉精舍"。地在建阳崇泰里,而刘氏兄弟亦建阳崇泰里人,故云"其居密迩"。朱熹该与刘晦伯书中所云:"向烦料理山事,近又尝托季通言之,不知竟何如,更觅一信,若十千可就,即纳钱去也。"即指为葬祝孺人买山之事。《朱文公文集》卷四十四答蔡季通第五书有云:"节中哀痛不自胜……钱物已令携去一千足,米俟到后山遭致,或彼价廉,即寄钱去。"说正相合。祝氏卒于乾道五年九月,至次年正月方葬,托蔡、刘买山即在此四月之内。朱熹此书作于十二月十日,当在乾道五年也。唯是年刘爚尚未入仕,不得称"知郡",疑末句为后人妄加。"提宫丈",刘爚父刘懋,字子勉。

太极图说解二稿残文（乾道六年，1170）

无极而太极。

〔注〕太极无声无臭，而造化之枢纽、品汇之根柢系焉。

〔吕氏质疑〕太极即造化之枢纽，品汇之根柢也，恐多系焉两字。

太极动而生阳，动极而静；静而生阴，阴极复动。一动一静，互为其根。

〔注〕所谓一阴一阳之谓道，诚者，圣人之本，物之终始，而命之道也。动而生阳，诚之通也，继之者善，万物之所资始也。静而生阴，诚之复也，成之者性，万物各正其性命也。

〔吕氏质疑〕以动而生阳为继之者善，静而生阴为成之者性，恐有分截之病。《通书》止云"一阴一阳之谓道，继之者善也，成之者性也。元亨，诚之通，利贞，诚之复"，却自浑全。

分阴分阳，两仪立焉。阳变阴合，而生水、火、木、金、土。五气顺布，四时行焉。

〔注〕太极，道也；阴阳，器也。

〔吕氏质疑〕此固非世儒精粗之论，然似有形名太过之病。

〔注〕太极立则阳动，阴静而两仪分。

〔吕氏质疑〕太极无未立之时,立之一字,语恐未莹。五行,一阴阳也;阴阳,一太极也;太极,本无极也。五行之生也,各一其性。

〔注〕然五行之生,随其气质,而所禀不同,所谓各一其性也。有一其性,则各具一太极,而气质自为阴阳刚柔,又自为五行矣。

〔吕氏质疑〕五行之生,随其气质,而所禀不同,所谓各一其性,则各具太极,亦似未安。深详立言之意,似谓物物无不完具浑全。窃意观物音,当于完具之中,识统宗会元之意。

无极之真,二五之精,妙合而凝,乾道成男,坤道成女。二气交感,化生万物,万物生生而变化无穷焉。惟人也,得其秀而最灵。形既生矣,神发知矣,五性感动而善恶分,万事出矣。

〔注〕有无极二五,则妙合而凝。

〔吕氏质疑〕二五之所以为二五者,即无极也,若有无极二五,则似各为一物。阴阳五行之精,固可以云妙合而凝,至于无极之精,本未尝离,非可以合言也。

〔注〕妙合云者,性为之主,而阴阳五行经纬乎其中。

〔吕氏质疑〕阴阳五行非离性而有也,有为之主者,又有经纬错综乎其中者,语意恐未安。

〔注〕男女虽分,然实一太极而已。分而言之,一物各具一太极也。道一而已,随时著见,故有三才之别,其实一太极也。

〔吕氏质疑〕此一段前后皆粹,中间一段似未安。

〔注〕生生之体则仁也。

〔吕氏质疑〕体字似未尽。

圣人定之以中正仁义而主静（无欲故静），立人极焉。
　〔注〕静者，性之贞也，万物之所以各正性命，而天下之大本所以立也，中与仁之谓也，盖中则无不正，而仁则无不义也。

〔吕氏质疑〕中则无不正，仁则无不义，此语甚善，但专指中与仁为静，似未安。窃详本文云"圣人定之以中正仁义而主静"，是静者用之源，而中正仁义之主也。

故圣人与天地合其德，日月合其明，四时合其序，鬼神合其吉凶。君子修之吉，小人悖之凶。故曰：立天之道，曰阴与阳；立地之道，曰柔与刚；立人之道，曰仁与义。
　〔注〕五行顺施，地道之所以立也；中正仁义，人道之所以立也。
〔吕氏质疑〕五行顺施，恐不可专地道言之，仁义而已；自圣人所以立人极者言之，则曰中正仁义焉，文意自不相袭。
　〔注〕☯者，阳动也，○之用所以行也；☾者，阴之静也，○之体所以立也。☯者，☾之根也；☾者，☯之根也。无极二五，理一分殊。

〔吕氏质疑〕理一分殊之语，恐不当用于此。
　〔注〕非中则正无所取，非仁则义无以行。

〔吕氏质疑〕未详。

又曰:"原始反终,故知死生之说。"大哉《易》也,斯其至矣!

〔注〕阳也,刚也,仁也,❶也,物之始也;阴也,柔也,义也,❷也,物之终也。太极之妙,阴中有阳,阳中有阴,动静相涵,仁义不偏,未有截然不相入而各为一物者也。

〔吕氏质疑〕后章云"太极之妙,阴中有阳,阳中有阴,动静相涵,仁义不偏,未有截然不相入而各为一物者也",此语甚善,似不必以阴阳刚柔仁义相配。

上稿见《东莱吕太史别集》卷十六《太极图义质疑》。兹将《太极图说》加入,吕祖谦质疑仍附后,以便理解。朱熹之作《太极图说解》,向来据其《太极图说后记》以为在乾道九年,实则乾道六年初稿已成,以后修改多稿。朱熹曾于乾道六年将初稿寄张栻与吕祖谦以求是正,但旋又予以修改,将二稿再寄张、吕。《文集》卷三十一《答张敬夫》书三云:"《通书跋》语甚精,然愚意犹恐其太侈,更能敛退以就质约为佳。《太极解》后来所改不多,别纸上呈,未当处更乞指教。但所喻'无极二五不可混说,而无极之真合属上句',此则未能无疑。盖若如此,则无极之真自为一物,不与二五相合;而二五之凝,化生万物,又无与乎太极也,如此岂不害理之甚?兼无极之真属自上句,自不成文理。请熟味之,当见得也。各具一太极,来喻固善,然一事一物上各自具足此理,著个'一'字,方见得无欠剩处,似亦不妨。"所谓《通书跋》,指张栻乾道六年闰五月为朱熹定《太极通书》所作后跋,见《张南轩先生文集》卷六,知朱熹改成《太极图说解》二稿寄张、吕应在是年闰五月前后,而初稿之成约在是年春间。《吕东莱文集》卷三《答朱元晦》书二云:"《太极图解》近方得本玩味,浅陋不足窥见精蕴,多未晓处,已疏于别纸,人回切望指教。"此书提及吕在严陵学宫与张栻朝夕咨请及云"俟秋间郡中有力"增辟斋舍,则约作在乾道六年五月间,可见所得《太极图说解》应是二稿改本,而"别纸"即指此《太极图义质疑》也。至乾道九年又再改定《太极图说解》,已是三稿修定本,但因张、吕与朱说终不能合,朱又过于自负,吕未再有质疑商榷之文寄朱。以后又几经修定,朱熹于淳熙十五年方将《太极图说解》正式公开传世。此二稿残文片断,对了解朱熹无极太极思想形成、演变及其同张、吕论辨焦点与真况有重要价值。兹录乾道八年张栻与朱熹一书以相参照:"伯恭昨日得书,犹疑《太极说》中体用先后之论,要之,须是辨析分明,方真见所谓一源者;不然,其所谓一源,只是臆度想象耳。汪某(应辰)却疑仁义中正分动静之说,盖是四者皆有动静之可言,而静者常为之主,必欲于其中指二者为静,终有弊病,兼恐非周子之意。如云'仁所以生',殊觉未安,生生之体即仁也,而曰'仁所以生'如何……此句似不必如此分,仁义中正自各有义,初非浑然无别也。"此书见《南轩先生文集》卷二十《答朱元晦》书四。

龙光书院心广堂记（乾道六年，1170）

丰水之夏阳熊世基、世琦执经来学之明年，乾道庚寅岁也，请铭其所构龙光书院之堂。熹榜其间曰"心广"，且嘱以敷畅厥义。复之曰：人生两间，孰无此心？心者，贯万事，统万理，主宰万物者也。然则若之何而不广乎！克其所以为广累者，则心广矣。盖天下之道有二：善与恶也。以天命所赋之本然为善，以物欲所生之邪秽为恶。拔厥所原，莫不好善而恶恶也。然未知善恶之真可好可恶，则不免累于自欺，而意之所发，有不诚者。是以《大学》诚意谓意有不诚，则心有不广；以不广，则体岂能安舒哉！心广大，体安舒，德之润身者能如是。夫此善之所以明，心之所以广也，内外昭明，表里洞彻，斯可尽规模之大，条理之密矣。为学之功，且当常存此心，而不为他事所胜。熹尝闻此于先师之教，惟实用其力致之。噫！要必有以识乎诚，然后有以用其力。且人之视听言动，曷为而然哉！心有所向于是也，必立志以定其本，居敬以定其志，博学审问，慎思明辨，皆所以求广之功也。人灵于物，士秀于人，以一心之微，萃万事万理，盍思夫万物皆备于我，斯可见其用心之广，如是其或颠倒谬迷，则亦不思之甚欤？若曰有之，亦仅识其初，而不能究其善恶之极至。远来之朋，往往秀伟杰出，而吾世基兄弟始可以论圣贤大学之道者，故以是论共讲之，而揭于堂之壁也。若夫层崖峻石，苍藤古木，度石梁而水声潺潺，照横岗而白云满川，此堂之前后左右胜概，历历在目，有可观者。植丛篁以供吟啸，疏莲沼以纵游赏。诵诗读书，以识圣贤之指趣；弹琴鼓缶，以歌先生之风化。仰罗阜之高，瞻龙光之耀，此堂之东北西南佳致，洋洋在耳，有可闻者。熊氏金昆玉友，居斯堂，岂不重有所感动奋发，而兴起好善恶恶之心哉！何时与表弟徐用宾偕友蔡季通、刘平父、吕季叔览观之，以自慰也。顾今有所未暇，姑记其大概，述此心之广大如此，因书以自警，并以告世基兄弟云。

上记见《南昌府志》卷十七"龙光书院"条下，并按云："此乃康熙三年《志》旧本。考《龙光志》，是记乃熊世基为友人陈自俯请。"龙光书院在荣塘剑池庙侧，绍兴间邑人陈自俯所建。明徐即登《重建龙光书院记》："陈之先自俯者，尝损己资以创书院。其后国学录宗强偕其兄必强复增廓之，充以义田，联以经师，四方来学者胥馆谷焉，甚盛举也。书院初名义学，其'龙光'则自高宗赐额始也……《志》称书院在宋时，晦庵朱夫子游息颇久，一时相与，而于去非、盛温如皆称杰出。"丰城多有朱熹弟子如盛温如、于去非、刘充、熊恪、范士衡及此熊世基兄弟等，乃在朱熹往返丰城时来见相识。按乾道庚寅以前，朱熹尝两次往返经丰城，一在隆兴二年（1164），《续集》卷五《答罗参议》书二："九月廿日至豫章，及魏公之舟而哭之……自豫章送之丰城，舟中与钦夫得三日之款……"二在乾道三年（1167）。然乾道三年乃为访南轩于潭州，丰城匆匆而过，见《东归乱稿》，以"晦庵朱夫子游息颇久"考之，应指隆兴二年，熊氏兄弟之初见朱熹及朱熹游息龙光或在其时，至乾道三年或又有一见，故有乾道五年己丑熊氏兄弟来学之事。刘平父，名玶，其子学古为朱熹婿，朱熹《文集》卷九十二有《刘玶墓志铭》，又卷四有《天湖四乙丈坐间赏梅作送刘充甫平甫如豫章》，知刘玶亦往返于豫章，自得识熊氏兄弟，故此记中特言及也。徐用宾、吕季叔，未详，朱熹《文集》卷七十八《百丈山记》云"余与刘充父、平父、吕叔敬、表弟徐周宾游之"，疑徐用宾乃徐周宾之误，而吕叔敬乃吕季叔之兄耶？又按是记,心广堂为熊氏兄弟所构,记为熊氏兄弟所请,《龙光志》云熊氏为陈俯自请似误。《南昌府志》卷二十七:"心广堂,在龙光书院,夏阳熊世基兄弟所建,朱熹为之命曰'心广',并作记。"

送汪大猷归里（约乾道七年，1171）

濯濯才华耀禁林，翩然忽起故园心。
九天得请恩方重，一舸东归春未深。
照眼湖山非昨梦，及时诗酒合同襟。
不应便作真狂客，讲殿行思听履音。

上诗见《浙江通志》卷四十三，嘉靖《宁波府志》亦载此诗，云："鄞县西山之潘岙，宋敷文学士汪大猷所居。"汪大猷，字仲嘉，四明鄞县人，《宋史》卷四百有传。按朱熹祖母汪氏，外大父祝确之妹嫁同郡枢密汪勃，见《文集》卷九十八《外大父祝公遗事》。而新安、四明汪氏同出一源，楼钥《攻愧集》卷八十八《汪大猷行状》云："汪氏派出黄帝……宣城、鄱阳、上饶、四明诸郡，大率皆出于新安英济王，庙食千载，后裔繁衍，宦路相遇，多讲宗盟。"又汪大猷与汪应辰为族亲，而汪应辰为朱熹从表叔，关系尤密。朱熹与汪大猷或因此层关系相识。此送汪大猷归里者，事或在乾道七年，或在淳熙七年。考《浙江通志》于此诗下并引赵汝愚《送汪大猷归鄞诗》："尚书无官贵，持经侍帏幄。青冥欲无际，白首非故约。连樯动南浦，父老望岩壑。下车入里门，执手问欢乐。十年几风雨，寒鸡叫屋角。勤劳毕吾分，帝赉出宠渥。我适奉香火，禁直连六阁。遂令宣室思，从今问晦朔。"据《余干县志》载刘光祖《赵汝愚行状》及《宋史·赵汝愚传》，知阁门张说擢签书枢密院，赵率同列请祠，会祖母讣至，遂奉祠而归，盖即赵诗所云"我适奉香火"也。据《宰辅表》，张说乾道七年三月己丑除签书枢密院事，又楼钥《汪大猷行状》："（乾道）七年正月，除敷文阁待制，提举江州太平兴国宫，侍从馆阁诸公赋诗留题,以饯行色,今石刻存焉。""正月"亦与朱熹诗中"一舸东归春未深"之句相合,朱熹或因在朝相知诸公得悉汪氏归里,赠诗以送。又《汪大猷行状》云:"(淳熙元年)公遂落职,南康军居住,至四年自便,十二年始得外祠。"朱熹淳熙六年三月晦至南康任,或即其时汪大猷尚在南康军居住未归,得与朱熹交往,次年春归里,朱熹以诗相送,盖亦有可能也。

游昼寒（乾道七年，1171）

仙洲几千仞，下有云一谷。道人何年来，借地结茅屋。
想应厌尘网，寄此媚幽独。架亭俯清湍，开径玩飞瀑。
交游得名胜，还往有篇牍。杖屦或鼎来，共此岩下宿。
夜灯照奇语，晓策散游目。茗碗共甘寒，兰皋荐清馥。
至今壁间字，来者必三读。再拜仰高山，悚然心神肃。
我生虽已后，久此寄斋粥。孤兴屡呻吟，群游几追逐。
十年落尘土，尚幸不远复。新凉有佳期，几日戒征轴。
宵兴出门去，急雨遍原陆。入谷尚轻埃，解装已银竹。
虚空一瞻望，远思翻戚戚。袒跣亟跻攀，冠巾如膏沐。
云泉增旧观，怒响震寒木。深寻得新赏，一簣今再覆。
同来况才彦，行酒屡更仆。从容出妙句，珠贝烂盈掬。
后生更矗矗，俊语非碌碌。吾缨不复洗，已失尘万斛。
所恨老无奇，千毫真浪秃。

右游昼寒，以茂林修竹清流激湍分韵赋诗得竹字。乾道七年岁次辛卯三月朔后二日，新安考亭朱熹书于昼寒方丈。

上诗及后题真迹见汪珂玉《珊瑚网》卷七，题作《朱夫子昼寒诗卷》。《式古堂书画汇考·书考》卷十四亦著录。《珊瑚网》载翰林编修吴钱跋，云此诗卷"其先有元人跋十三家"。《湘管斋寓赏编》卷一于此诗卷真迹下有元至正廿二年张翥跋云："右考亭夫子遗墨，笔法苍古秀劲，铁画银钩，足征有道气象。读其诗，清泚绝尘，反复玩味，旨趣无尽。元镇称为一字一珠，洵不诬也。至其手迹，世所罕觏，而如此卷辞翰双美，更当宝重。"可见是轴宋元以来人尤宝之。今朱熹《文集》卷六虽有此诗，但无后题，不知作年，故今仍辑录于此。朱熹集同卷另有诗题云："仙洲新亭熹名以昼寒，紫微张公为书其额，判院刘丈乃出新句，辄次高韵二首。"其二末自注云："时已闻安国之讣"。张孝祥卒于乾道五年，见王质《于湖集序》。朱熹于乾道三年往长沙访张轩时初识张孝祥，据此注，知朱熹名亭曰昼寒在乾道五年，此诗卷题云"乾道七年"当可信。因此一题，朱熹早年师事道谦禅师之千古之谜乃得大白于天下。按：昼寒亭在密庵，诗中"茅屋"即指密庵，在仙洲山，而"道人"则指道谦。吕祖谦淳熙二年作《入闽录》有云："四月初四，游密庵，距五夫七里。庵乃僧道谦所庐，曾大父遗像在焉。谦殁余二十年。庵前数十步清湍亭，古木四合，泉石甚胜，绕涧百余步，昼寒亭面瀑布，庵亦幽静，晚遂宿庵中。""架亭俯清流"，指道谦建清湍亭，吕本中《东莱先生诗集》卷十九有《谦上人清湍亭》："道人结庵殊未就，先起小亭山左右。不将溪水擢尘埃，且以清湍为客寿……一生行脚如梦觉，天意似于君独厚。我今留滞未得住，想象此亭如故旧。再三申纸诵清诗，已胜开尊饮醇酎。"诗有原注云："上人录寄彦礼、彦冲、原仲诸公诗。"即刘子翚彦冲、胡宪原仲也。朱熹之识道谦乃经刘子翚介绍，其用"昭昭灵灵底禅"高中进士，即得自于道谦。"我生虽已后，久此寄斋粥"，则分明言朱熹于少时寄寓密庵向道谦问禅学佛也（按："斋粥"指出家僧人之午食与朝餐），朱熹另有《游密庵》云"弱龄慕丘壑，兹山屡游盘"，与此相合，实即隐指其往返密庵学禅于道谦。"十年落尘土，尚幸不远复"，钱大昕《潜研堂文集》卷三十二《跋朱文公帖》解云："公初以监岳庙家居，孝宗初政，应诏上封事，至是恰十年矣，故云'十年落尘土'也。"此说与实不副,盖不知此诗为怀念道谦作也。所谓"十年落尘土"者,乃指道谦卒后朱熹十年来失却原来同世外高人山林相处、修己养性之情趣,故有"落尘土"之感。吕祖谦称淳熙二年道谦已"殁余二十年",由淳熙二年上推余二十年,则道谦卒于绍兴二十五年。据此诗,由乾道七年上推十年,正与吕祖谦所说合(十年乃虚指)。道谦为一代禅宗大师径山杲宗名弟子,因此诗后一题,道谦其人生平及朱熹师事道谦始末乃得考如此,而朱熹早年之耽迷禅宗及其佛学思想渊源遂于此大明,足见此题之宝贵也(按:朱熹师事道谦余另有专文详考)。然题署"新安考亭"似又不可解:新安为婺源,考亭则在建阳,朱熹绍熙三年始卜筑建阳考亭,何以乾道七年已用考亭之名?然洪去芜《年谱》云:"先是韦斋(朱松)尝过其地,爱之,书日记曰:'考亭溪山清邃,可以卜居。'至是卒成韦斋之志。"又朱熹《文集》卷八十六《迁居告家庙文》云:"祗奉遗训,往依诸刘。卜葬卜居,亦既累岁。时移事改,存没未安。乃眷此乡,实亦皇考所尝爱赏,而欲卜居之地。"是朱熹早已有卜居考亭之心,以成韦斋之志,诗题作"新安考亭",或即深具是意耶?

题米敷文楚山秋霁图卷（乾道七年，1171）

楚山真丛丛，落日秋云起。
向晓一登台，沧江日千里。
乾道辛卯三月十二日晦翁题。

上诗见《虚斋名画录》卷一"宋米敷文楚山秋霁图卷"下。图为米元晖作，中有朱文"晦翁"之印。朱熹手迹下有朱文"朱熹之印"，下又有周密、退斋、白珽、宋无、陆友、马琬、醉樵、如玘、志仁、解缙、陈琏、张楷、周鼎、许初、文嘉、董其昌、眉公、梁章钜等名家手跋。今朱熹《文集》卷四有此诗，题作《题米元晖画》，画卷不明，且无后题，不明作年，又"楚山真丛丛"作"楚山直丛丛"，"落日秋云起"作"木落秋云起"，故仍辑录于此。按朱熹何时号"晦翁"向无考，各家年谱均以云谷晦庵所记定在淳熙二年秋以后，唯王懋竑《年谱考异》云："按《云谷记》，乾道庚寅始得其地，即作草堂，榜曰'晦庵'，则晦庵之成在庚寅，至乙未已六年矣。盖至是亭台始具，而又并得山北姚氏地，故作记以识其成。"今据此诗后题，则可确知晦庵成在乾道六年庚寅，而号"晦翁"亦必在该年，恰可补文集、年谱之阙。又前考同年作《游昼寒》诗有"所恨老无奇"之句，可为朱熹此时已自号"晦翁"之一证。

问吕伯恭（乾道八年，1172）

子在川上，范内翰记程子之言，指此逝者为道体，龟山以不逝者为道体，同异如何？

龟山之论，疑未完粹。"维天之命，于穆不已。"贞也，所谓道体也。若曰知逝者如斯，则知有不逝者异乎此，是犹曰不已者如斯，则知有贞者异乎此，其可乎？

修道之谓教，自明诚谓之教，两"教"字同否？其说如何？明道、伊川说修道自不同，吕、杨、游氏皆附明道说，古注亦然。但下文不相属，又与明诚处不相贯，不知如何？

修道之谓教，设教者也；自明诚谓之教，由教以成者也。教字本同，但所以言之异耳。天下皆不失其性，则教不必设，道不必修；惟自诚明者，不能人人而然，故为此修道设教，然后人始得由此教故自明而至于诚也。使道之不修，设教有所偏，则由教者亦必有所差，安能自明而至于诚乎？二程诸家修道之说，或主乎设教，或主乎为此而设教（如言"已失其本性，故修而求复之"，此言为此而设教），其归趣则一而已。

中和之中与中庸之中，有同异否？（《遗书》十八卷所谓中之道与在中之义何别？）

中和之中以人言也（喜怒哀乐之未发就人上说），中庸之中以理言也（统论中之道）。《遗书》所论在中义，盖当喜怒哀乐之未发，此时则在中也。

参前倚衡指何物而言？

诚之形，行之著也。

> 艮背之指,在学者当如何用?

> 艮背之义在学者用之,莫若止其所;有所止;则外物之交乎前,不能止之,故夫子释《象》之辞,不曰"艮其背",而曰"艮其止",其意可见。

> 仁字之义如何?周子以爱言之,程子以公言之,谢子以觉言之,三者孰近?程子言:"仁,性也;爱,情也。"岂可专以爱为仁?又曰:"或谓训人训觉者,皆非也。"然则言爱言觉者皆非耶?孟子曰:"仁,人心也。"前辈以为言仁之功无如此者,其说安在?且程子以为性,孟子以为心,其不同者何邪?

> 指其用,则曰爱;指其理,则曰公;指其端,则曰觉。学者由此皆可以知仁,若直以爱、以觉为仁,则不识仁之体,此所以非之。孟子曰"仁,人心也",此则仁之体也。程子以为性,非与孟子不同,盖对情而言,情之所发,不可言心(如《遗书》所谓"自性之有动者谓之情",不曰"自心之有动者谓之情")。程子之言非指仁之体,特言仁属乎性尔(有未是处,望一一指教)。

上文见《东莱吕太史别集》卷十六,原题作《答朱侍讲所问》,兹将吕祖谦所答仍低格录于其下。今朱熹《文集》卷三十五《答吕伯恭》书二,即收得此吕氏答朱熹问目后之复信,可以参考。按此答吕书二题下注"闰正月",其中云"承喻整顿收敛,则入手着力;从容游泳,又堕于悠悠",即指《吕东莱文集》卷三《答朱元晦》书十六,其中云"某罪逆不死,复见改岁",指其父丧丁忧,知作于乾道九年正月,是年正有闰正月。是书又云:"别纸批问,谩以所见求是正,不安处,望痛赐擿诲。"即指此朱熹别纸问目与此吕祖谦答书,知吕祖谦答书作在乾道九年正月,而朱熹问目则应写在乾道八年十二月。时张栻作《洙泗言仁录》、《仁说》、《论语解》,朱熹作《仁说》、《中庸章句》、《语孟精义》等,展开仁学、道体、中庸之论辨,故有书问吕祖谦也。

《中庸章句》二稿残文（淳熙元年，1174）

第一章

〔章句〕此天人性命之分，人物气质之禀，所以虽隐显或不同，而其理则未尝不一也。

〔张氏批语〕此语似欠，如云：在天人虽有性命之分，而其理则一；在人物虽有气禀之异，而其体则同。则庶几耳。

天命之谓性，率性之谓道，

〔章句〕言率夫性命之自然，是则所谓道也。

〔张氏批语〕是则是自然，然如此立语，学者看得便快了，请更详之。

修道之谓教。

〔张氏批语〕后来所寄一段，意方正，但寻未见，幸别录示。道也者，不可须臾离也；可离，非道也。是故君子戒慎乎其所不睹，恐惧乎其所不闻，莫见乎隐，莫显乎微，故君子慎其独也。

〔章句〕修道之君子，审其如此……

〔张氏批语〕此一段觉得丛叠有剩句处。以鄙意详经意，"不睹不闻者"，指此心之所存，非耳目之所可见闻也。目所不睹，可谓隐矣；耳所不闻，可谓微矣。然莫见莫显者，以善恶之几一毫萌焉，即吾心之灵有不可自欺而不可以掩者，此其所以为见显之至者也。以吾心之灵独知之，而人所不与，故言独。此君子之所致严者，盖操之之要也。今以不睹不闻为方寸之地，隐微为善恶之几，而又以独为合是二者，以吾之所见乎此者言之，不支离否？

〔章句〕此一节因论率性之道，以明修道之始。

〔张氏批语〕恐当云：因论率性之道，以明学者循圣人修道之教之始也。

喜怒哀乐之未发，谓之中；发而皆中节，谓之和。

〔章句〕此一节推本天命之性，以明修道之终。

〔张氏批语〕恐当云：推本天命之性，以明学者循圣人修道之教之终也。大抵天命之性，率性之道，圣人纯全乎此；而修道立教，使人由之，在学者则当由圣人修道之教用力以极其至，而后道为不离，而命之性可得而全也。

中也者，天下之大本也；和也者，天下之达道也。致中和，天地位焉，万物育焉。

〔章句〕"《洪范》之初一"至"正与此意合"。

〔张氏批语〕《洪范》之说，固亦有此意，然似不须牵引以证所言五行、五事、皇极、三德，然则八政、五纪之在其间者复如何？引周子之所论，亦似发明其意未竟，转使人惑，不若亦不须引也。或曰"然则中和果为二物"云云，此数句却须便连前文，庶顺且备耳。

第二章

〔章句〕随时为中。

〔张氏批语〕"为"字未安。盖当此时则有此时之中，此乃天理之自然，君子能择而得之也。

第四章

〔张氏批语〕所择恐未安。某尝为之说曰：知者慕高远之见，而过乎中庸；愚者又拘于浅陋，而不及乎中庸，此道之所以不行也。

贤者为高绝之行,而过乎中庸,不肖者又安于凡下,而不及乎中庸,此道之所以不明也。道之不行,由所见之差;道之不明,由所行之失,此致知力行所以为相须而成者也。不识如何?

第五章

〔章句〕"执其两端,用其中于民"两端者,凡物之全体皆有。两端,如始终、本末、大小、厚薄之类,识其全体而执其两端,然后可以量度取中,而端以不差也。

〔张氏批语〕此说虽巧,恐非本旨。某谓当其可之谓中。天下之理莫不有两端,如当刚而刚,则刚为中,当柔而柔,则柔为中。此所谓执两端用其中于民也。

第十章

〔章句〕"强哉矫",矫,强貌,《诗》曰"矫矫虎臣"是也。每句言之,所以深叹美之辞,虽烦而不杀也。

〔张氏批语〕此说初读之似好,已而思之,恐不平稳。疑圣人之辞气不尔也,然此句终难说。吕、杨诸公之说虽亦费力,然于学者用工却有益耳。

第十一章

〔章句〕"素隐",素,空也,无德而隐,无位而隐,皆素隐也。
〔张氏批语〕素隐,恐只是平日所主专在于隐者也。

第十二章

〔章句〕"夫妇之愚,可以与知焉。""夫妇之不肖,可以能行焉。"君子之道,造端乎夫妇。男女居室,人道之常,虽愚不肖,亦能知而行。夫妇之际,有人所不睹不闻者,造端乎此,乃所以为戒慎恐惧之实。

〔张氏批语〕此固切要下工夫处,然再三绅绎,恐此章之所谓"与知"、"能行"者,谓凡匹夫匹妇之所共知,如朝作夕息、饥食渴饮之类,凡庶民行而不著,习而不察,在君子则戒慎恐惧之所存,此乃所以为造端。如所谓"居室,人道之常",固亦总在其中,若指夫妇之间人所不睹不闻者,却似未稳,兼益未尽也。

第十三章

〔章句〕"人之为道而远人,不可以为道。"人心之安者即道也。

〔张氏批语〕此语有病,所安是如何所安?若学者错会此句,执认己意,以为心之所安,以此为道,不亦害乎!

〔章句〕君子知道不远人……岂不慨慨尔乎?

〔张氏批语〕此说费力,某以为"有所不足,不敢不勉;有余,不敢尽",惟游子定夫说得最好,当从之。若夫大意,则谓道虽不远人,而其至则圣人亦有所不能;虽圣人有所不能,而实亦不远于人。故君子只于言行上笃实做工夫,此乃实下手处。

〔章句〕"道不远人"至"仿此"。

〔张氏批语〕"费隐"之意,第十一章子思子发明之至矣,来说固多得之,若此二字,凡圣贤之言皆可如是看,似不必以为下数章皆是发明此二字也。大抵所定章句,固多明析精当,但其间亦不无牵挽处,恐子思当时立言之意却未必如此尔。盖自此章以下至二十章,元晦所结之语,皆似强为附合,无甚意味。观明者之意,必欲附合,使之厘通缕贯,故其间不免有牵强以就吾之意处。以某之见,其间联贯者,自不妨联贯;其不可强贯者,逐章玩味,意思固无穷,似不须如此费力。章句固合理会,若为章句所牵,则亦不可耳,自二十一章而下,其血脉自是贯通,如此分析,无甚可议者。

上稿见《南轩先生文集》卷三十《答朱元晦》。按:朱熹《文集》卷三十一《答张敬夫论中庸章句》、《答张敬夫》、《再答敬夫论中庸章句》三篇先后相及,乃是对张栻此批语之再答复。《南轩先生文集》卷二十一《答朱元晦》书七,观其中所云,知与此三篇答张书在同时,其中曰:"昨见所与刘枢(珙)书,闻郡中既以再辞之状申省,今且当谨俟之也。伯恭闻居深山间,想甚胜,向来聚生徒之多,闻亦有议之者,尝得其详否?"据《朱子年谱》:"淳熙二年夏六月,授秘书省秘书郎,辞,不允。秋八月,复辞,并请祠,许之。"所谓"以再辞之状申省"即指秋八月复辞职,知张栻此《中庸章句》复信批语作在淳熙二年八月前后。考朱熹初成《中庸章句》在乾道八年,见《别集》卷六《答林择之》书十三(详考见后《朱熹前四书集注考》)。稿成后即在同年寄张栻商讨,见《张南轩文集》卷二十《答朱元晦》书十三、卷二十一《答朱元晦》书八。张栻对是书引用《家语》等颇多非议,说不能合,朱熹表示欲予改定,张答朱书十三中即云:"所改定本亦幸早示,得以考究求教。"朱熹二稿改定本成在淳熙元年,《文集》卷三十三《答吕伯恭》书三十六云:"《中庸章句》一本上纳,此是草本,幸勿示人。"是书言及长子朱塾归、怀玉之约、"秋气渐凉",知作在淳熙元年八、九月间。朱熹将二稿改定本寄张栻估计约在同时,因张栻远在湖湘,次年又赴广西任,故其复信批语已在淳熙二年秋间,然据两人有三书往返讨论观之,则张栻批评《中庸章句》第一书约作在是年春间,讨论已在是年年初开始。

以朱熹晚年定本与此二稿相较,面目全非,尤有助于探讨朱熹《中庸》学思想演变之迹。后来其与陆九渊展开太极之辨,陆释"极"为"中",尤为朱所痛斥,然据此二稿残文,朱熹乃引《洪范》"皇极"以释中和之"中",足证其早年之说初与陆无异也。

问张敬夫（淳熙二年，1175）

近有人疑"但能存心，自无不敬"，而程子言敬乃以动容貌、整思虑为言，却从外面做起，不由中出，不若直言存其心之为约也。

某详程子教人居敬，必以动容貌、整思虑为先，盖动容貌、整思虑，则其心一，所以敬也。今但欲存心而以此为外，既不如此用工，则心亦乌得而存？其所谓存者，不过强制其思虑，非敬之理矣。此其未知内外之本一故也。今有人容貌不庄，而曰吾心则存，不知其所为不庄者，是果何所存乎？推此可见矣！

为佛学者言，"人当常存此心，令日用之间，眼前常见光烁烁地"，此与吾学所谓"操则存"者有异同否？

某详佛学所谓与吾学之云"存"字虽同，其所为存者，固有公私之异矣。吾学操则存者，收其放而已。收其放，则公理存，故于所当思而未尝不思也，于所当为而未尝不为也，莫非心之所存故也。佛学之所谓存心者，则欲其无所为而已矣，故于所当有而不知有也，于所当思而不之思也。独凭藉其无所为者以为宗，日用间将做作用（其云"令日用之间，眼前常见光烁烁地"，是弄此为作用也），目前一切以为幻妄，物则尽废，自利自私，此其不知天故也。

《论语》"何有于我哉"文义。（《述尔》，《子罕》）

吕与叔谓"我之道，舍是复何所有"。某旧只解作勉学者之意。后来详与叔此说，文义为顺，亦正合程子"圣人之教，常俯而就之"之意，如曰"吾有知乎哉？无知也"之类也。至《子罕篇》所云，尤引而示之近，门人果能于此求圣人，于此学圣人，则夫高深者将可驯至矣。

上问见《南轩先生文集》卷三十《答朱元晦》,低格为张栻所答。朱熹《文集》卷三十一《答张敬夫》书十四,乃为对张栻此答之复书,据前篇所考,知作在淳熙二年。按是年朱熹《论语集注》初稿草具(详见后《朱熹前四书集注考》),朱熹此问,盖为作《论语集注》也。

汪端斋听雨轩（淳熙三年，1176）

诗问池堂春草梦，何如风雨对床诗。
三薰三沐事斯语，难弟难兄此一时。
为母静弹琴几曲，遣杯同举洒千卮。
苏公感寓多游宦，岂不临风尚尔思。

上诗原载弘治《衢州府志》"听雨轩"条下，云："在开化县北。汪观国，字廷元，于所居作逍遥堂，翼之以轩，扁曰'听雨'，与其弟端斋燕息以终老。复遣其子浤从游东莱之门，时晦庵自建安来过，张南轩、陆象山、吕祖俭各赋听雨轩诗以美之。"《浙江通志》卷四十八亦录此条并诗。查今张栻、陆九渊集中无听雨轩诗，而《浙江通志》则另载吕祖俭《次韵听雨轩》诗一首："弟兄真乐有谁知，颇忆苏公听雨诗。小院深沉人静后，虚檐萧瑟夜分时。对床魂梦归灯火，浮世身名付酒卮。书册一窗生计足，怡然戏彩慰亲思。"听雨轩在开化县，朱熹唯归婺源方经其地。按王懋竑《朱子年谱》："淳熙三年春三月，如婺源，蔡元定从。"又据《吕东莱年谱》，是年三月二十八日，吕祖谦往会朱熹于三衢。考朱熹此次如婺源路线，《文集》卷三十三《答吕伯恭》书四十五云："但区区此行迫不得已，须一至衢，正以不欲多历郡县，故取道浦城以往，只拟夜入城寺，迟明即出。却自常山、开化、过婺源。犹恐为人所知，招致悔咎。今承诲谕欲为野次之款，此固所深愿。但须得一深僻去处，蜷伏两三日乃佳。自金华不入衢，径趋常山，道间尤妙。石岩寺不知在何处？若在衢、婺间官道之旁，即未为稳便。盖去岁鹅湖之集，在今思之，已非善地矣。"据此，知朱吕此次会见不欲为人所知，吕建议为"野次之款",朱亦以为"得一深僻去处,蜷伏两三日",欲吕自金华不直入衢城,而径趋常山道间相见。汪氏之宅,正在常山开化之间也。此次朱吕相会地点,《吕东莱年谱》及朱熹诸家年谱说均含混无考,今据此诗,乃得确考,可知两人非在衢州城中相见,当是三月二十七日朱熹于衢哭吊汪应辰后,即赴常山、开化,吕亦由金华赶至,于二十八日与朱会见于开化北汪氏兄弟之宅,朱熹听雨轩之咏即在其时。张栻、陆九渊、吕祖俭之咏听雨轩,盖与朱熹非在同时也。《古今图书集成·方舆汇编·职方典》第一千十六卷载此诗,题作《题包山书院听雨堂》,又云:"包山书院在(开化)县北二十五里,地名马金。"(第一千十三卷)盖即汪氏兄弟燕居之地也。

与陆子静（淳熙二年，1175）

某未闻道学之懿，兹幸获奉余论。所恨匆匆别去，彼此之怀，皆若有未既者。然警切之诲，佩服不敢忘也。还家无便，写此少见拳拳。

上札见《陆象山年谱》，系于淳熙二年乙未。按朱熹致陆九渊函今存于《文集》者仅六通，余除亡佚者外，有被陆氏弟子入于《陆象山年谱》，虽以己意摘录，亦为研究朱陆交往论辨之宝贵资料。美国匹兹堡大学卡泰学院哲学教授陈荣捷先生《朱陆通讯评述》（载《中国哲学史研究》一九八三年第三期）考定朱熹致陆九渊函共二十一，"存于文集者六，摘载于陆谱者七。此外不知内容者二（按：当作三），稍知内容者五。"此即致陆第一书，盖在是年六月鹅湖之会以后，故有"匆匆别去"、"还家无便"之句。

题响石岩（淳熙二年,1175）

何叔京、朱仲晦、连嵩卿、蔡季通、徐宋臣、吕伯恭、潘叔昌、范伯崇、张元善,淳熙乙未五月廿一日。　晦翁。

上题刻在武夷响石岩,多著录于方志(如《崇安县志》卷十)及金石志(如《闽中金石志》卷九)。淳熙二年乙未夏四月吕祖谦偕潘叔昌来寒泉精舍,与朱熹相晤,共成《近思录》。旋又共往鹅湖,与陆九渊兄弟相会。《朱子年谱》、《吕东莱年谱》、《陆象山年谱》无不将鹅湖之会定在四月,为今人所从,实误。据此刻,则吕祖谦五月下旬犹在武夷也。据朱熹在寒泉所作《书近思录后》署作"五月五日",则四月鹅湖之会显非。考《吕东莱文集》卷四《与邢邦用》书一云:"某自春来为建宁之行,与元晦相聚四十余日。复同出至鹅湖,二陆及子澄诸兄皆集。"据吕祖谦《入闽录》,吕于春间出发,至四月一日方至五夫里。两人共作《近思录》四十余日,则离闽赴鹅湖在五月中旬。又《吕东莱文集》卷五《答潘叔度》书十五云:"某以五月半后,同朱丈出闽,下旬至鹅湖。诸公皆集,甚有讲论之益。更三四日,即各分手。"此谓朱吕离寒泉在五月半以后,然以其一行途中经武夷游观、然后再往鹅湖计算,则应在五月底方至鹅湖相会。此刻题作"五月廿一日",正与此相合,乃在其月半后离寒泉经游武夷而未抵鹅湖之时也。朱熹《文集》卷四十九《答王子合》书一云:"前月末送伯恭至鹅湖,陆子寿兄弟来会。讲论之间,深觉有益。此月八日方分手而归也。""前月末"者,即指五月二十九日前后,至六月八日分手,即《陆谱》所谓"留止旬日"也。可见鹅湖之会实在五、六月间,断非四月,此题刻乃提供确证。潘叔昌，名景愈，金华人，与朱熹亲家潘景宪叔度为兄弟。何叔京，名镐，邵武人，朱熹为作墓铭。连嵩卿，名崧，邵武人。范伯崇，名念德，建阳人。张元善，即詹元善，名体仁，浦城人，《宋史》卷三百九十三有传。以上三人皆朱熹弟子。徐宋臣，未详。

过德兴县叶元恺家偶题（淳熙三年，1176）

葱汤麦饭两相宜,葱暖丹田饭疗饥。
莫道儒家风味薄,隔邻犹有未炊时。

右诗见朱玉《朱子文集大全类编·补遗》,《宋诗纪事》卷四十八亦选录此诗。《坚瓠集》云:"朱晦庵访婿蔡沈不遇,其女出葱汤麦饭留之,意谓简亵不安。晦庵题其诗曰:'葱汤麦饭两相宜,葱补丹田麦疗饥。莫谓此中滋味薄,前林还有未炊时。'"此说尤谬,朱熹三女,嫁刘学古、黄榦、范元裕,见《朱松行状》。蔡沈乃蔡元定子,非朱熹婿。

题程烨程燧兄弟双桂书院（淳熙三年，1176）

君家构屋积玉堆，两种天香手自栽。
清影一帘秋澹荡，任渠艳冶斗春开。

上诗见朱玉《朱子大全类编·补遗》。雍正《江西通志》卷二十二《书院》亦有云："饶州双桂书院，在德兴县游奕坞，相传朱子赠程烨、程燧兄弟诗……书院之名由此。"据此似此诗原为赠程兄弟，后因此诗而有双桂书院。

按：德兴与婺源密迩，上二首应为朱熹淳熙三年往婺源展墓前后所作。德兴多有朱熹弟子，有名者如程端蒙正思，见朱熹《文集》卷九十《程君正思墓表》。董铢叔重，《江西通志》卷八十八有传。今朱熹《文集》卷五十有《答程正思》五书，卷五十一有《答董叔重》十书，卷八十二有《跋程董二先生学则》。此外，《江西通志》卷二十二《书院》云："柳湖书院，在德兴县十都，朱子门人程珙隐居讲学之所。"又："银峰书院，在德兴县市延福坊。宋淳熙间邑人余瀚、余渊延朱子讲学其中。"卷十一《山川》："岁寒山，在德兴县西南二里……县东南有肯堂山，宋乾道间余敛子瀚重葺绣彩堂，朱子更颜'肯堂'，因以名山。"卷四十一《古迹》："岁寒堂，在德兴县治西，邑人余瀚建，朱子匾曰'岁寒堂'。"均可见朱熹与德兴士人交往之迹。按《江西通志》卷二十二《书院》："蒙斋书院，朱子门人程端蒙讲学所，旧在德兴县游奕坞。"而程烨兄弟双桂书院亦在游奕坞，似程烨兄弟与程端蒙为同宗之戚，自必相识。朱熹绍兴二十年归婺源省墓，即尝经德兴拜谒名诗人董颖，德兴士子已有来执礼问学者。淳熙三年再归婺源，程端蒙又特自德兴抠衣来谒，程烨兄弟或亦在其时同见朱熹并请赠诗。盖德兴、婺源之程、董、朱三大著姓多结姻亲，而德兴与婺源之程又同出一源，朱熹《文集》卷九十《韩溪翁程君墓表》即云："盖新安、番阳、信安诸程，皆出梁镇西将军忠壮公灵洗，其家婺源者，又自歙之黄墩徙而来，谱牒具在。"朱熹祖朱森娶程氏，为程复亨姑，程复亨为朱松内弟，而其子程洵与朱熹为中表。故当朱熹归婺源，德兴、婺源两地程姓学子多借此一重同宗亲戚关系来见。汪佑《紫阳书院建迁源流记》云："朱子自闽归徽省墓……淳熙丙申再至，则西山蔡氏从之游，其时思返故庐，迟留数月，教泽所振兴起，郡从执弟子礼者三十人。"（《歙县金石志》卷二）疑叶元恺、程烨兄弟皆在其列也。朱熹三月如婺源，六月上旬归，前一诗或即归途过叶元恺家所题，后一诗则归家后于秋中应程氏兄弟之请作赠。

与吕子约（淳熙三年，1176）

诸况已具恭兄书中，腐儒之效如此，岂敢复有传道授业之意？但欲杜门念咎，以毕余生也……一请往来，动逾两月也……

上帖见《金华黄先生文集》卷二十二《跋乾淳四贤墨迹》四首之一《朱文公与大愚帖》，云："淳熙丙申，公用执政荐除秘书郎，而群小间之，寻降御批曰：'引虚名之士，恐坏朝廷。'公亦辞不拜，且有与东莱书。时公新作草堂于云谷，以待来学，故帖中云：'诸况已具……'公以六月辞除命，七月不允，再辞，十月乃奉祠崇道，故帖中云'一请往来，动逾两月也'。大愚任四明仓曹在壬寅冬，距公之得祠首尾七年，帖中称之曰'监仓'者，必作于其需次之时也。"按：朱熹与东莱书见《文集》卷三十三《答吕伯恭》书四十九。《建炎以来朝野杂记》乙集卷八《晦庵先生非素隐》云："上谕欲奖用廉退，以励风俗。庄敏（龚茂良）以先生名进，上曰：'记得其人屡辞官，此人所共知，今可与除一官。'于是除秘书郎，其年六月戊申也。先生复再辞，且遣庄敏手书，其言专及一时权幸，书未达，而群小已先乘间谗毁矣。俄尔内批付庄敏，以'虚名之士，恐坏朝廷'。翌日，庄敏论奏再三，上默然。由是先生迄不拜命。"另见《中兴圣政》卷五十四、《宋史》卷三百八十五《龚茂良传》。"群小"、"权幸"指曾觌、王抃、甘昇及谢廓然之流（见《龚茂良传》、《孝宗纪》）。朱熹在九月差管武夷山冲佑观，此书即作在其时。

仙霞岭（疑淳熙三年,1176）

道出夷山乡思生,霞峰重迭面前迎。
岭头云散丹梯耸,步到天衢眼更明。

上诗见同治《江山县志》卷一《舆地》,又载《衢州府志》卷三。《仙霞岭志》:"仙霞岭在(江山)县南一百里,高三百六十级,凡二十八曲,长二十里。"《方舆纪要》:"宋绍兴中,史浩帅闽过此,募人以石甃路,稍就宽平。仙霞之为岭一,而南北有名之岭凡五:曰窑岭、曰茶岭、曰小竿岭、曰大竿岭、曰梨岭,与仙霞为六大岭。六大岭之险,止在七十余里之中。"仙霞岭为出入闽浙门户,由浙经此可直趋建州。朱熹多次往返于江山县之间,此诗作于何时莫能确考,淳熙三年朱熹归婺源来回皆经江山县,姑系于是年之下。

跋睢阳五老图卷并诗（疑淳熙三年，1176）

拜瞻五老图像，俨然仪刑，当代以来，遇时否塞，遭家多故，支同派别，迁播不一，南北之涧，其来尚矣。得其毕氏之传，再见于江南，岂胜幸哉！使人企仰，以续将来，非独表大宋隆德兴威之时，实启后世为人臣子孙亘古永锡无替之昭鉴，垂不朽云尔，以踵其祖韵而已矣。后学朱熹拜手敬题。

    同支派别胄遥遥，南渡衣冠尚北朝。
    千载图画文献在，两朝开济政明昭。
    公卿倡和遵皇运，嗣子传家念祖饶。
    幸得庆源流自远，匡扶人世释尘嚣。

上跋并诗见《式古堂书画汇考·画考》卷十五无名氏《睢阳五老图卷》下。都穆《寓意编》载是图，云："在昆山朱氏，朱盖五老之一兵部郎中贯之后。御史史天昭出以示予，图有钱明逸序，欧阳公、司马公而下诗皆不存在，今存惟南宋及元人题跋。"《铁网珊瑚》载是图，只称有吴宽前后二跋。胡敬《西清札记》录此图卷，已仅存吴宽一跋。按宋元名臣为此图题跋、题名、题诗者，自钱明逸以下有蒋璨、钱端礼、洪适、吕祖谦、洪迈、范成大等，凡四十有三人；其中南宋即有二十一人。然历来因不知其中洪适一跋为伪，遂以讹传讹，说愈舛谬。按洪适跋云："睢阳五老图初藏毕公孙家。绍熙辛亥，兵部朱公孙信庵（按：朱子荣）以故宅余地易归，日夕拜瞻祖像。盖信庵垂髫时，以金兵迫逐渡江，少孤养于史氏。一日携以诣适请语。信庵端严谨悫，读书尚志，朱氏之后，其可涯哉！鄱阳洪适敬书。"洪适卒于淳熙十一年(1184),如何能于绍熙辛亥(1191)作跋？朱德润《存复斋文集》卷六有《朱氏族谱传序》述朱子荣生平甚详,云:"子荣,字公显、晚号信庵……金泰和中(按:应作承安),淮蔡扰攘,公年甫六岁,从居人南奔……同渡僧允谦奇之,携诣吴郡守贾青,得寄育于史元长家……宝庆初诣行在所上书……三年,转左藏提辖、进直秘阁。咸淳中论事忤贾似道……至元十三年(1276),江南归附,公归,卒于吴,年八十三。"是朱子荣生于绍熙五年(1194),绍熙辛亥尚未出世。今按:睢阳五老图后有朱子荣跋云:"子荣六岁时,值金兵逐掠,附舟柂得渡江,养于姑苏史氏家。常念父母日隔,痛不能自胜。一日,毕公孙示子荣曾祖兵部尚书画像,盖睢阳五老人,天下共知其贤。明年,请以余地易归奉祀。毕氏再图其完,以旧本俾子荣,敢不夙夜祗惧,以承先诫。凡我宗人及其子孙尚敬之哉！岁乙丑仲春。"乙丑应咸淳元年(1165),是睢阳五老图之由毕氏归朱氏在此年而非绍熙辛亥甚明。作洪适跋者乃将朱子荣因金兵逐掠渡江误为靖康南渡,其作伪之迹昭昭可见。虞集泰定二年跋已言及此洪适跋,故可知必是元贞至至治间朱子荣后裔所伪造。后世未考,自虞集以下均认为睢阳五老图淳熙以前在毕氏,绍熙以来归朱氏,其说误甚。今按南宋人诸跋,自绍兴五年(1135)至淳熙四年(1177)洪迈跋,均言及毕氏;自淳熙甲辰(1184)范成大跋,是图已归他人,辗转多手;至少在庆元以后再归毕氏,时朱熹已卒;至咸淳元年方归朱氏。朱熹此跋云"得其毕氏之传,再见于江南",则必题于淳熙四年以前。疑此跋或为淳熙三年朱熹归婺源展墓时所题,盖睢阳五老中有兵部郎中朱贯,而朱熹归故地,士子竞相趋谒问学,毕氏或于此时持图求跋,其意固欲借朱熹大儒之名以重是图,在朱熹则可以此显耀朱氏先祖之德也。

勉学箴（疑淳熙三年以后，1176年以后）

百圣在目，千古在心。妙者躬践，傲者口吟。——读好书。
莠言虚蔓，兰言实菱。九兰一莠，驷追不回。——说好话。
圣狂路口，义利关头。择行若游，急行若邮。——行好事。
孔称成人，孟戒非人。小人穷冬，钜人盛春。——作好人。

上箴见朱玉《朱子文集大全类编》所辑补，云出自《翰墨全书》。此箴方志金石类书多见著录，作年莫考。朱熹婿勉斋黄榦淳熙三年登朱熹门，为学艰苦卓绝，夜不设榻，衣不解带。《黄勉斋先生文集》卷七《祭晦庵朱先生文》称"榦丙申之春，师门始登，诲语谆谆，情犹父兄。春山朝荣，秋堂夜清，或执经于坐隅，或散策于林坰，或谈笑而春容，或切至而叮咛。始受室于潭溪，复问舍于星亭"。此《勉学箴》或即作赠黄榦，黄榦遂自号"勉斋"耶？兹姑附淳熙三年俟再考。

琴坞记（淳熙五年，1178）

　　友人屠君天叙讳道者，以进士拜侍御史，辞疾归隐。素善琴，乃作轩于暨阳山麓，萧爽绝尘，入夜燕息，援琴鼓之，明月当户，光彩映发，神闲意寂，其资之者深矣，遂扁其居曰"琴坞"，请余记之。余闻声音之道与政通，故君子穷则寓其志，以善其身；达则推其和，以淑诸人。盖心和则声和，声和则政和，政和则无不和矣。暨阳之邑多山，其居民淳厚，天叙能以古音道之，必有能听之者，是为记。淳熙五年四月甲申。

　　上记载《诸暨县志》卷四十二《坊宅》下。其于"紫岩乡"下云："琴坞里，在六十都，宋侍御史屠道卜宅于此，榜其所居曰'琴坞'，后遂以名其地。"又卷十二《山水》云："琴坞山，在县北七十里，属紫岩乡，山之东麓有宋侍御史屠道墓，有墓表，嘉庆十三年其裔孙屠倬修建。"按卷四十五《金石》云："《琴坞记》，朱熹撰，淳熙五年戊戌镌在紫岩乡。"是朱熹此记本有刻石，淳熙五年已镌于紫岩乡。屠道生平事迹不见载于史籍，阮元尝因屠倬之请，据其世谱作《宋御史屠公神道碑》，云："按谱：公讳道，字天叙，乾道五年进士，淳熙时历官侍御史。光宗朝与权贵论事不合，至绍熙三年以疾归，隐于暨阳之山。惟高迈，善议论，枢密使刘正（疑作留正）尝欲复起之，不可。抱琴携酒，徜徉山水间，号乐琴居士，而名其地曰'琴坞'，朱子为之记。卒，年七十有八，葬所居后山东麓。子一：荣，金华知县……"《诸暨县志》卷二十七《人物》亦有屠道小传。唯神道碑云屠道绍熙三年始以疾归隐，与《琴坞记》所云淳熙五年辞疾归隐有异，似屠道淳熙五年辞归后尝又一出；或神道碑乃据谱而作，辗转有误；或淳熙五年为绍熙五年之误，疑莫能明矣。

书离骚经（淳熙五年，1178）

　　帝高阳之苗裔兮，朕皇考曰伯庸。摄提贞于孟陬兮，惟庚寅吾以降。皇览揆余初度兮，肇锡余以嘉名；名余曰正则兮，字余曰灵均。纷吾既有此内美兮，又重之以修能。扈江离与辟芷兮，纫秋兰以为佩。汨余若将不及兮，恐年岁之不吾与。朝搴陂之木兰兮，夕揽洲之宿莽。日月忽其不掩兮，春与秋其代序。惟草木之零落兮，恐美人之迟暮。不抚壮而弃秽兮，何不改此度？乘骐骥以驰骋兮，来吾导夫先路！

　　淳熙戊戌孟复晦日晦翁书。

　　上见岳珂《宝真斋法书赞》卷二十七，题作《朱文公离骚经》。是书真迹行书，十三行，岳珂云："予晚生虽不及撰杖履，幸与先生之子工部侍郎在尝为僚。既汇古今帖，独念先生学冠千古，名振一代，不容轶拱璧而宝瑰玖，因记丐之二侍君。宝庆丙戌五月书来，以此为贶。考其岁月，是年先生方以召节，改守南康，在党祸前十年，非托意也。"

淳熙戊戌七月廿九日早发潭溪西登云谷取道芹溪友人丘子野留宿因题芹溪小隐以贻之作此以纪其事（淳熙五年，1178）

我来屏山下，奔走倦僮仆。亭亭日已中，冠中湿如沐。
访我芹溪翁，解装留憩宿。茗碗瀹甘寒，温泉试新浴。
抖擞神气清，散步楮筇竹。芦峰在瞻望，隐隐见云谷。
顿觉尘虑空，豁然洗心目。君居岘山西，高隐志不俗。
窗几列琴书，庭皋富花木。往来数相过，主宾情意熟。
开尊酹香醪，謦欬话衷曲。从容出妙句，满幅粲珠玉。
邀约登赫曦，襟期伴幽独。兹游得良朋，道义推前夙。
扁字为留题，深愧毛锥秃。

上诗见《新安文献志》甲志卷五十一上。朱熹与丘子野关系已见前《芹溪九曲诗》所考。按朱熹《文集》卷六有诗云："淳熙戊戌七月廿九日与子晦、纯叟、伯休同发屏山，西登云谷，越夕乃至；而李通、德功亦自山北来会，赋诗纪事。"正与此诗所述相同，而在时间上相隔一日。盖朱熹常由潭溪往游云谷，早发夕至；此次因秋热，为友设游，故途中于中午憩于芹溪丘子野处，顺览芹溪九曲风光，住一宿，乃往登云谷。两诗所记先后相接。朱熹此次胜游，盖为廖子晦、刘纯叟而设，见后《题响石岩》所考。《建宁府志》卷三谓朱熹"并题其堂曰'芹溪小隐'，又著《复斋铭》并《芹溪九曲》等诗以贻之"。与此诗所记相合，所谓"《芹溪九曲》等诗"即包括此诗也。朱熹《文集》卷六竹字韵《游昼寒》诗风格与此诗极类。

题响石岩（淳熙五年，1178）

淳熙戊戌八月乙未，刘彦集、岳卿、纯叟、廖子晦、朱仲晦来。晦翁。

上题刻在武夷响石岩，《崇安县志》卷十、《闽中金石志》卷九及其他金石方志之书均有著录。按淳熙五年戊戌八月朱熹差知南康军，辞，时与友人常游武夷，多有唱酬，《文集》卷六《端荚得幽贞》诗序云："淳熙戊戌七月二十九日，与子晦、纯叟、伯林同发屏山，西登云谷，越夕乃至。而季通、德功亦自山北来会，赋诗纪事。"又《闲居寡俦侣》诗序云："秋日同廖子晦、刘纯叟、方伯休、刘彦集登天湖，下饮泉石轩，以山水含清晖分韵。"可与响石岩题刻相印证。刘纯叟，应即刘尧夫醇叟，金溪人，师事陆九皋、九龄、九渊，卒入于佛学，《宋元学案》卷七十七《槐堂诸儒学案》有传。朱玉《朱子文集大全类编》不知此"纯叟"即尧夫，于《文公门人》别列为建阳弟子，而其名则阙，实误。按《吕东莱文集》卷三《与朱元晦》书三十九："刘淳叟旧从二陆学，今释褐还乡，专往求教，敢望不倦诲诱。"又朱熹《文集》卷三十四《答吕伯恭》书七："刘醇叟者欲来相访，而久不至，岂不成行邪？"卷八："熹比与纯叟及廖子晦同登云谷，遂来武夷，数日讲论甚适，今将归矣。"可证此题刻"纯叟"必为金溪刘尧夫，而此次武夷之游实为刘纯叟、廖子晦所设。廖子晦，名德明，号槎溪，顺昌人，朱熹弟子。刘彦集，名子翔，建安人，朱熹妹夫。刘岳卿，名甫，崇安人，隐居武夷水帘洞不仕。

建阳县学藏书厨铭（疑淳熙六年，1179）

建邑名庠，司教有儒。何以为训？具在此书。非学何立？非书何习？终日不倦，圣贤可及。

上铭见嘉靖《建阳县志》卷六，朱玉《朱子文集大全类编》曾辑补，云出自《翰墨大全》。淳熙六年建阳知县姚耆寅购六经及训传史记子集以充县学藏书，又建四贤堂，朱熹特为作《建宁府建阳县学藏书记》与《建宁府建阳县学四贤堂记》，称赞其"兴学聚书以教学者"，见《文集》卷七十八。此铭似即在其时同作。

与金希傅二书

一（淳熙六年，1179）

希傅实吾乡古博君子，不当在弟子列。至于论辨义理，穷极精微，吾甚重之……

二（庆元元年，1195）

君子事君当官，必以其道，希傅盍自勉……

上朱熹致金朋说二书载《古今图书集成·理学汇编·经籍典》第三百五十一卷引《休宁县志》，云："金朋说，字希傅，汪溪人，秅侯之后。父良能……羁卯鼓箧，与朱权、程卓、许文蔚辈同游程文简、吴文肃二公之门，时称'八达'。既冠，良能复命受业于其友朱晦翁……淳熙丁未中南省试，奉清问策对剀切，赐王容榜进士出身。初授临安府学教授，丁内艰。服除，除淮东宣抚使制干，迁鄱阳知县。时丞相赵汝愚去位，韩侂胄当国……朋说应荐，上状言：'幼习《诗经》，长从师朱熹，讲孔孟及《程氏遗书》，向无为伪。'浩然叹曰：'是尚可腼颜禄位乎！'遂解职归。先是从晦翁问学信州时，晦翁尝称：'希傅实吾乡古博君子……'及知鄱阳，晦翁又遗书言：'君子事君当官……'庆元己未卒，年五十有三。"又《古今图书集成·明伦汇编·氏族典》第三百六十一卷引《汪氏族谱》云："朋说，字希博，宏词良能子也。淳熙丁未中进士。初授临安府学教授，丁内艰。除，改淮东宣抚使制干，迁鄱阳县知县。时赵丞相汝愚去位，韩侂胄当国，引进同类，指道学为伪学，四书六经并为大禁。凡荐举改官,悉令漕帅取状牒,才得擢用。朋说应荐,上状言:'幼习《诗经》,长从师朱熹,讲孔孟及《程氏遗书》,向无为伪。'遂解职归。"元陈栎《汪溪金氏族谱序》称:"若金氏朋说,讲学于朱子,直道从化,不负师门。"《安徽通志》卷二百十九亦有金朋说传。按朱与金第一书在"从晦翁问学信州时",据金朋说所作《汪溪金氏族谱序》,应在淳熙六年朱熹赴南康任经信州之时(详见后《婺源茶院朱氏世谱》按考)。第二书作在金知鄱阳、赵汝愚去相位之时,则在庆元元年。

南塘诗（疑淳熙六年，1179）

南塘旧是尚书宅，今作僧居水石清。
半夜月明禅定后，松风犹带管弦声。

上诗见《余干县志》卷十八。卷四"南塘寺"下亦云："唐天祐中建，朱文公有诗。"朱熹生平屡尝经由余干，又赵汝愚余干人，亦尝请朱熹讲学于余干，其子亦从学于朱熹。观此诗，似是后来再经余干南塘寺有感而发，或即在赴南康任途经余干所作，姑系是年俟考。

跋延平本《太极通书》后（淳熙六年，1179）

临汀杨方得九江故家传本，校此本不同者十有九处，然亦互有得失。其两条此本之误，当从九江本，如《理性命》章云"柔如之"，当作"柔亦如之"。《师友》章当自"道义者"以下，析为下章。其十四条义可两通，当并存之，如《诚几德》章云"理曰礼"，"理"一作"履"。《慎动》章云"邪动"，一作"动邪"。《化》章一作"顺化"。《爱敬》章云"有善"，此下一有"是苟"字。"学焉"，此下一有"否"字。《乐》章云"优柔平中"，"平"一作"乎"。"轻生败伦"，"伦"一作"常"。《圣学》章云"请闻焉"，"闻"一作"问"。《颜子》章云"独何心哉"，"心"一作"以"。"能化而齐"，"齐"一作"济"。一作"消"。《过》章，一作"仲由"。《刑》章云"不止即过焉"，"即"一作"则"。其三条九江本误，而当以此本为正，如《太极说》云"无极而太极"，"而"下误多一"生"字。《诚》章云"诚斯立焉"，"立"误作"生"。《家人睽复无妄》章云"诚心复其不善之动而已矣"，"心"误作"以"。凡十有九条，今附见于此，学者得以考焉。

上跋见《周子全书》卷十一《太极通书发明》中。按朱熹校定《太极通书》，一在乾道二年刘珙知潭时，是为长沙本；二在乾道五年家居时，是为建安本；三在淳熙六年南康军任上时，是为南康本。此延平本非其校定，故作跋以明两本之异也。据其南康本作《再定太极通书后序》有云："建安本特据潘《志》，置图篇端……然后得临汀杨方本以校，而知其舛陋，犹有未尽正者。如"柔如之"，当作"柔亦如之"；《师友》一章，当为二章之类。……兹乃被命假守南康……因取旧帙，复加更定，而附著其说如此，锓板学宫，以与同志之士共焉。淳熙己亥夏五月戊午朔新安朱熹谨书。"杨方字子直，临汀人，乾道九年来见朱熹，以后往返于南康九江一带，故得九江故家传本。朱熹于淳熙六年三月底至南康，据其四月所作《题栖贤磨崖》(《别集》卷七)，知其时杨方已在南康，故朱熹之始得见杨方九江故家传本，应在其初到南康之时。然此延平本跋未言及南康本，且如其时已据九江传本校定成南康本，则无必要再为延平本作此跋，故朱熹作延平本跋应早于其校定成南康本，即在淳熙六年四月间也。此校跋乃一篇至为宝贵文字，周敦颐《太极图说》向来聚讼纷纭，此跋称九江故家传本《太极图说》首句为"无极而生太极"，有助于揭开"无极太极"千古之秘。

米敷文潇湘图卷二题（淳熙六年,1179）

淳熙己亥中夏（一作仲夏廿八日），新安朱熹观于江东道院。

二

建阳崇安之间，有大山横出，峰峦特秀，余尝结茅其颠小平处。每当晴昼，白云坌入窗牖间，辄咫尺不可辨。尝题小诗云："闲云无四时，散漫此散谷。幸乏霖雨姿，何妨媚幽独。"下山累月，每窃讽此诗，未尝不怅然自失。今观米公所为左侯戏作横卷，隐隐旧题诗外，似已在第三四峰间也。又得并览诸名胜旧题，想像其人，益深叹息。淳熙己亥中夏廿九日新安朱熹仲晦父书于江东道院。

上二题见汪珂玉《珊瑚网·名画题跋》卷四《米敷文潇湘长卷》，又见《式古堂书画汇考·画考》卷十三，真迹刻入《初拓戏鸿堂法帖》十四册。米画长卷有关注、谢伋、洪适、钱端礼、曾惇、朱敦儒、曹筠、洪迈、尤袤、袁说友、钱闻诗、温莘、林仰、时佐、韩浒、张绅等人题跋真迹，中如洪迈、尤袤等均先后有二跋，与朱熹同。诸家皆各按其江东任年月先后依次题跋，时间凿凿可考。昆山王彝宗常《潇湘图考》云："故宋兵部侍郎襄阳米公友仁元晖所画潇湘图一卷，其自题识凡两见。南渡后诸名胜跋语凡若干人，而文公朱夫子手泽又先后出也……然此卷不言为何人作，乃曰'比与达功相遇'，诸跋语多言达功；至朱夫子独云'米公所为左侯戏作横卷'，则其人盖姓左氏而字达功也……钱闻诗，字子言，此不书姓字，但云篯后人者，固钱氏也。成都人，尝知南康军（按：继朱熹任者），与朱夫子交。此两题皆在淳熙辛丑，是岁三月，朱夫子自南康东归,而此题在八月,则子言已上任矣。"卞允誉按考云:"惟朱夫子手泽,杰然特出,为百世所尊仰……后题其末所书年月姓名及所在书处,皆与前题同,但此为廿九日,而姓名下有'仲晦父'三字,以《云谷记》考之,则其地盖即云谷,而结茅处即晦庵也。己亥为淳熙六年,自去岁差知南康军,辞不允,是岁三月到任,此题皆在五月,乃到任后。其曰'书江东道院'者,姑熟有郡斋曰江东道院,而此自在南康也。"今按:《文集》卷八十一《跋陈简斋帖》云:"简斋陈公手写所为诗一卷……予尝借得之,欲摹而刻之江东道院,竟以不能善工而罢。"集中该跋未署时间,据《经训堂帖》有朱熹此跋手迹,尾署"淳熙辛丑四月丁卯新安朱熹"。又《文集》同卷《书濂溪先生拙赋后》云:"右濂溪先生所为赋篇,闻之其曾孙直卿云,近岁耕者得之溪上之田间,已断裂,然尚可读也。熹惟此邦虽陋,然往岁先生尝辱临之,乃辟江东道院之东室,榜以'拙斋'而刻置焉……淳熙己亥秋八月辛丑。"据此可知江东道院其时实为朱熹常至之地,而名家字画多藏焉。题中所叙,与其《云谷记》同。

题卧龙潭（淳熙六年，1179）

紫阳朱熹卜卧龙山宅，成纪崔嘉彦实……之，其徒临江刘清之。己亥七月。

上题刻见《庐山金石汇考》卷下，云："此刻在龙潭出口数十武路旁大石上，右端没于土。毛《志》载其文可辨者二十九字，今纪下十八字已不可复识。"吴宗慈《庐山志》卷十一《金石目》所载同。朱熹卜卧龙山宅事，详见《文集》卷七十九《卧龙庵记》与《西原庵记》，盖指筑卧龙庵事，然记未明言何时，只云："去岁蒙恩来此……时已上章乞解郡绂，乃捐俸钱十万属西原隐者崔君嘉彦，因其旧址缚屋数椽，以俟命下而徙居焉。"按朱熹年谱，是年六月请词，七月申乞罢黜，正与此题刻相合，知卧龙庵之筑成应在七月间，此题刻当为纪庵成而立，诸本年谱均将作卧龙庵系于五月，盖指始筹建也。

赠刘虚谷（约淳熙六年，1179）

细读还丹一百篇，先生信笔亦多言。
元机漫向经书觅，至理端于目睫存。
二马果能为我驭，五芽应自长家园。
明朝酒醒下山去，此话更从谁与论？

上诗见毛德琦《庐山志》卷十一。吴宗慈《庐山志》卷十亦载此诗，卷九《释道》引同治《康志》云："刘虚谷，善修养，著《丹还篇》，能以智慧性断烦恼殃，乃至有无通用之秘。朱文公常与往来谈《易》，论还丹之旨。后步月登青牛洞绝顶，端坐逝。"朱彝尊《经义考》著录刘虚谷《易解》。周必大《泛舟游山录》三曰："其后有无心堂，临流水可爱。道士皆星居。有刘烈者，号虚谷先生，尝进《易解》。"《宋史·艺文志》著录刘烈《易解》三卷，胡一桂云"隆兴初撰"，琰俞云"刘虚谷《易传》，不过借《易》以文其说尔，非知《易》者也，故朱晦庵深诋之"。考《语类》卷六十七黄义刚录云："向在南康见四家《易》，如刘居士变卦，每卦变为六十四，却是按古。如周三教及刘虚谷，皆乱道。外更有戴主簿传得《麻衣易》，乃是戴公伪为之。"知朱熹南康任上确尝与刘虚谷有交往。

拙逸子说（疑淳熙六年，1179）

熊君世卿乞书"拙逸"二字，余曰："作德心逸日休，作伪心劳日拙，毋乃与子之言异乎？"君笑曰："彼巧者劳，智者忧；吾惟拙，故逸云尔。拙非缪悠之谓也，物之自然，性之天也；蔽吾天，汩吾自然，穷年竟岁，方寸扰扰，随富且贵，求吾一日之逸，有终身不可得者矣！"余曰：噫，逃世网而解天刑，非君其谁哉！

上文见雍正《江西通志》卷九十一"熊兆"条下，其引《白志》云："熊兆，字世卿，安义人，受业于朱子，学得其传，隐居弗耀，自号'拙逸子'。文公为著《拙逸子说》以遗之。"又引原跋云："按：《朱子全集》无《拙逸子说》，其裔孙孝廉名秉铎，录以见示，附载于后。"正德《南康志》卷六《隐逸》"安义县"下亦云："熊兆，字世卿，受学于朱文公，得其传，隐居不出，号拙逸先生，朱文公为著《拙逸说》。"疑熊兆之受业朱熹并乞作《拙逸说》在朱熹南康军任之时。毛德琦《庐山志》卷八引桑《疏》云："朱子门人又有曹彦约简甫、周谟舜弼、余洁伯秀、李晖晦叔、刘贡焕文、熊兆世卿，其所居并近鹿洞，然不列洞祀。彦约仕至兵部尚书。兆号'拙逸'，朱熹尝为著《拙逸说》。"

与时宰二札

札一（淳熙六年，1179）

　　熹前者便中累奉钧翰之赐，去月末间拜启，略叙谢诚。窃计已遂登彻，继此未遑嗣问，下情但切瞻仰。熹前所具禀减税、请祠二事，伏想已蒙钧念矣。但延颈计日，以俟赐可之报，而杳然未有闻。衰病之躯，日益疲惫，旧证之外，加以洞泄不时，兼旬未止，两目昏涩，殆不复见物。如作此字，但以意摸索写成，其大小浓淡略不能知。又以鄙性狭劣，不能自觉，簿书期会之间，又不敢全然旷弛，日夕应接吏民，省阅文案，若更旬月不得脱去，即精神气血内外枯耗，不复可更支吾矣。至于郡计空乏，有失料理，犹未暇以为忧也。今有札目申恳，乞赐怜念。二公之门，不敢数致私书，亦已各具禀札，托刘尧夫国正宛转关白矣。论道之余，赐以一言，俾得早从所欲，实不能无望于门下。东望拜手，不胜祈扣之切，伏乞钧照。右谨具呈。宣教郎权发遣南康军事兼管内劝农事朱熹札子。

札二（淳熙九年，1182）

　　熹昨日道间已具禀札。到婺，偶有豪民不从教者，不免具奏申省。闻其人奸猾有素，伏想丞相于里社间久已悉其为人，特赐敷奏，重作行遣，千万幸甚。熹即今走三衢，前路别得具禀次。右谨具呈。正月十六日宣教郎直秘阁提举两浙东路常平茶盐公事借绯朱熹札子。

　　上二札见《式古堂书画汇考·书考》卷十四，题作《朱晦翁与时宰二手札》（亦多录于其他书画之书）。下有题跋多种，而所考各异。据成化甲辰六月吴宽跋，此二札尝为盱眙陈明之所藏。陈敬宗《书徽国公晦庵先生遗墨后》云："右徽国公晦庵先生上时宰王淮札子，前一札乃淳熙五年知南康军时，值岁饥，乞减星子县税。后一札乃八年为浙东常平茶盐时，亦值岁饥，绳治婺之豪民。《年谱》载婺有富民，以赀得官，素交贵近，藏米山积，不粜一粒，宜镌其官，恐即其人……淮，婺之金华人，后人不知重此二札，遗弃湮没，乃为乡之贤士傅子庸得之……正统八年冬十一月既望朝议大夫南京国子祭酒四明陈敬仲谨识。"廖庄跋云："太学生金华傅宁历事于棘寺，持文公朱先生二札子求题其后。祭酒四明陈公敬仲谓二札皆上时宰王淮，按其知南康军时，史浩为相，王淮知枢密院事，赵雄、范成大参知政事，淮未为相也。札中有'二公之门，亦具禀札'之语，其谓赵雄、范成大欤？及提举两浙时，王淮在相位，然文公之改两浙，淮荐之也；及因唐仲友故，改文公提点江西刑狱，则前札恐上史浩，后札上王淮也。"李东阳跋则考云："按此二札皆不载刻本全集，集中与王枢使书，有'东府两君'之语，未审何人。盖淮时在西府，故传以相告。札又云'早为开陈，亟赐罢免，如前两札所请'，则知前札有未尽录者，如此札是也。且此二纸皆婺人傅宁氏所藏，大抵婺物，非出史氏也。"按顾文彬《过云楼书画记》书卷一亦载此二札，并考云："按《宋纪》，孝宗淳熙五年十一月，以赵雄为丞相，以朱某累召不出，请出外郡，命知南康军，语并见雄本传。又按《朱子年谱》，淳熙五年八月差知南康军，辞。十月有旨，不许辞免，复辞。十二月省札趣之任。六年三月，省札复趣行。是月晦，趣上。至五月中请祠不报，六月奏乞减星子县税钱，又请祠不报。明年正月又请祠不报。二月复奏乞免星子县税钱云云。则此卷前一札所云具禀减税、请祠二事,正在史浩罢相后,王淮未相前,当是上赵雄之书。"诸家所考,唯顾氏有得。今按:第一札中云"减税、请祠二事",乞减星子税钱在淳熙六年六月,则此札必作在淳熙六年六月以后。据《行状》,朱熹南康请祠者五,后三次于《文集》皆昭然可考,唯淳熙六年五月、六月两次札缺无载(如李东阳所言乃淳熙七年正月请祠事),今以札中请祠在"去月末间"一句考之,按《文集》卷二十六《与曹晋叔书》一亦云:"前月末已上祠请,度更半月,必有报……直卿已归……子澄近到此,相聚甚乐。"据卷八十四《记游南康庐山》,黄榦直卿淳熙六年五月重阳尚在南康,旋因兄丧归去,时在六月六日,见卷三十四《答吕伯恭书》十九与二十七(按前书作于六月七日,见此卷后考异)。又据卷七《立秋日同子澄寺簿及佥判教授二同僚星子令尹约周君段君同游三峡过山房登折桂分韵赋诗得万字辄成十韵呈诸同游》一诗,是刘清之子澄七月来南康。据此可以确知"去月末"指淳熙六年六月末,朱熹此札则必上在是年七月无疑。按《宋史·宰辅表》,其时宰相赵雄,即朱熹此札所上之人;枢密使王淮,参知政事钱良臣,即朱熹此札所云"二公之门"也。刘尧夫国正即刘醇叟。《语类》卷九十包扬录云:"及在南康时,尝要入文字,从祀伯鱼,以渐去任,不欲入文字理会事,但封与刘淳叟,以其为学官,可以言之。"正与此答时宰札一相合,知其时朱与刘尝有一见。第二札则当作在淳熙九年,据《文集》卷十六《奏巡历合奏闻陈乞事件状》和《奏上户朱熙积不伏赈粜状》,朱熹于是年一月十三日入婺州界,十四日到金华县,据此札则十六日入衢州,正可补集载所缺,亦正与前引后一状所云"公然抵拒,首尾三日"相合。王淮为婺州金华人,朱熹此札中告之以婺地"豪民不从教者,不免具奏申省。闻其人奸猾有素",当指金华豪户朱熙积,朱熹于奏状称其"系极等上户,居屋三百余间,倚恃豪势,藏隐在家,不伏前来","元因进纳补受官资,田亩物力,雄于一郡。结托权贵,凌蔑州县,豪横纵恣,靡所不为"。据此札,则可知朱熹与王淮、谢廓然辈矛盾冲突已隐然潜伏于此,不待劾唐仲友而后生也。

与陆子静（淳熙七年，1180）

包显道尚持初说，深所未喻。……

上札见《陆九渊集》卷六《与包显道》书二所引，此为朱致陆第四书。陆《与包显道》书二云："得曹立之书云：'晦庵报渠云："包显道犹有读书亲师友是充塞仁义之说。"注云："乃杨丞在南丰亲闻其语。"'故晦庵与某书，亦云：'……'某答书云：'此公平时好立虚论，须相聚时稍减其性，近却不曾通书，不知今如何也？'"按朱熹答曹立之书见《文集》卷五十一。曹立之，名建，余干人，从学于程迥、陆氏兄弟及朱熹。包显道，名扬，建昌人，从学于陆九渊与朱熹。杨丞，即杨方子直，长汀人，朱熹弟子。

与傅安道书（淳熙七年,1180）

……熹先人遗文,江西遂将刊行,而未有序,引冠篇首。先友尽矣,不孤之惠,诚有望于门下,敢以为请……

上书见《韦斋集》前傅自得所作序,云:"明年(淳熙六年),天子用宠嘉之,即其家拜二千石,君恳辞不获命,强起视郡事。逾年,而政成讼简。一旦,走介二千里书抵予曰……予览书悚然,追思东轩之集,恍如隔世。"序作于淳熙七年四月。朱熹淳熙六年除知南康军(时属江东路),尝刻书多种,淳熙七年刻朱松《韦斋集》十二卷,以"江西遂将刊行"考之,则应指江西提举陆游。盖陆游于赴江西任前尝经武夷,泛舟九曲,在建安任上已与朱熹弟子方士繇等关系极密。迨江西提举任上,朱熹与陆游甚相知,朱尝向陆求白鹿洞藏书,陆亦请朱熹为法杨所藏书帖作跋。朱熹《别集》卷六《答黄商伯》书二十云:"白鹿洞成,未有藏书。欲干两漕,求江西诸郡文字,已有札子恳之,及前此亦尝求之陆仓矣。度诸公必见许。然已见有数册,恐致重复。若以呈二丈托并报陆仓,三司合力为之,已有者不别致,则亦易为力也。"时朱熹弟子黄灏商伯为隆兴府教授,《韦斋集》之刊刻,其从中出力为多。"东轩之集",乃指绍兴十三年傅安道在福州与朱松共论作诗之法,其序云:"间宿于闽部宪台从事官舍之东轩,夜对榻语,蝉联不休。比晨起,则积雨初霁,西风凄然。公因为予举简斋'开门知有雨,老树半身湿',及韦苏州'诸生时列坐,共爱风满林'之句,且言:'古之诗人贵冲口直致,盖与彭泽"把菊东篱下,悠然见南山"同一关捩。三人者出处穷达虽不同,诵此诗,则可见其人之萧散清远,此殆太史公所谓"难与俗人言"者。'予时心开神会,自是始知为诗之趣。"朱熹文学观正受胎于其时。

题华盖石（淳熙七年,1180）

朱仲晦父与王之才、杨子直、蔡季通、胡子先、邓邦老、胡仲开同饮此石,望五老峰。淳熙七年上章困敦孟□癸酉□□书。

上题刻原载桑乔《庐山纪事》。《庐山金石汇考》卷下《山南》"华盖石"条云:"晦翁题识在华盖石,同《康志》载文略异,才下缺杨子直,迪作通,仲开作开仲,龙作敦,今从桑《纪》载文,并附异字。"吴宗慈《庐山志》卷十一《金石目》亦云:"晦翁华盖石题识已漫漶不可读,同治《康志》与桑《纪》所载文各有异同。"按:蔡季迪为蔡季通之误,困龙为困敦之误,今改。正德《南康府志》卷二《山川》:"华盖石,去(星子)县北二十五里,文公书'风雩'二字于石。"疑"孟□"为孟夏,"□□书"为晦翁书。

华盖石（淳熙七年，1180）

醉扶藜杖少盘桓，四远烟萝手自扪。
此石至今无处问，只因来自太微垣。

上诗见正德《南康府志》卷十，似与华盖石题字在同时。雍正《江西通志》卷十二："（南康府）华盖石，在府城北二十五里寻真观前，朱子名以'华盖'并书'风雩'二字，一名'圣寿无疆石'。"

昭德源

幽景人迹少，惟有此源长。
水接天池绿，花分绣谷香。
僧闲多老大，寺古半荒凉。
却怪寻山客，何由到上方？

上诗见正德《南康府志》卷十，又见《德化县志》卷四十九、毛德琦《庐山志》卷九、吴宗慈《庐山志》卷十。《南康府志》卷二《山川》："昭德源，在延真观下。"又卷七《寺观》："延真观，旧名昭德观，去府北四十里。"

庐山双剑峰

山神呵护宝云遮，俨若腾空两莫耶。
光彩飞名震千古，望中肝胆落奸邪。

双剑峰高削玉成，芒寒色淬晓霜清。
脑脂压眼人高卧，谁斩天骄致太平？

上二诗见正德《南康府志》卷十,又见《德化县志》卷七。《南康府志》卷二《山川》:"双剑峰,去(星子)县西二十里,双峰峭削如剑。"吴宗慈《庐山志》卷十亦载此诗,"俨若"作"俨共",卷五《山南五路》:"双剑在开先寺右,两峰峭拔如剑。"盖朱熹此二诗所咏,乃山南双剑峰也。

鹤鸣峰

不见山头夜鹤鸣,空遗山下瀑布声。
野人惆怅空无寐,一曲瑶琴分外清。

上诗见正德《南康府志》卷十,毛德琦《庐山志》卷五、吴宗慈《庐山志》卷十均载此诗。《南康府志》卷二《山川》:"鹤鸣峰,去(星子)县西十八里,鹤尝栖鸣其上,南唐郑元素隐此。"

狮子峰

石骨苔衣虽赋形,蹲空独呈忒狰狞。
威尊百兽终何用,宁解当年吼一声。

上诗见正德《南康府志》卷十。吴宗慈《庐山志》卷十载此诗,"宁解"作"谁解"。《南康府志》卷二《山川》:"狮子峰,去(星子)县北三十里。"

按:以上五首当皆作于淳熙六年至八年南康军任上,具体时间无从确考。庐山胜迹,朱熹常往登览游观,诗咏收入《文集》卷七中,今所辑佚诗,或原在《后集》中。

与刘子澄书（淳熙七年,1180）

如今是大承气证,渠（按:指周必大）却下四君子汤,虽不为害,恐无益于病尔。

上书见《鹤林玉露》甲编卷二《大承气汤》,云:"周益公参大政,朱文公与刘子澄书云……益公初在后省,龙大渊、曾觌除阁门,格其制不下,奉祠而去,十年不用,天下高之。后入直翰林,觌以使事还,除节钺,人谓公必不草制,而公竟草之……宜其不敢用大承气汤也。"据《宋史·宰辅表》,周必大淳熙七年五月戊辰除参知政事。朱熹《文集》卷三十四《答吕伯恭》书三十五亦有类似之说:"新参近通问否？大承气证却下四君子汤,如何得相当？"盖朱熹欲以重药疗救南宋衰世痼疾也。

北双剑峰（淳熙八年，1181）

双剑名峰也逼真，品题拍拍满怀春。
铅刀自别干将利，折槛应须表直臣。

上诗见嘉靖《九江府志》卷二。吴宗慈《庐山志》卷三《山北三路》："双剑峰，龙门之西为双剑峰。山南亦有双剑峰，此云北双剑峰。"又云："双剑峰在龙门西，其下有剑峰庵，又有小天池，深不盈咫，其泉不竭，峰与九江郡治对，其后山尤峻峭，然不及山南剑峰之胜。"达春布等《九江府志》卷四《山川》亦云："双剑峰，在府城南，形势插天，宛如双剑，与府治正对。"按朱熹淳熙八年闰三月二十七日由南康解任归，其归途据《文集》卷三十四《答吕伯恭》书四十五："闰三月二十七日方得合符而归……替后只走山南山北旬日，拜谒濂溪书堂而归，以四月十九日至家。"洪本《年谱》亦云："为设食于光风霁月之亭，渡湖口而归。"其山北之行详见《文集》卷七《山北纪行》。据此，知此诗当为山北途中经北双剑峰而作。

隆冈书院四景诗（淳熙八年，1181）

卜筑隆冈远市朝，个中风景总堪描。
溪云带雨来茅屋，涧水浮花出石桥。
绿遍莎汀牛腹饱，青归麦垄鸟声娇。
东邻西舍浑相似，半是鱼人半是樵。

二

帘卷薰风半掩扉，五侯车马往来稀。
绿杨门巷莺莺语，青草池塘燕燕飞。
扫石围棋销白昼，解衣沽酒醉斜晖。
山园莫道多寥落，梅子初黄杏子肥。

三

水绕荒村竹绕墙，俨然风景似柴桑。
车缫白雪丝盈轴，铚刈黄云稻满场。
几树斜晖枫叶赤，一篱疏雨菊花黄。
东邻画鼓西邻笛，共庆丰年乐有常。

四

土筑低墙草结庵，寻常爱客伴清谈。
地炉有火汤初沸，布被无寒梦亦酣。
风卷翠松鸣晚笛，雪飘疏竹响春蚕。
闭门不管荣枯事，坐傍梅花读二南。

上诗见《南昌府志》卷十七《学校》"隆冈书院"条,云:"(隆冈书院)在隆冈,宋进士刘邦本建。"诗又见雍正《江西通志》卷一百五十四。隆冈一作龙冈。《通志》卷七《山川》南昌府"象尾冈"条下云:"在府城南四十里,形如象尾相近,有澹冈及隆冈。宋淳熙间进士刘邦本建隆冈书院,其裔孙藏有朱子所题四景诗。"今按:最近发现苏州胥门寿宁弄朱家院姚宅壁嵌有朱熹手书石刻诗一首,即此四景诗之秋诗,后题"晦庵熹",洵为真迹,余春、夏、冬三刻已佚。朱熹手书石刻诗之出于姑苏,亦自有因。盖朱氏有过江居姑苏者,遂为吴郡大姓,《四明朱氏支谱》卷一《朱氏本系述》云:"朱氏《遗谱》乃有十一派说:曰山东、姑苏、庐陵、鄱阳、建阳、曲江、南阳、冀州、汴梁、扬州、濮阳。"《南海九江朱氏家谱》卷一《姓族源流》亦谓:"东南则为吴姓,朱、张、顾、陆为大。"并引《苏州府志》云:"朱氏盛大者有九族,吴郡居其一。"朱氏渡江南迁于吴后,遂有在姑苏散居繁衍者,民国重修《新安月潭朱氏族谱·卷首》云:"丹阳之子孙,久则藩衍,散居旁郡姑苏,即吴古国。"乾隆重修《紫阳朱氏世谱·原姓论》尝记南迁之因曰:"朱梁举孝廉,擢冀州牧,进御史中丞,拜尚书。因党锢变,左迁苏州抚院,卒于馆。墓在娄门外东南二里,子孙遂家于吴。"又宋朱长文《吴郡图经续记》卷下载唐断残朱氏墓碣,其追叙朱氏过江之祖有云:"一十六世四百一十九年居下邳,自平始(按:应作元始)三年避地至会昌壬戌,凡八百四十二年籍于吴……当汉纲既坏,天下大紊,公侧足虺蜴,径逾江。"故婺源朱氏各派皆自以为是姑苏朱氏之后,乾隆重修《紫阳朱氏世谱·原姓论》即云:"朱子奢为唐弘文馆学士,家住苏州洗马桥……子奢公为唐弘文馆学士,贞观十三年敕赐'吴中首姓',爵秩序……子奢时,朱氏在吴为著姓。婺源朱氏各派皆是吴郡子奢之后。"朱熹凡正式叙述祖籍时均慎重称望出"吴郡"，如《婺源茶院朱氏世谱序》："吾家先世居歙之黄墩，相传望出吴郡。"《朱弁行状》："公讳弁，字少章，其先吴郡人，中徙歙之黄墩。"《刘氏妹墓志铭》："吴郡朱氏者，先太史吏部府君之女，而熹之女弟也。"此尤值得注意。朱熹题跋序文署用籍贯甚多，盖皆因时因事随意署之，唯正式自述祖籍独称"吴郡"，非属偶然。旧谱既以婺源朱氏望出吴郡，自朱熹以大儒名显于世，推为"圣人"，姑苏朱氏后裔遂皆附会此说，欲假以自荣。此四景诗石刻出于姑苏，当是姑苏朱氏裔孙所刻（附近有朱家院，石刻似原在院内），可知此诗亦甚流传，非独江西刘氏后裔私家宝之也。按朱熹淳熙六年往赴南康军任及淳熙八年由南康归，均尝经南昌，其为作四景诗似在淳熙八年归闽之时，盖乾道三年往长沙见南轩途经南昌在秋八月，归经南昌在冬十二月，淳熙六年赴南康经南昌在春三月，八年归经南昌在夏四月，故可作春夏秋冬四景诗也。

戒子塾文（淳熙八年，1181）

吾不孝，为先公弃捐，不及供养。事先妣四十年，然愚无知识，所以承颜顺色，所有乖戾，至今思之，常以为终天之痛，无以自赎。惟有岁时享祀，致其谨洁，犹是可着力处。汝等及新妇等，切宜谨戒，凡祭肉脔割之余，及皮毛之属，皆当勿残秽亵慢，以重吾不孝。

上戒子文见郑端《朱子学归》卷十三。朱熹长子朱塾，字受之，生于绍兴二十三年，卒于绍熙二年。戒文提及"新妇等"，按朱熹三子塾、埜、在，朱塾娶金华潘景宪叔度之女，据《文集》卷三十四《答吕伯恭》书一、书二，其完婚在淳熙三年，埜、在之娶女则更在其后。考朱塾于淳熙七年尝请建家庙，《吕东莱文集》卷四《与朱元晦》书八云："受之所请建家庙，初不能备庙制。但所居影堂，在堂之西边，位置不当，又去人太近，不严肃。厅之东隅有隙地，前月下手，一间两厦，颇高洁，秋初可断手。作主只依前所示《祭仪》中制度，时祭及朔望荐新之类，亦随力就其中撙节耳。"此书作于淳熙七年六月。朱熹修订成《祭仪》在淳熙二年，淳熙三年又扩充而成《家礼》（详见下《朱熹〈家礼〉真伪考辨》），故不久有据《祭仪》等所定重建家庙之举。此戒子、妇文应是家庙告成后朱熹训诫家人"岁时享祀"之语。淳熙七年朱熹尚在南康任上，朱塾亦居婺。至淳熙八年四月朱塾侍朱熹由南康任上归闽，而其时家庙亦告成，故戒文应作在此时。《文献通考》卷一百八十四录有朱在所记《过庭所闻》，今亡佚，疑此戒文原在是书中。

范浚小传（淳熙八年，1181）

范浚，婺之兰溪人，隐居香溪，世号兰溪先生。初不知从何学，其学甚正。近世言浙学者，多尚事功，浚独有志圣贤之心学，无少外慕，屡辞征辟不就。所著文辞，多本诸经，而参诸子史，其考《易》、《书》、《春秋》，皆有传注，以发前儒之所未发。于时家居授徒，至数百人，吾乡亦有从其游者。熹尝屡造其门，而不获见。近始得学行之详于先友吕伯恭，庸说小传，以闻四方学者。

上文附《香溪文集》前，又见《兰溪县志》卷五。该志范浚传云："范浚，字茂明，香溪人，世因称香溪先生。绍兴间举贤良方正不起，然不忍遗世远引，寻拟《策略》二十五篇，皆当时经国之切务，凿凿可见诸施者。尝颜所居曰'慎独斋'，作以明己旨。又作《心箴》、《耳目箴》、《耻说》、《悔说》、《进学斋铭》、《性论》。晦庵朱子心契之，两访其庐，皆不遇，录书屏《心箴》以去，后注入《孟子集传》。是岁十二月浚卒，年止四十有九。朱子为作小传，有'所学甚正，不知从谁学'之语。其撰述弥富，多散佚，今惟存诗赋论议杂著二十二卷，曰《香溪文集》。"《少室山房类稿》卷八十三《范浚先生集序》亦云："先生生宋南渡，及考亭朱氏游。考亭尝过先生，而会先生出，顾案上，得所撰《心箴》，读之，大击节赏叹，手录以归，今附载孟氏书中是也。"按朱熹注《四书》多引道统中"圣贤大家"之说，而《孟子集注》中录范浚《心箴》，可见其对范氏推重之深。兰溪乃水路由闽入都必经之地，而婺地又多朱熹亲友故旧，如《文集》卷九十三《承仕郎潘公墓志铭》云："往年以江西事入奏，舟过兰溪，兰溪距金华不百里，金华亲故往往来相劳问……比以口语罢归，君（潘景宪）又以诗来若曰：'子今几过七里滩矣……'"《兰溪县志》卷五亦云："淳熙间除江西提刑，召赴行在奏事，驻舟兰江，婺之诸亲故来相劳，皆会于兰溪。"朱熹生平七入都下，皆如此从水路经兰溪北上，故小传言其往香溪拜访范浚当属可信。考范浚卒于绍兴末年，朱熹绍兴年间正有两次入都往返皆经兰溪：一在绍兴十八年春，南宫中举；一在绍兴二十一年春，铨试中等。绍兴十八年中举后曾寻访问学，往江山谒杨时门人逸平徐存诚叟，则其经兰溪亦必会造访范浚；绍兴二十一年入都，其又寻访问学，曾北游湖州谒尹焞门人徐度惇立，则经兰溪再访范浚亦属必然，录《心箴》或即在是年（其时范作尚未辑集）。此即小传所云"熹尝屡造其门，而不获见"，《兰溪县志》所云"两访其庐，皆不遇"也。以"近始得学行之详于先友吕伯恭"一句考之，"先友"自是吕祖谦已卒，则此小传当作于淳熙八年。疑此小传原在朱熹所作《孟子集解》一书中（今佚），按《孟子集解》草稿初成于绍兴三十年，其后乾道二年、六年皆有较大修定，是书庞杂，搜罗不厌其富，此小传或在最后定稿增入其中，遂与该书一起亡佚。亦可能此小传为朱熹淳熙八年撰《孟子集注》所作，其后迭经删削修改，又此小传不为浙东功利派所喜，于晚年定稿时遂删去，盖朱熹佚文多有类似情况，如《书嵩山古易跋后》、《书禹贡九江彭蠡说后示诸生》等（见后考）。观此小传微意，在反对"近世言浙学者，多尚事功"，此正淳熙间浙东学派之主要动向，吕祖谦、吕祖俭兄弟亦未能免也，《语类》卷五十九有辅广录云："问：'《集注》所载范浚《心铭》，不知范曾从谁学？'曰：'不曾从人，但他自见得到，说得此件物事如此好。向见伯恭甚忽之。'问：'须取他铭则甚？'曰：'但见他说得好，故取之。'曰：'似恁说话，人也多说得到。'曰：'正为少见有人能说得如此者，此意盖有在也。'"此条正与小传所述相同，其后朱熹同浙东事功学派展开论辨，盖已滥觞于此矣。

与杨德仲贡士柬（淳熙八年，1181）

熹顿首再拜：别教已久，政切倾向，伏拜翰墨之贶。恭审冬令稍肃，侍奉万福。丈人宣义不知自雪窦还已得几日？昆仲学士泊眷集，一一均纳殊祉。糯抄纳，方是旬日间，粳米已叮咛胥辈不得划具矣。不及状子，即令当面开销，今先封纳。纸末之喻，政所愿闻。但敝厅不曾催湖田米，只是丞厅或县中自追耳。他有戒警一一不外为望。偶冗作谢，殊不端好，切希照亮。敬仲司理更不及状。何时入城，慰此渴想。不宣。

上柬见《慈溪县志》卷十五。柬前云："（德仲）名篆，慈湖先生仲兄，尝与举送，作图记过，自号讼斋，先生称其文雅洒然，深得复卦之旨。"按《陆九渊集》卷二十八《杨承奉墓碣》云："公讳庭显，字时发……淳熙十一年，寿圣庆霈，公以子官封承务郎。十三年，光尧庆霈，封承封郎。十五年八月戊寅，以疾卒，享年八十有二……子男六：筹、篆、简、权卿、籧、籍。篆尝与举送。"盖杨篆德仲尝与举送，故称"贡士"。柬中"丈人宣义"者，即杨庭显。杨简为陆九渊高足，甬上四先生之一，司理者，杨简淳熙三年丁母忧服除，为绍兴府司理（参见《慈湖先生年谱》）。朱熹淳熙八年任浙东提举赈荒，始识杨简、杨篆。杨简为属官，治讼甚勤，遂为朱熹所荐，《黄氏日抄》尝记其事云："朱子为浙东仓，有继母接脚夫，破荡其家业，子来诉其情，朱子遂委杨敬仲，敬仲以子告母不便，朱子告之曰：'父死，妻辄弃背，与人私通而败其家，不与根治，其父得不衔冤乎！'"朱熹《文集》卷四十九《答滕德粹》书十一亦云："四明多贤士……熹所识者，杨敬仲简、吕子约（监米仓），所闻者沈国正焕、袁和叔燮，到彼皆可从游也。"《续集》卷四上《答刘晦伯》书三云:"浙东学者修洁可喜者多,杨敬仲、孙季和皆已荐之。"书四:"某所荐杨敬仲、孙季和、项平父、渠(张宪)皆荐之。"故钱时《慈湖先生行状》云:"朱文公持庚节,荐先生'学能治己,材可及人'。"按朱熹十一月己亥奏事延和殿,至十二月六日始视事于西兴,此柬有云"冬令稍肃",专言赈荒事,则当作在淳熙八年十二月(次年九月已去任归)。时杨篆居家四明,慈溪诸县赈荒,朱熹盖得其助为多。今朱熹集中与杨简兄弟书札一篇俱无,荐状亦不存,赖此柬可得其实也。

题水帘洞（淳熙八年，1181）

刘岳卿、几叔招胡希圣、朱仲晦、梁文叔、吴茂实、蔡季通、冯作肃、陈君谟、饶廷老、任伯起来游，淳熙辛丑七月二十三日仲晦书。

上题刻在武夷水帘洞。《崇安县志》卷十、《武夷山志》卷十五、《闽中金石志》卷九及其他方志金石之书均有著录。朱熹淳熙八年四月由南康归后，秋中与弟子友人多有游览唱酬，可参见《文集》卷三十四《答吕伯恭》书四十六及卷八《晚雨凉甚偶得小诗请问游山之日并请刘平父作主人二首》等诗。梁文叔，名璗；吴茂实，名英；冯作肃，名允中，号见斋；饶廷老，名干；任伯起，名希夷；以上并邵武人，朱熹弟子。陈君谟，《福建金石志》谓"疑即舜申，舜申字宋谟，曾主管武夷冲佑观"。几叔，未详，水帘洞别有淳熙七年刘岳卿、几叔、章国望等人题名。胡希圣，未详。刘岳卿，名甫，嘉靖《建宁府志》卷十八："刘甫，字岳卿，崇安人。衡子，事亲至孝。武夷山北有水帘洞，其栖隐处也。刘珙将奏以官，甫不愿。朱熹与元定每过其庐，惟相与讲义理，不及利禄。尝约熹结庐居武夷，未几卒，熹哭之。"今朱熹《文集》卷十有《哭刘岳卿》诗。

与黄直卿（淳熙九年，1182）

赈济无效，丐归甚力，不知果遂否，恐欲知之。浙间二麦亦不全好，重以疾疫，目下日色可畏，一日之热，比寻常三五日，近郊之田已龟坼，濒海者已绝望矣。不知他处何如？若大率皆然，则甚可虑也。

上札见《黄勉斋先生文集》卷四《答余瞻之》书一，前云"比收先生四月十三日书，为况甚适"。此言浙中赈济事，当在浙东提举任上，作于淳熙九年四月十三日。

二

看书一过，颇有省发，因得读书诀云：敛身正坐，缓视微吟，虚心玩味，切己省察。

上札见《黄勉斋先生文集》卷四《答余瞻之》书二。按书中云"比收先生书，又为会稽行，道远力绵，行止殊未能决"，乃指朱熹赴浙东提举任。书中又云"来春"，知作在冬间，必在淳熙八年十月。

题景范庐（淳熙九年，1182）

非弃清明乐隐居，特因景范面鸳湖。
观澜兴罢春风软，濯足歌残夜月孤。
照貌不须临玉镜，洗心常得近冰壶。
几回鱼跃鸢飞际，识破中庸率性图。

上诗见《嘉兴府志》卷十五《古迹二》秀水县"景范庐"条下，其引嘉兴《汤志》云："在报忠坊金明寺后，宋淳熙戊戌状元姚颖筑圃范蠡湖侧，读书妆台之下，颜其庐曰'景范'。"姚颖字洪卿，宰相王淮婿。袁燮《洁斋集》卷十五《通判平江府校书姚君行状》："淳熙五年……擢为第一……授承事郎，签书宁国军节度判官厅公事……君始唱第，魏公再相，以亲故顿首称谢。王鲁公信知其然，曰：'是足为吾婿矣！'明年鲁公拜枢密使，竟因魏公以其女妻君……七年奉二亲至官……八年五月召对……除秘书省校书郎……会鲁公当轴，引亲嫌，求补外，参政周益公欲以郡处之，固辞。添差判平江府……九年转宣教郎……十年十月甲戌，卒于官舍，享年三十有四。"按姚氏为鄞著姓，姚颖乃四明人，景范庐在嘉兴秀水，则必是其添差判平江府时所构。据《宋史·宰辅表》，王淮于淳熙八年八月除右丞相兼枢密使，知姚颖添差判平江府在淳熙八年八月间。是时朱熹亦由王淮荐起除浙东提举，姚颖之识朱熹或在此时，而朱熹为其新构景范庐题诗则至少在淳熙八年冬以后。《洁斋集》卷二十四有《题景范堂》诗，即为姚氏景范庐。姚颖虽为淮婿，而实崇伊洛诸儒之学，折衷于道学朋党纷争之间，《行状》称其及第前即"大书《论语》一编，朝夕诵味之，且取伊洛诸儒言论之精要者丛为巨帙，探索其旨，理融心通"。

淳熙五年对集英殿,首言"《中庸》、《大学》,治道根柢;为天下国家之要,在于九经;正心修身之效,见于治国平天下"。与此诗所云"几回鱼跃鸢飞际,识破中庸率性图"相合。又《行状》云:"君之赐第也,今建康留守叶公实为第二,后复同官吴门,契好日深。时士大夫各从其类,有党同伐异之风,君深病之,调和其间,不立畛域。既与叶公定交,又并叶公之友为鲁公言之,所以消融植党之私,恢张吾道之公也。"叶适亦党籍中人,其与姚颖交友之深亦载见于《水心集》卷十三《姚颖墓志铭》。疑《行状》所谓"并叶公之友为鲁公言之",即指朱熹等人。此诗未入朱熹《文集》,或因后来朱熹劾唐仲友忤王淮,王党及朱熹弟子皆讳言当初王淮荐举朱熹之事,遂并朱熹为其婿所作之诗亦不入集,乃至亡佚不传。

题任氏壁（淳熙九年，1182）

舟兮，子猷剡溪也；屐兮，谢安东山也；不舟不屐，其水濂乎！水濂其人乎，人其水濂乎？任公成道，游于斯，咏于斯。朝而往，暮而归，其乐岂有涯哉！

水濂幽谷我来游，拂面飞泉最醒眸。
一片水濂遮洞口，何人卷得上帘钩？

上题诗见万历《新昌县志》卷三《山川志》。该志卷九《名宦志》"朱熹"条云："绍兴（按：应为淳熙）中提举浙东常平茶盐公事，往来新昌，见新剡民饥，赈之。与石宗昭、石𡒃为师友，讲明性理之学……又尝游南明山，建濯缨亭，游水濂洞，留题任氏壁。"水濂洞在新昌县东四十里，明知府沈启有记云："新昌之东南，万山嵯峨，去县治四十里，有泉出自山巅，名水濂，谈越之胜者归焉。"《新昌县志》卷三"水濂洞"条云："大坑之中高十丈，广三丈余，洞口有飞瀑一派，从高喷薄而下，若垂帘然，随风东西，光辉夺目。洞中悬石如猪肝紫色，水滴下微红，下有石盆盛之。前有石，方丈许，面有迹若马蹄，因曰马蹄岩。"朱熹诗下并载有石𡒃和诗："洞门千尺挂飞流，碎玉联珠泠喷湫。万古无人能手卷，紫萝为带月为钩。"按：石𡒃字子重，新昌人，与朱熹关系尤密，两人多有唱酬论学，朱熹特为其《中庸集解》作序。今朱熹《文集》卷四十二有《答石子重》十二书，卷九十二有《石𡒃墓志铭》，中云："予前年守南康，朝廷以君与予善，除以为代，予亦日夜望君至，冀得用疲甿学子为寄，而君不果来。当年奉使浙东，闻新剡饥民转入台境甚众，亟以属君，君即慨然以为己任，其得免于饥冻捐瘠而归者,盖数百人。然其后予以事至台,则已不及见君。"据墓志铭,其时礜石方丁内艰在家,而于淳熙九年六月乙丑即卒,故朱熹七月巡历入台州不及见也。然则朱熹之往来新昌、题诗任氏壁及石礜和诗当在是年春朱熹巡历绍兴府属县之时。

游会稽东山（淳熙九年,1182）

江路经由数十回,无因到此为潮催。
尝聆文靖曾游后,欲问蔷薇几度开?
今日掣身推案去,暂时秉烛入山来。
高僧不问谁家客,独计云轩自把怀。

上诗见《古今图书集成·方舆汇编·山川典》第一百十三卷《东山部》。按《绍兴府志·山川》："东山在上虞县西南四十五里,晋太傅谢安所居也。巍然独立于众峰间,拱揖蔽亏,如鸾鹤飞舞。山上为国庆禅院,乃太傅故宅。山半有蔷薇洞,相传太傅携妓游宴之地……山西有太傅墓,又西一里始宁园,乃谢灵运别墅。"又《三才图会·东山图》："东山在会稽南,晋太傅文靖谢公安石东山也……循石而上,今为国庆禅院,即文靖故居也。绝顶有谢公调马路,至此山川始轩豁呈露,万峰林立,下视烟海渺然,天水相接……山半有蔷薇洞,相传文靖携妓处。"朱熹由闽入浙北游或赴临安皆由水路经兰溪沿浙江北上,东山可望不可即,即此诗所谓"江路经由数十回,无因到此为潮催"也。据"今日掣身推案去"两句,朱熹游东山并秉烛观赏蔷薇花开应在淳熙九年五六月间,盖此时其为浙东提举,常巡历绍兴府属县。

夜宿洪亭长家（淳熙九年,1182）

才到秋来气便高,雁声天地总寥寥。
客怀今夜不成寐,风细月明江自潮。

对 菊

解印归来叹寂寥,黄花难觅旧根苗。
只缘三径荒凉后,移向洪门不姓陶。

上二诗原载《台寓录》,朱玉《朱子文集大全类编·补遗》曾辑录,题作《宿闸头洪铺长家》。按万历《黄岩县志》卷七《外志》亦载此二诗,其于"洪亭长家遗墨"下云:"宋朱文公为常平使者,与蔡武博镐、林府判鼐经营蛟龙闸,夜宿洪亭长家,题诗云……又对菊诗云……遗墨至今存之。"又嘉靖《太平府志》卷一《舆地》及卷八《杂志》亦录此二诗。卷一于王居安《黄岩浚河记》下附第一首诗,云:"此文公经始闸河,夜宿洪亭长家诗也。文公以淳熙九年来提举浙东,是年秋议浚河筑闸事,规画已定,请太府钱二万缗下黄岩。已而以劾唐仲友改江西。明年,蜀人勾昌泰继公政,请益二万缗迄其功。彭殿撰作诸闸记。当勾公之时,其归重于勾固也。王侍郎（居安）记浚河乃无一语及朱。陈筼窗《郡志》作于嘉定末年,在淳熙之后,亦明而不书。又林鼐伯和、弟鼒叔和,皆以游文公之门,公前后所与书四首,今载《文集》,《台寓录》可考也。而叶水心作二林墓志,亦无一语及朱,若未尝为门人者,皆不知其何故也。或谓当时伪学之禁方严,故诸公皆讳言之耳。"卷八于"文公遗墨"条下云:"朱文公为常平使者,与蔡博士镐、林府判鼐经营六闸,夜宿洪亭长家,有题壁二诗……至国朝洪宣间,遗墨犹在,后为有力者取去。"朱熹淳熙九年七月入台州,曾巡历体访黄岩,并于奏章言及浚河建闸之事,《文集》卷十八《奏巡历至台州奉行事件状》云:"臣体访到本州黄岩县界分阔远……然其田皆系边山濒海,旧有河泾堰闸……近年以来多有废坏去处……窃惟水利修,则黄岩可无水旱之灾;黄岩熟,则台州可无饥馑之苦,其为利害委的非轻,遂于降到钱内支一万贯,付本县及土居官宣教郎林鼐,承务郎蔡镐,公共措置,给贷食利人户,相度急切要害去处先次兴工,俟向后丰熟年分,却行拘纳。其林鼐曾任明州定海县丞,敦笃晓练,为众所称。蔡镐曾任武学谕,沉审果决,可以集事。"据《水心文集》卷十四《蔡镐墓志铭》与卷十五《林鼐墓志铭》,时蔡镐丁父忧,林鼐待次在家。朱熹七月二十三日到台州,其经营蛟龙闸而宿亭长家约在此后不久,故首诗有"才到秋来气便高"之句。第二首以"解印归来叹寂寥"一句考之,似是朱熹八、九月之交在处州解罢新任(见卷二十二《辞免进职奏状一》)后,曾一回台州处理有关事项,归途再过洪亭长家,遂题此诗于壁。朱熹支钱修建诸闸,据嘉靖《太平县志》卷二《地舆》下有云:"永丰闸、黄望闸、周洋闸,俱元祐间罗提刑适始建为闸,淳熙九年朱文公修。迁浦闸、金清闸,俱淳熙间朱文公建。鲍步闸、长浦闸、交龙闸、陡门闸,俱淳熙间朱文公建。"

唐门山将军岩（淳熙九年，1182）

将军岩上插双笔，将军岩下泉泌泌，域中状元次第出……

上见万历《黄岩县志》卷一《舆地志》："唐门山，在县北五里，中有将军岩，甚钜。朱文公云……"明万历己卯袁令应祺《双塔记》云："（唐门）山之西有将军岩，岩下有泉清冽，岁大旱不涸。宋朱元晦先生提举浙东也，每行部阅历岩邑诸胜，于此山尤注意焉，盖谓'山之椒插双笔，则域中及第者出'，此晦庵先生语也，见郡人林九思所著《永宁樵话》中，可考而镜云。"此诗语应即作于淳熙九年七、八月巡历台州之时。

题陶渊明小像（淳熙九年，1182）

慧远无此冠，靖节无此中。

此中要亦有，无此洒酒人。

上诗见嘉靖《太平县志》卷一《地舆》"北五龙山"条下，云："北五龙山，在县东三十五里，新河城垣亘绕其上。山址有书院，宋陶昭建，绘渊明小像壁。晦翁诗云云。"按太平为台南之土，原为黄岩、乐清二县属地，至成化始行为县。此诗当是朱熹淳熙九年巡历至黄岩，见壁像信笔所题。《太平县志》并引元盛圣泉象翁诗云："尘居趣自幽，脱巾挂龙石。浮云宿檐端，幽篁翳瞑色。万卷伊吾声，半山灯火夕。笑谈紫阳诗，跻扳谢公屐。皓鹤唳海东，月明松露滴。""紫阳诗"即指此题陶渊明小像诗，是元时此题诗犹在。

题壁格言（淳熙九年，1182）

　　脱去凡近，以游高明。勿为婴儿之态，而有大人之志。勿为终身之谋，而有天下之意。勿求人知，而求天知。勿求同俗，而求同理。

　　此格言多见于金石方志之书，阮元《两浙金石志》卷十三录此刻，后并有钦记云："□□□先生手笔，辞约而理备，言近而指远，诚□学之大要也。学者得此而玩心焉，亦足以立乎！其大者矣如是，而又求诸圣贤之□□□，究其理□，博约兼该，於斯道其庶乎！钦旧藏有此刻，顾摩□多失其真。今窃禄四明，因武宣洪公常以□本见示，遂因重勒于石，以谂同志，且以自励云。成化戊戌秋八月望前三日，后学昭武□钦记。"阮元谓石刻在鄞县，《鄞县志》卷五十九即录此刻，题作《朱文公行书碑》。按《金华杂录》云："朱晦翁过婺州，常游武义王臣家，书其壁云……又扁三槐堂赠之，至今墨迹宛然壁间。"朱熹与金华吕祖谦、永康陈亮友善，长子朱塾娶金华潘景宪之女，故婺地多有亲故戚友，王臣盖即其一。朱熹生平七入都下，必经婺州，然皆由水路乘舟经兰溪北上，武义距兰江尚有一百余里，无时间特往游其地。唯淳熙九年朱熹浙东提举任上曾巡历至武义，《文集》卷十六《奏巡历婺衢救荒事件状》云："臣……于正月十一日入婺州浦江县界，历义乌、金华、武义县，由兰溪县界入衢州……武义坊廓已有饥民。"朱熹至武义王臣家，题格言于壁，当在其时。鄞县此刻据钦记云"重勒"，阮元谓"或原刻当在武义也"。按朱熹生平常题此格言赠人，如《高安县志》卷十六《文苑》："刘能，字贵才，号松壑，实斋次子。年十一，父命从晦庵于武夷精舍。晦庵与语，奇之，授以《小学题词》。后数日问之，应对如流，遂以《学庸章句》、《语孟集注》、《程氏遗书》数十卷授之。居二年,日夕讲贯微词奥旨,罔不精究。后以母疾告归,晦庵节取纸书四十八字以戒之曰:'脱去凡近……'能拜受之而归,卒乃阐学筠阳,益明师训。"又有以此格言为上蔡谢良佐语录,《湖南通志》卷二百六十九《金石》有《宋朱文公书上蔡先生语录碑》,即此格言,云:"右碑在石鼓书院,行楷书,字大约四寸,五行,行十字,乃乾隆戊子郡守剑南裘峰李拔所重刻。碑首分书,题词略云:'紫阳曾讲学石鼓,有此手书。'"又《金石续编》卷一百十六亦录此刻,云"朱子书上蔡先生语录"。同治《清泉县志》卷十云:"(碑)乾隆二十六年修学得于四配坐下,析而为三,补接完好。三十三年知府李拔模刻于合江亭,行书,径二寸。李拔附跋曰:'此朱子手书也。语既警醒,可供针砭;字复遒古,如睹鼎彝。朱子尝讲学石鼓,殆当时训示诸生者。明嘉靖中,知府李循义泐石于学宫,兵燹埋没。乾隆辛巳掘地得之,稍有剥落,而神采无恙。予恐其久而就湮也,因摹刻书院,以贻后人,即此为入道之权舆可也。'"今查朱熹手编《上蔡语录》及其他有关著作,谢良佐并无此语录。唯其《论语解序》有云:"能反是心者,可以读是书矣。孰能脱去凡近,以游高明;莫为婴儿之态,而有大人之器;莫为一身之谋,而有天下之志;莫为终身之计,而有后世之虑;不求人知,而求天知;不求同俗,而求同理者乎?是人虽未必中道,然其心能广矣,明矣,不杂矣。"则朱熹格言乃檃括序中此语而成。盖朱熹多喜点化取用他人之句以为己文者,此亦一例也。

致某人札子（淳熙九年，1182）

熹昨蒙赐书，感慰之剧。偶有小职事，当至余姚，归途专得请见。人还，拨冗布禀，草草，余容面既。右谨具呈提举中大契丈台座。六月日，宣教郎直秘阁提举两浙东路常盐公事朱熹札子。

上札见《故宫历代法书全集》十三宋册4，前有按语云："本幅行书，凡十行，每行字数不一……此幅为《宋人法书册》之一幅，《墨缘汇观》及《石渠宝笈续编》乾清宫著录，今载《故宫书画录》卷二。"《式古堂书画汇考·书考》卷十四载此帖，题作《朱晦翁赐书帖》。按朱熹于淳熙八年八月除浙东提举，淳熙九年九月去任，此札当作于淳熙九年。观朱熹《文集》卷十七《乞给降官会等事仍将山阴等县下户夏税秋苗丁钱并行住催状》、《乞将山阴等县下户夏税和买役钱展限起催状》、《乞住催被灾州县积年旧欠状》，知淳熙九年二月以后朱熹全力处理绍兴府诸县赈荒事宜，此帖所云"偶有小职事，当至余姚"，盖以此也。此帖所与之人未详，然以"当至余姚，归途专得请见"考之，既由余姚回绍兴府治归途相见，则此"提举中大契丈"者，又似非山阴陆游莫属。按陆游淳熙五年秋除提举福建路常平茶盐公事，淳熙六年九月改除江南西路提举，淳熙八年再除淮南东路提举，于该年三月二十七日为给舍封驳，罢职家居山阴，但直至淳熙九年五月方主管成都府玉局观。朱熹此札称其为"提举契丈"，或因其时主管玉局观之敕刚下到，朱熹尚未得知。又陆游于淳熙五年福建提举任上初识朱熹，淳熙六年除江南西路提举，时朱熹亦在南康军任上，修白鹿洞书院，曾有书与陆游乞藏书，《别集》卷六《与黄商伯》书二十："白鹿洞成，未有藏书……前此亦尝求之陆仓矣，度诸公必见许……若以呈二丈托并报陆仓,三司合力为之,已有者不别致,则亦易为力也。"淳熙八年,陆游寄诗朱熹,促其早来施赈,《剑南诗稿》卷十四有《寄朱元晦提举》诗一首。淳熙九年正月,陆游致函曾逮有云:"朱元晦之衢婺未还,此公寝食在职事,但恐儒生素非所讲;又钱粟有限,事柄不专,亦未可责其必能活人也。"(见《六艺之一录》卷三百九十五《拜违言侍帖》)今朱熹集中与陆游札一篇俱无,当皆亡佚,此帖或即其一。其时两人书札往返,山阴又为朱熹巡历往返之地,两人不当无一见,此帖所云"归途专得请见",或即指朱熹由余姚返往镜湖三山与陆一见。因无他证,故录此以俟再考。

跋北宋拓真定武兰亭叙五字殊字未损本（淳熙九年，1182）

世传王羲之书《兰亭序》，惟定武所藏石刻独得其真，乃欧阳询所刻之唐内府者也。熹尝见三本，纸墨不同，而字迹无异。缙绅题者剖析毫末，议论纷然，大约奇秀浑成，无如此拓。陈舍人至浙东，极论书法，携此来观之，看来后世书者、刻者，不能及矣，亦可为一慨云。淳熙壬寅岁浙东提举常平司新安朱熹记。

上跋见《古缘萃录》卷十八碑帖《北宋拓真武兰亭叙五字殊字未损本》下，跋有"朱熹之印"朱印。该五字殊字未损本下，除朱熹跋，又有宋元以下王冕、揭玆、陈文东、江藩、仰之等人题跋，可见此本流传大概。王冕跋云："定武古本，骞然如蛟虬变态，灿然耀采楮墨间，观者眩目。晦翁先生跋，令人追仰前修，凛然兴敬。丁未春三月，渭渔出此示观，东里王冕题。"揭玆跋亦云："此定武本楔帖，真右军血嗣，后有宋贤朱文公题语……文辞笔墨灿然如新，而拓工毡蜡豪芒毕现，又是今世所传定武真本第一……即以坡公题画赞之语移赞斯帖，归之渭渔。"是此本元时尝归渭渔。据陈文东跋，明初归"南村者"。王世贞《弇州山人稿》有《跋宋拓兰亭帖》云："此楔帖所谓兰亭叙正本，赐潘贵妃者及秘殿图书印，乃是作一小册子，于绫面书记耳。是元初人装，赙池皆零落。后有朱紫阳、柯丹丘题，仲穆诸公跋，末有老僧作胡语。"王跋此本，盖即此定武五字殊字未损本也。据张云章跋，明季此本归侯峒曾，清时又归冒巢民。《古缘萃录》于此本按云："己丑之秋，果得此卷于粤东何氏审知崇雨舲中……赵子固《落水兰亭松跋》谓五字已损者与独孤本无异，此乃五字未镌并殊字未损,证之姜尧章《偏旁考》及覃溪先生《兰亭考》,一一符合,诚希世之珍也……自文公以下题识皆佳,惟前后年次多紊。"江藩对朱熹手跋真迹尤为推重,至谓:"此文公题词,语真简古而典雅,后贤难及……今观公书,肃穆浑古,遒劲端重,周旋中礼,如王者端冕而有德威。"按朱熹淳熙九年任浙东提举,治在会稽,心追右军,于字画兴味尤浓,观《文集》卷八十二此时之作多为书帖题跋,尤以为王顺伯所藏作题为多,则其字画题跋当亦有散佚。是年上巳朱熹与士友饮禊于会稽郡治之西园,与王顺伯诸人讲玩字画,盖亦一时盛会,陈舍人或即于此时携本与此盛会,遂得请朱熹为题也。陈舍人,应即陈骙,《宋史》卷三百九十三《陈骙传》:"陈骙字叔进,台州临海人……淳熙五年,试中书舍人兼侍讲、同修国史。上欲采晋宋以下兴亡理乱之大端,约为一书,谓骙曰:'惟卿与周必大可任此事。'言者忌而攻之,上留章不下,授提举太平兴国宫。"据此,淳熙九年陈骙已奉祠归居台州,故乃来会稽。陈骙与道学之党甚有龃龉,尝诋讥吕祖谦,自淳熙九年以后王淮排击道学,陈骙亦与朱熹不合,至视赵汝愚、刘光祖为仇,朱熹此跋不传于世,亦与此因有关。

右军宅（淳熙九年，1182）

因山盛起浮屠舍，遗像仍留内史祠。
笔冢近应为塔冢，墨池今已化莲池。
书楼观在人随远，兰渚亭存世几移。
数纸《黄庭》谁不重，退之犹笑博鹅时。

上诗见《山阴县志》卷二十八《艺文下》。右军宅在蕺山南麓戒珠寺。据《山阴志》，蕺山天王寺祠壁另有石刻朱熹范蠡祠《水调歌头》一首，行草（今《文集》卷十有此词）。山阴县城隍庙有朱熹书二碑，左碑书"天风海涛"，右碑书"与造物游"。府治后松风阁前石壁上亦有朱熹书"与造物游"四字。盖皆以其尝任浙东提举故也。朱熹淳熙八年八月除提举浙东，至九年九月去任归，山阴为其所巡历县属，而赈救此邑尤力，可参见《文集》卷十七《乞给降官会等事仍将山阴等县下户夏税秋苗丁钱并行住催状》、《乞将山阴等县下户夏税和买役钱展限起催状》等。朱熹在会稽，仰慕右军，今《文集》卷八十二有淳熙九年所作题跋凡十八首，皆为书画法帖之跋，其中如《题兰亭叙》、《题右军帖》等，尤可见其推重右军之深。是年上巳朱熹且特饮禊会稽郡西园，文士雅集，似不当无酬唱纪吟之作。此诗云"墨池今已化莲池"，按朱熹于是年七月曾往会稽县田头看视蝗情，随即出巡绍兴府山阴等县，正及见墨池莲花开放，诗当作于其时。

与季观国（淳熙九年，1182）

省刑缓赋，以回天意，非体国爱民之切，不及此也……

上书见《攻媿集》卷一百《知嵊县季君墓志铭》。季观国，名光弼，祖籍处州，淳熙十四年卒。朱熹提举浙东时，其以通直郎知绍兴府嵊县，赈荒尤力，志铭云："秘丞朱公熹力举一道荒政，尤详于越。君求哀诸司，得米四万斛。县有二十七乡，凡为赈粜场、赈济场、养济坊三十余所，戴星出入，以课督之，数月之后，须发为变。朱公每贻书劳勉。"盖绍兴府属县以嵊县受旱最重，朱熹《文集》卷十七《奏巡历沿路灾伤事理状》云："臣十八日到嵊县，其旱势尤甚于上虞。盖绍兴诸县之旱，嵊为最，而上虞次之，余姚又次之。"

访竹溪先生（淳熙九年，1182）

路逢个老翁，自负柴一束。
乌巾插在腰，背手牵黄犊。
借问何处居？指点破茅屋。
午鸡啼短墙，麦饭方炊熟。

上诗见《台州府志》卷一百三十八《杂事记》，云："徐竹溪先生大受，未仕，开讲舍授徒于东横山，时朱文公行部至台，因访先生，遇之，口占一诗云……先生答云：'曲径沿山去，烟村四五家。两行金线柳，一树紫荆花。壁上琴三尺，堂中书五车。当门一丛竹，便是老夫家。'遂留信宿，定至交焉。今东横山上有竹溪读书故址，即朱子与先生唱和处也。"东横山在天台县，《台州府志》卷四十四《山水略》："（东横山）《赤城志》作覆船山，《方外志要》作石井山，《万历县志》作丹丘山，俗呼黄榜山……县东十里，以横亘县东故名。"徐大受，天台人，淳熙十一年特科，见《赤城新志》。《浙江通志》卷一百七十六引《台学源流》云："徐大受，字季可，早岁工诗，而志不在诗。晦翁行部，闻其贤，特访其庐，方与学者讲'三月不违仁'，云：'即杜诗所谓"一片花飞减却春"耳。'晦翁击节，遂定交焉。家甚贫，一夕晦庵至，出葱汤麦饭，相对甚欢。至今故老犹传其事。著经解、文集，藏于家。邑东南有竹溪书院，别号竹溪。"据此朱熹该诗似是第二次造竹溪之家即兴吟占。诗盖肆口而发，近于村俗而自得诙谐之趣，今朱熹《文集》中亦有类此风格之诗，如卷十《苦雨用俳谐体》、《读十二辰诗卷掇其余作此聊奉一笑》、《赠书工》等。又《古今图书集成·学行典》第一百七十卷《志道部》："徐大受，天台人，淳熙十一年特科，官终临行在草料场。未第时,开馆授徒。朱文公提刑(按:当作提举)过其地,正与其徒论说颜子不违仁章,朱连举数疑,应答皆不失旨,朱大叹赏,遂与定交。赵汝愚拜相,与韩侂胄同出内批,公贺启有云:'以周公之德,应相成王为师;然老子之贤,讵可与韩非同传?'汝愚读之,遂力辞新命。刘知过以诗名,见之,曰:'自当卧君百尺楼上矣。'事详文公所遗帖。"是朱熹与徐竹溪亦有书札往返,今皆亡佚。朱熹行部至台在淳熙九年七八月间,其访竹溪及作此诗即在其时。又按:朱熹在台行事,曾辑为《台寓录》三卷,见《绛云楼书目》卷一《地志类》及《述古堂书目》卷三《人物志类》,今佚。朱熹此诗及上引各书所记似皆出于《台寓录》。参见下篇考。

与徐逸书（淳熙九年,1182）

可放笔力稍低,使人见之,无假手之议也。……

上书见仇远《稗史》、云:"徐逸,号抱独子。少与朱文公为友,公尝托作谢恩表,书云……"徐逸字无竞,号抱独子,自称汝阳被褐公,天台人。《阳春白雪》卷四有其《清平乐》词一首。按:此书又有以为予徐大受者,《台州府志》卷一百零四《儒林》云:"徐大受,字季可,号竹溪,天台人,早岁工诗,刘知过以诗名,一见奇之,曰:'自此当卧君百尺楼上矣!'朱子行部闻其贤,特造庐访大受,方与学者讲者,讲颜子三月不违仁云:'即杜诗所谓"一片飞花减却春"耳。'朱子为之击节,与辨疑义,率多合,遂定交。尝托以撰述,且云:'愿少低笔力,使读者不疑为假手。'家甚贫,一夕朱子至,无以款,裂箕为薪,出葱汤麦饭,相对甚欢。尝与朱子书,自言:'淡于世味,薄于宦情,年十二三即有意求道。研穷于六经,泛滥于释老几二十年,未正有道,窃不自安。斋形服形,昼思夜索,十余年间,始于吾门脱然信之,因得高视阔步于坦途,旋而远履,则向之所步,皆旁蹊曲径,荒芜榛莽,不可著足之地也。'"府志本自《台学源流》与《天台志·艺文》。徐大受见前考,其中所引《古今图书集成》云"事详文公所遗帖",或即是书耶?疑莫能明。

谒二徐先生墓（淳熙九年，1182）

道学传千古，东瓯说二徐。
门清一壶水，家富五车书。
但喜青毡在，何忧白屋居。
我怀人已远，挥泪表丘虚。

上诗见林表民《天台续集·别集》卷四。按《宋史》卷二百一十八《徐中行传》："徐中行，台州临海人。始知学，闻安定胡瑗讲明道学，其徒转相传授，将往从焉。至京师，首谒范纯仁，纯仁贤之，荐于司马光……会福唐刘彝赴阙，得瑗所授经，熟悉精思……晚年教授学者，自洒扫应对、格物致知达于治国平天下，不失其性，不越其序而后已……陈瓘谪台州，闻名纳交，暨其没，录其行事，谓与山阳徐积齐名，呼为'八行先生'。子三人，庭筠其季也……黄岩尉郑伯熊代去，请益，庭筠曰：'富贵易得，名节难守。愿安时处顺，主张世道。'伯熊受其言，迄为名臣……其学以诚敬为主……尤衮为守，闻其名，遣书礼之。一日……端坐瞑目而逝，年八十有五。乡人崇敬之，以其父子俱隐遁，称之曰'二徐先生'。淳熙间，常平使者朱熹行部，拜墓下，题诗有'道学传千古，东瓯说二徐'之句，且大书以表之曰'有宋高士二徐先生之墓'。"朱熹淳熙九年七月巡历入台州，八月十八日离台州入处州，其拜谒二徐墓并作诗吊之当在此时。朱熹在南康任及由浙东提举任归后诗咏尤多，俱载见于《文集》，独其间浙东任上无一诗存于集中，则当多亡佚。疑此诗原在《台寓录》中。杨晨编《二徐祠墓录》一书所收碑记多有及朱熹谒墓事，兹录二则如下：屠倬《修复宋理学二徐先生墓记》："贞定先生讳中行，温节先生讳庭筠,其生平备详《宋史》。墓在郡东南六十九里百岩山福海寺侧……二徐先生墓葬于淳熙二年,其后五年,朱子以常平使者行部至台,拜墓赋诗,题碣泐石而去。"孙衣言《台州新建二徐先生祠堂碑》:"台州隐君子真定徐先生……有三子,皆传父学。其季温节先生庭筠,志行尤高,亦不仕,治经以授徒。吾乡郑文肃公伯熊时尉黄岩,与闻温节绪论,实为永嘉学问所从出;而台州之学再传至清献杜公,遂为淳祐贤相,皆二先生启之也。二先生既殁,葬于临海梅溪之原,邑人石𫘤子重志其墓,朱子提举浙东常平行部至台,亲拜其墓下,为诗纪之,所谓'道学传千古,东瓯说二徐'者也。"

追和徐氏山居韵（淳熙九年，1182）

山岫孤云意自闲，不妨王事似连环。
解鞍盘礴忘归去，碧涧修筠似故山。

上诗见《仙都志》卷下（新文丰出版公司《正统道藏》第十八册），又载《缙云县志》卷八《艺文》。仙都山在缙云，《仙都志》卷上谓："仙都山，古名缙云山，按道书洞天三十六所，其仙都第二十九，名玄都祈仙洞天。周回三百里。"该志又云："独峰书院，在炼金溪西，正对独峰。宋淳熙壬寅，晦庵朱先生持常平节，上疏劾台守，未报，徜徉于此山，以伺朝旨，有'于此藏修为宜'之语。"《缙云县志》卷三亦云："独峰书院，在县东三十里。朱文公持常平节至此，爱其山水似武夷。嘉定中，郡人叶嗣昌建。咸淳七年，邑人潜说友即旧址广新之。"据卷六云："朱熹为台州提举（应作浙东提举），以弹劾忤旨，尝寄居仙都徐凝故宅。"知诗所追和"徐氏"即徐凝。按：朱熹于淳熙九年浙东提举任上劾唐仲友未报，离台巡历，于八月二十二日入缙云县境，待命多日，其《又乞罢黜状》云："二十二日入处州缙云县界讫，累日以来，恭候威命，未有所闻。"陈亮《又癸卯秋书》云"徐子才云'须赶到缙云相从'者"，可见朱熹徜徉缙云山水间，浙中学者多来相从问学。

题东屿书院（淳熙九年，1182）

书房在东屿，编简乱抽寻。
曙色千山晓，寒灯午夜深。
江湖勤会面，坐卧独观心。
秋浦瓜期近，何当寄此吟。

上诗见嘉靖《太平府志》卷八《外志》"丁园"条下，云："（丁园）在温岭，宋嘉祐间丁仲镒之八世孙少云拓而大之，有松山、南麓诸亭池楼阁及东屿书房。少云子木又建云海观，台榭岩径无虑七十余所，为浙东冠。"诗末并有注云："时子植将赴池州青阳县令，故云。"此诗又见戚鹤泉《台州外书》卷十三《古迹》"丁园"条下，云："在太平丁岙，宋嘉祐初丁仲镒始创，至淳熙间，八世孙少云拓而大之，有松山、南麓诸亭池楼阁及云海观，台榭岩径无虑七十余所。"又"东屿书院"下云："亦丁少云建，其子进士木与朱文公友善，赴青阳县任，文公为题诗。"此诗应作在淳熙九年朱熹浙东提举任上之时。

与陆放翁帖（淳熙九年，1182）

力疾南去……

二

以罪戾远行，迤逦南归。……

三

再辞，未有处分……昨发会稽，遂不诣违……杜门读书，毕此数年为上策，自余真可付一大笑。

上三帖见吴宽《匏翁家藏集》卷五十五《跋朱文公三帖》及彭绍升《二林居集》卷八《朱子与陆放翁手帖跋》。吴跋云："朱文公先生以淳熙初提举浙东，力论台守唐仲友不职，朝廷虽从其言，实忤时宰阴庇仲友之意，自是先生遂归，且乞奉祠。伪学之论遂起，而先生弃于时者数年。此三帖，盖皆与越中陆放翁者，首在官时所发，其二则既归后发者，为官谕靳君充道所藏。惟先生书札在集中者最多，无非论治道、讲理学之语，若此类固不得而备载也。然所谓'杜门读书，毕此数年为上策，自余真可付一大笑'等语，读之亦可以观世道矣。"彭跋云："予初见此卷于石唐桥李氏，决知非晦翁不能作……遂属一戚好宛转购得，质之赏鉴家，疑信参半。其后于张少仪家见朱子与南轩手书，于陆孟庄家见朱子《论语颜渊集注》稿本，往往似鲁公坐位帖，与此三帖如一树所生，华华相肖，不可以人力为，持以示人，而后疑者尽释……此卷旧题《朱子与陆放翁札》……朱子提举浙东，以淳熙八年十二月到官，明年七月，出按台州，第一帖所云'力疾南去'是也。九月,以争唐仲友事,改除江西提刑,即解职去官而归,第二帖云'以罪戾远行,迤逦南归'是也。十月复有江东之命,力辞,且乞奉祠,第三帖所云'再辞,未有处分'是也。其时放翁适奉祠家居,所云'昨发会稽,遂不诣违',以时地校之,题字不为无稽,但未得确证耳。叶跋'三公'二字,当是'三山'之讹,鉴湖上有三山放翁遗宅在焉,见《山阴志》。谢跋以帖中归来语在癸巳十二月,与《年谱》不合,乃是壬寅十二月尔,即宫观之诏亦是癸卯,非癸巳也。"参见前《致某人札子》所考。按《朱文公文集》前有嘉靖壬辰秋七月甲戌婺源潘潢跋云尚有"王会之、祝伯和、虞伯生家藏与陆、王帖、《梅花赋》诸篇,往往尚逸弗录"。与陆帖即此与陆游帖。王会之即王柏,朱熹弟子王瀚之子,是此帖的为真迹当无可疑。

咏南岩（淳熙九年，1182）

南岩兜率境，形胜自天成。
崖雨楹前下，山云殿后生。
泉堪清病目，井可濯尘缨。
五级峰头立，何须步玉京。

上诗见《上饶县志》卷五《山川》。该志于南岩条下云："一名卢家岩，去县治西南十里，朱子读书处，谽然空嵌，可容数百人，岩下朱子祠及僧舍十数楹，不假瓦覆，虽大雨无檐溜声。有文公祠、大义石、一滴泉、千人室、五级峰、百丈壁、开鉴塘、濯缨井八景，历代名人多题咏焉。"信州及闽浙往返必经之地，南岩在上饶之南、鹅湖之北，故朱熹常往来其地，寓游讲学。《上饶县志》称朱熹"爱邑治南岩山水之胜，常寓其地讲学，多见题咏"。《广信府志》亦称其"爱上饶南岩山水之胜，游寓其地，题咏甚多"。该志卷九之三《儒林》引《旧志》云："汤铃，号励庵，广丰人，兄弟读书排山西岩，成进士，历官学士。与朱文公交，同讲学于饶之南岩，载古郡志。"朱熹南岩题咏，后世唱和诗文甚多，至有汇辑成《南岩诗文》一书者。据明毛腾《南岩诗文序》云："信之饶阳南去十里许，有古刹焉。其山上耸百仞，下穿邃窦，可容千夫，名曰南岩……迨宋真儒晦翁朱先生与其友辛幼安、徐行仲、韩无咎诸公讲道于兹，自是名益重而山灵益显……逮我国朝郡守姚侯堂询晦翁逸诗，纪之石壁；谈侯网则肖晦翁遗像，而建之以祠……僧裔圆祥，雅好文墨，恐世远年湮，古人之行踪弗显，乃录贤士大夫诗文之尤者约数千言以梓之。"谈网《南岩八景诗叙》曰："南岩洵胜地也。宋文公朱夫子尝游于斯，留题岩穴，以启后人，是固道之所在也。予来见焉。"李鸿《重修朱文公祠记》亦云:"南岩去城十里……往朱子曾憩数月,联其所居僧舍,手泽至今尚存。"诸家所言,均有未详。按韩淲《涧泉集》卷二有《访南岩一滴泉》:"僧逃寺已摧,唯余旧堂殿。颠倒但土木,仿佛昔所见。山寒少阳焰,崖冷尽冰线。曾无五六年,骤觉荒凉变。遗基尚可登,一滴泉自溅。忆昨淳熙秋,诸老所闲燕:晦庵持节归,行李自畿甸;来访吾翁庐,翁出成饮饯;因约徐衡仲,西风过游衍;辛帅倏然至,载酒具殽膳。四人语笑处,识者知叹羡。摩挲题字在,苔藓忽侵遍。壬寅到庚申(按:当作戊申),风景过如箭。惊心半存殁,历览步徐转。"朱熹淳熙九年九月十二日去任归过信上,时稼轩带湖新居落成,其亦因王蔺论列落职家居,故有四老共游南岩盛举。涧泉诗所云"摩挲题字在",应即指留题岩穴之诗,由此可确知朱熹此诗作于淳熙九年九月。"吾翁"指涧泉父南涧韩元吉无咎,与朱熹多有唱酬,淳熙三年尝荐举朱熹,后又为朱熹作《武夷精舍记》,因吕祖谦为韩婿,韩、朱关系至密,朱熹《文集》卷二十五尚存《答韩尚书》一书。徐行仲又作徐衡仲,《上饶县志》卷二十二《孝友传》:"徐安国,字衡仲,号西窗,绍兴壬子进士。幼育于龚氏,后事龚氏父母,养生送死,克供子职。年逾五十,为岳州学官,迁连山令。有感于正本明宗之义,言于朝,愿归徐姓,诏可。遂别为龚氏立后,而身归于徐。时徐姓父母俱存,兄安仁、安蹈、弟安通皆无故,相与孝养二老,名所居之堂曰'一乐堂',张南轩为之记。"今《张南轩文集》卷十三有《一乐堂记》。《稼轩集》中亦有游南岩及与衡仲之作。朱熹此次归留南山,实一与江西士人相晤讲学之胜会也,非止四老共游南岩。赵蕃《淳熙稿》卷十有诗题云:"成父弟书来,报朱先生过玉山,留南山一日,且有题名,余不及从杖履为恨。辄成鄙句,寄斯远、彦章,且示成父。"诗云:"闻道朱夫子,南山尽日留。经行还阻见,会合信难谋。湛辈我无与,颜徒君好修。题名凡几字,好为刻岩幽。"又卷十九有诗题曰"段元衡出示与晦翁九日登紫霄峰诗及手帖及贾十八兄诗",诗有"我亦于今有遗恨,不随巾履上南山"之句,并注云:"晦翁比自浙东归,过玉山留数日。"卷七有诗亦题曰:"客长沙邢园,堂下梅花一萼先开,有怀成父、斯远二首。时闻朱先生辞江西宪节归隐,恨不与斯远同上谒也。"则与此南山胜会者有徐斯远、徐彦章、成父、段元衡诸人,皆江西名士与诗人也。参见下篇考。

咏一滴泉（淳熙九年，1182）

遥望南岩百尺冈,青山叠叠树苍苍。
题诗壁上云生石,入定岩前石作房。
一窍有灵通地脉,半空无雨滴天浆。
鹅湖此去无多路,肯借山间结草堂。

上诗见《广信府志》卷二之二《寺观》"南岩院"下,云:"在开化乡,唐草衣禅师建,宋宣和间重修,改名广福。"朱熹题咏南岩诗已见前考。按《广信府志》称"题咏甚多",《上饶县志》亦称"多见题咏",则朱熹题诗当非一首。一滴泉为南岩八景之一,盖朱熹有题咏一滴泉之作,后人遂因一滴泉之阳创为祠宇。明江伟《朱文公祠记》云:"南岩去郡治绝溪而南十四许,公盖尝至焉。景泰癸酉四明姚侯堂得寺僧口识公五言诗一律,又得公咏一滴泉诗一联于郡学训导李学僮,姚守谨而传之。二诗旧书于法堂之壁,壁圮,诗逸不存。非姚侯之好事,则坠地久矣。"所谓"五言诗一律"即前辑考《咏南岩》,而"咏一滴泉诗"即此《咏一滴泉》也。二首均题壁上,故诗中有"题诗壁上云生石"之句,似为同时即兴所题。朱熹常过玉山留题吟诗,参见《文集》卷十《伏读尤美轩诗卷》、《熹次延之年兄韵》等。

方 池（约淳熙九年，1182）

武夷之境多神仙，我亦驻此临风轩。
方池清夜堕碧玉，重帘白日垂洞门。
暗泉涌地紫波动，微雨在藻金鱼翻。
倚槛照影清见底，拄杖卓石寻无源。
洗头玉女去不返，遗此丈八芙蓉盘。
溪船明月泛九曲，出入紫微听潺湲。
便欲此地觅真隐，何必商山求绮园。

上诗见《武夷山志》卷十"五典上"。方池在武夷一曲，诗云"便欲此地觅真隐"，似是指武夷精舍尚未成，疑此诗作于淳熙九年九月自浙东提举任归居武夷之后。《古今图书集成·方舆汇编·山川典》第一百十三卷《武夷山部》亦录此诗。

与某人帖（淳熙九年，1182）

熹顿首拜复，窃闻卜筑钟山，以便养亲，去嚣尘而就清旷，使前日之所暂游而寄赏者，今遂得以为耳目朝夕之玩，窃计雅怀，亦非独为避衰计也，甚善，甚感。所恨未获一登新堂，少快心目耳。蒙喻鄙文，此深所不忘者。但向来不度，妄欲编辑一二文字，至今未就，见此整顿，秋冬间恐可录净。向后稍间，当得具稿求教也。所编乃《通鉴纲目》，十年前草创，今夏再修，义例方定，详略可观，亦恨未得拜呈。须异时携归，请数日之间，庶可就得失耳。未由承晤，伏纸驰情。熹顿首上复。

上帖见《珊瑚网·名书题跋》卷七，题作《徽国文正公朱夫子手帖》，《式古堂书画汇考·书考》卷十四题作《徽国文公编辑文字帖》。帖下均有数跋，其一云："延祐改元（1314），诏取士一用朱氏学。高邮龚璛、京口郭畀同观于虎林般若僧房，时八月十又四日敬书。"其二云："至治元年，岁在辛酉，十月十八日敬观于寓意斋，桐山苏希则再拜谨志。"又三云："今京口何彦澄得之于其外祖郭畀天锡，彦澄宝而藏之，亦庶几知道者。翰林学士士奇杨公复识其后，均得拜观文正公之手泽，诵之三复起敬。时永乐庚子仲春清明后五日，临川吴均端肃书。"另又有宣德三年杨溥跋，宣德四年金幼孜跋与杨荣跋等，大致可见此帖传藏之况。此帖历来不知与何人，金跋第云"此晚年之笔"。今按：该帖有云"所编乃《通鉴纲目》，十年前草创"，《通鉴纲目》草成于乾道八年壬辰（1172），见朱熹《文集》卷七十五《资治通鉴纲目序》。此后不断修订，王懋竑《年谱考异》卷一云："按《纲目》修于壬辰，据季通、伯谏、择之、伯恭诸书，则癸巳、甲午至乙未方写校净本,乃成编也。又据敬夫、伯恭、李滨老书,则重修于丙申、丁酉,至庚子方可写。据延之、恭叔书,则丙午以后欲重修而未及。"按朱熹淳熙九年由浙东提举任归后,尝再修《纲目》,《文集》卷二十二《辞免江东提刑奏状三》云:"《资治通鉴》亦尝妄有论次,数年之前草稿略具……今若少宽原隰之劳,更窃斗升之禄,假以岁月,卒成此书。"又贴黄云:"臣旧读《资治通鉴》……因窃妄意就其事实别为一书……名曰《资治通鉴纲目》,如蒙圣慈许就闲职,即当缮写首篇草本,先次进呈。"此辞状作在十一月,盖此时《纲目》已再修略具(按:朱熹在南康任和浙东任上乃委蔡元定等继续修定整理),故敢于辞状中言及,此正与帖中所云"见此整顿,秋冬间恐可录净"相合。由淳熙九年(1182)上推至乾道八年,恰正十年,故此帖当作于淳熙九年。所寄之人,据帖中云"窃闻卜筑钟山",则当指婺源李缯参仲,言"须异时携归"者,乃指欲再归婺源也。李缯,号钟山,卒于绍熙四年。考朱熹《文集》卷八十三有《跋李参仲行状》云:"钟山先生李公参仲之子季札,奉其先君子行状一通,不远数百里谒予于建溪之上……予之先世家婺源,与公为同县人,而客于建也。绍兴庚午岁,予年二十余,始得一归故乡,拜其坟墓宗族姻党,于是乃获识公,而听其余论,心固已知其贤。然是时年少新学,未能有以扣也。中年复归,而再见公,然后从游益亲。而公已营钟山所住,为将老焉之计焉。两林之间,渠清沼深,竹树蒙密,时命予与程弟允夫徜徉其间,讲论道义,谈说古今,觞咏流行,屡移晷刻。间乃出其平生所为文词,使予诵之,则皆高古奇崛而深厚严密,如其为人。予以是心益敬公,而自恨其不能久留,以日相与追逐于东阡北陌之间。既别而归,书疏不绝。其后数年,闻公物故。"程洵《尊德性斋集》卷三有《钟山先生行状》,称其"出入释老,求之者数年,知其说不出乎吾宗,乃益自信,遂厌科举之习,卜筑云山间,为隐居计,名其山曰钟山,牓其室曰中林"。《婺源县志》亦云:"缙字参仲,号钟山,城北人。父镛,当高宗时以恩科入仕,终太平府推官。与丞相李纲、奉使朱弁友好甚密,而未尝求进。吕仁甫乃尹和靖门人也,来至婺源簿,缙父子及滕恺皆从之游,遂绝意科举学,筑室钟山以老。朱文公自武夷归,每与程洵过缙讲论终日,称其文章高古奇崛,如其人。卒,书其墓表曰'有宋钟山李君之墓'。"李缙卜筑钟山时间,应在淳熙三年朱熹二次归婺以后,此前其于钟山仅"暂游而寄赏",尚未"以为耳目朝夕之玩"。按朱熹《文集》卷七十九有淳熙八年作《徽州婺源县学三先生祠记》,只称"邑之处士李君缙",卷九十有作于淳熙八年八月《韩溪翁程君墓表》,亦只称"君学徒李君缙",而《新安文献志》甲卷十一有李缙《婺源义役记》,末署"淳熙九年十一月一日钟山园翁李缙",是淳熙九年李缙已卜筑钟山,与前考朱熹作此帖时间正合。李季札,名季子,号明斋,朱熹弟子,《语类》有其所记语录。

校定急就篇（拾遗五条）（淳熙九年，1182）

急就章九：纶组继缦以高迁。

　　越本：继作绽。

急就章十二：旃裘韎韐蛮夷民。

　　越本：韎作韐。

急就章十六：五音总（一本作集）会歌讴声。

　　越本：总作杂。

急就章三十二：忧念缓急悍勇独。

　　越本：忧作更。

　　依溷汙染贪者辱。

　　越本：溷作清。

　　上见王应麟《急就篇补注》。朱熹尝校定《急就篇》，戴表元《剡源文集》卷七《急就篇注释补遗自序》云："家罕书籍，有《急就篇》一卷，汉黄门令史游所撰，唐弘文馆学士颜师古所注，又经新安朱先生仲晦所校。"王应麟《急就篇补注》末亦注云："越本朱文公刊于浙东。"按：淳熙九年朱熹在浙东提举任上刊书甚多（如《古易音训》、《四书集注》、陈古灵《劝农文》等），此《校定急就篇》盖即其一。稍后有罗愿、刘子澄再刊《急就篇》于鄂州。《善本书室藏书志》卷五录《新刻急就篇》四卷，云："今惟存师古《注》及王应麟《音释》，前有抱经学士《补钞》、秘书监弘文馆学士上护军琅琊县开国子颜师古撰《序》及淳熙十年罗愿、浚仪王应麟《后序》。"刘子澄为朱熹弟子，罗愿与朱熹皆新安人，关系甚密，其作《新安志》特为朱松父子立传。罗、刘新刻《急就篇》应即据朱熹越本校刻。

寄石斗文（淳熙十年，1183）

病枕经年卧沃洲，满庭枫叶又吟秋。
书来如见旧人面，读了还见尘世愁。
忧国至今遗白发，穷经空自愧前修。
武夷休作相思梦，我已甘心老此丘。

上诗见万历《新昌县志》卷九《寓贤》"朱熹"条，云："（朱熹）绍兴中提举浙东常平茶盐公事，往来新昌，见新剡民饥，赈之。与石宗昭、石𡼖为师友，讲明性理之学。𡼖有《中庸辑略》，熹尝采其说注《中庸》，名为《石氏辑略》。又尝游南明山，建濯缨亭，游水濂洞，留题任氏壁，皆载《山川志》。与梁氏写《大学吕氏书》、《坡翁竹石卷》，至今宝藏弗失。既而退居武夷，有诗寄石斗文，斗文亦有诗答之。"石斗文，字天民，新昌人。孙应时《烛湖集》卷十有《石斗文行状》，称其"及交广汉张先生栻、东莱先生祖谦、临川二陆先生九龄、九渊，晚交新安朱先生熹。公年皆其长，而方惓惓师慕"。《新昌县志》卷十一亦有石传，称："（石）𡼖，其从侄也。登隆兴元年进士，任天台尉，迁临安府教授。与文公朱子为友，书问往来。丞相史浩荐其学问知方，行己有耻，不为诡激以事虚名。改枢密院编修，上书论朝政，言其剀切，其曰：'朝廷譬如万金之家，必严大门以司出入。一旦疑守者而创开便门，不知便门之私，乃复滋甚。'一时以为名言，因目之曰'石大门'。除扬州通判，改知武康（冈）军。晚号缉斋。"今朱熹集中有答石天民书。据孙烛湖《行状》云："淳熙九年，差通判婺州，十二年到官。"是淳熙九年朱熹在浙东任上，石斗文正待次在家，两人必尝相见也。此诗以"病枕经年卧沃洲，满庭枫叶又吟秋"考之,则当已在淳熙十年秋。又石斗文与陈亮为至交,《陈亮集》卷二十四有《祭石天民知军文》,卷二十一有《与石天民》。卷二十《又乙巳春与朱元晦书》云:"石天民此月二十三日赴上,未曾得相见。其贫日甚,而有力者念之不以情,今且得全家饱暖也。"盖即指石氏赴婺州通判任,朱熹与石氏交往之迹亦于此可见。

摩崖三刻（淳熙十年，1183）

小苍野题名

淳熙癸卯中冬朱元晦登。

上题刻见《福建通志·金石志》卷十，在莆田，今存。《莆阳金石初编》云："在城南棠坡山。按癸卯为孝宗淳熙十年，先一年文公提举浙江常平茶盐，因按台州唐仲友事，为王淮所疾，乃乞奉祠。是年六月即有郑丙、陈贾等请帝辨明道学之疏，盖为淮旧怨而发也。题石之时，正自家来游。凡二行，计十字，《寰宇访碑录》误作八分体，《亦园脞牍》已辨其非。"

东埔小石山石刻

朱仲晦登。

上刻见《闽中金石志》卷九，在莆田，淳熙十年刻，今存。

题乌石山

赵子直、朱仲晦淳熙癸卯仲冬丙子同登。

上刻见《八琼室金石补正》卷九十七，《福州碑刻记》录此刻，云"镌乌石山邻曹台东"。该题高四尺八寸，广四尺，四行，行四字，字径九寸，正书。今存。

按：以上三刻题于同年，王本《年谱》云："淳熙十年癸卯，冬十月,如泉州。傅安道自得,与先生有先人之旧,是岁八月卒,往吊之,十二月归。"朱熹与傅自得关系极密,《文集》中多有唱酬之作,傅卒,朱特为作行状。《文集》卷八自《伏读云台壁间秘阁郎中盘谷傅丈题诗……亦同此叹也》至《腊月九日晚发怀安……乃得数语略纪一时之胜云》共二十四首诗,记叙此次泉州之游所经之地、所从之人、所历之事尤详。盖此次赴吊达泉州后,名胜之处皆有过游,而休斋陈知柔唱酬最多,故《文集》卷八十七《祭陈休斋文》云:"去岁之冬(指淳熙十年,是文作于十一年三月二十七),复得见公……相与追游莲华、九日、凉峰、凤凰、云台之间,昼则联车,夜则对榻。"由泉州返,乃经游南安丰州镇九日山、莆田野林、小石山、福州乌石山等地,故有留题。时赵汝愚知福州,得共游赏唱酬,而朱熹至十二月九日才夜发怀安以归。

廓然亭（淳熙十年，1183）

迟留访隐古祠旁，眼底樛松老更苍。
山得吾侪应改观，坐无恶客自生凉。

上诗见朱玉《朱子文集大全类编·补遗》，云出自《一统志》。按廓然亭在泉州九日山，朱熹淳熙十年冬十月曾往泉州吊傅安道之丧，与休斋陈知柔共游九日山等，相与唱酬，见《文集》卷八十七《祭陈休斋文》，其唱酬之作载卷八，其中有《寄题九日山廓然亭》云："昨游九日山，散发岩上石。仰看天宇近，俯叹尘境窄。归来今几时，梦想挂苍壁。闻公结茅地，恍复记畴昔。年随流水逝，事与浮云失。了知廓然处，初不从外得。遥怜植杖翁，鹤骨双眼碧。永啸月明中，秋风桂花白。"似陈知柔结茅于廓然亭旁。然《文集》卷八中却不见直接咏廓然亭之作，或有亡佚，此廓然亭之诗似即此次游九日山题咏之佚篇，"访隐"、"吾侪"云云，盖指休斋也。

游灵石诗（疑淳熙十年，1183）

百尺楼台九叠山，个中风景脱尘寰。
危亭势枕苍霞古，灵石香沾碧藓斑。
佳景每因劳企仰，胜游未及费跻攀。
何当酬却诗书债，遂我浮生半日闲。

上诗见《福州府志》卷六《山川》灵石山条下，云："灵石山，在清源里，磅礴百里，峻拔千仞。山巅有石，久晴鸣则雨，久雨鸣则晴；又有香石，手摩有香气，故以灵名山。形九叠，中有十胜：曰九叠峰、曰通天石、曰报雨峰、曰仙人岩、曰仙人碑、曰偃松亭、曰竹帘轩、曰留云峰、曰碧仙洞、曰戏龙瀑。中有苍霞亭、燔桃坞，其与灵石并峙。界于永福者曰仙举岩。"朱熹生平屡往福州，其赴同安任、往游泉州、赴漳州任等，皆可经灵石山一游。观此诗中言"何当酬却诗书债"，而未及仕途劳碌奔波，则必非赴任途中所作。淳熙十年朱熹往泉吊傅安道，归与陈休斋同游，一路唱酬甚多。唯游福州不见吟咏，不当如此，或有亡佚邪？此诗或即作在其时。

与陆子静（淳熙十年,1183）

比约诸葛诚之在斋中相聚,极有益。浙中士人,贤者皆归席下,比来所得为多,幸甚。

上札见《陆象山年谱》,系于淳熙十年癸卯。此为致陆第五书。诸葛诚之,名千能,临安人,问学于朱熹与陆九渊,朱熹《文集》卷五十四及《陆九渊集》卷四均有答诸葛诚之书。

与陆子静（淳熙十年,1183）

归来臂痛,病中绝学损书,却觉得身心收管,似有少进处。向来泛滥,真是不济事。恨未得款曲承教,尽布此怀也。

上札见《陆象山年谱》,系于淳熙十年癸卯。此为朱熹致陆第六书。

与陆子静（淳熙十一年，1184）

敕局时与诸公相见，亦有可告语者否？于律令中极有不合道理、不近人情处，随事改正，得一二亦佳。中荐程可久于法令甚精，可以入局中。然此犹是第二义，不知轮对班在何时？果得一见明主，就紧要处下得数句为佳，其余屑屑不足言也。谦仲甚不易得，今日尚有此公，差强人意。元善爽快，极难得，更加磨琢沉浸之功乃佳。机仲既得同官，乃其幸会，当能得日夕亲炙也。浙东诸朋友想时通问，亦有过来相聚者否？立之墓表，今作一通，显道甚不以为然，不知尊意以为如何？

上札见《陆象山年谱》，系于淳熙十一年，为致陆第七书，以陆九渊有三月十三日复函考之，朱熹此札约作于二三月间。谦仲，即王蔺，庐江人，时为枢密院编修官，《宋史》卷三百八十六有传。元善，詹体仁，浦城人，朱熹弟子，时为太学录，《宋史》卷三百九十三有传。机仲，袁枢，建安人，时与陆九渊同在敕局，《宋史》卷三百八十九有传。立之墓表，朱熹《文集》卷九十有《曹立之墓表》。显道，即包扬，建昌南城人。

答詹体仁书（淳熙十二年，1185）

熹窃以春雨复寒，伏惟知府经略殿撰侍郎文闱判咸严，神物拥护，台候动止万福。熹区区托庇，幸粗推遣，但祠禄已满，再请未报，前次延之诸人报云，势或可得，未知竟何如。居闲本有食不足之患，而意外之费，复尔百出不可支。吾亲旧有躬耕淮南者，乡人多往从，亦欲妄意为此，然尚未有买田雇夫之资，方此借贷，万一就绪，二三年间或可免此煎迫耳。衰病作辍，亦复不常。此旬月间方粗无所恼，绝不敢用力观书，但时阅旧编，间有知新益，《大学》"格物"一条，比方通畅无疑，前此犹不免是强说，故虽屡改更，终不稳当，旦夕别写求教。前本告商省阅，有纰漏处，痛加辨诘，复以示下为幸也。桂人蒋令过门相访，云尝疏论广西盐法，见其副封，甚有本末，渠归必请见，因附以此，匆遽不暇详悉。未有侍教之日，临风惘然，切乞以时为国自重，有以慰善类之望，千万至祷。

上书见万历《遂安县志》卷四《艺文志》，亦载康熙《遂安县志》卷十。詹体仁名仪之，号虚斋。朱熹《文集》卷二十七有《答詹帅书》四通，均论及广西盐法，与此书同，书一作于淳熙十年，书二作于十二年，书三、书四作于十三年。按：据《建炎以来朝野杂记》乙集卷十六《广西盐法》，詹仪之任广西帅在淳熙十年四月至十三年九月之间，此书云"祠禄已满，再请未报"，据年谱，朱熹淳熙十二年二月祠秩满，复请祠，至夏四月差主管华州云台观，故可确知是书作于淳熙十二年三月。时尤袤延之在朝任枢密检正，故书中称"延之诸人报云"。朱熹自淳熙九年因忤宰相王淮罢归，蜷伏武夷深山,生计窘困,是书自谓其欲买田雇夫,尤可注意,朱熹集中向无言及此事者。所谓"前本告商省阅",即指朱熹集中《答詹帅》书二所称"诸经鄙说",后由詹仪之印刻于广东德庆,详后《四书集注编集与刊刻新考》。

与陆子静（淳熙十三年，1186）

傅子渊去冬相见，气质刚毅，极不易得，但其偏处亦甚害事。虽尝苦口，恐未以为然。近觉当时说得亦未的，疑其不以为然也。今想到部，必已相见，亦尝痛与砭剂否？道理极精微，然初不在耳目闻见之外。是非黑白只在面前，此而不察，乃欲别求玄妙于意虑之表，亦已误矣。熹衰病日侵，所幸迩来日用工夫颇觉省力，无复向来支离之病，甚恨未得从容面论。未知异时尚复有异同否耳！

上札见《陆象山年谱》，系于淳熙十三年丙午，此为致陆第十书。傅子渊，名梦泉，号若水，建昌南城人，陆九渊高足，《宋元学案》卷七十七《槐堂诸儒学案》有传。朱熹《文集》卷五十四有《答傅子渊》书四通。

鼓山题刻（淳熙十四年,1187）

淳熙丁未,晦翁来谒鼓山嗣公,游灵源,遂登水云亭,有怀四川子直侍郎。同游者:清漳王子合,郡人陈肤仲、潘谦之、黄子方、僧端友。

上刻在福州鼓山涌泉寺石门后山道左壁。《金石续编》《福州碑刻记》《闽中金石志》等均尝著录,《福建通志·金石志》卷十录此刻,按云:"嗣公为僧元嗣,曾游胡安定之门。王子合名遇,时称东渊先生。陈肤仲名孔硕,淳熙二年进士,官秘阁修撰,有《北山集》。潘谦之名柄,怀安人,时称瓜山先生。皆文公门人。黄子方,冯《志》、陈《略》均云名琮,莆田人,元符三年进士,时知闽县事。然黄琮宣和间摄侯官县,见《八闽通志》,非闽县;琮系元符三年进士,计其年至少在二十左右,下至淳熙十四年,盖八十四年,琮年已百有余岁,必不能尚知县事,子方恐非琮。琮莆田人,亦非郡人。"据朱熹《文集》卷九十六《陈正献公行状》,陈俊卿卒于淳熙十三年十一月二十二日,朱熹于次年正月赴莆田往吊,见王懋竑《年谱》。其由莆山归途经福州,遂登福山,乃有此题,时已在二月。鼓山在城东门外三十里,《三山志》谓:"灵源洞岩窦嵌怪,每当雷雨作,其中簸荡若鼓声……鼓石,石状如鼓……在涌泉寺后大顶峰。由小顶峰而上里许,上有石刻朱文公'天风海涛'四大字。"《闽都记》亦谓:"灵源洞下数十级以入其中,高广数寻,朱子凿'寿'字甚钜于洞中。"知朱熹游福山非止一次。赵汝愚子直淳熙间尝两知福州,淳熙十二年十二月甲子除四川制置使,次年春过武夷与朱熹唱酬钱行,见朱熹《文集》卷八,朱熹诗有"四年相与愧情亲"、"忽闻黄钺分全蜀"之句,故此刻有云"有怀四川子直侍郎"。

与某人帖（疑淳熙十四年，1187）

熹僭易拜问，德门庆霖，恭惟均求多祉，诸郎学士侍学有体，儿辈谨时起居之问，无以伴书，茶两盎时浇，小盎颇佳，大者乃食茶耳。闽中有委，幸不外。熹再拜上问。

上帖真迹见《宋名人书》，乃嘉靖三十年冬十月长洲文氏停云馆摹勒上石。是帖不知与谁，观其中云"闽中有委""诸郎学士侍学有体"等，应是一来闽任官者，疑即王师愈齐贤。王师愈与朱熹为同年，朱熹往长沙访张栻及南康任上，同王师愈均有交往，至王淳熙十四年来闽任转运判官，两人契谊尤密，而往返信札多佚，见后《与王齐贤帖》所考。又王师愈有子四人，皆问学于朱熹而执弟子礼，朱熹作《王师愈神道碑铭》云："子男四人：长瀚，从事郎，新武当军节度推官；次汉，迪功郎，新临安府仁和县尉；次洽，未仕；次潭，迪功郎，新绍兴府会稽县主簿。"是帖所称"诸郎学士"，盖即此四人也。朱熹与王师愈帖手迹，师愈孙王柏尝跋而传之，《鲁斋集》卷十一《跋朱子帖第八卷》云："宝祐丁巳夏六月，得此卷十有一帖于昌父弟。得之于针奁窗牖之间，使人遗恨感叹者累日。往往前次所得之帖，皆以前后去其素纸，而此卷迫切尤甚，亟加装褫。寻考岁月，其具位称'云台'者，淳熙乙巳之春。称'南京鸿庆'，则丁未不久也。江西臬事之称，则丁未戊申之间。皆大父在福建漕台之时。最后漳州一帖，则庚戌六月，越月而大父已捐馆矣，此为绝笔之书也……卷中所称黄婿，则勉斋先生也，一时笔札之间，四句该尽德器。"是帖或即在此卷中。据明嘉靖壬辰潘潢《朱文公文集跋》云："淳祐以来，区区掇拾，已非复公季子在初类次本，而王会之(按:即王柏)、祝伯和、虞伯生家藏与陆、王帖、《梅花赋》诸篇,往往尚逸弗录。"是此卷明时犹在而未编入朱熹集中,其后遂亡矣。文氏停云馆以此帖摹勒上石与潘潢跋同时,当取自王氏家藏此卷也。

与岳霖书（淳熙十四年，1187）

薛虔州弼直老，以甲子正月道由建昌，谓戒曰："弼之免于祸，天也。往者丁巳岁，被旨从鹏入觐，与鹏遇于九江之舟中，鹏诧曰：'某此行将陈大计。'弼请问，鹏曰：'近谍报，敌人以丙午元子入京阙，为朝廷计，莫若正资宗之名，则敌谋沮矣。'弼不敢应。抵建康，与弼同日对，鹏第一班，弼次之。鹏下殿，面如死灰。弼造膝，上曰：'鹏适奏，乞正资宗之名。朕谕以"卿虽忠，然握重兵于外，此事非卿所当预也"。'弼曰：'臣虽在其幕中，然初不预闻。昨到九江，但见鹏习小楷，凡密奏，皆鹏自书耳。'上曰：'鹏意似不悦，卿自以意开喻之。'弼受旨而退。"此故殿院张公定夫戒所记。所谓资宗者，上时以宗子读书资善堂也。又得《薛公行状》，亦记此事，偶寻未见，恐永嘉士人家必有本可寻访。但不知忠穆公此奏今尚有传本否耳？熹上复。

上书见岳珂《宝真斋法书赞》卷二十七，题作《朱文公储议帖》，不当。岳珂见此真迹，云"行书，十四行"。并按云："右晦庵先生储议帖真迹一卷……淳熙之十四年，先君漕湖南，因寓书于公，公即报函中录此纸以问颠末。旁之张戒所记（按：张戒《默记》），谓岁在甲子，其实不然，珂《吁天》之书，固辨之矣。先王时谥武穆，后三十有九载，始更定为忠，公书帖时，天若开之云。"按：岳霖与南轩张栻相知，又为赵汝愚所重。据朱熹《文集》卷九十四《陈君廉夫圹志》："陈廉夫，名址，莆田人，故少师观文殿大学士赠太保魏国正献公之孙，今朝请大夫新提举福建路市舶实师是之子……娶兵部侍郎岳公霖之女。"朱熹与陈俊卿关系尤密，陈廉夫又从学于朱熹,岳霖或因陈俊卿、陈廉夫乃得与朱熹相识通问(后世因朱、唐交恶而有岳霖释严蕊之说,乃无稽之谈)。绍熙五年朱熹入朝,尝与陈傅良拟上疏奏请褒录娄寅亮、岳飞等建储议之人,见朱熹《文集》卷二十一《史馆拟上政府札子》(岳珂《金陀续编》卷三十录此,题作《拟建储札》)及陈傅良《止斋集》卷二十四《奏乞褒录傅察宗泽娄寅亮子孙札子》。朱熹《文集》卷三十八《答李季章》书一亦云:"前年与陈君举商量,拈出孝宗入继大统一事,当时议臣如娄寅亮、赵、张二相、岳侯、范伯达、陈鲁公皆有褒录,恐可更询访当时曾有议论之人,并与拈出也。"可见淳熙十四年朱与岳霖通书往返,盖已在为其后询访议论之人及上奏札作准备也。此帖有关岳飞储议之事,详可参见《朱子语类》卷一百二十七。

与某人书（疑淳熙十四年，1187）

讲明正学，其道必本乎人伦，明乎物理。其教自小学洒扫应对以往，修其孝弟忠信，周旋礼乐。其所以诱掖激励，渐磨成就之道，皆有节序。其要在于择善修身，至于化成天下；自乡人而可至于圣人之道。

上帖见张世南《游宦纪闻》卷八，自云："世南从三山故家，见朱文公一帖。"此帖与何人无考。淳熙十四年朱熹成《小学》一书，此帖专言小学，姑系是年俟考。

与王齐贤帖（淳熙十四年，1187）

……(《易学启蒙》)欲早赐镌诲，及今改定为大幸。伯礼所询数条，具以图意报之，亦乞有以订其失。沙随《古易》章句之详博，亦未知尊意以为如何。……

上帖见王柏《鲁斋集》卷九《朱子帖第七卷》，云："先大父（按：王师愈）与朱子契谊之密，无如漕闽之时，先生亦奉祠里居，披示心腹，缱绻有加，见于诸帖，固可考也。然讲学之帖，理不应无，意者为好事者所有，今不复得而见之矣。越十有二年，始得此卷，凡八帖。中一帖，先生尝以《易书》求证于大父……此尤见先生感德无我，恳恳求善如恐不及，然后知此等帖散失亦多矣。若夫馈药之感，信受奉行其治心养气之教，此特子之常言，意其相与之情既真，津笔酬答，未必具稿，故文集亦无此帖也。"王师愈，字齐贤，婺州人，朱熹《文集》卷八十九有《王师愈神道碑铭》。其任福建转运判官时间，据《鲁斋集》卷九《寺簿徐公帖一卷》："在昔淳熙丁未，先大父将漕七闽时。"知在淳熙十四年。淳熙十三年朱熹成《易学启蒙》，故所云"以《易书》求证"者，即是书也。王伯礼即王洽，王师愈三子，王柏叔父，时方执经讲下，多有《易》学之向，朱熹《文集》卷五十四有《答王伯礼》一书，正为逐条答复《易》学之问，应即此帖所称"所询数条，具以图意报之"也。沙随即程迥，尤精《易》，朱熹于其说多有所取，《鲁斋集》卷十一有《跋沙随易杂记赠师文》可资参考："文公朱先生著《义本义》，谓《易》本卜筮之书，而当时学者皆疑焉。惟沙随程先生好以卜筮说《易》，有《杂编》一册，盖亲笔也。其门人得之以呈文公，公以所疑书于后，俾归以此说质之沙随先生，不审以为如何也。可以见先生待前辈之礼，其恭如此。"

与某人帖（淳熙十四年，1187）

熹窃以季夏极暑，恭惟知郡朝议丈旌麾在行，神物护相，台候起居万福。熹讲闻德望，为日盖久，而僻处穷壤，无从瞻见颜色，此怀向往，日以拳拳。兹承不鄙，枉书喻以惠顾蓬荜之初心，所以慰藉许与之意良厚。自顾衰陋，实无所能，其将何以称此，愧荷悚惕，不容于心。深欲一趋道左，求见下风，且谢盛意之厚；而方此病暑，又属天旱人饥，里中亦随分有应酬之扰，以故未克如愿。引领清尘，徒切驰企。窃承台体亦少违和，计旋即勿药矣。开府有日，施设之方，必已素定。下问之及，岂所敢当，然仰窥雅志，惟恐不尽于义理，而务合于中和，是则必无违人自用之失，刚柔宽猛之偏矣。益以无倦，千里蒙福，可胜言哉！使还略布万一，暑行切乞益厚保绥，前迓褒宠，幸甚，幸甚！右谨具呈。六月日新安朱熹札子。

上帖见《石渠宝笈续编》第五十七宁寿宫藏《宋贤遗翰》，该札二幅，行书。此札向来不知与何人，今按：帖称"知郡朝议丈"，则必为潘畤德鄜。潘畤婺州金华人，与张栻、吕祖谦交游论学，切劘不倦，朱熹尊为丈人行，见《文集》卷八十七《祭潘左司文》。畤子友文、友端、友恭皆从朱熹学，而朱熹亦甚推重潘畤学行政事，相识虽晚，而相知尤深。《文集》卷九十四有《潘畤墓志铭》云："上闻公究心狱事，诏特转朝议大夫进直徽猷阁，知潭州，安抚湖南……明年召还……又明年除尚书左司郎中，竟辞不就。乃申太平之命，未行而以疾卒，享年六十有三。"此帖"知郡朝议丈"，盖即指其以朝议大夫知潭州。潘氏由金华赴任，乃南下经信州转临川、临江、宜春、潭州而达治所，可于途中拟与朱熹一见，即此帖中所谓"枉书喻以惠顾蓬筚之初心";而朱熹以病暑未趋道相会,即帖中所云:"深欲一趋道左,求见下风,且谢盛意之厚;而方此病暑,又属天旱人饥……以故未克如愿。"据《祭潘左司文》,潘畤卒于淳熙十六年七月(祭在次年),则其赴潭州任在淳熙十四年。陈傅良《止斋集》有《重修岳麓书院记》记叙潘畤重修岳麓书院事,云:"某官桂阳,于长沙为属,时公(潘畤)至镇数月。"据《陈傅良年谱》,陈傅良淳熙十四六月免奏事,于是年冬赴桂阳军,据"时公至镇数月"推算,则年潘畤赴潭州应在五六月间,与此帖所述时令与所记日月亦相合(《南宋制抚年表》以为在十一月,乃误,按朱熹《潘畤墓志铭》,并未言潘畤十一月赴任)。潘畤约于湖南任前不久始与朱熹相知,其三子亦在此时从学朱熹,故此帖有"讲闻德望,为日盖久,而僻处穷壤,无从瞻见颜色"之语。朱熹、潘畤信札频频往返盖在其后。故《潘畤墓志铭》云:"熹从公游虽不久,然相知为最深,友恭等又来学。"卷九十二《潘氏妇墓志铭》云:"予昔从友恭尊君湖南公游,见其施于官者治;友恭兄弟皆来学,见其饬于身者严。"《祭潘左司文》更云:"论世之学,士大夫优于学行者,政事之才或未必达;精于政事者,学行之趣或未必醇;就使能兼二者之长,则于去就出处之大节,又或未必能无所愧也。惟公文学之华,行义之实,既有以成于身,而信于友……又卓然非今之从政者所能及……熹不敏,辱知最深,书疏相寻问遗,劝勉勤恳之至,久而不忘。"今《文集》中不见有与潘畤书疏,则此帖当即仅存之佚篇也。

与某人帖（淳熙十四年，1187）

六月五日熹顿首：奉告，审闻□况为慰。讯后庚暑，侍履当益佳。庙额闻已得之，足见朝廷表劝忠义之意。记文久已奉诺，岂敢食言？然以病冗因循，遂成稽缓，今又大病累月几死，近日方有向安意。若以先正之灵，未即瞑目，少宽数月，当为定夫归日必可寄呈矣。匆匆布复，余惟自爱。令祖母太夫人康宁，眷集一一佳庆，不宣。熹再拜□君承务。

上帖见《故宫历代法书全集》十三宋册4，前有按语曰："本幅行书，凡十四行，每行字数不一，共一百三十字……本幅为《宋元墨宝册》中之一幅，曾经《石渠宝笈初编》御书房著录，今载《故宫书画录》卷三。"此帖向来无考。按帖中云："今又大病累月几死，近日方有向安意。"考朱熹生平于三至五月间大病几死，唯淳熙十四年有此事，《别集》卷三《与刘子澄》书三云："某还自莆中，道间大病，几不能支，卧家月余，幸未即死，然神气衰惫，比之春中，又什四五矣。"该书中言及尤延之送敕与拜鸿庆敕事，指淳熙十四年三月差主管南京鸿庆宫，四月拜命。又言及"新揆"，指周必大于是年二月自枢密使除右相，故可确知朱熹此书作于淳熙十四年四五月间（参见《续集》卷一《与黄直卿》书三十六及王本《年谱》）。其中所谓"还自莆中"，指该年正月往莆中吊陈俊卿丧。陈俊卿卒于淳熙十三年十二月，王本《年谱》云："十四年丁未，春正月，如莆中吊陈福公。"朱熹归在三月间，道途得病。此帖所云"记文久已奉诺，岂敢食言"，盖即指陈氏子、孙请其作陈俊卿行状；然因道间得疾，迟缓未成，即帖中所云"以病冗因循，遂成稽缓"。今《文集》卷九十七有《陈俊卿行状》,云:"娶聂氏,封唐国夫人。子男五人:实,朝奉郎,通判泉州事;守,承议郎,权发遣漳州事;定,承奉郎,有志于学而早卒,熹尝铭其墓以哀之;宓、宿,皆承事郎……孙男四人:垔,承务郎;址、垣,皆承奉郎;塾,未官。"朱熹此帖末云"囗君承务",则必是予承务郎陈垔,而"祖母太夫人"则必指唐国夫人聂氏。盖朱熹早年受知于陈俊卿,从游三纪,私交尤密,朱熹过莆田必馆于陈家,而陈俊卿亦遣其子、孙受学于朱熹。今《文集》卷九十一《陈师德墓志铭》为陈定作,卷九十四《陈君廉夫圹志》为陈址作,卷五十六有《答陈师德》,卷五十八有《答陈廉夫》。又卷二十六《与陈丞相别纸》:"蒙谕第二令孙为学之意。"卷二十七《与陈丞相书》:"廉夫有学《易》之意……大抵诸郎为学,正当以得师为急,择友为难耳。"《别集》卷四《与林井伯》书二:"示喻福公令孙好学之意。"均可见陈俊卿子、孙从学朱熹之况。《兴化府志》卷十五有"仰止堂"一条,谓"正献尝馆朱文公于此,俾子弟受学焉"。黄榦作《陈师复仰止堂记》,云:"文公之馆于此,正献公之子皆抠衣焉。"又《兴化府志》卷二十九载陈宓《朱文公祠记》,云:"先生初仕于泉,及淳熙间凡三至焉,趋风承教之士不少。"据上,亦可知朱熹与陈俊卿之子、孙往还书札当亡佚甚多。刘定夫,崇安人,朱熹弟子,名不详,朱熹《文集》卷五十五有《答刘定夫》二书。《陆九渊集》卷十三《与朱元晦》书二:"刘定夫气禀屈强恣睢,朋侪显比。比来退然,方知自讼。"此书据《陆九渊年谱》作在淳熙十四年初冬,是朱熹此帖所云"定夫归日",乃指刘定夫尚在贵溪象山,而至十月犹未归也。

与志南上人二帖（淳熙十五年，1188）

五月十三日熹悚息启上：久不闻动静，使至，特辱惠书，获审比日住山安稳为慰。天台之胜，夙所愿游。往岁仅得一过山下，而以方有公事，不能登览，每以为恨。今又闻故人挂锡其间，想见行住坐卧，不离泉声山色之中，尤以不得往同此乐为念也。新诗笔势超精，又非往时所见之比，但称说之过，不敢当耳。二刻亦佳作也，但搀行夺市，恐不免去故步耳。《寒山子诗》彼中有好本否？如未有，能为雠校刊刻，令字画稍大，便于观览，亦佳也。寄惠黄精、笋干、紫菜多品，尤荷厚意。偶得安乐茶，分上廿饼，并杂碑刻及唐诗三册谩附回，便幸视至。相望千里，无由会面，临书驰情，千万自爱，不宣。熹悚息启上国清南公禅师方丈。熹再启。

清泉各安佳，儿辈附问。黄婿归三山已久，时得书也。《出师表》未暇写，俟写得转寄去未晚也。《寒山诗》刻成，幸早见寄，有便只附至临安赵节推厅，托其寻便，必无不达。渠黄岩人也。熹再启。

上二帖手迹，见岛田翰刻宋大字本《寒山诗集》。《朱文公集·别集》卷五载此二帖，亦云"见《寒山子诗集》后"，但俱非完篇。按王国维《两浙古刊本考》著录《三隐集》一卷，为淳熙十六年天台国清寺僧志南所刊，有此朱熹与志老帖。《书舶庸谈》卷三亦记董康于日本图书寮见一宋椠，云："序后有四言赞语；次朱晦庵与志老四叶；次陆放翁与明老帖一叶半，俱从真迹摹入……末为淳熙十六年岁次己酉孟春十有九日住山禹穴沙门志南跋国清禅寺三隐集记。"又《艺风堂文续集》卷六《寒山诗集一卷跋》云:"《寒山诗集》,丰干拾得诗附,影宋写本……前有闾丘胤序,后有淳熙十六年岁次己酉沙门志南记,又有己酉屠维赤奋若可明跋。附朱晦庵与南老帖,陆放翁与明老帖。志南即南公,可明即明公,朱子与放翁所往还者……是此书宋时一刻于淳熙己酉,曰国清本;再刻于绍定己丑,曰东皋寺本;此则三刻,又在东皋寺本之后。"志南跋国清寺本《寒山诗集》在淳熙十六年孟春,则朱熹此二帖应作在淳熙十五年。盖朱熹淳熙九年提举浙东时尝巡历至台州,过天台而未能登览,即此帖一所云"往岁仅得一过山下,而以方有公事,不能登览"。时志南亦尚未住持天台国清寺。据帖一云"又闻故人挂锡其间","获审比日住山安稳为慰",则志南来天台国清寺时约在淳熙十四年前后。而朱熹与志南初识当亦不自天台始。据《安徽通志》卷二十七"池州梅山"条云:"建德县西南十里,岩壑颇胜,宋时僧志南居之。朱子访至山中,与唱和,书'普门'二字刻于石壁,因名普门岭。"又卷五十七"梅山寺"条:"在县西南十里,梅山为宋智南禅师挂锡处。朱文公过访,作'普门岭'三大字刻之石。"按梅山在南康军北,疑朱熹淳熙六年知南康军时尝往梅山寺访志南,而志南遂来南康共游,朱熹《文集》卷八十四《书濂溪光风霁月亭》后云:"祁真卿、吴兼善、僧志南与熹敬书以志。"又卷七《山北纪行》亦云:"会稽僧志南、明老俱行。"知其时志南尚挂锡梅山。其后两人有唱酬往还,见朱熹《文集》卷八十一《跋苏聘君庠帖》、《跋南上人诗》(参前《夜叹诗》所考)。有此二帖真迹,两人交游之迹乃能得考如此也。《寒山寺志》卷三亦录有此与志南二书,稍有异文,亦有误句不通,今一以宋大字本《寒山诗集》真迹为本。

跋任伯雨帖（淳熙十五年，1188）

任公忠言直道，铭于彝鼎，副在史官。而此帖之传，尤可以见其当时事实之曲折，此巽岩李公所为太息而惓惓也。任公曾孙清叟，以其墨本见遗，三复以还，想见风烈，殊激衰懦之气，愿与公之子孙交相勉励，以无忘高山仰止之意焉。淳熙戊申六月十六日新安朱熹书。

上跋见《石渠宝笈续编》第五十七宁寿宫藏《宋贤遗翰》。《宋贤遗翰》共十三幅，集宋六人尺牍题跋诗十一种，其二即朱熹此跋，行书。阮元有考云："跋所称任公，名伯雨，眉山人，居谏省半岁，所上一百八疏，后为蔡卞所陷。绍兴中，诏赠谏议大夫，采其谏章。其曾孙清叟，名希夷，从朱熹学，官端明殿学士，徙家邵武，即以墨本见遗者也。巽岩为李焘号，焘，眉州丹棱人，官至敷文阁学士，著《续通鉴长编》。"今按：任伯雨字德翁，绍兴初诏赠直龙图阁，《宋史》卷三百四十五有传。徽宗时击章惇章八上，继又论蔡卞六大罪，朱熹此帖云"而此帖之传，尤可以见其当时事实之曲折"，盖即指此。任希夷，字伯起，清叟其号也。《宋史》卷三百九十五有传，谓其"登淳熙三年进士第，调建宁府浦城簿，从朱熹学，熹器之曰：'伯起，开济士也。'"任希夷居家邵武，故得常见朱熹，以墨本见遗。朱熹《文集》卷八十二有《跋任伯起家藏二苏遗迹》云："龙阁之曾孙希夷将刻石以示子孙，而属予序之。予惟任公当日之意，知其事理之当然而不得不然耳，非以今名之可慕、后福之可邀而为之也。而以今观之，其效乃如此，岂《易》所谓'不耕获，不菑畲，而利有所往'者耶……淳熙丁未七月己酉新安朱熹书。"此跋正作在

《跋任伯雨帖》之前一年。《宋史·任伯雨传》云伯雨"淳熙中,赐谥忠敏"。朱熹二跋或均因此而发。又其时王淮击道学甚力,朱熹是帖正作于临安奏事被林栗论劾归闽途中,盖亦有深意焉。

陈文正公像赞并序（淳熙十五年，1188）

淳熙十五年秋九月望日，弋之陈君景思同官主管东西京崇福宫祠事。一日，出示其大父太师鲁国公小像，二圣皇上金书玉券暨公札牒诏草，钜公硕辅赠奉诗文，瞻拜捧读，不胜敬仰。某惟陈氏世德之盛昭，我圣皇御笔丽藻以褒崇之，公卿百执事章文以表扬之，与公之手泽遗言珍袭惟谨，是亦足以传世矣。

宏远规模，汪洋度量。学贯天人，位隆将相。

人物权衡，生灵依杖。翊我圣皇，太平有象。

上赞并序见《弋阳县志》卷十二，盖出自《陈鲁公集》。按朱熹《孟子或问》中论"武王不泄，迩不忘远"，有云："近读《陈鲁公集》，有论此者，与鄙意合。"朱熹《孟子或问》与《四书章句集注》同序定于淳熙十六年春。《续集》卷二《答蔡季通》书三十九："某数日整顿得《四书》颇就绪，皆为《集注》，其余议论别为《或问》一篇，诸家说已见《精义》者皆删去，但《中庸》更作《集略》一篇，以其《集解》太繁故耳。"《大学章句》序于淳熙十六年二月，《中庸章句》序于三月，并见该书序（参见《年谱》）。《中庸章句序》云："乃敢会众说而折其中，既为定著《章句》一篇……复取石氏书删其繁乱，名以《辑略》，且记所尝论辨取舍之意，别为《或问》以附其后。"正与答蔡书所言相合。淳熙十六年二月去十五年九月仅四月，故《孟子或问》中云"近读《陈鲁公集》"，则此《陈文正公像赞并序》所云当属可信。盖当时人知朱熹与陈康伯交往相识，故淳熙十三年俞广文、程迥特请朱熹为作陈康伯、汪应辰二人祀记（见下考）；而陈景思亦特请其作赞，俱无足怪。陈景思名思诚，陈康伯孙，陈安节子,《水心文集》卷十八有《陈思诚墓志铭》,《南涧甲乙稿》卷二十一有《陈安节墓志铭》(其中谓陈安节"二子:景参、景恩",当是景思之误)。叶适所作墓志铭云:"朱公(熹)之在建安,接牍续简无旷时。"可见朱熹与陈思诚关系非比寻常,今朱熹《文集》唯卷五十九存《答陈景思》一书,则其书亡佚当甚多。庆元党禁之时,朱熹与陈思诚仍书信往返不辍,而陈思诚回护朱熹与道学亦甚力,详见下《与陈景思》所考。《陈鲁公集》盖陈思诚所编,此赞当为陈思诚所亲手编入。然《陈鲁公集》中所附朱熹文多为陈氏后裔伪作,详见后《朱熹佚文辨伪考录》。

　　附志:《陈鲁公集》(一作《陈文恭公集》)中,陈康伯遗文仅二卷,而附录竟十一卷,多为其裔孙伪作,其中有朱熹之文太半为伪,余于《朱熹佚文辨伪考录》已发其覆。然亦非无真篇,如此《陈文正公像赞并序》即是也。因朱熹与陈康伯关系向无考,易启人疑,故特将两人交往小考附此。陈康伯于绍兴二十九年尝荐朱熹,王懋竑《朱子年谱考异》有考云:"《年谱》云:'用执政陈俊卿荐也。'按是年陈俊卿未为执政,疑当作陈康伯。康伯以二十八年九月参知政事。陈康伯于绍兴为名臣,其荐朱子当在诸公之先。自《行状》略不载,但云'召赴行在'。本传云'辅臣荐',亦不载其名。《年谱》必以实书,后来者只知陈俊卿之荐朱子,而不知有康伯,遂以意改之,不知俊卿方为殿中侍御史,未为执政也。"今按:王氏所述为是。刘珙、汪应辰与陈康伯交往至密,陈卒,刘珙为作行状;汪应辰与陈同为信州人,知福州前后,与陈康伯书札多赞及朱熹,故朱熹之名早由汪、刘之誉而为陈康伯所知,其于绍兴二十九年直至隆兴元年一再荐朱熹,实主要出于汪应辰从中推挽。《文定集》卷十六《上陈丞相》:"惟是卖盐一事,顷岁承乏,见帅司财用窘迫殊甚，尝谋于郑少嘉、朱元晦、陈季若，惟元晦以谓宁可作穷知州，不可与民争利，而少嘉、季若则以为可，故于三人中从二人之言。"此书以朱熹《文集》卷二十四《答陈漕（季若）论盐法书》考之，知作于隆兴元年，陈丞相应即陈康伯。又《文定集》同卷《与俞居中》云："朱元晦以召再下，诸公迫之方行。既对，力排众和议，其他皆人所难言者。得武学博士，待四年阙。然其家贫母老，势须再请岳祠也。叶干颇有望于丞相，得申言之，良幸。""丞相"指陈康伯，"诸公"亦首指陈康伯也。朱熹到阙，与陈康伯有一见，《别集》卷二《与程可久》书二："二贤祠记前书已拜禀矣，岂有大师在是，而晚生小子敢肆妄言于其侧者乎？况陈公平生只得一见；若汪公则老丈游从之，又投分之深，又非小生之比，恐不得而辞也。""二贤"即陈康伯与汪应辰，因皆信州人，俞广文故为建二人祠于信。"一见"即隆兴元年入都奏事与陈一见。然陈康伯主战动摇，朱熹主战坚决，入都前朱熹曾有专札投陈康伯，言辞甚激烈，《文集》卷二十四《答刘平甫》："与陈书（按：即与陈康伯书）谩写去，只可呈大兄（按：即刘珙共甫），一读而焚之，勿留也。此言之发，其不能受也固宜；然万一成行，则所言必有甚于此者，又将何以堪之耶？"事实果如朱熹所料，奏事归后，其有书恳陈康伯予奉祠，《文定集》卷十五《与朱元晦》书七："某到阙下留旬日，两得入对……元晦奉祠之请，亦尝言之，丞相问甚详，其意甚迟疑，且云如此是弃贤也……陈丞相制绍兴，比弋阳相见，足疾如故，若出，则须过关也。"朱熹对陈康伯虽有不满，然却极推重其一生业绩与为人，《语类》卷一百二十七有赞其抗击完颜亮南侵云："逆亮临江，百官中不挈家走者，惟陈鲁公与黄端明耳。"孝宗入继大统，陈康伯首有建议，绍熙五年，朱熹在朝曾与陈傅良拟上奏乞予褒录，《文集》卷三十八《答李季章》书一言及此事云:"前年与陈君举商量,拈出孝宗入继大统一事,当时议臣如娄寅亮、赵、张二相、岳侯、范伯达、陈鲁公,皆未有褒录,恐可更寻访当时曾有议论之人。"故朱熹应陈景思请,为作像赞,亦非偶然也。

复学者书（淳熙十六年，1189）

南渡以来，八字着脚，理会着实工夫者，惟某与陆子静二人而已。某实敬其为人，老兄未可以轻议之也。

上书见《陆象山年谱》，系于淳熙十六年八月。《年谱》云："朱元晦论学徒竞辩之非……包显道侍晦庵，有学者因无极之辩贻书诋先生者，晦庵复其书云。"《语类》卷有陈文蔚录云："因说陆子静，谓：'江南未有人如他八字着脚！'"或是书即致陈文蔚，而陈乃取书大意入录邪？

与学者书（疑淳熙十六年后）

陆子静专以尊德性诲人，故游其门者多践履之士，然于道问学处欠了。某教人岂不是道问学处多了些子？故游某之门者践履多不及之。

上书见《陆九渊集》卷三十四《语录上》，由门人傅子云季鲁编录。是札作年莫考，疑在太极之辨以后，姑附于此。朱熹集中有《答项平甫书》，意与此札同。

挽崔嘉彦（淳熙十六年，1189）

关陕遗耆老，天资得勇多。
双瞳光射日，寸舌辨倾河。
居俯三江近，邻从五老过。
庐空人不见，猿鹤奈愁何。

二

林下相从旧，回头一十年。
君论金鼎诀，我赋白云篇。
泉石无闲意，丹砂结世缘。
康山空葬骨，已作洞中仙。

上二首见《永乐大典》卷二千七百四十一，出于《江州图经志》。正德《南康府志》卷六"星子县"："崔嘉彦，字子虚，成纪人。修神农老子之术，过庐山，即西源庵址筑室居焉。年八十卒，朱文公作诗挽之。"又卷七"西源庵"条亦云："崔嘉彦过庐山，得此址，筑室居焉，文公作诗挽之。"《永乐大典》于"崔嘉彦"下引《江州图经志》云："字子虚，成纪人，修神农老子之术，东下吴越，以耕战之策干时宰赵雄，雄奇之，未及用而去国，嘉彦亦西归。过庐山，得故西原庵址，筑室居焉……朱文公熹尝访之，倾盖道说平生，熹为赋诗：'无处堪投迹，空山寄一椽。悬门窥绝壑，缭径上层巅。槛阔吞江浪，檐空响谷泉。丹经闲日读，不为学神仙。'（按此诗见朱熹集卷七，题作《次张彦辅西原之作》，《永乐大典》作《访西原居士和张栋韵》，知张栋字彦辅）先是张栋寄诗曰：'厌踏千山折，欣逢屋数椽。衣冠存古制,松雪对华巅。自漉甕中酒,仍烹涧底泉。桃源疑此是,不必问神仙。'熹故和之,又记其庵。熹见卧龙庵与西原邻,嘉彦实经纪之。熹秩满去,嘉彦不复至城市,年八十三卒,熹寄诗挽之。"按朱熹淳熙六年知南康军,五月作卧龙庵,访崔嘉彦即在其时。《文集》卷七十九《卧龙庵记》云:"去岁来此(按:淳熙六年)……时已上章乞解郡绂,乃捐俸钱十万属西原隐者崔君嘉彦,因其旧址缚屋数椽,以俟命下而徙居焉。"又《西原庵记》:"前年(按:淳熙六年)……于岩壑水石之间又得成纪崔君焉……君名嘉彦,字子虚,少慷慨有奇志,壮岁避地巴东三峡之间,修神农老子术,东下吴越,以耕战之策干故相赵忠简公,赵公是之,会去相,不果行。君自是绝迹此山,按陈令举所述图记,得西原庵故址,于卧龙瀑水之东,筑室居焉……盖年逾七十矣,而神明精力不少衰。予往造之,而君不予避也。一旦为予道说平生,相与叹息。会予结屋卧龙以祠诸葛丞相,世盖少识其意者,君独叹曰:'此奇事也。'相为经纪其事,以迄有成。两年之间,相见者不知其几,而君未尝一言及外事。"又《别集》卷五有《与西原崔嘉彦》六书。可见朱崔过从之况。同卷有《西源居士厮寄秋兰小诗为谢》诗,"西源居士"亦指崔。又《别集》卷七有《十月上休日游卧龙玉渊三峡用山谷惊鹿须要野学盟鸥本愿秋江分韵得鸥字》,中云:"先生先我来,结屋阳冈头……西源有老翁,卷舌藏戈矛。似学辟世士,乃欲邀圣丘。先生且无然,但作一月留。俟我有决计,它时卜从游。"此亦指崔嘉彦,挽诗所谓"我赋白云篇",即指此诗,盖此诗中有"仰叹云间鹤,俯羡谷中鸥"之句,且挽诗"寸舌辨倾河",亦与此诗"卷舌藏戈矛"相合。以"回头一十年"考之,朱熹淳熙六年访崔,时崔年逾七十,其八十三岁卒,由淳熙六年下推十年,则崔嘉彦约卒于淳熙十六年,挽诗即作在是年。《江州图经志》所言时宰赵雄,当是忠简赵鼎之误,盖赵鼎去相在绍兴八年(1138),见《宋史·宰辅表》,崔正当壮岁。若赵雄则在淳熙八年罢相,崔已七十余岁,早绝迹庐山,断无干时宰之事。又《四库全书》卷一〇五《医家类存目》著录有《崔真人脉诀》一卷,云:"旧本题紫虚真人撰,东垣老人李杲校评。考紫虚真人为宋道士崔嘉彦,陶宗仪《辍耕录》称:'宋淳熙中,南康崔紫虚隐君嘉彦,以《难经》于六难专言浮沉,九难专言迟数,故用为宗,以统七表八里,而总万病。'即此书也。宋以来诸家书目不著录,焦竑《国史经籍志》始载之,《东垣十书》取以冠首,李时珍已附入《濒湖脉学》中。"今按:方以智《通雅》卷五十一录朱熹论《脉诀》云:"古人察脉非一道,今世惟守寸关尺之法,所谓关者,多不明。俗传《脉诀》,词最鄙浅,非叔和本书,乃能指高骨为关。"云:"《脉诀》至朱子始议之,李时珍编而论之。"方以智所称朱熹始论《脉诀》,见朱熹《文集》卷八十三《跋郭长阳医书》,作于庆元元年,则其受崔真人影响之巨可知矣。

跋屏山先生友石台记（淳熙十六年，1189）

屏山先生绍兴甲午年间之所撰，后学朱熹于淳熙己酉登台诵记，仍稽年谱而知。

上跋题刻见王昶《金石粹编》卷一百五十。刘子翚《友石台记》云："友石台，肇庆吴公南园胜处也。台因墩形，不事培划，旁有大柿树如侧盖然，风藤月筱，从而附益之，清荫周覆，可容六七客。肇庆辇群石置其上，所以悦观瞻而供游憩也。石出吾里，无嵌空奇怪之姿，特以其介然若英毅之气钟结而成者，皆取以自近焉。倚立参错，如拱如伏，游其间者，莫不神竦意动，吾知肇庆不苟为此戏也。徐而物色之，老而耄耋，有若纯臣者，示人以忠；不玉其佩，有若祈子者，示人以孝；容仪伟丽，有若奋威者，示人以勤；词气剀切，有若徂徕者，示人以直；有数马而对，若御史之谨者；有穴城而战，若统军之雄者，异派同宗，断断凛凛，是以知肇庆之所取，亦吾平昔之所乐亲也。附狷介而沉者次之，为勇力所驱者次之，能言以怪除，三品以冒除，陨星以妖除，化妇以执除，一有是玷，虽瑰玮亦弃，是以知肇庆之所摈，亦吾平昔之所欲疏也。夫以咫尺之地，数拳之石，寓意深远若此，则周旋于斯，孰不砥砺？苟逐物从好，以兹为小而陋也，则虽扩六合为基，立五岳为块，邓林蔽其左，江汉流其右，自达人观之，亦掌中之一物耳，曾何足大焉！惟随见而足，恬然理会，则又何大小之别？主人方刈柳源之稻，酿明月之泉，数招客徜徉于台上，傥以此说为是与，则倚而歌，据而瞑，皆吾之三益也。因以文记。"王昶考云："按绍兴无甲午，甲午岁为淳熙元年。考《宋史·刘子翚传》：'卒，年四十七'……传称韐死靖康之难，子翚庐墓三年,服除,判兴化军,计其时,当在建炎末年。羸疾辞归武夷山,不出者十七年。其作此记,当在此十七年中,而以意度之,所谓甲午,乃甲子之讹,是绍兴十四年也……盖朱子从学于刘子翚,故跋此记称后学。跋作于己酉,为淳熙十六年,距子翚作记又四十六年。是时朱子当是主管太一宫兼崇政殿说书,力辞;除秘阁修撰,奉外祠之时也。"清陈棨仁《闽中金石略》考云:"考《宋史·刘子翚传》云:'卒,年四十七。'据朱子所撰《墓表》,实为绍兴十七年,则其生当在元符三年,至政和四年甲午,年仅十五,必未能执笔而记显者之居,是非绍兴二字之误,而甲午之误矣。其误在甲,则当为绍兴八年之壬午;其误在午,则当为绍兴十四年之甲子。"又朱玉《类编》录此刻,谓:"闽宪吴公荣满时筑,屏山先生作记。文公于淳熙己酉过肇庆,登台诵记,仰慕高风,拜书以遗公孙子焉。"此说有误。朱熹生平未尝至肇庆,此台据刘记"石出吾里","数招客徜徉于台上",则当在建宁,《福建通志·金石志》卷十亦录此刻,云"在建宁",即因台在建宁故也。董跋云:"在岭南端州,是肇庆亦有刻石矣。"盖吴氏为肇庆人,非谓台筑于肇庆也。《金石汇目分编》卷八著录崇安有《友石台记》,谓:"朱子行书,淳熙己酉,凡四石。"可证台在崇安。

与程绚（淳熙十六年，1189）

敬惟先德，博闻至行，追配古人，释经订史，开悟后学，当世之务又所通该，非独章句之儒而已。曾不得一试，而奄弃盛时，此有志之士所为悼叹咨嗟而不能已者。然著书满家，足以传世，是亦足以不朽。

上帖见《宋史》卷四百三十七《程迥传》，云："迥……卒官。朝奉郎朱熹以书告迥子绚曰……"程迥字可久，号沙随，宁陵人。尤精于《易》，朱熹尊为丈人行，其《易》说多有取于程氏。今《文集》卷三十七有《答程可久》十书，《别集》卷三有《答程可久》三书，多与之论辨《易》说、《诗》说。程迥卒年，本传未明言。按其致书称"朝奉郎朱熹"者，当是此与程绚书末原署"朝奉郎"衔之故。朱熹于淳熙十五年秋七月磨勘转朝奉郎，淳熙十六年九月覃恩转朝散郎（王本《年谱》作闰五月更化覃恩转朝散郎，乃误）。《文集》卷八十二《跋通鉴韵语》作于淳熙十六年三月清明，其中言及程迥"以书见抵"，是此年春程迥尚未卒。又卷五十二《答吴伯丰》书四云："庐陵之讣（按指刘子澄卒，刘罢归后居家庐陵），令人痛惜，亦苦多事，至今未得遣人去也……沙随程丈书来，甚相知。"刘子澄卒於淳熙十六年秋，见《别集》卷四《与向伯元》书四及《文集》卷八十七《祭刘子澄文》。此后不再见朱熹与程迥有往还之迹，可知程迥约卒于淳熙十六年八九月间，朱熹致书程绚即在其时，故书中仍衔"朝奉郎"。《文集》卷五十二《答吴伯丰》书七："沙随八论及史评有印本，望寄及……到此（按：指到漳州任）只修得《大学》稍胜旧本……今又遭此祸患（按：指绍熙二年春长子卒）。"书八："沙随诸书及茶已领……今不复成归五夫,现就此谋卜居(按:指绍熙二年自漳州任归卜居建阳)。"皆作于绍熙二年,而朱熹乃托吴伯丰寻沙随程迥之作,亦可知其时程迥确已卒。

与陆子静（淳熙十六年，1189）

　　荆门之命，少慰人意。今日之计，惟僻且远，犹或可以行志，想不以是为厌。三年有半之间，消长之势，又未可以预料，流行坎止，亦非人力所能为也。闻象山垦辟架凿之功益有绪，来学者亦益甚，恨不得一至其间，观奇览胜。某春首之书，词气粗率，既发即知悔之，然已不及矣。

　　上札见《陆象山年谱》，作于淳熙十六年八月六日，此为致陆第十九书。"荆门之命"，指是年五月晦陆九渊拜荆门之命。"春首之书"，即朱熹《文集》卷三十六《答陆子静》书六，盖朱陆太极之辩，以是书词气最为激烈，其后两人不复于信札往还论辩。

与马会叔六书

书一（淳熙十六年，1189）

时论一变，朝士多不自安，所幸已在山中，误恩又得丐免，似可少安。然事不可料，正恐亦难自保。

书二（淳熙十六年，1189）

举子仓今岁不免自为受输。……此间岁支三四百石，而仓息仅及其半。若得检照旧例支除本钱，乘此冬收籴数百石，更三两年，当无阙乏之患也。

上二帖见《柳待制文集》卷十八《跋朱文公与马会叔尚书二帖》，该跋云："右徽文公手书二帖，淳熙礼部尚书马公从曾孙莹彦珍所藏。文公与尚书公同朝，有交游之谊。前一帖……正免南康、辞江东转运副使归武夷山居时所遣。后一帖……必除知漳州上任后所遣。盖时尚书公为福建安抚知福州，漳其属郡，公至漳，知其事敝，欲稍为疏理，故有是请耳……子澄，则静春先生刘氏，其讳清之。前帖言其始病，而后帖遂悼其死，又以见两公笃夫交友之谊，死生以之，亦岂今人所可企及哉！"按马会叔名大同，严州人，《续严州志》有传。《陈止斋文集》卷十八有《马大同持复元官致仕》，编列于绍熙五年十一月二十一日后，十二月二十三日前，知其卒在该年。马为政以刚刻著闻，属周必大党，与朱熹关系甚密。淳熙十四年七月朱熹除江西提刑，即替马大同成资阙。淳熙十六年四月马知福州，与朱熹书札更频频往返。今朱集中与马书一篇俱无，然

《文集》卷二十八《与赵帅书》:"故前日之辞免不敢决然为不出之计,而于马贰卿书复露异时乞郡之请。"(此书作于绍熙二年)又卷二十九《与留丞相札子》:"马侍郎、黄寺簿、吕司令又皆以书具道钧意甚悉。"(此书作于绍熙二年十二月)《别集》卷四《与向伯元》书十三:"黄婿已归三山,赴马帅之招。"(此书作于淳熙十六年)卷二《与刘智夫》书十六:"近报……马会叔竟以林和叔文字除职守润。"(此书作于绍熙三年)均可见朱马两人过从之密。绍熙元年二月朱熹赴漳州任经福州与马大同相见,逗留达一月之久。故朱熹与马书札亡佚甚多,当无疑问。此二书柳贯考定时间有误。按第一书云"误恩又得丐免",乃指淳熙十六年八月除江东转运副使,辞。又两书言及刘子澄病卒,据《别集》卷四《与向伯元》书四:"子澄去秋以书来告别,方此忧念,继得公度书,乃知遣书之后不六七日,遂至大故。"此书言及"某顷叨除用,出于意外,恳辞幸免,然犹复忝郡,寄上恩厚。但年来目疾殊甚,恐不复堪史责,免章再上,谅必得之也",显指淳熙十六年十一月改知漳州,再辞,作此书时已在绍熙元年岁初,故可确知刘子澄卒于淳熙十六年秋,朱熹遣人奠之则在绍熙元年二月,见《文集》卷八十七《祭刘子澄文》。又《宋史》本传称"光宗即位,起知袁州,而清之疾作"。《麟原文集》卷九《静春先生传》亦云:"宁宗(按:应作光宗)嗣位,越月,即起知袁而,州病已革矣。"光宗即位在淳熙十六年二月,此亦足证刘子澄卒于淳熙十六年秋。朱熹此二帖必作在淳熙十六年秋冬间,故第二帖有"乘此冬"之语。马大同在福州只一冬,据《南宋制抚年表》引《志》:"(马大同)淳熙十六年四月以直显谟阁知福州,绍熙元年三月召。"而朱熹至绍熙元年四月二十四日方至漳州,无从再与马论及举子仓诸事,所谓第二帖"必除知漳州上任后所遣"断误。

书三（淳熙十六年，1189）

所请亦幸开允，更被褒诏……

书四（淳熙十六年，1189）

不知除授所由……

书五（淳熙十六年，1189）

婺相邪说奸心，阴自凭结，庙社之灵实纠击之……

上三帖见《金华黄先生文集》卷二十一《跋晦庵先生帖》，云："右文公先生与侍郎马公十一帖……十四年秋，复命先生代马公持江西宪节，未赴，而鲁公以十五年夏五月去相位。六月，先生入对，除兵部郎官，以林侍郎栗论奏，有旨仍赴江西，竟辞避不赴。帖中虽谓马公交代，而实未尝交承也。先生既用磨勘转官，除职予祠，寻召入主管西太一宫兼崇政殿说书，未及上，俄俾以秘阁修撰，奉外祠。前两帖结御称'朝奉郎主管嵩山崇福宫'者，方辞论撰而未允也。逮得旨依所乞，仍旧职，且降诏褒谕。次两帖乃以直宝文阁入御，帖中云'所请亦幸开允，更被褒诏'是也。又其次两帖止称阶官贴职者，时已有旨起先生将漕江东，即帖中云'不知除授所由'者，先生方控辞，故祠官使职悉不以系御也。婺相盖指鲁公，所谓'邪说奸心，阴自凭结，庙社之灵实纠击之'者，言若有激，恐未必专以前事为憾也。此六帖皆在十六年夏秋之间。最后两帖，一称权发遣漳州事，在绍熙元年春；一称秘阁修撰主管鸿庆宫，在其二年秋。余三帖则问眷请委之副楮也。先生文集所载尺牍,分出处、问答两门,凡四十卷,而此诸帖皆不见集中。仅备著其岁月,以俟采录,而补其阙云耳。"

　　　　　书六（绍熙元年,1190）

　　荣被召还之命……

　　上帖见《宋文宪公文集》卷四十六《题朱文公与马鹤山诸帖》,云:"焕章阁待制知镇江府马公会叔,以政事闻于乾道淳熙间……公以直显谟阁福建安抚使知福州日,朱文公元晦出守于漳,元晦帖云'荣被召还之命',盖公时召入为太常大卿兼检正,实绍熙元年之八月也。"

　　按:以上诸家所跋之帖,当均在黄溍所见朱熹与马大同十一帖中,则知此十一帖元以来亦甚为人所知。

对镜写真题以自警（绍熙元年，1190）

从容乎礼法之场，沉潜乎仁义之府，是予盖将有意焉，而力莫能与也。佩先师之格言，奉前烈之遗矩，惟暗然而日修，或庶几乎斯语。绍熙元年孟春良日熹对镜写真题以自警。

朱熹对镜写真像及其自警题词，今有石碑珍藏于建瓯县文化馆，一九七四年六月发现于建瓯城关豪栋街某社员家中。石刻像右上方有序文曰："文公生于宋高宗建炎四年庚戌九月十五日午时，卒于宁宗庆元六年庚申三月初九日午时，享年七十有一。历仕四朝，官于外者九考，立朝仅四十六日。自少即以兴起斯文为己任，孜孜不知老之将至。发圣人未发之精益，集诸儒未集之大成。正心修身，安贫乐道。乐则行之，忧则达之。诚一代之大贤，享千秋之俎□欤！"左下方亦有跋曰："家朝遗碑，数毁兵火后之重镌，皆失其旧。此文公六十一岁对镜□写真也。威仪整肃，体备中和。仅以元本钩摹重镌，俾海内名宿景仰，尊崇俨煜，见先贤当年之气参云。十六代孙玉百拜镌石。"按：《朱文公文集》卷八十五有《书画像自警》，即此自警词，但无自画像，亦无"绍熙元年孟春良日熹对镜写真题以自警"之句，此石碑自画像与自警词真迹至为宝贵，故仍辑录于此。明戴铣《朱子实纪》前有"太师徽国文公像"，云："右像乃朱氏家庙所藏文公六十一岁时所写真也。"即此石刻自画像。又《镇海县志》卷三十八《金石》有"朱紫阳对镜写真像石刻"，云"在城内谢氏宗祠东夹室"。其自警题词亦有"绍熙元年孟春良日熹对镜写真题以自警"之句，与建瓯石刻全同，可见此写真石刻流传之广。另建阳及福州鼓山涌泉寺水云亭等处今亦发现朱熹对镜写真题以自警石刻像,形象各异。朱熹于绘画书法均有造诣,陈继儒《太平清话》卷三谓"朱紫阳画,深得吴道子笔法",此对镜写真石刻像诸种,皆为研究朱熹之重要资料也。

砚　铭（绍熙年间,1190—1194）

金石拔元音,移东序于文房之阴。无声之声,式玉式金,窾坎镗鞳,不为寸莛。

右铭见民国《霞浦县志》卷二十六《金石》,云:"城南方家藏一砚,旁镌'宋绍丰(按:应作绍熙)某年某月日',下款'朱元晦'。"

蔡忠惠像赞（绍熙元年，1190）

经纶其学，高明其志。立论中朝，尽心外寄。嗟公之忠兮，三陈有诗。诵公之功兮，万安有碑。楷法草书，独步当世。文章青史，见重外夷。丹荔经其品藻，诸果让其清奇。郑重于欧阳，清纯而粹美。偻功于皇祐，得谥于淳熙。前无贬词，后无异议。芳名不朽，万古受知。英雄不偶，呜呼几希。

上赞见《仙游县志》卷四十九《艺文》。蔡襄，仙游人，《宋史》卷三百二十有传。宋代书法，以米黄苏蔡为四大家，蔡尤以楷法草书冠绝当时，而朱熹不独推重其书法，尤称颂其政绩。《语类》中有云："近见蔡君谟一帖，字字有法度，如端人正士。"《文集》八十四《跋蔡端明帖》亦云："蔡公书备众体。"又跋云："蔡公节概论议政事文学，皆有以过人者，不独其书之可传也。"绍熙元年朱熹赴漳州仕途中经仙游，特造其家，并一路寻访求见蔡襄真迹。《文集》卷八十二《跋蔡端明献寿仪》："蔡忠惠公书迹遍天下，而此帖独未布。今岁南来，始得见于其来孙谊之家……遂请其真，摹而刻之，以视世之为人子者，庶以广蔡公永锡尔类之志，非独以其字书之精而已。"至漳州后，遂属黄榦摹刻。又到任后首谒蔡襄祠，《文集》卷八十六有《谒端明侍郎蔡忠惠公祠文》："惟公忠言惠政，著自中朝。筮仕之初，尝屈兹郡。岁时虽久，称思未忘。厥有遗祠，英灵如在。熹虽不敏，实仰高风。莅事之初，敬修礼谒。"此赞云"得谥于淳熙"，则必作于淳熙以后，或是朱熹绍熙元年四月经仙游访蔡宅，见其家藏像而作；或是五月至临漳谒蔡祠，见祀像而作。

王氏谱序（约绍熙元年，1190）

谱牒之系大矣哉！自公卿大夫以及庶人，必有谱牒。夫谱牒有二：一曰文献，则详其本传诰表铭状祭祀之类；一曰世系，则别其亲疏尊卑嫡庶继统之分。非世系无以承其源流，非文献无以考其出处。述祖宗之既往，启后人之将来，岂不本于是欤？愚按：王世出自周灵王太子晋之后，而子孙家居于伊洛琅琊，有由来矣。其先晋代名流，海内冠冕尚矣。及我皇宋进贤图治，衣冠蔼然，若闽中之大理唐卿公，御史回公，给事季明公，忤权奸，阻和议，咸有以缉熙光烈。于是访其遗编，采其闻见，而为之衰次发辉，使宗牒得以征乎文献之盛，明乎世系之遥，详审脉络，贯通而为百世不易之法。子姓遵而守之，则可以修身正家；扩而充之，则可以事君治人。然后儒学之相传，宦世之相望，皆所以重伦纪，厚风俗，非他人所能及也。兹唐卿公冢子世长授熹以牒，观之反复，僭书是谱，以冠乎篇端，将勉后贤云。

上序见《仙游县志》卷四十八《艺文》。仙游王氏为望族，此序当原在《仙游王氏谱》中，惜余未见此书，子王唐卿、王季明、王世长皆无从详考。王回，字景深，仙游人。《宋史》卷三百四十五有传，《仙游县志》亦载其墓志铭。按仙游为朱熹往闽南过从之地，绍熙元年其赴漳州任途中，特往访仙游蔡襄故居；而在漳州任上，亦多有仙游等地闽南士子来执弟子礼。疑此序似在漳州任上所作，姑系于绍熙元年之下。

书嵩山古易跋后（绍熙元年，1190）

熹按：晁氏此说，与吕氏《音训》大同小异，盖互有得失也。先儒虽言费氏以《彖》、《象》、《文言》参解《易》爻，然初不言其分传以附经也。至谓郑康成始合《彖》、《象》于经，则《魏志》之言甚明，而《诗疏》亦云："汉初为传训者，皆与经别行。三传之文，不与经连。"故《石经》书《公羊传》，皆无经文，而《艺文志》所载《毛诗故训传》，亦与经别。及马融为《周礼注》，乃云"欲省学音两读"，故具载本文，而就经为注焉。马、郑相去不远，盖仿其意而为之尔。故吕氏于此义为得之，而晁氏不能无失。至晁氏谓"初乱古制时，犹若今之乾卦《彖》、《象》并系卦末，而卒大乱于王弼"，则其说原于《孔疏》，而吕氏不取也。盖《孔疏》之言曰："夫子所作《象辞》，元在六爻经辞之后，以自卑退，不敢干乱先圣正经之辞。及至辅嗣之意，以为《象》者本释经文，宜相附近，其义易了，故分爻之《象辞》，各附其当爻下言之。"此其以为夫子所作，元在经辞之后，为夫子所自定，虽未免于有失，而谓辅嗣分爻之《象》以附当爻，则为得之。故晁氏舍其半而取其半也。其实今所定复为十二篇者，古经之旧也，王弼《注》本之乾卦，盖存郑氏所附之例也。坤以下六十三卦，又弼之所自分也。吕氏于《跋语》虽言康成、辅嗣合传于经，然于《音训》乃独归之郑氏，而不及王弼，则未知其何以为二家之别，而于王本经传次第两体之不同，亦不知所以为说矣，岂非阙哉？

上文见董真卿《周易会通·周易会通因革·吕氏易》后。《经义考》卷二十晁氏《京氏易式》下，《古今图书集成·理学汇编·经籍典》第六十一卷吕祖谦《古易》后，均载此文。原无题，王懋竑

《年谱》于淳熙四年下引此篇，定名《书嵩山古易跋后》，并于《考异》中考云："《周易会通》载朱子辨吕氏、晁氏语，不知所从出。朱子明《文公易说》第十九卷论《古易》今刻，前阙二板，当是《书临漳所刊易后》及此篇，而已不可考。按《会通》载《书临漳所刊易后》，附朱子明《吕氏音训跋》云：'《嵩山古易跋语》，先公尝折衷晁、吕之说于其后。'据此，则此篇乃书《嵩山古易跋》后，而《文集》竟无之，则《文集》之遗逸亦多矣。"此说甚是，然王氏于朱熹该跋后作年亦未有深考。按吕祖谦于淳熙八年定《古易》十二篇，并由门人王莘叟笔受《古易音训》二卷，为朱熹所取，多次刊刻。淳熙九年朱熹于浙东提举任上刊刻《古易》，是为婺本。绍熙元年朱熹知漳州时刊刻《古易》，是为漳本。绍熙二年朱熹委鄂州教授滕璘再刊《古易》，是为鄂本（详见后《朱熹未作〈古易音训〉考》）。朱鉴跋云："至于《嵩山古易跋语》，先公尝折衷晁吕之说于其后"，据《直斋书录解题》卷一于《古易》十二卷《音训》二卷下云："著作郎东莱吕祖谦伯恭所定，篇次与汲郡吕氏同，《音训》则其门人王莘叟笔受。朱晦庵刻之于临漳、会稽，益以程氏是正文字及晁氏说，其所著《本义》，据此本也。"所云"晁氏说"，即指嵩山晁说之所定《古周易》及其《跋语》（按："程氏是正文字"指程迥《古易考》一卷），朱熹于此跋后中所引晁氏"初乱古制"云云，即为晁氏此《古易跋》中语。据此，可知朱熹《书嵩山古易跋后》一文，当是于临漳刊刻《易经》附以晁氏之说而所加之按语，其意乃在辨晁吕得失异同，故此篇应作于绍熙元年。《四库提要》于吕氏《古周易》下云："《书录解题》又载《音训》二卷，乃祖谦门人王莘叟所笔受，又称朱子尝刻是书于临漳、会稽，益以程氏是正文字及晁氏说。此本皆无之，殆传写者遗之欤？"盖吕氏《古易音训》亡佚于明代（今乃据董真卿《周易会通》所引抄撮成书），故朱熹所附晁氏说按语亦遂并湮没无闻。

金榜山记（绍熙二年，1191）

　　金榜山在嘉禾廿三都北，有岭曰薛岭。岭之南，唐文士陈黯公居焉。岭之北，薛令之孙徙居于此，时号南陈北薛。黯公十八举不第，作书堂于上，人称曰"场老"。山涧有石，名钓鱼矶。堂侧石高十六丈，名玉笏。所居有动石，形甚圆，每潮至则自动，天将风，则石下有声，名虎礁。宋熙宁中邑尉张翥咏嘉禾风物，有"尤喜石翻"之句，正谓此也。宋淳熙二年春，新安朱熹谨拜赞曰：

　　　　猗欤陈宗，濬发自虞。协帝重华，顺亲底豫。
　　　　克君克子，裕后有余。胡满受封，平阳继世。
　　　　至于大丘，节义尤敷。更考相业，声名不虚。
　　　　深美钓隐，高尚自如。爰及五代，配天耀祖。
　　　　剖符锡衮，遍满寰区。更秉南越，有分开土。
　　　　宋室纳款，臣节弗渝。丕显丕承，此其最著。
　　　　子孙绳绳，别宗寡侣。源深流长，猗欤那欤。

金榜山

　　　　陈场老子读书处，金榜山前石室中。
　　　　人去石存犹昨日，莺啼花落几春风。
　　　　藏修洞口云空集，舒啸岩幽草自茸。
　　　　应喜斯文今不泯，紫阳秉笔纪前功。

　　上记并诗见《厦门志》卷九《艺文》。卷二《分域》云："金榜山，在洪济山西南，山黄色如列榜，因名。一名场老山（《县志》）。唐文士陈黯累举不第，隐于场老山（《通志》）。以黯自号场老，后人称曰场老山。山上有石刻'迎仙'二字，筑楼其上，名迎仙楼，今架梁之坎犹存（《闽大记》）。当时书堂，有新罗松二本（《闽书》）。堂侧石壁高十六丈，名玉笏（《县志》）。又有石镌'谈玄石'三字，俱相传为朱子书。临海有石，俗呼'鹰搏兔石'，黯钓矶也（府、县《志》）。又有动石、浮沉石（《闽书》）。"《重修泉州府志》卷八《山川》亦云："金榜山，陈黯读书处。堂侧大石高十六丈，名金榜石，朱子刻'谈玄石'三字其上。山上又有'场老'、'迎仙'等字，皆朱子书也。陈黯自号场老，临海有钓鱼矶，场老垂钓处也。"陈黯为唐著名文士，寓同安不仕，《重修泉州府志》卷六十四《寓贤》："陈黯，字希儒，颍川人。十岁能诗，举进士不第。避黄巢乱，隐终南山。后徙同安之嘉禾屿薛岭，读书终身。号场老，时人称其所居山为场老山。所为文有《辨谋》等篇，复有书三卷，约大易虚一数四十九篇，名曰《裨正》。朱子簿邑时，得书于其家，而为之书。"按：朱熹《文集》卷七十五有《裨正书序》云："《裨正书》三卷，唐陈昌晦撰，凡四十九篇，熹所校定，可缮写。初，熹被府檄，访境内先贤碑碣事传，悉上之府。是后得此书及墓表于其家……无善本可相参校，特以意私定其一二，而其不可知音盖阙焉。"卷七十五诸序文按年编排，知此《裨正书序》作于绍兴二十五年，朱熹被府檄在同安境内遍访先贤事迹，乃于陈黯后裔家得《裨正书》予以校定，其刻"谈玄石"、"迎仙"等，盖在其时。此诗所云"应喜斯文今不泯，紫阳秉笔纪前功"者，即自谓校定《裨正书》也。此记"淳熙二年"应是绍熙二年之误，绍熙元年至绍熙二年朱熹知漳州，故可往金榜山，吊旧纪游而咏诗作记；若淳熙二年则在寒泉未出也（南宋年号绍兴与绍熙、淳熙与绍熙，古书常误刻相混）。疑此记与诗原附在《裨正书》中，后随是书亡佚。《唐书·艺文志》云黯南安人，有集三卷；《通志·艺文略》云三十卷，今以朱熹序考之，则当为三卷。又《志》谓陈黯字希儒，朱熹《序》谓字昌晦，疑陈黯乃一名二字。

祭南山沈公文（绍熙二年，1191）

呜呼，叔晦今果死与？气象严伟，凛若泰山之不可逾；而情性端静，劰然蠹鱼之生死于书；家徒长卿之四壁，而清恐人知。嗟吁叔晦，学问辨博，识度精微，官止龙舒之别乘，而才实执政之有余。人皆戚戚，君独愉愉；人皆汲汲，君独徐徐。而惟以道德为覆载，以仁义为居诸，以太和为扃牖，以至诚为郭郭。至于大篇短章，铿金戛玉，钩玄阐幽，海搜山抉者，又特其功用之绪余也。

上祭文见王梓材《宋元学案补遗》，卢址《四明文献集》，亦录于《定川遗书》附卷二。沈焕，字叔晦，四明人，陆九渊弟子，所谓"甬上四先生"之一。据袁燮《絜斋集》卷十四《沈焕行状》，沈焕卒于绍熙二年四月，朱熹此祭文应作在其后不久。觯轩王梓材尝补葺有《沈先生文集》（见《鄞县艺文志》），其于《宋元学案补遗》录朱熹此祭文，未明叙本于何书。按沈晦与朱熹关系甚密，淳熙九年朱熹于浙东提举任上曾一荐举沈晦，张茂建《鄞江人物论》称"端宪先生承朱子转运浙东见访，相与阐发道理，遗书'静廉'二字。"此后两人书札往还，论学不断。淳熙十五年戊申沈晦被反道学王淮党所中伤，未能入朝，朱熹于《戊申封事》中尝为其一鸣不平。沈焕亦敬重朱熹，《定川言行编》云："晚尤尊敬晦翁，曰：'是进退用舍关时轻重者，且愿此老无恙。'既寝疾，犹以为言。"（《定川遗书》附卷二）绍熙二年沈焕卒时，据孙应时《烛湖集》卷五《上晦翁朱先生》书五有云："叔晦沈兄不幸谢世，此浙中之梁木一坏，岂易复得！先生必为哀痛。身后家世，更是可怜，某适来此，不得致经理于其间也。念其所以不随世磨灭之托，尤惟先生是望，未知已纳事实与否？切愿早成就之。"所谓"不随世磨灭之托"云云，当是指其尝以墓铭相托（"纳事实"指受纳其行状事实）。朱熹或因己方丧长子，终未能为作墓铭，然其"必为哀痛"则无可疑。此祭文或即是年十二月丁酉沈焕入葬时遣祭所作。

与陆子静（绍熙三年，1192）

去岁辱惠书慰问，寻即附状致谢。其后闻千骑西去，相望益远，无从致问。近辛幼安经由，及得湖南朋友书，乃知政教并流，士民化服，甚慰！某忧苦之余，疾病益侵，形神俱瘁，非复昔时。归来建阳，失于计度，作一小屋，期年不成，劳苦百端，欲罢不可。李大来此，备见本末，必能具言也。渠欲为从戎之计，因走门下，拨冗附此，未暇他及。政远，切祈为道自重，以幸学者。彼中颇有好学者否？峡州郭文，著书颇多，悉见之否？其论《易》数颇详，不知尊意以为如何也？近著幸视一二，有委并及。

上札见《陆象山年谱》，作于绍熙三年四月十九日，此为致陆第二十一书，亦即最后一书。"去岁辱惠书慰问"，指绍熙二年二月朱熹长子卒，有书吊慰。朱熹五月二十四日由漳州归至建阳，而陆九渊七月四日赴荆门，即所谓"千骑西去"，故陆九渊致书慰问约在六月间。"辛幼安经由"者，按《宋史·辛弃疾传》"绍熙二年起福建提点刑狱。"又《稼轩词集》有《浣溪沙》一阕云："壬子春，赴闽宪，别瓢泉。"是绍熙三年春辛弃疾由瓢泉赴福州途中，曾与朱熹相晤于建阳，各本辛弃疾年谱均失载。陆九渊与辛弃疾，各家集中无往还交游之迹，两人关系鲜为人道及。今据朱熹此札，可窥辛陆交游通信消息，弥足珍贵。"作一小屋"云云，指朱熹卜居建阳考亭。郭文，应作郭雍，当是漫漶形误。郭雍字子和，隐居峡州，赐号"冲晦处士"，更封"颐正先生"，《宋史》卷四百五十九有传。其尤邃于《易》象数之说，朱熹尝与论辨，《文集》卷三十七有《答郭冲晦》书二通，又卷六十六《蓍卦考误》，即为其而作。盖陆九渊亦以

《易》学起家,而朱陆因太极之辨不合,淳熙以后由论"极"不训"中"而导致《易》象数说上之重大分歧,各自著《易》说之作,故朱熹致书问及也。

跋陆子强家问（疑绍熙三年以后）

《家问》所以训饬其子孙者，不以不得科第为病，而深以不识礼义为忧。其殷勤恳切，反复晓譬，说尽事理，无一毫勉强缘饰之意，而慈祥笃实之气蔼然。讽味数四，不能释手云。

上跋见《陆象山年谱》。陆子强为陆九渊长兄，《年谱》云："生六子：长九思，字子强，与乡举，封从政郎。弟梭山撰行状。有《家问》，朱子为跋。"陆游《渭南文集》卷二十九有《跋陆子强家书》，云："吾友伯政持其先君子《家问》来，读之累日不厌，使学者皆能如此，孰得而訾病之。虽有訾者，吾可以无愧矣。乃令子聿钞一通置箧中，时观览焉。嘉泰壬戌十月二十三日，宗人某书。"是《家问》一书当时甚流行，而多有名人为跋。嘉靖《抚州志》本传云："九思举进士，幼弟九渊始生，乡人有求抱养为子者，二亲以子多，欲许之，子强力请以为不可。是年子强适生子焕之，因语妻曰：'我子付田妇乳，尔当乳小叔。'妻忻然从之。九渊既长，即象山先生也。事兄嫂如父母。及守荆门，迎侍以往，不半年而归，后因书以郡政告子强，犹责其矜功，其严毅如此。"观此，陆九思应卒于陆九渊之后，朱熹与陆氏兄弟书札往返从未言及为《家问》作跋事，或此跋作在绍熙三年陆九渊已卒之后。

与程允夫二书（绍熙三年，1192）

叔重录广叔墓表来，细读之益有味，近年绝少得此文矣。……

二

……意格超迈，程度精当，虽诸老先生，犹抚掌降叹，况熹尚未足以尽窥其一二，其敢有妄议乎！……

上二书，首书见《尊德性斋集》卷三《董府君墓表》下注引，二书见程瞳《程克庵传》。《尊德性斋集》据双溪王炎序，乃由程洵婿黄昭远辑订，集中注应出黄手，其所引此朱熹与允夫书当属亲见。所云"广叔墓表"即指《董府君墓表》，乃程洵为董铢叔重祖父董陵广叔所作墓表，朱熹《文集》卷五十一《答董叔重》书十云："允夫所作令祖墓表尤佳，近岁难得此文也。"即指《董府君墓表》一文。按朱熹此答董叔重书中言及为董铢父董琦顺之作墓志铭事，此墓铭载《文集》卷九十三，知作在绍熙三年，故可知朱熹此与程允夫第一书亦作在绍熙三年。第二书作年莫考，然绍熙三年程洵连作《董琦行状》与《董陵墓表》，为朱熹所叹赏，第二书所言或即因此而发，姑附其后俟考。

贻朝士书（绍熙四年，1193）

林和叔初不识之，但闻其入台，无一事不中的，去国一节，风谊凛然，当于古人中求之。

上书见《攻媿集》卷九十八《林大中神道碑》。林大中，字和叔，婺州永康人，与留正、赵汝愚、陈亮、朱熹等关系极密，为道学派中坚，其在台击反道学朝士不遗余力，为朱熹所重。据《林大中神道碑》云："朱待制尝贻书朝士，有曰……后同在从班，相得愈深。"是朱熹与林大中相识当在绍熙五年九月入朝供职之时。又《宋史》卷三百九十三《林大中传》亦云："初，占星者谓朱熹曰：'某星示变，正人当之，其在林和叔耶？'至是，熹贻书朝士曰：'闻林和叔入台，无一事不中的，去国一节，风义凛然，当于古人中求之。'给事中尤袤、中书舍人楼钥上疏云：'大中言官，当与被论者有别。'寻命知宁国府，又移赣州。宁宗即位，召还。"据神道碑，林大中淳熙十六年除监察御史，在台四年，其去国在绍熙四年，朱熹此书应作在是年。疑"贻书朝士"之"朝士"，实即楼钥自谓，盖楼钥亦为朝中道学中坚，淳熙九年与朱熹相识，又与蔡元定定为知交。《攻媿集》卷六十六有《答朱晦庵书》，云："钥伏自壬寅夏间修敬绍兴台治之下，伏蒙与进，加以宴犒，获侍博约之诲。未几，先生赋归，钥亦继遭外艰，沉迷忧患。后数年赴官永嘉，才闻台旌造朝，已复还山。后起知镇临漳，俱不得一拜记史之问，请违台范遂一纪矣。"由壬寅下推一纪，为绍熙四年，时朝中诸公正欲再起朱熹，出知长沙，故此书又云"诸公方谋以麾节强起门下"。可见绍熙四年朱熹与楼钥有书问往返（今朱熹集中无与楼钥书），此贻朝士书或即为复楼钥书之一,楼钥作林大中神道碑,未便自道其名,故称"朝士"。又今朱熹集中无与林大中书,然《别集》卷二《与刘智夫》书十六:"马会叔竟以林和叔文字除职守润。"(作于绍熙二年)又书二十一:"潘叔昌在全州老矣……近闻林和叔举自代,举主无气,恐未必可赖。"(作于庆元二年)又卷八十四《跋东阳郭德辅行状》:"今四明帅守林公和叔、前大府丞吕君子约又皆以书来,言君之为人……林、吕二君子皆非轻许人者,其言固足以信后世矣。"尚可见朱林两人往还之迹。

与潘文叔明府书（绍熙四年，1193）

辛幼安过此，极谈佳政……端叔嫂后来已安乐未也？……

上帖见《柳待制文集》卷十八《跋家中所藏文公帖》，云："予家旧藏文公答文叔明府一帖，语真意切，当为门人高第之宰于近邑者发也……幼安，济南辛稼轩，于时必为本路监司。而考之文公集中及门之士字文叔者五人，帖既不著氏，名亦莫之能定矣。然以'端叔嫂后来已安乐未也'之语而推之，则集中五人，独潘文叔有兄弟曰端叔、恭叔，此或潘文叔未可知也。帖中亦及斯远叔。"按：此"文叔明府"当为潘文叔友文，朱熹《文集》卷八十九《旌忠愍节庙碑》云"始侯（王自中）既属役于玉山令芮立言、永丰令潘友文"，此庙碑作于绍熙四年五月，知其时潘文叔任永丰令。又福建安抚辛弃疾于绍熙三年末召赴行在，曾经建阳与朱熹一晤，《稼轩词集》有《水调歌头》题云："壬子，三山被召。"又《西江月》题云："正月四日和建安陈安行舍人，时被召。"据此可知辛朱相见应在绍熙四年正月。朱熹《续集》卷四《答刘晦伯》书二十："饶廷老归……而辛卿适至，以某尝扣其广右事宜，疑其可以强起，乃复宿留。然近又有书恳尤延之，计必从初议矣。万一不允，不敢惮远畏瘴。""广右事宜"云云，盖指朱熹绍熙三年十二月除知静江府广西安抚使，辞；四年正月趋之任，复辞，二月，差主管南京鸿庆宫。此亦可证辛稼轩过访在绍熙四年正月。

与某人书（绍熙五年，1194）

恭叔尚未至，只文叔到，已两日矣。见约诚之在此相聚也。……

上帖见《宋文宪公文集》卷四十六《题朱文公手帖》云："太师徽国公朱文公帖一纸，韵度润逸，比他日所书，人以为尤可玩……文叔名友文，恭叔名友恭，姓潘氏，二人实为兄弟。恭叔通礼学，文公之修三《礼》，以《仪礼》与《礼记》相参，通为一书；其不合者分为五类；《周官》则别为一书。恭叔实与讨论之列。文叔尤善问辨，文公与论《大学》致知格物之义，曾反复数四而弗措。诚之，游澹轩也。澹轩早从张宣公游，晚复事文公，文公遇之如黄直卿。则三人者皆其高等弟子……此帖无岁月，不知何年所发，其或学禁未兴，讲道于竹林精舍时邪？"潘氏兄弟从学朱熹约在淳熙十三四年间，今朱熹《文集》卷五十有《答潘文叔》四书，《答潘端叔》四书，《答潘恭叔》九书。《答潘文叔》书四云："承许官满见访，会面非远，当得细论。"似即此帖所云之见面。潘文叔绍熙三四年间任永丰令，见朱熹《旌忠愍节庙碑》（作于绍熙四年五月）。《陈亮集》卷十六《信州永丰社坛记》云："吾友潘友文文叔之始作永丰也……即命工役整治其坛……文叔，故中书舍人讳良贵之诸孙。少从张南轩、吕东莱学，步趋必则焉；而又方卒业于朱晦庵。"据此，"官满见访"云云，应指绍熙五年潘友文永丰任满来见朱熹。是年冬朱熹自临安归，竹林精舍成（后改名沧州精舍），正与宋濂所说相合。游诚之，名九言，建阳人，朱熹《文集》卷四十五有《答游诚之》三书。

致教授学士（绍熙五年，1194）

正月卅日，熹顿首再拜教授学士契兄：稍不奉问，向往良深。比日春和，恭惟讲画多余，尊履万福。熹衰晚多难，去腊忽有季妇之戚，悲痛不可堪。长沙新命，力不能堪，恳免未俞，比已再上，计必得之也。得黄婿书，闻学中规绳整治，深慰鄙怀。若更有以开导劝勉之，使知穷理修身之学，庶不枉费铃键也。向者经由，坐间陈才卿觏者，登弟而归，近方相访，云顷承语及吴察制夫妇葬事，慨然兴念，欲有以助其役，此义事也。今欲便与区处，专人奉扣，不审盛意如何？幸及报之也。因其便行，草草布此。薄冗不暇他及，正远唯冀以时自爱，前需异擢。上状不宣。熹顿首再拜。

上帖见《故宫历代法书全集》十二宋册三，前有按语云："本幅草书，凡十八行，每行字数不一，共二百十六字……本幅为《宋贤书翰册》之一幅，曾经《石渠宝笈三编》延庆阁著录，今载《故宫书画录》卷三。"《西清札记》卷一录此帖，然考未有得。今按朱熹《别集》卷一《答刘德修》书四亦云："近日复有季妇之戚，长沙除目，未之敢承，其间盖有小小曲折，非敢决然忘此世也。"与此帖所云相合。"长沙新命"，盖指除知潭州、荆湖南路安抚使，王本《年谱》："绍熙四年冬十二月，除知潭州、荆湖南路安抚使，辞……五年春正月，复辞。"此帖作于正月卅日，又云"比已再上"，则必在绍熙五年。《文集》卷二十三《辞免知潭州状一》上于绍熙四年十二月初十，中云"窃缘熹见遭大功之丧"，即指"季妇之戚"。所与"教授学士"未明言何人，按帖中"黄婿"指黄榦直卿，祖籍福州长乐，家居福州闽县，时方在书院授童，故朱熹帖中所称"教授学士"必是福州教授无疑。考《文集》卷八十《福州州学经史阁记》云:"绍熙四年,今教授临邛常君濬孙始至……又为之饬厨馔,葺斋馆,以宁其居,然后谨其出入之防,严其课试之法,朝夕其间,训诱不倦,于是学者竞劝……又为之益置书史,合旧为若干卷,度故御书阁之后,更为重屋以藏之,而以书来请记其事。"知此帖"教授学士"当即指常濬孙。"向者经由",指常濬孙赴福州任途经建阳访熹,"陈才卿登弟而归"则指秋试由福州归。又《文集》卷六十二有《答常郑卿》亦云:"闻学中诸事渐有条理,尤以为喜……须多得好朋友在其间表率劝导……今得林择之(按:福州长乐人)复来,则可因之以招致其余矣。"似常濬孙字郑卿。按其时辛弃疾知福州、兼福建安抚使,与朱熹过往甚密,见邓广铭《辛稼轩年谱》,常氏之整顿学校、修建经史阁,亦出自辛弃疾意,《福建通志·名胜志》"闽县经史阁"条云:"绍熙四年,帅守辛弃疾重修,仍扁曰'经史',朱熹为记。"

石刻题词 (绍熙五年,1194)

> 存忠孝心,
> 行仁义事,
> 立修齐志,
> 读圣贤书。

上题词见同治《平江县志》卷五十五。此十六字刻于文庙戟门外石上。《志》谓朱熹讲学岳麓时,九君子从游者得其真迹,因刻诸庙右。

与汪会之书（绍熙五年，1194）

八月七日熹顿首启：比两承书，冗未即报。比日秋深，凉燠未定，缅惟宣布之余，起处佳福。熹到官三月，疾病半之，重以国家丧纪庆霈相寻而至，忧喜交并，忽忽度日，殊无休暇。兹又忽叨收召，衰病如此，岂堪世用。然闻得是亲批出，不知谁以误听也。在官礼不敢词（辞?），已一面起发，亦已伸之祠禄，前路未报，即思归建阳俟命。昨日解印出城，且脱目前疲冗，而后日之虑无涯，无由面言，但恨垂老入此闹篮，未知作何合杀耳。本路事合理会者极多，颇已略见头绪，而未及下手。至如长沙一郡，事之合经理者尤多，皆窃有志而未及究也。来谕曲折，虽有已施行者，但今既去，谁复禀承？如寨官之属，若且在此，便当为申明省并，而补其要害不可阙处之兵，乃为久远之计。未知今日与后来之人能复任此责否耳。学官之事可骇，惜不早闻，当与一按，只如李守之无状，亦可恶也。刘法建人，旧亦识之，乃能有守，亦可嘉也。李必达者，知其不然，前日奉谖，乃以远困之耳。得不追证，甚喜，已复再送彬州，令不得凭其虚词，辄有追扰，州郡若喻此意，且羁留之，亦一事也。初听其词固无根，而察其夫妇之色，亦无悲戚之意。寻观狱词，决知其妄也。贤表才力有余，语意明决，治一小郡，固无足为。诸司亦已略相知，但恨熹便去此，不得俟政成，而预荐者之列耳。目痛殊甚，草草附此奉报，不能尽所怀，惟冀以时自爱，前迓休祉。阁中宜人及诸郎各安佳，二子及长妇诸女诸孙，一一拜问起居。朱桂州至此，欲遣人候之，未及而去，因书幸为道意。有永福令吕大信者，居仁舍人之亲任，谨愿有守，幸其察之也。熹再拜启会之知郡朝议贤表。

上帖见《故宫历代法书全集》十宋册4(株式会社东京堂出版，台北故宫博物院编纂印行)。《石渠宝笈三编》、《故宫书画录》俱收录。《法书全集》有详按云："本幅草书，凡三十二行，每行字数不一。纸本，二幅……前副叶墨绘朱子像，题云'宋徽国朱文公遗像'，隶书，无款印。后副叶三幅，为明晏宁跋，首行作'题晦庵翰墨卷后。'……按此跋乃晏宁跋朱子书陶潜《归去来辞》之文，非跋本幅朱子与会之书，当系由收藏家以跋语为朱子书而作，故附装册后耳。鉴赏宝玺九方：石渠宝笈，宝笈三编，嘉庆御览之宝，嘉庆鉴赏，宣统御览之宝，宣统鉴赏，无逸斋精鉴玺，三希堂精鉴玺，宜子孙。"按札云"忽叨收召"，当指离长沙任赴行在，朱熹绍熙五年五月到长沙任，至八月被召赴朝奏事，为时三月，其间六月孝宗赵昚卒，光宗病不能执丧，嘉王扩即位，是为宁宗，即朱熹此札所谓"熹到官三月，疾病半之，重以国家丧纪庆需相寻而至，忧喜交并"。所与"会之"，即汪会之，朱熹《文集》卷六十四有《答汪会之》，云："于今乃得吾会之于中表间。"盖两人为中表戚。然汪会之其人向来无考，《新安学系录》只云"行实阙"。今按：洪迈《夷坚志》三志壬卷第六《汪会之登科》载其事云："新安汪义和会之，生于绍兴辛酉，至于己酉，十有岁矣。歙士赴举者二千人，而解额才十二，制胜为难，而会之得预计偕。族老来贺其祖彦及枢密云：'儿郎必践世科，吾夜梦省试别院报榜，云已荣中。'枢密答其意，而中心不怿。已而省闱失利……后蹉跎五荐，至淳熙辛丑，复到选。"又《水心文集》卷二十四《汪勃墓志铭》："(汪勃)公字彦及，徽州黟县人……赠其配曰祝氏高平，曰唐氏南昌，皆郡夫人。四子：作砺，湖北提刑……孙十一人：义和，侍御史。"据此知汪会之名义和，黟人，官止侍御史，祖勃字彦及，父作砺。按《絜斋集》卷十八有《侍御史赠通议大夫汪公墓志铭》,所铭者汪义和字谦之,与汪义和字会之生平仕历无不相合,其中称汪谦之嘉定三年卒,年七十一,往上推算正生于绍兴十一年辛酉,与《夷坚志》相合,可见汪谦之即汪会之,盖一名二字,乃宋人风气也(陆游《老学庵笔记》有说)。据朱熹《文集》卷九十八《外大父祝公遗事》,朱熹外大父祝确有四妹,其一归同郡汪勃,可见汪义和祖母乃朱熹外祖父之妹,中表之称盖即以此也。张之翰《西岩集》卷十八《题汪景良所藏朱文公帖》云:"曩岁过考亭,访文公遗墨于诸孙,时天戈甫定,散落已无几。顷会越帅汪恕斋(按,即汪纲,《宋史》有传)孙景良,出此巨轴,皆与景良高祖提刑、曾祖侍御往复之书。"汪恕斋纲为汪义和会之之长子,"高祖提刑"即汪作砺,"曾祖侍御"即汪义和。是朱熹与汪氏父子书札往返甚多,元时犹传世,今《文集》惟存一篇而已。此与汪会之书以及下一与汪会之书,应即汪景良所藏朱熹帖卷巨轴中之二篇也。称"知郡朝议"者,袁燮所作《汪义和墓铭》言汪义和积官至朝议大夫,又称:"服除,知武冈军,武冈与辰为邻,绍熙三年,辰之溆浦蛮猺侵边作乱,公之官……庆元二年,以治最为太常博士。"是朱熹任湖南安抚时,汪义和知武冈军,为其属下,助朱熹镇压傜民蒲来矢起义,故朱熹离任时,特于此札中专言长沙诸善后事宜。参见下篇考。

与汪会之书（绍熙五年，1194）

八月十五日熹顿首上启：大桂驿中，草草奉问，想已远矣。行次宜春，乃承专介惠书，获闻比日秋暑，政成有相，起处多福为慰。熹衰晚亡堪，辛苦三月，已不胜郡事，告归未获，而忽叨此。虽荷朝廷记忆之深，然疏阔腐儒，亦何补于时论之万分哉！已上免牍，前至临川，恭听处分，即自彼东还建阳耳。辰徭复尔，应是小小仇杀，不知今复如何？昨来所以不免再唤蒲来矢辈，赴司羁縻之，政以争竞有端，不可不预防之。新帅素不快此事，不知其来复以为如何耳。得其平心待之，不至纷更，亦幸事也。人还草草附报，不它及。阁下宜人、诸郎娘一一佳胜，儿女辈附问，益远惟善自爱，以须召用为祝。不宣。熹再拜上启会之知郡朝议贤表。

上帖见《石渠宝笈续编》第五十七宁寿宫藏《宋贤遗翰》。素笺一幅，行草书。阮元考云："札所称辰徭仇杀事，考《宋史·光宗本纪》：绍熙五年五月，'辰州徭贼寇边'。朱熹《年谱》记载：绍熙四年，除知潭州、湖南安抚。'五年，徭人蒲来矢出省地作扰。或荐军校田升可用，召之，期以"某日不俘以来，将斩汝"。升即以数十辈驰往，取文书粗若告身者数通自随，谕以祸福。来矢喜听命，至官给衣冠，引赦不诛。'《大全集》载奏行在札云：'蒲来矢等已赴安抚使公参……于事理不得不加存恤，欲乞圣慈行下本司，常切照管。'是年六月，熹申乞归田，七月召赴行在，九月至自长沙。此札当是绍熙五年八月十五日由长沙来至阙所作。所称新帅，系何异，熹蒙召为焕章阁待制，与异交代，见本集，亦见《宋史》异本传。"今按：阮氏此考有误。参以朱熹致汪会之前札，应是八月七日朱熹致书汪后，汪乃赴大桂驿相见饯行，熹过宜春得汪书，至临江忽被改除之命，遂再复此札。《年谱》云："先生辞奏事之命，两旬不报，遂东归，道中忽被除命。"又《文集》卷四十四《答蔡季通》书七："至临江忽被改除之命……遂自临川改辕趋信上，以俟辞免之报。"此札所云，皆与之合。所谓素不快此事之"新帅"，乃指王蔺，而非何异。何异为湖南运判，据《周必大年谱》，前湖南帅周必大于绍熙四年十月甲寅交印离任，而朱熹辞职迁延岁月，直至绍熙五年五月五日方达长沙，其间乃由何异摄帅事，非新帅；至朱熹到任，则以运判助朱熹招降蒲来矢，即《宋史》本传所云"辰蛮侵扰邵阳，异募山丁捕首乱者，蒲来矢以众来降"。其同朱熹行事主张一无牴牾，见朱熹《文集》卷十四《便宫便殿奏札》，绝无"素不快此事"者。若王蔺，其与朱熹同时任湖北帅，同朱熹合兵攻讨蒲来矢起义，此人一向刚刻自用，朱熹力主招降，王蔺则力主剿杀，在蒲来矢归降后，其犹欲食前言杀蒲来矢，致使朱熹入都奏事请朝廷"毋失大信"。绍熙五年八月朱熹赴临安，王蔺由湖北帅改移湖南帅，见《南宋制抚年表》，朱熹《文集》卷二十九有《与王枢使谦仲札子》亦分明言："收召去郡，行未两日，即闻大纛移镇是邦。"朱熹八月六日解印，则王蔺应在八月八日到任，故朱熹于此八月十五日信札中称"新帅素不快此事"，盖素不喜其招抚蒲来矢也。王蔺之杀戮蒲来矢傜民义军，见《水心文集》卷二十五《陈谦墓志铭》、《攻媿集》卷四《夔路运判陈谦湖北提举》、《止斋集》卷十七《朝奉郎湖北提刑陈谦收捕傜寇有劳特除直焕章阁》等。

登福山远眺（疑绍熙五年，1194）

迢迢百里外，望望皆闽山。
皎日中天揭，浮云也自闲。

　　上诗见正德《建昌府志》卷二《山川》"新城县福山"条下，云："福山在县西南四十里，邑之镇山也。旧名覆船山，唐懿宗更赐名福山。朱晦翁尝讲道于此，有祠堂在焉。"又卷十《祀典》"崇正祠"条下云："在福山上，祀朱文公先生。公尝讲道于此，故后人尊而祀之。"罗一峰有诗纪云："云和草树拂天香，无尽光中见紫阳。万籁一空天似水，满船风月武夷堂。"建昌与邵武相值，朱熹经此非止一次，《南丰县志》卷三十五《寓贤》即云："朱熹……尝避韩侂胄，与门人黄榦讲学于新城福山。又尝往来南丰摩崖，书'墨池'二字于曾子固书岩，书'明伦堂'于学，'阆苑'于壶公岩。"此诗或是朱熹绍熙五年四月赴长沙任时经建昌作，亦或是八月自长沙召赴行在途经建昌作。

崇真观（绍熙五年,1194）

蹬道千寻风满林,洞门无锁下秋阴。
紫台凤去天关远,丹井龙归地轴深。
野老寻真浑有意,道人谢客亦何心。
一樽底处酬佳节？俯仰山林慨古今。

上诗见隆庆《临江府志》卷十三《寺观》云："崇真观,在阁皂山。隋以前名灵仙馆,唐改为阁皂观,宋改名崇真观。"《阁皂山志》卷下亦录此诗,云："崇真宫有竹轩曰苍玉轩者,淳熙中羽士陈亢礼之,所作也。为之赋诗者三百余人,如周平原必大、谢艮斋谔、杨诚斋万里、洪野处迈、朱晦庵熹、罗枢密点、徐待制谊、何月湖异,皆一时名流钜公。"

何君飞仙（绍熙五年，1194）

大地何人凿小空，翛然一榻卧相容。
巨灵擘破三千丈，西竺飞来第二峰。
出洞风来疑有虎，藏舟夜半忽乘龙。
怪来索我题诗句，稽首何君六石供。

上诗见隆庆《临江府志》卷三《疆域》。志云："玉笥山，（峡江）县东十里（疑当作四十里），旧名群玉。道书以为第十七洞天第八福地。世传汉孝武时尝降玉笥于山，故名……有九仙台，在山北之巅，世传避秦士十人，曰孔丘明、骆法道、吴天印、张法枢、谢志空、周仙用、邹武君、谢幽岩、杨元中、何紫霄、修炼于此。道成，九人仙去，独紫霄隐何君洞。"雍正《江西通志》卷九《临江府》亦云："玉笥山，在峡江县东南四十里，道书第十七洞天，曰大秀法乐之天，郁木坑为第八福地，旧名群玉峰……朱子《飞仙石》诗：'巨灵擘破三千丈，西竺飞来第二峰。'"

按：以上二首似作于同时。朱熹生平屡经临江之地，而即兴题咏之作多未收入《文集》，至有别收编为《临江集》者，见朱熹《别集》卷七。按之文集，朱熹先后至少三次经临江。《文集》卷五有乾道三年往长沙访张栻归途所作《次韵择之发临江》云："千里烟波一叶舟，三年已是两经由。"所谓"两经由"，必是指隆兴二年往豫章哭吊张浚时曾经临江，与此乾道三年为两次。又绍熙五年朱熹赴长沙任，往返皆经临江。今《别集》有《登阁皂山》二首，《临江府志》亦取其一，与此《崇真观》诗同著录，或以作在同时故也。

《登阁皂山》云"我来旧地访灵踪",又同卷《送单应之往阁皂山》之二亦云"回首名山我旧游",则其往游阁皂盖非一次。以此首诗有"秋阴"、"佳节"考之,当是指中秋佳节。乾道三年经临江在冬十二月。隆兴二年经临江虽在秋中,然据《续集》卷五《答罗参议》书二云:"九月廿日至豫章,及魏公之舟而哭之……自豫章送之丰城,舟中与钦夫得三日之款。"则其经临江已在九、十月之交。绍熙五年八月朱熹由长沙赴行在,据《文集》卷八十三《跋卨侯行实》署曰:"乃记其语于临江道旁之客舍云。绍熙甲寅八月十七日新安朱熹书。"又朱熹此次途至临江时忽有改除焕章阁待制之命,《答蔡季通书》云:"至临江忽被改除之命,超越非常。"据前辑绍熙五年八月十五日《与汪会之》书中已言及"告归未获,而忽叨此",即指在临江得改除之命,由此可确知八月十五日至十七日前后朱熹正在临江,适逢中秋佳节,正与此《崇真观》诗相合。朱熹八月二十七日至临川,九月晦至行在,知其途中必因超除入朝,心境颇佳,故游兴甚浓,从容盘桓多日,或在游阁皂后又往游玉笥,遂有后二诗之咏也。

与赵子直（绍熙五年，1194）

……分界限，立纪纲，防微杜渐，谨不可忽……

上书载洪去芜《朱熹年谱》绍熙五年下，又见《庆元党禁》。洪本《年谱》云："韩侂胄益得志。时丞相（赵汝愚）方收召四方之士，聚于本朝，海内引领，以观新政，而事已多从中出。先生（朱熹）既屡言于上，又数以手书遣生徒密白丞相……丞相方谓其（韩侂胄）易制，所倚以腹心谋事之人，又皆持禄苟安，无复远虑。"朱熹书中所云，乃针对韩侂胄而发。《文集》卷二十九有《答黄仁卿书》云："赵公（汝愚）相见，有何语？当时大事不得不用此辈（韩侂胄），事定之后，便须与分界限，立纪纲，若不能制而去，亦全得朝廷事体，不就自家手里坏却。去冬亦尝告之，而不以为然，乃谓韩是好人，不爱官职。"所谓"去冬亦尝告之"，即此书也。

昙山题诗（绍熙五年，1194）

颓然见此山，一一皆天作。

信手铭岩墙，所愿君勿凿。

上诗刻在昙山棋枰石南侧石壁，《两浙金石志》、《钱塘县志》著录此刻，说均误。《定乡小识》卷八载此诗，考云："右诗在昙山棋枰石侧，磨崖甚低，字迹犹仿佛可读。此公初游昙山时作，故有颓然忽见之意。万历《钱塘县志》引《文公纪事》'绍熙甲寅题名'下云'晦父因题石上云云'，则以此诗亦为甲寅作矣。且以'信手'作起句，于诗语便索然，其讹不待辨而明也。称公为晦父，亦非。君者，郑次山也。"又于卷十五《石墨略》"宋朱文公题昙山诗"下考云："右廿字，正书二行，每行十字，左行，文公初游昙山所题也。君者，指山主郑次山。曰'颓然'，有乍觏之意，特不知初游为何时耳。"按昙山近庙山，朱熹赴临安，乃由水路沿浙江北上，自可登岸览观昙山之胜。《昙山题名》云"重游"（见下），则此诗应是初游昙山所题。朱熹绍熙甲寅八月由潭州赴临安，至九月晦次于郊外，此次入朝为京官，褒宠有加，心境非往昔可比，且时间充裕，自有游兴于途中登昙山吟诗题壁，《钱塘县志》谓此诗题在绍熙甲寅，亦自有据，乃在其赴临安时也。按昙山有郑次山题名，署"淳熙癸卯（按：淳熙十年）六月日偕游"，知淳熙十年郑次山尚未于此筑园亭，而绍熙三年黄榦已与郑氏父子作记通问，提及朱熹，则朱熹初识郑氏或在淳熙十五年其赴临安奏事之时。棋枰石，《定乡小识》卷八云："在昙山，朱文公题诗处，平砥可弈棋，左右石磴有凹，可二人对坐，疑为郑次山园亭中遗迹也。"郑次山及其园亭，详参见后《昙山题名》所考。

昙山题名（绍熙五年，1194）

绍熙甲寅闰十月癸未，朱仲晦父南归，重游郑君次山园亭，同览岩壑之胜，裴回久之，林择之、余方叔、朱耀卿、吴定之、赵诚父、王伯纪、陈秀彦、李良仲、俞可中俱来。

上刻在钱塘昙山仙人洞外石壁，阮元《两浙金石志》、张道《定乡小识》以及《钱塘县志》、《朱子纪事》等均尝著录。《两浙金石志》卷十载此刻云："右在定山摩崖……按《宋史·光宗本纪》：'绍熙二年三月，诏福建提点刑狱陈公亮、知漳州朱熹同措置漳、泉、汀三州经界。'此云'南归'，自闽还也。"其说均误。此刻非在定山，《定乡小识》卷十五《石墨略》"宋朱文公重游题名"下有详考云："在昙山仙人洞侧。右六十二字，正书，摩崖共十六行，每行四字，末行二字字径二寸，文左行，纵一尺四寸，横四尺四寸。聂氏《钱塘县志》引《朱子纪事》'壑'作'泉'，'裴回'作'徘徊'，'定'作'宝'，'诚'作'城'，'纪'作'纯'，俱误。考甲寅为绍熙五年，光宗升遐，宁宗初立，文公以丞相赵忠定公荐，除焕章阁待制，闰十月十九日面对忤韩侂胄，去国寓居西湖灵芝寺，癸未乃是月二十六日，'南归'，盖归闽也。《两浙金石志》乃云'……自闽还也'。则为辛亥年时事，尽误。又以昙山为定山，可中讹作可忠，并非。从游弟子可知者：林择之，古田人，名用中。余方叔，上饶人，名大猷。王伯纪，金华人，名汉。李良仲，平江人（名杞，《四朝闻见录》云："庆元元年，韩侂胄欲逐赵忠定，遂禁伪学。朱文公去国，寓居西湖灵芝寺。平江木川李杞独叩请，得穷理之学，有《紫阳传授》行于世。"即是此人。但公去国实于甲寅，叶氏以为庆元元年，非也。）

余俟续考……郑次山,名涛,见风水涛石刻……是书拓本,好事者往往装池成卷,诧为希有,乃两题尚见聂《志》,而魏氏《邑乘》略而不录,何欤?"又桐城布衣苏惇元(字厚子,号芝樵)有《书朱子游郑次山园亭题名后》,亦有考辨。昙山,《咸淳志》谓:"在钱塘县,在城五十里,近庙山。"仙人洞,一名清虚洞,《定乡小识》云:"洞在昙山西,广丈余,高约五丈许……洞上石笋横眠……上有绍熙三年磨崖,篆书'清虚洞天'四字,当为郑次山辈所题。一石孤圆驾空,风吹欲堕。洞外石壁,即朱文公题名处。"(卷八)郑次山园亭,同卷云:"在昙山。次山名涛,爵里无考。朱文公曾挈及门再游于此。山亭占岩壑之胜,有石棋枰、仙人洞、清虚洞诸迹,石上礀级宛然,刂穴历历,其布置廊榭栏楯处也。"按《黄勉斋先生文集》卷五有《郑次山怡阁记》,云:"怡阁者,象山郑君次山之家塾也……其子遹成叔。"知郑次山为象山人。此记作于绍熙三年;又同书卷二有《与郑成叔》书二十二通;又有《与郑□□》书二通,参以《怡阁记》,实即与郑次山书,可知朱熹绍熙甲寅以前已识郑氏父子。题名中"吴定之",《钱塘县志》作"宝之",《两浙金石志》作"宣之",按当作吴宜之,名南,朱熹弟子,《文集》卷五十四有《答吴宜之》书五通。盖石刻残泐,致使拓本难辨,各家著录有异。参见前《昙山题诗》考。

挽王德修（绍熙五年，1194）

不到湖潭二十年，湖潭依旧故山川。
聊将杯酒奠青草，风雨萧萧忆昔贤。

上诗见《上饶县志》卷十九《乡贤》，云："王时敏，字德修，屏门里人。学有源流，兼该体用，尝从吕东莱游，与朱子友善，教授乡里，培植后进，维持斯文，有大儒风。著《师说》、《语》、《孟》、《中庸》、《大学》说，并杂文若干卷。卒，葬本都湖潭。朱子为作墓志，哭以诗。"今朱熹《文集》无墓志，当佚，而卷五十五有《答王德修》一书，问及尹和靖事，盖王时敏为尹和靖门人也。按卷六十一《答林德久》书五云："德修王丈逝去，甚可惜。虽其所讲未甚精到，然朴厚诚实，今亦难得此等人也。"林德久时为信州州学教授，朱熹集中《答林德久》书三、四、五时间先后相接，书三曰："《殿记》正以病思昏塞，不能有所发明。"即指《信州州学大成殿记》，见《文集》卷八十，作于绍熙五年十二月。记中有云："绍熙五年秋九月，熹自长沙蒙恩召还，道过上饶，其州学教授嘉兴林君某（即林德久）来见。"《答林德久》书四："辞免未报，且尔杜门，无足言也。新斋已略就，而学子至者终少。"书五云："新斋虽就，而竹木未成阴，学者居之多不安。然今岁适有科举之累，来者亦无多人。"新斋即指竹林精舍，成于绍熙五年。"辞免"云云，当指绍熙五年忤韩侂胄放罢归居，辞待制职名事。朱熹是年归闽途中于十一月戊戌至玉山，讲学于县庠；后至上饶与林德久一见，则其往湖潭挽王时敏当在此时。由绍熙五年上推二十年，为淳熙二年，是年恰有六月朱熹偕吕祖谦至鹅湖与陆九渊、陆九龄相会，故得一往湖潭访王时敏也。今《语类》中多有朱熹与王时敏答问记录，盖两人相见非止一次也。

和欧阳庆嗣（庆元元年，1195）

江山风月依然在，何日重来再盍簪。

上诗残句见《崇安县志》卷七《人物列传》："欧阳光祖，字庆嗣，节和里人。从刘子翚、朱熹学，熹亦遣三子师事焉。登乾道壬辰进士，为江西转运。赵汝愚、张栻荐于朝。方欲召用，适汝愚去位，事不可为，因不出，归隐松坡之上。贻熹诗云：'白发浸浸吾老矣，名场从此欲投簪。'熹和云……"赵汝愚去位在庆元元年二月。

与程允夫（庆元元年，1195）

……欲令老僧升座普说，使听者通身汗出，快哉，快哉！……

上书见《诚斋集》卷六十八《答朱晦庵书》所引。所谓"老僧"者，乃指杨万里。杨万里此书云："令亲程纠（允夫）袖出契丈六月二十一日手书，读之，若督过其一不力疾一出山者，乃悟梦中事。程纠又出契丈与渠书，有'……'之语。"是书言及朱熹筮占得《遁》之《家人》卦，知作于庆元元年六月间。所谓"令老僧升讲座普说"，乃指朱熹欲杨万里出山入朝，感悟宁宗赵扩，以与反道学当朝新贵抗论。《别集》卷一《答向伯元》书四云："时论一变，非复意虑所及，忠贤奔播，几于空国无君子矣……杨丈（万里）书已领，不知其已趋召否？今日之事，凡曾在赵子直（汝愚）处吃一呷汤水者，都开口不得。只有此老尚可极言，以冀主之一悟。不知其有意否，已作书力劝之。万一肯出，经由更望一言，此宗社生灵之计，非小故也。"又《续集》卷五《答章茂献》书一云："诚斋久不得信，不知成行否？九级浮屠，八级已了，只欠此一级，固当为天下惜之也。"

与程允夫（庆元元年,1195）

今日方见吾弟行止分明……滕琪兄弟谓与吾弟为中表,因其有志,宜善诱之。乡里少知此学,得从学者众,渐以成风,亦非细事。

上书见汪幼凤《程知录洵本传》,云:"再调庐陵录参,与新使不协,台章有'吉州知录程洵亦是伪学之流'等语,洵与晦庵书曰:'某滥得美名,恐为师门辱。'公答书曰……"汪此传云朱熹与程洵"往复问答累数十书,载于大全集者仅十三书耳"。此答程允夫书当即散佚之篇,而汪幼凤时犹得见,故于传中引之。按李心传《道命录》亦云:"婺源程洵允夫,晦庵先生内弟,就学于晦庵,再调庐陵录参,与新使君不协,台章有'吉州知录程洵亦是伪学之流'等语,洵与晦庵书曰:'某滥得美名,恐为师门之辱。'晦庵答曰:'今日方见吾弟行止分明。'然党籍中不见其名。"李心传只引一句。党籍未入程洵之名,盖党籍列在庆元三年,而程洵庆元二年九月八日已卒,见程曈《程克庵传》。"滕琪兄弟"者,指滕璘、滕琪,婺源人,朱熹弟子,程洵曾为其父滕洙作行状,见《尊德性斋集》卷三《滕府君行状》。程除庐陵录参在绍熙三年。

与程允夫（庆元元年，1195）

　　七月六日熹顿首：前日一再附问，想无不达。使至承书，熹闻比日所履佳胜，小一嫂、千一哥以次俱安。老拙衰病，幸未即死。但脾胃终是怯弱，饮食小失节，便觉不快。兼作脾泄挠人，目疾则尤害事，更看文字不得也。吾弟虽亦有此疾，然来书尚能作小字，则亦未及此之什一也。千一哥且喜向安，若更要药，可见报，当附去。《吕集》卷帙甚多，曾道夫寄来者尚得看，续当寄去。不知子澄家上下百卷者是何本也？子约想时相见。曾无疑书到未？如未到，别写去也。叶尉便中复附此草草，余惟自爱之祝，不宣。熹顿首允夫纠掾贤弟。

　　上帖见阮元《石渠宝笈续编》第十七养心殿藏朱熹二帖。今藏辽宁省博物馆，见《宋朱熹书翰文稿》。朱熹二帖一卷，宋笺本，三幅。第一幅白描二人小照，儒者衣冠，无名款；第二幅草书，即此帖；第三幅草书《大学或问》第五章，与今定本一字无异。后幅有朱迁、傅贵全、李祁、汪泽民、韩濂、滕瑺、文征明等名家题跋真迹。傅贵全跋云："程君敏中宝此帖，盖以其六世祖允夫先生与夫子为中表兄弟。"李祁跋亦云："予来婺源，见夫子墨迹为多，真赝错杂，不能辨。此帖为敏中家藏，敏中去允夫仅六世，则其为世守可知。"朱熹二帖辗转多人之手，可考者，据韩濂跋云："曩于故人金氏书斋获睹晦庵先生遗墨，数纸乱余，首末散逸。中有断简数十字，为乡先生胡椿所题卷末语，归以语内弟程达道，即重赀购之。得其三纸，揭其一，求前进士朱公迁跋语于番阳（按：朱迁作跋自题"岁甲辰月嘉平日戊戌"）。既而征余致书东山精舍赵汸氏，请其后。赵老多病，留卷逾年，未果书……岁辛亥闰月一日，达道相与展卷而叹曰：赵墓有宿草矣，跋尾犹未果也，子其自为之……乃取赵书末简裁置卷中，因记后如此。"文征明跋云："吾友孙君性甫，自滁阳寄示，俾题其后……此书授受本末，有朱公迁以下题语可考。公迁字克升，号明所，饶之鄱阳人，元至正中以省试授婺州学正，改处州。其学得饶双峰真传，所著有《四书通旨》、《约说》、《诗义疏》，其文有《余力稿》。赵汸字子常，号东山，休宁人。师黄楚望，虞伯生，为时硕儒……入国朝，预修《元史》。不受官，归卒。其学深于《春秋》，所著有《春秋集传》、《春秋属辞》、《左传补注》诸书行世。韩濂字仲濂，号樵墅，婺源人，好学能诗，兼工翰墨，人称三绝。三公皆元季国初名流。"又据孙承泽《庚子消夏记》卷八"朱文公墨迹"条下云："文公墨迹一卷，前画文公小像，后书《独游宝应寺诗》，又《与程允夫帖》，又《或问·诚意章》手稿，小行书，极精工。后有元人朱公迁诸人跋。此卷原在予家，今在章丘张氏。"孙氏所见，当即此养心殿所藏之卷，惜《游宝应寺诗》已佚。朱熹《致程允夫帖》，诸家均未有详考，惟阮元按语云："所致书允夫者，乃程洵，号克庵，婺源人。熹之祖森娶程氏，其侄复亨，即洵父。《大全集》有《复亨墓志》，与允夫札八，问答十三，又《祭程允夫文》，自称内兄。此书中子约，即吕祖俭也。无疑，即曾三异也。李祁，字一初，茶陵州人也，元统进士，官江浙儒学提举，有《云阳集》。汪泽民字叔志，婺源人，延祐进士，召修三史，以吏部尚书致仕。殉难，谥文节。傅贵全，德兴人，至正二年进士，官庆州路录事。"今按：程洵允夫今存《尊德性斋集》，其生平仕历及与朱熹交往皆历历可见。汪幼凤《程知录洵本传》云："洵初以诗文求教文公，公答书云:'如欲为文章士,自应不在人后;如果有意古人之学,则所示犹未得其门。'往复问答累数十书,载于《大全集》者仅十三书耳。"此帖亦"累数十书"中之一也。今《朱文公文集》所载答程允夫书,多在绍熙以前,则绍熙以后之书散佚当甚多。该帖提及"不知子澄家上下百卷者是何本也",按《尊德性斋集》卷二《上周丞相书》云:"行年五十,而以累举得一官,主衡之衡阳簿……今故奉常属刘侯自常州移守衡,洵以县吏见刘侯……居二年,侯得请奉祠去,洵亦解官北归。"《尊德性斋集》又有《刘寺簿所居五咏》、《次韵刘寺簿》等作,盖程洵于淳熙十一年任衡阳簿,刘子澄亦来守衡,遂定为至交,程曈《克庵传》记之甚详。后刘子澄被劾,又家居庐陵。故程洵谂知其家事,而朱熹亦于书中相问也。朱熹帖又云"子约想时相见",末题"允夫纠掾贤弟",按程洵生平仕历,官一转而止,淳熙间任衡阳簿,绍熙庆元间除庐陵录事参军。此所云"纠掾",应指程洵任庐陵录事参军。《文集》卷五十二《答吴伯丰》书十五:"数因庐陵亲旧问讯,得吴漕书,乃云已到……杨子直为守,吕子约、刘季章、许景阳皆可与游,纠掾程允夫官亦未满,尚得从容,亦可乐也。"书十六:"入城见吕子约、程允夫、许(景阳)、刘(季章)诸人否?有所讲论否?此庐陵刘丞去必便。"吕祖俭子约生平仕宦未出浙,至庆元元年因上封事奏援赵汝愚,触忤韩侂胄,韶州安置,后改送吉州,次年卒。时程洵正在庐陵录事参军任上,故得与吕子约时相见。时杨子直守吉州,刘季章因省闱不利居家,与许景阳并在庐陵,而曾无疑亦时往返于庐陵间,《朱文公文集》中皆可考见。叶尉亦庐陵人,《文集》卷五十三《答刘季章书》三:"此书附庐陵叶尉,渠此中人,时有往来之便。"考吕子约上封事在庆元元年四月初三，《宋史》本传云："祖俭至庐陵,将趋岭,得旨改送吉州。"是子约送吉州在五月间,朱熹此帖作在七月六日,离子约来吉已近三月,故曰"子约想时相见",则朱熹此帖当作在庆元元年。次年七月子约即遇赦量移高安,而程洵亦于该年九月疾卒于官(见周必大《克庵先生尊德性斋小集序》与程曈《克庵传》)。

与吕子约（庆元元年，1195）

熹以官则高于子约，以上之顾遇恩礼则深于子约，然坐视群小之为，不能一言以报效，乃令子约独舒愤懑，触群小而蹈祸机，其愧叹深矣。

上书见《宋史》卷四百五十五《吕祖俭传》，又《金华县志》卷八亦录此书，其于"吕祖俭"条下云："庆元元年，除太府丞，忤侂胄，安置韶州，改送吉州，量移高安。祖俭既至，寓大愚山真如寺，因号'大愚叟'。读书穷理，卖药以自给，每出，必草屦徒步，为嵞岭之备。朱熹与书曰：'……'祖俭报书曰：'在行朝闻时事，如在水火中，不可一朝居。使居乡间，理乱不知，又何以多言为哉！'"吕祖俭庆元元年谪吉州，二年量移高安，按《宋史》本传，朱熹此书作于吕祖俭被谪之初，应在庆元元年。

与汪时法书（庆元元年，1195）

七月十六日熹顿首启：去冬远承访及，得以少款，为慰为感。别后不能一奉问，但闻裂裳裹足，远送迁客，为数千里之行，意气伟然，不胜叹服。未及致意，忽辱手示，获闻比日动履殊胜，尤以为喜。子约此行，无愧人臣之义，而学者得粗知廉耻。如熹等辈，有愧于彼者多矣。闻庐陵寓舍有园亭江山之胜，又得贤者俱行，相与讲贯，亦足以忘其迁谪之怀也。使中寓此，病倦草略，余惟自爱，不宣。

上书见吴师道《敬乡录》卷七，乃录自真迹，朱熹《别集》卷四有此与汪时法书而非完篇。据《吴礼部集》卷十七《跋汪元思固穷集及所录朱吕二先生诗帖》云："大愚吕忠公谪庐陵，独善汪公裂裳裹足送之。后徙卒高安，其弟约叟（汪大章）辍试，往护其丧……叶君审言家藏元思《固穷集》（元思，独善之孙），因录朱、吕所与独善诗帖、约叟《高安行程历》中哭大愚诗，并何、王诸公称赞之语，萃为一帙。"可见朱熹此帖吴师道乃录自汪元思《固穷集》，而实出自汪氏家藏真迹也。帖中所称"裂裳裹足，远送迁客"，指汪时法从吕祖俭子约谪居庐陵。据《宋史·宁宗纪》与《吕祖俭传》，庆元元年四月吕祖俭因上疏留赵汝愚及论不当黜朱熹等，忤韩侂胄，送韶州安置，途中改送吉州安置，时在五月戊子。是帖作于七月十六日，乃在汪时法随送吕祖俭至庐陵后不久。《敬乡录》卷七记其事云："汪大度，字时法，自号独善；弟大章，字约叟，俱成公（吕祖谦）门人。公铭汪公将仕墓名灌者，其父也。庆元初，忠公（吕祖俭）以言事忤权奸，贬韶州，改徙庐陵。独善往从之。伴送者顺风旨相凌辱,独善以义折之,直欲与之坐狱。朱子与之书,深所敬叹。忠公道中示时法诗及送归诗并见集中。后忠公量移筠之高安,寓居大愚寺以卒,约叟距秋试才四日,舍之就道,护丧以归,有《高安纪行》载其哭忠公诗。独善之孙开之,字元思,宝藏朱帖及忠公手书七绝句,尝以刻之石,后鲁斋王先生舁二石刻置丽泽书院。"今王柏《鲁斋集》卷十一《跋汪约叟高安纪程后》、《跋朱子大愚帖》、卷十三《跋朱子与汪独善手帖》等,述此甚详。《敬乡录》载有约叟哭大愚诗及大愚为汪时法所作诗多首,兹录卷七与此帖所述有关之大愚诗三首以资参考:

韶阳之迁道中呈汪时法（乙卯夏）

南江一道水分明,寂寂扁舟不记程。
回望家山在云际,梦魂犹对短书檠。

汪氏诸郎子独贤,相从过岭过韶川。
九龄风味犹存否,莫向南华却向禅。

一川风月下扁舟,荡漾金波泛白鸥。
此去韶江知几里,九成缥缈在云头。

梅花赋（庆元元年，1195）

楚襄王游乎云梦之野,观梅之始花者,爱之,徘徊而不能舍焉。骖乘宋玉进曰:"美则美矣,臣恨其生寂寞之滨,而荣此岁寒之时也,大王诚有意好之,则何若之渚宫之圃,而终观其实哉?"宋玉之意,盖以屈原之放微悟王,而王不能用,于是退而献曰:

夫何嘉卉而信奇兮,历岁寒而方华。洁清姱而不淫兮,专精皎其无瑕。既笑兰蕙而易诔兮,复异乎松柏之不华。屏山谷亦自娱兮,命冰雪而为家。谓后皇赋予命兮,生南国而不迁。虽瘴疠非所托兮,尚幽独之可愿。岁序徂以峥嵘兮,物皆舍故而就新。披宿莽而横出兮,廓独立而增妍。玄雾瀚而四起兮,川谷冱而冰坚。澹容与而不衒兮,象姑射而无邻。夕同云之缤纷兮,林莽杂其葳蕤。曾予质之无加兮,专皎洁而未衰。方酷烈而阊阖兮,信横发而不可摧。纷猗旎亦何好兮,静窈窕而自持。徂清夜之湛湛兮,玉绳耿而未低;方娉婷而自喜兮,友明月以为仪。歘浮云之来蔽兮,四顾莽而无人。怅寂寞其凄凉兮,泣回风之无辞。立何久①乎山阿兮,步何踌躇于水滨。忽举目而有见兮,恍顾盼之足疑。谓彼汉广②之人兮,羌何为乎人间?既奇服之炫耀兮,又绰约而可观。欲一听白云之歌兮,叹扬音之不可闻。将结轸乎瑶池兮,惧佳期之非真。愿借阳春之白日兮,及芳菲之未亏。与迟暮而零落兮,曷若充夫佩帏?渚③宫翃未有比④兮,纷草棘之纵横。椒兰后乎霜雪⑤兮,亦

---

① 类编本"久"作"人"。
② 类编本"汉广"作"昭旷"。
③ 类编本"渚"作"诸"。
④ 类编本"比"作"此"。
⑤ 类编本"雪"作"露"。

何有乎芳馨。俟桃李于载阳兮,仓庚寂而未鸣。私顾影而自怜兮,淡愁思之不可更。君性好而弗取兮,亦吾命其何①伤。

辞②曰:后皇贞树,艳以姱兮。洁诚谅清,有嘉实兮。江南之人,羌无以异兮。茕独处廓,岂不可召兮。层台累榭,静而可乐兮。王孙兮归来,无使哀江南兮。

上赋并序见《新安文献志》卷四十八。朱玉《朱子大全类编》卷九十五补录此赋,但无前序,未注出处,亦未有考。按《朱文公文集》目录后有明嘉靖壬辰秋七月甲戌婺源潘潢跋云:"淳祐以来,区区掇拾,已非复公季子在初类次本,而王会之、祝伯和、虞伯生家藏与陆、王帖、《梅花赋》诸篇,往往尚逸弗录……"王会之即王柏,其祖师愈从朱熹学,其父瀚为朱熹弟子,王柏则受业黄榦弟子何基之门,卒于咸淳十年。是朱熹《梅花赋》在其卒后已甚流传,其真迹为朱熹再传弟子所藏,至明时犹在也。又程敏政《篁墩文集》卷三十六《题文公梅花赋后》云:"文公旧有《前》、《后》、《续》、《别》四集行世,而《后集》亡矣。此赋见《事文类聚》中,固《后集》之一也。"《事文类聚》为朱熹弟子祝穆所编,是赋未入正集而编于《事文类聚》者,盖因党禁之故。观赋意哀愤愁绝,借梅喻人,大旨在微讽帝王起用流放之臣,当作在庆元党禁之时,绝非无病呻吟之作。如"岁序徂以峥嵘兮","玄雾溘而四起兮,川谷沍而冰坚","方酷烈而阗阗兮",显指党禁之严酷;"物皆舍故而就新","纷旖旎亦何好兮","椒兰后乎霜雪兮,亦何有乎芳馨",隐斥小人变节,趋附新

---

① 类编本"何"作"奚"。
② 类编本"辞"作"乱"。

贵求荣;"叹扬音之不可闻","仓庚寂而未鸣","歘浮云之来蔽兮,四顾莽而无人",则喻反道学派之当道,道学派之噤不敢言。又按赵汝愚为宋宗室,庆元元年二月二十二日罢相,十一月永州安置,次年正月二十日殁于衡州。朱熹此赋乱词点明"王孙兮归来,无使哀江南兮",序中亦借宋玉口点明"大王诚有意好之,则何若之渚宫之囿,而终观其实哉"?以为"宋玉之意,盖以屈原之放微悟王,而王不能用"。赋为咏梅,而序特言及屈原流放之事,则朱熹既借梅自况,又喻赵汝愚之逐,其意昭然若揭矣。据此,是赋应作于庆元二年赵汝愚卒前,以赋中所述观之,似在冬间见梅开有感而发。其后遂有《楚辞集注》之作,实与《梅花赋》意一脉相承也。赵汝愚之贬,时人多有赋诗拟之为屈子之放者,《朱文公文集》卷九有《题刘志夫严居厚潇湘诗卷后》诗,亦作在其时,盖与《梅花赋》意同也。

紫岩周氏谱序（庆元二年，1196）

……至始迁祖讳靖，字天锡，世居祥符。扈跸南渡，为国子正录，居杭。迁于诸暨……庆元丙辰秋七月中浣。

上序载《紫岩周氏谱》中，惜余未能得见此书，兹祇据张少南《定乡小识》所引数句著录于此，俟他年得见此谱，补成完篇。朱熹此序，乃为周靖曾孙周谨《周氏宗谱》而作。《诸暨县志》卷二十七《人物志》引《周氏渊源录》云："周靖，字天锡，其先南康人。幼通敏好古，善属文。举宣和进士，主中江簿，转柳州录事，遏于守帅，守法不阿，常预内铨。靖康之变，以宗社大计关白大臣，欲上书阙下，当事阻之。知事不可为，弃官归。绍兴间起为国子监正录，进博士，罢官。后以诸暨有中州风，遂徙居紫岩之盛厚里。曾孙谨，字克顺，官节度行军司马，有时誉。归田后，尝辑《宗谱》，而朱子为之序。谨子恪，字诚夫，号'梅轩'……"又《定乡小识》卷十三《古迹略》："宋国子监博士周靖寓宅，在云栖坞回雁峰。《周氏谱》：'博士公讳靖，宣和甲辰年二十三，举进士，历任柳州录事。靖康时，国事已去，屡下求言诏，公怀疏欲陈宗社大计，为柄人所抑，弃官归。娶李氏，济州李翰林某，其内父也。公尝省某济州，值汴京陷，荡覆无遗，有洛阳名园，钟鼓沈句，道从思陵至归德，循而南。绍兴三年量养生徒，置国子监博士二员、正录一员，起公正录。明年，迁博士。越九年辛酉，自钱塘徙家诸暨之紫岩。'公诗云：'千里旌旗拥六飞，投簪欲上钓鱼矶。无端忽被闲云引，回雁峰前掩竹扉。'盖公初寓杭之云栖，欲家富春。回雁峰在云栖。"淳熙九年朱熹任浙东提举，巡视往来于诸暨，其识周氏或在此时。

书《禹贡》九江彭蠡说后示诸生（庆元二年，1196）

余始读《禹贡》，即有所疑于此数条。复见郑渔仲所论，以东为北，江入于海者为衍文，初亦意其有理；既而思之，去其所谓北江者，则下文之中江者，无所措矣。晚以蒙恩假守二年于彭蠡之上，乃得究观其山川地理之实，而知经文之不能无误也。至于以九江为洞庭，则惟近世晁以道之说为然，晁氏则本于胡秘监之说也。细以地理远近之势度之，宜从二公为是。久欲略疏其语，以破古今之曲说，而因循不暇。庆元丙辰□月既望，诸生偶有问者，始得为之。时方卧病，神思昏塞，甚恨文之不达吾意。

上文见董鼎《书传辑录纂注》书卷第二《禹贡》辑录中，云引自《经说》。按朱熹《武夷经说》由宋王迂、黄大昌所集，已佚，董鼎《书传辑录纂注》辑录《经说》甚多。董氏此书以朱熹订定蔡沈《书集传》为宗，博采朱子之说，其于凡例中云："是书以朱子为主，故凡语录、诸书应有与《书经》相关者，靡不搜辑，仿'辑略'例名曰'辑录'，附蔡《传》之次。或有与蔡《传》不合及先后说自相同异处，亦不敢遗，庶几可备参考。其甚异者则略之。"是董鼎于"辑录"中专搜朱子《尚书》之说详备，取去精当。是篇虽取自《经说》，然实本自为一篇，朱熹作以示诸生，乃为王、黄采入《武夷经说》，故兹仍取出，独为一篇。题目今加。文中所云"有疑于此数条"者，指《禹贡》中言九江彭蠡处。此篇以《朱文公文集》卷七十二《九江彭蠡辨》、卷三十七《答程泰之书》一参考，知朱熹写此文以示诸生时，《九江彭蠡辨》尚未作。《九江彭蠡辨》无系年，但董鼎《书传辑录纂注》书卷二《益稷》辑录云："先生庆元丙辰著《九江彭蠡说》以示诸生，书其后曰：'顷在湖南……'"按以下所引，即今《朱文公文集》卷七十一《记三苗》一文，原亦无系年。现据此，可知庆元丙辰，朱熹先作《书〈禹贡〉九江彭蠡说后》，向诸生略陈其说，旋即深思熟虑而成《九江彭蠡辨》，而又作《记三苗》以附其后（编《文集》者乃析为二篇，一入卷七十一，一入卷七十二，遂失原貌）。盖王、黄所集《经说》，往往录朱熹早先未定之说，《九江彭蠡辨》乃朱熹多年酝酿所成定说之篇，故采入《文集》；而此《书〈禹贡〉九江彭蠡说后》乃出一时答问手写，说甚简略，作在定说以前，故不入《文集》，遂为《经说》所采。

与杨通老（庆元二年,1196）

……死生祸福,久矣置之度外,不烦远虑……。

上书见《庆元党禁》,事在庆元二年冬十二月朱熹落职罢祠前,云:"先是熹乞追还职名及改正过待制恩数,继又乞致仕,朝廷不许。台谏汹汹,争欲以熹为奇货。门人杨楫（通老）闻乡曲射利者,多撰造事迹以投合言者,亟以书告熹。熹报曰……"洪去芜《朱熹年谱》载是书作:"死生祸福,久已置之度外,不烦过虑久之。"然以为致杨道夫,似非。黄榦《记杨恭老敦义堂》云:"吾与通老从游于夫子之门二十年矣",今朱熹文集与语类中多有记杨通老问学事,是杨楫实为朱熹弟子,全谢山、王白田等乃以其非朱熹弟子,实误。

跋曾景建作送蔡季通赴贬诗（庆元三年，1197）

四海朱夫子，征君独典刑。青云伯夷传，白首太玄经。有客怜孤愤，无人问独醒。瑶琴空锁匣，弦绝不堪听。

景建诗甚佳，顾老拙不足以当之。……

上跋见《诗人玉屑》卷十九《中兴诸贤》，惜跋未引全。蔡元定谪道州在庆元三年。《后村诗话》卷二亦载此事云："曾景建《送蔡季通赴贬》云……其后景建亦坐诗祸，谪舂陵而卒。"曾极，字景建，临川人，朱熹弟子，工诗，有《金陵百咏》传世。按朱熹《文集》卷六十一《答曾景建》书五云："季通远役，深荷暖热之意，今想已到地头矣……三篇甚胜，卒章尤工，而仆不足以当之也。"说正与此跋同，而曾极之诗实有三篇。

小均四景诗（庆元三年，1197）

晓起坐书斋，落花堆满径。
只此是文章，挥毫有余兴。

二

古木被高阴，昼坐不知署。
会得古人心，开襟静无语。

三

蟋蟀鸣床头，夜眠不成寐。
起阅案前书，西风拂庭桂。

四

瑞雪飞琼瑶，梅花静相倚。
独占三春魁，深涵太极理。

上朱熹春夏秋冬小均四壁诗，今存石刻，藏福建泰宁县文化馆。《泰宁县志》载此四诗。《邵武府志·古迹》亦录是诗，云："朱熹爱泰宁山川佳胜，尝读书水南之均坳，牓其居曰'读书处'，曰'恂如'，有题壁诗四首。"兹将泰宁文化馆惠赠有关资料迻录如下：

朱熹小均四壁诗，为朱熹亲笔手迹，用黑色页岩四块镌刻，原置于城内孔庙，解放后孔庙改办学堂，将石板移至文化馆保存。石块为长方形，每块大小相同，长1.42米，宽0.39

米,厚0.06米。字大9×8厘米,行书阴刻,每板两行直书,每行十字,一板二十字,四板共八十字。因历经风雨,四块石板均已断裂,幸有本邑书法爱好者梁鼎业拓原板字迹,用梨木两片,双面精刻,复制珍藏。

朱熹于庆元三年入伪籍,弃官隐居泰宁水南小均,怡情山水,深究先贤经典。据《泰宁县志》载:"朱子小均四壁诗,世历沧桑,蛛网尘丝,沦落农家者矣!邑令方日岱云:有邑文士丁开五梦《梅雪太极图序》。康熙癸酉(1693),丁开五忽感'梅雪太极图'之梦,阅二十六年复梦如初。翼日,有村叟负板扣门,开五拂拭读之,至'梅雪太极'云云,恍然两梦皆觉。诗末未著名,详叩由来,为朱子手笔,因珍藏焉。雷通政铉《学记》所谓'小均四壁诗,泽传丁庐者'是也。先贤墨宝,光焰万丈,独以属之好古嗜学之士,非偶然也。"又云:"朱文公读书处,在小均坳,朱子隐此读书,有题壁诗,诗板存小均农家。清乾隆年间,邑诸生丁师儒见而购之,新其塾以珍藏,示尊敬也。乾隆十六年(1751),巡道来谦鸣命师儒就故址旁筑坛,表以丰碑曰'朱文公读书处'(按:此碑于1957年开公路被毁)。二十年(1755),师儒复建祠崇祀文公,额曰'新安贤院'(按:解放后亦毁)。"

梁鼎业老先生又云,拓刻板诗时,见有一碑碣嵌于孔庙廊庑墙间,今墙拆碑毁。兹将其回忆抄录如下:

上诗四章,朱子隐居小均时草也。时禁伪学,故不书名,以避祸也。版存泰宁县诸生肆业处,伊祖买自小均田家,屡世珍藏,不轻与人。时教谕李开观泰宁时,拓有四帖呈送。字画藏镜,如见夫子道模,不胜肃然起敬,因行泰宁县刻石,以垂不朽。乾隆十六年春月泰宁县教谕李开敬立。

按:庆元三年八月黄榦丁忧,朱熹曾往顺昌吊之,见《朱文公文集》卷八十四《题袁机仲所校参同契后》及《续集》卷三《答蔡季通书》九,其往泰宁或即在此时。

与某人帖（庆元三年，1197）

……生涯，未得究竟，窃恐遂为千载之憾耳。往来传闻神观精明，筋力强健，登山临水，饮酒赋诗，皆不减于其旧，不胜叹美。计于谯、姚诸君必有不待目系而道存者，亦可分减布施，起此沟中之瘠（盲）乎？因邻家陈君之行，勒此问讯。气瘀目昏，不能久伏案多作字。临风不胜依依，唯冀以时益加葆护，以永寿祺，千万至恳。右谨具呈。十月廿日朝奉大夫朱熹札子。沟中之瘠（盲）。

上帖真迹见《壮陶阁帖》，的为朱熹手笔。观词意，似缺首叶。所与何人无考，谯、姚亦不知何人。此帖必予一长寿之人，疑为天台国清寺志南上人，志南亦一能诗释子，与朱熹常往还论诗，淳熙十五年朱熹致书志南云："想见行住坐卧不离水声山色之中，尤以不得同此乐为念也。新诗见寄，笔势趋精，又非往时所见之比。"与此帖所云相类，而志南至此也当已一寿考老人。札只题朝奉大夫，而不言贴职祠官，按朱熹庆元元年三月磨勘转朝奉大夫，二年冬十二月落职罢祠，四年则引年乞休，此帖应作于庆元三年十月廿日。自号"沟中之盲"者，时朱熹已盲一目，《文集》卷二十九《答李季章》书一："熹归来粗遣，但左目全盲，右目昏甚。"又同卷《答黄仁卿》："熹一目已盲，其一亦渐昏暗，势亦必育而后已。"然其时党禁正厉，道学党魁而自称"沟中之盲"，盖亦有深意焉。向来无人知朱熹尚有用此号者，尤可玩味也。

与陈景思（庆元三年，1197）

……其然其然！韩丈于我本无怨恶，我于韩丈亦何嫌猜乎！

上书见叶适《水心文集》卷十八《陈思诚墓志铭》。朱熹与陈思诚关系已见前《陈文正公像赞并序》所考。"韩丈"盖韩侂胄，叶适此墓铭云："朱公（熹）之在建安，接牍续简无旷时，远质方闻，遍扣尊老，不以寒畯为间也。攻伪既日峻，士重足不自保，浮薄者以时论相恐喝，思诚每为所亲正说不忌。与朱公书，具言其无他，公答曰……所亲见之，意大折。道学不遂废，思诚力为多。"又《宋史》卷四百二十九《朱熹传》："有籍田令陈景思者，故相康伯之孙也，与韩侂胄有姻连，劝侂胄勿为已甚，侂胄意亦渐悔。"据此，知此与陈景思书应作于庆元三年前后。

与某人书（庆元三年，1197）

十一月七日熹顿首：前日符舜功行，尝附书，不审已达否？□至辱书，欣审比日冬寒，所履佳胜。尊文书信已领，今有报章并药物，却烦附去。所喻书目，极荷留意，其大者皆有之，但一二碎小者，或所未见。今具列纸，幸为与史君求之，宛转附来，幸甚。前书所烦借人送孙医，不知如何？渠若不在彼，即不须启口，此已自倩人往建昌问之矣。若在临川，即不免别作陈史君去也。衰病寒来愈甚，气满胸腹，不可屈伸，数日又加痰嗽，尤觉费力。便还口占布此，余几恃爱……（按原注："下有十余字朽烂不能识矣。"）想且家居。时论反复，未有定止，奈何，奈何！惠及黄雀，良感至意。穷居索然，无以为报，幸勿讶也。不宣。熹顿首。

上帖见裴景福《壮陶阁书画录》卷四，题作《宋米元章朱晦翁诗札合卷》，云："纸本，前米行书四言，又杜诗，精紧老横，笔如铸铁。后朱子手札，齐梅麓旧藏，丙戌春闱后在京师得之，其孙梅孙米书，末有严氏半印，分宜旧物，刻入《壮陶阁》。"董其昌题诗札合卷云："米元章行书，宜兴吴民部所藏，民部乃吴文肃公之冢孙……民部殁后，长孙允执孝廉君以征文见惠，复示以朱晦翁、张伯雨手书。晦翁得笔于曹孟德，姿态横出，神气飞动，真堪与米颠相伯仲，非元季诸君子所能梦见也。"裴景福伯谦书画收藏富甲天下，且精于鉴赏。日本文人艺士多踵门求教，法人伯希和尝造访于乌鲁木齐，复至无锡，取所藏精品影印百余种携归。裴氏除《壮陶阁书画录》外，又有《壮陶阁帖》六十卷，足与三希堂乾隆初拓媲美。以阁帖及董其昌跋观之，朱熹此札的为真迹。然札与何人向无所考，今按札中言及"建昌"、"临川",当是予一江西士人,应即诚斋杨万里长子杨长孺伯子无疑,"尊丈"者,盖即杨万里也。杨长孺号东山,庐陵人,朱熹弟子,雍正《江西通志》卷七十六有传。今《朱子语类》有其语录。《语类》卷一百十八:"先生奉天子命就国于潭,道过临江,长孺自吉水山间越境迎见。某四拜,先生受半答半。跪进札子……先生留饭,置酒三行,燕语久之。"是杨长孺初见熹在绍熙五年。杨万里与朱熹关系至密,杨于淳熙十二年及十四年曾两次力荐朱熹,淳熙十五年两人于玉山初次见面,自此书札频频往返,今《诚斋集》有与朱熹札七通、诗三首、荐录一及祭文一,而朱熹《文集》仅有与杨万里札一及答诗二首,则知朱熹与杨万里及杨长孺之札遗佚亦多矣。按《诚斋集》卷三十六《退休集》有《寄朱元晦长句以牛尾狸黄雀冬菰笋伴书》:"大武尾裔名季狸,目如点漆肤凝脂。江夏无双字子羽,九月授衣先着絮。何如苗国孤竹君,排霜傲雪高拂云。子孙总角遁归根,金相玉质芝兰芬。三士脂韦与风节,借箸酒池俱胜绝。先生胸次有皂白,一醉不须向人说。"诗中所言赠,即朱熹此帖中所云"惠及黄雀,良感至意"也,盖赠朱熹黄雀者,唯见诚斋此诗,而时令亦与此帖相合。《退休集》收杨万里自金陵西归庐陵后诗,而帖中云"时论反覆,未有定止,奈何,奈何",则时当在庆元党禁之际(按朱熹《文集》,"时论反复,未有定止"为庆元党禁时朱熹通信所用常语)。帖中言及托杨长孺借书之事,乃因庆元三年朱熹纂修《礼书》,颇感书缺之故,并曾于是年遣其婿黄榦特携书往庐陵见杨诚斋父子,与江右士子商讨共纂《礼书》,见朱熹《文集》卷五十四《答应仁仲》书四及《诚斋集》卷一百零四《答朱侍讲》。又据《诚斋集》卷一百零五《答朱侍讲》书二:"蒙赐报教,发于去冬,得于今秋,人事大抵然耳,不犹愈于十书九不达乎……下问论著,脱稿者几千万言,曩者稚骏不晓事,作此狡狯……契丈再归五夫,遂无车马喧,此某之所贺,而来教乃谓苦于所居穷僻,无书可借,无人可问,疑义无与析,信矣,逃虚耐静之难如此哉!"所谓"无书可借",盖即因朱熹托长孺借书及冬间来函而发。"论著脱稿"云云,指杨万里《诚斋易传》,《诚斋集》卷六十七《答袁机仲寄示易解书》称此书"自戊申(淳熙十五年)发功,至己未(庆元五年)毕务……尝出《家人》一卦于元晦矣,元晦一无所可否也,但云'蒙示《易传》之秘'六字焉"。据此,诚斋此答书应作在庆元四年,其中所言朱熹"发于去冬"之书,指庆元三年十一月所发之书,即朱熹此帖中所云"今有报章并药物,却烦附去"也,时令亦恰合。诚斋此答书中又云"大儿(杨长孺)尚待此,一年有半……小儿桂州户曹,皆待次,长者来秋,少者四年",知杨长孺方待次在家,故朱熹此帖中有"想且家居"之句。

与度周卿书（庆元四年，1198）

十月十六日熹顿首：去岁□何幸辱远访，得遂少款为慰慰。次客舍□别，匆匆期年，又两三阅月矣。不审何日得遂旧隐，官期尚几何时？比来为况何如？读书探道，亦颇有新功否邪？岁月易得，义理难明，但于日用之间，随时随处提撕此心，勿令放逸，而于其中随事视理，讲求思索，沈潜反复，庶于圣贤之教渐有默相契处，则自然易得，天道性命，真不外乎此身，而吾之所谓学者，舍是无有别用力处矣。相望数千里，奚由再会一日。因书信笔，不觉缕缕，切勿为外人道也。此书附建昌包生去，渠云自曾相识，且欲求一致公书，不知果有□否？刻舟求剑，似亦可笑，然亦可试为物色也。所欲言者，非书可尽，灯下目昏，万万，不宣。熹再拜周卿教授学士贤友。

　　□溪大字后事处曾访问得否？去岁回建阳后方得□此所惠书并书稿策问。所需□□，又何敢复告邪？熹

上书刻石见《八琼室金石补正》卷一百十二，云："高一尺二寸，广二尺六寸，十八行，字径六七分，又三行较小，均草书。"该刻石后又有黄应□寄性善帖书，云："考亭逾邈，每一抚遗墨，益以内自警省……淳祐章茂岁元月重阳日，后学合阳黄应□。"是刻石在淳祐十年庚戌。度正，字周卿，合州人，朱熹弟子，《宋史》卷四百二十二有传。朱熹《文集》卷六十有《答度周卿》一书，仅自"比来为况如何"至"切勿为外人道也"，盖非完篇。按《别集》卷一《答刘德修》书十一云："度君周卿来访，志趣不凡，知尝出入门墙，固应如此。虽已不敢隐其固陋，然磨砻浸润之功，尚不能无望于终教之

也。"是书又云:"间读邸报,幸复联名,而浅迹区区,乃先众贤,为不称耳。"乃指庆元三年名入党籍事,则度正访朱熹即在此年,而朱熹此书应作于庆元四年。又朱熹《文集》卷八十四有《跋度正家藏伊川先生帖》,作于庆元三年七月,当是度正首见朱熹示以此帖请题,由七月至次年十月,正所谓"期年又两三阅月"。"建昌包生",盖指包扬兄弟,《文集》卷六十三《与晏亚夫》书三云:"明年便七十矣……蔡季通、吕子约、吴伯丰相继沦谢(均在庆元四年)……今因建昌包君粥书之行,附此奉问……去年度周卿归,尝托致意,不知曾相见否?"与此致度正书所云完全相合,知是年十月朱熹托包生同时有书转致晏渊与度正。

与庐陵后生（庆元五年，1199）

便中承书，知比日侍奉安佳。吾子读书，比复如何？只是专一勤苦，无不成就，第一更切检束操守，不可放逸，亲近师友，莫与不胜己者往来，熏染习熟，坏了人也。景阳想已赴省，季章当只在家，凡百必能尽心苦口，切须承禀，不可有违。谚云："成人不自在，自在不成人。"此言虽浅，然实切至之论，千万勉之。《大学说》漫纳，试读之，不晓处可问季章也。未即相见，千万为门户自爱。

上简见罗大经《鹤林玉露》卷九。罗云此小简真迹为一"庐陵士友藏"，并云："此简盖与其亲戚卑行也。《大全集》所不载。后生晚辈，能写一通置之坐侧，朝夕观省，何患不做好人。景阳姓许，名子春。季章姓刘，名黼。皆庐陵醇儒，从文公学，季章后为特奏第一人。"此简历来不知所予何人，罗云"此简盖与其亲戚卑行也"，非是。按此帖由庐陵士友所藏，又刘季章为吉州庐陵人，帖云："季章当只在家，凡百必能尽心苦口，切须承禀，不可有违。"又寄去《大学说》，云"不晓处可问季章也"。则朱熹此简所给之人，必是庐陵一后生小辈。今考《朱文公文集》中，为朱熹所赏识奖掖、并令其师事刘季章之庐陵小辈，唯一王岘晋辅，此简当是予王岘。按朱熹《文集》卷八十四有《跋王行臣行实》云："庆元纪号之初，余友吕子约谪居庐陵，间遣诇其动息。子约报书……独所寓居得王氏别馆……因极道王君之为人……既又以书来，称王君之子岘为方有意于学，谓余当有以告语之者。岘亦以书来赘甚勤。余读之，信子约之言不诬也。无几时，子约内徙高安以卒，而岘亦以王君之没来赴，且述其事状一通，而以铭墓为请。"《续集》卷一《答黄直卿》书二十一："前日答吉州王岘书中，有数句颇甚简当，今谩录去，可以示甘吉父也。岘乃向来子约所馆之家，因子约来通问也。"是朱熹乃于庆元元年因吕子约始识庐陵王岘。《续集》卷七《答曾景建书》云："庐陵子一书，烦为附的便，其人乃子约尝寓其舍者也。"盖即指王岘。小简提及季章、景阳，按《文集》卷五十三《答刘季章》书十云："省闱不合，浩然而归……子约想时相聚。渠近书来，颇能向里用力，然亦有小未善，已为详说，久之必自得也。景阳前次已尝附书，今不暇再作。"知刘季章于庆元元年因省闱不利，乃归家居庐陵，时吕子约亦因忤韩侂胄谪居庐陵，而许景春亦移家庐陵也（按：许子春同安人，罗大经云"庐陵醇儒"亦误），小简所云正与此合。盖朱熹于庐陵士人中独重刘季章，《文集》卷五十三《答刘公度》书一云："彼中朋友，只季有章一人可望。"故庐陵后生中秀特如王岘者，多托刘季章开发诱掖。卷五十三《答刘季章》书七："曾再到晋辅处否？后生知所趋向，亦不易得。且勉与成就之，令靠里著实做工夫为佳。"书八："王晋辅来，求其尊人铭文……渠又说欲得鄙文编次锓木，此虽未必果然，亦不可有此声，恐渠后生，未更事，不识时势，不知此是大祸之机，或致脱疏。书中又不敢深说，恐欲盖而愈章。敢烦为痛说此利害。"书十一："晋辅亦开敏有志趣，不易得。但涉学尚浅，志气轻率，须痛与切磨为佳耳。"又卷二十九《答刘季章书》："知在晋辅处相聚甚善，可更勉其收拾身心，向里用力，不须向外，枉费心神，非唯无益，当此时节，更生患害。"又卷六十二《答王晋辅》书四："向来子约每言向学之意甚美，然于愚意，窃恐务实之意未若好名之多，学道之志未若为文之力，此亦乡党习尚流风之弊，其所从来也远，宜贤者之未免也。自今以往，更愿反躬自省，以择乎两者之间，察其孰缓孰急，以为先后，姑屏旧习，而取凡圣贤之言若《大学》若《论》《孟》若《中庸》者，朝夕读之，精思力行，以序而广，使道义之实有以悦于心而充诸己，则自将无慕于外。"书五："季章耿介，于人有责善之益，重九后若未来，可力致之。逸居独学，无师友之益，不知不觉过失日滋，功夫无由长进，不可忽也。"凡此，均与小简所云"专一勤苦，无不成就，第一更切检束操守，不可放逸，亲近师友，莫与不胜己者往来"，"季章当只在家，凡百必能尽心苦口，切须承稟，不可有违"相合。小简又云"《大学说》漫纳，试读之，不晓处可问季章也"。盖庆元中朱熹又尝复修改《大学章句》锓板，《文集》卷五十三《答刘季章》书十一："晋辅……须痛与切磨为佳耳。《大学》、《中庸》看得如何？《大学》近修改一两处，旦夕须就板，改定断手，即奉寄也。"书十八："《大学》定本修换未毕，俟得之，即寄去。王晋辅好且劝它莫管他人是非长短得失，且理会教自家道理分明，是为急务。"又卷六十二《答王晋辅》书三："《大学》已领，便中却欲更求十数本，可以分及同志也……此间诸书，南康板本成后，亦无甚人修改处，不知有黑点子者是何本也？只看其间有大同小异处，子细咨问季章。"许景阳卒于庆元四年，《文集》卷六十三答孙敬甫书五云："《章句》、《或问》（按：《大学章句》与《或问》）近皆略有修改，见此刊正旧版，俟可印即寄去。"据该答书中云："去年尝与子约论之，渠信未及方此辨论，而忽已为古人。"吕子约卒于庆元四年，知此答书作在庆元五年（1199），《大学章句》、《或问》修改应在庆元四年，故朱熹此小简当作在该年许景阳卒前。小简中未提及吕祖俭，盖吕于庆元二年已量移高安，不在庐陵。

与徐允叔（庆元四年，1198）

高安之政，义风凛然。……

上书见《宋史》卷三百九十五《徐应龙传》。传云："（徐应龙）知瑞州高安县，吕祖俭言事忤韩侂胄，谪死高安，应龙为之经纪其表，且为文诔之。有劝之避祸者，应龙曰：'吕君吾所敬，虽缘此获谴，亦所愿也。'朱熹贻书应龙曰……"吕祖俭卒于庆元四年六七月间，见《朱文公文集·续集》卷一《答黄直卿》书四十七、四十八，《宋史》本传及毕沅《续资治通鉴》均以吕祖俭卒于庆元二年，乃误。

徽州传朱子切韵谱（疑庆元五年，1199）

依郑樵《七音韵鉴》，以唇舌腭齿喉为序，故就阖唇之声分列。

绷　　闭唱收东。开轻收冬。
　　　收正齿中冲，亦归本韵。

逋　　合重收模。开轻收鱼。
　　　　正齿朱除同收鱼。

陂　　开重收齐。重收舌上知迟正。
　　　齿支痴转赀差，皆收。轻收微。

牌　　开重收灰。闭轻收皆，正齿齐钗亦收。
　　　重得杯陪亦可错收，愚所谓字无定也。

宾崩　宾平口唱收青。舌上真嗔，正齿征称收真。奔字开重。
　　　收盆。
　　　闭轻分焚收文。开重崩烹收庚，尾闭琴心收侵。

波　　独韵闭重。或以何分。

巴　　独韵开重　角轻加伽，齿得查槎，喉得虾遐局收。此韵
　　　古混今明，《正韵》分之是也。
邦　　开唱收阳。轻收方忘，角闭光匡，商闭庄窗，同收阳。

包　　开重收豪。开轻收宵,则肴在内矣。

豪　　开重收侯。正齿周抽同。开轻彪丘收尤。

鞭　　开重唱收仙。闭轻收元。
　　　尾闭收廉纤。

班　　开重收寒。开轻收山。按:此读寒叶桓。
　　　尾闭收监咸。

　　上谱见方以智《通雅》卷五十《韵考》。谱下有按云:"抅谦门人柴广进云:朱子定本,此黎美周所藏者。后见、庵许邃所抄,即此谱也。中征读不却舌,故分正齿,中原则合徵。"又同卷《切韵声原》云:"自郑渔仲、温公、朱子、吴幼清、陈晋翁、熊与可、章道常、刘鉴、广宣、智骞、吕独抱、吴敬甫、张洪阳、李如真、赵凡夫,皆有辨说,聚讼久矣……徽传朱子法,以《河图》生序,唇舌腭齿喉,为羽徵角商宫,律生之后,黄钟上旋,南吕回旋,自然符合,即郑渔仲所明七音韵鉴也。(宫如翁,齿如抵,羽如补,古读底,底提匙通用可证)究竟五音之用,全不拘此。"朱熹定谱之年莫考。其精于声韵音律,以其一生主要从事于授徒讲学考之,此谱或是其为精舍书院诸生习小学文字声韵所定,但亦可能同其作《诗集传》、《楚辞集注》及其叶韵说有关。按朱熹晚年尝作《楚辞音考》,《文集》卷六十四《答巩仲至》书十八云:"此尝编得《音考》一卷,音,谓集古今正音协韵,通而为一;考,谓考诸本同异,并附其间。"今《音考》已佚,朱熹所定此谱,或即在《音考》中邪? 答巩书十八作于庆元六年元月,则《音考》应作于庆元五年,兹姑系是谱于此年。

与侄六十郎帖（庆元五年，1199）

书呈朱六十秀才，叔朝奉大夫致仕熹实封。

八月廿日书报六十郎贤侄：叔重人来得书，知比日为况安佳，足以为慰。又闻有析居之扰，想见诸事不易。此既纳禄，又有嫁遣之累，窘不可言。想吾侄既无馆地，亦是此模样，无可奈何，只得忍耐耳。墓木摧倒，此合与小七郎及四九侄、五四侄诸人商议打并，若本位那得修庄固善，然亦须吾侄同八十侄与众人说过，此不及一一作书也。叔重人还，附此草草，余惟自爱。房下诸孙一一安乐，野必有书。诸儿女妇孙，一一附问。叔熹白。

上帖见《式古堂书画汇考·书考》卷十四，都穆《寓意编》亦云："朱文公与六十郎帖，行书，贡尚书杨铁崖跋。"《书画汇考》载杨维桢跋云："余记十年前与焕章氏题先谱，推其六世祖为考亭夫子，家藏夫子手泽甚富，约至其家阅之。今年冬，予始至横溪，焕章仲子垕出示夫子与其侄六十秀才书一纸，兵燹之余，仅留手泽者，是帖也……非朱氏子孙之座右铭乎！至正二十年冬十月八日会稽杨维桢谨识。"钱惟善《江风松月集·文录》有《跋朱夫子与侄帖》，即为此帖，云："垕为朱熹七世孙，自其祖侨居华亭已三世。"又秦裕伯跋有考云："愚按宋宁宗庆元五年先正文公始获休致之请，今封题'朝奉大夫致仕'，则时年盖七十余矣。所谓六十郎、八十侄者，必新安众族之家，墓木摧倒，亦高曾以上之冢。当是时公还居建上，长子已死，家事属之于仲子野，故云野必自有书。兹特因其侄之来书，以答书中之意而慰勉之耳。附书者叔重，所遣之人，不知叔重为何人。今获是书而宝之者，盖公之后人名垕，而亦字叔重,是宜永守而勿失也……至正二十五年岁乙巳复五月望后学秦裕伯谨书。"此考未有得。今按:朱熹于庆元五年四月以朝奉大夫致仕纳禄,而次年三月即卒,故此书当作于庆元五年八月廿日。叔重即董铢,叔重其字,饶州德兴人,朱熹弟子。《文集》卷五十一有《答董叔重》书十通。盖德兴与婺源密迩,其与婺源朱熹表弟程洵允夫为同门至交,又有先世之谊,故常往返于婺源,见朱熹《文集》卷九十三《迪功郎致仕董公墓志铭》。朱六十秀才,按朱熹《婺源茶院朱氏世谱》(见后辑)"芦村府君三房发公支图"有茶院十世孙六十公(原作六十郎)朱塥,云:"塥公,字和父,行六十,焘公四子。生一子:小五。"应即此六十秀才。《陈亮集》卷二十《又甲辰秋答朱元晦书》云:"偶在陈一之架阁处逢一朱秀才,云方自门下来,尝草草附数字。"朱熹得朱秀才所转陈亮此书后,有复函云:"夏中朱同人归,辱书,始知前事曲折。"此朱秀才、朱同人,亦即该帖所与之朱六十秀才也。帖中所云其他人,除"八十侄"外,皆可由《婺源茶院朱氏世谱》考出:

五四侄,朱均,字康国,行五四,生三子:朱钟、小四郎、小七郎。

四九侄,朱公明,一名士明,字道夫,行四十九,朱愿之子。

小七郎,即朱均第三子。

与胡伯量（庆元五年，1199）

所订《礼编》，恨未之见。此间所编《丧礼》一门，福州尚未送来。将来若得贤者持彼成书，复来参订，庶几详审不至差互。但恐相去之远，难遂此期耳。

上札见《朱子语类》卷八十四胡泳录，云："泳居丧时，尝编次《丧礼》，自始死以至终丧，各立门目。尝以门目呈先生。临归，教以编《礼》亦不可中辍……后蒙赐书云……'福州'谓黄直卿也。"今朱熹《文集》卷六十三有《答胡伯量》书二通，而无此书，盖原为胡泳所作专文，后辑入语录（见下辑《与黄商伯》书所考），实属不类，故今仍辑录于此。按胡泳所录在庆元四年戊午，知是年胡泳来谒朱熹，当年即归，时朱熹方修《礼书》，故此札当作于庆元五年。

与黄商伯（庆元六年，1200）

伯量依旧在门馆否？《礼书》近得黄直卿与长乐一朋友在此，方得下手整顿。但疾病昏倦时多，又为人事书尺妨废，不能得就绪。直卿又许了乡人馆，未知如何。若不能留，尤觉失助，甚恨。向时不曾留得伯量，相与协力。若渠今年不作书会，则烦为道意，得其一来，为数月留，千万幸也。

上札见《朱子语类》卷八十四胡泳录，云："庆元庚申二月既望，先生有书与黄寺丞商伯云……作书时去易箦只二十有二日，故得书不及往。后来黄直卿属李敬子招往成《礼编》，又以昏嫁不得行。昨寓三山，杨志仁反复所成《礼书》，具有本末，若未即死，尚几有以遂此志也。"黄商伯名灏，《宋史》卷四百三十有传。今朱熹《文集》卷四十六有答黄书五通，《别集》卷六有答黄书四十三通，而无此书。又胡泳所录在庆元四年，不当有庆元六年之事，观其所述，知此书以及前辑《与胡伯量》原为胡泳所作专文一篇，后编语录时采入。二月当指闰二月。

济南辛氏宗图旧序（庆元六年，1200）

稼轩辛公，其来出济南中州，历诸显任，以安抚旬（甸）宣王命，即得大观山水，察风土之异齐。知土沃风淳，山水之胜举，无若西江信州者，遂爱而退居信之上饶。以烬变，移构铅山期思瓜山之下。继而作室，而别立台榭椽屋于丘壑可嘉之处，以优士之能共论斯道者。熹始得以遇公于庆元。戊午，公复起就职，来主建宁武夷冲祐观，益相亲切。庚申之春，同游武夷山中。舟行，循其水曲，随遇佳景，则棹亭（停）赋赏。而论及水之源流，愚谓："水惟源斯深，故其流长。人之世系，亦犹是也。但世久传泯，则有莫知所出，真如水之流演分支，则亦莫知所自者矣。况其源流愈远，潢潦转相溷投，而概谓之同源，又何能分别乎？"于是辛公乃感激云："吾亦尝为此惧，窃制宗图，以诏诰从人，使其知由百世之下，而知（至）百世之上，观统系，同异有辨，疏戚有考，承传久远，以叙尊卑。则庶乎宗支不淆，抑或可以言敦睦之义，且令其居相隔绝、心相念慕者，有所持循，得以溯流寻源，而无迷谬也。"熹因问，而知其有密州、京师、福州、莱州、东京、东平之多族，而族类之众，尤多古之闻人。然究其初，悉皆有辛氏之裔，其实一本矣。而宗图之制，所以不忘乎本末，由以理制之善者也。是以推原与遇之迹，详述与论之旨，欲其并书诸图，以少识愚与善之意云。时宋庆元庚申二月戊午，新安朱熹题。

济南辛氏宗图原序

今之修谱者众矣，推其意，不过夸示祖宗之富贵，矜言氏族之强大已耳；而所以修谱之深意，则茫乎其不可问矣。盖修谱之意，所以序昭穆、明长幼、分士庶、别亲疏,以维持家道也。而今之修谱者,则曰:吾太祖为某氏之官,某朝之相。而后之子孙,亦与有荣施焉。凡我同姓之人,莫不依附我之氏族,而得以步其光宠。于是乎亲疏无以明,士庶无以分,长幼无以别,昭穆无以序,而修谱之义安在哉!若盛族则不然,自太祖以及始祖,以及所自出之祖,莫不在左昭右穆之中以为之序。死者之昭穆既不紊,生者之序齿亦不乱,观礼者于此,不蔼然有孝子仁人之思哉!是诚所谓善于报本,善于追远者也。但是谱之修,数有百余年,而子孙繁盛,世裔绵远,又恐昭穆之或渐失序也。今于是月纂修宗谱,而间序于予,予亦不揣固陋,而谬为之序。

上二序见近年发现《铅山辛氏宗谱》(民国戊子重镌)卷首。《中国史研究》八四年二期载辛更儒同志《跋〈铅山辛氏宗谱〉和〈辛稼轩历仕始末〉》云:"据卷首辛理兴《新序》及《古墩宗谱后序》、《辛氏宗谱序》、《古墩重修宗谱后序》,知此谱自明正德间草创之后,历经万历三年、清康熙三十七年、乾隆六年、民国七年、三十七年五次重修,各次修谱皆以辛稼轩为始祖。民国七年四修宗谱时,又将铅山另一支辛氏(即所谓"江南支"辛氏)之谱列入,撰成《辛氏合族新谱》。据上述修谱情形可以推知辛启泰所见的铅山谱,应即为乾隆六年重修的本子。"辛启泰所见《铅山辛氏族谱》今不可见,而辛启泰于《稼轩集抄存》附录朱熹《答辛幼安启》案语曾引朱熹《稼轩谱序》:"戊午,公复起,来主冲祐观,益相亲切。"盖即此宗图旧序,却因题名遂启人疑窦。邓广铭先生《辛稼轩年谱》云:"称《稼轩谱》似未当。又查宋代食祠禄者,例不须亲往其地供职,朱序云云,似亦不合。颇疑此序乃后来人所伪为也。"辛更儒定此二序为伪，考云："宋代之制，凡领宫观之职，除京祠外，并不到任，只是坐领祠禄。辛稼轩庆元四年复职奉祠，并未离铅山赴建安武夷山冲佑观。《宋史》稼轩传上虽有'尝同朱熹游武夷山'的记载，但那是指绍熙三年至五年稼轩居官福建时事，与此毫不相干。庆元六年稼轩正居于铅山，这有辛诗《同杜叔高祝彦集同观天保庵瀑布》之自注'庚申二月二十八日'，和辛词《婆罗门引·别杜叔高》为证，可知'庚申岁同游武夷'为绝不可能之事。另据清王懋竑《朱子年谱》，朱熹庚申春病已重，与诸门人书，皆嘱以后事，至三月九日申子即去世。而所谓朱熹序文却署'庆元庚申二月戊午新安朱熹题'。今查戊午实为庆元六年三月（非二月）三日，距朱熹殁世仅六天，显系伪作无疑。"辛更儒并据序中"济南中州"，与《宋兵部侍郎赐紫金鱼袋稼轩历仕始末》所云"其先济南中州人"相同，而"中州"乃指河南，与稼轩籍贯不合；又以为序中言"以烬变"应是"以烬焚"之误，而《历仕始末》亦作"为煨烬所变"，错误相同，由此断定此序乃据《历仕始末》作伪而成。今按：细审此二序，参以朱熹文集，疑点可以尽释，未得遽断为伪也。兹就有关诸事考辨如下：

（1）序云"稼轩辛公，其来出济南中州"，未误。其中"来"字尤不可少，辛更儒乃以"来"字为衍文而删，不知何据。盖此文为序而非传记，故此所言"其来出济南中州"，非言其祖籍，而言其最初经历，即言其初由济南中州南渡而来，故下接"历诸显任"一句。若去"来"字，而以籍贯求之，则非序本意。"其来出济南中州"，盖言稼轩自济南中州之地举兵渡江来归，非言其祖籍中州也。"中州"者，中原之谓。狭义中州指河南一带，以其地在古九州之中而得名；广义中州则指黄河流域；而当南北分裂之际，南方称北方中原地区为中州则为习惯用语,如《三国志·吴志·全琮传》:"是时中州士人,避乱而依琮者以百数。"辛弃疾乃由济南渡江来南,故当时人多称其为中州隽士,如洪迈《稼轩记》:"侯以中州隽人,抱忠仗义,章显于南邦。"刘宰《漫塘文集》卷三十四《故公安范大夫及夫人张氏行述》:"女弟归稼轩先生辛公弃疾。辛与公皆中州之豪,相得甚。"考之宋人文集,知以九州之一"中州"称中原,乃南宋人常语,而隐寄故国之思焉,如李清照《永遇乐》"中州盛日",辛弃疾《定风波》"莫望中州叹黍离",《水龙吟》"向中州,锦衣行昼"。元遗山《中州集》,中州亦指中原。辛弃疾籍贯昭昭载见于《宋史》本传及家谱之书中,作伪者再无知,亦不会将济南与河南中州相混,以指称其祖籍。作《历仕始末》者不知序文之意,乃将"其来出济南中州"改为"其先济南中州人",遂将叙其最初经历改为叙其祖籍,而语句亦属不类;然称其先为济南之中州人,亦未尝不可。《历仕始末》之袭用此序,昭然可见。又序云"烬变"是,非"烬焚"之误。"烬变"者,大火之变也,袁桷称稼轩带湖雪楼"一夕而烬",自是突然之变;若谓"烬焚",连以上句,则主语不明,为不词。《历仕始末》乃拆其语为"为煨烬所变",则尤谬,其袭序文洞若观火。或疑"变"为"焚"字刻误,亦未尝不可。总之,不当以此定序文为伪。

(2)序云"熹始得以遇公于庆元",亦至关重要,非作伪者所能道。御者,迎也。据两人文集及《宋史》本传等,自可知朱辛相识交游非始于庆元,何以此序乃称"始得以遇公于庆元"?盖亦有因。邓广铭先生《辛稼轩年谱》载朱辛交游事迹甚详,然亦有遗者,兹举二例。《陆象山年谱》载绍熙三年夏四月十九日朱熹致陆九渊书:"近辛幼安经由,及得湖南朋友书,乃知政教并流……"按辛弃疾绍熙三年春赴福建提点刑狱任,当是赴任途中与朱熹一晤,年谱失载。又《续集》卷一《答黄直卿》书三十二:"晦伯人来,得近问,知山中读书之乐,甚慰。但不应举之说终所未晓,朋友之贤者亦莫不深以为疑,可更思之……随例一试,亦未为害……中间辛宪、汤倅过此,皆欲为问,既而皆自有客,不复可开口……却刘倅之请,甚善。宗官衡阳之嫌,固所当避也。""不应举"指黄榦不应秋试,卷四《答刘晦伯》书二十一:"薛漕之来,方议所以宽民力者,未得要领,而遽有他除,虽诸公意不苟,然失之此为可恨耳。直卿罢举不复可劝,殊不可晓,书信及诸处书悉烦达之。"答黄榦书三十二,盖即托刘晦伯所转达书札之一。薛漕即薛叔似,据《薛叔似圹志》:"绍熙三年三月辛巳,除直秘阁、福建路转运判官;六月甲辰,除太常少卿。"(圹志拓本存温州文管会)"刘倅"指刘仲则,见《黄勉集》卷四《与晦庵先生书》。据上可知辛弃疾当在绍熙三年六、七月间因治狱巡历与汤倅过访朱熹,年谱亦失载。朱熹所谓"今年缘与宪车相款,大得罪于乡人",盖即指辛屡次来与相晤往返也。其后辛弃疾上《论经界盐钞札子》,实尝垂询于朱熹(因朱熹先于漳州任上主经界尤力),故后来事未成,《续集》卷一《答黄直卿》书十三有云:"辛卿鬻盐得便且罢,却为佳。"年谱亦失载。然绍熙五年朱熹赴长沙任,旋入朝,与辛往还中断。直至十一月朱熹罢归,两人皆家居,始重有往还;而辛弃疾亦于庆元元年由上饶带湖徙居铅山期思,相距路途缩短一半,由期思至武夷仅百余里,两人相晤比往日更易,此即序所云"熹始得以遇公于庆元"也。朱辛淳熙以来交往频繁情笃,则庆元间两人废居家近,尤不当无往还。考庆元元年前后,朱辛三人至少有三次相晤之可能:绍熙五年朱熹由临安回,十一月戊戌至玉山讲学,丁未还考亭,其间盘桓十日,而上饶、铅山为必经之地,则与辛弃疾应有一见。盖据《淳熙三山志》卷二十三"辛弃疾绍熙五年八月罢",十一月必已归上饶;而朱熹淳熙九年自临安归、淳熙十五年自临安归,途经上饶皆与辛弃疾相晤,此次两人同遭论罢,更不会有例外。又庆元元年稼轩期思新居落成,以其与朱熹所居几近在咫尺,自当有乔迁之贺。疑序所云始迎公于庆元,即指此次迎稼轩乔迁南来,盖此前朱辛相见皆由辛来晤,唯此次乃朱往迎贺也。又庆元二年正月赵汝愚卒,朱熹曾往其婿家哭之,《别集》卷一《与刘德修》书十二:"余干竟以柩还……前日闻讣,因就其婿家哭之。"据《余干县志》,朱熹乃往余干哭吊,若然,则其途中经上饶亦可与辛弃疾一见。可见序言"熹始得以遇公于庆元"断非虚语。

(3) 序云:"戊午,公复起就职,来主建宁武夷冲祐观,益相亲切。"此说与袁桷《跋朱文公与辛稼轩手书》可相印证,亦非作伪者所能道。据上下文,所谓"来主建宁武夷冲祐观",是说辛起主建宁武夷冲祐观,并非说辛亲往冲祐观,正如前说"复起就职",亦并非本人亲往临安任职一样。"来主"为偏正词语,意义在"主"上。宋时奉祠禄主管冲祐观虽本人不就食其地,但自有一些人事往返,况且冲祐观在武夷,而朱辛两人又相居密迩,其时"益相亲切"亦在情理之中。朱辛此时交往虽不可确考,但据袁桷《跋朱文公与辛稼轩手书》:"晦翁尝以'卓荦奇才,股肱王室'期辛公,此帖复以'克己复礼'相勉,朋友琢磨之道备矣……庆元四年公复殿撰,此书盖戊午岁以后所作。"又《宋史·辛弃疾传》:"熹书'克己复礼'、'夙兴夜寐'题其二斋室。熹殁,伪学禁方严,门生故旧至无送葬者,弃疾为文往哭之,曰:'所不朽者,垂万世名。孰谓公死,凛凛犹生!'"则可见"益相亲切"亦非妄语。

（4）关于庆元庚申朱熹是否有与辛稼轩游武夷赋诗和作序之可能,今按:期思距武夷甚近,辛弃疾只须五六日时间即可往游武夷而归,辛诗《同杜叔高祝彦集同观天保庵瀑布》作于"庚申二月二十八日",则辛来武夷与朱熹同游自可以是在正月或二月二十八日以前,诗与序并无牴牾之处。且是年乃闰二月,亦不排斥闰二月朱辛游武夷之可能。朱熹自小足疾,多病体弱,但书札与辞免状中多有夸大之处,亦须据事实具体而断。朱熹之卒,乃因误用庸医之药,骤然病重身亡。此前虽体弱多病,亦不妨其著述出游。据朱熹《文集》卷二十九有是年三月八日《与黄直卿书》云:"衰病本自略有安意,为俞蒙达荐一张医来,用砒砂、巴豆等攻之,病遂大变。"是三月以前朱熹病本有好转,其正月以来与弟子友人书札频繁往返,兴致勃勃研究聚星图事并作《聚星亭赞》,研讨《礼书》,刊刻《楚辞》,接待友客,等等,不异往常。《文集》卷九《庚申立春前一日》:"雪花寒送蜡,梅萼暖生春。岁晚江村路,云迷景更新。"是朱熹新春尚能出游观景。又同卷有庚申二月八日诗:"履薄临深谅无几,且将余日付残编。"知二月朱熹仍埋头著述不辍。直至三月六日,犹修《楚辞》一段。据《年谱》云:"三月初二……是夜先生看沈《书集传》,说数十条及时事甚悉……初三日戊午,先生在楼下改《书传》两章,又帖修《稽古录》一段,是夜说书数十条。初四日己未,先生在楼下商量起小亭于门前洲上,先生自至溪岸相视,陈履道载酒,饮于新筑亭基。"朱熹既然三月初四尚能出巡溪岸,饮酒亭基,则一二月间与辛稼轩游武夷、三月三日作一篇数百字小序,又有何不可邪？序题"二月戊午"自是三月之误,盖三误抄或误刻为二古书多有,本无足疑。又辛与朱游武夷,辛和其《武夷棹歌》,向来不知在何年,《宋史·辛弃疾传》只云"弃疾尝同朱熹游武夷山,赋

《九曲棹歌》",未言年月。辛朱相会多次,无从确定何次辛和《武夷棹歌》,辛更儒谓"指绍熙三年至五年稼轩居官福建时事",本属推测之辞,今正可据序确知《宋史》所言稼轩与朱熹共游武夷并赋《武夷棹歌》在庆元六年,以补史载之阙,似不当反以推测之辞证序文之伪。且如序为伪作,作伪者自可将朱辛共游武夷及朱作序文之时间题为淳熙、绍熙或庆元初,以与史载相应,不致启人作伪疑窦;何以反题在朱熹卒前病危之时,使人难以置信,自露作伪马脚乎?故只就序题作"庚申三月戊午",亦决非作伪者所敢道。

总之,此二序尚无从断定其伪,盖亦研究朱辛交往之一宝贵资料。辛稼轩虽为爱国志士,然其思想亦未出理学范围,今人多未注意研究此一重要问题,乃至讳言辛朱之关系,实大可不必。《铅山辛氏宗谱》因铅山辛氏后裔秘不示人,无从得见全貌。异时此书得以公诸于世,或发现宗谱前几种刻本,则此二序之真伪自可大白于天下。

又:《铅山辛氏宗谱》卷首又载有朱熹作《贺文绵公八旬荣寿》一首,其真伪亦尚待考。辛更儒定为伪作,以为:"《贺文绵公八旬荣寿》一文,亦称系朱熹所作,首句为:'圣王御极绍兴庚辰年','御极'者即位也,查庚辰为绍兴三十年,为宋高宗在位之第三十四年,自不应与他的即位牵扯在一起;其下又有云:'生与翁族有儿女姻盟,恳余言以文之。余虽备位史馆,愧勿摛藻。'今查《朱子年谱》,既无与辛家有'儿女姻盟'之事,而其一生,也全无'备位史馆'之事。其作伪之迹,即此便已暴露无遗。"此说亦未然。"圣王御极"与"绍兴庚辰年"可以标点分为两句读之,且'御极"自也可作"在位"解,未便只可作"即位"解,作伪者似还不至无知到不知高宗即位之年。又"备位史馆"亦为事实,《朱子年谱》于绍熙五年闰十月下即云:"戊辰,入史院。"朱后忤韩侂胄去朝归闽,史院同僚为饯行,《文集》卷二十二《与李季章书》即有"史院同僚饯别灵芝"等语。卷七十四有《史馆修史例》,即作于其时。又"儿女姻盟"事虽不载《年谱》,似亦未可遽定为子虚乌有。辛稼轩妇翁范姓,而朱熹有婿曰范元裕,其间是否有何关系待查。又据《婺源茶院朱氏世谱》,朱熹孙甚多,其婚配详况亦尚不清。《贺辛文绵八旬荣寿》因余未能见全篇,未敢作出判断,今姑记疑于此。

论语颜渊注稿

按：该稿见陆心源《穰梨馆过眼录》卷三，又见陆时化《吴越所见书画录》卷一。稿册共二十九纸，小行草书，正文与注字不分大小。二十四章，今失所注问为仁起首三章及中间棘子成一章。后有吴宽跋云："紫阳夫子集道学之大成，一言一动皆可师法。今观先进集注手稿，非徒为后世之珍玩，直与天地为终始者。弘治壬戌冬十月朔旦后学吴宽谨书。"又有唐寅跋云："昔坡翁尝谓昌黎先生道济天下之溺，愚亦谓自宋之正得晦翁夫子注述诸经，故斯文有传，而五常不废，可不谓济无下之溺乎！至于翰墨沈着典雅，虽片缣寸楮，人争珍秘，不翅如璠玙圭璧，况《集注》手稿，夫岂偶然哉！苏台后学唐寅拜识。"据陆毅跋云："此为前明王文恪公所藏，乃是上下二册。上册是'先进'注稿，此是下册，题跋则在下册，而上册无。迨后散出，留落二处，而不可复合。"是此稿原尚有"先进"注，明时犹在，观吴宽跋亦可知。细审此手稿，乃在前一稿上加以修改而成，而已与今定本相近，然亦自有异处，或即定本之前之最后一稿也。故由此注稿，可见朱熹《论语集注》最后三稿之异同与修改情形，弥足珍贵。盖《四书集注》乃朱熹集毕生精力心血而成之书，尝自云《论语集注》经"四十余年理会"，反复沈潜修改，字戬句秤，至卒犹改不辍，几可谓呕心沥血。《语类》卷十九云："某于《语》、《孟》……逐字称等，不敢偏些子。""《论语集注》如秤上称来无异，不高些，不低些。"又云："某《语孟集注》，添一字不得，减一字不得……又曰：不多一个字，不少一个字。"其自负乃若此。今幸赖此稿本真迹，得从窥其修改《论语集注》之一斑。兹参照陆心源、陆时化两家所录，凡前稿被删涂之字加黑点，后稿新添加之字加黑线,今定本之句则加按语,庶可见后三稿先后异同与《论语集注》演变改定之迹云。

晁氏曰:"不忧不惧,由于德全而无疵,故无入而不自得,非实有忧惧而强排遣之也。"
司马牛忧曰:"人皆有兄弟,我独亡。"

(亡)读为无(按:今定本无此四字)。牛有兄弟而云無^然者,忧其为乱而将死也。
子夏曰:"商闻之矣:死生有命,富贵在天。

子夏盖闻之夫子也(按:定本有"盖闻之夫子"五字)。命禀于有生之初,非今所能移;天莫 能^{之为}而为,非我所能必,但顺受而已。君子敬而无失,与人恭而有理,四海之内,皆兄弟也。君子何患乎无兄弟也?"

与如字(按:定本无此三字)。既安于命,又当修其在己者,故又言苟能持己以敬而不间断,接人以恭而有节文,则天下之人皆爱敬之如兄弟矣。盖子夏欲以宽牛之忧,而(按:定本作故)为是不得已之辞,读者不以辞害意可也。胡氏曰:"子夏四海皆兄弟之言,特以广司马牛之意,意圆而语滞者也,惟圣人则无此病矣。且子夏知此而以哭子丧明,则以蔽于爱而昧于理,是以不能践其言耳。"
子张问明,曰:"浸润之谮,肤受之诉不行焉,可谓明也已矣。浸润之谮,肤受之诉不行焉,可谓远也已矣"。

谮,庄荫反。肤如字(按:定本作"诉,苏路反"。)浸润,如水之浸灌滋润,渐渍而不骤也。谮,毁人之行也。肤受,谓诉冤者急迫而切身,则听者不及致详,而发之暴矣。二者难察而能察之,则可见其心之明而不蔽于近矣。此亦必因子张之失而告之,故其词繁而不杀,<u>致</u>丁宁之意云。杨氏曰:"骤而语之,与利害不切于身者,不行焉,有不待明者能之也。"故浸润肌肤所受利害切身,如《易》所谓"剥床以肤",切近灾者也。诉,诉己之冤也。毁人者渐渍而不骤,则听者不觉其入,而信之深矣。心之谮、肤受之诉不行,然后谓之明,而又谓之远,远则明之至也。《书》曰:"视远唯明。"(按:定本作:"肤受,谓肌肤所受利害切身,如《易》所谓'剥床以肤',切近灾者也。诉,诉己之冤也。毁人者渐渍而不骤,则听者不觉其入而信之深矣。诉冤者急迫而切身,则听者不及致详,而发之暴矣。二者难察,而能察之,则可见其心之明,而不蔽于近矣。此亦必因子张之失而告之,故其辞繁而不杀,以致丁宁之意云。杨氏曰:'骤而语之,与利害不切于身者,不行焉,有不待明者能之也。'故浸润之谮,肤受之诉不行,然后谓之明,而又谓之远,远则明之至也,《书》曰:'视远惟明。'")

子贡问政,子曰:"足食,足兵,民信之矣。"

　　言仓禀实而武备修,然后教化行而民信于我,不离叛也。

子贡曰:"必不得已而去,于斯三者何先?"曰:"去兵。"

　　言食足而信孚,则无兵而守固矣。(按:定本前有"去,上声,下同"之句。)

子贡曰:"必不得已而去,於斯二者何先?"曰:"去食。自古皆有死,民无信不立。"

　　民以食为天无食必死。然死者,人之所不免;无信,则虽生而无以自立,不若(按:定本作如)死之为安也。故宁死而不失信于民,使民亦宁死而不失信于我也。程氏曰:"孔门弟子善问,直穷到底,如此章者,非子贡不能问,非圣人不能答也。"愚谓以人情为言,则民一日不食则饥,再不食则死,人之常情也。兵食足,而后吾之信可以孚于民。以民德而言,则信本人之所固有,非兵食所得而先也。是以为政者当身率其民而(下缺)

……法,欲公布节用以厚民也。
曰:"二,吾犹不足,如之何其彻也?"

二,即所谓什二也。公以用不足而意欲有若不喻其旨,故言此以示加赋之意。
对曰:"百姓足,君孰与不足?百姓不足,君孰与足?"

民富则君不至独贫,民贫则君不能独富。有若深言君民一体之意,以止公之厚敛,为人上者,所宜(按:定本作"当")深念也。杨氏曰:"仁政必自经界始,经界正,而后井地均;谷禄平,而军国之需皆量是以为出焉。"故一彻而百度举(按:定本下有一"矣"字),上下宁忧不足乎?以二犹不足,而教之彻,疑若迂矣,然什一天下之中正,多则桀,寡则貉,不可改也。然(按:定本作"后")世不究其本,惟末之图,故征敛无艺,费出无经,而上下困矣,又恶知盍彻之当务而不为迂也?
子张问崇德辨惑。子曰:"主忠信,徙义,崇德也。

主忠信,则本立;徙义,则日新。
爱之欲其生,恶之欲其死。既欲其生,又欲其死,是惑也。

恶,去声。爱恶人之常情也。然人之生死有命,非可得而欲也。

以爱恶而欲其生死,则惑矣。既欲其生,又欲其死,则惑之甚也。诚不以富,亦只以异。"

词也

　　此《诗·小雅·我行其野》之篇。旧说,夫子引之,以明欲其生死者,不能使之生死,如此诗所言,不足以致富,而适足以取异也。程子曰:"此错简,当在第十六篇'齐景公有马千驷'之上,因此下文亦有齐景公字而误也。"杨氏曰:"堂堂乎张也,难与并为仁矣,则非诚善补过,不蔽于私者,故告之如此。"

齐景公问政于孔子,

　　齐景公名杵臼,鲁昭公末年,孔子适齐。

孔子对曰:"君君,臣臣,父父,子子。"

　　此人道之大经,政事之根本也。是时景公失政,而大夫陈氏厚施于国,景公又多内嬖,而不立太子,其君臣父子之间皆失其道,故夫子告之以此。

公曰:"善哉,信如君不君,臣不臣,父不父,子不子,虽有粟,吾得而食诸?"

　　景公善孔子之言,而不能用,所谓悦而不绎者。其后果以继嗣不定,启陈氏弑君篡国之祸。杨氏曰:"君之所以君,臣之所以臣,父之所以父,子之所以子,是必有道矣。景公知善夫子之言,而不知反求其所以然,盖悦而不绎者,齐之所以卒于乱也。"

子曰:"片言可以折狱者,其由也与?"

　　折,之舌反。与,平声。片言,半言也。折,断决也。子路忠信敏明决,数(按:定本作"故")言出而人信服之,不待言语之终而已其辞　　　坐
定也。

子路无宿诺。
　　　　　　　　　　　　　　　　　　　　　　　　　　　　夫
　　宿,留也,犹宿怨之宿。急于践言,而不留其诺也。记者因孔

（按:定本作"孔"）子之言而并记此,以见子路之所以取信于人者,由其养之有素也。尹氏曰:"小邾射以句绎奔鲁,曰:'使季路要我,吾无盟也。'千乘之国不信其盟,而信子路之一言,其见信于人可知矣。一言而折狱者,信在言前,人自信之故也。不留诺,所以全其信也。"

子曰:"听讼,吾犹人也,必也使无讼乎！"

范氏曰:"听讼者,治其末,塞其流也；正其本,清其源,则无讼矣。"杨氏曰:"子路片言可以折狱,而不知以礼逊为国,则未能使民无讼也。故又记孔子之言,以见圣人之不以听讼为难,而使民无讼为贵。"

子张问政,子曰:"居之无倦,行之以忠。"

居,谓存诸心。无倦,则能久,始终如一。行谓（按:定本有"谓"）发于事以忠,则表里如一。程子曰:"子张少仁,无诚心爱民,则必倦而不尽心,故告之如此。"

子曰:"博学于文,约之以礼,亦可以弗畔矣夫。"

重出。

子曰:"君子成人之美,不成人之恶,小人反是。"

成者,诱掖奖劝,以成其事也。君子小人所存,既有厚薄之殊,而其所好,又有善恶之异,故其用心不同如此。

季康子问政于孔子,孔子对曰:"政者,正也。子帅以正,孰敢不正？"

范氏曰:"未有己不正而能正人者。"胡氏曰:"鲁自中叶,政由大夫,家臣效尤,据邑背叛,不正甚矣。故孔子以是告之,欲康子以正自克,而改三家之政,惜乎康子之溺于利欲而不能也。"

季康子患盗,问于孔子,孔子对曰:"苟子之不欲,虽赏之不窃。"

言子不贪欲,则虽赏民使之为盗,民亦耻(按:定本作"知耻")而不肯矣窃。胡氏曰:"季氏窃柄,康子夺嫡,民之为盗,固其所也。盍亦反其本耶?孔子以不欲启之,其旨深矣。"(按:定本下有:"夺嫡事见《春秋传》")

季康子问政于孔子曰:"如杀无道,以就有道,何如?"孔子对曰:"子为政,焉用杀?子欲善而民善矣。君子之德风,小人之德草。草上之风,必偃。"

焉,音烟(按:定本作:"焉,於虔反")。为政者,固人之所则,何若以专杀为事?欲善,则民何为而善乎以加也。偃,仆也。言君子行政,如风行草上,民之易从如此。尹氏曰:"杀之为言,岂为人之上者语哉!以身教者从,以言教者讼,而况于杀乎?"

民视效
善矣。上,一作尚,

子张问:"士何如斯可谓之达矣?"

达者,德孚于人,而行无不得之谓。

子曰:"何哉,尔所谓达者?"

子张务外夫子问之也,盖已知其发问之意,故反诘之,将以启发其病而药之也。

子张对曰:"在邦必闻,在家必闻。"

言名誉著闻也。

子曰:"是闻也,非达也。

闻与达,相似而不同,乃诚伪之所以分,学者不可不审也。故夫子既明辨之,下文又详言之也如此(按:定本作:"下文又详言之")。

夫达也者,质直而好义,察言而观色,虑以下人。在邦必达,在家必达。

夫，音扶，下同。好，去声（按：定本作："好、下，皆去声"）。

质直者，忠信之存诸中，好义者，事之制于虑之详，则审于接物审。能下人，则益尊而卑以自牧，皆自修之事。故德修，人信而能达矣。于己，而人自信之，则所行之无窒碍矣。（按：定本作：内主忠信，而所行合宜，审于接物，而卑以自牧，皆自修于内，不求人知之事。然德修于己，而人信之，则所行自无窒碍矣。）

夫闻也者，色取仁而行违，居之不疑，在邦必闻，在家必闻。"

行，去声。善其颜色以取于仁，而行实背之，又自以为是，而无所忌惮，此不能用力于切，而专事虚名，故虚语虽隆，而实德从而丧则病矣。程子曰："学者须是务实，不要近名。有意近名，大本已失，更学何事！为名而学，则是伪也。今之学者，大抵为名与为利，虽清浊不同，然其利心则一也。"尹氏曰："子张之学，病在乎不务实，故孔子告之，皆笃实之事，充乎内而发乎外者也。当时门人亲受圣人之教，而差失有如此者，况后世乎！"

樊迟从游于舞雩之下，曰："敢问崇德、修慝、辨惑？"

慝，吐得反。胡氏曰：慝之字，从心从匿，盖恶之匿于心者。修者，治而去之。

子曰："善哉问！

善以善其切于为己，故善之也。（按：定本作"善其切于为己"）先事后得，非崇德与？攻其恶，无攻人之恶，非修慝与？一朝之忿，忘其身，以及其亲，非辨惑与？"

与，平声。先事后得，犹言先难后获也。为所当为，而不计其功,则德日积而不自知矣。专于治己,而不责人,则己之恶无所匿矣。知一朝之忿为甚微,而祸及其亲为甚大,则有以辨惑而惩其忿矣。樊迟之为人粗鄙而近利,故夫子言此告之三者(按:定本作:告之以此三者)皆所以救之救其失失。范氏曰:"先事后得,上义而下利也。人惟有利欲之心,故德不崇,惟不自省己过,而知人过。故慝不修,感物而易动者,莫如忿,忘其身以及其亲,惑之甚者也。惑之甚者,必起于细微,能辨之于早,则不至于大惑矣。故惩忿所以辨惑也。"

樊迟问仁,子曰:"爱人。"问知,子曰:"知人。"

上知字,去声,下同。爱人,仁之施;知人,知之务。

樊迟未达。

曾氏曰:"迟之意,盖以爱欲其周,而知有所择,故疑二者之相悖耳。"

子曰:"举直措诸枉,能使枉者直。"

举直而已当错枉者,知之明也。能使枉者亦变而直,则是仁之也仁矣。如此,则二者不惟不相悖,而反相为用矣。

樊迟退见子夏曰:"乡也吾见于夫子而问知,子曰:'举直措诸枉,能使枉者直。'何谓也?"

乡,去声。见,贤遍反。迟以夫子之言,专为知者之事,又未达所以能使枉者直之理。

子夏曰:"富哉言乎!

叹其所包者广,不止言知。

舜有天下,选于众,举皋陶,不仁者远矣。汤有天下,选于众,举伊尹,不仁者远矣。"

选,息恋反。陶,音遥。远,如字。伊尹,汤之相也。不仁者远,言(按:定本仍有此二句)人皆化而为仁,不见有不仁者,若其远去耳。善矣所谓使枉者直也,子夏盖有以知夫子之兼仁知而言矣。程子曰:"圣人之语,因人而变化,虽若有浅近者,而其包含无所不尽。观于此章可见矣,非若他人之言,语近则遗远,语远则不知近也。"尹氏曰:"学者之问也,不欲独闻其说,又必欲知其方;不独欲知其方,又必欲为其事。如樊迟之问仁、知也,夫子告之尽矣,樊迟未达;故又问焉,而犹未知其何以为之也;及退而问诸子夏,然后有以知之。使其未喻,则必将复问矣。"既问于师,又辨诸友,当时学者之务实也如是。子贡问友,子曰:"忠告而善道之,不可则止,毋自辱焉。"

告,工毒反。道,去声。友,所以辅仁,故尽其心以告之,善其说而道之,然以义合者也,故不可则止。若以数而见疏数告之,非惟彼之不能变其善,盖有反伤于□而自取疏者矣。非惟自取疏者矣,彼不听而反以为谤也,则是自取辱矣耳。何益于友善哉!(按:定本作:"若以数而见疏,则自辱矣。")

曾子曰:"君子以文会友,以友辅仁。"

讲学以会友,则道益明;取善以辅仁,则德日进。

按:朱熹手稿,后世书家多有著录,惜余未能一一得见真迹。类此《论语颜渊注稿》之篇,亦有传世,顾文彬《过云楼书画记》书卷一即记有《朱文公周易系辞本义手稿》,而是卷真迹莫睹。兹将顾氏所记迻录如下,亦可见朱熹撰写修改《周易本义》之一斑:

壬午二月四日,余姻吴愉庭取假年学《易》之义持赠。此卷为儿子承寿,稿用乌丝阑,大小字,分经注,书自"小疵也"起,至当期之日止,都六十行。中间"生生之谓易"下接"圣人有以见天下之赜",脱经文百六十二字,验其折缝,当是失去一纸……以今本

《本义》第七卷校勘,详略各殊,其意同而辞异者不悉举。就正德元年八月朔日李东阳跋言之,如"游魂为变",注曰:"魂既游,则魄降而为变。"定本乃曰:"魂游魄降,散而为变。"李云:"盖其初说似微有次第之可议,定说则见魂魄相离无分先后之义,方为精当。""五位相得而各有合",注曰:"一与六相得,合而为水;二与七合而为火。"定本乃曰:"一与二,三与四,各以奇耦为类,而自相得;一与六,二与七,皆两相合。"李云:"《语录》亦曰:相得如兄弟,取奇耦之相为次第;有合如夫妇,取奇耦之相为生成。又曰:甲乙木、丙丁火相得,甲与己、乙与庚相合。盖初说止一义,定说则于经文而字,各字皆有着落,而义益完足。"……华亭张氏藏有谦、随二卦手稿。稿倘乱后尚未毁失,文字有灵,吾与承他日其庶几遇之。

跋尹和靖书伊川四箴

和靖先生喜为人书此箴，学者以其笔札之精，相与袭藏，以供传玩，殊非先生所为书之意也。县尉潘景夔得此，乃刻石而置之县庠。

上跋见《湖州府志》卷四十三《碑版》，其他金石方志之书亦有著录。《四箴》即《视箴》、《听箴》、《言箴》、《动箴》，见《河南程氏文集》卷八。按朱熹《文集》卷四十八《答吕子约论论语书》有云："向见叔昌之弟摹刻尹和靖所书《四箴》，作'由乎中，所以应乎外'，尝辨其谬，后见尹书他本却皆不错，然既有此误，则尹公想亦未免错会其师之意也。"今朱熹集中无辨潘氏刻误之文，当因朱熹自辨失误而亡佚；然此答吕书中所言"叔昌之弟"必指潘景夔，而其确尝摹刻尹氏所书《四箴》。考《金华县志》卷八："潘景宪，字叔度……景愈，字叔昌；景良，字叔厚，并景宪弟。"未言有潘景夔。又朱熹《文集》卷三十四《答吕伯恭》书六、十六、十九提及"潘叔玠"者，似亦潘景宪弟。据《吕东莱文集》卷七《朝散潘公墓志铭》："处之松阳人，曾祖幹……祖珂……考宗回……子男六人：景圭……次景参……次景宪……次景愈……次景泌……次景良。"又卷八《潘朝散墓志铭》："公讳好谦，字伯益，一字损之，松阳人……曾祖讳幹，祖讳珂……考讳宗说……子男子四：景连……次景夔……次景尹……次景达……景夔、景尹皆越数百里遣从余游，岁时还书络绎，未尝不属其子也。"据此可知潘景愈、潘景夔实非兄弟，而朱熹乃以族兄弟相称也。此文作年无考。

无 题

春报南桥川叠翠,香飞翰苑野阁升。
雪堂春活凝清气,月窟中空疑有神。

上诗据朱熹第二十六代孙朱庆珪回忆。朱庆珪现在建瓯一中工作,其忆云:"过去朱家族有两块大木牌,上刻字,是朱熹写的。同族的人常有人去印,挂在自己家里供奉。文革中害怕,木牌烧掉了。"此诗作年莫考,姑附其末。(此一说为对联)

题　字

不愧兄弟,不愧妻子,君子所以宜家;不负天子,不负生民,不负所学,君子所以用世。　晦翁书

上题石刻今存苏州孔庙大成殿东廊,后有"朱熹"、"晦翁"二印,由《清晖阁帖》中刻石,俟考。

胡氏族谱序

　　自宗子法废,而族无统。唐人重世族,故谱谍家有之。唐以后不能然,苟非世之富贵多文儒,氏族派系往往湮沦而莫考矣。胡氏之先,自周武王封舜后胡满于陈,子孙以谥为姓,历汉文恭广公以迄晋关内侯质公,公为立谱之鼻祖,相传二十五世。中间序昭穆,别疏戚,因流溯源,由本达枝,作谱以传,庶几不忘本也。胡氏子孙,继此能自振于时,则斯谱之传愈久愈光,由一世以及千万世,莫可量也。

　　上序见《古今图书集成·明伦汇编·氏族典》第八十六卷。胡氏为湖湘大族,朱熹幼孤,又受托于胡原仲,于三先生中师事籍溪最久,故其为胡氏族谱作序亦属自然。序作年不详,或当在其名显望重之后。

虱　箴

缁衣秃发，汝族自灭。华堂洁衣，汝族自微。隆准寒士，为汝所欺。吁！汝之处心，其有私也邪，其无私也邪？

蚤　箴

生于无人之乡，长于不扫之境。来兮莫探其踪，去兮莫测其影。汝真小人，惟利嘴是逞。

上二箴见朱玉《朱子文集大全类编》补遗，云出自《翰墨全书》。查宋人集中多有咏虱、咏蚤之类作品，借以舒泄愤懑不平之气，盖亦一时风气，朱熹亦未能免也。然作年莫考，疑或原在《紫阳遗文》中。

与彭凤仪

　　陈公甫出处自有深意，阁下列荐于朝，实好贤之笃也。然吏起而任事，得无加魏桓之言乎？志有不行，得无作闵仲叔恨乎？天下之宝，当为天下惜之，正不必强之出也。

　　上札见明萧士玮《历代名贤手札》卷四。彭凤仪未详何人，朱熹《别集》卷七《题寻真观》，其中从游者有"宜春彭凤子仪"，疑即此人。曹彦约《昌谷集》卷二十有《梅坡先生彭公墓志铭》，称其"讳蠡，字师范，避大川改讳凤"。又虞集《道园学古录》卷三十六《瑞昌蔡氏义学记》："自朱文公讲学白鹿洞，环匡庐山之麓，士君子闻风而起者多矣。其在德安则有蔡元思，其在瑞昌则有周舜弼与其从弟亨仲，孙子仿，在都昌则有彭仪之，皆卓然为高第弟子。"或此彭仪之即彭凤仪。陈公甫，亦未详，《宋史》卷三百七十九有《陈公辅传》，其人卒于绍兴年间，然与此札所言，似非一人，俟考。

拾遗十一则

《壮陶阁书画录》卷四《宋米元章朱晦翁诗札合卷》下,有按语云:"余藏十字册'海阔从鱼跃,天空任鸟飞',字径五寸余,健拔耸秀,山谷所不能。下款朱熹,似楹联改装。按唐大历末允鉴禅师曾题诗于竹云:'大海从鱼跃,长空任鸟飞。'朱子为易阔、天二字,稳括多矣。又藏朱子行书立轴绢本,高几盈丈,七绝一首,友人借阅未还,仅记末二句为:'车马往来文接武,天生富贵帝王家。'阳刚之气,排岳倒海。孟德狐媚阴柔,晦翁未必肯学之。"

《广信府志》卷十一之三《金石》云:"怀玉二碑,其一朱子八分书,仅存'道富贵不能淫贫屈,此之谓大丈夫'十四字。"

赵蕃《淳熙稿》卷十九《段元衡出示与晦翁九日登紫霄峰诗及手帖及贾十八兄诗既敬读之得三绝句》:
紫霄峰上登高节,想见笑谈宾主间。
我亦于今有遗恨,不随巾屦上南山。
  晦翁比自浙东归,过玉山留数日。

文章定价如金玉,入手可知高与低。
今代师儒晦庵老,许君先达并江西。
  晦翁与元衡帖,见示佳句,有"正使江西诸先达在,不过如此"之语。

按:朱熹此书作于淳熙九年自浙东提举任归时。

《鹤山先生大全集》卷六十一《跋朱文公所予任伯起枢密柬》云:"前帖论处己接物之要,曰:'循理而行,自然中节。'后帖论读书作文之要,曰:'平心熟看,自见滋味。'"

《同安县志》卷四十一引《尧山外记》云:"文公为同安主簿日,民有以力强得人善地者,索笔题曰:'此地不灵,是无地理;此地若灵,是无天理。'后得地之家不昌。"

按:又见《萤雪丛说》,王子铁《言行汇编》等。

《后村先生大全集》卷一百五十八《方景楫墓志铭》:"公与文公皆生庚戌。文公初得孙,喜书抵龙川陈亮曰:'小孙资禀壮实,他日可望告庙,则云嗣子既忘,次当承绪,异日朝廷察其遗忠,或有恩意,亦令首及。'钟爱异于诸孙如此。"

《陈亮集》卷十九《与林和叔侍郎》:"朱元晦,人中之龙也,屡书与朝士大夫叹服高谊不容已,亦深叹二属能相上下其论为不易得,且曰:'世间犹大,自有人在,鼠子辈未可跳梁也。'其降叹如此,举天下无不在下风矣。"

按:陈亮此书作于绍熙四年。

《四朝闻见录》丁集《庆元党》:"时忠定(赵汝愚)方议召知名之士,海内引领,以观新政,而事已多出于韩氏(侂胄)。文公既言于上,又数以手书遣其徒白忠定,欲'处韩以节钺,赐第于北关之外,以谢其勤,渐以礼疏之。'忠定不能用。"

按:《鹤林玉露》甲编卷三《庆元侍讲》作:"且以书白赵丞相,云:'当以厚赏酬其劳,勿使干预朝政。'侂胄于是谋逐公。"《齐东野语》卷三《绍熙内禅》则作:"熹与龟年等,屡白汝愚曰:'侂胄怨望殊甚。宜以厚赏酬其劳,处以大藩,出之于外。勿使预政,以防后患。'汝愚不纳。"

钱时《慈湖先生行状》云:"朱文公持庚节,荐先生(杨简)'学能治己,材可及人'。"

按:朱熹荐杨简,事在淳熙九年其为浙东提举任上,荐状已佚。参见朱熹《文集》卷四十九《答滕德粹》书十一、《续集》卷四上《答刘晦伯》书三、书四及《慈湖先生年谱》等。

《金华先民传》卷七:"邵囦,字万宗,兰溪人。登淳熙八年进士,授柳州教授,改潭州。朱子时为湖南帅,荐其学行,有'文学自将,诲诱不倦'之语。晚岁以楚州倅奉祠家居,名其堂曰'今是'。所著有《礼记解》,《读易管见》,《今是堂遗稿》,总若干卷。"

按:朱熹荐邵囦,事在绍熙五年湖南安抚任上,荐状已佚。其在长沙印刻《三家礼范》《州县释奠仪图》《稽古录》《诗集传》等,实均由邵囦负责,时邵为长沙教授。另参见《兰溪人物考》:"邵囦……朱子帅湖南,荐其学行。尝以张敬夫所次《三家礼范》刻之学宫,朱子亟称其美意。所著有《曲礼王制乐记大学中庸解》五篇,及《读易管见》《今是堂遗稿》等书。当奉祠家居,名其堂曰'今是',后人因称为'今是先生'。"

杨万里《诚斋集》卷六十七《答袁机仲寄易解书》云:"又尝出《家人》一卦于元晦矣,元晦一无所可否也,但云'蒙以示《易传》之秘'六字焉。某茫然莫解其意焉。"

按:杨万里作有《诚斋易传》,朱熹尝作书索问,《诚斋集》卷一百零五《答朱侍讲》云:"下问论著,脱稿者几千万言。"杨万里此札作于庆元四年秋,朱熹得《家人》卦而作此答书即在该年。

按:以上十一则残篇零句,并录于此。

第二编 单著辑录

婺源茶院朱氏世谱

按：朱熹《婺源茶院朱氏世谱》，向以为亡佚，惟见后序传世。王懋竑作《朱子年谱》未见此书，至承前谱之误，以为《世谱》及其序作于淳熙三年。今吴其昌、牛继昌、金云铭、周予同等诸家朱熹著述考，均定此书"佚"，而皆不知此书即在民国重修《新安月潭朱氏族谱》中也。据《新安月潭朱氏族谱》前许承尧序称："谱凡三修：一举于宋，再举于明，三举于清康熙中，迄今又二百余年矣。"是此谱乃由宋谱不断续修而来，而其中卷一却一本朱熹《婺源茶院朱氏世谱》未变，相沿至今。按《新安月潭朱氏族谱》卷一，详谱茶院一世至十世世谱，注云："一世至十世，熹公编。"又《婺源始祖世系图》下有朱汝贤按语云："六世从祖紫阳夫子所编《家谱》，断自茶院府君为始祖，传五世芦村府君，生四子：中立、绚、发、举。绚，即夫子之大父也。举之子瓒，始迁临溪。瓒孙时，玄孙兴，俱迁月潭。兴，即汝贤之大父也。然婺、建二派甚繁，于吾固有疏远，不敢泛载，惟夫子一枝为最密，故茶院已下六世，一以夫子定本为正。"可见《新安月潭朱氏族谱》卷一，实即全本朱熹《婺源茶院朱氏世谱》。而此一卷《婺源茶院朱氏世谱》所本，又可最早上溯至南宋末年，《新安月潭朱氏族谱》前有茶院第十二世孙朱冲序云："右《茶院朱氏世谱》，有刊本，见《大全后集》第十一卷。《谱》内己身以上称公，己身以下称郎，盖因旧谱所定凡例如此。"可见《新安月潭朱氏族谱》第一卷朱熹所编一世至十世世谱，乃来自朱熹《大全后集》第十一卷中之《婺源茶院朱氏世谱》。《宋史·艺文志》著录《朱熹前集》四十卷、《后集》九十一卷，此《后集》应即朱冲所云《大全后集》，其卷数（合之《前集》）甚多于今本朱熹文集者，即因收入《婺源茶院朱氏世谱》等作故也。朱冲为南宋末年人,是《婺源茶院朱氏世谱》为宋末人编入《朱熹后集》第十一卷,今则编入《新安月潭朱氏族谱》第一卷矣。各类朱氏家乘宗谱之作,如乾隆重修《紫阳朱氏宗谱》、咸丰《朱氏通谱》、同治续修《日担山紫阳朱氏宗谱》、光绪续修《紫阳堂朱氏家乘》等等,其一世至十世无不本之朱熹《婺源茶院朱氏世谱》所订,并为诸家朱熹年谱所采,而世谱之序则广泛见载于各种朱氏谱牒、各类方志。如弘治《徽州府志》卷十一、《歙县志》卷十五、《安徽通志》卷二十七等等,均录朱熹《世谱序》。赵滂《程朱阙里志》、程敏政《新安文献志》等亦予收载。明朱熹十二世孙朱锺文《考亭朱氏文献全谱》十二卷,溯唐茶院公以来世次,分类凡十三门,而亦冠以《世谱序》。后世遂取序而舍谱,据序以说朱熹祖籍,乃至序存而谱亡,不知《世谱》之作年者。按《古今图书集成·明伦汇编·氏族典》第三百六十一卷,载朱熹弟子金朋说《汪溪金氏族谱序》云:"初过会里,游直讲程泰之先生之门,间尝质之,先生叹曰:'吾家谱亦残缺,自五世祖石梁府君以上,莫知其名讳,今不敢妄加一字,亦阙其疑而已。'后过信州,游秘书朱元晦先生之门,间尝质之,先生叹曰:'吾家谱亦残缺,自九世祖茶院府君以下,渐失其坟墓,今不敢必信其地,亦传其旧而已。'朋说仰惟二先生文章司命,道学指南,然于先世谱乘阙疑传旧,谨书备录,不敢附会,以误后世。"是朱熹早已有憾于朱氏世谱之残缺不全,遂有茶院世谱之订。金序未言及朱作《世谱》,盖金朋说过信州问学时,朱熹尚未作《世谱》。程大昌除侍讲兼国子祭酒在淳熙三年,见周必大《平园续稿》卷二十三《程大昌神道碑》。朱熹授秘书省秘书郎亦在该年。则金朋说过信州访朱熹,当在淳熙六年朱熹赴南康军任途中候命于信州铅山之时。此前,朱熹于淳熙三年归婺源展墓,王懋竑《年谱》云:"先生展墓,以远祖制置府君兆域岁久弗修,为他人所有,乃言于有司,而复其旧,伐石崇土,加修葺焉。"《文集》卷八十六《祭告远祖墓文》云:"远孙熹谨率侄某、侄孙某等,以酒果告于远祖二十一公制置君、祖妣杜氏夫人之墓:惟昔显祖,作镇兹邦。开我后人,载祀久远。封茔所寄,奉守弗虔。它人有之,莫克伸理。兹用震怛,吁于有司。乡评亦公,遂复其旧。伐石崇土,俾后弗迷。"与《世谱》及其序所云同。朱熹此次归婺源方知家谱残缺,墓地易失,因得与金朋说如是言。七年后,方有《世谱》之作。洪去芜《年谱》于淳熙三年春三月如婺源下云:"既至……又作《茶院朱氏谱序》。至六月初旬乃归。"王懋竑《年谱》从之。今按:洪、王均误,据《世谱序》所言,《世谱》并序分明成于淳熙十年而非淳熙三年,洪、王于《世谱序》盖亦未见(由王谱淳熙三年下不列此序可知),则《世谱》之不为人知由此可见。兹就《新安月潭朱氏族谱》卷一,辑出《婺源茶院朱氏世谱》。朱冲所云"己身以上称公,己身以下称郎"者,今《新安月潭朱氏族谱》卷一已非如此,当为后人所改。又其中言十世而下有及淳熙十年以后事,亦应为后来续修族谱者所增。今照本辑录,不作更改删削,读者当自知焉。

文参《朱熹佚诗佚文全考》。

《诗集解》辑存

按:汉唐以还,《诗》崇毛、郑,株守古义,出入于章句训诂之间,无取新奇,其弊流于繁琐破碎,抱残守旧,寖失其真。迨宋乃有新怀疑派崛起,变古标异,攻诋《毛序》,自创新解,数百年陈陈相因、门户自守之经学圣地,吹入一线生意。至朱熹《诗集传》出,异军突起,一扫《毛序》千年阴霾,离传说《诗》,以经解经,汉唐旧《诗》经学残垒,得以摧破;而《诗》经学理学化进程,亦告完成。然朱熹早年却尝一本《毛序》而作《诗集解》,淳熙以后始黜《毛序》而作《诗集传》,不啻宋代《诗》经学演变历史乃具体而微显现于朱熹一身也。故由《诗集传》而上窥《诗集解》,于探讨朱熹生平《诗》经学思想演变,乃至有宋一代经学之历史发展,均具特殊意义。今《诗集解》亡佚,然吕祖谦《吕氏家塾读诗纪》多引《诗集解》之说,朱熹《吕氏家塾读诗纪后序》即云:"此书所谓'朱氏'者,实熹少时浅陋之说,而伯恭父误有取焉。"吕祖谦亦屡言自作《读诗纪》乃多取朱熹《诗集解》,《吕东莱文集》卷四答朱书十一云:"《诗说》(按:指《读诗纪》)……多以《集传》(按:即朱熹《诗集解》)为据。"书十九亦云:"如《诗解》,多是因《集传》。"《吕氏家塾读诗纪》所引"朱氏说",乃是《诗集解》乾道九年二次修定本,于淳熙二年寄吕祖谦。今朱熹《诗集传》之序,实为《诗集解》淳熙四年三次修定本旧序(序定本),而为后人误附,相沿至今。兹据四部丛刊本《吕氏家塾读诗纪》,参以他本,辑出朱氏之说,而仍以原序置前,以朱熹《吕氏家塾读诗纪后序》与《读吕氏诗纪桑中篇》附后,都为一编。虽非完帙,而朱熹早年主《毛序》之《诗》经学思想,《诗集解》与《诗集传》二书承袭改作、因革损益之迹,大致皆可于此略窥矣。

详说则见下《朱熹作诗集解与诗集传考》。

文参《朱熹佚诗佚文全考》。

【附一】

按：朱熹《诗集解》未尝镌板，只为吕氏《读诗纪》所引，他皆亡佚。然今朱熹集中与人书札亦有及早年为《诗》作解者，犹可见其主毛序而作《诗》说之迹，可补此《诗集解》辑佚之阙，兹特采七则附焉。

答刘平甫

昨因听儿辈诵《诗》，偶得此义，可以补横渠说之遗，漫录去，可于疑义簿上录之：

一章言后妃志于求贤审官，又知臣下之勤劳，故采卷耳，备酒浆，虽后妃之职，然及其有怀也，则不盈顷筐，而弃置之周行之道矣。言其忧之切至也。

二章、三章皆臣下勤劳之甚，思欲酌酒以自解之辞。凡言我者，皆臣下自我也。此则述其所忧，又见不得，不汲汲于采卷耳也。四章甚言臣下之勤劳也。

又《定之方中》"匪直也人"云云，言非特人化其德，而有塞渊之美；至于物被其功，亦至众多之盛也。

(《朱文公文集》卷四十)

按：此书约作于乾道四年。

又答刘平甫

《关雎》章句亦方疑之，当作四章：三章，章四句；一章，章八句,乃安。但于旧说俱不合,莫可兼存之否?"好逑"如字乃安,毛公自不作好字说。更检《兔罝》好仇处,看音如何,恐不须点破也。苏黄门并《载驰》诗中两章四句作一章八句,文意亦似《关雎》末后两章。"琴瑟友之"、"钟鼓乐之"作一章八句,依故训说亦得。

(同上)

按:此书作年同上。

答林熙之

诗之比兴,旧来以《关雎》为兴,《鹤鸣》之类为比,尝为之说甚详。今此本偶为人借去,未及录呈。大概兴诗不甚取义,特以上句引起下句(亦有取义者)。比诗则全以彼物譬喻此物,有都不说破者;有下文却结在所比之事上者,其体盖不同也。上蔡言学诗要先识六义,而讽咏以得之,此学诗之要,若迂回穿凿,则便不济事矣。

(《别集》卷五)

按:此书作于乾道五年。

答何叔京

《公羊》分陕之说可疑。盖陕东地广,陕西只是关中雍州之地耳,恐不应分得如此不均。周公在外,而其诗为王者之风;召公在内,而其诗为诸侯之风,似皆有碍。陈少南以其有碍,遂创为分歧东西之说,不惟穿凿无据,而召公所分之地,愈见促狭,仅得今陇西天水数郡之地耳,恐亦无此理。《二南》篇义,但当以程氏之说为正。

邶、鄘、卫之诗,未详其说,然非诗之本义,不足深究,欧公此论得之。

倬彼云汉,则为章于天矣。周王寿考,则何不作人乎(遐之为言何也)。此等言语,自有个血脉流通处,但涵泳久之,自然见得条畅浃洽,不必多引外来道理,言语却壅滞,却诗人活底意思也。周王既是寿考,岂不作成人材,此事已自分明,更著个倬彼云汉,为章于天,唤起来便愈见活泼泼地,此六义所谓兴也。兴乃兴起之义,凡言兴者皆当以此例观之。《易》以言不尽意,而立象以尽意,盖亦如此。

(《文集》卷四十)

按:此书约作于乾道五年。

答冯作肃

《二南》乃天子诸侯燕乐,用之乡人,用之邦国,所以风天下也。然随事自有正乐者,则兼及之(如燕礼自有《鹿鸣》等诗);无正乐者,则专用之(如乡饮酒别无诗也)。恐是如此,然亦未及考也。

(《文集》卷四十一)

按:此书约作于乾道五年。

答廖子晦

所谕《诗》说,先儒本谓周公制作时所定者为正风雅,其后以类附见者为变风雅耳,固不谓变者皆非美也。《大序》之文亦有可疑处,而《小雅》篇次尤多不可晓者,此未易考。但圣人之意,使人法其善,戒其恶,此则炳如日星耳。今亦不须问其篇章次序、事实是非之如何,但玩味得圣人垂示劝戒之意,则《诗》之用在我矣。郑卫之诗,篇篇如此,乃见其风俗之甚不美,若止载一两篇,则人以为是适然耳。大抵圣人之心宽大平夷，与今人小小见识遮前掩后底意思不同……

(《文集》卷四十五)

按：此书作于乾道九年。

答范伯崇

苏氏"陈灵以后，未尝无诗"之说，似可取而有病。盖先儒所谓无诗者，固非谓诗不复作也，但谓夫子不取耳。康节先生云"自从删后更无诗"者，亦是此意。苏氏非之，亦不察之甚矣。故熹于《集传》中引苏氏之说，而系之曰："愚谓伯乐之所不顾，则谓之无马可矣；夫子之所不取，则谓之无诗可矣。"正发明先儒之意也。大抵二苏议论皆失之太快，无先儒惇实气象，不奈咀嚼，所长固不可废，然亦不可不知其失也。十五国风次序，恐未必有意，而先儒及近世诸先生皆言之，故《集传》中不敢提起，盖诡随非所安，而辨论非所敢也。

(《文集》卷三十九)

按：此书疑作在乾道九年以后。

【附二】

吕氏家塾读诗纪后序

《诗》自齐、鲁、韩氏之说不得传，而天下之学者尽宗毛氏。毛氏之学传者亦众，而王述之类今皆不存，则推衍说者又独郑氏之《笺》而已。唐初诸儒为作疏义，因讹踵陋，百千万言，而不能有以出乎二氏之区域。至于本朝，刘侍读、欧阳公、王丞相、苏黄门、河南程氏、横渠张氏始用己意有所发明，虽其浅深得失有不能同，然自是之后，三百五篇之微词奥义乃可得而寻绎，盖不待讲于齐、鲁、韩氏之传，而学者已知《诗》之不专于毛、郑矣。及其既久求者益众，说者愈多，同异纷纭，争立门户，无复推让祖述之意，则学者无所适从，而或反以为病。今观吕氏家塾之书，兼总众说，巨细不遗，挈领提纲，首尾该贯，既足以息夫同异之争，而其述作之体，则虽融会通彻，浑然若出于一家之言。而一字之训，一事之义，亦未尝不谨其说之所自；及其断以己意，虽或超然出于前人意虑之表，而谦让退托，未尝敢有轻议前人之心也。呜呼，如伯恭父者，真可谓有意乎温柔敦厚之教矣！学者以是读之，则于可群可怨之旨，其庶几乎！虽然，此书所谓"朱氏"者，实熹少时浅陋之说，而伯恭父误有取焉。其后历时既久，自知其说有所未安，如雅郑邪正之云者，或不免有所更定，则伯恭父反不能不置疑于其间，熹窃惑之。方将相与反复其说，以求真是之归，而伯恭父已下世矣。呜呼，伯恭父已矣！若熹之衰颓，汩没其势，又安能复有所进，以独决此论之是非乎？伯恭父之弟子约，既以是书授其兄之友丘侯宗卿，而宗卿将为板本以传永久，且以书来属熹序之，熹不得辞也。乃略为之说，因并附其所疑者，以与四方同志之士共之，而又以识予之悲恨云尔。淳熙壬寅九月己卯新安朱熹序。

（《文集》卷七十六）

【附三】

读吕氏诗纪桑中篇（甲辰春）

《诗》体不同，固有铺陈其事，不加一词而意自见者，然必其事之犹可言者,若《清人》之诗是也。至于《桑中》、《溱洧》之篇,则雅人庄士有难言之者矣。孔子之称"思无邪"也,以为《诗》三百篇劝善惩恶,虽其要归无不出于正,然未有若此言之约而尽者耳,非以作诗之人所思皆无邪也。今必曰彼以无邪之思,铺陈淫乱之事,而悯惜惩创之意自见于言外,则曷若曰:彼虽以有邪之思作之,而我以无邪之思读之,则彼之自状其丑者,乃所以为吾警惧惩创之资耶?而况曲为训说,而求其无邪于彼,不若反而得之于我之易也;巧为辨数,而归其无邪于彼,不若反而责之于我之切也。若夫雅也,郑也,卫也,求之诸篇,固各有其目矣。雅则《大雅》、《小雅》若干篇是也;郑则《郑风》若干篇是也;卫则邶、鄘、卫《风》若干篇是也。是则自卫反鲁以来,未之有改;而《风》、《雅》之篇,说者又有正、变之别焉。至于《桑中》,《小序》"政散民流而不可止"之文,与《乐记》合,则是诗之为《桑间》又不为无据者。今必曰三百篇皆雅,而大、小《雅》不独为雅;《郑风》不为郑;邶、鄘、卫之《风》不为卫;《桑中》不为《桑间》亡国之者,则其篇帙混乱,邪正错糅,非复孔子之旧矣。夫二《南》正风,房中之乐也,乡乐也;二《雅》之正,朝廷之乐也;商、周之《颂》,宗庙之乐也。是或见于《序》义,或出于传记,皆有可考。至于变雅,则固已无施于事;而变风又特里巷之歌谣,其领在乐官者,以为可以识时变,观土风,而贤于四夷之乐耳。今必曰三百篇者,皆祭祀朝聘之所用,则未知《桑中》、《溱洧》之属,当以荐何等之鬼神,接何等之宾客耶?盖古者天子巡守,命太师陈诗以观民风,固不问其美恶,而悉陈以观也;既已陈之,固不问其美恶,而悉存以训也。然其与先王《雅》、《颂》之正,篇帙不同,施用亦异,如前所陈,则固不嫌于庞杂矣。今于雅、郑之实察之既不详,于庞杂之名畏之又太甚,顾乃引夫浮放之鄙词,而文以美刺之美说，必欲强而置诸先王《雅》、《颂》之列，是乃反为庞杂之甚而不自知也。夫以胡部与郑、卫合奏，犹曰不可，而况强以《桑中》、《溱洧》为雅乐，又欲合于《鹿鸣》文王清庙之什，而奏之宗庙之中、朝廷之上乎？其以二诗为犹止于中声者，太史公所谓"孔子皆弦歌之，以求合于《韶》、《武》之音"，其误盖亦如此。然古乐既亡，无所考正，则吾不敢必为之说，独以其理与其词推之，有以知其必不然耳。又以为近于劝百讽一而止乎礼义，则又信《大序》之过者。夫《子虚》、《上林》侈矣，然自天子芒然而思，以下犹实有所讽也。《汉广》知不可而不求，《大车》有所畏而不敢，则犹有所谓礼义之止也。若《桑中》、《溱洧》，则吾不知其何词之讽而何礼义之止乎？若曰孔子尝欲放郑声矣，不当于此又收之以备六籍也。此则曾南丰于《战国策》、刘元城于三不足之论，皆尝言之，又岂俟吾言而后白也哉！

大抵吾说之病，不过得罪于桑间洧外之人，而其力犹足以完先王之乐。彼说而善，则二诗之幸甚矣。抑其于《溱洧》而取范氏之说，则又似以放郑声者，岂理之自然，固有不可夺耶？因读《桑中》之说，而惜前论之不及竟，又痛伯恭之不可作也，因书其后，以为使伯恭生而闻此，虽未必遽以为然，亦当为我逌然而一笑也，呜呼悲呼！

【附四】

吕祖谦：诗说辨疑

思无邪，放郑声，区区朴直之见，只守此两句，纵有它说，所不敢从也。《论语集注》解思无邪一段，虽说得行，终不若旧说之省力。至于放郑声一句,决与郑渔仲之说不可两立。横渠谓夫子自卫反鲁,乐正《雅》、《颂》,各得其所。后伶人贱工,识乐之正。及鲁下衰,三桓僭窃,自太师而下皆知,散之四方。圣人俄顷之助,功化如此。若如郑渔仲之说,是孔子反使雅、郑淆乱。然则正乐之时,师挚之徒便合入河海矣,可一笑也。《集传》所以误取渠仲与石虎语,虽无复君臣之礼,然粗朴愚戆,终是爱君。今北人痛惜亲戚之不可救药,其语往往似骂,其实爱之切也。忽是正嫡,又资质愿善,国人深怜之,故刺如是之多,不可作欺善怕恶看也。宋玉《登徒子赋》用《遵大路》之语,《左传》韩起解《褰裳》之义,均为它书之引《诗》者也,皆非诗之本说也。今《集传》一则采之,一则以断章而弃之(谓韩起之言非诗之本说,则《登徒子赋》亦可如此说也),无乃犹以同异为取舍乎?此却须深加省察,若措之事业,如此则甚害事也。或喜渔仲之说方锐,乞且留此纸,数年之后,试取一观之,恐或有可采耳。

(《东莱吕太史别集》卷十六)

第三编　语录抄存

编者按：朱熹语录宏富繁杂，弟子记述尤多，黎靖德编《朱子语类大全》所收不全，多有遗逸散失，为他书所载，乃至辗转相引，不知其出处，真伪难辨。此编所收，均为有出处可考者。若胡广《四书五经大全》等书所引不知出处而有疑者，概不与焉。详考则见后《朱熹语录编集考》。

师友问答　刘刚中

晦翁居，先生侍。晦翁语先生曰："子来从吾游也，谁使之？"先生避席前跽曰："曾王父河南开封府君使之也。府君官开封府尹，南渡，力阻讲和不得，每恨不能雪耻报仇，归隐墨田云峰山下。易箦，属后人曰：'闽自杨龟山倡道东南，进而益上，超群儒而集大成，其在朱韦斋公子沈郎乎！尔辈可往就学。'"先生为诵府君《述怀诗》曰："抚心有恨辜君国，学道无成愧子孙。"晦翁嗟叹不已。

李方子、黄直卿与先生侍。晦翁左顾右盼，已而徐徐语先生曰："尔辈用工夫，不要把合底事看得惊惶，只当做日用饮食，人生本应如此，元初离不得。有事勿正，略著一形象、生一计较，不急遽，即惰慢，忘助两病征一时俱到矣。"

问："程伊川粹然大儒，何故使苏东坡竟疑其奸？"朱子答曰："伊川绳趋矩步；子瞻脱岸破崖，气盛心粗，知德者鲜矣，夫子所以致叹夫由也。"

问："东坡何如人？"朱子曰："天情放逸，全不从心体上打点，气象上理会，喜怒哀乐发之以嬉笑怒骂，要不至悍然无忌，其大体段尚自好耳。放饭流歠，而问无齿决，吾于东坡宜若无罪焉。"

问："张子《西铭》与墨子兼爱，何以异？"朱子曰："异以理一分殊。一者，一本；殊者，万殊。脉络流通，真从乾坤父母源头上联贯出来，其后支分派别，井井有条，隐然子思'尽其性，尽人性，尽物性'，孟子'亲亲而仁民，仁民而爱物'微旨，非如夷之爱无差等。且理一，体也；分殊，用也。墨子兼爱，只在用上施行，如后之释氏，人我平等，亲疏平等，一味慈悲，彼不知分之殊，又乌知理之一哉！"

问："黄鲁直如何人？"朱子曰："孝友行，瑰玮文，笃谨人也。观其赞周茂叔'光风霁月'，非杀有学问，不能见此四字；非杀有功夫，亦不能说出此四字。"

刚中问先生曰："义利之辨，为吾儒第一关头，学者讲求有素，所见非不分明，及处事却又模糊，何也？"先生曰："只缘见不分明耳；若分明，如薰莸触鼻即闻，旨否入口即觉。"曰："然则向所见为义者非义，见为利者非利乎？"曰："此又何尝不是只见其大略，曰此是义，此是利，究竟几微分际，尚未甚黑白。"刚中曰："几微分际何在？"先生曰："在公私间。以公心出之，利亦是义；以私心出之，义亦是利。"刚中曰："若是公私在心，义利在事，心不应事，事不应心，奈何？"先生曰："《大学》戒自欺，求自慊，知之真，行之力，不待处分其事，一动念，早自义利判然。至若舍利取义，已属事后应迹。"刚中心喜，称快而退。

问："为学工夫须是有起端处。人心之五常，犹天运之五行，迭相为明，循环无端。初学复性，从那一端下手？"先生曰："始条理者，智之事也。人而智，则见理明，恁地欲为仁，便认真有个仁；欲为义，便认真有个义；欲为礼，便认真有个礼；欲为信，便认真有个信。因物索照，审端用力，知得去向，自不迷于所往。《易·文言》曰：'体仁足以长人，利物足以和义，嘉会足以合礼，贞固足以干事。'仁义理信而不及智者，智居乎其先也。"

问："《大学》一书，包孕圣功王道，何以云初学入德之门？"先生曰:"凡人居处有门,必先有路;识得路,方到得门;到得门,方升得堂,入得室。《大学》纲领条目是门也,本末先后是路也,格致诚正修齐治平是堂也,明新至善是室也。初学便学《论语》,望洋向若,无有涯涘;何如循途历级,从容驯至,扶进高深。若不得其门而入,将伥伥乎其何之?"

问:"人不学不知道,学在读书上见,道在行事上见,必读书然后可行事与?"先生曰:"固也。然学即学其道,非作两截,无论读书,无论行事,恁底皆是道,恁底皆是学。果于经史典籍潜心玩索,日用云为,细意体察,自能穷天下之理,致吾心之知,岂谈空说玄之谓道,钩深索隐之谓学哉?"

问:"《大学》八工夫,必先致知,致知在格物,敢请物恁底物?"先生曰:"此说程伊川言之甚善。所谓格物者,穷经应事、尚论古人之属,无非用力之地,若舍此平易显明之功,而必搜索于无形无迹之境,当前物理反不能靡所遗矣。"

问:"伊川'涵养须是主敬,进学则在致知',主敬致知殆亦非两截事与?"先生曰:"主敬则心静,致知则理明;心静理明,知以涵养而益深沉。然敬非终日危坐,游心淡泊,必有事焉,神不外驰,而说心研虑,时时有新得也。"

"刚中每见善人纵极爱敬,不过当面则然。见不善人,虽其人久不在,犹作十日恶。自知性情之偏,不知何以克治,使嫉恶之严移而之好善之笃?"先生曰:"人心本自有善,故投之以善则顺;人心本自无恶,故投之以恶则逆。顺受易忘,逆受难制,其势然也。要惟是尔学问工夫未到,率其本然,未免过于忿激,若能以冲和者养成气质,渐渐消融结习,自然宽厚平夷,好善恶恶,各适如其分量而止,而偏私悉化,德气亦自此深醇。"

问:"周子主静,程子主敬,二说各愿闻其大概。"先生曰:"屏思虑,绝纷扰,静也;正衣冠,尊瞻视,敬也。致静以虚,致敬以实。然此中皆有诚实工夫,岂摸形捉影而得?周子静,则礼先乐后;程子敬,则自然和乐。和乐、礼乐,非尔所及,但时时收敛,将身心摄入静敬中,正心诚意,久之自有进步处。"

刚中出思尊闻行知,奈一日之间闻而知之者分数多,而尊而行之者分数少。因想"子路有闻,未之能行,唯恐有闻",直是学不得底。先生曰:"天下事理,有为吾所合知合行者,闻斯行诸可也。如此事知其当如此行,值事不我属,如何拿定要行?若遇行事时苦于窒碍,则又不可无知妄作,或商以师友,或证以古今,又何尝不是尊所闻、行所知?"

"敢告先生:某向年于众情酬酢之地,口虽不言,私下一一对勘,常觉得自家尽有好处,别人尽有不好处。今虽渐减,亦时或微微有此意思。"先生厉声曰:"是慝也,是最不好,如何反说自家尽有好处!"刚中怃然为间,曰:"先生何以教之?"先生曰:"攻其恶,无攻人之恶,非修慝与?"

问:"读其书,想见其为人。不敏读书时,亦尝掩卷沉吟,思慕爱悦其人,时时仿佛欲得见古人情状,究不我与,何也?"先生莞尔而笑曰:"所谓想见者,想见其为人,非想见其人也。我不在古人地位,亦不能到古人地位,要其所以为人处皆可师法,从容久坐,如对古人,须从古人行事上著意。弹琴见文王,十日得进,实实地有神相契合,奈何虚空摹拟,将千年已朽之骨,作栴檀佛像观邪?"

问:"太极'极'字不训中,当作何解?"先生曰:"原极之所以得名,盖取诸枢极、根极之义。今天枢、天根号北极,义可通也。太极者,阴阳之枢纽,万物之根柢也,盖极也而太矣。"

问:"程子言仁曰心,譬如谷种,生之性便是仁,阳气发处,乃情也。"先生曰:"岂惟谷种,凡果实核内,其中心皆曰仁。"

问:"医家谓手足痹痿曰不仁,其形象不与谷种果核反对。"先生曰:"仁,是性之生发流通者。谷种果核,能生发也;手足痹痿,不流通也。"

问:"圣人垂训教人,务须委备详尽。先生独不喜人繁琐,岂谓语言文字太多,必至缠绕支离。"先生曰:"辞达而已矣,即不缠绕支离;苟不达,累千万句奚为!程夫子亦谓立言宜蕴藉含蓄,毋使知德者厌,无德者惑。"

刘刚中问黄直卿曰:"先生学有渊源,群弟子皆知之矣,比以古昔圣贤,未识到得何人地位?"直卿曰:"自洙泗以还,博文约礼两极其至者,先生一人而已。""然则先生之学,其踵孔颜乎?"直卿曰:"然。"

刚中退,见李方子,问曰:"先生作《纲目》,愈于涑水《通鉴》,殆法《春秋》以立纲,法《传》文以著目与?"方子曰:"宏纲细目实本《大学》,三纲领八条目,所以规制尽善,前此未有也。"

右刘刚中记《师友问答》,见《宋元学案》卷六十九《沧州诸儒学案》等。梓材案曰:"《学案》原本所录《师友问答》二十三条,今移为附录者二条,又移入《伊川学案》一条,移入《横渠学案》一条,移入《范吕诸儒》一条,移入《晦翁学案》二条,移入《蜀学略》一条。"并有《县丞刘琴轩先生刚中》传云:"刘刚中,字德言,光泽人,尝读老庄荀扬之书,有所得,皆为发明。及游朱子之门,先生以所业请质,朱子曰:'老庄书坏人心术。'自是笃志于道。朱子易其字曰'近仁'。与黄勉斋为友。既归,筑室讲学,号曰琴轩,四方人士翕然从之。荐于乡,登嘉定四年进士,授汉阳簿,调兰溪丞,卒。文公子侍郎在为状其行。邑士大夫举祀乡贤。有《师友问答》。"刘刚中另有《西溪奇语》。《朱子语类》中有李方子录,在淳熙十五年戊申以后。刘刚中之问学朱熹并记此录亦当在淳熙十五年以后。

师训拾遗　陈文蔚

伏羲当时画卦,只如质珓相似,初无容心,易只是阴一阳一,其始一阴一阳而已。有阳中阳、阳中阴,有阴中阳、阴中阴。阳中阳⚌,看上面所得如何:再得阳,即是☰,故乾一;或得阴,即是☱,故兑二。阳中阴⚍,亦看上所得如何:或得阳,即是☲,所以离三;或得阴,即是☳,所以震四。阴中阳⚎,看上面所得如何:或得阳,即是☴,所以巽五;或得阴,即是☵,所以坎六。阴中阴⚏,看上面所得如何:若得阳,即是☶,所以艮七;再得阴,即是☷,所以坤八。看他当时画卦之意,妙不可言。

余正叔论志士仁人,无求生以害仁,有杀身以成仁,谓杀身者只是要成这个仁。先生曰:"若说要成这个仁却不是,只是行所当行而已。"

因说工夫不可间断曰:"某苦臂痛,尝以手擦之,其痛遂止。若是或时擦,或时不擦,无缘见效。即此便是做工夫之法。"余正叔退谓文蔚曰:"擦臂之喻最有味。"

余正叔问:"子路问成人,孔子对以臧武仲之智,公绰之不欲,卞庄子之勇,冉求之艺。只此四者,如何便做得成人?"先生曰:"备此四者,文之以礼乐,岂不是成人?"

忠恕是学者事,故子思言忠恕违道不远,曾子借学者以形容圣人。若论圣人,只可谓之诚与仁。

正叔有支蔓之病,先生每救其偏。正叔因习静坐,后复有请,谓因此遂有厌书册之意,先生曰:"岂可一向如此?只放令稍稍虚闲,依旧自要读书。"

或问:"物与无妄,众说不同。"文蔚曰:"是各正性命之意。"先生曰:"然。一物与他一个无妄。"

介甫每见新文字,穷日夜阅之。喜食羊馒头,家人供至,或正值看文字,信手撮入口,不暇用箸,过食亦不觉,至于生患,且道。"将此心应事,安得会不错?"不读书时,尝入书院。有外甥懒学,怕他入书院,多方求新文字。得之,只顾看文字,不暇入书院矣。

学者工夫,且去翦截那浮泛底思虑。

学者说文字,或支离泛滥,先生曰:"看教切己。"

只是频频提起,久之自熟。

以上拾遗,见《陈克斋集》卷三。

【附】 傅潚记语录一则

前日西溪观水,抑之因举"道体"二字,先生曰:"与道为体。"抑之又谓"与道为一体",先生以为不然。次早,抑之又问,以谓:"无物不体,无时不然,为道之体以其难见,故指川流而言。"先生以谓:"皆是枝叶之说,须要识如何是与道为体。"潚愚意谓程子所谓"天运而不已,日往则月来,寒往则暑来,水流而不息,物生而不穷",皆与道为体,运乎昼夜,未尝已也。此即朱子所谓"天地之化,往者过,来者续,无一息之停"之谓。

此记见《陈克斋集》卷一《答傅子澄》。傅潚,字子澄,抑之即王抑之,应皆朱熹弟子,而不为人所知。

岳麓问答

紫阳先生帅长沙时,仆辱知遇甚厚,缀职岳麓。未几,象山陆先生道过长沙,先生以礼请书院讲书,以启迪诸生,于是徜徉累日,因得侍教且款。一日,先生步至书房,偶置《玉髓经》在案,先生取而阅之,因告曰:"近世地理之学,惟此书为得其正,然犹大醇而小疵,是知吾道之传不杂者鲜矣。"仆因问先生曰:"亦常留意于地理乎?"先生曰:"通天地人曰儒。地理之学虽一艺,然上以尽送终之孝,下以为启后之谋,其为事亦重矣。亲之生身体发肤,皆当保爱,况亲之没也?奉亲之体厝诸地,固乃付之庸师俗巫,使父母体魄不得其安,则孝安在哉!故古贤垂训,卜其宅兆而安厝之,卜之而求安。圣人之意深远如此,而为人子者,目不阅地理之书,心不念父母之体,苟然窀穸,则与委而弃诸沟壑者何以异?故为人子者,医药地理之书不可不知也,然不必泥鬼怪峨险之说。"曰:"然则先生所谓小疵者何在?"曰:"五星之论正也,穿落传变,术家之说,然论龙法者当准乎此,第生克吉凶,难于细论。勾藤反戟,不待智者知其凶,若玄之又玄,恐流弊至于没身而不葬其亲。但山必来,水必回,土必厚,砂必绕,草木必畅茂,人烟必禽集,神杀必藏没,是为山水交会大融,结成就之所;若土薄而瘠,水散而急,草木枯瘁,人烟稀少,神杀不藏,如是即是凶地,何泥之有?第张子微亦是一家之说,泥则有弊,如破五姓,辟天星宗庙,皆合正理。"问:"二十八宿配名之说何如?"曰:"子微之说正。"又问:"郭景纯所谓'朱雀源于生气,派于已盛,朝于大旺,泽于将衰,流于囚谢',世以为即宗庙来生旺、去死绝之说,而张子微乃所不取。"曰:"郭景纯之说是也,张子微之说亦是也。郭氏之论水,来去之常理,子微拆而辨之,尤有意味；宗庙之说非矣。"又问："《玉髓经》拆水之法如何？"先生曰："以阴阳比和不比和论之，若有此理，但若拘三合，恐执泥山家五行之说，诚为误人。子微之说本正，但刘氏注释以五星乐旺宫定之，虽年月家间有用此，但子微初意未必如是。郭氏以寅卯木、巳午火、申酉金、亥子水、辰寄寅卯、未寄巳午、戌寄申酉、丑寄亥子，此确然之论。以十干配之，则甲乙为木、丙丁为火、庚辛为金、壬癸为水，是为八干。但前此又不论四柱，而子微以巽隶刃，以乾隶金，而艮坤则以属土，而界西北东南之分，其说亦当。盖诸家以土居中央，故二十四向皆无土。今以二土界之，亦如五行相配，不可缺一。由是而观，刘之注诚未得子微之深趣也。"先生因论刘注，谓："如《经》中云'月自西生东岸白，云从上起下方阴'，此一联凡数出，字虽异而意则一，盖言天地融会处，四山众水有情，正穴既立，朝应及左右，亦可作穴。如月生于西，而白乃在东方，不知者以白处为月，则非矣；云起于上，而阴乃在下方，不知者以阴处为云，则非矣。犹言穴在于西面，有情之应在东，不知者求穴于有情之处，则非矣。其显然可见，而刘注乃不出此。又云'葫芦入个通神术，木杓三枝测妙真'，盖葫芦形有八等，有云是药葫芦者，主出人卖药；有云在水口为下水葫芦者，主人溺水死，即此可以类推。木杓三枝，言杓有三等，或主孕妇不利，或主富贵，皆可触类而通之也。棺材六路，车乘三轮，盖有上水棺、下水棺、停棺、改棺、积买棺，各有吉凶；后御轮、姬轮、輶车轮，各有贵贱。笠子五形，如方山、岸帻、乞丐笠、铙钹刑、僧子笠、车盖之类皆是也。旂儿四个，如门旂、令旂、将军旂、贼旂之类，总曰旂也。下文如十样枪刀，数般针笔，刘氏能释其文，如此乃独阙疑，何也？吾尝以为刘注此经，本以明《玉髓》，如今反以病《玉髓》者多矣。"又问："龙头必向云中见，何也？"先生曰:"陶公赋云:'真龙所住,去而复留,盘旋屈曲,穴占云头,万云拱抱,富贵千秋。'释者以为如云头之四顾,是不必谓高出云中也,取其在卷云之中矣。"又问:"此经龙与穴名处何如?"曰:"此经大率因形以立名,因名而寓理,虽只是术家之说话,多有妙处。如梧桐枝、杨柳枝,只观其名,未问其妙;及观后卷,'梧桐叶上生偏子,杨柳枝头出正心',却见精微之奥,确乎其不可易,非深于地理者,不能也。"又问:"此经推胎息之说,与诸家异,如何?"先生曰:"明于理者,不必泥子微之说为优矣。然术家各宗其一,吾党论地理,惟当理中求之,此等不足致辩。"又问:"五星更立异名,曰秀、曰禄、曰文、曰武、曰福,可乎?"先生曰:"此名无害是理。五星者,定名也;福、禄、文、武、秀,志其变也。不过自立名号,记其吉凶之应,非如诸家怪异之说。"又问:"贵贱背面,巧穴拙穴,大小之说如何?"先生曰:"以理而论,一言可判;以术而论,万语莫穷。吾之所论者,理也;子微之所论者,术也。以理而论,此经大醇而小疵;以术而论,近世无出此言之右者。论精粗兼该,洪纤毕具,自成一家之学,求之于此是矣。"仆又问:"《玉髓经》之说,既闻命矣,敢问《赤霆经》果出于子房否?""此固难辩真伪,然上、中二卷非子房不能道,下卷本有三式,今只有其一,然文理俚近,恐后人依放而托之,或元有此卷而失其真本,后人从而为之辞耳。上卷专论地理,后来《狐首经》、郭《书》,恐皆出于此。此书论水,不过'无来无去'四字,后人演而伸之曰:'悠悠洋洋,顾我欲留,其来无源,其去无流。'即此意也。此书论山,不过'崒崒岐巍',后人别而名之曰'天孤天角',即此是也。中卷则皆遁甲之说,葬家克择而用之,至末后谈兵机所遁处,其说未竟,恐有阙义。下卷任术也,术虽是而不全,决非出于一人之手,学者不可不辩。"因问:"子午针法如何?"先生曰："子微之论甚正，但今人承袭，不能改矣。针指子午，理不容易，故古人以针定之方，知向首去着，若又从而为之说，则圣人创制之文，遂废而不足凭据。故智者从其正，愚者惑于俗，此确然不易之论。"予尝酷爱《玉髓经》，而疑刘注未尽其奥，晚得黎公舜臣答于其孙黄州倅车之家，公盖举于寓录中耳，乃取而附诸经之卷尾，庶有补于将来。时庆元元祀仲春月望曰，长沙张榗谨跋。

右问答见《玉髓真经·后卷》卷十八。按是书集地理风水之大成，为术家所宝，传世甚少，《四库全书》亦未收。余所见为明嘉靖刊本（藏上海市图书馆），题作"宋国师张洞玄子微秘传，刘允中注，蔡元定发挥，玉髓后门人述。"前有长沙刘允中序，作于绍兴六年丙辰。又有蔡元定《玉髓真经发挥序》。考蔡元定父蔡发精于地理风水之学，著《地理发微论》十六篇，洪理《发微论后批评》称"诚时家之渊源，后学之龟鉴"。张咸《地理发微序》称其"通天文地理之术，精阴阳星历之数，故作《地理论发微》一书，雄文大笔，驰骋古今，沛然若决江河，浩无津涯，后有作者，未能或过焉。"熊刚人《地理发微序》称其"探造化之源，泄天机之秘"。（均见《蔡氏九儒书·牧堂公集》）朱熹自少即与蔡发讲论学问，詹体仁《蔡牧堂公墓表》称蔡发"与朱熹元晦对榻，讲论经奥义至夜分，可谓勤矣"。故新安吴天洪谓"朱子得其传，较之杨、曾何异？"（亦见《牧堂公集》附）绝非虚语也。绍熙三年朱熹特作《跋蔡神与绝笔》，盛赞其说。蔡发《地理发微论》，盖以论地理风水之理而得其正为世所重，非专谈阴阳风水之术，故尤为朱熹所推崇，与此《岳麓问答》所言"吾之所言者，理也；子微之所论者，术也"正相合。蔡元定承其家学，尤邃于地理风水之说，尝删订《葬书》，为《玉髓真经》作

《发挥》。《宋学士文集》卷二十七《葬书新注序》云:"《葬书》遂号为郭景纯所作……后世葬巫竞起,而芜秽之至于二十篇之多。西山蔡季通氏深觉其妄,增删去十二而存其八。"蔡元定于阴阳风水既深其理,更精其术,至被目为"妖人"。朱熹地理之学实多取蔡元定之说,故于阴阳风水之术亦极嗜好,今只观其所上《山陵议状》,即可见其对阴阳术士迷信之笃与潜研风水之精。故沈继祖《奏伪学疏》有云:"孝宗大行举礼之论,礼合从葬于会稽。熹乃以私意倡为异论,首入奏札,乞召江西、福建草泽,别图改卜,其意盖欲藉此以官其素所厚之妖人蔡元定,附会赵汝愚,改卜他处。"元贡师泰《玩斋集》卷八《题玉髓经后集》谓朱熹于《玉髓真经》"尝笃信而辩论之",应即指此《岳麓问答》。陆心源《皕宋楼藏书志》卷五十一录明刊本《玉髓真经》三十卷、《玉髓真经》后二十一卷,云:"张洞玄,字子微,里贯无考,宋初人。太祖将定都,征地师十七人议之,子微实定汴京之策,见后二十卷慕容德修序。元贡师泰谓:'卜宅之法,莫善于郭氏,《葬书》莫精于曾、杨之学。欲知郭《书》,必求曾、杨;欲知曾、杨,必求之《玉髓》'。又言:'朱子尝笃信而辩论之。至正中李仁斋撮其微旨,著为《图经》。'见《玩斋集》卷第八。是宋元之际,此书颇为儒者所重。乾隆中开四库馆,未见是书,敏求《记》虽著于录,无后二十一卷,其流传之罕可知。后第十八卷张楮所记与朱子论《玉髓》语,名曰《岳麓问答》,似非凭空臆造,贡氏所谓'朱子尝笃信而辩论之'者此欤?"朱熹绍熙五年赴长沙任,其在长沙究心《玉髓真经》并与人讨论地理风水之事,亦自有因。盖绍熙五年六月孝宗卒,朝廷方有孝宗山陵争议,朱熹尤为关注,除询之于蔡元定与研读地理风水之书外,还广访术士,《山陵议状》云:"臣自南来,经由严州富阳县,见其江山之胜,雄伟非常,盖富阳乃孙氏所起之处,而严州乃高宗受命之邦也。说者又言临安县乃钱氏故乡,山川形势宽平邃密,而臣未之见也。""说者"即术士,是朱熹由长沙赴临安途中亦尝寻访术士矣。兹将有关六则重要资料附录于下,以见朱熹笃信阴阳风水之深,而此《岳麓问答》当非伪造虚语。若《地理发微论》,后且有无名氏所附朱熹语录作注,尤可见朱熹地理风水思想之大要,惜文长兹不具录。《岳麓问答》所述,与朱熹地理风水思想无不相合,惟首言陆九渊来长沙讲学,其说舛谬,令人不可解。陆九渊卒于绍熙三年,朱熹赴长沙任则在绍熙五年,断无礼请陆氏讲学长沙书院之事。考《岳麓问答》乃记朱熹所言之事,本与陆九渊了不相涉,问答开首忽插入陆氏一段,其后又无一言再提及陆氏;而所言陆氏一段又与朱熹淳熙六年请陆氏讲学白鹿洞书院颇相类,则必是后人模仿白鹿洞讲学之事伪造窜入,若去"未几"至"因得侍教且欵"数句,文自贯通,此离题数语不伦不类,作伪之迹尤触目可见。元明以来,陆王心学与程朱理学或相攻讦排摈,或欲折衷调和,疑此或是元明一调和朱陆者羼入,亦如王阳明作《朱子晚年定论》之意也。盖《玉髓真经》中有蔡元定评述陆九渊之语,如卷二有蔡元定《发挥》云:"陆象山不取穿落传变之说,以为烦碎,然未可多訾,但求地而拘泥,则世无求地,故象山略之,非谓无此理也。盖穿落传变虽若烦碎,然其论甚为精玄。子微胸中造化自是了了,祖之甚易,他人学之,则见其难。"又卷三《发挥》云:"或问陆象山云:'子微立龙名不一,莫不须如此否?'象山曰:'子微因名寓理,极有妙处。如梧桐枝、杨柳枝等名,吾初亦以为未然;及观后卷所谓"梧桐叶上生偏子,杨柳枝头出正心",方知此理玄妙,非精探地理者,未易道著。'余尝因象山之论详加究竟,真是似繁而简,似远而近,何以言之?因名以记龙之善否,不亦简乎?因理而求义之轻重,不亦远乎?"陆氏此说,今不载见其文集。作伪者必是因《玉髓真经》世罕流传,又见书中有赞同陆氏之语,乃于《岳麓问答》窜入长沙朱陆相会之事,殊不知此与朱熹论辨地理风水之宗旨风马牛不相及也。元贡师泰为《玉髓真经后集》作跋未言及此明显谬误,则可知其时作伪之句尚未窜入,作伪者必为贡师泰以后之元明人也。

【附】

阴阳精义序

朱伯起从郑公景望学,而与景元为友……郑公不登禁从死,景元老为选人亦死。伯起失二公,闭门漠漠,晚进遇之,瞠目夏如也。酷嗜地理,说山如啖肴。浮海葬妻大芙蓉,云"后百年当验"。著书二十篇,论原起乘止尤详。二郑因是喜阴阳家。余尝怪苏公子瞻居阳羡而葬嵩山,一身岂能应四方山川之求;近时朱公元晦,听蔡季通预卜藏穴,门人裹糇行绋,六日始至:乃知好奇者固通人大儒之常患也。

按:辑自宋叶适《水心文集》卷二二。《建阳县志》卷三《山川》载云:"九峰山,九峰联峙。宋时有异人语朱文公曰:'龙归后堂,乃先生归葬之所。'后果葬于此。"朱熹卒于考亭,而却葬于三百五十里外人烟荒凉之唐石里(今黄坑)大林谷九峰山,盖淳熙三年其夫人刘氏卒葬于此,乃蔡元定为预卜藏穴也。

书朱元晦与蔡季通手帖后

右晦翁与蔡元定论考亭地形。晦翁居考亭,道益光,故末年信地理尤甚,其葬也,执绋者六日而后至圹。古之墓者授地于有司,其兆域有常,日月有时,卜其安否,则诚有之矣;至于择形穴之好,以市利于死者,则余未之闻也。圣人仰观俯察,求利天下,后世虽曰星辰之高,农猎之贱,无不推其利害之故以告人;使地理之术果信,则其以教不在佃渔种获之后矣。仁人君子福身而祚后,宜有其道,岂可颉诸土中之腐骨耶? 余又闻翁在南康,尝至归宗寺,谓金轮峰有王气,苟为山陵,必益国祀。尝与赵忠定言之,忠定不暇从而止。呜呼,翁术忠矣,然余谓伊、旦、皋、夔寿其国者,其术疑不如是,遂使世之去孝以求利者,留其亲之骨十余年不入于土;既窆复发,三徙而犹不安其厝,则余于翁不无恨焉。

按:辑自元释圆至《牧潜集》卷六。朱熹绍熙三年卜筑建阳考亭,此致蔡元定书今佚。

庆元党

及刘(德秀)为大理司直,会治山陵于绍兴。朝议或欲他徙,丞相留公正会朝士议于其第,刘亦往焉。是早至相府,则太常少卿詹体仁元善、国子司业叶适正则先至矣。詹亦晦翁之徒,而刘之同年也。二人方并席交谈,攘臂笑语,刘至,颜色顿异。刘即揖之,叙寒温,叶犹道即日等数语,至詹则长揖而已。揖罢,二人离席默坐,凛然不可犯。刘知二人之不吾顾也,亦移席别坐。须臾留相出,詹、叶相顾,厉声而前曰:"宜力主张绍兴非其地也!"乃升阶力辩其非地。留相疑之曰："孰能决此？"二人曰："此有蔡元定者,深于郭氏之学,识见议论无不精到,可决也。"刘知二人意在蔡季通,则独立阶隅,默不发一语。留相忽顾之曰："君意如何？"刘揖而进曰："不问不敢对,小子何敢自隐。某少历宦途,奔走东南湖湘闽广江浙之间,历览尽矣,山水之秀,无如越地,盖甲于天下者也,宅梓宫为甚宜。且迁易山陵,大事也。况国步多艰,经费百出,何以堪此？"公慨然曰："君言是也！"诸公复向赵汝愚第议之,至客次,二人忽视刘曰："刘丈何必尔耶？"刘对曰："愚见如此,非敢异也。"既而刘辨之如初,易地之议遂格。

按:辑自宋叶绍翁《四朝闻见录》丁集。

山陵议状

因山之卜,累月于兹,议论纷纭,讫无定说,臣尝窃究其所以,皆缘专信台史,而不广求术士；必求国音坐丙向壬之穴,而不博访名山……近世以来卜筮之法虽废,而择地之说犹存士庶。稍有事力之家,欲葬其先者,无不广招术士,博访名山……或择之不精,地之不吉,则必有水泉蝼蚁地风之属,以贼其内,使其形神不安,而子孙亦有死亡绝灭之忧。其或得吉地,而葬之不厚,藏之不深,则兵戈乱离之际,无不遭罹发掘暴露之变,此又其所当虑之大者也。至于穿凿已多之处,地气已泄,虽有吉地,亦无全力；而祖茔之侧数兴土功,以致惊动,亦能挺灾。此虽术家之说,然亦不为无理……若以术言,则凡择地者,必先论其主势之强弱,风气之聚散,水土之浅深,穴道之偏正,力量之全否,然后可以较其地之美恶。政使实有国音之说,亦必先此五者,以得形胜之地,然后其术可得而推……盖地理之法譬如针灸,自有一定之穴,而不可有毫厘之差,使医者之施砭艾皆如今日台吏之定宅兆,则攻一穴而遍身皆创矣,是又安能得其穴道之正乎……臣窃见近年地理之学,出于江西、褔建者为尤盛,政使未必皆精,然亦岂无一人粗知梗概、大略平稳优于一二台史者?欲望圣明深察此理,斥去荆大声,置之于法,即日行下两浙帅臣监司,疾速搜访,量支路费,多差人兵轿马津遣赴阙,令于近甸广行相视,得五七处,然后遣官按行,命使覆按,不拘官品,但取通晓地理之人,参互考校,择一最吉之处,以奉寿皇神灵万世之安……

按:辑自朱熹《朱文公文集》卷十五。

玉髓真经发挥序

地理之学,其来尚矣。专门始数百家,以五星为主,盖已稀见;以五行生克参论造化,尤所未闻。夫以谈命造化格例论地理,闻者疑,见者笑,而实为两闲之妙理,有不可易焉者。国初,国师张子微以五星起龙法,以五行测造化,法天地自然之数,以准穴法,前乎此时,地理之书盖未之有也。余少蒙义方,长师紫阳朱先生,俾道先圣之言,习先王之法,非礼义不敢肆念。而趋庭之暇,先君子每谓为人子者,不可不知医药地理。父母有疾,不知医药,以方脉付之庸医之手,误杀父母如己,弑逆之罪莫大。父母既殁,以亲体付之俗师之手,使亲体魂魄不安,祸至绝祀,无异委而弃之于壑,其罪尤甚。闻斯言也,惕然动心,恐堕不孝。于是益加研究,凡诸家葬书,古今莫不备览,然多为后人依仿杂乱,罕存一书首尾纯全而无驳杂者。惟张子微《玉髓真经》以传未久,其门人弟子更相传受者,皆以子为取友必端，多文人雅士，不以秘术为奇，而以传正为务，故未有私相驳什之弊。偶得善本于子微七世孙驾部公，遂录而宝之。尝欲为注释，而未暇也。继以罪谪，离索荒郡，平生所志，既为伪学，不敢复谈义理，以速大祸，乃复此经朝夕玩阅，颇究其奥妙，而允中已释之矣。第不无微舛，余恐传之愈远，而正义不明，故为之发挥，其形象图录间有分毫讹谬者，皆以驾部家藏善本正之；于龙形穴体或有默悟，亦以先人所藏先贤已验图本可以引订名义者，用附入经卷之末，庶学者有所稽考。若博雅君子与我同志从而规正其失闻，广其不及，尤所愿望也。绍熙刍牧谪隶蔡季通序。

按：辑自《玉髓真经》蔡元定罪谪荒郡在庆元三年至四年，不当署"绍熙"；又后署不当题字而不题名。疑末句为后人妄增，或因是书罕传于世，漫漶致误邪？

朱文公溺于风水之说

宋俞元德《萤雪丛说》云："陈季陆尝挽刘韬仲诸公同往武夷访晦翁朱先生，偶张体仁（按：即詹体仁元善）与焉。朱张交谈风水曰：如是而为笏山，如是而为靴山。季陆辨之曰：'古音未有百官，已有许多山了，不知何者为笏山，何者为靴山？'坐客皆笑。纪之以为溺于阴阳者之戒。"按：文公大儒而持论如此，彼地师又何讥乎！

按：辑自叶德辉《茶香室丛钞》卷十六。

周侗记语录

　　死谥,周道也。《史》云"夏商以上无谥,以其号为谥。"如尧、舜、禹之类。看来尧、舜也无意义,尧字从三土,谓如土之尧然而高也。舜只是花名,所谓"颜如舜华"之舜,也无意义。禹者,兽迹,今《说文》篆禹字如兽迹之形,若死而以此为号,也无意义。况虞舜侧微时已云"有鳏在下,曰虞舜",则不得为死而加之号矣。看来尧、舜、禹只是名,非号也。

(《书传辑录纂注》卷一《尧典》)

　　今之法家多惑于报应祸福之说,故多出人罪以求福报。夫使无罪者不得直,而有罪者反得释,是乃所以为恶耳,何福报之有?《书》曰:"钦哉,钦哉!惟刑之恤哉!"所谓钦恤云者,正以详审曲直,令有罪者不得幸免,而无罪者不得滥刑也。今之法官惑于钦恤之说,以为当宽人之罪,而出其法。故凡罪之当杀者,莫不多为可出之除,以俟奏裁;既云奏裁,则大率减等,当斩者配,当配者徒,当徒者杖,当杖者笞,是乃卖弄条贯、侮法而受赇者耳,何钦恤之有!古之律令,谓法不能决者,则俟奏裁,今乃明知其罪之当死,亦莫不为可生之除以生之。惟寿皇不然,其情理重者皆杀之。

　　象者,象其人所犯之罪而加之以所犯之刑;典,常也,即墨、劓、剕、宫、大辟之常刑也。"象以典刑",此一句乃五句之纲领,诸刑之总括,犹今之刑,皆结于笞、杖、徒、流、绞、斩也。凡人所犯合墨,则加以墨刑;所犯合劓,则加以劓刑;剕、宫、大辟皆然。犹夷房之法,伤人者偿,创折人手者亦折其手,伤人目者亦伤其目之类。"流宥五刑"者,其人所犯合此五刑,而情轻可恕,或因过误,则全其支体,不加刀锯,但流以宥之,屏之远方,不与同齿,如"五流有宅"、

"五宅三居"之类是也。"鞭作官刑"者,此官府之刑,犹今之鞭挞吏人,盖自有一项刑,专以治官府之胥史,如《周礼》治胥史鞭五百、鞭三百之类。"扑作教刑",此一项学官之刑,犹今之学舍夏楚,如习射、习艺,春秋教以礼、乐,冬夏教以《诗》、《书》,凡教人之事有不率者,则用此刑扑之,如侯明、挞记之数是也。"金作赎刑",谓鞭、扑二刑之可恕者,则许用金以赎其罪。如此解释,则五句之义岂不粲然明白!象以典刑之轻者,有流以宥之;鞭扑之刑之轻者,有金以赎之。流宥所以宽五刑,赎刑所以宽鞭扑。圣人斟酌损益,低昂轻重,莫不合天理人心之自然,而无毫厘秒忽之差,所谓"既竭心思焉,继之以不忍人之政"者,如何说圣人专意只在教化,刑非所急!圣人固以教化为急,若有犯者,须以此刑治之,岂得置而不用!问:赎刑非古法,曰:然,赎刑起周穆王。古之所谓赎刑者,赎鞭扑耳。夫既以杀人伤人矣,又使之得以金赎,则有财者皆可以杀人伤人,而无辜被害者何其大不幸也!且杀人者安然居乎乡里,彼孝子顺孙之欲报其亲者,岂肯安于此乎?所以屏之四裔,流之远方,彼此两全也。

(以上二条,《书传辑录纂注》卷二《舜典》)

因论惟精惟一,曰:虚明安静,乃能精粹而不杂;诚笃确固,乃能纯一而无间。

(《书传辑录纂注》卷二《大禹谟》)

陶安国问"降衷"与"受中"二字义同异,先生曰:《左氏》云始终,衷皆举之,又云"衷甲以见",看此衷字义,本是衷甲以见之义,为其在衷而当中也。然中字大概因无过不及而立名,如六艺折衷于夫子,盖是折两头而取其中之义。后人以衷为善,却说得未亲切。又曰:此盖指大本之中也,此处《中庸》说得甚明,他日考之自见。自天而言,则谓之降衷;自人受此中而言,则谓之性,猷及道也。道者,性之发用处,能安其道者,惟后也。

"贲若草木,兆民允殖。"诸家说多不同,未知当如何看? 曰:连上句"天命不僭",明白易见,故人得遂其生也。

(以上二条,《书传辑录纂注》卷三《汤诰》)

古注云:"顾,谓常目在之也。"此语最好。非谓有一物常在目前可见也,只是常存此心;知得有这道理光明不昧,方其静坐未接物也,此理固湛然清明;及其遇事而应接也,此理亦随处发见,只要人常提撕省察,念念不忘,存养久之,则是理益明,虽欲忘之,而不可得矣。

(《书传辑录纂注》卷三《太甲上》)

高宗梦傅说,据此则是有个天帝与高宗对曰:吾赉汝以良弼。今人但以主宰说帝,谓无形象,恐也不得;若世间所谓玉皇大帝,恐亦不可。毕竟此理如何,学者皆莫能答。

(《书传辑录纂注》卷三《说命上》)

"惟天聪明"至"惟干戈省厥躬",八句各一义,不可牵连。天自是聪明,君自是用时宪,臣自是用钦顺,民自是用从乂,口则能起羞。甲胄所以御戎也,然亦能兴戎,如秦筑长城以御胡,而致胜、广之乱。衣裳者,赏也。在笥,犹云在箱箧中,甚言其取之易。如云爵者,上之所擅,出于口而无穷,惟其予之之易,故必审其人果贤邪,果有功邪,则赏不妄矣。干戈,刑人之具,然须省察自家真个是否,恐或因怒而妄刑人,或虑施之不审而无辜者被害,则刑之施当矣。盖衣裳之予在我,而必审其人之贤否;干戈施之于人,而必审自己之是否也。

(《书传辑录纂注》卷三《说命中》)

"予小子旧学于甘盘,既乃遁于荒野"云云,东坡解作甘盘遁于荒野。据某看,只是高宗自言,观上文曰"予小子"可见。但不知当初高宗因甚遁于荒野,不知甘盘是甚样人,是学个甚么,今亦不敢断,但据文义,疑是如此;兼《无逸》云:"高宗旧劳于外",亦与此相应。想见高宗三年不言,恭默思道,未知所发;又见世间未有个人强得甘盘,所以思得大贤如傅说。高宗若非傅说,想不能致当日之治;傅说若非高宗,亦不能有所为,故曰:"惟后非贤不乂,惟贤非后不食",言必相须也。

(《书传辑录纂注》卷三《说命下》)

问:《武成》一篇编简错乱,曰:新有定本,以程先生、王介甫、刘贡父、李博士诸本推究甚评。

(《书传辑录纂注》卷四《武成》)

"沉潜刚克,高明柔克"。克,治也,言人资质沉潜者,当以刚治之;资质高明者,当以柔治之。此说为胜。

衍,疑是过多剩底意思。忒,是差错了。

问:休征、咎征,诸家多以义推说,时举窃以为此犹《易》中取象相似,但可以仿佛看,而不可以十分亲切求也。庶征虽有五者,大抵不出阴阳二端:雨、寒,阴也;旸、燠、风,阳也。肃、谋,深而属静,阴类也,故时雨、时寒应之;乂、哲、圣,发见而属动,阳类也,故时旸、时燠、时风应之。狂反于肃,急失于谋,故恒雨、恒寒应之;僣则不乂,豫则不哲,蒙则不圣,故恒旸、恒燠、恒风应之。未知如此看得否! 答曰:大概如此,然旧以雨属木,旸属金,燠属火,寒属水;而或者又以雨属水,旸属火,燠属木,寒属金,其说孰是,可试思之。

"王省惟岁",言王所当省者一岁之事,卿士所当省者一月之事,以下皆然。

问"王省惟岁"三句,曰:此但言职任之大小如此。

问:"庶民惟星"一句解不通,并下文"星有好风、星有好雨"意亦不贯,曰:"家用不宁"以上,自结上文了,下文却又说起星,文意似是两段。

"箕星好风,毕星好雨",曰:箕是簸箕,以其簸扬而鼓风,故月宿之则风,古语云:"月宿箕,风扬沙。"毕是叉网,滗鱼底叉子亦谓之毕。滗鱼,则其汁水淋漓而下,若雨然,毕星名义盖取此。今毕星上有一柄,下开两叉,形象亦类毕,故月宿之则雨。《汉书》谓"月行东北入轸,若东南入箕则风"者,盖箕是南方,属巽,巽为风,所以好风,恐未必然。

五福六极,也是配得,但是略有不齐。问:皇极五福即是此五福否?曰:便即是这五福。如"敛时五福,用敷锡厥庶民",敛底即是尽得这五事;以此锡庶民,便是使民也尽得这五事;尽得五事,便有五福。

(以上八条,《书传辑录纂注》卷四《洪范》)

"人不易物,惟德其物"。易,改易也,言人不足以易物,惟德足以易物,德重而人轻也。人,犹言位也,谓居其位者如宝玉,虽贵,若有人君之德,则所赐赉之物斯足贵;若无其德,虽有至宝以锡诸侯,亦不足贵也。

(《书传辑录纂注》卷四《旅獒》)

因言武上既克纣,武庚、三监及商民叛,曰:当初纣之暴虐,天下之人胥怨,无不欲诛之。及武王既奉天下之心以诛纣,于是天下之怨皆解,而归德于周矣。然商之遗民及与周同事之臣,一旦见故主遭人戮,宗社为墟,宁不动心?兹固畔心之所由生也。盖始于苦纣之暴而欲其亡,固人之心;及纣既死,则怨已解,而人心复有所不忍,亦事势人情之必然者,又况商之流风善政毕竟尚有在人心者,及其顽民感商恩意之深,此其所以叛也。后来乐毅伐齐,亦是如此。

"王若曰",周公若曰。若字只是一似如此说底意思,如《汉书》中"帝意若曰"之类。盖或宣德德意者敷言其说,或记录者失其语而追记其意如此也。其意止如《诗》中所谓吊昊天耳,言不见闵吊于上意也。

忱,谌字,只训信天棐忱,如云天不可信。

(以上三条,《书传辑录纂注》卷四《大诰》)

鼓之舞之之谓作,曰:如击鼓然,自然便人跳舞踊跃。然民之所以感动者,由其本有此理,但上之人既自有以明其明德,时时提撕警发,则下之观瞻感化,各自有以兴起其同然之善心而不能已耳。

(《书传辑录纂注》卷四《康诰》)

《梓材》一篇有可疑者,如"稽田"、"垣墉"之喻,却与"无胥戕"、"无胥虐"之类不相似,以至于"欲至于万年,惟王子子孙孙永保民",却又似《洛诰》之文,乃臣戒君之辞,非《酒诰》语也。

(《书传辑录纂注》卷四《梓材》)

"可久",则贤人之德;"可大",则贤人之业。而今工夫易得间断,便是不能久;见道理偏滞不展开,便是不能大。须是两头工夫齐着同,乃得也。

(《朱文公易说》卷九《系辞上》)

"采薇采薇,薇亦阳止。""薇亦刚止"。盖薇之生也挺直。

(《诗传遗说》卷五)

黄有开记语录

《诗序》多是后人妄意推想，诗人之美刺，非古人之所作也。古人之诗虽存，而意不可得而知。序《诗》者妄诞其说，但拟见其人如彼，便以为是诗之美刺者必若人也。如卫《柏舟》之刺，卫顷公之弃仁人，今观《史记》所述，竟无一事可记。顷公固亦是卫一不美之君，序诗者但见其有弃仁用佞之迹，便指为刺顷公之诗。此类甚多，皆是妄生美刺，初无其实，至有不能考之者，则但言"刺时也"，"思贤妃也"，然此是泛泛而言，尚犹可也。如《汉广》之《序》，言"德广所及"，此语最乱道，更不考诗人言"汉之广矣"，其言已自分晓，至如下面《小序》却说得是谓"文王之化，被于南国，美化行乎江汉之域，无思犯礼，求而不可得也。"此语最好。又云：看来《诗序》当时只是个山东学究等人做，不是老师宿儒之言，故所言都无一是当处。如《行苇》之《序》，皆是诗人之言，而不知诗人之意："周家忠厚，仁及草木，故能内睦九族，外尊事黄耇，养老乞言，以成其福禄焉。"他见诗中言"敦彼行苇，羊牛勿践履"，则谓之"仁及草木"。见"戚戚兄弟，莫远具尔"，则谓之"故能内睦九族"。见有"以祈黄耇"之语，便谓之"养老乞言"。不知而今做诗人到这处，将如何做，于理决不顺。熹谓此诗本是四章，章八句。他不知，作八章、章四句读了，如"敦彼行苇，牛羊勿践履，方苞方体，维叶泥泥。戚戚兄弟，莫远具尔。或肆之筵，或授之几。"此诗本是兴说，上面四句即是兴起下四句，言以行苇兴兄弟，勿践履兴莫远意也。又云：郑、卫诗多是淫奔之诗。郑诗如《将仲子》以下，皆鄙俚之言，只是一时男女淫奔相袭之语。如《桑中》之诗，《序》云："众散民流而不可止。"故《乐记》云："桑间濮上之音，亡国之音也。其众散,其民流,诬上行私而不可止也。"郑诗自《缁衣》之外,亦皆鄙俚,如《采萧》、《采艾》、《青衿》之类是也。故夫子云"放郑声"也。又如《抑》之诗,非诗人作以刺君,乃武公自为之,以自警戒也。故其为诗,辞意俱美。如云"相在尔室,尚不愧于屋漏","神之格思,不可度思"之语,皆善言也。又有称"小子"之言,此必非臣下告君之语,乃自谓之言无疑也。或问:《宾之初筵》之诗,是自作否?曰:有时亦是因饮酒之后作此自戒,也未可知。

(《诗传遗说》卷二)

江畴问:《狡童》,刺忽也,其言疾之太重。先生云:若以当时之暴敛于民观之,为言亦不为甚。盖民之于君,聚则为君臣,散则为仇雠,如孟子所谓"君之视臣如草芥,则臣视君如寇雠"是也。然诗人之意本不如此,何曾言《狡童》是刺忽,而序诗者妄意言之致得人如此说。圣人言郑声淫者,盖郑人之诗多是言当时风俗,男女淫奔,故有此等语。《狡童》想讥当时之人,非刺其君也。

(同上)

读《诗》,须得他六义之体,如风、雅、颂是《诗》人之格,后人说《诗》以为杂雅、颂者,缘释《七月》之诗者,以为备风、雅、颂三体,所以启后人之说如此。兴之为言,起也,言兴物而起,如"青青陵上柏","青青河畔草",皆是兴物诗也。如"藁砧今何在","何当大刀头",皆是比物诗也。

(《诗传遗说》卷三)

李闳祖问:思无邪,伊川说作诚,是否?曰:诚是在思上发出,诗人之思皆性情也。性情本出于正,岂有假伪得来底!思便是性情,无邪便是正。以此观之,《诗》三百篇皆欲人出于性情之正。

(同上)

《关雎》一诗,义理深奥,如乾坤二卦,只可熟读详味,不可说。至于《葛覃》、《卷耳》,其言迫切,主于一事,便不可如此了。

(《诗传遗说》卷四)

曹叔远又言:陈氏说《关雎》,以美夫有谦退,不敢自当君子之德。先生曰:如此,则淑女又别是一个人也。曰:是如此。先生笑曰:今人说经,多是恁地回护说去。如史丞相说《书》,多是如此。说祖伊恐,奔告于受处,亦以纣为好人,而不杀祖伊,若他人则杀之矣。

(同上)

或问"左右芼之",先生曰:芼是择也,左右择而取之也。

(同上)

古人作诗,其言语多有用意不相连续。如"嘒彼小星,三五在东",释者皆云小星者是在天至小之星也,三五在东者,是五纬之星应在于东也。其言全不相贯。又指前面一灯子与背后一竹格子云:似说这灯,却又说在那格子上面去。不知古人作诗,何故与今人语言大不相同。

(同上)

先生问曹叔远:《狡童》诗如何说?对曰:陈先生以此诗不是刺忽,但诗人说他人之言,如:"彼狡童兮,不与我言兮,惟子之故,使我不能餐兮。"言狡童不与我言,则已之。曰:又去上面添一个休字也。这诗只是国人当时淫奔,故其言鄙俚如此,非是为君言也。

(同上)

《诗》辞多是出于当时乡谈鄙俚之语,杂而为之。如《鸱鸮》云"拮据捋荼"之语,皆此之类也。又云:此诗乃周公为之,不知其义如何。然周公之言多聱牙难考,如《书》中周公之言便难读,如《立政》、《君奭》之篇是也。

(同上)

又云:周比二字,于《易》中所言,又以比字为美,如"九五,显比,王用三驱,失前禽"之义,皆美也。

(《文公易说》卷三《比卦》)

问"保合大和,乃利贞",先生云:天之生物,莫不各有个躯壳,如人之有体,果实之有皮核。有个躯壳保合以全之,能保合则真情常存,生之不穷。如一粒之谷,外面有个壳以裹之,方其发一萌芽之始,是物之元也;及其抽枝长叶,则是物之亨;到得生实,欲成未成之际,此便是利;及其既实而坚,此便是贞矣。盖乾道变化发生之始,此是元也;到各正性命,小以遂其小,大以遂其大,则是亨矣;能保合以全其大和之性,则可利贞。

(《文公易说》卷七《彖上传》)

如《易》中所谓"又谁咎"也,自有三个,而其义有二,如不节之嗟与自我致寇言之,则谓咎皆由己,不可咎诸人;如出门同人言之,则谓人谁有咎之者矣。以此见得古人立言,有用字虽同而其义有异。

(《文公易说》卷八《彖下传》)

又云:知崇礼卑,人之知识不可以不高明,而行之在乎小心。如《大学》之格物致知,是知崇处;正心修身,是礼卑处。又云:吕与叔本是个刚底气质,涵养得到,所以如此。故圣人以刚为君子,柔为小人。若其刚矣,须除去那刚之病,全其为刚之德,相次可以为学;人若不刚,终是不能成。

(《文公易说》卷十一《系辞上》)

或问:"成性存存",是不忘其所存否? 先生云:众人多是说到圣人处方是性之成,看来不如此成性,只是一个浑沦之性,存而不失,此便是道义之门,便是生生不已处。

(同上)

黄显子记语录

龟山过黄亭詹季鲁家,季鲁问《易》,龟山取一张纸画个圈,用墨涂其半云:"这便是易。"此说最好,只是一阴一阳做出许多般样。乾坤毁,则无从见易。易只是阴阳。卦画没几个卦画,凭甚写出那阴阳造化,何处更得易来?乾坤,易之门户,不是乾坤外别有易,易便是乾坤,乾坤便是易,似两扇门相似,一扇开,便一扇闭,只是一个阴阳做底。

(《文公易说》卷二《两仪》)

阴少于阳,气、理、数皆如此用半,所以不同。

(同上)

五、四为奇,各是一个四也;九八为耦,各是两个四也。因一二三四便见六七八九在里面,老阳占了第一位,便含个九,少阴占了第二位,便含个八。少阴、老阳亦如此数,不过十。惟此一义,先儒未曾发,先儒但只说得他中间进退也。

(同上)

文王八卦,有些似京房卦气,不取卦画,只取卦名。京房卦气以复、中孚、屯为次;复,阳之始也;中孚,阳实在内而未发也;屯,始发而艰难也。只取名义。文王八卦配四方四时,离南、坎北、震东、兑西,卦画不可移换。

(同上)

《易》上经始乾坤,而终坎离;下经始艮兑震巽,而终坎离。杨至云:上经反对九十八卦,下经反对亦九十八卦。先生曰:林黄中算上下经阴阳适相等,某算来诚然。沈存中欲以节气定晦朔,不知交节之时在亥,此日当如何分?太元纪日而不纪月,无弦望晦朔。

(同上)

蔡元定问：先生言帝终始万物，文王言艮终始万物，是差了一位，是文王自寅起，先生自子起。曰：也不是自子，是渐渐生来。

(同上)

乾坤相为阴阳。乾后面一半是阳中之阴，前面一半是阴中之阳。

(同上)

"艮其背，不见其身"，盖是闲邪存其诚，制之于外，以安其内，奸利声色不留聪明，淫乐慝礼不接心术之意。若能如此做工夫亦自好。外物不接不萌之际，二不字南轩以为当去，伯恭却说止于所不见，是眼虽见而心不见，恐无此理。但《易》本意却是说只见义理，不见己身也，不知是疼，不知是痛，不知是利，不知是害，如舍身取义，杀身成仁一般。"行其庭，不见其人"，是只见道理，不见那人也，不知是张三，不知是李四。

(《文公易说》卷六《艮卦》)

旧闻先生言"艮其背"是止字，《彖》中明言"艮其止"，止其所也。又言"艮其背"一句是脑，故《彖》中言"是以不获其身，行其庭，不见其人"也。四句只略相对。

(同上)

"大哉乾元"，是说天道流行："各正性命，"是说人得这道理做那性命处，却不是正说性。如"天命之谓性，"孟子道性善，便是就人身上说性。《易》之所言，乃是说天人相接处，天地之心动方见，圣人之心应事接物方见。

(《文公易说》卷七《彖上传》)

因言"大明终始",有终而后有始,有贞而后有元,请问:"云行雨施,品物流行,"言元享矣,此未言利贞,却提起终始为说,何也?曰:此终始说元享所自来。自"大哉乾元"至"品物流行",说天之元享;自"大明终始"至"六龙御天",说人之元享;自"乾道变化"至"乃利贞",说天之利贞;自"首出庶物"至"万国咸宁",说人之利贞。

(同上)

"大明终始"是就人上说,杨遵道语录中言人能大明乾道之终始,《易传》却无人字。某谓文字疑似处,须下语剖教分明。

(同上)

笃实便有辉光,艮止便能笃实。

(同上)

蔡丈说江德功说《易》象如譬喻,诗之比兴同,熹谓不然,往复数书辨此。"潜龙勿用",阳在下也,阳谓九,下谓潜。"阴疑于阳必战",谓其嫌于无阳也,故称龙焉。《易》象说得如此分明。又《易》二体,初四、二五等爻相应,二五中正不中正,此是《易》中分明说了。惟互体之说,《易》中不言,今诸儒必附会为之说。方曰:颐中有物曰噬嗑,此岂非互体之验?曰:颐中有一物在内,非谓互体,且别无例。蔡又谓:人举二四同功,三五同功。先生曰:如此举证又疏。又引某卦自泰来,某卦自某来,先生曰:此王辅嗣谓之。蔡曰:王辅嗣说《彖》,某却不是。

(《文公易说》卷八《象上传》)

天惟健,故不息,不可把不息做健。使天有一顷之息,则地必陷入,必跌死;惟其不息,故局得地在中间。

(同上)

成数虽阳,固亦生之阴也。如子者父之阴,臣者君子阴。磨,是那两个物事相磨戛;荡,则是圆转推荡将出来。磨是八卦以前事,荡是八卦以后为六十四卦底事。荡是有那八卦了,圆旋推荡那六十四个出来,荡是磨转底意思。

(《文公易说》卷九《系辞上》)

次夜,味道问:天下万事不离阴阳,答曰:泛观天地,近观人情,物理皆然。如一刚一柔,《通书》说刚善刚恶,柔善柔恶,便是刚柔各生一刚一柔而四也。又曰:只是一阴一阳上又生一阴一阳,一阳上亦有一阴一阳,自此凡三四,加之即成六十四卦,万事备足。如乾道成男,坤道成女,且道男子身上岂不具阴阳?若不是阴阳者,便不成此身也。

(同上)

凡物各有四:处之如吉凶者,得失之象;悔吝者,忧虞之象;变化者,进退之象;刚柔者,昼夜之象。吉凶,善恶之著;悔吝,善恶之微;刚柔为之著;变化为之微。凡将如此则成四。

(同上)

悔阳而吝阴。

(同上)

仰观天,俯察地,只有一个阴阳。圣人看这般许多般物事,都不出阴阳两字,便做《河图》、《洛书》也,只是阴阳,粗说时只是奇耦。

(《文公易说》卷十《系辞上》)

"一阴一阳之谓道",道谓太极;"继之者善",是太极之流行。曰:太极何尝不流行,运动不已,见其动便谓始于静,见其静又谓始于动,故谓如循环之无端,详推此义于天地间。又问:"一阴一阳",是浑然全体之太极;"成之者性",是分裂无限底太极。曰:然。乾道变化,各正性命。又记前夜语太极,云"继之者善",天地如大洪炉,善如金在熔,写出在模范中,各铸成物事出来。

(同上)

显子问:惟是此性之理本于五行,所以问答中语中间元有界限甚分明。曰:然。又问理气先后,曰:理在先。又曰:才有理便有气,二者更不可分先后。一阴一阳流行,赋予在人,既有形质,便与之性,故曰"成之者"。性其初未成形质,只谓之善,不可名之以性也。显子问:"继之者",继则是此理之流行未赋予在万物,曰:如两个轮,只管流动不已,万化皆从此出来。某尝喻之如两片磨,中间一个磨心,只管推转不已,谷米四散杀出来,所以为"继之者善"。问:一阴一阳,太极安在?曰:一阴一阳,便是太极在阴阳之中,观"继之者善"乃可见。所以《易》之书上本阴阳太极,推之一事一物之微,吉凶悔吝,此理无不在,此个意思尽可玩索。

(同上)

"盛德大业至矣哉",是赞叹上面"显诸仁,藏诸用"。自"富有"至"效法",是说其理如此,用处却在那极数与通变上面,盖说上面许多底道理要做这般用。

(同上)

"礼卑",是从贴底谨细处做去,所以能广。

(《文公易说》卷十一《系辞上》)

"吉凶者,贞胜者也。"这两个物事常相胜,一个吉,便有一个凶在后面。天地间一阴一阳如环无端,便是相胜道理。

(《文公易说》卷十三《系辞下》)

三陈九卦,是圣人因上说忧患,故发明此一项道理,不必浑泥。

如困德之辨,若说蹇屯亦可,盖偶然如此说。大略《易》之书如云行水流,本无定,相确定说不得。杨子云《太玄》一爻吉、一爻凶相间排将去,七百三十赞,乃三百六十五日之昼夜,昼爻吉,夜爻凶,又以五行参之,故吉凶有深浅,毫发不可移,此可为典要之书也。圣人之《易》则有变通,如此卦以阳居阳则吉,他卦以阳居阳或为不吉,此不可为典要之书也。

(《文公易说》卷十四《系辞下》)

"损,先难而后易。"不探虎穴,不得虎子。须是舍身入里面去,如搏寇雠,方得之。若轻可地说得不济事。

(同上)

"嘉会",会者,万事皆发见在里,处得事是,谓之嘉会;一事不是,不唤做嘉会。会是礼发见之后意思,却在未发见之前。利物,使万物各得其所,乃是义之和处(义自然和,不是义外别有个和)。

(《文公易说》卷十五《文言》)

曾祖道问:元亨利贞,偏言则一事,专言则包四者。先生云:元者,乃天地生物之端,乾言大哉乾元,万物资之以始;至哉坤元,万物资之以生。乃知元者,天地生物之端倪也。元者生意,在亨则生意之长,在利则生意之遂,在贞则生意之成。若言仁,便是这意思。仁本是生意,乃恻隐之心也。苟伤着这生意,则恻隐之心便发:若羞恶也,是仁去那义上发;若辞逊也,是仁去那礼上发;若是非也,是仁去那智上发。若不仁之人,安得更有礼智信!

(同上)

"修德修业"四字,煞包括道理。德是就事上说,忠信是心中诚实,修辞立诚,是诚处有真实底道理。"进德修业"最好玩味。

用九,盖是说变。

(《文公易说》卷十六《文言》)

阴阳是阳中之阴阳,刚柔是阴中之阴阳。刚柔以质言,是有个物事见得是刚底柔底;阴阳以气言。

(《文公易说》卷十七《说卦》)

兼三才而两之,初刚而二柔,三仁而四义,五阳而上阴。两之,如言加一倍,本是一个各加一个为两。

(同上)

程德夫说,徐彦章说先生《易》只说得个占,其说不然。说象牵合坤为牛,遍求于诸卦,必要寻个牛,或以一体取,或以一爻取。如坤牛不可见,便于离一画是牛。颐之龟,又虎视更说不得。因曰:《易》,象也,须是有此理。但恁底零零碎碎去牵合附合得来,不济事,须是见他一个大原,许多名物件数皆贯通在里面方是。以离为雉,又著了讨许多来。程又谓:渠谓占只是火珠林一法。曰:只自火珠林始。因举《洪范》稽疑,舜亦囗占,又《左传》囗其来已久矣。

(同上)

"震一索而得男"云云一段,看来不当专作揲蓍看,揲蓍有不依这序时便说不通。大概只是乾求于坤,而得震、坎、艮;坤求于乾,而得巽、离、兑。一二三者,以其画之次序言也。

(同上)

"其人天且劓",天当作而。

(《文公易说》卷十八《序卦》)

洁静精微,足不犯手。

(《文公易说》卷十八《作易》)

孔子之易,非文王之易;文王之易,非伏羲之《易》;伊川《易传》又自程氏之易也。故学者且依《古易》次第先读本爻,则见其本旨矣。

(同上)

圣人作《易》,有说得极疏处,甚散漫。如《大象》,盖是泛观天下万物,取得来阔,往往只仿佛有这意思,故曰不可为典要。又有说得极密处,无缝罅,盛水不漏,如说吉凶悔吝处是也。学者须是大着心胸,方看得。譬如天地生物极细巧者,又有突兀粗拙者,近赵子钦得书云:《语》、《孟》说极详,《易》说太略。此譬云烛笼添得一条骨,则障了一路明。若能尽去其障,使之统体光明更好,盖着不得详说也。

(同上)

初三日夜,问学《易》,曰:恁底说也得,然圣人自说易之无穷不成,只是圣人用了他人无用处。今日易道以何为易?只是吉凶消长天理人事是也。

(同上)

又问七十从心、学《易》无大过,曰:圣人自言易之难尽,若此看,却是低小了圣人。

(同上)

圣人之精画卦,以示圣人之蕴,因卦以发。濂溪看《易》却看得活。

(《文公易说》卷十九《濂洛诸说》)

易道神,便如心性情。

(同上)

问胡安定《易》,曰:分晓正当,伊川亦多取之。

(同上)

今人说《易》,先掊击了卜筮,如《下系》说卜筮是甚次第,熹所恨者,不深晓古人卜筮之法,故今说处多是想象古人如此,若更有奥义可推。或曰:卜蓍求卦即其法也,曰:卦爻与事不相应,则推不去,古人于此须有变通,或以支干推之。

(《文公易说》卷二十一《卜筮》)

初九夜侍坐,复举《易》说云:天下之理,只是一阴一阳,刚柔仁义皆从此出。圣人始画为一奇一耦:自一奇一耦错综为八,为六十四,为三百八十四爻,天下万事具尽于此。盖该备于一阴一阳,而无所遗也。所谓刚柔仁义皆从此出。圣人命之以辞,而吉凶悔吝利不利皆自此而来。遂举乾坤一二卦爻云:大概阳爻多吉,而阴爻多凶,又看他所处之地位如何。六经中因此事则说此理,惟《易》则未有此事而先有此理,圣人预言之以告人。盖天下万事不离于阴阳,而阴阳之理该备天下万物之变态,圣下仰观俯察于阴阳之理而有以见之,遂为之说以晓谕天下来世。然事虽未形,而实然之理已昭著。世间事不出是许多,吾虽先见而预为之说,而未至未然之理固难以家至而户晓,故假设为卦爻之象,寓于卜筮之法;圣人又于其卦爻之下而系之以辞,所以示人以吉凶悔吝之理;吉凶悔吝之理即阴阳之道,而又示人以利正之教。如占得乾,此卦固是吉,辞曰元亨,元亨,大亨也。卦固是大亨,然下即云利正,是虽大亨,正即利,而不正即不利也。使天下因是事而占,因占而得其吉,而至理之权舆,圣人之至教寓于其间矣。如得乾之卦,五爻不变,而初爻变,示人以勿用之理也。得坤之卦,而初爻变,是告人以履霜之渐也。大概正为吉,而不正为不吉;正为利,而不正为不利,其要在使人守正而已。又云:易无思也,他该尽许多道理,何尝有思有为,寂然不动,感而遂通,才感便通。因举论占处。

（同上）

兑、离、震、乾之所索乎坤，巽、坎、艮、坤之所索乎乾者，《本义》揲蓍之说恐不须恁底。

（《文公易说》卷二十二《揲法卜法》）

问贞悔之说，曰：本卦是贞，某卦是悔，后十卦又自有贞悔，贞便是一个静之本体，悔是动用之意。

（《文公易说》卷二十二《揲蓍之法》）

京房卦气用六日七分，季通云：康节数亦用六日七分，但不见康节说处。

（《文公易说》卷二十二《诸家卜筮》）

圣人说数说得简略，高远疏阔。易中只有个奇耦，天一地二之数，自然底数也；大衍之数，是揲蓍底数也。惟此二者，康节却尽归之于数，切恐圣人必不为也。或问康节：此树有数可推否？康节曰：可，但须待其动方可推。顷之，一叶落，便从此推去，此树是甚年生，甚年当死。凡起数，静则推不得，须动处方推得去。

（同上）

按：黄显子录中言及杨至发问，今《朱子语类》有杨至录，记在绍熙四、五年。又黄显子录言及"近赵子钦得书"云云，赵与朱初识通书及朱寄赠《集注》、《易本义》在绍熙三年，见朱熹《文集》卷四十八《答吕子约》书六及卷五十六《答赵子钦》书五、七。知黄显子所记应在绍熙三、四年间。

精舍朋友杂记

《诗》曲尽人情，方其感时，则作之于上，《东山》是也。及其衰世，则作之于下，《伯兮》是也。

（《诗传遗说》卷一）

古人说话皆有源流，如《小旻》诗中云："国虽靡止，或圣或否。民虽靡膴，或哲或谋，或肃或艾。"却合《洪范》五事，此人往往曾传箕子之学而曾读《洪范》也。

（《诗传遗说》卷五）

"天生烝民，有物有则。"盖视有当视之则，听有当听之则。如是而视，如是而听便是；不如是而视，不如是而听便不是。谓如"视远惟明，听德惟聪"，能视远谓之明，不能视远不谓之明；能听德谓之聪，不能听德不谓之聪。视、听是物，聪、明是则。推至于口之于味，鼻之于臭，莫不各有当然之则，所谓穷理，此而已。

（同上）

问：《诗》用叶韵，得非《诗》本乐章，播诸声歌，自然叶韵，方谐律吕，其音节本如是耶？曰：固是如此。然古人文章亦多是叶韵，因举《王制》及《老子》叶韵处数段。又曰：《周颂》多不叶韵，疑自有和底篇相叶。"《清庙》之瑟，朱弦而疏越，一唱而三叹。"叹即和声也。

（《诗传遗说》卷六）

因说叶韵，毛《诗》"下民有严"，字音昂见。又《中庸》"奏格无言"，奏，音族，平声，音所骤反，毛《诗》作籔字。

（同上）

问：伏羲画八卦，见一阴一阳有各生一阴一阳之象，不识何以见之？先生曰：今凡物皆有一阴一阳，且如人之一身有气有血，便是一阴一阳，凡物皆然。又如昼夜，昼属阳，午以后为阴；夜属阴，子以后为阳。此类可见。此即一阴一阳有各生一阴一阳之象也。

（《文公易说》卷二《两仪》）

"忠信，所以进德也。修辞立其诚，所以居业也。知至至之，可与几也。知终终之，可与存义也。"先生曰：忠信者，能实其善之谓。其欲善也，如好好色；其恶恶也，如恶恶臭。人能如此，则其德不期进而进矣。知之所至，力必至之，故曰知至；知之不待已至，而必知其将至，故曰可与几也。

（《文公易说》卷十六《文言》）

按：此录《诗传遗说》称《精舍朋友杂记》，《文公易说》称《精舍记闻》，乃无名氏所录。金云铭《朱子著述考》以为即陈淳《竹林精舍录》，无据。按陈淳所录今在《朱子语类》中，并未亡佚。

吕焞记语录

问温公河图洛书之说,答云:温公以河图洛书为怪妄,未是。若说果无此,夫子何以说"河不出图"?《尚书》云云,此理盖有之。温公又以《系辞》为非圣人之书,亦缘图书之说故也。

(《文公易说》卷一《河图洛书》)

问:乾、坤、坎、离、中孚、小过、大过、损八卦,番覆不成两卦,是如何?曰:兑是番转底巽,震只是番转底艮。六十四卦就此八卦中,又只有四正卦,乾、坤、坎、离是也。中孚又是大底离,小过又是大底坎,是双夹底坎,大过是厚画底坎,损是一个大画底离。

(《文公易说》卷二《六十四卦》)

"厉无咎"是一句,他后面有此例,如"频复,厉无咎"是也。

(《文公易说》卷三《乾》)

先生说《易》"吉无咎"云:吉是遂其意,无咎是上不至于吉,下不至于凶,平平恰好子又合道理处。

(同上)

先生说"飞龙在天,利见大人",是占得飞龙卦,便利见大德之人。

(同上)

问"西南得朋,东北丧朋",答云:占得坤卦,则从西南方则得其朋,从东北方则失其朋。西南阴方,东北阳方,坤卦比乾卦减半。

(《文公易说》卷三《坤》)

问坤之"六二之动,直而方",先生云:方是一定不变之意。坤受天之气而生物,故其直止是一定。

(同上)

"利涉大川",利涉是乾也,大川是坎也。"往有功",是乾有功也。

(《文公易说》卷三《需》)

问讼卦:"不永所事,小有言,终吉。"《象》曰:"不永所事,讼不可长也。虽小有言,其辨明也。"先生曰:此爻是阴柔之人也,不会十分与人讼,那人也无十分伤犯底事,但只略去讼之才,辨得明便止,所以曰"终吉"也。

(《文公易说》卷三《讼》)

先生说"舆说辐,夫妻反目",因云:被它畜止不得进,必与有争。自家必要进时如何?须是能正室时方得。

(《文公易说》卷三《小畜》)

先生曰:否之九五,若无那大人,也休那否不得。大率自泰入否易,自否入泰难。

(《文公易说》卷三《否》)

先生曰:恶极而善,常人之复;静极而动,圣人之复。然常人亦有静极而动时节,圣人却无那恶极而善底复。

(《文公易说》卷四《复》)

或问大过、小过,大过是阳过乎阴,小过是阴过乎阳。程先生以为"立非常之大事,兴不世之大功,成绝俗之大德,是圣人制事以天下之正理,非有过于理也。如圣贤道德功业大过于人,尧舜之揖逊,汤武之征伐,皆由是道也。道无不中,无不常,世人所不常见,故谓之大过于常也"(程先生:"所谓大过者,常事之大者耳,非有过于理也。")。小过是小过于中者,如行过乎恭,丧过乎哀,用过乎俭,盖矫之小过而后能及于中也。先生曰:程先生说此,此为事之大过,即是事之平常,便如说权即经之意,都是多说了。盖大过是事之大过，小过是事之小过。大过便如尧舜之揖逊，汤武之征伐，独立不惧，遯世无闷，这都常人做不得底事，惟圣人大贤以上便做得，故谓之大过，是大过人底事。小过便如行过乎恭，丧过乎哀，用过乎俭，事之小过得些子底，常人皆能之。若当大过时做大过底事，当小过时做小过底事，当过而过理也，如此则岂可谓事之过不是事之过，只是事之平常也？大过之事，圣人极是不得已处。且如尧、舜之有朱、均，岂不欲多立贤辅以立其子？然理到这里做不得，只得如此。汤、武之于桀、纣，岂不欲多方恐惧之，使之悔过自省？然理到这里做不得，只得放、伐而后已。皆是事之不得已处，只着如此做，故虽过乎事，而不过乎理也。

（《文公易说》卷四《大过》）

"盥而不荐"，先生曰：这犹譬喻相似，盖无这事且如祭祀，才盥便必荐，那有不荐底？但取其清洁之义耳。

（《文公易说》卷四《观》）

先生云："大状。利贞。"是利于正也。所以大者，以其正也。既正且大，则天地之情不过于正大。

（《文公易说》卷五《大壮》）

益、损二卦说龟，一在二，一在五，是颠倒说去。未济与既济说鬼方亦然，不知如何。

（《文公易说》卷五《损》）

"朱绂方来，利用享祀。"先生曰：以之事君，则君应之；以之事神，则神应之。

（《文公易说》卷五《困》）

九二爻自不可晓，看来"我有好爵，吾与尔靡之"，是两个都要这物事，所以鹤鸣子和是两个中心都爱，所以相应如此云云。所谓

"洁静精微之谓易",自是悬空说一个物事在这里,初不惹着物事。熹尝谓说《易》如水上打球子相似,是这头打来,那头又打去,都不惹着水方得。而今见人说,都打入水里去了。

(《文公易说》卷六《中孚》)

中孚、小过两卦,鹘突不可晓,小过尤甚。如云"弗过防之",则是不能过防之也,四字只是一句。至"弗过,遇之"与"弗遇,过之",皆是两字为绝句,义更不可晓。

(同上)

问:中孚六三大义是如何?曰:所以说中孚、小过皆不可晓,便是如此。依文解字,看来只是不中不正,所以歌泣喜乐都无常也。

(同上)

小过是小事又过于小,如丧过乎哀,用过乎俭,皆是过于小。退后一步,自贬损底意思。

(《文公易说》卷六《小过》)

"初六,飞鸟以凶",只是取其飞过高了,不是取遗音之义。中孚有卵之象。小过中间二画是鸟腹,上下四阴为鸟翼之象,鸟出乎卵,此小过所以次中孚也。

(同上)

"高宗伐鬼方",疑是高宗旧日占得此爻,故圣人引之证此爻之吉凶如此。如"箕子之明夷,利贞"、"帝乙归妹"皆恐是如此。又曰:汉时去古未远,想见卜筮之书皆存,如汉文帝之占大横庚庚,都似传上人说话。又曰"夏启以光",想是夏启曾占得此卦。

(《文公易说》卷六《既济》)

未济,看来只阳爻便好,阴爻便不好,但六五、上九二爻,不知是如何。盖五以得中,故吉;上九有可济之才,又当未济之极,可以济矣,亦云不吉,更不可晓。

(《文公易说》卷六《未济》)

问"乾元统天",先生曰:乾元只是天之性情,不是两个物事,如人之精神,岂可谓人自是人,精神自是精神乎!

(《文公易说》卷七《象上传》)

问:"变者化之渐,化者变之成。"如昨日是夏,今日立秋,为变到那全然天凉没一些热时,是化否?曰:然。又问:这个化字,却与"变化者进退之象也"不同,如何?曰:这个别有些意思,是言刚化为柔,柔变为刚。盖变是自无而有,化是自有而无也。

(同上)

"各正性命",言其禀赋之初。"保合大和",言于既得之后。天地万物盖莫不然,不可作两节说也。

(同上)

"保合大和",即是保合此生理也。"天地氤氲",乃天地保合此生物之理,造化不息;及其万物化生之后,则万物各自保合其生理,不保合则无物矣。

(同上)

"山下有险,蒙之地也。"先生云:山下已是穷极险处,又遇险,前后不得,故于此蒙昧也云云,蒙之意也,此是心下鹘突。

(同上)

"小过,小者过而亨也。"不知小者是指甚物,行过恭,用过俭皆是宜下之意。

(《文公易说》卷七《象下传》)

先生曰:熹尝作《易象说》,大率以简治繁,不以繁御简。

(《文公易说》卷八《象上传》)

先生曰：人看《易》，若是靠定象去看，便滋味长；若只恁地悬空看，也没甚意思。

（同上）

"天运不息，君子以自强不息。"先生曰：非是说天运不息，自家去赶逐也。要学他如此不息，只是常存得此心，则天理常行，而周流不息矣。又曰：一日一时顷刻之间，其运未尝息也。

（同上）

"小畜，密云不雨，上往也。"先生云：以阴畜阳，三阳上往，而阳畜不住，所以不雨。如甑蒸饭，漏气则不成水，无水泪下也。至于"上九，既雨既处"，盖一阴在上，而畜住阳也。

（同上）

问："后以裁成天地之道，辅相天地之宜，以左右民。"若论圣人裁成辅相之功，当无时而不然，何独于泰卦言之？先生曰：天地交泰，万物各遂其理，圣人自此方能致用。若天地闭塞，万物不生时，圣人亦无所施其巧。

（同上）

或问：大壮卦云："雷在天上，大壮。君子以非礼弗履。"伊川以为"自胜者为强，非君子之大壮，不可能也"。又引《中庸》四说"强哉矫"，以为证其义，是如此否？先生曰：固是。雷在天上，是甚生威严。人之克己能如雷在天上，则威严果决以去其恶，而必为于善。若半上落下，则不济事，何以为君子。须是如雷在天上，方能去非礼。

（《文公易说》卷八《象下传》）

"风自火出"，先生曰：谓如一炉火，必有气冲上去，便是风自火出。然此只是言自内及外之意。

（同上）

"君子所过者化",伊川本处解略,《易传》"大人虎变"却说得详,《荀子》亦有"仁人过化存神"之语,此必古语。如"克己复礼",亦是古语,《左传》中亦引"克己复礼,仁也"。如"崇德修慝辨惑",亦是古语。盖是两次人问了。

(同上)

问"刚柔相磨,八卦相荡",答云:磨是两个相磨,荡是渐渐荡。磨是两个磨做四个,四个磨做八个;荡是八个相荡做十六个,十六个相荡做三十二个,三十二个相荡做六十四个,比磨便阔了。

(《文公易说》卷九《系辞上》)

问:"乾以易知",为是他怎底健,所以得易而万物生,他都不费气力。然而他怎地健,又不是要怎地,盖是实理自然合如此。在人则顺理而行,便自容易,更不须安排人物,便自是顺从他。曰:是如此。但顺理而行,便是个底事。所谓易便只是健,健便自是易。

(同上)

问"乾以易知,坤以简能。"曰:简字易晓,易字难说他了。自然怎地不劳气力,才从这里过,要生便生,所以同行不妨掉臂,是这样说话。《系辞》有数处说易简皆是这意。

(同上)

问:《本义》云:"刚柔相推而生变化,变化之极复为刚柔。流行于一卦六爻之中,而占者得所值以断吉凶也。"窃意在天地之中,阴阳变化无穷,而万物得因之以生;生在卦爻之中,变化无穷,人始得因其变以占吉凶。先生云:《易》自是占其变,若都变了,只是一爻不变,或都全不变,则又以不变者为主,则不变者又反为变也。

(同上)

问:"卦有大小,辞有险易。"阳卦为大,阴卦为小。爻辞如"休复吉"底自是平易,"困于葛藟"自是险。先生曰:大约也是如此。吉凶悔吝,是对那刚柔变化说,刚极便柔,柔极便刚。四个循环如春夏秋冬,凶是冬,悔是春,吉是夏,吝是秋。秋又是冬去。或问:此配阴阳当如此,于人事上如何?先生曰:事未尝不生于忧患,死于安乐。若吉处不知戒惧,自是生出吝来,虽未至于凶,是凶之道矣。

(同上)

问"仁者见之谓之仁,知者见之谓之知。百姓日用而不知,故君子之道鲜矣。"此言万物各具是性,但气禀不同,各以其性之所近者窥之。故仁者只见得他发生流动处,而以为仁;知者只见得他贞静处,便以为知。下此一等,百姓日用之间习矣而不察,所以君子之道鲜矣。

(《文公易说》卷十《系辞上》)

"智崇礼卑"一段。地至卑,无物不载。在地上纵开井百尺,依旧在地上,是无物更卑得他。所谓德言盛,礼是要极卑,故无事物无个礼,至于至微底事,皆当畏谨,惟恐失之,这便是礼云卑处。《曲礼》曰:"毋不敬。自上东阶先右足,上西阶先左足,羹之有菜者挟底处,无不致谨。"正谓此也。又曰:似这处不是它特地要恁底,是它天理合如此。知识日多则知益高,积累多则业益广。

(《文公易说》卷十一《系辞上》)

"言天下之颐,而不可恶也。"盖杂乱处人易能厌恶,然而这都是道理合有底事,自合理会,故不可恶。"言天下之动,而不可乱也。"盖动亦是合有底事,然上面各自有道理,故曰不可乱。"圣人有以见天下之颐",正是说画卦之初,圣人见阴阳变化,便画出一画;一画有一象,只管生去,自不同。六十四卦各是一样,更生到千以上，卦亦自各一样。

（同上）

先生云："其利断金"，是断做两断去。

（同上）

"夫乾，天下之至健也，德行恒易，以知险。夫坤，天下之至顺也，德行恒简，以知阻。"某前日之说差了。他虽至健，知得险了，却不下去。坤是知得阻了，更不上去。以人事言之，若健了，一向进去，做甚收杀！

（《文公易说》卷十四《系辞下》）

问"夫乾，天下之至健也，德行恒易，以知险。夫坤，天下之至顺也，德行恒简，以知阻。"先生云：乾刚，则看甚么物都刺将过去。坤则有阻处，便不能进，故只是顺。如上壁相似，上不得自是住了。

（同上）

"亨者嘉之会，嘉会足以合理。"盖言万物合有好时，然到此亨之时，皆盛大长茂，无不好者，故曰"嘉之会"，会是会集之义也。人之修为便处处皆要好，不特是只要一处好而已，须是动容周族皆中乎礼可也，故曰"嘉会"，嘉其所会也。

（《文公易说》卷十五《文言》）

孔子于《文言》只说"利者，义之和"，是掉了那利，只是义之和为利，盖是不去利上求利，只义之和处便是利。

（同上）

"体仁"，《本义》云"以仁为体"者，犹言自家一个身体，元来都是仁。又云：《本义》说"以仁为体"，似不甚分明，然也只得恁地说。

（同上）

问:《易》说"庸言之信,庸行之谨",如此已自好,又曰"闲邪存其诚",何也? 先生云:此是"无敢亦保"。

(《文公易说》卷十六《文言》)

"忠信所以进德",忠信是实,其心之所发也。

(同上)

"忠信所以进德。修辞立其诚,所以居业也"一段,先生曰:这忠信如反身而诚,如恶恶臭,如好好色,恁地底地位,是主学者而言;在圣人则为至诚,忠信不足以言之也。忠信是二十分真个见得这道理,决然是如此,更颠扑不破了。既见得如此,便有个进处,所以曰"进德"。修辞立诚,便是真个做得如此。又云:真个如此云做,所以曰"居业"。然而忠信便是见得修辞之诚底许多道理,修辞立诚便是居那忠信底许多道理。盖是见得分明,方有个进处;若不曾见得分明,则从何处进? 黑窣窣地进个甚么! 然只见得个道理是如此,却又不去做,便是空见得,如不曾见相似。"知至至之",如忠信进德底意思,盖是见得在那里,如望见在那里相似,便要到那里,所以曰"可与几也"。"知终终之",如修辞立诚底意思,盖已是在这里做,硬要做到那里,所以曰"可与存义"。若只是见得不去行时也,如何存得许多道理? 惟是见得而又能行,方可以存义也。又问:忠信至,可与存义也,如思而不学底意思否? 曰:也略是这些意思,但这个大不须恁底说了。

(同上)

又问"克己复礼,乾道也;主敬行恕,坤道也"。先生云:乾道者,是见得善恶粗粗分明,便一刀两段斩截了;坤道便顺这一边做将去,更不犯着那一边。又云:乾道如创业之君,坤道继体守成之君。

(同上)

"修辞立其诚","其"字当细玩。忠信所以进德,修辞立其诚所以居业,诚即指忠信也。

（同上）

问:"知至至之","知终终之",恐是大略立个期限如此,曰:这个只是个始终。

（同上）

问"八卦相错",先生答云:乾坤自是个不动底物事,动是阴阳。如一阴对一阳,一阳对一阴,六十四卦圆转皆如此相错。

（《文公易说》卷十七《说卦传》）

先生曰:看《易》,须是看他未画卦爻以前是怎生模样,却就这里看他许多卦爻象数,非是杜撰,都是合如此。未画以前,便是寂然不动,喜怒哀乐未发之中,只是个至虚至静而已。忽然在这至虚至静中有个象,方说出许多象数吉凶道理,所以《礼》曰:"洁静精微,《易》教也。"盖《易》之为书,是悬空做出来底。谓如《书》,便真个有这政事谋谟,方做出《书》来;《诗》,便真个有这人情风俗,方做出《诗》来。《易》却无这已往底事,只是悬空做底。未有爻画之先,在易则浑然一理,在人则湛然一心;既有爻画,方见得这爻是如何,这爻又是如何。然而皆是就这至虚至静中,做出许多象数道理出来,此其所以灵。若是似而今说得来恁地拖泥合水,便都没理会处了。

（《文公易说》卷十八《作易》）

先生因苏丈问要看《易》,谓之曰:《易》难看,而今道要教公依先儒解看,则非某之本心;道要教公依某底看,则又也不敢说。如某说底,也只说得三四分,有七八分理会不得。所以说《易》难看。圣人所谓"《诗》《书》执《礼》,皆雅言也",今既看《诗》了,且看

《书》或看《礼》。《礼》头绪多,亦难看。某思得一说:欲看《礼》,且看温公《书仪》,盖他是推古礼为之,其中虽有得失,然于今日便可得用,如冠、昏、丧、祭之类,皆可行。若能先看此,则古礼少间亦自易理会。《记》曰:"不学操缦,不能安弦。不学博依,不能安诗。不学杂服,不能安礼。"此之谓也。

(《文公易说》卷十八《读易》)

先生云:看《易》,先看某《本义》了,却看伊川解,以相参考。如未看他《易》,先看某说,却也易看,盖未为他说所汩故也。

(《文公易说》卷十九《濂洛诸说》)

吕德明记语录

问:"诗可以观",《集注》云"考见得失",是自己得失否?曰:是考见事迹之得失,因以警自己之得失。又问:"可以怨",《集注》云"怨而不怒",是如何?曰:诗人怨词,委曲柔顺,不恁地疾怒。

(《诗传遗说》卷一)

问"声成文谓之音",曰:"歌永言,声依永",便是声;"律和声",便是成文,谓之音。

(《诗传遗说》卷二)

先生说"思无邪",《集注》云:有因一事而言者,如《关雎》言乐而不淫,哀而不伤,《葛覃》言孝敬勤俭,《卷耳》言正静纯一,皆是就一事上见思无邪。夫子取出这一句来断三百篇诗,唯此一句可以尽盖三百篇之义。程子说"思无邪,诚也",诸公皆不曾子细看。且如人或言之无邪,未见他诚在;行之无邪,亦未见得他诚在。唯出于心之所思者无邪,方始见得他真个是诚。

(《诗传遗说》卷三)

问:《周南》、《召南》,程子曰:"《周南》、《召南》如乾坤。"《诗传》注云:"乾统坤,坤承乾。"德明之意,恐是必先有《周南》之化,然后有《召南》之德。曰:然。但程子只说如乾坤,未知其意是与不是,如此乃熹之意。如此说,盖化是自上而化下,德是自下而承上。

(《诗传遗说》卷四)

"南有樛木",便有"葛藟累之"。"乐只君子",便有那"福履绥之"。

(同上)

"公侯好逑",注云:"好逑是善匹",是言其才德相合处。"公侯腹心",注云:"同心同德",是言其才德与己无异了。

（同上）

石鼓有说成王时,又有说宣王时。然其辞有似《车攻》、《吉田》诗辞,恐是宣王时未可知。

（《诗传遗说》卷五）

问"蹶厥生"是如何,曰:是作他跳起来。当时虞芮质成,时一日之间来归者四十余国,其忽然涌盛如此,故文王作地跳起,此亦是诗人说他。又问:东莱说是文王自动其中,意其何以生得虞芮之感如此,遂归功于四臣。先生曰:虽说得巧,只是经意不如此,熹不曾如此巧说。若要把做文王自说,须说曰:予有疏附先后之臣,方得跳起之说,虽小著文王,亦不奈何,是诗人恁地说着了。

（同上）

"文王蹶厥生"一节。看那《绵》一诗,自古公亶父积累至文王,"肆不殄厥愠,亦不殒其问",时其势已盛。至虞芮质成,来归者四十余国,其势又盛。故诗人言文王兴起之势如此,所以兴起者,予曰:文王有此四臣以辅助。但上平说,看来无甚滋味,却不是穿凿。

（同上）

"对越在天",便是显处;"骏奔走在庙",便是承处。

（《诗传遗说》卷六）

蔡念成记语录

徐昭然问：先生去《诗序》，似使学者难晓。曰：正为有《序》，则反糊涂。盖《小序》后人揣料，有不是处多。如今之杜诗之类，本是雪，却题作月诗，后人不知，亦强要把做月诗解了，故大害事。

（《诗传遗说》卷五）

"爰契我龟"，乃刀刻龟也。古人符契，亦是以刀刻木而合之，今之蛮洞犹有此俗。有警急调发，便知日期、去处远近，亦契之意也。

（同上）

问好学论似多头项，曰：伊川文字都如此多头项，不愁缠去，其实只是一意。如《易传》"包荒"，便用"冯河不遐，遗便朋亡"意，只如此他成四项起了缠说，此论须做一意缠看。

（《文公易说》卷三《履》）

先生说："吉凶之道，贞胜者也"，言吉凶常相胜。如阴胜阳、阳胜阴之类，更相为胜。

（《文公易说》卷十二《系辞下》）

过庭所闻

《集注》于正文之下,止解说字驯文义与圣经正意,如诸家之说有切当明白者,即引用而不没其名。如"学而"首章,先尹氏而后程子,亦只是顺正文解下来,非有高下去取也。章末用圈,而列诸家之说者,或文外之意,而于正文有所发明,不容略去;或通论一章之意,反复其说,切要而不可不知也。

(《文献通考》卷一百八十四)

按:《过庭所闻》乃朱熹子朱在所记,目见《文献通考》卷一百八十四。王懋竑《朱子年谱》卷二曾引此条。

林恪记语录

梁文叔云:太极兼动静而言。先生曰:不是兼动静,太极有动静也。

(《文公易说》卷一《河图洛书》)

林学蒙问"原始反终,故知死生之说"。先生曰:人未死,如何知得死之说,只是原其始之理,将后面折转来看,便见得以此之有知彼之无。

(《文公易说》卷十《系辞上》)

致道问"元亨利贞",曰:元是未通底,亨、利收未成底,贞是已成底。譬如春夏秋冬,冬夏便是阴阳极处,其间春秋便是过接处。

(《文公易说》卷十五《文言》)

问易象,先生曰:便是理会不得,如乾为马,如乾之象却专说龙。如此之类,皆不同。

(《文公易说》卷十七《说卦》)

周标记语录

问:"易则易知",先此作"乐易"看,今闻先生之论,又却作"容易"说,是如何?曰:未曾到乐易处。砺曰:容易如何便易知?曰:不须得理会得易知,且理会得易字了不得如破竹。又曰:这便是无言可解说,只是易。又曰:怕不健,若健,则自易。易自是易知。这如龙兴而云从,虎啸而风生相似。又曰:这如鸿毛之遇顺风,巨鱼之纵大海,却不费气力。又曰:简便顺理而行,却有商量。

(《文公易说》卷九《系辞上》)

问"乾以易知,坤以简能。易则易知,简则简从。"先生曰:乾、坤只是健顺之理,非可指乾、坤为天、地,亦不可指乾、坤为二卦。在天地与卦中,皆是此理。易知易从不必皆指圣人,但易时自然易知,简时自然易从。

(同上)

"乾以易知,坤以简能",以下只为易知易从,故可亲可久。如人不可测度者,自是难亲,亦岂能久?烦碎者,自是难从,何缘得有功也!

(同上)

按:记中所提及"砺"者,为刘砺,字用之,三山人。《朱子语类》有其所记语录,在庆元五年己未,知此周标所记当在同年。

王遇记语录

问"乾,圣人之分也,可欲之善属焉;坤,学者之分也,有诸己之信属焉"云云,答云:此说大概得之。但乾坤皆以性情为言,不当分无形有形,只可论自然与用力之异耳。

(《文公易说》卷二《乾坤》)

范元裕记语录

问"书不尽言,言不尽意"一章。"立象尽意",是观奇耦两画包含变化,无有穷尽。"设卦以尽情伪",谓有一奇一耦设之于卦,自是尽得天下情伪,《系辞》便断其吉凶。"变而通之以尽利",此言占得此卦,阴阳老少交变,因其变,便有通之之理。"鼓之舞之以尽神",未占得则有所疑,既占则无所疑,自然使得人脚轻手快,行得顺便。如大衍之后言"显道神德行,是故可与酬酢,可与神佑"。"定天下之吉凶,成天下之亹亹",皆是鼓之舞之之意。"乾坤,其《易》之缊邪?乾坤成列,而《易》立乎其中。"这又只是言立象以尽意,设卦以尽情伪。易只不过是一个阴阳奇耦,千变万变,则易之体立;若奇耦不交变,奇纯是奇,耦纯是耦,去那里见易?易不可见,则阴阳奇耦之用亦何自而辨?问:在天地上如何?曰:关于地甚么事!此皆是说易不外奇耦两物而已。"化而裁之谓之变。推而行之谓之通。"这是两截不相干,化而裁之属前项事,谓渐渐化去,裁制成变,则谓之变。推而行之属后项事,谓推而为别一卦了,则通行无碍,故为通。"举而措之天下谓之事业",便只是定天下吉凶,成天下亹亹者,极天下之颐者,存乎卦体之中,备阴阳变易之形容。"鼓天下之动者存乎辞",是说出这天下之动如鼓之舞之相似,卦即象也,辞即爻也。大抵易只是一个阴阳奇耦而已,此外更有何物!神明一段,却是与形而上之道相对说,自"形而上谓之道"说至于"变"、"通"、"事业",却是自至约处说入至粗处,自"极天下之颐者存乎卦"说至于"神而明之",则又是由至粗上说入至约处。"默而成之,不言而信",则说得又微矣。

(《文公易说》卷十二《系辞上》)

蔡聚记语录

问：乾、坤、坎、离、中孚、小过、大过、颐八卦，番覆不成两卦，是如何？曰：八卦便只是六卦：乾、坤、坎、离是四正卦，兑便只是番转底巽，震便只是番转底艮。六十四卦只八卦是正卦，余便只二十八卦番转为五十六卦。中孚便是个大底离，小过便是个大底坎，又曰：是个双夹底坎，大过是个厚画底坎，颐是个大画底离。

（《文公易说》卷二十）

按：此记与吕焯所录大同小异而更详明，两录当在同时。

第四编　朱熹著作真、伪、编、佚考

朱熹文集编集考

宋代朱熹文集之编定及其版本演变，向无所考，误说甚多。按朱熹生前实已有文集之编。《文集》卷六十三《答胡伯量》书一后"考异补遗"一作："续观麻沙所印先生《文集》中，有《复陆教授书》，大概云：'吉凶之礼……'窃意《文集》所说，固是深察乎仁人孝子之情……"又有云："《文集》以先王制礼为言者，但以朝夕哭为犹有事生之意，别有所据……"可见朱熹在世已编《文集》刻于建阳麻沙。此答胡书所言"黄寺丞"，即黄灏商伯，其任太府寺丞在绍熙四年前后。其中所提及答黄寺丞书，即今《文集》卷四十六《答黄商伯》书二，作于绍熙三年。朱熹与陆九渊太极之辨往还书札甚多，陆九渊卒于绍熙三年十二月，朱熹此《文集》既收入与陆子寿等人书札，应是在陆九渊卒后中断太极之辨方编此《文集》，则编刻于绍熙四年，必是为朱熹所手订。其在陆九渊一去世即收札自编《文集》行世，盖有微意焉。《天禄琳琅书目》著录有宋刊本《晦庵朱先生大全文集》前集十二卷、后集十八卷，是本不传世，向来无考。按朱熹著述宏富，后来所编文集多在百卷以上，独此宋本只三十卷，则必是最原始编本，应即朱熹生前所自编文集无疑。朱熹文集成编当以此本为最早，故其后虽有朱熹文集全编本陆续刊行，而此本仍为藏家宝重，视为善本秘笈，卒入于天禄琳琅之目。然书名"晦庵朱先生大全文集"，与实不副，则应是后来刻家所改，天禄琳琅所著录宋本，盖已非麻沙初刻。但是本分前后二集，应是两次编集。考庆元四年朱熹弟子王岘晋辅尝又有为朱熹编文集之请，时因党禁，朱熹恐致祸，力劝止之。《文集》卷五十三《答刘季章》书八云："王晋辅来，求其尊人铭……渠又说欲得鄙文，编次锓木。此虽未必果,然亦不可有此声。恐渠后生未更事,不识时势,不知此是大祸之机……只如今所题跋,亦切不可便将出与人看。又刻石、镂板二事,并望痛为止之,千万,至恳至恳。"又《答刘季章》书十七云:"近得益公(周必大)书,闻且寓晋辅家……文集之议,当已罢止,此实于彼无益,而与此不便。衰老扶病如此,又岂能更去广南行脚耶?(按:指刊刻文集于广南,似因党禁,故刻板于边远地区)千万力为止之。"所谓"镂板"事,即为刻文集,王晋辅之请实出刘季章意。朱熹为王晋辅尊人铭作跋在庆元四年十一月,见今《文集》卷八十四《跋王行臣行实》,故知王晋辅请刻文集即在此年。然朱熹虽力劝罢之,王晋辅仍将文集镂板,《文集》卷二十九《答刘季章书》云:"知在晋辅处相聚,甚善。可更勉其收拾身心,向里用力,不须向外,枉费心神,非唯无益,当此时节,更生患害不可知。向日石刻及今所刊三册,劝其且急收藏,不可印出,向后或欲更为此举,千万痛止之也。"朱熹此答刘书中言及吕祖俭之讣、楼钥罢职等,知作于庆元四年,是王晋辅实已刻成《文集》三册,必即天禄琳琅所录《后集》十八卷也。《前集》与《后集》合刻,应在朱熹卒后党禁解弛、嘉定间朱在新编成朱熹《文集》以前,天禄琳琅所录宋刻本,疑即在此时。

自嘉定年间朱在编成《文集》,《前》、《后》集本因收编远未备,遂不传于世。然其后朱熹文集之编刻及版本之演变,说多歧异有误。《直斋书录解题》著录《晦庵集》一百卷,未言何人所编。《宋史·艺文志》著录朱熹《前集》四十九卷、《后集》九十一卷、《续集》十卷、《别集》二十四卷,不明何书。至《四库全书》则录内府藏本《晦庵集》一百卷、《续集》五卷、《别集》七卷,与通行本异,云:"此本为康熙戊辰蔡方炳、臧眉锡所刊,眉锡序之……潢《跋》(按:

指嘉靖壬辰潘潢跋)称《文集》百卷、《续集》五卷、《别集》七卷,与今本合。而与潢共事之苏信所作前《序》,乃称百有二十卷,已自相矛盾。方炳手校此书,其《跋》又称原《集》百卷、《续集》十卷、《别集》十一卷,其数尤不相符,莫名其故……方炳《跋》又称校是书时,不敢妄有更定,悉依原本,即《续》、《别》二集亦未依类附入,颇得古人刊书谨严详慎之意。今通编为一百一十二卷,仍分标《晦庵集》、《续集》、《别集》之目,不相淆乱,以存其旧焉。"《提要》所言误甚,考辨失实,后人不明,各家朱熹著述目乃皆以是本卷数著录,如周予同《朱熹·朱熹之著作》云:"《晦庵集》一百卷、《续集》五卷、《别集》七卷,存,是书《正》、《续》集不知谁所编辑,《别集》盖出余师鲁之手。"然《四库》所录实非原本之旧,今四部丛刊初编本《晦庵先生朱文公集》为明嘉靖刊本,潘潢壬辰《跋》分明云:"《晦庵文公集》百卷,又《续集》十卷、《别集》十有一卷。"则《四库提要》显为自误。又蔡方炳《跋》亦分明云:"原《集》百卷、《续集》十卷、《别集》十一卷。"则蔡方炳与臧眉锡于康熙戊辰所刊《文集》百卷、《续集》五卷、《别集》七卷,其卷数之分盖出蔡、臧己意妄定,所据乃元本而非宋本(见下);而四库馆臣为自炫其所著录刻本之异,不惜强与牵合,适反舍真录伪、弃古取晚。元以前绝无《续集》五卷、《别集》七卷之本,南宋各种卷数不同之本演变脉络本自分明,兹一一详考如下。

朱熹《正集》初编者为其子朱在。黄榦《朱熹行状》言朱熹著述称:"平生为文,则季子在汇次之矣。"其编次时间,据《黄勉斋先生文集》卷七《行状成告家庙》云:"行状成于丁丑之夏(按:嘉定十年,1217),然犹藏之箧笥,以为未死之前,或有可以更定者,如是者又四年。"是朱在编次《文集》当在嘉定十年以前。朱熹卒于庆元党禁之际，其后党争不断，道学摈抑，士人栗栗危惧，自无人敢编刻朱熹之集。至开禧事败，侂胄授首，嘉定四年方有刘爚请开伪学之禁。故朱在编成朱熹《文集》并予刊刻应在嘉定四年以后。又《黄勉斋先生文集》卷一《复胡伯量书》二有云："榦偶当一职，自不敢苟，以是亦粗办；不然，亦岂敢虚窃廪粟以活挈累耶……所谓座右铭四句者，不知先师《文集》有耶……"黄榦卒于嘉定十四年，而丐祠归则在嘉定十二年(见《李敬子司直书》四、《与郑知院书》二、《与郑成叔书》十八等)。其嘉定三年至六年宰新淦，见其《文集》卷二《与郑成叔书》十六、十七。疑此云"榦偶当一职"即指其知新淦县之任，盖胡伯量为南康建昌人，新淦地近建昌，黄榦故得与胡书札密切往返。据上大致可知朱在编次并刊刻朱熹《文集》约在嘉定四五年间(1211—1212)。其所编朱熹《文集》卷数，据朱熹十六世孙朱玉编《朱子文集大全类编》，云为八十八卷。明万历朱崇沐刊本《正集》八十八卷、《续集》十一卷、《别集》十卷，正与朱玉说合。朱熹二十二世孙振铎《朱子集版复藏紫霞洲祠堂叙》亦云："文公《文集》，原本八十八卷，季子侍郎公手编也。"是朱在编《文集》只八十八卷当无疑问。此板刻于建阳，即后世所谓闽本之最初本也。

稍后于朱在，有黄士毅所类编朱熹《文集》一百五十卷本出现。《鹤山先生大全集》卷五十三《朱文公语类序》云："子洪，名士毅，姑苏人，尝类文公集百五十卷，今藏之策府。"《宋元学案》卷六十九《沧洲诸儒学案》有黄士毅传，亦云："黄士毅，字子洪，号壶山，莆田人……方庆元诋诽道学，先生徒步趋闽，师朱文公……著述甚富，类注《仪礼》，撰次文公《书说》七卷，《文集》一百五十卷。又因语录成言，分门序次，为《语类》一百三十八卷。"(另见《道南源委》)魏了翁为眉州刊黄士毅编《朱子语类》所作序写于嘉定十三年九月,黄士毅编《语类》成于嘉定十二年,是年九月所自作《朱子语类后序》有云:"独池本陈埴一家惟'论仁'一条,按《遗文》乃答埴书,不当取为类,故今不载。"所谓"遗文"似即其所编《文集》。按黄榦所作《朱文公行状》只言朱在编次《文集》,而不及黄士毅所编,则嘉定十年黄士毅类编《文集》尚未成,知此书应成于嘉定十一、二年间(1218—1219)。黄本较之朱在本多六十二卷,当有增入;然魏了翁言其"类文公集百五十卷",似是据朱在所编《文集》重加分类别门,以类相从,另分卷数,一如其因现成诸家语录分门序次为《语类》一百三十八卷。故是编即有新增,当亦不多,终不免藏之策府,不传于世。至直斋作《书录解题》,赵希弁作《郡斋读书志附志》,均不录是书,恐其时已亡佚。

朱在所编毕竟搜辑未备,遗文续出,至嘉熙年间,遂有百卷本朱熹《文集》刊行,即所谓浙本也。王文晋《文禄堂访书记》卷四著录《晦庵先生文集》一百卷,云:"宋浙刻本……宋讳避至扩字。"此本藏书家多有著录,如适园张氏有此百卷宋刻本,《铁琴铜剑楼藏书目录》亦录此本,定为宁宗后刻本。按宁宗赵扩在位至嘉定十七年,此百卷本当编刻在嘉定以后不久,盖其时《续集》、《别集》尚未出,故只正集百卷也。《直斋书录解题》著录《晦庵集》一百卷、附《紫阳年谱》三卷,应即此刻本无疑。赵希弁《附志》著录《晦庵先生文集》一百卷、《续集》一十卷,即由此本而来,盖赵氏时已见《续集》之刻,而尚未有《别集》之成。考陈振孙淳祐九年(1249)致仕,未几即卒,见范锴辑《吴兴藏书录》。《直斋书录解题》卷九只著录李道传嘉定八年(1215)所辑《晦庵语录》四十六卷与李性传嘉熙二年(1238)所辑《晦庵续录》四十六卷,云"益见该备矣",未著录有淳祐大年（1249）所刊《晦庵语后录》一书；又淳祐三年已有朱熹《续集》之编（见下），陈振孙未著录于书，仍只录百卷本《文集》，可知《书录解题》应成于嘉熙三年至淳祐二年之间（1239—1242），百卷本朱熹《文集》应编刻在淳祐二年以前。是本编次者向无考，郭柏荫《朱子集序》云"宋本为王潜斋所刻"，其说本于咸淳元年黄镛所作《文公别集序》："文公先生之文，《正集》、《续集》潜斋、实斋二公已镂板书院。"按淳祐五年王遂所作《文公续集序》云："岁在癸卯（淳祐三年），遂假守建安，从门人弟子之存者而求其议论之极，则王潜斋已刻之方册。"此乃明言朱熹《文集》百卷本为王潜斋收辑遗文增补编刻，惜前人于王潜斋其人无考，致使今人如周予同编定朱熹著述目仍谓"《正》、《续》集不知谁所编辑。"今按：王潜斋即王野，婺州金华人。其父王介，《宋史》卷四百有传，曾从朱熹、吕祖谦游。王野承其家学，而为真西山所器重，尝为作《潜斋记》。《宋元学案》卷八十一有传，题作《签枢王潜斋先生野》。观王遂序，应是王野来建安从朱熹门人弟子搜访遗篇，遂编成百卷《文集》镂板。赵希弁《附志》于《晦庵先生文集》一百卷、《续集》十卷下云："嘉熙己亥王野刻于建安，黄壮猷嗣成之，识于后。"据此可确知《正集》百卷由王野编刻于建安。《宋史》本传称其"知建宁府，创建安书院，祠熹，以德秀配。"考《福建金石志》卷十一录有王野嘉熙三年所作《社稷坛记》碑残文，陈氏《金石略》考云："盖绍定四年陈昉宰浦城时，建筑是坛，曾请真西山为之记，记未成而西山卒。越六年为嘉熙二年，始属知建宁军府事王野记而勒者也。"王野嘉熙元年方在朝轮对，淳祐初已自江西任赴阙，故其知建宁在嘉熙二年至四年间，百卷本朱熹《文集》即其在建安任上搜辑编刻于建安书院。因其于开板后次年即离任，故又由黄壮猷继成之，疑再刻在婺州，故称为浙本，盖王野为婺州金华人之故也。闽本未收入朱熹劾金华唐仲友各状，而浙本则悉予编录，必是王野在建安所得，因其为金华人，多闻金华士人纷议朱唐交恶之事而读闽本莫明真相，故特予刊入浙本，以去世人之疑，此亦可为百卷本再刻于金华之一证。嗣后此本多流行于浙中，而与闽本同传。

闽、浙本渊源及分本所自来，据此可得而明：闽本源自朱在编八十八卷本《文集》；浙本源自王野编百卷本《文集》。王野百卷浙本，应是据朱在编本，参以黄士毅编本，加上已所访得遗文，编辑而成，后附黄壮猷跋识，诗文编次亦有不同。然后来闽本亦为百卷，则显是据王野浙本所补，已非朱在所编八十八卷本原貌，故元明以还已不明分闽、浙本之由。如明成化十九年黄仲昭《晦庵朱先生文集跋》云："《晦庵朱先生文集》一百卷，闽、浙旧皆有刻本。浙本洪武初取置南雍，不知辑为何人；今闽藩所存本，则先生季子在所编也。"据其又云："偶得闽本，公暇因取浙本校之，其间详略微有不同。如劾唐仲友数章，闽本俱不载……其他无大关系者，则仍其旧，惟正其亥豕鲁鱼之讹而已。"可见明时闽、浙本均已百卷，闽本只未取劾唐之章。又据嘉靖本《晦庵先生文集》卷六十七《仁说》下小注云："浙本误收南轩先生《仁说》为先生《仁说》，而以先生《仁说》为序《仁说》。"铁琴铜剑楼所藏宋刻本《晦庵先生文集》一百卷正如此。是后来浙本犹存王野所编原貌，而闽本则已不得谓是朱在所编本矣。

王野百卷本《文集》出，自是正集不再改动，至淳祐年间另有《续集》之编。《续集》人多不知编者为谁，实则淳祐五年正月王遂《文公续集序》已述之甚明："岁在癸卯，遂假守建安，从门人弟子之存者而求其议论之极，则王潜斋已刻之方册。间从侍郎之子（朱在子鉴)请,亦无所获。惟蔡西山之孙觉轩(蔡沈子模)早从之游,抄录成秩;刘文昌家亦因而抄掇,悉以付友人刘叔忠,刊落其烦,而考定其实。继是而有得焉,固无所遗弃也。"据此知《续集》始编于淳祐三年癸卯(1243),成于淳祐五年乙巳(1245),其来源有三:一为蔡觉轩所抄之帙(应即今《续集》二、三卷),二是刘文昌家所藏(应即今《续集》四、九卷),三为王遂"继是而有得",即其所自搜辑。《续集》编者当为王遂,而刘叔忠预焉。赵希弁《附志》亦称"《续集》则王遂刊而序之"。黄镛《文公别集序》亦云:"文公先生之文,《正集》、《续集》潜斋、实斋二公已镂板书院。"亦明以《正集》归之潜斋,以《续集》归之实斋。实斋向无考,按实斋即王遂,《宋元学案》卷七十一《岳麓诸儒学案》有王遂传,题作《正肃王实斋先生遂》,云:"王遂字去非,号实斋,金坛人。"全祖望谓"实斋本字颖叔,西山改为去非。"与刘宰交厚,见《漫塘集》。《宋史》卷四百一十五有《王遂传》,而未言号实斋。据传,其编《续集》当在其以宝章阁直学士知建宁府之时。然王遂实只编成《续集》十卷,第十一卷全为与刘德华书,据后有徐几淳祐十年庚戌(1250)二月跋云:"右得之刘侯之孙观光,今为浦城尉。尉始来过书院,祠谒甚敬,言乃祖参议公(刘如愚)尝受知文公先生,出所藏帖数十,皆集所不载。几敬读之,其间格言至论,真有补世道,遂刻以附于集。"可见淳祐五年王遂编刻《续集》十卷,至淳祐十年再由徐几增刻一卷,即今所见《续集》十一卷也。赵希弁《附志》犹只著录《续集》十卷,盖《附志》成于淳祐九年己酉以前,尚未得见徐几增刻一卷故也。

　　王野、王遂寻访遗文主要在建宁一地,搜辑不广,所编未全。《续集》刊行后,各地所藏朱熹手帖诗文纷出,有遂予刊行者,有作跋传世者,有将遗文按朱熹仕宦所过之地编为专集印刻者。故至咸淳年间。再有《别集》之编。《别集》之成,咸淳元年六月黄镛《文公别集后序》叙之甚详:"建通守余君师鲁好古博雅,一翁二季,自为师友,搜访先生遗文,又得十卷,以为《别集》。其标目则一仿乎前,而每篇之下必书其所得,且无《外书》不能审所自来之恨,真斯文之大幸也。镛于君之长子谦一为同舍郎,亦尝预闻搜辑之意,兹来冒居长席,而余君适将美解,始刊两卷,余以见嘱。于是节缩浮费,以供兹役,盖又二年,而始克有成。"是《别集》十卷编成于景定四年(1263),而刻成于咸淳元年(1265);编次者为建宁守余师鲁及其二子,而建安书院山长黄镛预焉。余师鲁所辑得遗文,来源有四:一为私人家藏及朱氏后裔家藏《录稿》;二为已刊之帖,计有蔡九轩刊《庆元书帖》、朱熹曾孙潚刊《家藏帖》、洪正学刊《允夫家藏帖》、新安汪逢龙刊《允夫家藏帖》、庐陵胡翼龙刊《静春家藏帖》、廖槎溪韶州州学刊帖、婺州刊帖七种;三为按仕宦之地所编单集,计有《大同集》(陈利用编)、《南康集》、《临江集》、《临漳语录》四种;四为见附于他书者,计有《稽古录》、《南溪祠志》、《寒山子诗集》、《尤川志》四种。由此可见余氏所辑较之王野、王遂虽搜面较广,仍甚有限,盖三人皆来守建宁者,未能遍访朱熹所过之地及其弟子亲友交游之人,故如朱熹游从各地即兴题诗、题跋、题刻,朱熹遍布各地弟子家藏序跋诗札,仍多遗而未编入集。余师鲁编集《别集》之际,朱熹手帖真迹之书刊印尤多,而为余氏所未见或所未及见,如赵希弁《附志》著录《朱文公帖》六卷,云:"黄西坡(灏)所藏先生之帖,而郡守钱明德并项平庵跋语,刻之于中,可以补《晦庵大全集》之阙者为多。"又如王柏《鲁斋集》卷九有《朱子帖第七卷》,卷十一有《跋朱子帖第八卷》等,收辑朱熹与王师愈帖有八卷之多，余师鲁皆未见。他如朱熹与陆游、辛弃疾等诸帖，至元明时人犹见其真迹，亦为余氏编《别集》所无。至宋末遂有再辑遗文重编朱熹文集行世。

《宋史·艺文志》著录有《朱子前集》四十卷、《后集》九十一卷、《续集》十卷、《别集》二十四卷，此本今佚。四集合一百六十五卷，比之今存朱熹《文集》、《续集》、《别集》竟多四十四卷，向来令人大惑不解。今按：《新安月潭朱氏族谱》录有朱熹所作《茶院朱氏世谱》，是书前有茶院第十二世孙朱冲序云："右《茶院朱氏世谱》，有刊本，见《大全后集》第十一卷。"此所谓《大全后集》即《宋志》所录《后集》九十一卷，可见此本卷数所以有一百六十五卷之多，乃补辑增入《婺源茶院朱氏世谱》及其他大量遗文之故。如明程敏政《篁墩文集》卷三十六《题文公梅花赋后》，即言《梅花赋》在《后集》中："文公旧有《前》、《后》、《续》、《别》四集行世，而《后集》亡矣。此赋见《事文类聚》，固《后集》之一也。"此说自有据。朱熹祖籍新安婺源，此一百六十五卷本收入《婺源茶院朱氏世谱》，而歙县程敏政编《新安文献志》，收辑朱熹遗文《梅花赋》等多本自《后集》，故可断定此本或是出于新安朱氏后裔所编（可称为徽本），而欲与建安朱氏后裔藏本相较胜也。朱冲为宋末人，新安茶院朱氏第十二世孙，徽本应编于南宋末年，然以其有《前》、《后》、《续》、《别》四集考之，知亦非一时一地一人所编。或是集成后，为新安朱氏后裔宝之，少见流传，故入元以后亡佚，后世莫睹。据其书亦称《前集》、《后集》，则当是上本自朱熹生前编订本《前集》十二卷、《后集》十八卷而不断增辑，同闽本、浙本有异矣。

据上所考，可将有宋朱熹文集编集及其演变列图如下：

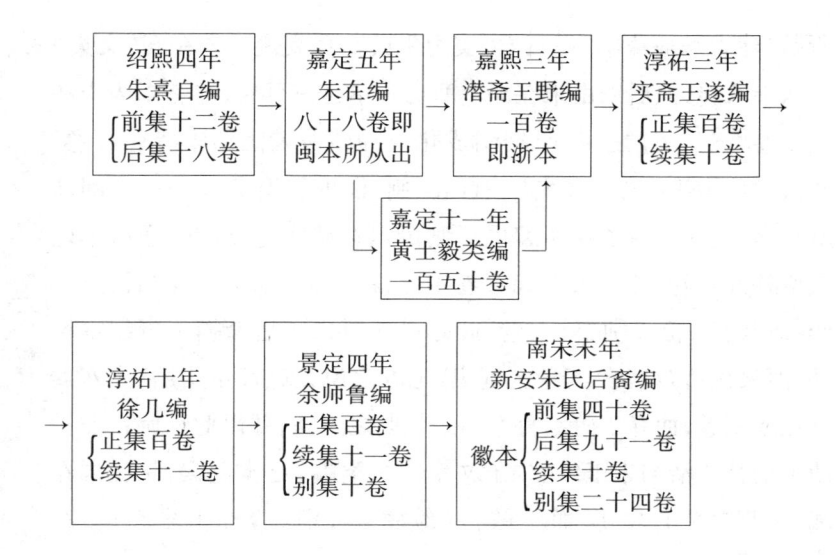

```
┌──────────┐  ┌──────────┐  ┌──────────┐  ┌──────────┐
│ 绍熙四年  │  │ 嘉定五年  │  │ 嘉熙三年  │  │ 淳祐三年  │
│ 朱熹自编  │→ │ 朱在编    │→ │ 潜斋王野编│→ │ 实斋王遂编│→
│ ⎰前集十二卷│ │八十八卷即 │  │ 一百卷    │  │⎰正集百卷  │
│ ⎱后集十八卷│ │闽本所从出 │  │ 即浙本    │  │⎱续集十卷  │
└──────────┘  └──────────┘  └──────────┘  └──────────┘
                    │
                    ↓
              ┌──────────┐
              │嘉定十一年 │
              │黄士毅类编 │
              │一百五十卷 │
              └──────────┘
```

```
┌──────────┐  ┌──────────┐  ┌────────────┐
│ 淳祐十年  │  │ 景定四年  │  │ 南宋末年    │
│ 徐几编    │  │ 余师鲁编  │  │ 新安朱氏后裔编│
→│⎰正集百卷  │→│⎰正集百卷  │→徽本⎰前集四十卷│
│⎱续集十一卷 │  │⎰续集十一卷│  │    ⎰后集九十一卷│
│          │  │⎱别集十卷  │  │    ⎱续集十卷│
│          │  │          │  │    ⎱别集二十四卷│
└──────────┘  └──────────┘  └────────────┘
```

朱熹文集之编，演为三大系统：一为闽本系统，本自朱在编八十八卷本；二为浙本系统，本自王野编百卷本，三为徽本系统，本自朱熹自订三十卷本。清以来，广为流传宋代有所谓《正集》八十八卷、《续集》五卷、《别集》七卷之本，后来更变为《正集》百卷、《续集》五卷、《别集》七卷之说，至有据此卷数刻板，而为《四库全书》所录，甚至朱熹二十二世孙朱振铎《朱子集版后藏紫霞洲祠堂叙》竟谓："《文公文集》原本八十八卷：季子侍郎公手编也。淳祐己酉（按：淳祐六年）《续集》五卷，编辑姓氏无考。景定间建通守余公师鲁补《别集》七卷，合为百卷，为建安嫡裔藏本。"此说尤谬。《续集》十卷成于淳祐三年，有王遂自序为铁证，何来淳祐六年编成《续集》五卷之事？余师鲁编次《别集》十卷，有黄镛序与徐几跋为铁证，何来余师鲁编《别集》七卷之事？《书录解题》、赵希弁《附志》乃至《宋志》、《文献通考》均无《续集》五卷、《别集》七卷本者，所谓"建安嫡裔藏本"一百卷，实为朱氏裔孙妄说。朱在编《文集》只八十八卷，但后来由朱在编本所出闽本已一百卷，遂有以为朱在编百卷本《文集》之说起，据明成化黄仲昭跋谓闽浙本皆一百卷，并云："《晦庵朱先生文集》一百卷，闽、浙旧皆有刻本……今闽藩所存本，则先生季子在所编也。"则最迟在明成化以前朱在编本已被增补为百卷，并有朱在编百卷本之说流行。朱玉称元刻祠堂本作《续集》五卷、《别集》七卷，此必是元时朱氏后裔据王野编本增补，而又伪造《续集》五卷、《别集》七卷之说，以与《正集》八十八卷凑足成百卷，而夺王野编百卷本之权归之朱在，并以此证闽本非据浙本增补。清初朱玉编《朱子文集大全类编》已觉此误，只云朱在编《文集》八十八卷，而不敢言《续集》、《别集》亦由朱在所编。《续集》五卷、《别集》七卷之说，元以来方流传，蔡方炳、臧眉锡不以此为误，反将原《正集》百卷、《续集》十一卷、《别集》十卷之本再改为《正集》百卷、《续集》五卷、《别集》七卷印刻，甚至与朱氏后裔所妄造"建安嫡裔藏本"《正集》八十八卷、《续集》五卷、《别集》七卷亦明显矛盾，其妄自不待言。而《四库全书》竟以是书著录，或以为得宋本之旧，《提要》所云，遂至讹误百出，如潘潢跋明嘉靖壬辰刻本为《正集》百卷、《续集》十一卷、《别集》十卷，《提要》却云蔡、臧刻本卷数与潘潢跋相合。又苏信序乃为嘉靖壬辰刻本所作，该刻本既为《正集》百卷、《续集》十一卷、《别集》十卷，则序中所云"一百二十卷"者应误脱一"一"字；而《提要》为牵合康熙蔡、臧刻本卷数，竟云"一百二十卷"为一百十二卷之误倒。今诸家著述目于《提要》笃信无疑，皆以是本著录，至可怪也。凡此，为探究朱熹文集编刻及其版本演变所不可不知者。要之，宋代唯《文集》百卷、《续集》十一卷、《别集》十卷本流传至今，朱熹自编三十卷本、朱在编八十八卷本、黄士毅一百五十卷本与徽刻一百六十五卷本皆亡,今所辑得朱熹佚文佚诗,盖原多在徽本中也。

按:天禄琳琅所录前集十二卷、后集十八卷,今藏中国台湾,中多有今本《朱文公文集》所未收文章。惜余无从得见此本,以作辑考。异时当补入再考也。

朱熹语录编集考

朱熹与门人弟子讲学问答,门人弟子皆有私记,朱熹生前已自相传阅,朱熹且亲手改定辅广所记语录,编订与蔡元定讲论之语而为《翁季录》。至朱熹殁,语录之书始出,而因党禁,未能刊印。至嘉定四年弛党禁,语录遂纷纷印刻,广为流布;然亦仅各自单家刊行,未有众家之集。辑集众家语录成编始于李道传,类分语录编为语类始于黄士毅,选采众录精粹为要语之书始于程士奇,至黎靖德乃汇四录二类而集其成,是为朱熹语录流传编集之大概也。前人多据四录(《池录》、《饶录》、《饶后录》、《建别录》)二类(《蜀类》、《徽续类》)以探《朱子语类大全》之成,或不免粗略疏漏,无从明究朱熹语录亡佚之况。兹乃据时间先后一一稽考语录、语类之出,详探语录语类编集、散佚与分合演变之迹,以补诸家朱熹著述目之阙。

嘉定八年,李道传辑集整理三十三家语录,刊于池阳,是为《池录》。据黄榦《池州刊朱子语录后序》云:"李君道传贯之,自蜀来仕于朝,博求先生之遗书,与之游者皆乐为之搜访,多得记录者之初本。其后出守仪真,持庚节于池阳,又潘时举、叶贺孙诸尝从游于先生之门者,互相雠校,重复者削之,讹谬者正之,有别录者,有不必录者,随其所得为卷帙次第,凡三十有三家。"是参预校雠刊定者有潘时举、叶贺孙诸多朱熹弟子,《池录》为三十三家四十三卷。然今《朱子语类》中《池录》只剩三十二家,少卷三十五一家。据《朱子语类》前《朱子语录姓氏》林夔孙后有云:"《池录》三五陈埴录已削",则当是削去三十五卷中陈埴一家。黄士毅《朱子语类后序》云:"独《池本》陈埴一家惟'论仁'一条,按遗文乃答埴书,不当取为类,故今不载。"知陈埴录实仅一条,本非语录,为黄士毅所删。《朱子语录姓氏》于张洽一家下有云:"附《池录》后,"《四库提要》遂以为即原三十三家中一家,云:"李道传辑廖德明等三十二人所记为四十三卷,又续增张洽一卷,刻于池州,曰《池录》。"此说乃误。按吴坚《建安刊朱子语别录后序》云:"然黄士毅所录(指《蜀类》),朱子亲笔所改定者,已见于辅广录中,其所自录及师言则亦三录(按:指《池录》、《饶录》、《饶后录》)所未有;若李壮祖、张洽、郭逍遥所录,亦未有也。"吴坚序作于咸淳元年,其时张洽录亦方只为吴坚取以入《别录》,则张洽录之附于《池录》,当在咸淳元年以后再刻《池录》之时,其原不在三十三家四十三卷中甚明。赵希弁《郡斋读书志附志》著录《晦庵先生语录》四十三卷,即《池录》,云:"右廖德明、辅广、余大雅、陈文蔚、李闳祖、李方子、叶贺孙、潘时举、董铢、窦从周、金去伪、李季札、万人杰、杨道夫、徐㝢、林恪、石洪庆、徐容、甘节、黄义刚、㬊渊、袭盖卿、廖谦、孙自修、潘履孙、汤泳、林夔孙、陈埴、钱木之、曾祖道、沈僴、郭友仁、李儒用三十三人,记录晦庵先生之语也。"此亦足证《池录》中无张洽录。据上《池录》原貌可恢复如下:

第一卷	廖德明录	第九卷	叶贺孙录
第二卷	辅　广录	第十卷	叶贺孙录
第三卷	余大雅录	第十一卷	叶贺孙录
第四卷	陈文蔚录	第十二卷	潘时举录
第五卷	李闳祖录	第十三卷	董　铢录
第六卷	李方子录	第十四卷	窦从周录
第七卷	叶贺孙录	第十五卷	金去伪录
第八卷	叶贺孙录	第十六卷	李季札录

第十七卷	万人杰录	第三十二卷	潘履孙录
第十八卷	杨道夫录	第三十三卷	汤　泳录
第十九卷	杨道夫录	第三十四卷	林夔孙录
第二十卷	徐　寓录	第三十五卷	林夔孙录
第二十一卷	徐　寓录		陈　埴录（黄士毅删）
第二十二卷	林　恪录	第三十六卷	钱木之录
第二十三卷	石洪庆录	第三十七卷	曾祖道录
第二十四卷	徐　容录	第三十八卷	沈　侗录
第二十五卷	甘　节录	第三十九卷	沈　侗录
第二十六卷	黄义刚录	第四十卷	沈　侗录
第二十七卷	黄义刚录	第四十一卷	沈　侗录
第二十八卷	曼　渊录	第四十二卷	郭友仁录
第二十九卷	袭盖卿录	第四十三卷	李儒用录
第三十卷	廖　谦录	附	张　洽录
第三十一卷	孙自修录	（咸淳元年后附入）	

初，李道传于诸家录刊削太甚，去取有不当，凡与朱熹《四书》说不合之语录，则无论早年晚年不同之说俱删。黄榦曾致书叶贺孙详予批评云："且如《语录》中所载与《四书》不同者，便径削去，则朱先生所集程先生语录，胡为两说不同，而亦皆采取耶……朱先生一部《论语》，直解到死，自今观之，亦觉有未安处。且如'不亦君子乎'一句，乃是第一段，几番改过。今观程子云'不见是而无闷，乃所谓君子'，是不愠然后君子也。朱先生云'故惟成德者能之'，则是君子然后不愠，以悦乐两句例之，则须是如程子之说方为稳当。'敏于事而慎于言'，朱先生云：'敏于事者，勉其所不足；慎

于言者，不敢尽其所有余。'此用《中庸》'有余不敢尽'之语。然所谓慎者，非以其有余而慎之也，慎字本无不敢尽之意，事难行，故当勉；言易肆，故当慎耳。'人而无信'一章'其何以行之哉'，'何以'之'以'，便当用'其何以观'例。志道、据德、依仁，不当作次第说；若作次第说，则游艺有所不通，且有志道者未能据德、据德者未能依仁之病。道者，贯古今、塞天地，人所共由；志者，存之而不忘；德，则行道而有得于身，随其所得，守之而不失；仁者，心之全体，德由此立，道由此行，故当依之而不违。三者皆人所不可须臾离，若艺则游之而已。此一段乃近见一朋友语录中所载，又岂可以其与《四书》不合而削之乎？"（《黄勉斋先生文集》卷一《复叶味道书》一）后经叶贺孙修整一过，有所是正（同上，卷三《复李贯之兵部书》），然犹有差误，虽有增改，已在雠校以后，未能刊入。其削而未用之余即黄榦序所谓"有不必录者"，遂多为后编语录所取。张洽录应即当初刊削，雠校后未能增入，故后来补附。

　　《池录》搜辑远未备，且有舛误。嘉定十二年，朱熹弟子黄士毅辑集七十家语录，分门类编为一百四十卷，于次年刊于眉州，是为《蜀类》。《蜀类》之编，特点一在不以家编，而以类分，按门按类编入各家语录；二在各家语录说有详略异同者，悉予附后不删。搜辑较富，校定较精。《蜀类》全取《池录》而再增三十八家。据其《朱子语类后序一》云："《语类》总成七十家，除李侯贯之已刊外，增多三十八家。或病诸家所记互有重复，乃类分而考之……今惟存一家之最详者，而它皆附于下。至于一条之内无一字不同者，必抄录之际尝相参校；不则非其闻而得于传录，则亦惟存一家，而注与某人同尔。"然黄士毅言《蜀类》为七十家而非七十一家者，盖黄氏已增三十八家，加《池录》三十二家为七十家，而《池录》陈埴一家已删削之故也。黄士毅于《池录》多有增删改定,以辅广录一家为例,魏了翁《鹤山先生大全集》卷五十三《朱文公语类序》云:"开禧中,余始识辅汉卿于都城。汉卿从朱文公最久,尽得公平生语言文字,每过余,相与熟复诵味,辄移晷弗去。余既补外,汉卿悉以相畀。嘉定元年,余留成都,度周卿请刻本,以幸后学……后数年,竟从余乞本刊诸肯衣,彼不过余所藏十之二三耳……其后李贯之刊于江东,则已十之六七。今史廉叔所得黄子洪《类本》,则公之说至是几无复遗余矣。"其他改定《池录》处,其《朱子语类后序二》叙述较详:"独《池本》陈埴一家惟'论仁'一条,按遗文乃答埴书,不当取为类,故今不载。又辅广所录,以先生改本校之,则去其所改,而反存其所勾者,合三十余条,今亦惟据改本。或有一条析为三四条,如窦从周录所见先生语之类,今则复其旧。或士毅所传本多于刊本,如黄义刚者,悉类入而不去,文异者则姑注一二条,云一本作某字。以上皆与《池本》异者。盖《池本》虽黄侯直卿之所次辑,然李侯贯之惟据所传以授直卿,而直卿亦据所授以加雠校,且有增改于已雠校之后者不与焉。故近闻之直卿,欲求元本刊改,而未能也。"黄士毅自创语类体例,其所自辑诸家实为后来《饶录》等所取,而黎氏《语类大全》亦仿是书而编,其草创之功不可没,而李性传编《饶录》竟不言及,黎氏于《朱子语录姓氏》详列四录各家,而于《蜀类》只取四家附后,遂使后人于《蜀类》原貌几无所知。幸《蜀类》七十家今尚可得考,详见下。

约与《蜀类》同时,又有朱熹弟子程永奇辑众家语录精粹而成《朱子语粹》十卷。程永奇字次卿,休宁人。据叶秀发《程永奇墓志铭》云:"文公先生省墓婺源,履正公(程永奇父)挈君往拜,请受教焉,因令君侍归建安,问难究诘,所造益邃。逾年而归,文公手书持敬明义之说百余言勉之，君归，遂以'敬义'名其堂……晚岁订其大义所系者为《六经疑义》二十卷、《四书疑义》十卷。又以明道《定性书》、伊川《好学论》当与《太极图说》、《西铭》并行，各为之注释一卷。文公《语录》出于众手，纯驳不一，自加诠择，为《朱子语粹》十卷。中和之说文公盖有遗憾，为集其语为《中和考》三卷。君以《大学》工夫始于格物，自号'格斋'，所著诗文曰《格斋稿》四十卷。君年七十有一，以嘉定十四年十二月五日终于正寝。"程永奇所编，乃取众录精华，且加诠择，体例自创，又与《池录》、《蜀类》不同，而是书竟不闻于当世，后世亦无一人言及者，至为可惜也。程永奇卒于嘉定十四年，《语粹》编于晚年，则或成在嘉定十二三年前后。所取诸家录无从得考，然当有与《池录》、《蜀类》同者，疑亦有程永奇已所记语录。程氏此书，实开后世选取朱熹语录编为要语之风气。

稍后于《蜀类》与《语粹》，又出现两种语录编本，即杨与立《朱子语略》与叶士龙《朱子语录类要》。《朱子语略》二十卷，《四库全书》未收，而赵希弁《郡斋读书志附志》已录《朱子语略》二十卷，云："杨与立编次晦庵先生之语，萧一致刻于道州。"据徽州刊朝鲜古写本吕午序云："至嘉定庚辰、辛巳间，建安杨与立始约为《语略》行于东南，而眉丹棱史公说廉叔时亦得莆田黄士毅子洪《语类》增于《池本》三十八家者刊之于蜀。"是《朱子语略》刊于嘉定十三年。据《朱子语录姓氏》杨与立下云"壬子同刘、□、龚、栗、谭见"，知李性传《饶录》曾有取于《朱子语略》，编入二十四卷。然《朱子语略》仍有遗而未录者，如《性理大全》、《周子全书》卷一《太极图说》集说、吕柟《朱子抄释》卷二等均有朱熹一条重要语录："太极生阴阳，理生气也。阴阳既生，太极在其中，理复在气之内也。"不见于《朱子语类》。按《朱子抄释序》云："予乃取朱子门人杨与立所编《语略》者,遗其重复,取其切近,抄出一帙。"则此条应在《朱子语略》中,而为四录二类所遗,亦可见黎氏编《语类大全》未尝重视此书。《朱子语录类要》十八卷,成于嘉熙二年,初为十九卷,名为《格言》,后去兵事,更定为十八卷四十八类,盖亦类似黄士毅《语类》之作。此书中有九家记录名不见今《朱子语录姓氏》,证明四录二类及黎氏编《语类大全》均未得见并采用此书。

与《朱子语录类要》同时,有《饶录》之出。李性传自谓自宝庆二年至嘉熙二年经十二年搜访,再得四十一家,分四十六卷,于嘉熙二年刊于饶州,是为《饶录》。此录可疑者有三:李性传经十二年搜访,而竟未见《朱子语录类要》中之九家录,此可疑者一;黄士毅《语类》先于十九年已成,而李性传竟不言及,此可疑者二;《饶录》家数、卷说有不同,此可疑者三。李性传《饶州刊朱子语续录后序》自云:"由丙戌至今,得四十有一家,率多初本,去其重复,正其讹舛,第其岁月,刻之鄱阳学宫。复考《池录》所余,多可传者,因取以附其末。"然吴坚《建安刊朱子语别录后序》则云:"鄱本续录四十有二家,其三十四家《池本》所未有也,再见者两家,录余凡六家。"而据今《朱子语类》前《朱子语录姓氏》,则《饶录》有四十四家,中尚缺三十五卷。四十四家中与《池录》同者只五家。考李性传所云"复考《池录》所余,多可传者,因取以附其末",应即吴坚所云"录余凡六家",据《朱子语类姓氏》,《饶录》最末一卷即四十六卷有六家与《池录》同,此六家为廖德明、潘时举、董铢、万人杰、徐寓、林恪。此六家盖《池录》删削之余,李性传以为有可取,故仍为一编,作为四十六卷附于其末。另《饶录》三十卷李儒用录及三十八卷黄义刚录与《池录》同,应即吴坚所说"再见者两家"。赵希弇《郡斋读书志附志》著录有《晦庵先生语续录》四十六卷,即《饶录》,云:"右黄榦、何镐、程端蒙、周谟、潘柄、魏椿、吴必大、黄䥧、杨若海、杨骧、陈淳、童伯羽、郑可学、滕璘、王立行、游敬仲、黄升卿、周明作、蔡恩录、杨与立、郑南升、欧阳谦之、游倪、杨至、潘植、王过、董拱寿、林学蒙、林赐、李儒用、胡泳、吕焘、黄义刚、吴寿昌、杨长孺、吴琮等四十一家记录晦庵先生语也。内五家莫详姓氏,后一卷则先前廖德明、潘时举、董铢、万人杰、徐寓、林恪所遗也。"据今《朱子语录姓氏》中《饶录》只有三家无名氏录,则三十五卷中有两家无名氏录被黎靖德所删,相加亦方成四十一家之数。由此《饶录》原貌可恢复如下:

第一卷	黄　榦录	第十六卷	郑可学录
第二卷	何　镐录	第十七卷	滕　璘录
第三卷	程端蒙录	第十八卷	王力行录
第四卷	周　谟录	第十九卷	游敬仲录
第五卷	周　谟录	第二十卷	无名氏录(一)
第六卷	潘　柄录	第二十一卷	黄升卿录
第七卷	魏　椿录	第二十二卷	周明作录
第八卷	吴必大录	第二十三卷	蔡恩录录
第九卷	黄　䥧录	第二十四卷	杨与立录
第十卷	黄　䥧录		(与刘、□、
第十一卷	杨若海录		龚、栗、谭
第十二卷	杨　骧录		见同录)
第十三卷	陈　淳录	第二十五卷	郑南升录
第十四卷	陈　淳录	第二十六卷	欧阳谦之录
第十五卷	童伯羽录	第二十七卷	游　倪录

第二十八卷　杨　　至录　　　第三十八卷　黄义刚录
第二十九卷　潘　　植录　　　　　　　　（与《池录》同）
第三十卷　　王　　过录　　　第三十九卷　无名氏录四
　　李儒用录（与《池录》同）　第四十卷　　无名氏录五
第三十一卷　董拱寿录　　　　第四十一卷　无名氏录五
第三十二卷　林学蒙录　　　　第四十二卷　无名氏录五
第三十三卷　林　　赐录　　　第四十三卷　吴寿昌录
第三十四卷　胡　　泳录　　　　　　　　（与吴浩同录）
第三十五卷　无名氏录（二）　第四十四卷　杨长孺录
　　　　　　（黎删）　　　　第四十五卷　吴　　琮录
　　　　　　无名氏录（三）　附　　录：　董　　铢录
　　　　　　（黎删）　　　　　　　　　　万人杰录
第三十六卷　吕　　焘录　　　　　　　　　徐　　寓录
　　　　　　（与吕焕同录）　　　　　　　廖德明录
第三十七卷　吕　　焘录　　　　　　　　　潘时举录
　　　　　　（与吕焕同录）　　　　　　　林　　恪录

　　黄士毅《蜀类》先《饶录》十九年成，且比《池录》多三十八家，而李性传却绝口不言之及，竟云"合《池录》与今录，凡先生平生所与学者谈经论事之语，十得其九"，至不可解。若非李性传未见黄氏《蜀类》，则必是其所得诸家语录有取自《蜀类》而讳言之。《饶录》四十家有二家与《池录》同，则李性传新得三十九家（吴坚称三十四家应为三十九家之误），而黄氏《蜀类》亦新得三十八家，故《饶录》与《蜀类》实相差无多。今考《朱子语录姓氏》中列《蜀类》仅四家：黄士毅、李壮祖、李公谨、林一之，则当是《蜀类》所自得三十八家中比《饶录》多此四家录（如《饶录》内有，不会再列为《蜀类》);而《饶录》新得三十九家中则应有五家为《蜀类》所无(即《饶录》与《蜀类》只三十四家相同),疑此五家即《饶录》中五家无名氏之录,盖黄士毅为朱熹弟子,多得原本及向本人抄录,不当不知录者之名;李性传乃去黄士毅已十九年,多得传本,则有不知名者之录。据此,《蜀类》七十家语录应如下:

廖德明	辅　广	余大雅	陈文蔚	李闳祖	李方子
叶贺孙	潘时举	董　铢	窦从周	金去伪	李季札
万人杰	杨道夫	徐　寓	佚　名	石洪庆	徐　容
甘　节	黄义刚	昜　渊	袭盖卿	廖　谦	孙自修
潘履孙	汤　泳	林夔孙	钱木之	曾祖道	沈　僴
郭友仁	李儒用

(以上三十二家,与《池录》同)

黄　榦	何　镐	程端蒙	周　谟	潘　柄	魏　椿
吴必大	黄　㽦	杨若海	杨　骧	陈　淳	童伯羽
郑可学	滕　璘	王力行	游敬仲	黄升卿	周明作
蔡愳录	杨与立	郑南升	欧阳谦之	游　倪	杨　至
潘　植	王　过	董拱寿	林学蒙	林　赐	胡　泳
吕　焘	吴寿昌	杨长孺	吴　琮	黄士毅	李壮祖
李公谨	林一之

(以上三十八家,前三十四家与《饶录》同)

《饶录》同于《蜀类》者三十四家,似李性传多取自黄士毅,而己搜访所得只五家;然其又无黄士毅、李壮祖、李公谨、林一之四家,似李性传又未尝得见《蜀类》,使人大惑不解。然《蜀类》之价值与编集之功尤由此可见,后来语录之编,仍有取于《蜀类》。

继李性传之后,又有王佖编成《朱文公语后录》二十卷,再辑二十家,刊于婺州,是为《婺录》。《婺录》不为人言及,按《郡斋读书志附志》即录有此《后录》,云:"右东阳王伋记杨方、黄榦、刘炎、黄灏、邵浩、刘砥、李煇、黄卓、汪德辅、陈芝、吴振、吴雉、林子蒙、林学履、刘砺、钟震、萧佐、舒高、魏椿、杨至所录也。其说谓:'《池录》初成,勉斋犹未免有遗恨于刊行之后,况《饶本》又出于其后乎!此二十卷皆《池》、《饶》所未及刊者,稽其所自,证其所得,尝屡反复焉,无一语或敢不谨也。'又谓:'晦翁始与南轩讲于岳麓,后与东莱及象山讲于鹅湖,此皆先贤讲论大端,深恨从游者莫能录其所闻,以示后世云。'"《后录》二十家,有黄榦、魏椿、杨至三家与《饶录》同,余十七家《饶录》所无,后尽入《饶后录》。赵希弁《附志》成于淳祐八年,《饶后录》刊于淳祐九年,则《后录》应编于嘉熙三年至淳祐七年间(1239—1247)。据王伋所作《徽续类序》云:"(《蜀类》)犹有所遗,伋每加访求……凡三十有余家,既裒以为《婺录》。"《婺录》即其所编《后录》,知《婺录》后为蔡杭采入《饶后录》,其编定之功亦不可没。

淳祐八年,蔡杭再辑二十三家语录,分二十六卷,于次年刊于饶州,是为《饶后录》。据蔡杭《饶州刊朱子语后录后序》云:"淳祐戊申,杭将诣江东,鄱阳洪叔鲁芹以其外大父吏部杨公方手所录《寒泉语》见示。既又于安仁汤叔逊次得其家藏包公扬所录。二公在师门为前辈,所录尚未编入,则所遗者亦多矣。既而东阳王元敬伋亦以所集刊本见寄,又得里中朋友所传一二家。乃悉以次编入,为二十六卷。"可见《饶后录》二十三家,二十家取自王伋《婺录》(其中有杨方录),蔡杭只增包扬、刘子寰、李杞三家而已。今王伋序亡佚,而《饶后录》有黄榦、魏椿、杨至三家同于《饶录》,盖因《婺录》原本如此。然《郡斋读书志附志》著录有《晦庵先生朱文公语续录后集》，即此《饶后录》，却只二十二家二十五卷，其说云："右杨方、黄榦、包扬、刘炎、刘子寰、邵浩、刘砥、刘砺、李煇、陈芝、黄灏、黄卓、汪德辅、吴振、吴雉、钟震、林子蒙、林学履、萧佐、舒高、魏椿、杨至二十二人记录晦庵先生之语也。蔡杭将指江东，集而刻之。"少最后二十六卷李杞一家。按"蔡杭将指江东"在淳祐八年，其时方在搜访语录，最后序定《饶后录》则已在淳祐九年中秋；而赵希弁《附志》亦于同年附刻于蜀中传本《郡斋读书志》后，是《附志》与《饶后录》编在同时。必是蔡杭初编《饶后录》只得二十二家，赵氏据此本录入《附志》；稍后蔡杭又得李杞一家，序定刊刻《饶后录》时遂作为二十六卷附书末，而《附志》业已刊刻不及改。

与语录同时，语类、语要亦相继有出。绍定四年至淳祐十三年间，朱熹弟子昙渊重编已所记语录及所得他录，另成《语录类编》、《四书类编》、《易问答语要》与《文公进学善言》。昙渊弟子阳枋《字溪集》卷十二有昙渊生平《纪年录》云："绍定四年辛卯，公年四十五，编类文公《语录》、《四书》。嘉熙二年戊戌……集晦翁《诗谱》成，而为之序。淳祐十年庚戌，公年六十四，编类《朱文公易问答语要》。淳祐十三年壬子，公年六十六，新集文公《易》说精要成编，题曰《文公进学善言》。"按李性传刊《池录》中已有昙渊录一卷，则应是嘉定以前旧稿，然甚粗略舛误，李性传序即称诸书答问之际多所异同，而《易》为甚，昙渊所录一编，与《本义》异者十之三四。故昙渊后有重订增修，凡三易稿而成此四书，已全非《池录》所录旧貌。然因昙渊幽居蜀地，其学未显，而诸家语录编者又均沿袭《池录》，未访新本，遂使此昙渊四录不为人采，终至湮没无闻。与昙渊编此四书同时之各家语录编者，均未提及采用昙渊新录；而淳祐十二年后所出各家语录,如《徽续类》、《建别录》乃至《朱子语类大全》,亦均未访得此四书入录,黎氏仍据《池录》中蔂渊录采入《语类大全》,乃是弃新录旧,遗精取杂,使舛陋之蔂渊旧录传世至今,无人知晓,至可叹也。

　　淳祐十二年,王佖将己所辑《婺录》与蔡杭编《饶后录》,仿《蜀类》类编为四十卷,刊于徽州,是为《徽续类》,盖在欲续黄士毅《蜀类》也。其《徽州刊朱子语续类后序》云:"文公朱先生《语类》一百三十八卷,壶山黄子洪取门人所录语,以类相从也……犹有所遗,佖每加访求……凡三十有余家,既裒以为《婺录》,而继之者尚未艾也。佖幽居无事,盖尝潜心而观之,审定其复重,参绎其端绪,用子洪已定门目,粹为《续类》,凡四十卷。"王氏未明言《续类》几家,然据《朱子语录姓氏》,知王佖编《婺录》后又只访得黄士毅、林枅二家,加《饶录》五家无名氏录及《婺录》与《饶录》中二十三家,则《徽续类》应为三十家,即:无名氏(五家)、杨方、黄榦、包扬、刘炎、刘子寰、邵浩、刘砥、刘砺、李辉、陈芝、黄灏、黄卓、汪德辅、吴振、吴雉、钟震、林子蒙、林学履、萧佐、舒高、魏椿、杨至、李杞、黄士毅、林枅。

　　至咸淳元年(1265),天台吴坚又辑三十三家语录,分为二十卷,刊于建安,是为《建别录》。据其《建安刊朱子语别录后序》云:"果斋,先君子畏友也,尝介以登朱子之门。坚由是多见未行语录,手抄盈箧,凡六十五家,今四十年矣。晚得《池》、《鄱》本参考,刊者固已多,然黄士毅所录朱子亲笔所改定者,已见于辅广录中,其所自录及师言,则亦三录所未有;李壮祖、张洽、郭逍遥所录,亦未有也。暨来闽中,重加会粹,以三录所余者二十九家及增入未刊者四家,自为《别集》。"增入四家中,黄士毅录已入《徽续类》,吴坚所自得实只李壮祖、张洽、郭逍遥三家。其余二十九家，其称为前三录刊削之余，实多在《蜀类》中。据《朱子语录姓氏》，《建别录》卷十九、二十为"不知何氏"之录，黎靖德《语类考订》云："《建别录》第十九卷，不知何氏录，中有'师邺'字，乃赵恭父也。二十卷有'砺曰'字，乃刘用之也。此二卷，或二人所录。"按刘砺录在《饶后录》中，赵师邺录则原为前录中无名氏录之一，均非吴坚自得，则至其时语录之辑已为强弩之末矣。

咸淳六年(1270)，黎靖德裒集众录而成《朱子语类大全》一百四十卷，朱熹语录精粹荟于是书。黎氏将众家之录分为二十六门，以类相从，门立而类分，纲举而目明，众录如珠贯线，朱熹思想学问及其生平讲学活动之迹遂于此脉络可循，其于编订朱熹语录之功可谓甚巨。据其自序，是编乃删除重复一千一百五十余条，凡甚可疑者概予刊削。据前所考，黎氏乃削《饶录》卷三十五二家无名氏录，其余所删多为各家录重复者与可疑者。然黎氏编《语类大全》最大之失误，在只据四录二类类编是书，而未再广加寻访搜辑他录，遂使当时亦见流传之重要语录终至亡佚。考当时未入四录二类之语录，除前所述曼渊四书及叶士龙编《语录类要》五种外，尚有如下二十二家语录，均未为黎氏辑入《语类大全》：

(1)《别录》十卷。李性传《饶州刊朱子语续录后序》云："先生又有《别录》十卷，所谈者炎兴以来大事，为其多省中语，未敢传，而卯火亡之，今所存者幸一二焉。"按黄榦《池录序》云："有别录者，有不必录者"，"别录者"即此《别录》，则当与《池录》同编成于嘉定八年。

(2)《翁季录》。蔡杭《饶州刊朱子语后录后序》云："独念先师又有亲自删定与先大父西山讲论之语及性与天道之妙名曰《翁季录》者,久未得出,以流行于世。"真德秀《真文忠公文集》卷四十二《九峰先生蔡君墓表》亦云:"聘君以师事朱文公……凡性与天道之妙,他弟子不得闻者,必以语季通焉。异篇奥传,微辞突义,多先令讨究,而后亲折衷之。故尝辑其问答之辞曰《翁季录》者,盖引以自匹也。"是录由蔡元定编辑,而由朱熹删定,则应编在庆元四年蔡元定卒以前。

(3) 周耜集《文公语录》。《江西通志》卷九十一:"周耜,字植叟,星子人。性沉静,博雅好古,有诗名。尝侍父官襄阳,帅臣张构一见奇之,待以殊礼。晚集文公语录,以诏后学。江东绣使礼聘为白鹿洞主,其讲学至老不倦云。"是录无考。

(4) 胡常编《晦翁语录汇编》十卷(一作《类编朱子语录》,见《黄岩志》)。《台州府志》卷七十二《艺文略》录此书,云:"宋胡常编。常,黄岩人……是书车若水有序。"今《赤城后集》载车若水是序,称"亲见其汇编朱文公语录,自谓穷年矻矻"。据车序,知胡常汇编是书在淳祐二年癸卯(1242)。胡常字立方,号思斋。车若水为其作墓铭,《台州府志》卷一百零四有传。

(5) 曹彦约记《朱文公师友问答》。《桐江集》卷八《先君事状》云:"先君讳琢,字元章,徽州歙县人……利路帅曹公彦约尤深相知,所刊《朱文公师友问答》,委先君订正,今行于世。"曹彦约为朱熹弟子,有《昌谷集》行世。

(6) 时子源记《语录》。《鲁斋集》卷十二《跋果斋时公帖》:"公讳囗,字子源。自其先登丽泽之门,而公又师事朱子,有《语录》。"时子源即时源,其来师事朱熹在淳熙十二年来请朱熹作邵氏墓表以后,见朱熹《文集》卷九十《太孺人邵氏墓表》。

（7）严世文记《疑义问答》。见《宋元学案》卷六十九。

（8）梁琠记《语录》。见《宋元学案》卷六十九。

（9）刘刚中记《师友问答》。《宋元学案》犹存录二十三条（见前辑考）。

（10）朱在记《过庭所闻》。目见《文献通考》卷一百八十四。王懋竑《朱子年谱》特录一条。

（11）朱鉴编《文公诗传遗说》、《文公易说》、董鼎《书传辑录纂注》等引有诸家语录，不见于黎氏编《语类大全》，合之得十一家：

① 吕烨记语录（《易说》）

② 黄显子记语录（《易说》）

③ 蔡念成记语录（《易说》,《诗传遗说》）

④ 黄有开记语录（《易说》,《诗传遗说》）

⑤ 周标记语录（《易说》）

⑥ 周侗记语录（《易说》,《诗传遗说》,《辑录纂注》）

⑦ 范元裕记语录（《易说》）

⑧ 蔡聚记语录（《易说》）

⑨ 王遇记语录（《易说》）

⑩ 吕德明记语录（《诗传遗说》）

⑪《精舍记闻》（《易说》,《诗传遗说》）

以上共二十七种语录，当时均在。朱鉴《诗传遗说》编成于端平二年（1235），《文公易说》编成于淳祐十二年（1252），四录二类之编与其同时，而竟无辑，黎氏又未加寻访之功，遂使二十七种语录亡佚。且黎氏因只据四录二类编书，《语类大全》所辑语录又多未全者，计有七种：

（1）杨与立编《朱子语略》。是书二十卷，有重要语录为《语类大全》所遗。

（2）程士奇编《朱子语粹》。是书十卷,无一编录者言及,自当有四录二类所未收之语录。

（3）李闳祖记《问答》。据《宋元学案》六十九,《问答》有十卷,今《语类大全》仅一卷。

（4）郑可学记《师说》。据《道南原委》及《宋元学案》卷六十九,《师说》有十卷,今《语类大全》仅一卷。

（5）潘埙编《晦庵语类》。《直斋书录解题》著录《斋庵语类》二十七卷,云:"蜀人以晦庵语录类成编,处州教授东阳潘埙取其《论语》一类,增益其未备,刊于学宫。"所谓蜀人类成编者,即指《蜀类》。既称"增益其未备",则此《晦庵语类》亦有逸出于《语类大全》之语录者。

（6）包扬录《文说》。是书一卷,《直斋书录解题》著录该书,云:"南城包扬显道录朱侍讲论文之语。"黎靖德序以为:"（《饶录》）四十二卷,元题'文说'者。以靖德考之,疑包公扬所录,盖公之子尚书恢刻公所辑《文说》一编,视此卷虽略,而《饶后录》所刊包公录中往往有此卷中语,是知此为公所录无疑。"按:《文说》原本,据包恢跋云已亡于火,陈振孙所见为汤氏藏本,今《饶后录》所载包扬录虽有《文说》中语,已散乱有阙,并非全璧。

（7）吴必大记《师海》。赵希弁《郡斋读书志附志》著录《师说》三卷、附录一卷,云:"吴必大记录晦庵先生之语,朱鉴刻于兴国。"今《语类大全》吴必大录仅一卷。

此外,在黎靖德编《语类大全》前,尚有二书亦为黎氏所未注意:

（1）李方子编《传道精语》三十卷、后集二十六卷。赵希弁

《附志》著录是书，云："右李方子编濂溪、康节、横渠、明道、伊川、晦庵、南轩、东莱之说，类而集之。"此书实开集理学诸儒语录类编成书之风，为当世所重，淳祐三年，车若水作《晦翁语录汇编序》称："昭武李公方子有《传道精语》，建安杨公与立有《晦翁语略》，章抉句摘，奇缀巧附，殊极精便。"其中所集朱熹语录，当亦有逸出《语类大全》之外者。

（2）马季机编《经济文衡》前集二十五卷、后集二十五卷、续集二十二卷（按：《经济文衡》疑当作《经世文衡》）。是书据黄暨序，知作于淳祐十一年辛亥，编者为马季机。《四库总目》乃据乾隆杨刻本程恂序误以为滕珙编（按：淳十祐一年滕珙已卒，《新安文献志》、《新安学系录》等均不言其编有《文衡》）。是书乃取朱熹语录、文集分类编次而成，黎氏于此书亦无取。

据上所考，足见黎氏《语类大全》所未收语录甚多。后世所编语录语类之书以及诸如胡广编《性理大全》、《五经四书大全》之类，间有引《语类大全》所无之语录，即来自上列各亡佚之书，亦不得一概以黎氏编《语类大全》所删糟粕目之。《四库提要》以为"今他书间传朱子之语而不见于《语类》者，盖由靖德之删削"，其说尤非。

《语类大全》出而他录亡。自黎氏而后，再无语录之出，有者率皆不过撦拾朱熹《文集》、《语类》之语条分类编而成之语纂、节要、抄释、书要、类纂之类，旧录翻新，直至明清绵延不绝，虽多如猬毛，要不过就黎编《语类大全》随己意去取成书，屋下架屋，愈见踢蹐；而杂以门户之见，借朱夫子之语注我，盖亦郐下无讥焉。

兹将《朱子语类大全》编定以前众家语录语类作一总表列后，以见朱熹语录编集、散佚与分合演变全貌：

[图表]1

书　名	编录者	编刻之年	家数卷数	存　佚　之　况
《翁季录》	朱　熹 蔡元定	庆元四年以前		佚,未入《语类大全》
辅广录	辅　广	庆元六年以前	一卷	存,入《语类大全》
《郡斋录》	陈　淳	庆元六年		存,入《语类大全》
《竹林精舍录》	陈　淳	嘉泰元年		存,入《语类大全》
《池录》	李道传	嘉定八年	三十三家 四十三卷	入《语类大全》
《别录》	李道传	嘉定八年	十卷	佚,未入《语类大全》
《蜀类》	黄士毅	嘉定十二年	七十家 一百四十卷	入《语类大全》
《朱子语粹》	程士奇	嘉定十三年前	十卷	佚,部分入《语类大全》
《朱子语略》	杨与立	嘉定十三年	二十卷	存,部分入《语类大全》
《语录类编》	晏　渊	绍定二年		佚,未入《语类大全》
《四书类编》	晏　渊	绍定二年		佚,未入《语类大全》
周侗录	周　侗	端平二年以前		佚,未入《语类大全》
吕德明录	吕德明	端平二年以前		佚,未入《语类大全》
黄有开录	黄有开	端平二年以前		佚,未入《语类大全》
蔡念成录	蔡念成	端平二年以前		佚,未入《语类大全》

续表

书　名	编录者	编刻之年	家数卷数	存　佚　之　况
《精舍记闻》		端平二年以前		佚,未入《语类大全》
《师友问答》	曹彦约	端平三年以前		佚,未入《语类大全》
《朱子语录类要》	叶士龙	嘉熙二年	十八卷	存,未入《语类大全》
《饶录》	李性传	嘉熙二年	四十一家四十六卷	入《语类大全》,削二家无名氏录
《婺录》	王佖	嘉熙三年至淳祐七年间	二十家二十卷	先入《饶后录》,再入《语类大全》
《传道精语》	李方子	淳祐三年前		部分入《语类大全》
《语录汇编》	胡　常	淳祐三年		佚,未入《语类大全》
《饶后录》	蔡　杭	淳祐九年	二十三家二十六卷	入《语类大全》
《易问答语要》	曼　渊	淳祐十年		佚,小部分入《语类大全》
《经济文衡》	马季机	淳祐十一年	七十二卷	存,部分未入《语类大全》
《文公进学善言》	曼　渊	淳祐十二年		佚,未入《语类大全》
《徽续类》	王　佖	淳祐十二年	三十家四十卷	入《语类大全》
吕煇录	吕　煇	淳祐十二年以前		佚,未入《语类大全》
黄显子录	黄显子	淳祐十二年以前		佚,未入《语类大全》
周标录	周　标	淳祐十二年以前		佚,未入《语类大全》

续表

书　名	编录者	编刻之年	家数卷数	存佚之况
范元裕录	范元裕	淳祐十二年以前		佚,未入《语类大全》
蔡聚录	蔡聚	淳祐十二年以前		佚,未入《语类大全》
王遇录	王遇	淳祐十二年以前		佚,未入《语类大全》
时子源录	时子源			佚,未入《语类大全》
《疑义问答》	严世文			佚,未入《语类大全》
梁瑑录	梁瑑			佚,未入《语类大全》
《师友问答》	刘刚中			佚,未入《语类大全》
《过庭所问》	朱在			佚,未入《语类大全》
《问答》	李闳祖		十卷	佚,小部分入《语类大全》
《师说》	郑可学		十卷	佚,小部分入《语类大全》
《师海》	吴必大		三卷附录一卷	佚,部分入《语类大全》
《晦庵语类》	潘墀		二十七卷	佚,部分入《语类大全》
《文说》	包扬		一卷	佚,部分入《语类大全》
《文公语录》	周耜			佚,未入《语类大全》
《建别录》	吴坚	咸淳元年	三十三家二十卷	入《语类大全》
《语类大全》	黎靖德	咸淳六年	九十七家一百四十卷	存

朱熹前《四书集注》考

（从《四书集解》到《四书集注》）

朱熹生平学问，于《四书》用力最勤，而以《四书章句集注》集生平《四书》学之精粹。然朱熹一生究竟撰写多少种《四书》注解之书，各书前后上下承袭演变之迹又如何，已佚之书有多少等，前人皆未有详考，遂于朱熹著述之真、伪、编、佚多有误说，乃至莫能探明朱熹生平《四书》学思想变化发展之貌。如周予同朱熹著述目列朱熹生平《四书》注解之书有十五种，吴其昌所列则更多。然其中或有误伪（如《大学启蒙》），或有重复（如《大学集解》与《大学详说》），或有遗漏（如《论语集解》）。朱熹在成《四书集注》之前，其《四书》之学有一漫长而曲折之演变过程，于各《四书》注解之书反复增删修改，分合不定，可称为前《四书集注》阶段。此阶段虽说未定，书甚杂，而其《四书》学思想演变之秘尽在于斯，不可不究其详也。兹特就朱熹前《四书集注》著述阶段作一总考，以探其《四书》学变化发展之迹，明其《四书》之作编撰散佚之况，则朱熹《四书》著述真、伪、编、佚之实亦于此概可得见矣。

（一）《孟子集解》——《孟子精义》——《孟子集注、或问》考

朱熹《四书集注》中之《孟子集注》，乃由《孟子集解》演变而来。朱熹为《孟子》作解，最早可上溯至绍兴二十三年至二十七年同安任期间（1153—1157），《语类》卷一百零四黄矕录云："某往年在同安日，因差出体究公事处，夜寒不能寐，因看得子夏论学一段分明。后官满，在郡中等批书，已遣行李，无文字看，于馆人处借得《孟子》一册熟读，方晓得'养气'一章语脉，当时亦不暇写出，只逐

段以纸签签之,云此是如此说,签了便看得更分明。后来其间虽有修改,不过是转换处,大意不出当时所见。"此可谓朱熹作《孟子集解》之始,而其草稿初成则在绍兴三十年(1160)。《别集》卷三《与程钦国书》云:"近见李延平先生,始略窥门户,而疾病乘之,未知终得从事于斯否耳……近集诸公《孟子》说为一书,已就稿。"程钦国为程洵原字,后更字允夫,故此书所作当甚早。绍兴二十年朱熹归婺源展墓,始识程洵。延平李侗卒于隆兴元年(1163)。朱熹绍兴二十三年始见李延平,三十年始受学于李延平,即书中所云"近见李延平先生,始略窥门户"。故此书当作于是年,而《孟子集解》已具稿,又该书论及苏程之学及《孟子》中"养气"一章云:"示喻苏程之学,愚意二家之说不可同日而语。黄门议论所守,仅贤其兄,以为颜子以来一人而已,恐未然。顷因读《孟子》,见其所说到紧要处,便差了'养气'一章,尤无伦理。"按《文集》卷四十一《答程允夫》书一正论及苏程之学与"养气"一章,其中程洵问及"《孟子集解》先录要切处一二事,如论'养气'、论'性'之类",朱熹答曰:"《孟子集解》虽已具稿,然尚多所疑,无人商榷。此二义尤难明,岂敢轻为之说,而妄以示人乎?"知此答程书与《答程钦国书》作在同时。盖其时《孟子集解》虽稿具,尚多有疑,欲待修定,故不肯轻出示人。其后较大修改凡二次,第一次于乾道二、三年间(1166—1167),第二次于乾道五至七年间(1169—1171)。

《别集》卷一《答魏元履》书五云:"《孟子》说向尝编集,虽已终篇,但苦无人商量。间因人或来问,检视之,辄有不满意处,未欲传出,以误后生也。或彼中有人看此书,讲说有异处,令逐条抄出,疑问之意,便中寄示,容检鄙论为答,有不当处,却告驳难,即彼此有益。若全部写得,未必讲习,却无所用耳。"该书有云"共甫(刘琪)复改命三衢",事在隆兴二年(1164)。又《文集》卷三十九《答柯国材》书二云:"《论语》比年略加工夫,亦只是文义训诂之学,终未有脱然处。更有《诗》及《孟子》各有少文字,地远,不欲将本子去,又无人别写得,不得相与商榷为恨尔。"该书有云"武学阙尚有三年",指隆兴二年十二月除武学博士。据此知《孟子集解》自稿成迄于隆兴二年,朱熹一直未出以示人。但从隆兴二年至乾道二年(1164—1166),三年内朱熹一直不断整理补充,《新安文献志》甲卷九《答祝直清书》云:"两年来集得《孟子说》稿成,或有益于初学,后当录一本去。"此书作于乾道二年(见前辑考)。其首以是书与友人同志共订在乾道二年,参预商订者有何叔京、林择之、范伯崇、许顺之、张敬夫等。《文集》卷四十《答何叔京》书二:"《孟子集解》本欲自备遗忘,抄录之际,因遂不能无少去取及附己意处。近日读之,句句是病,不堪拈出。它时若稍有所进,当悉订以求教,今未敢也。"书三:"《孟子集解》当悉已过目,有差缪处,切望痛加刊削,警此昏愦……《孟子》看毕,先送范伯崇处。"书四:"《孟子集解》重蒙颁示,以《遗说》一编见教,伏读善幸,开豁良多。然方冗扰,未暇精思,姑具所疑之一二,以求发药,俟旦夕稍定,当择其尤精者,著之《解》中,而条其未安者,尽以请益。钦夫、伯崇前次往还诸说,皆欲用此例附之。昔人有古今集验方者,此书亦可为古今集解矣。"以上三书均言及《孟子集解》,时间先后相接。书二、书三均言程氏《遗书》、《语录》编辑之事,应在乾道二年。书四言及何叔京为朱熹《杂学辨》作跋,据《文集》卷七十二《杂学辨》所附何跋,亦在乾道二年。是年,朱熹多与范伯崇书札往还论《孟子》说,范伯崇且来建阳讲论逾月。何叔京亦尝来访,与朱讨论《孟子集解》书札甚多,皆载集中。何特将《孟子遗说》寄朱以备采览,共同论辨商订，直至乾道三年。朱熹此次修改《孟子集解》之况，可由《答何叔京》书六、书七得见大概。书六云："《遗说》所疑，重蒙镌喻，开发为多。然愚尚有未安者，及后八篇之说并以求教。"书七论辨《遗说》得失及《孟子集解》之去取有三十一条之多，其中所云"旧说"、"注"、"集解"，皆指《孟子集解》。书六言及"岁前报叶、魏登庸，蒋参预政，陈应求同枢密知院事。"按《宋史·宰辅表》，事均在乾道二年，而书则作在乾道三年。书七称："昨承示及《遗说》后八篇，议论甚精，非浅陋所至，或前儒所未发，多已附于《解》中。"可见乾道二、三年修定《孟子集解》主要有取于何叔京，而共同商订者有张敬夫、范伯崇、柯国材、祝直清、许顺之、陈齐仲、徐元聘多人（参见卷三十九答许书八、九及答陈书、答徐书二），盖集思广益、吸取众说而成，故朱熹称为"古今集解"。朱熹生平学问大旨之确立，实与此次与众多士友讨论商订《孟子集解》有关，前人未有论及也。

  第二次修改在乾道五年至七年间。《别集》卷六《答林择之》书四云："《孟子解》此亦见从头看起，未容寄去，更俟几日也。"《文集》卷四十三《答林择之》书八云："示及《孟》说，正欲烦订正，俟及面纳。向来数书所讲，亦并俟面论。"书九亦云："近略整顿《孟子说》，见得此老直是把得定。"《别集》答林书四前有大段言程氏《遗书》编集事，知作于乾道五年。《文集》答林书八有云"钦夫春来未得书，闻岁前屡对，上意甚向之。"指乾道六年十一月郊祀礼成，张栻论奏，十二月奏罢发运使职等，即张栻答朱书中所云"仲冬以后凡三得对"（见《张宣公年谱》），知书八作于乾道七年春，其时《孟子集解》又修定再成。共预修改者，林择之外，又有蔡季通、李伯谏，杨子直诸人。《续集》卷二《答蔡季通》书四十四云："子直欲且留此为此逾月之计,俟某复来,今欲烦藏用月初下来,就此写却一两卷《孟子》,更得一朋友同来尤佳……此子直薪米之属,亦已一一措置矣。此两日,亦只因《孟子》理会一两条义理颇分明。"杨子直来寒泉问学之年,据《文集》卷四十二《答胡广仲》书六云:"熹哀苦不死,忽见秋序……钦夫召用,甚慰人望,但自造朝,至今未收书……杨方子直方因其入广西取道岳前,属使求见,渠在此留几两月,讲会稍详。""哀苦不死"指丁母忧,"钦夫造朝"指乾道六年五月张栻召为吏部员外郎,可见杨子直乃于该年秋来朱熹处几两月,今《语类》有杨方子直所录,正为乾道六年所闻。又《文集》卷四四《答蔡季通》书四之二:"小儿辈又烦收教,尤剧愧荷……所示《孟子》数说,未及细观,略看大意皆好,但恐微细有所未尽耳。所与子直书,论大本处甚佳,虽云凡圣本同,亦有明与不明之异。昨见子直说及,正疑其太笼统,今得此书乃释然耳。"朱熹遣二子就学于蔡季通处,时亦在乾道六年,见同卷答蔡书五。蔡季通、李伯谏等共预此次商订契勘,更由如下二书可见:《续集》卷二《答蔡季通》书九十三:"伯谏书中说托料理《孟子集解》,今纳去旧本两册。"书九十四:"金声玉振之说皆未尽,数日客冗,拨忙次得数语如此,今以上呈,可否俟报。某来晚定归,亦带过呈伯谏也。《孟子解》看得两篇,改易数处,颇有功。但涂抹难看,无人写得一草本,大家商量为佳。"按李伯谏援佛入儒为说,朱熹曾于隆兴二年与之论辩痛箴,两人说不能合。当李氏溺于禅学之际,朱熹自不会请与修订《孟子集解》。李氏幡然悔悟释氏之非则正在乾道六年,《文集》卷四十三《答林择之》书四:"此有李伯谏,往时溺于禅学,近忽微知其非。昨来此留数日,蔡季通亦来会,剧论不置,遂肯舍去旧习。"卷三十九《答范伯崇》书十:"伯谏过此,季通亦来会,相与剧论儒佛之异……又为季通指事譬喻，渠遂释然，似肯放下旧学。"《别集》卷六《答林择之》书五："李伯间来访，剧论两三日，旧疑释去，遂肯尽弃所学，而从事于此……伯间、季通皆来集，讲论甚众。"又《文集》卷三十一《答张敬夫》书二："此有李伯闻（按：当作李伯间，即李伯谏）者，旧尝学佛，自以为有所见，讲辨累年，不肯少屈，近尝来访……渠遂脱然肯舍旧习，而从事于此。"此答张书二中详言张栻奏罢丁钱，事在乾道六年，见朱熹作《张栻神道碑》。故由此可确知李伯谏于乾道六年始弃旧学而从学于朱熹，朱熹付交《孟子集解》与李伯谏、蔡季通修改整理，应在其后不久（又见下考）。

朱熹乾道七年第二次修订《孟子集解》得以确考，则今存《语孟精义》中之《孟子精义》（《孟子集义》）实即此第二次修定本《孟子集解》昭然无疑，此可由下列三点证明：

1. 朱熹乾道八年以前只言及作有《孟子集解》一书，绝不言另作有《孟子》注解之书；而乾道七年修定成《孟子集解》后，乾道八年春正月即序定《论孟精义》，二书在时间上紧密衔接，必为同一书。

2. 乾道八年正月所作《论孟精义序》，称《孟子精义》于二程先生之说"间尝搜辑条疏，以附本章之次；既又取夫学之有同于（二程）先生者与其有得于先生者，若横渠张公、范氏、二吕氏、谢氏、游氏、杨氏、侯氏、尹氏凡九家之说，以附益之，名曰《论孟精义》。"可见《孟子精义》乃辑集众家《孟子》之说而成之书；而前引《与程钦国书》亦称《孟子集解》为"集诸公《孟子》说为一书"，性质全同，不可能为两书。又《续集》卷二《答蔡季通》书九十三云："伯谏书中说托料理《孟子集解》，今纳去旧本两册，更《拾遗》、《外书》、《记善录》、龟山、上蔡《录》、游氏《妙旨》、《庭闻稿录》、《五臣解》

取范、吕二说。各自抄出,每段空一行,未要写经文,且以细书起止写之,俟毕集,却剪下粘聚也。每章只作一段,章内诸说只依次序列之,不必重出经文矣。两匠在此,略刊得数行矣。字画颇可观,未可印,未得寄去也。但此间独力,深恐校雠不精,为后日之累耳。"此答书言《孟子集解》所集诸家说,正与《论孟精义序》言《孟子精义》所集诸家说若合符节,盖《论孟精义序》言略,而《答蔡季通》书九十三言详,所指为一书,而答蔡九十三书正可补序言之阙,而为探讨《论孟精义》所引原始资料提供重要线索。《别集》卷六《答林择之》书六有云:"近于蔡季通处见《庭闻稿录》一篇,乃杨昭远记龟山所举二先生语。"该书言及魏元履添差台学之除,据朱熹《魏元履墓铭》,事在乾道五年,朱熹于该年方初见《庭闻稿录》,则其据是书以修补《孟子集解》当在此后不甚远。又所谓"外书"指程氏《外书》,朱熹序作于乾道九年,但在乾道七、八年《外书》已编成,故亦于第二次修定《孟子集解》时用之。然则《答蔡季通》书九十三当作于乾道七、八年间,其中所言《孟子集解》校雠刊印之事,实即指乾道八年序定《论孟精义》并刊刻于建阳(由蔡负责)也。

3. 乾道八年以前,朱熹于往还书札中一再提及《孟子集解》之名;乾道八年以后,朱熹书札绝无言及《孟子集解》之名,必是乾道八年《孟子集解》定名为《孟子精义》予以序定刊行,故其后再无提及《孟子集解》。

《孟子集解》之名,本在朱熹通信中用之,原非定名。乾道八年修定后,书名亦多有改,初名《精义》,后改名《要义》,再定名《集义》,实仍与《集解》之原名同义。是书乾道八年初刻于建阳,淳熙元年二刻于婺州,淳熙七年三刻于豫章,乃据吕东莱意见增补周氏说与张横渠说（见《吕东莱文集》卷四《与朱侍讲》书六），更名《要义》，朱熹作《书语孟要义序后》，谓此刻于"程、张诸先生说尚或时有所遗脱。既加补塞，又得毗陵周氏说四篇有半于建阳陈焞明仲，复以附于本章。"是为《语孟要义》之定本。

《孟子精义》一书，实为《孟子集注》之成准备材料与观点，朱熹自谓"《集注》乃《集义》之精髓"（《语类》卷十九），洪本《年谱》亦云："先生既编次《论孟集义》……既而约其精粹妙得本旨者为《集注》。"是《孟子集注》乃采《孟子精义》之精华而成。朱熹之约取《孟子精义》而作《孟子集注》，始于淳熙三年（1175），《文集》卷三十一《答张敬夫》书十八云："《中庸大学章句》缘此略修一过，再录上呈，然觉其间更有合删处。《论语》亦如此草定一本，未暇脱稿。《孟子》则方欲为之，而日力未及也。"此答书参以《张南轩文集》卷二十三《答朱元晦》书一、卷二十二《答朱元晦》书十二，可以确知作于淳熙二年十二月，距朱熹乾道八年序定《孟子精义》已三年，所谓"《孟子》则方欲为之，而日力未及也"，即指欲在《孟子精义》一书基础上作《孟子集注》而无暇为之。然则朱熹之初作《孟子集注》当在淳熙三年丙申，至次年即淳熙四年丁酉（1177）六月，《孟子集注》稿成刊刻，是为丁酉本。王懋竑《年谱》："淳熙四年丁酉，夏六月，《论孟集注》、《或问》成。"洪本《年谱》亦于是年云："先生既编次《论孟集义》，又作《训蒙口义》。既而约其精粹妙得本旨者为《集注》，又疏其所以去取之意为《或问》，然恐学者转而趋薄，故《或问》之书未尝出以示人。时书肆有窃刊行者，亟请于县官追索其板，故惟学者私传录之。"《玉海》卷四十六"淳熙《论语孟子集注》、《或问》"条亦云："朱文公熹撰，淳熙四年六月癸巳成。"丁酉本《孟子集注》为初刻本，朱熹亦多言及，如《文集》卷六十二《答张元德》书七中张元德有问:"《语孟或问》乃丁酉本,不知后来改定如何?"朱熹答云:"《论孟集注》后来改定处多,遂与《或问》不甚相应,又无功夫修得《或问》,故不曾传出。"据上可知,《孟子集注》、《或问》与《论语集注》、《或问》均同时写成,四书皆从《论孟集义》分化而出。朱熹取《孟子集义》精粹而为《孟子集注》;又因说有未尽,乃取《集义》之余,又疏其所以去取之意为《或问》,二书互有发明,而皆本之于《集义》。

《孟子集注》稿成后,又经反复修改,再刊多次(详见另考)。至绍熙三年(1192),朱熹又取《孟子集注》一书之要而成《孟子要略》(又名《孟子要旨》),见王懋竑《朱子年谱》。真德秀有《孟子要略序》云:"先生之于《孟子》发明之也至矣,其全在《集注》,而其要在此编……学者于《集注》求其全体,而又于此玩其要指焉,则七篇之义无复余蕴矣。"然朱熹于《要略》实亦不甚满意,《语类》有陈时举录云:"问:《孟子》首章,先剖判个天理人欲,令人晓得,其托始之意甚明;先生所编《要略》,却是要从源头说来,所以不同。曰:某向时编此书,今看来亦不必。只《孟子》便直恁分晓,示人自是好了。"又《文集》卷十六《答黄直卿》书六亦云:"病中看得《孟子要略》数章分明,觉得从前多是衍说,已略修正写去。此书似有益于学者,但不合颠倒却圣贤成书,此为未安耳。"故朱熹注《孟》诸书,仍以《孟子集注》为代表,而《孟子要略》后虽亦有修定,终不免亡佚无闻,至清方有刘荣云从金仁山《孟子集注考证》中辑出《孟子要略》,已非完书。

据上所考,朱熹生平注《孟》之书先后分合演变之迹可列成下图:

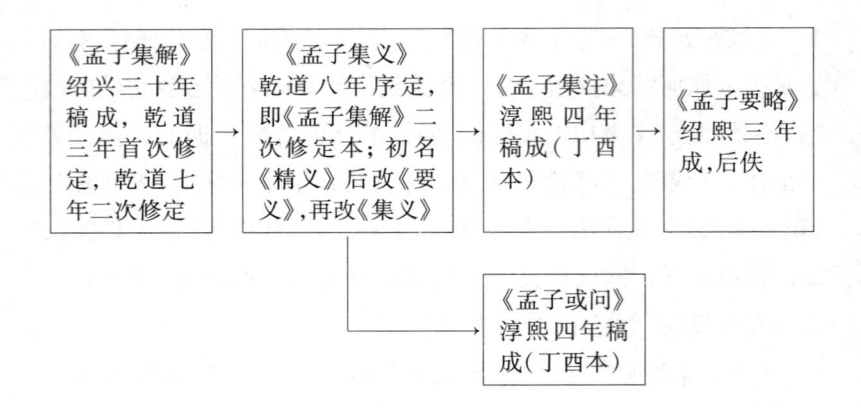

```
┌─────────┐   ┌─────────┐   ┌─────────┐   ┌─────────┐
│《孟子集解》│   │《孟子集义》│   │《孟子集注》│   │《孟子要略》│
│绍兴三十年│ → │乾道八年序定,│ → │淳熙四年 │ → │绍熙三年 │
│稿成,乾道│   │即《孟子集解》│   │稿成(丁酉│   │成,后佚 │
│三年首次修│   │二次修定本;初│   │本)      │   │         │
│定,乾道七│   │名《精义》后改│   │         │   │         │
│年二次修定│   │《要义》,再改│   │         │   │         │
│         │   │《集义》     │   │         │   │         │
└─────────┘   └─────────┘   └─────────┘   └─────────┘
                              │
                              ↓
                          ┌─────────┐
                          │《孟子或问》│
                          │淳熙四年稿│
                          │成(丁酉本)│
                          └─────────┘
```

朱熹生平注《孟》之作惟此五书,而今亡佚者实只《孟子要略》一书而已。各家著述目皆以为《孟子集解》亡佚,乃误。又朱彝尊《经义考》卷二百三十四著录朱熹《孟子问辨》十一卷,云"见本集",各家著述目亦录此书,实沿误说。《书录解题》、《文献通考》、《宋志》等均未录有是书,朱熹《文集》、《语类》亦未言及曾作《问辨》。朱彝尊云是书"见本集",查朱熹本集,惟卷七十三有《读余隐之尊孟辨》一卷,则《孟子问辨》必即此书无疑。又《孟子》七篇,分上下,故朱熹凡注《孟子》之书向为十四卷,决无作十一卷之理,《经义考》"十一卷"当是一卷之误。又余氏《尊孟辨》有单行本,《书录解题》、《通考》均作七卷,而系以朱熹读余氏尊孟辨说于后,后人或因之以是书归之朱熹,改题作《孟子问辨》,而十一卷或即七卷之形误也。

(二)《论语集解》—《论语要义》《口义》—《论语精义》—《论语集注》《或问》考

朱熹《四书集注》中之《论语集注》,乃由《论语集解》演变而来。朱熹初为《论语》作注,盖在同安任之前,隆兴元年朱熹作《论语要义序》有云:"河南二程先生独得孟子以来不传之学于遗经……熹年十三四时,受其说于先君,未通大义,而先君弃诸孤。中间历访师友,以为未足。于是遍求古今诸儒之说,合而编之。诵习既久,益以迷眩。晚亲有道,窃有所闻,然后知其穿凿支离者,固无足取。至于其余,或引据精密,或解析通明,非无一辞一句之可观,顾其于圣人之微意,则非程氏之俦矣。"所谓"历访师友",指受学于胡籍溪、刘屏山、刘白水及寻访林艾轩、方翥、范浚、徐诚叟、徐度等人。"晚亲有道",则指师事延平李侗。朱熹初见李侗在绍兴二十三年赴同安任前,而正式师事李侗则在绍兴三十年同安任已归后,故朱熹此编集诸儒说之解《论语》之书应作在绍兴三十年以前,尚在其早年出入佛老之时。《文集》卷三十七《与范直阁》书四云:"去岁在同安独居几阅岁,看《论语》近十篇,其间疑处极多,笔札不能载以求教。"此书应作于绍兴二十八年,绍兴二十七年朱熹于同安候代十月,得暇无事,精研《论语》,盖即作此注《论语》之书也。是书何名不详,然以此书与《孟子集解》约作于同时,且与《孟子集解》体例相类,乃在辑集古今诸儒之说,故可定名为《论语集解》。盖朱熹早年之作多致力广搜先儒之说而成一编,收罗宏富,细大不捐,欲为以后作精注简解准备材料,故其早年之作多称为"集解",如《孟子集解》、《大学集解》、《毛诗集解》等。朱熹此注《论语》之书,据其自叙,名为《论语集解》亦与内容相符。

朱熹因师事李侗,"晚亲有道",渐觉旧说驳杂有误,遂以二程之说为本修改《论语集解》。《延平答问》中多记有讲论《论语》之处,《与范直阁书》亦云:"熹顷至延平,见李愿中丈,问以一贯忠恕之说,与卑意不约而合。"朱熹修定《论语集解》实遵延平师训。隆兴元年，朱熹将《论语集解》修补删定，分为二书，即《论语要义》与《论语训蒙口义》。据《论语要义序》云："隆兴改元，屏居无事，与同志一二人从事于此，慨然发愤，尽删余说，独取二先生及其门人朋友数家之说，补缉订正以为一书，目之曰《论语要义》。盖以为学者之读是书，其文义名物之详，当求之注疏，有不可略者；若其要义，则于此其庶几焉。"《论语要义》乃就《论语集解》删除余说杂论、独取二程及其门人之说而成，"同志一二人"指许顺之、刘平甫、魏元履、柯国材、范伯崇、徐元聘、陈齐仲等人。《文集》卷三十九《答许顺之》书一云："熹《论语说》方了第十三篇，小小疑悟时有之，但终未见道体亲切处。"此书有"熹比因堂札促行，再入文字，气候终秩"等句，知作于隆兴元年三五月间，所言盖即指作《论语要义》。朱熹与一二同志补缉订正旧说之况，另可见答许书四及卷三十九《答柯国材》书一、二，《答魏元履》书一、二，《答范伯崇》书一、卷四十《答刘平甫》书二等。因《论语要义》详于义理而略于名物字句训诂，故朱熹复另作《论语训蒙口义》，其序云："予既序次《论语要义》以备览观……大抵诸老先生之为说，本非为童子设也，故其训诂略而义理详……因为删录以成此编。本之注疏以通其训诂，参之《释义》以正其音读，然后会之于诸老先生之说，以发其精微。一句之义，系之本句之下；一章之指，列之本章之左；又以平生所闻于师友而得于心思者，间附见一二条焉。本末精粗，大小详略，无或敢偏废也。然本其所以作，取便于童子之习而已，故名之曰《训蒙口义》。"可见《口义》亦删录旧编而成，与《要义》同，一取其义理，一取其训诂，而皆归本于二程及其门人诸老先生之说。是二书成，而《论语集解》遂废而亡佚。

《论语训蒙口义》藏于家塾，为儿辈学习之用，朱熹生前未板行。《论语要义》则乾道二年曾刻板于武阳,《文集》卷四十《答何叔京》书三云:"伯崇云《论语要义》武阳学中已写本,次第下手刊板矣,若成此书,甚便学者观览。"该书作于乾道二年秋(考见前)。此后朱熹因编辑程氏《遗书》《外书》,又新得二程及其门人诸老先生之说,补入《要义》,遂于乾道八年复成《论孟精义》一书。《论孟精义》序云:"二程先生者出……发明二书之说……间尝搜辑条疏,以附本章之次;既又取夫学之有同于先生者与其有得于先生者,若横渠张公、范氏、二吕氏、谢氏、游氏、杨氏、侯氏、尹氏凡九家之说,以附益之,名曰《论孟精义》。"据此可知乾道八年《论语精义》乃就原隆兴元年《论语要义》增益而成。王懋竑《朱子年谱考异》云:"癸未编次《论语要义》《论语训蒙口义》两书,皆不传,而存其序。至壬辰编次《论孟精义》,庚子刻于南康,改名《要义》,盖其名偶同,而非即前《论语要义》之本也。《年谱》误认以此书先名《要义》,后改《精义》,又改名《集义》,以《书语孟要义序后》考之,非是。"又云:"又按癸未《要义序》:'独取二先生及其门人朋友数家之说,补缉订正以为一书。'则亦与《精义》略同,但其书草略,故后来编次《精义》不复及之,而别为之序,自非癸未之本也。南康之刻,盖取旧名,以'精义'二字太重,而诸家之解亦有未尽当者。后定名《集义》,亦以此。《年谱》之云,盖未辨此意也。"此说亦未尽当。今人如周予同从王懋竑说,至谓"《论语要义》在《精义》成书之前,与改名《集义》之《要义》为别一书"。今按《论语精义》之于《论语要义》除增订新得二程及其门人之说材料外,并未作重大修改,更非另作之书,此可由朱熹集中如下事实证明:由隆兴元年癸未至乾道七年辛卯,朱熹多广泛与人讨论修定《孟子集解》(见前考),独无一语言及《论语要义》之修改。故乾道八年初序定之

《论孟精义》,《孟子精义》已大异于《孟子集解》,而《论语精义》则与《论语要义》少异。《论语要义》"取二先生及其门人朋友数家之说",而《论语精义》亦取二程及九家之说,尤可见两书基本相承之迹。《论语精义》所增诸家之说,据前已引《续集》卷二《答蔡季通》书九十三云:"伯谏书中说托理《孟子集解》,今纳去旧本两册,更《拾遗》、《外书》、《记善录》、龟山、上蔡《录》、游氏《妙旨》、《庭闻稿录》、《五臣解》(取范、吕二说),各自抄出。"虽是言《孟子集解》之修定,而《论语要义》之增益亦于此大概得之。盖上列诸书皆朱熹乾道年间编订二程文集时方始得之,作《论语集解》与《论语要义》时尚未见也。朱熹后将《论语精义》再改为原名《论语要义》,即正因《论语精义》本由癸未《论语要义》增益而成,本无大异,"偶同"之说亦非,癸未《论语要义》乾道二年刻板于武阳,亦有流传,朱熹再昏愦遗忘,岂能自将两书取同名相混邪?《玉海》卷四十一称是书"取张、范、二吕、谢、游、杨、侯、尹氏九家,初名《要义》,改名《精义》,最后名曰《集义》"。旧本《年谱》同此,是宋人皆知癸未《论语要义》与《论语精义》为一书,原未有误。故《论语精义》书成,则癸未《论语要义》自废而不传。

　　《论语精义》一刻于建阳,二刻于乌义,淳熙七年庚子三刻于豫章,改名《论语要义》。后再改名《论语集义》,则当又有一刻,刻年莫考,据《语类》卷十九杨道夫录云"《集注》乃《集义》之精髓",杨道夫录乃淳熙十六年己酉以后所闻。则《要义》改名《集义》再刻应在淳熙八年至十六年间。庚子《要义》之于壬辰《精义》亦无大异,只不过再增益新得张、程与周氏说而已,《书语孟要义序后》述此甚明:"熹顷年编次此书,锓板建阳,学者传之久矣。后细考之,程、张诸先生说尚或时有所遗脱,既加补塞;又得毗陵周氏(伯忱)说四篇有半于建阳陈焞明仲,复以附于本章。"朱熹增附此数说,实亦从吕祖谦之意,《吕东莱文集》卷四《与朱侍讲》书六有云:"只如《语孟精义》,当时出之亦太遽,后来如周伯忱《论语》、横渠《孟子》等书,皆以印板既定,不可复增。"

由癸未至庚子,《论语要义》主要在增益诸家之说,集众家之义,少有发明,故朱熹谓是书"终未见道体亲切处",其与柯国材书亦云:"《论语》比年略加工夫,亦只是文义训诂之学,终未有脱然处。"(卷三十九《答柯国材》书二,此书作于隆兴二年冬),故至淳熙四年丁酉另有《论语集注》与《或问》之作,乃自脱于诸家说之上,是为《论语集注》、《或问》丁酉本,见前丁酉本《孟子集注》、《或问》所考。然《论语集注》、《或问》虽刊定于丁酉,淳熙二年实其稿已具。《文集》卷三十一《答张敬夫》书十八云:"《中庸大学章句》缘此略修一过,再录上呈……《论语》亦如此草定一本,未暇脱稿。"此书作于淳熙二年十二月(见前考)。是年朱熹亦曾将《集注》初稿寄吕祖谦,卷三十三《答吕伯恭》书四十二即云:"《论语说》得暇亦望早为裁订示及,会稽之行,计亦不多日也。"此书言及何镐叔京之卒,知作于淳熙二年。又卷三十一《与张敬夫论癸巳论语说》与张栻讨论《论语》之说尤详,其中有云:"此所撰《集注》已依此文写入矣。""此义甚精,盖周子太极之遗意,亦已写入《集注》诸说之后矣。"此书以《张南轩文集》卷二十二《答朱元晦》书四考之,知作于淳熙四年。可见朱熹《论语集注》之成,多有张、吕预修裁订之功,然《论语要义》详于文义训诂,又有《论语集注》所不及者,故《集注》成而《要义》仍不废。

据上所考,朱熹生平注《论语》之书分合演变之迹如下图:

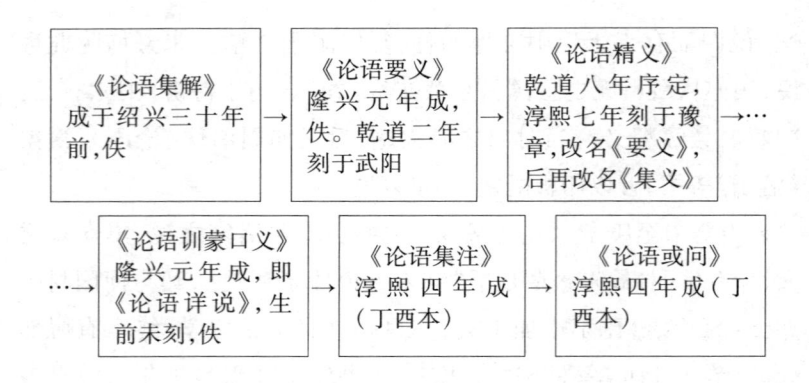

```
┌─────────────┐    ┌─────────────┐    ┌─────────────┐
│《论语集解》  │    │《论语要义》 │    │《论语精义》 │
│成于绍兴三十年│ →  │隆兴元年成, │ →  │乾道八年序定,│ → …
│前,佚        │    │佚。乾道二年│    │淳熙七年刻于豫│
│             │    │刻于武阳    │    │章,改名《要义》│
│             │    │             │    │,后再改名《集义》│
└─────────────┘    └─────────────┘    └─────────────┘
```

```
      ┌─────────────┐    ┌─────────────┐    ┌─────────────┐
      │《论语训蒙口义》│    │《论语集注》 │    │《论语或问》 │
… →   │隆兴元年成,即│ →  │淳熙四年成  │ →  │淳熙四年成(丁│
      │《论语详说》,生│    │(丁酉本)   │    │酉本)       │
      │前未刻,佚    │    │             │    │             │
      └─────────────┘    └─────────────┘    └─────────────┘
```

朱熹生平注《论语》之书悉如上。朱熹殁后,有建安守陈昉刻朱熹《论语详说》一书,真德秀为作序。诸家朱熹著述目皆列是书,《经义考》以为即《论语训蒙口义》,王懋竑以为即《论语或问》。按王懋竑不知朱熹早年有《大学集解》、《孟子集解》等详说之作,只据朱答吕伯恭书中"《大学》、《中庸》皆有详说"一句,以为"详说"即指《大学或问》、《中庸或问》,由此推断《论语详说》亦即《论语或问》,此说实无据。《论语或问》二十卷,而《论语详说》八卷(见《福建艺文志》卷十三),其非一书甚明。王应麟《玉海》卷四十一"淳熙论语孟子集注或问"条,称朱熹先作《要义》,"又本注疏,参《释文》,会诸老先生之说,间附所闻于师友、得于心思者,为《详说》,旧名《训蒙口义》。既而约其精粹为《集注》,又疏其所以去取之意为《或问》。"叙朱熹注《论语》之书、《详说》与《或问》非一书甚明。洪本《年谱》亦云"又作《训蒙口义》,即《详说》也"。王应麟稍后于真德秀,其时陈氏所刻《论语详说》,王应麟当可得见,而据此书知其即为《训蒙口义》,说必有据,又真德秀《论语详说后序》云:"今《集注》之书,家传人诵;若《详说》,则有问其名而勿思者矣。"《论语或问》虽因后来少有厘正而与《集注》说有不合,然自淳熙丁酉后亦与《集注》一同板刻，于弟子中传习甚广。且黄榦特作《论语注义问答通释》，即合朱熹《集注》、《或问》、《集义》三书加以通释，约略与陈昉刻印《论语详说》同时，可见《或问》方为当时士子所熟知传读，不得谓"今《集注》之书，家传人诵；若《详说》，则有问其名而勿思者矣"。若《训蒙口义》，朱熹自序谓只"藏之家塾，俾儿辈学焉，非敢为他人发也"。生前未传出板刻。至陈氏取名《详说》印行，方为人知，故是书谓"有问其名而勿思者"正与事实相副。《论语详说》一书，应即亡佚之《训蒙口义》。

（三）《大学集解》（《详说》）—《大学章句、或问》考

朱熹《四书集注》中之《大学章句》，乃由《大学集解》演变而来。《大学集解》又名《大学集传》王懋竑不知朱熹之作《大学集解》，遂于《大学章句》作年及其所自来莫可得考。按《别集》卷五《答林师鲁》书一云："《大学集传》虽原于先贤之旧，然去取之间，决于私臆。比复思省，未当理者尚多，暇日观之，必有以见其浅陋之失。"林师鲁卒于乾道五年己丑（1169），见《别集》卷七《祭云谷文》。林师鲁乾道四年来潭溪问学，此前先因林择之来书通问，朱熹有书作答，即此答书一也。据该书中有云"去年林择之不鄙，过门以讲学为事"。林择之从学于朱熹在乾道二年，见《文集》卷七十五《林用中字序》，故可知朱熹此答林师鲁书作在乾道三年（1167），而《大学集解》早已成编。又《文集》卷三十九《答许顺之》书十二云："今岁却得择之在此，大有所益……《大学》之说，近日多所更定，旧说极陋处不少，大抵本领不足，只管妄作，自误误人，深为可惧耳。向所论敬字不合者如何？近日又见此字紧切处，从前亦只是且如此说，择之必相报矣。"按答许书十一中亦云："闻

有敬字不合之论,莫是顺之敬得来不活否……夜气之说近得来答,始觉前说之有病也。"知答许十一、十二书作于同年,又卷六十四《答或人》书六亦言及夜气之说云:"更检《遗书》论孝悌为仁之本……夜气一章所示尤未安,去年曾答顺之,此可就取看。"程氏《遗书》成于乾道四年,据"去年"句,答许书十二应作在乾道三年。又林择之乾道二年来从学于朱熹,但乾道三年秋已归去,亦正与答许书十二相合,故由此更证答许书作于乾道三年无疑,所云"《大学》之说"当指《大学集解》。王懋竑《考异》定答许书十二作在丙戌、丁亥间,以为"《大学》之说"即《大学章句》,云"据此,则《大学章句》与《训蒙口义》同时所作",甚至臆断张栻戊戌与朱熹书中所云"《论语章句》简确精严"为《大学章句》之误,实不知朱熹另有《大学集解》之作。《大学集解》自《大学章句》、《或问》成后,少有言及,然亦传习未废,而间有修定。《别集》卷四《答林井伯》书二云:"伊川先生多令学者先看《大学》,此诚学者入德门户。某向有《集解》两册,纳呈福公,其间多是集诸先生说,不若且看此书。其间亦有少未安处,后来多所改动,旦夕别写得,当寄去换旧本也。陈公令孙之字谓何?幸批报。《近思录》亦好看,烦并为说达之也。"《近思录》成于淳熙二年,陈俊卿于淳熙九年进封福国公,十二年进封魏国公,次年卒,故此书应作于淳熙九年至十二年间。陈公之孙指陈址廉夫,据《文集》卷九十四《陈廉夫圹志》,知陈址生于乾道六年(1170)。又据卷二十七《与陈丞相(俊卿)书》亦云:"井伯书云廉夫有学《易》之意,甚善。然此书难读,今之说者多是不得圣人本来作经立言之意……窃意莫若且读《诗》、《书》、《论》、《孟》之属,言近指远,而切于学者日用工夫也。"此书亦为陈俊卿之孙陈址推荐为学入门之书,当与《答林井伯》书二作在同时。据此,《与陈丞相书》有云

"窃闻侍祠之诏,至于再三,此盖圣主思见故老,有所咨询,非独循常备礼之所为",乃指淳熙十二年诏陈俊卿陪祀南郊事,详见卷九十六《陈俊卿行状》及毕沅《续资治通鉴》。且《与陈丞相书》别纸中又言及陈休斋病卒事,时在淳熙十一年,见卷八十七《祭陈休斋文》。据此可知《与陈丞相书》及《答林井伯》书二作于淳熙十二年,朱熹以《大学集解》纳呈陈俊卿以供陈址为学之用即在该年(1185),陈址十六岁,正当读书求学之岁。据《答林井伯》书二可知三点:一是《大学集解》成后朱熹曾纳呈陈俊卿,淳熙十二年又再寄新本,知此书亦尝流传;二是直至淳熙十二年朱熹反复修定《大学集解》不断,不因《大学章句》、《或问》成而废此书;三是《大学集解》乃辑集诸先生之说而成编,与《孟子集解》、《论语集解》、《毛诗集解》同,盖其早年著作专搜集诸家资料而作详说之通例也。

《集解》在集众说,以求其详,少有发明;《章句》在发要旨,以求其约,别出新解。乾道四年朱熹因编程氏《遗书》、《外书》有得,生平学问大旨确立,其后乃复有《大学章句》之作。据《别集》卷六《答林择之》书十三云:"近看《中庸》,于章句文义之间,窥见圣贤述作传授之意,极有条理,如绳贯棋之不可乱。因出己意去取诸家,定为一书,与向来《大学章句》相似,未有别本可寄。"该答书有云:"闻县庠始教,闾里乡风之盛,足以为慰……深父埋铭,读之使人恻然……承许见访,因往尤川,甚善。但经营创始之劳如此,未能数月,而林宰解官,择之辞职,画一之规,又将安所付耶?"程深父卒于乾道七年底,见《答林择之》书七(此答书据其中言及《论孟精义序》、屡辞召命及林择之辞尤溪县学等,知作于乾道八年春)。又据朱熹《文集》卷九十二《石𡒊墓志铭》、嘉靖《尤溪县志》卷二,石𡒊乾道七年宰尤溪,聘古田林择之来主县教事,旋因故林择之于乾道八年初辞职，归古田掌县庠教事，即答林书十三所云"闻县庠始教，闾里乡风之盛"。然未数月，古田宰林氏代去，林择之亦再辞职（参见答林书七、九、十）。故可知此答林书十三当作于乾道八年（1172）夏秋间，而《大学章句》已成。乾道以来朱熹屡次修定注《论》、《孟》之书，乾道七年《论孟精义》稿成，八年序定；疑《大学章句》亦稿成于乾道七年，故云"向来《大学章句》。"《大学集解》乃搜集诸家之说，而《大学章句》则"出己意去取诸家"，正如《孟子集解》之于《孟子集注》也。

《大学章句》成后，朱熹即又加修改寄张栻、吕祖谦。《文集》卷三十一《答张敬夫》书十八云："《中庸·大学章句》缘此略修一过，再录上呈，然觉其间更有合删处。"此书作于淳熙二年（1175），已见前考。既云"再录上呈"，则在此之前朱熹已曾以初稿寄张栻。又卷三十三《答吕伯恭》书三十六云："《中庸章句》一本上纳，此是草本，幸勿示人；更有《详说》一书，字多未暇……《大学章句》并往，亦有《详说》，后便寄也。"是书言及怀玉之约，以答吕书三十五、四十考之，知作于淳熙元年（1174）秋。所谓《详说》，必指《大学集解》无疑，王懋竑谓《详说》为《大学或问》乃误。考之朱熹集中，淳熙元年以前朱熹言及已作注《大学》之书，唯《大学集解》与《大学章句》二书而已。答林十三书只云"与向来《大学章句》相似"，不言另有《或问》。答张书十八亦只云"《大学章句》缘此略修一过"，不言另寄《或问》。故此《详说》非《大学集解》莫属。且朱熹早年说经之作多在遍搜诸家之说成编，力求详备，均名之曰《集解》，故朱熹注《大学》之书可名谓"详说"者，唯《大学集解》足以当之；若《或问》，则在设问答述所以去取之意，亦不得谓为"详说"也。今考朱熹集中最早言及《大学或问》者，为《别集》卷五《答皇甫文仲》书四:"《大学或问》今付来介,看毕幸视及。"按此书有云:"《易传跋语》未敢容易,更容拟定续奉报也。荆州之行果在何日?"所云《易传跋语》即《文集》卷八十一《书伊川先生易传板本后》,作于淳熙六年(1179)。"荆州之行",盖指皇甫斌至官荆州,时张栻帅湖北,与皇甫斌有唱酬,见朱答皇甫书五及张栻集卷二十四答朱书十五。此后朱熹便多言及《大学或问》,可见《大学章句》与《或问》初稿并非作于同时。今人于此未考,只据《文集》中《大学章句序》与《中庸章句序》,而定《大学章句》与《或问》、《中庸章句》与《或问》均同时成于淳熙十六年(1189),说实含混未当。李性传《饶州刊本朱子语续录后序》云:"《大学中庸章句》、《或问》成书虽久,至己酉乃始序而传之。"其云《或问》远成在淳熙十六年己酉之前本自甚明,而洪本《年谱》却于淳熙十六年己酉下云:"二书(《大学章句》与《中庸章句》)定著已久,犹时加窜改不辍,至是以稳洽于心而始序之,又各著《或问》。"以为《或问》作于淳熙十六年尤误。王懋竑从其说,而只于《考异》中云:"按与张、吕书,则甲午、乙未(淳熙元年、二年)《大学》、《中庸》已有本矣(按:指《章句》)。与詹帅书在乙巳(淳熙十二年),尚云所改极多,距甲午、乙未十余年矣,詹帅书已及《中庸序》,则两序作于乙巳前,至己酉而后定耳。"其说虽具慧眼,然亦未能详考。按朱熹淳熙六年将《大学或问》予皇甫斌,然淳熙六年朱熹赴南康任后,已无暇作书,故《大学或问》必在淳熙六年以前已成。王懋竑谓"两序作于乙巳前"甚是,朱熹于《大学章句》与《中庸章句》实有两次序定,今朱熹文集中淳熙十六年己酉所作《大学章句序》与《中庸章句序》,实由第一次修定《大学章句》与《中庸章句》所作旧序修改而成。今考朱张吕集中首次言及《大学章句》与《中庸章句》二序者,为《张南轩文集》卷二十四《答朱元晦》书一："《章句序》文理畅达,诵绎再四,恨未见新书体制耳。"据该书有云："是间学校庙宇已成,颇为雄壮,书阁讲堂次第而立,□□□然大抵类长沙学,而木植规范似过之。恐早晚去此,求记不□□,令具始末及画图,旦夕专人走前。它怀此未能具布。"乃指淳熙四年张栻修建静江府学及恳朱熹为作记,见朱熹《文集》卷七十八《静江府学记》,故可确知此答朱书作于淳熙四年(1177)十月以前。早在此之前,淳熙二年十二月朱熹已将《大学章句》及《中庸章句》寄张栻(见前考),至次年张栻即致书朱熹告云："《中庸大学章句》亦已详读,有少商量处,须更子细反复也。"见张集卷二十三答朱书一(此书以言及《虞帝庙碑》及盐法等,知作于淳熙三年,参见《张宣公年谱》)。而淳熙四年答朱书中却仍言"恨未见新书体制耳",则可见淳熙四年朱熹必曾重新修改序定《大学章句》与《中庸章句》,所未及见"新书",盖即指此淳熙四年序定本《大学章句》与《中庸章句》也。朱熹将此序定本"新书"寄张栻大约在淳熙四年末,《张南轩文集》卷二十三《答朱元晦》书四有云："《中庸大学章句》极含蓄有味,他解想皆用此体。"此书有云"黾勉於此且三年矣",张栻淳熙二年二月二十四至官桂林,"且三年"则在淳熙五年初;又该书言及葬亡室事,按淳熙四年八月张栻安人卒,其子护丧归长沙,再卜地以葬当亦已至淳熙四、五年之交。故答朱书四所言"极含蓄有味"之《大学中庸章句》,当即序定本之"新书体制"也。朱熹《文集》卷四十四《答江德功》书二尝述其生平《大学》之学有曰："《大学》诸说,亦放前意,盖不欲就事穷理,而直欲以心会理……盖自十五六岁时知读是书,而不晓格物之义,往来于心余三十年。近岁就实用功处求之,而参以他经传记,内外本末,反复证验,乃知此说之的当,恐未易以一朝卒然立说破也。"自其十五六岁下推三十余年,正在淳熙四年丁酉(1177),所云"《大学》诸说"当即指是年序定之《大学章句》与《或问》二书;而此答江书乃详尽讨论《大学》主旨,朱熹淳熙四年序定《大学章句》与《或问》之指导思想及其大概已尽在其中。《章句》乃以己意去取诸家,《或问》乃设问答以述去取之意,故序定《章句》必当同时作《或问》以相发明。今《中庸章句序》有云:"既定为著《章句》一篇……且记所尝论辨取舍之意,别为《或问》,以附其后。"当是淳熙四年原有旧序中即有此句。前考《论语集注》、《或问》与《孟子集注》、《或问》亦稿成于淳熙四年(丁酉本),《大学章句》、《或问》与《中庸章句》、《或问》亦序定于淳熙四年,决非巧合,是年朱又序定《诗集传》,《易传》稿具(旧作《周易本义》成),可见淳熙四年本为朱熹生平经学思想发展转捩之年,而以《四书集注》之成为标志也。又朱熹《文集》卷八十一有《记大学后》,乃定《大学》之本;又有《书中庸后》,乃定《中庸》之本。卷八十一皆为题跋,按年编次,此二跋正作在淳熙四年,此亦为朱熹淳熙四年序定《大学章句》、《或问》与《中庸章句》、《或问》之一证,朱熹必是据己所定《大学》、《中庸》之本以序定《章句》、《或问》,则淳熙四年亦可谓朱熹生平《四书》学正式确立之年矣。

据上所考,朱熹生平注《大学》之书演变如下图:

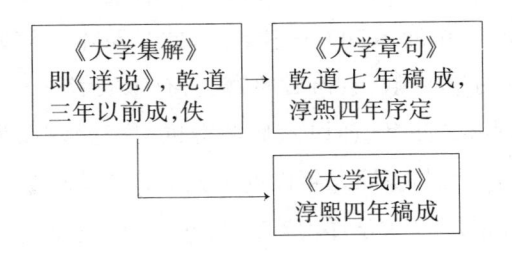

```
┌─────────────────┐      ┌─────────────────┐
│ 《大学集解》    │      │ 《大学章句》    │
│ 即《详说》,乾道 │ ───→ │ 乾道七年稿成,  │
│ 三年以前成,佚  │      │ 淳熙四年序定    │
└────────┬────────┘      └─────────────────┘
         │                ┌─────────────────┐
         │                │ 《大学或问》    │
         └──────────────→ │ 淳熙四年稿成    │
                          └─────────────────┘
```

朱熹生平注《大学》唯此三书,牛继昌、周予同等各家朱熹著述目又录朱熹《大学启蒙》一书,云"佚",其依据为《语类》卷十四叶贺孙录:"说《大学》、《启蒙》毕,因言:某一生只看得这两件文字透,见得前贤所未到处,若使天假之年,庶几将许多书逐件看得恁地,煞有工夫。"朱熹原本是指《大学章句》与《易学启蒙》二书,自以为是生平最得意之作,《大学章句》之于《大学》,《易学启蒙》之于《易经》,最有发明,即所谓"只看得这两件文字透",并非另作有《大学启蒙》一书。今《易学启蒙》前正列有此条语录,是古人本知此"启蒙"乃为《易学启蒙》一书也。

(四)《中庸详说》(《集解》)——《中庸章句》、《或问》、《辑略》考

朱熹《四书集注》中之《中庸章句》,乃由《中庸详说》演变而来。《中庸章句》稿成于乾道八年(1172),前引《别集》卷六《答林择之》书十三述此甚明:"近看《中庸》,于章句文义之间,窥见圣贤述作传授之意,极有条理,如绳贯棋之不可乱,因出己意去取诸家,定为一书,与向来《大学章句》相似。"乾道九年朱熹即将《中庸章句》草稿寄张栻商订,见《张南轩文集》卷二十答朱书七、十三及卷二十一答朱书八。然其于淳熙元年(1174)将此《中庸章句》寄吕祖谦时,又言及另作有《中庸详说》,《文集》卷三十三《答吕伯恭》书三十六云:"《中庸章句》一本上纳,此是草本,幸勿示人;更有《详说》一书,字多未暇,余俟后便寄去,有未安者,一一条示为幸。《大学章句》并往,亦有《详说》,后便寄也。"王懋竑以为此"详说"即《中庸或问》乃误,淳熙元年以前朱熹尚未作有《或问》之书。此处以《中庸详说》与《大学详说》并提,并言《中庸章句》之成"与向

来《大学章句》相似",而《大学详说》即《大学集解》,《大学章句》由《大学集解》演变而来,则可知《中庸详说》当亦为"集解"之书,《中庸章句》应据此《中庸详说》(《集解》)出己意去取诸家而成,一如《大学章句》之于《大学集解》(《详说》)也。考乾道八年以前,朱熹只言己尝作有名为"《中庸》集说"之书,其书在辑集诸家之说,未脱于章句训诂之间,卷四十《答何叔京》书四述此云:"《中庸集说》如戒归纳,愚意窃谓更当精择,未易一概去取,盖先贤所择,一章之中,文句意义自有得失精粗,须一一究之,令各有下落,方惬人意。然又有大者,昔闻之师(按:指李侗),以为当于未发已发之几,默而心契焉,然后文义事理触类可通,莫非此理之所出,不待区区求之于章句训诂之间也。向虽闻此,而莫测其所谓;由今观之,始知其为切要至当之说,而竟亦未能一蹴而至其域也。"此书言及何镐为其《杂学辨》作跋,知作于乾道二年,是年朱熹已追悔早年所作义理未通、只求于章句训诂之间、遗大就小之《集说》。据朱熹自述,此《集说》作于师事李侗之时,《答何叔京》书二云:"李先生教人,大抵令于静中体认大本,未发时气象分明,即处事应物自然中节。此乃龟山门下相传指诀。然当时亲炙之时,贪听讲论,又方窃好章句训诂之习,不得尽心于此,至今若存若亡,无一的实见处。"朱熹后据此《集说》修成《中庸章句》,即欲在由"求之于章句训诂之间"进而达于"文义事理触类可通",即"一蹴而至其域"也,《文集》卷三十一《答张敬夫》书十八述此尤详,不可不录:"旧读《中庸》'慎独'、《大学》'诚意'、'毋自欺'处,常苦求之太过,措词烦猥,近日乃觉其非……方窃以此意痛自检勒,懔然度日,惟恐有怠而失之也。至于文字之间,亦觉向来病痛不少,盖平日解经,最为守章句者,然亦多是推衍文义,自做一片文字,非惟屋下架屋,说得意味淡薄；且是使人看者将注与经作两项功夫做了，下稍看得支离，至于本旨，全不相照。以此方知汉儒可谓善说经者，不过只说训诂，使人以此训诂玩索经文，训诂、经文不相离异，只做一道看了，直是意味深长也。《中庸大学章句》缘此略修一过，再录上呈。"此答书作于淳熙二年，不啻一篇具体阐述其作《中庸章句》乃至《四书集注》主旨之文也。由此可知答何书所言"中庸集说"即答吕书所言"中庸详说"，乃集众说而成之"集解"书也。后朱熹作《中庸章句序》自述早年治《中庸》之学云："一旦恍然，似有以得其要领者，然后乃敢会众说而折其中，既为定著《章句》一篇。"亦大致可见其由辑集众说为《详说》至去取众说为《章句》之过程。

《中庸详说》与《大学集解》(《大学详说》)、《孟子集解》、《论语集解》成在同时（同安任与师事李侗之时），而皆详集诸家之说而成编，决非偶然。盖当其早年读书求学与生平学问大旨未立之时，必先有此一段做学问之初学阶段，然后得由搜订资料、求于章句训诂进于去取前人之说、发明义理之阶段。故朱熹前《四书集注》之书可称为《四书集解》或《四书详说》，当亦不诬。然四书中朱熹独于《中庸》集说称《详说》而未称《集解》，则亦有因，盖其友石𡼖另作有《中庸集解》，朱熹乾道九年特为作序，故己作不宜再取同名。然朱熹实有以己《中庸详说》助石氏补订《中庸集解》之功，《张南轩文集》卷二十一答朱书十四即云"子重（即石𡼖）编《集解》，必经商量"（该书作于乾道九年），又张栻刊刻《中庸集解》于桂林，有后跋亦云："此书尝从吾友朱熹元晦讲订，分章去取，皆有条次，元晦且尝为之序矣。"后来朱熹删石𡼖《中庸集解》之繁，而为《中庸辑略》一书，归为己作，而不以为擅改剽窃者，其因盖在于此。然究因石𡼖《中庸集解》已成书刊刻于前，搜集详备；而朱熹乾道以来已不甚满意于《详说》,虽有修定,亦未出于章句训诂之外,故朱熹卒未出此书流传,观其后朱与吕通信,亦实未尝将《中庸详说》寄吕,则其书亡佚亦自必然。

《详说》非《或问》,《中庸或问》乃迟出于《中庸章句》。考朱熹集中最早言及《中庸或问》者,为卷三十四《答吕伯恭》书三十三:"十八日已入院(白鹿洞书院)开讲,以落其成矣。讲义只是《中庸》首章《或问》中语,更不录呈也。"此书作于淳熙七年,知在此以前朱熹已将《或问》寄吕,以淳熙六年朱熹赴南康任已无暇著述考之,则《中庸或问》成在淳熙六年以前,与《大学或问》同时,亦必是淳熙四年序定《中庸章句》时所作。《中庸章句序》作于淳熙四年,见《张南轩文集》卷二十四答朱书一,前已有考。自乾道九年至淳熙三年(1173—1176)朱熹与人反复商订和修改《中庸章句》初稿,朱张吕集中所记甚明,至淳熙四年序定《中庸章句》,已与初稿迥异,故张栻称之为"新书体制",称《中庸章句序》为"文理畅达"。此次序定"新书"之体制,可于《续集》卷二《答蔡季通》书三十八得知:"某数日整顿得《四书》颇就绪,皆为《集注》;其余议论别为《或问》一篇,诸家说已见《精义》者皆删去;但《中庸》更作《集略》一篇,以其《集解》太烦故耳。"此答书向来据今《中庸章句序》所署时间定为作在淳熙十六年己酉,实误,此盖因不知《中庸章句序》原作于淳熙四年、《中庸章句》与《大学章句》有两次序定故也。观此答书分明云"皆为《集注》"、"别为《或问》"等,乃是指初作《集注》、《或问》,正合淳熙四年之况;而淳熙十六年《集注》、《或问》早已广为流传,只加修改,又如何能作如此语邪?又《论孟精义》序于乾道八年,但至淳熙七年已改名《要义》,后又更名《集义》,此答书称《精义》,其非作于淳熙十六年而作于淳熙四年尤显然。且朱熹淳熙四年作《论孟集注或问》(丁酉本)本就《论孟精义》删定而成，不当于淳熙十六年犹曰删"已见《精义》者"。今淳熙十六年己酉《中庸章句序》云："会众说而折其中，既为定著《章句》一篇，以俟后之君子；而一二同志复取石氏书(按：指石𡼖《中庸集解》)，删其繁乱，名以《辑略》；且记所尝论辨取舍之意，别为《或问》，以附其后。然后此书之旨，支分节解，脉络贯通，详略相因，巨细毕举。"考《中庸章句序》作于淳熙四年后，尝有修改补充，据《文集》卷二十七《答詹帅书》三云："《中庸序》中推本尧舜传授来历，添入一段甚详；《大学》格物章中改定用功程度甚明，删去辩论冗说极多，旧本真是见得未真。"答詹帅书共四通，时间先后相及，皆议刻印《四书》与广西盐法之事。据《建炎以来朝野杂记》，詹仪之帅广西在淳熙十年四月至十三年九月。答詹书三中言及"杨子直近为赵帅招致入蜀，不知已发临川未，尚未得书也"。赵汝愚帅蜀在淳熙十二年十二月甲子(《宋史·孝宗本纪》)，其赴蜀则已在淳熙十三年，是年春间犹在武夷，朱熹有诗唱酬饯行(见朱集卷八)，故答詹帅书三当作于淳熙十三年(1186)，今《中庸章句序》中推本尧舜传授来历一大段即在此年添入。又《文集》卷五十六《答郑子上》书十六有郑子上问："窃寻《中庸序》：'人心出于形气，道心本于性命。'而答蔡季通书乃所以发明此意。"朱熹答复曰："《中庸序》后亦改定，别纸录去。"今《中庸章句序》此两句已改为："或生于形气之私，或原于性命之正。"据此，可知己酉新序之于丁酉旧序，实只改两处，前引今淳熙十六年己酉《中庸章句序》提及为《辑略》、《或问》一段，当是原淳熙四年丁酉序所原有。《张南轩文集》卷二十一答朱书十二有云："《中庸章句》如道不远人章，文义亦自有疑，此便即行容续条去。所谓作《略解》，甚善。"此答书作于淳熙元年,所云"作《略解》"似即指《中庸辑略》。盖朱张均不满意于石氏《中庸集解》烦杂求奇,朱思删其繁冗而为略解,因张刻石氏书于桂林,故于札中言及。据上可知,朱熹淳熙四年所序定之"新书体制",乃《中庸章句》附以《或问》、《辑略》;《大学章句》附以《或问》,与《论孟集注》附《或问》相同。此后直至淳熙十六年再次序定,不过反复修改此四书及其序而已。

据上所考,朱熹生平注《中庸》之书演变如下图:

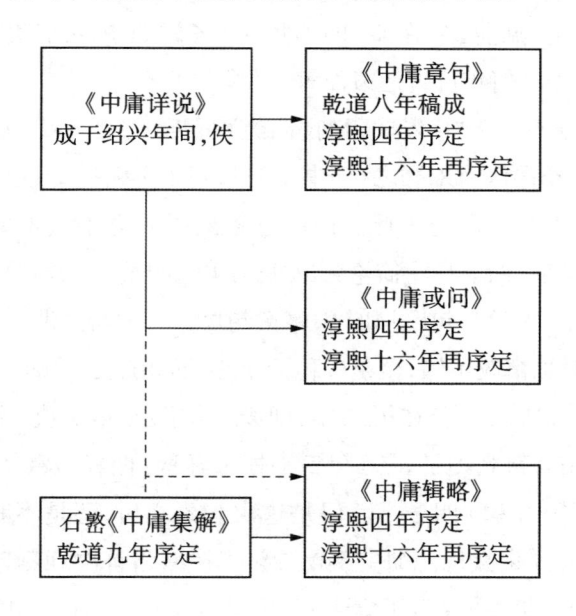

```
┌─────────────┐      ┌─────────────┐
│《中庸详说》  │─────▶│《中庸章句》  │
│成于绍兴年间,│      │乾道八年稿成 │
│        佚   │      │淳熙四年序定 │
│             │      │淳熙十六年再序定│
└─────────────┘      └─────────────┘
       │
       │             ┌─────────────┐
       │             │《中庸或问》  │
       └────────────▶│淳熙四年序定 │
       ┊             │淳熙十六年再序定│
       ┊             └─────────────┘
       ┊
┌─────────────┐      ┌─────────────┐
│石䃣《中庸集解》┊─ ─▶│《中庸辑略》  │
│乾道九年序定 │      │淳熙四年序定 │
│             │      │淳熙十六年再序定│
└─────────────┘      └─────────────┘
```

《四书集注》编集与刊刻新考

关于朱熹《四书集注》,向来有一最大误说相沿流传至今:即认为《四书集注》最早汇编成集在绍熙元年并于是年首次刊刻于临漳,经学史上"四书"之名即起于是时。自元明而下如此讹误而竟无一人有疑者,盖因不知《四书集注》成于何时与始序定于何时之故也。今考知《四书集注》初成于淳熙四年,是年与淳熙十六年有两次序定(见前《朱熹前〈四书集注〉考》),则《四书集注》首次编集与刊刻于何年可得迎刃而解。

绍熙元年(1190)朱熹刊刻《四经》、《四子》于临漳,后人无不将此《四子》误认为朱熹之《四书集注》,《四书集注》首次编集刊刻于绍熙元年之说即起于此。但以近年出版研究朱熹重要专著观之,如邱汉生《四书集注简论》二《四书集注的编著》云:"淳熙十六年己酉,作《大学章句序》和《中庸章句序》。《年谱》谓'二书定著已久,犹时加窜改不辍,至是以稳洽于心,而始序之。'则《语》《孟》当也同样。所以接着在第二年,即光宗绍熙元年庚戌,朱熹知漳州,马上用官帑刊刻了《易》《诗》《书》《春秋》四经,及《大学》《论语》《孟子》《中庸》四子书。但是这次刊刻之后,还是不断地在修改。"张立文《朱熹思想研究》第二章:"在漳州首次刊刻四经和四子书(《论语集注》、《孟子集注》、《大学章句》、《中庸章句》)。""朱熹在1190年首次刊刻《大学章句》、《中庸章句》、《论语集注》、《孟子集注》于漳州,是为《四书章句集注》。"然朱熹于漳州所刻"四子书"乃是"四书",即《大学》、《中庸》、《论语》、《孟子》,而非朱熹《大学章句》、《中庸章句》、《论语集注》、《孟子集注》,其《书临漳所刊四子后》述之本甚明:"故今刻四古经而遂及乎此四书者,以先后之；且考旧闻为之音训，以便观者；又悉凡程子之言及于此者，附于其后，以见读之之法，学者得以览焉。"（《文集》卷八十二）可见"四子"书只是将《大学》、《中庸》、《论语》、《孟子》四书合为一编，附以音训、二程有关论述及后跋而已，并无朱熹所作《章句》与《集注》。若所刻即《四书集注》，则何须再附音训及二程有关论述？（《四书集注》皆已有）今遍考朱熹《文集》与《语类》，绝无有言及漳州刊刻《四书集注》之事，相反却多有将漳州所刊四子书与己作《大学章句》、《中庸章句》、《论语集注》、《孟子集注》并提，尤可证临漳所刊四子非《四书集注》，如：

《文集》卷六十二《答张元德》书二："《大学》近已刊行，今附去一本，虽未是定本，然亦稍胜于旧也。临漳四子、四经各往一本，其后各有跋语，可见读之之法。"

《别集》卷五《答刘德修》书一："顷在临漳刊定经、子，粗有补于学者，今纳一通，幸为过目，还以一语订其是非，幸甚！《大学》鄙说一通，并往，所恳不殊前也。"

朱熹初识刘德修在淳熙十五年，书信往还则始于绍熙二年五月朱熹自临漳归家以后，均见《别集》卷一《答刘德修》书一。上引《别集》卷五答刘书一作年，据其中言及托孙应时季和转送书册事，详见《别集》卷三《答孙季和》书五（此书言及孙季和应邱宗卿招入蜀为幕，事在绍熙三年，参见《烛湖集》中孙答朱元晦书），知此书作于绍熙三年；答张元德书二亦当作在同时，距临漳之刻四子书不过二年，而朱熹赠人以书既有四子书，同时又有《大学章句》，足见临漳四子书非《四书集注》。朱熹虽于淳熙十六年（1189）序定《大学章句》与《中庸章句》，然并未立即刊刻，至次年漳州任上仍修改不辍，《文集》卷五十二《答吴伯丰》书七云："到此只修得

《大学》稍胜旧本,他书皆未暇整顿。"据此书有云"今又遭此祸患,恐不能久于世,以此益思亟归",指绍熙二年嗣子朱塾卒,亟欲归治丧事,故所谓"到此"当指到漳州。答吴伯丰书六、七、八三札时间先后相接,书七云:"沙随八论及史评有印本,望寄及……今又遭此祸患。"书八亦云:"衰晚遭此祸,殊不可堪。既未即死,又且得随分支吾谋葬抚孤……沙随诸书及茶已领……今不复成归五夫,见就此谋卜居,已买得人旧屋,今且架一小书楼,更旬月可毕工也。"朱熹架小楼寓建阳在绍熙二年秋,书八作在此时,书七则作于绍熙二年春未离漳州之时。又卷六十二《答张元德》书一亦云:"《大学》等书近多改定处,未暇录寄,亦有未及整顿者,如《论》、《孟》两书,甚恨其出之早也。"按答张元德一、二、三书均言及"《易》数",知所作时间先后相去不远,书二作于绍熙三年(见前),书一应稍早于此,据其中云"此间事虽不多,然亦终日扰扰,少得暇看文字,甚觉岁月之可惜也",指在漳州终日操劳吏事。书中又云"《武成》文字不曾带来,不能尽记",即指未带至漳州,无从尽记。故答张书一应作于绍熙二年尚未离漳州任之时,所说与答吴伯丰书相合。由此可知,自淳熙十六年序定《大学章句》、《中庸章句》到绍熙元年至二年漳州任上,朱熹一直修改《四书集注》不停,在漳州《大学章句》修改"稍胜旧本",而《论语集注》与《孟子集注》尚"未及整顿",又如何能于其时刊刻《四书集注》于漳州邪?实则朱熹自漳州归后仍继续整顿修改《四书集注》,亦未即与刊刻。今考朱熹集中向无言及有临漳本之《四书集注》,却屡言及南康本之《四书集注》;后来庆元党禁中反道学派亦只有毁南康板《四书集注》之事,绝无毁临漳板《四书集注》与临漳刊刻四子书之事。如:

《文集》卷六十二《答李晦叔》书五引李晦叔语:"先生于《集

注》中去却上句血字及下句气字,然今南康所刊本又却仍旧从范说。"(按该书有"先生顷者次对,实以侍讲之故除此"云云,事在绍熙五年十月以后)

《文集》卷五十二《答吴伯丰》书十三:"南康诸书,后来颇有所更改。义理无穷,尽看尽有,恨此衰年,来日无几,不能卒究其业。"(按该书有云"长沙除命,再辞不获。尚有少疑,未有决为去计;亦会足疾微动,未容拜受,且看旬日如何也。"指再辞知潭州、荆湖南路安抚使,在绍熙五年春)

《文集》卷六十二《答王晋辅》书三:"此间诸书,南康板本成后,亦无甚人修改处,不知有黑点子者是何本也?"(按此书作于庆元元年)

《文集》卷六十三《答孙敬甫》书五:"南康《语》、《孟》是后来所定本,然比读之,尚有合改定处……《大学》亦有删定数处,未暇录去。今只校得《诗传》一本并新刻《中庸》一本……毁板事,近复差缓。"(按书中有云祠官得请及叶适《进卷》毁板事,知作于庆元二年)

《续集》卷一《与黄直卿》书二十二:"得曾致虚书,云江东漕司行下南康,毁《语》、《孟》板,刘四哥却云被学官回申不可,遂已。"(按此书作年同上)

南康板刻于何时,白田王氏未能有考。按《答李晦叔》书五作于绍熙五年十月后,其中云"今南康所刊本",则南康本当刻于其时之前不久。据《别集》卷一《与刘德修》书二云:"某所为《大学》、《语》、《孟》说,近有为刻板南康者,后颇复有所刊正,今纳一通,暇日一观,为订其谬,并以质于东溪翁。"此书中有云"今春既辞桂林之役,幸复续食祠廪",参以年谱,知作在绍熙四年夏。又

《文集》卷六十《答李诚之》书一亦云:"特承寄示新刻《二先生祠记》……近所刊定《大学章句》一通,今致几下,所欲言者不能外此。"所云"新刻二先生祠记",指朱熹为李诚之所作《黄州州学二程先生祠记》,见《文集》卷八十,作在绍熙三年九月戊子。据上可知南康板《大学》《中庸》《论语》《孟子》四书集注刊刻于绍熙三年秋(时《大学章句》先成)。而请刊者则必是其时南康守曾集致虚。朱熹时与曾致虚关系密切,特为曾作《壮节亭记》与《冰玉堂记》(卷八十)。而曾致虚为政,亦步趋朱熹当年南康任上所为,请刊《四书集注》自属必然。且正因南康板《四书集注》为曾致虚所刻,故后来党禁时朱熹札中有"得曾致虚书,云江东漕行下南康,毁《语》、《孟》板"之语。今吕祖谦《书说》后有吕祖俭跋云:"南康史君曾侯取而刊之学官",朱熹《文集》卷八十三亦有绍熙三年所作《跋吕伯恭书说》云:"今伯恭父之内弟曾侯致虚锓木南康,而属予记其后。"则曾致虚于南康军任刊印书亦甚多,而其与朱关系非比一般亦于此可见。由此可知,淳熙十六年朱熹序定《大学章句》和《中庸章句》后,并未于绍熙元年刊刻《四书集注》于漳州,而实于绍熙三年刊刻《四书集注》于南康。因绍熙元年所刊乃《大学》、《中庸》、《论语》、《孟子》"圣人"之作,故庆元党禁绝无毁漳州所刊刻四子书之事,故今只就毁板上观之,已足证漳州所刊四子书非《四书集注》。

淳熙九年朱熹浙东提举任上曾按劾唐仲友,其罪状之一即用公帑刻私书。其后宰相王淮表里台谏,排击道学不遗余力,《四书集注》尤成反道学派攻讦之众矢之的。朱熹赴漳州任前夕,朝廷又方有明令禁用官钱印刻私书。故其断不会于漳州任上公然用公帑私刻《四书集注》。朱熹在漳州板刻书籍十余种,《文集》卷五十八

《答宋泽之》书云："临漳所刻诸书十余种谩见。"今可考者,有四经、四子、《近思录》、《小学》、《家乡仪》、《献寿仪》、《永城学记》（见《别集》卷五《答学古》书二）、《楚辞协韵》（见《语类》）、《礼记解》（见《直斋书录解题》）等。其中《近思录》与吕祖谦合编,《小学》与刘清之合编；然《近思录》乃辑先儒之言,《小学》辑先贤言行,述而不作,亦可谓非以官钱刻私书。《楚辞协韵》与黄铢合作,而以黄铢一人之名刊之,盖即在避以官钱刻私书之嫌。由此亦足以见朱熹苦心,其不在漳州刊刻《四书集注》,实有难言之隐。

然则《四书集注》首次编集刊刻究在何时何地？朱熹《四书集注》首次序定于淳熙四年已得确考,则其首次编集刊刻当去此不远。今考《文集》卷五十八《答宋深之》书二有云："且附去《大学》、《中庸》本、《大小学序》两篇,幸视至。《大学》当在《中庸》之前。熹向在浙东刻本见为一编,恐勾仓尚在彼,可就求之。"勾仓指勾昌泰,据《宝庆续会稽志》卷二,勾昌泰淳熙十年闰十一月初八至淳熙十二年十月二十二日任浙东提举。《小学序》后署作于淳熙十四年春,但淳熙十二年《小学》书已成并赠人,见《文集》卷二十六《与陈丞相别纸》,序初当非写成于淳熙十四年。此答宋深之书二有云："昨日临歧,不胜忡怅。"据朱熹《文集》卷九十三《宋若水墓志铭》与卷七十九《建宁府建阳县大阐社仓记》、《衢州石鼓书院记》,宋若水淳熙十一年任福建提举,与朱熹关系至密,共立社仓法,其子宋深之等来从学朱熹当在其时。《鹤山先生大全集》卷七十二《宋深之墓志铭》云："史部（若水）使闽,未遑他务,而访道于文公,遣其三子（深之等）从之游。"淳熙十三年宋若水改除湖南提刑,赴任必经崇安,宋深之应于此时别朱熹而去,即所谓"昨日临歧"。据上可知《答宋深之》书二应作于淳熙十三年春间,"熹向在浙东刻本见为一编"，必是指朱熹淳熙九年浙东提举任上将《大学章句》、《中庸章句》、《论语集注》、《孟子集注》集为一编刊刻于浙东。朱熹于浙东提举任上刊书非止《四书集注》，《文集》卷三十六《答陈同甫》书二云："近刊伯恭所定《古易》，颇可观，尚未竟，少俟断手，即奉寄。"此书作于淳熙九年夏。后来绍熙元年朱熹于临漳刻四经，《易经》即用吕祖谦所定《古易》，而附以原淳熙九年六月所作后跋。此《古易》刊刻之地，据董真卿《周易会通》载朱熹孙朱鉴所作《古易音训》跋云："念音训不可阙，因取宝婺、临漳、鄂诸本，亲正讹误。"宝婺本即淳熙九年六月所刻《古易》。据此知朱熹在浙东时乃于婺州刊刻吕氏《古易》，《四书集注》之首次编刻当亦在婺地。盖吕祖谦为婺州金华人，陈亮为婺州永康人，朱熹子朱塾又娶金华潘景宪女，朱熹在婺地士友亲旧尤多，其来提举浙东，巡历衢婺，婺地士友亲旧皆以此为荣，刊刻其书亦属自然。又《文集》卷二十七《答詹帅书》四通，专论刊刻《四书集注》事（详见下考），其中言及淳熙十二年刻"德庆刊本"、"旧本"，据答詹帅书三云："所著未成次第，每经翻阅，必有修改……但两年以来节次改定，又已不少。其间极有大义所系，不可不改者；亦有一两文字若无利害、而不改终觉有病者。"以"两年以来"推之，知"德庆刊本"即据淳熙九年浙东任上所刊宝婺本《四书集注》刊刻。淳熙九年本《四书集注》为婺地士友亲旧私刻，故朱熹可心安理得于劾章中攻诋唐仲友以官钱印私书。或因《四书集注》刊刻于夏五六月间（与《古易》同时），尚无顾忌；而朱熹劾唐仲友则在秋七八月间，后来忤王淮等，朱熹对浙东任上刊刻《四书集注》私书遂讳莫如深，鲜有言及邪？

淳熙九年《四书集注》首次编集刊刻后，直至朱熹卒，又有数次刊刻，唯无漳州刊刻《四书集注》事。今可考者有四刻：

一于淳熙十一、二年刻于广东德庆,通过广东帅潘畤,是为德庆本。《文集》卷二十七《答詹帅书》四通论刊刻《四书集注》事。王白田以为詹仪之于广西只刻《语孟集注》,而《大学章句》与《中庸章句》未刻,实于此答詹四书作年未有确考而误读所致。按《答詹帅书》一有云"侍郎丈入陪近班,日有论思之益,善类方以为喜,今乃以区区一方盐筴之故,轻去朝廷,识者不能不以为恨。"据《建炎以来朝野杂记》甲集卷十四《广盐》,事在淳熙十年四月,故此书作于该年秋间。《答詹帅书》二、三、四时间先后相接,据书三言及赵汝愚招致杨方子直入蜀,赵汝愚帅蜀在淳熙十二年十二月(见《宋史·孝宗纪》),而赴蜀则在淳熙十三年春(见朱熹《文集》卷八唱酬饯行诗),故此三书作于淳熙十三年间。朱熹淳熙十年秋告詹整顿《中庸》、《孟子》诸经之说颇胜于前,詹遣人来求,朱抄录写呈。不料詹仪之遂刊刻于德庆,并亲为之作序。二年以后,朱熹于淳熙十三年见此刻本,即《答詹帅书》二所云"德庆刊本重蒙序引之赐"。然二年来朱熹于《四书集注》又多有修改,德庆刻本已为旧本,即《答詹帅书》三所云"但两年来节次改定又已不少……今不免就所示印本改定纳呈"。詹仪之请朱熹写寄新本,意欲再刻,朱熹不愿寄新本,詹仪之后乃就德庆本《论孟集注》经朱熹修改校订后重刊于桂林,故《答詹帅书》三有云:"《中庸》、《大学》旧本(按:指淳熙十二年德庆刊本)已领。二书所改尤多,幸于未刻,不敢复以新本(按:按淳熙十一二年以来修改本)拜呈。"而《答詹帅书》四则详言修改德庆旧刻本《论孟集注》云:"熹前日拜书并已校过文字,临欲发遣,而略加点检,则诸生分校互有疏密,不免亲为看过。其间又有合修改处甚多,不免再留来使,助其口食,令更俟三五日,昨日始得了毕。但《论语》所改已多,不知尚堪修否?恐不免重刊,即不若依旧本(德庆本)作夹注,于体尤宜。"《续集》卷一《答黄直卿》书三十六有云"广西寄得《语孟说》来",盖即指詹仪之淳熙十三年刻于桂林之《论孟集注》。由此可知淳熙十一二年刻于德庆者为《四书集注》,淳熙十三年刻于桂林者为《论孟集注》,时、地、书三者皆异,王白田乃混为一谈。

二于淳熙十三四年刊刻于四川,是为成都本。魏了翁《鹤山先生大全集》卷五十三《朱氏语孟集注序》云:"辅汉卿广以《语孟集注》为赠……较以闽浙间书肆所刊,则十已易其二三;赵忠定公帅蜀曰成都所刊,则十易六七矣。"赵汝愚帅蜀在淳熙十三年至十五年(淳熙十二年尚未赴蜀)。魏了翁虽只言及《语孟集注》,但成都所刊实为《四书集注》全本,《续集》卷一《答黄直卿》书五十一云:"赵子直(汝愚)……前次见《中庸说》(即《中庸章句》),极称《序》中危微精一之论,以为至到。"赵如此推重《中庸章句》,岂有不刻此书而单刻《语孟集注》之理? 又杨方子直被赵汝愚招致入蜀,颇得重用,杨方对朱熹将"四书"合编甚有微词,朱熹专有答覆,《文集》卷四十五《答杨子直》书二云:"向来出川(指入蜀为赵幕)时所予书,无非怨怼之语……且如今书四子之说,极荷见教。然此书之目,只是一时偶见《大学》太薄,装不成册,难作标题,故如此写,亦欲见得《四书》次第,免被后人移易颠倒。只如《大学》据程先生说,乃是孔氏遗书;而谓其他莫如《论》、《孟》,则其尊之固在《论语》之右,非熹之私说矣。今必欲抑之,而尊《论语》,复何说乎? 窃恐此意未必为《大学》压《论语》发,恐又只是景迁作祟,意欲摈斥《孟子》耳。"杨方所论,盖即指成都合刊《四书集注》而发,则赵在蜀所刻应为《四书集注》全书。成都本与詹仪之所刻当无大异,然较之后来定本十异六七,故后来此本少见流传。

三于绍熙三年刊刻于南康,是为南康本,已见前考。此本朱熹修改较大,故在弟子士友中广见传习,虽非最后定本,然朱熹生前主要以是本流传行世。魏了翁所云"较以闽浙间书肆所刊则十已易其二三","闽浙间书肆所刊"必是指书贾据南康本《四书集注》所刻各种闽浙之本(未必刻《四书集注》全书)。庆元党禁中毁南康板,即以是本广为流传之故。

四于庆元五年刊刻于建阳,是为定本。绍熙三年以后,朱熹于《四书集注》又多有修改,但因党禁事起,无从再刻。《文集》卷六十三《答孙敬甫》书四云"南康《语》、《孟》是后来所定本,然比读之尚有合改定处,未及下手"。此书作于庆元二年,此时仍只言有南康板《四书集注》,可见直至庆元二年未有新刻。是年反道学当朝只言及毁南康板《四书集注》,亦足证南康板以后未有他刻。然魏了翁《朱氏语孟集注序》言及辅汉卿赠以朱熹晚年定本《语孟集注》,较之闽浙间书肆所刊(亦即南康板《四书集注》)又十易二三,则庆元二年至朱熹卒之间《四书集注》应有一刻。《文集》卷六十三《答孙敬甫》书六云:"(《大学》)此段《章句》、《或问》近皆略有修改,见此刊正旧板,俟可印即寄去。但难得便,或只寄辅汉卿,令其转达也。"此书言及"去年尝与子约论之,渠信未及,方此辨论,而忽已为古人"。吕子约卒于庆元四年,知此答书作于庆元五年,是年刻《大学章句》、《或问》,亦言辅汉卿得此本,与魏了翁所言正合,则《四书集注》最后一刻应在庆元五年,以"见此刊正旧板"考之,则刻在建阳。盖庆元五年韩侂胄稍厌击伪学事,党禁稍弛,朱熹遂有再刻《四书集注》之念。《文集》卷五十三《答刘季章》书十一云:"《大学》近修改一两处,旦夕须就板,改定断手,即奉寄也。此阅邸状,时论似浸平,榛中蜿蜒稍稍引去。但恐主人意不坚牢,或有反覆,即其祸愈甚耳。""时论似浸平"云云,即指庆元五年党禁稍弛之象,详见《庆元党禁》与《续资治通鉴》。次年朱熹即卒,党禁未消,故最后刻本《四书集注》实为秘密刻印,未能流传,至后来魏了翁亦未得见也。

  据上所考,朱熹生前《四书集注》编集合刻凡五次,其他四书各自单刻更不计其数。所谓合刻,实即同时刻《大学章句》、《中庸章句》、《论语集注》、《孟子集注》四书,合之为一编,分之可单行,亦非如今所刊书合为一本也,此亦为考察《四书集注》编集与刊刻所不可不知者。兹将《四书集注》序定编集刊刻列表如下(单刻不列):

序定	合刻之年	合刻之书	合刻之地	刊刻者	刊本
淳熙四年首次序定	淳熙四年(1177)	《论孟集注》	建阳	书肆	丁酉本
	淳熙九年(1182)	《四书集注》	婺州	朱熹	宝婺本
	淳熙十一二年(1184—1185)	《四书集注》	德庆	詹仪之	德庆本
	淳熙十三四年(1186—1187)	《论孟集注》	桂林	詹仪之	广西本
	淳熙十三四年(1186—1187)	《四书集注》	成都	赵汝愚	成都本
淳熙十六年二次序定	绍熙元年(1190)	四经四子	漳州	朱熹	临漳本
	绍熙三年(1192)	《四书集注》	南康	曾集	南康本
	庆元五年(1199)	《四书集注》	建阳	朱熹	定本

朱熹作《周易本义》与《易九图》、《筮仪》真伪考

朱熹作《周易本义》之年，自来所述最为舛误，由此而影响对《周易本义》、《易学启蒙》评价，乃至疑《周易本义》中《易九图》、《筮仪》、《卦变图》等为伪。如王懋竑于《朱子年谱考异》云："《易本义》所附《九图》、《筮仪》皆非朱子之作，乃后人误增入。"并特作《易本义九图论》，力辨九图、筮仪之伪；由此更进而定《文集》中《答袁机仲书》为伪，对朱熹之好图书象数曲加回护掩饰，而后人竟无一详细考辨，对王懋竑之说几不能道一字。实则只须考明《周义本义》作年，《易九图》、《筮仪》及《答袁机仲书》为朱熹所作便自迎刃而解。兹即从解决《周易本义》作年之悬案入手，以破白田之说，确考《易九图》、《筮仪》等决非伪作。

（一）《周易本义》成于淳熙十五年

《周易本义》作年说有歧异。嘉熙间李性传作《饶州朱子语续录后序》云："《易本义》、《启蒙》成于乙巳、丙午之间（1185—1186）。"李、洪本《年谱》则皆定《本义》成于淳熙四年丁酉（1177）。王懋竑《年谱》从之，但于《考异》又云："按《年谱》……《易本义》则不知所据也。李微之序言成于乙巳、丙午之间，当以李序为正。"而于《读书记疑》卷一《周易》则又曰："《本义》后有修改，其成书当在《启蒙》之后矣。""《年谱》以窃出模印时言之固误，而李序云成于乙巳、丙午之间亦未为得也。"其说依违不定。后人无考，均从《年谱》以为《本义》作于淳熙四年，成在《启蒙》之前，而对王懋竑"其成书当在《启蒙》以后"之说未予注意。按诸本年谱定《本义》成于淳熙四年似本之王应麟，《玉海》卷三十六云："朱文

公熹淳熙四年《易本义》成十二卷,又为诸图冠首,为《五赞》及《筮仪》附于末,《音义》二卷。"后董真卿《周易会通》亦承其说云:"朱子《周易本义》上、下经二篇,十翼十篇,前述《九图》,后附《五赞》、《筮仪》。其书以淳熙四年丁酉岁成,凡分经异传,尽从东莱吕氏所定。"今人沿此说者有谓"《周易本义》,一一七七年(按:淳熙四年)成,根据吕祖谦所校定《古周易》经传十二篇而作的本义"(见张立文《朱熹思想研究》)。今按:朱熹《本义》乃据吕祖谦所定《古易》经传十二篇而作,故分十二卷,《直斋书录解题》述此甚明,其于朱熹《易传》十一卷、《本义》十二卷、《易学启蒙》一卷下云:"(晦庵)初为《易传》,用王弼本;复以吕氏《古易经》为《本义》。"又于吕祖谦《古易》十二卷、《音训》二卷下云:"著作郎东莱吕祖谦伯恭所定,篇次与汲郡吕氏同,《音训》则其门人王莘叟笔受,朱晦庵刻之于临漳、会稽,益以程氏是正文字及晁氏说,其所著《本义》,据此本也。"《本义》篇首亦明云:"经则伏羲之画,文王、周公之辞也,并孔子所作之传十篇,凡十二篇。中间颇为诸儒所乱,近世晁氏始正其失,而未能尽合古文。吕氏又更定,著为经二卷,传十卷,乃复孔氏之旧云。"然吕氏定《古易》在淳熙八年,《吕东莱年谱》云:"淳熙八年辛丑,定《古周易》十二篇。"《东莱吕太史文集》卷七有淳熙八年作《书所定古周易后》,称"某谨因晁氏书,参考传记,复定为十二篇,篇目卷帙一以古为断,其说见于《音训》"。朱熹《文集》卷八十二《书临漳所刊易经后》亦云:"右古文《周易》经传十二篇,亡友东莱吕祖谦伯恭父所定,而《音训》一篇则其门人金华王莘叟之所笔受也……莘叟盖言书甫毕而伯恭父没……淳熙九年夏六月庚子朔旦新安朱熹谨书。"可见《古易》定成在淳熙八年吕祖谦卒前不久,朱熹又如何能在淳熙四年即据吕氏定本《古易》作成《本义》？且淳熙三年十二月朱熹始发现《周易》为卜筮之书，见《文集》卷三十一《答张敬夫》书十八与卷三十二《答吕伯恭》书四十七，其生平象数易说大旨于此方立，初领悟到不仅须"见孔子所说义理"，而且更须"推本文王、周公之本意"。朱熹书题名为《本义》，盖即欲明推本文王、周公象数易之本义而定，而此《易》说大旨方在与张、吕论辩未定之际，其亦断不可能于次年即完成《本义》一书，此尤可证各家年谱所定《本义》作年之失。李性传以为《本义》成于淳熙十二年间亦不可信。朱熹《易学启蒙》成于淳熙十三年，有《易学启蒙序》为证。然《本义》中多言及《启蒙》一书，如前《筮仪》中云："此后所用蓍策之数，其说并见《启蒙》。""卦变别有图说，见《启蒙》。"又卷七中云："此第九章……其可推者，《启蒙》备言之。""画卦揲蓍，其序皆然，详见《序例》、《启蒙》。""河图洛书，详见《启蒙》。"足证《本义》成在《启蒙》之后，不得早于淳熙十三年。又有谓"《易学启蒙》，一一八六年作成。朱熹怕学者不明《周易本义》的宗旨，而作《启蒙》四篇"。说亦非是。二书内容迥别，《本义》阐述六十四卦经传，《启蒙》则专论揲蓍，非为明《本义》宗旨作；且《启蒙》之艰涩，正如《本义》之简易，岂反以艰涩之书以明简易之书宗旨？《易学启蒙》绝非《周易本义》之启蒙入门书，所谓"启蒙"，乃对《易》学之启蒙，而非对《周易本义》一书之启蒙。今考朱熹《续集》卷二《答蔡季通》书七十有云："《本义》已略具备，觉取象之说不明，不甚快人意耳。今文之误，先儒旧说可证验处甚多，所欲改更，皆非今日之臆说也。俟月末携来看，恐人多看不得耳。"答蔡书七十与六十九在时间上先后相接，均言及请祠人及蔡元定为朱熹占吉凶之事，书六十九云："某杜门如昨，无足言。请祠人未归。若得如此占，幸甚，但恐消详未尽耳，三圣必不我欺也。闻林又请对,乞与论者延辨,且攻横渠甚急,上皆不领,渐沮而退,未知竟如何。"书七十亦云:"某所遣请祠人竟未归,不审何说。利往之亨(按:指蔡为朱遣请祠人往临安占得利往之亨),窃恐未可必也。又为部中送磨勘告来,今日又不免遣人辞之……《仪象法要》昨因子庄过此,再看向来不相接处,今已得之。""林"指林栗,据年谱,淳熙十五年六月朱熹赴临安奏事,因与林栗论《易》及张横渠《西铭》不合,被林所劾而归,叶适上状为朱争辩,林栗乞廷辨,即书六十九所云也。朱熹六月中旬归,遣请祠人在六月下旬,磨勘转官在七月,王懋竑《年谱》:"淳熙十五年戊申,秋七月,复以足疾辞,并请祠。磨勘转朝奉郎,除直宝文阁、主管西京嵩山崇福宫。八月,辞转官,辞职名。"书七十云"又为部中送磨勘告来,今日又不免遣人辞之",则当作在淳熙十五年八月间,"月末"者,指八月末。此书提及《仪象法要》,盖朱熹于是年赴临安奏事途中方得此书,见《文集》卷五十五《答苏晋叟》书一及《续集》卷二《答蔡季通》书三十五。据《答蔡季通》书七十,可以确知朱熹《周易本义》稿成于淳熙十五年八月。又《文集》卷五十九《答陈才卿》书十三亦云:"正叔、子融相聚累日,多得讲论,甚恨才卿独不在此也。诸书二兄(按:指余正叔、徐子融)处皆有本,归日必同观……康节文字二兄亦已见之,熹亦不能尽究其说,只《启蒙》所载为有发于《易》,他则别成一家之学,季通近编出梗概,欲刊行,旦夕必见之,然亦不必深究也。"所谓"他则别成一家之学"之书,即指《周易本义》。考余正叔、徐子融之同来五夫问学朱熹正在淳熙十五年秋。陈文蔚《陈克斋集》卷四有《余正叔墓碣》,称余正叔"岁登师门"。朱熹之初识徐子融在淳熙十五年四月朱熹赴临安奏事途经铅山之时,见《陈克斋集》卷三《书徐子融遗事寄赵昌甫》,故朱熹此《答陈才卿》书十三最早亦不得作在淳熙十五年四月以前而徐子融罢学到五夫,执弟子礼,则在同年八月间,《答陈才卿》书。十三中有云:"所喻诚意之说,只旧来所见为是,昨来《章句》却是思索过当,反失本旨,今已改之矣。"此即指《陈克斋集》卷一《通晦庵先生书问大学诚意章》而言,其中云:"文蔚近于邸报中得知先生复有召命,可见圣眷优隆,仕止久速,惟其所遇……不知先生于出处之计如何,非浅陋所及。文蔚于九月廿一日夜,梦中偶得一诗,觉来尚能记省……今观再有召命,恐其所感,在先生之遇合也,敢乞量宜进退。徐子融罢学到五夫,其志甚锐,文蔚偶有牵制,不得偕行,徒切怅怏。前书曾以《大学诚意章》请问,蒙尊谕已失其书,谨再录拜呈。""复有召命"乃指淳熙十五年六七月间有旨趣江西提刑任,见王懋竑《朱子年谱》。夜梦作诗事,朱熹《答陈才卿》书十五有覆,其中言"复安外祠之禄",盖在是年七八月间。由此可见淳熙八九月间徐子融正在五夫。其时朱熹请蔡元定编订刊行《本义》,正与前引《答蔡季通》书七十完全相合。又卷五十九《答余正叔》书二亦云:"熹一出无补,幸已还家,又幸奉祠遂请,且得杜门休息……别后读书观理复增胜否?熹归家只看得《大学》与《易》,修改颇多,义理无穷,心力有限,奈何!奈何!"余正叔卒于淳熙十六年,此书所云,亦指淳熙十五年七月奉祠事。余为铅山人,朱熹自临安归经铅山与有一见,故称"别后"。而余正叔之来五夫则在八九月间,七月朱熹《本义》、《启蒙》等尚在修订中,故称"《易》修改颇多"也。盖淳熙九年朱熹自浙东提举任归后,方有时间精力据吕氏本《古易》作《启蒙》、《本义》等说《易》书;十三年先成《启蒙》后,才得以专致力于《本义》,其间因赴临安奏事中辍,归家方能继续修定完稿。然朱熹本人独推重《启蒙》而不甚满意《本义》,尝谓《易学启蒙》与《大学章句》为其一生最得意之作,云:"某一生只看得这两件文字透,见得前贤所未到处。"(见《语类》卷十四叶贺孙录,又参见《易学启蒙》序后附语录及王懋竑《朱子年谱》淳熙十三年《易学启蒙》条下所附资料)故《答陈才卿》书十四谓"只《启蒙》为有发于《易》",而《本义》则只"别成一家之学"。后人不明,反重《本义》而轻《启蒙》,乃至认《启蒙》为蔡元定所撰,不以为朱熹之作;或以为《启蒙》只是阐发解说《本义》之启蒙入门书,盖皆未有考之故也。

(二)朱熹生前未尝正式刊行《周易本义》

《周易本义》草成于淳熙十五年已如上考。遍查朱熹《文集》及《语类》,亦绝无淳熙十五年之前言及《本义》者;而淳熙十五年之前朱熹凡赠书于人,亦只提及《启蒙》而绝无《本义》,此亦足证《本义》为晚出无疑。且因朱熹不甚满意《本义》,稿方草成而未定,即被人窃出印卖,朱熹曾追收刻板销毁,此后一直修改不辍,晚年又遭党禁,至卒前虽有定稿,而卒未能于生前正式刊行。兹将淳熙十五年以后朱熹修改《本义》之况再考如下:

《别集》卷三《答孙季和》书五:"示及《易》说……旧读此书,尝有私记未定,而为人传出摹印,近虽收毁,而传布已多,不知曾见之否?其说虽未定,然大概可见,循此求之,庶不为凿空强说也。"按该书中有云:"入蜀不过荆门否……近得刘德修一书,今有报章并书册一匣寄之,烦为带行。"据《烛湖集》,绍熙三年邱崈帅蜀,辟孙应时入制幕,孙与朱熹有书信频频往返,俱载各自集中。其时刘德修亦知夔州,见《西山真文忠公集》卷四十三《刘阁学墓志铭》、《烛湖集》卷五《答朱元晦》书七及朱熹《别集》卷五《答刘德修》书一。据此可知《答孙季和》书五作在绍熙三年(1192)。《烛湖集》卷五《答朱元晦》书八中已提及"亦尝求得先生《易》说",即指《本义》,故《本义》之被窃出私自印卖应在《本义》草稿将成而未定之时,正与《家礼》之被窃相仿。朱熹生前其弟子及当时人所能见之《本义》盖即此本也。然此本朱熹一再自称为"本未成书","未能成书","不能卒业","粗笔其说而未成"(见下),又属被人窃印,盖非正式刊行之定本也,故有毁板之举,然是书之流传已不能禁。

《文集》卷五十《答郑仲礼》书一:"比日春和……熹忧患衰朽,中间几有浮湘之便,竟以病懒迁疏,不复敢出……读《易》之说甚善……亦尝粗笔其说,而未成也。"绍熙三年九月朱熹除荆湖南路转运副使,辞,即此书所谓"中间几有浮湘之便"。但既云"比日春和",则此书当作在绍熙三年春。书中所论"《易》说"亦指《本义》,与答孙季和书同。

《文集》卷五十四《答应仁仲》云:"《易本义》不谓遂达几下。旧读此书,每于先儒之说有所不快,因以妄意管窥一二,亦不自意寻至此。尚恨古书放失,闻见单浅,今又衰懒,不能卒业。"据该书有云"《礼书》(按:指《仪礼经传通解》)方了得聘礼以前……觐礼以后,黄婿携去庐陵,与江右一二朋友成之,尚未送来,计亦就草稿矣。"《礼书》始修于庆元二年,黄榦携稿往庐陵在庆元三年,见杨万里《诚斋集》卷一百零四《答朱侍讲》。故此《答应仁仲》之书当作于庆元三年,"不能卒业",即指《本义》反复修改而未定稿也。

《文集》卷六十《答刘君房》书二:"所喻读《易》甚善。此书本为卜筮而作,其言皆依象数以断吉凶,今其法已不传,诸儒之言象数者,例皆穿凿;言义理者,又太汗漫,故其书为难读,此《本义》、《启蒙》所以作也。然《本义》未能成书,而为人窃出,再行模印,有误观览……此是伪学见识。"据"此是伪学见识",书当作于庆元党禁之时。按朱熹始识刘君房在庆元二年,见《文集》卷八十四《跋刘杂端奏议及司马文正公帖》。《续集》卷六《回刘知县(君房)书》有云:"尝念儿时侍立先君子之侧,见其每得杼山侍郎公书,未尝不把玩叹息,而善藏之……其后仅三四年,先君即弃诸孤,盖已不及见更化之日矣。是以一时去国诸贤次第收用,侍郎公亦再登近班,而某蜷伏穷山,不得一拜床下,以修弟子之恭,至今以为恨也。不意垂老得其贤孙而与之游,幸亦甚矣。三复来诲,俯仰今昔,甲子殆将一周,又自叹其老而无闻也。"朱熹父松卒于绍兴十三年(1143),由绍兴九年下推至庆元五年(1199)为一甲子,朱熹此《答刘君房》书二约作于庆元四五年左右,距朱熹卒已不远,而书中仍只提及被窃印卖之本,知朱熹直至卒前未尝另正式刊刻《本义》。其所以未再模印,朱熹自谓不欲"有误观览",实因其时党禁峻厉,亦无实际可能再刻定本也。《朱子语类》卷六十七有沈㑺录云:"先生于《诗传》自以为无复遗恨……而意不甚满于《易本义》,盖先生之意只欲作卜筮用,而为先儒说道理太多,终是翻这窠臼未尽,故不能不遗恨云。"此录亦在庆元四年以后,可与《答刘君房》书二相印证。

　　朱熹生前虽未正式刊行《本义》,而《本义》实已有定本,其初次正式刊行已在嘉定年间党禁解除以后。嘉定五年前后(考见下)朱熹弟子胡泳伯量刊刻《本义》于南康时,黄榦曾据其在考亭所亲见《本义》定本以纠胡刻本之误,《黄勉斋先生文集》卷一《复胡伯量》书二云:"《易本义》不暇细观,但先天六十四卦圆图,已大错缪……榦以贫故,无笔力,且在考亭借书以读,以故无本,然大节目则可以默识,不可便流传以误后学也。"据此可知三点:一是黄榦以朱熹之婿直至嘉定五年手边亦无《本义》刻本,而只能据考亭所见本默识纠谬,证明朱熹生前确无正式刊本;二是黄榦考亭所见本,当为朱熹最后手定本《本义》;三是黄榦未能以其他刻本纠正胡刻之误,证明嘉定五年前后胡泳刻本乃最早正式刊行之《本义》定本。

(三)《易九图》、《筮仪》并非伪作

《周易本义》前列九图与筮仪,乃了解朱熹图书象数《易》学思想及其与邵雍等《易》学渊源关系之重要资料。王白田特作《易本义九图论》,力辨九图与筮仪之伪,断然以为非朱熹之作,后人多有信从,不信者亦未有考辨。然朱熹之耽嗜图书象数本是昭昭明白之事实,万难掩饰,白田之说一无实据,只以九图与朱熹《易》说有不合处以证九图之伪。然所谓"不合"亦在人之主观理解各异,未必真果然。况朱熹生平《易》学本自驳杂,早年与晚年有演变,同一书前后反反复复修改,小有牴牾亦无足疑;且朱熹于是书亦自有不甚满意处,未及修定。按《书录解题》卷一录朱熹《易传》十一卷、《本义》十二卷、《易学启蒙》一卷,即云:"(《本义》)首列九图,末著揲法,大略兼义理占象而言。"陈振孙去朱熹未远,所录应为《本义》最初刻本,时朱熹弟子有在者,亦无从作伪窜入。据朱熹《续集》卷三《答蔡伯静》书一有云:"《启蒙》已为看毕,错误数处已正之。又欲添两句,想亦不难,但注中尊丈两句不甚分明……《筮仪》内前日补去者,更错两字,今亦并注可正之,亟遣人还草此。"据此足证《筮仪》为朱熹所作无可怀疑。盖《启蒙》先作于《本义》,《筮仪》原在《启蒙》内,故有与蔡氏父子修改《启蒙》而及《筮仪》之事;后《本义》成,遂取《筮仪》入于《本义》。今《本义》之《筮仪》中尚云:"此后所用蓍策之数,其说并见《启蒙》。"亦可证《筮仪》原在《启蒙》中。今《本义》前附《易五赞》亦如此,《文集》卷四十八《答吕子约》书六云:"《启蒙》后载所述四言数章,说得似已分明,卒章尤切,不知曾经看否。""四言数章"即《易五赞》,当与《筮仪》初同在《启蒙》中,后并移入《本义》。王懋竑已指明《易五赞》原在《启蒙》书中,而不言及《筮仪》,或是有意掩饰邪?

至于《易九图》,按《文集》卷四十四《答蔡季通》书六云:"《易图》甚精,但发例中不能尽述,当略提破,而籍图以传耳。陈法大略亦可见,当如近日所说,但未能洞晓其曲折耳。"此书又见《续集》卷二《答蔡季通》书八十六。所说"易图",即今《本义》中《易九图》,《本义》中《易九图》之下正有发例,与答蔡书六所说完全相合。此《答蔡季通》书六作年,据其中有云:"乐图烦更问子本,此只有十二样,而调名之多何耶?《琴说》亦告,寻便示及千万……二谱已领,昨日过元善,听其弦歌《二南》、《七月》,颇可听,但恐吓走孔夫子耳。磬制乃贤者立论之失,岂可推范蜀公……如此护前,恐为心术之害,不但一事之失也。"按蔡元定磬制之失事详见《续集》卷二《答蔡季通》书十六、十七、十八、二十五、二十六、六十、六十一、六十二,书六十有云:"前日所说磨崖刻河、洛、先天诸图,迁见甘君说,阁皂山中新营精舍处有石如削,似可镌刻,亦告以一本付之。先天须刻卦印印之乃佳。"道士甘叔怀往阁皂刻河图、洛书、先天三图在庆元三年正月,见《文集》卷八十四《书河图洛书后》,则书六十作在庆元二年十二月间,《答蔡季通》书六应作在同时。又据《水心文集》卷十七《詹体仁墓志铭》,詹体仁仕途较得意,唯因绍熙五年论山陵事于庆元二年奉祠归居,《答蔡季通》书六云"昨日过元善",亦正与此合。又关于《琴说》,朱熹答蔡书屡言及之，俱在庆元三年正月蔡元定编管道州前后，如《文集》卷四十四《答蔡季通》书十一："别后只得到丰城及宜春书……但至今尚未闻到春陵信……乐书非敢忘之……不知老兄平日与元善相处，曾说到子细处否……近因诸人论琴，就一哥借得所画图子，适合鄙意。"书十二、十三及《续集》卷三《答蔡季通》书六、九、十、十一、十三等言及《琴说》尤详，俱在庆元三年，然观此《答蔡季通》书六，时蔡元定尚在建阳西山，未编管赴道州，则此书作于庆元二年十二月更无疑矣。据此《答蔡季通》书六，足以证明《易九图》乃朱熹与蔡元定共同制定于庆元二年十二月前后，而此《答蔡季通》书六与《书河图洛书后》作在同时尤非偶然，盖甘道士所刻河图、洛书、先天即《易九图》中之三图，故《书河图洛书后》亦可谓《易九图》成于庆元二年之一铁证。必是《启蒙》于淳熙十三年成时，《筮仪》《易赞》俱成，而《九图》尚未全具，故《筮仪》《易赞》均入《启蒙》，而仅有河图、洛书二图附前。至淳熙十五年《本义》略具，旋为人窃出印卖，未得修改补充。迨庆元二年朱熹与蔡元定精研《周易参同契》有得，故再共订七图为九图，其后遂并《筮仪》《易赞》附入《本义》，是为黄榦所见考亭定本也。前引《答吕子约》书六作于绍熙三年十一月二十七日，尚只言《启蒙》后载《易赞》，可知淳熙十五年《本义》草成后被人窃印之本当无《易九图》及《筮仪》《易赞》，其非正式刊刻本亦由此可见。黄榦《黄勉斋先生文集》卷一《复胡伯量》书一云："《易本义》不暇细观，但先天六十四卦圆图已大错谬，所谓有小圈者，特其小失耳。今以印策论之，则印策中缝之左即乾卦，右即姤卦，乾、姤二卦夹在策缝左右，乃今所印本恒、巽之位，即先天乾、姤之位也。乾、姤居正南，坤复居正北，故曰冬至子之半也。若今所印，则冬至在亥子之间矣。知乾姤在策缝之中，则伏羲八卦图以乾为南,以坤为北,可以类推矣。此乃《易》之宗主,宜亟正之。又圆图后语'有圆布者','有方布者',则六十四卦圆图之中,当有方图,岂可有其语而无其图邪?干以贫故,无笔力,且在考亭借书以读,以故无本,然此大节目则可以默识,不可便流传以误后学也。"黄榦据考亭所见本责胡泳刻本之误,一为策缝未印准,致使冬至在亥子之间;二为有圆图而遗刻方图,盖皆易图之事。按圆图、方图正为《易九图》中之二图,而今《本义》《易九图》之《伏羲六十四卦方位图》下确附有后语云:"此图圆布者,乾尽午中,坤尽子中……方布者……"正与黄榦所说完全相合。黄榦贫时在考亭所见本,为朱熹家藏定本《本义》,《易九图》原在《本义》中由此更得确证。黄榦此书作年,据其有云:"榦偶当一职,自不敢苟。"黄榦卒于嘉定十三年,然嘉定十年后已奉祠不仕,此书应作在嘉定十年以前。胡泳为南康建昌人,尝为白鹿堂长。黄榦嘉定元年至嘉定五年先宰临川,后宰新淦,见《黄勉斋先生文集》卷二《与郑成叔书》及《黄榦年谱》,其与胡泳往还甚密盖在其时。又自韩侂胄身败,党禁稍缓,至嘉定四年方有刘爚请弛党禁,朱熹子朱在始得以搜辑编定《文集》,胡泳于是时亦方有可能板刻《本义》,故黄榦此书约作于嘉定四年前后。胡泳此时所刻《本义》亦首列《易九图》,只因遗漏一方图,乃遭黄榦指责如斯,朱熹弟子众目睽睽之下,又何能伪作《易九图》窜入乎?王懋竑力辨《九图》为伪,不惜穷搜旁寻,独于黄榦此书含糊不辨,其有意掩饰以成己说之态度盖亦由此可见。至如王白田由疑《易九图》为伪更进一步证朱熹《文集》中《答袁机仲书》为伪,几使人无所适从,实亦不过以误证误,不足置辨。王氏定《答袁机仲》书四为伪之唯一理由,是以其中言及黑白之位,其说曰:"自周子《太极图》以黑白分阴阳,后多因以为说。龟山先生於詹季鲁问《易》,以一图示之,而墨涂其半曰:'此即《易》也。'是皆以意为之。朱子《答袁机仲书》所云黑白之位,当亦类此。今此图乃推明伏羲画卦之次序,其必以奇偶之画,而不可以黑白之位代之,彰彰明矣……窃疑袁书此一节乃后人剿入之,以为九图张本,而非本文。又其后云:'此乃《易》中至浅至近而易见者。'黑白之位,元非《易》中所有,考其文义,都不相属。答袁书凡十一,论黑白仅见于此,而他书皆以奇偶论,其为有所增损改易而非本文无疑也。"此说尤误。以奇偶之画还是以黑白之位,乃说《易》表达方式与符号之不同,其实质则无异。宋以来《易》家受道家方士影响,以黑白之位说《易》已成风气,朱熹象数《易》学多有取于道徒之说世人皆知,其且托蔡元定入川购道士秘传黑白相抱之《太极图》,又何止以黑白之位说《易》!且王氏谓朱熹集中论黑白之位仅见于《答袁机仲》书四亦不副事实,按:朱熹《太极图说解》正以阴阳黑白解《易》,本为常识。又《文集》卷四十二《答胡广仲》书二亦有与胡氏论及黑白之说。白田之疑答袁书为伪盖亦主观臆断。至于王氏又以《本义》中《卦变图》与《启蒙》有异,亦断为伪作,其说之误盖同此类。大致朱熹著作自少至老修改不辍,至有全失原貌者(如《诗集传》之于《诗集解》),其说前后稍有差异本无足怪(如《四书或问》之于《四书集注》),而况《本义》之书及其反复修改未定,至死犹不满此书而未予正式刊行乎?若不明朱熹著述多有此一特殊情况,则但以说有异同判定朱熹文集、语录、专著中有伪文,盖亦多矣,又何止《易九图》、《筮仪》、《答袁机仲》、《卦变图》?然不足为信也。

朱熹未作《古易音训》考辨

《宋史·艺文志》易类于吕祖谦《古易音训》二卷外，又著录朱熹《古易音训》二卷，后世遂沿《宋志》之说，信而无疑。如《经义考》卷三十一录朱熹《古易音训》二卷，云"未见"。谢启坤《小学考》云"已佚"。牛继昌《朱熹著述分类考略》以为此书"今佚"，"与吕祖谦《古易音训》二卷非一书"。周予同《朱熹·朱熹之著作》亦录此书，云"佚"。然谓朱熹作《古易音训》者仅见于《宋史·艺文志》，而自宋以下亦绝无一人尝见朱熹此书。《直斋书录解题》录吕氏《音训》二卷，不言朱熹亦作《音训》，《文献通考》亦不载朱熹《音训》，则《宋志》之说已自可疑。今按：《宋志》所录朱熹《古易音训》二卷，实即吕祖谦《古易音训》二卷，盖将鄂州刊吕氏《音训》误为朱熹之作。《宋志》所录"吕祖谦定《古易》十二篇为一卷、又《音训》二卷"，乃吕东莱成于淳熙八年，据其自序云："近世嵩山晁氏编《古周易》将以复于其旧，而其刊补离合之际，览者或以为未安，祖谦谨因晁氏书，参考传记，复定为十二篇，篇目卷帙一以古为断，其说具于《音训》。"朱熹为之作跋云："古文《周易经传》十二篇，亡友东莱吕祖谦伯恭父之所定，而《音训》一篇则其门人金华王莘叟之所笔受也。"(《朱文公文集》卷八十二《书临漳所刊易经后》)是《古易》为吕氏所定，《音训》由王莘叟所笔受。朱熹尝多次刊刻吕氏所定《古周易》，并取吕氏定本作《周易本义》，而音训一皆取吕氏《音训》，并无另作之事。董真卿《周易会通》载朱熹《书临漳所刊易后》附朱鉴跋云："先公(朱熹)著述经传，悉加音训，而于《易》独否者，以有东莱先生此书也。鉴既刊《启蒙》、《本义》，念音训不可阙，因取宝婺、临漳、鄂渚本亲正讹误六十余字而并刊之。如豫爻之簪，晁作戠，婺、漳、鄂本作戩。损象之室，晁作䆫，婺本作宆，漳作窨，鄂作䆥，则有未详者。然非有害于文义，已足为善本矣。至于嵩山《古易跋》语，先公尝折衷晁、吕之说于其后。今三本所载不同，而文集中乃有晚岁书谂鄂教滕珙以改换最后两版者，其为后出无疑云。"朱鉴为朱熹孙，尝编定《文公易说》、《诗传遗说》等，据其所言，可确知朱熹独于《周易》一经未作音训。绍熙庚戌朱熹刊刻《书》、《诗》、《易》、《春秋》四经于临漳，其于《易》取吕氏《音训》，而于《书》、《诗》、《春秋》三经则云："异时有能放吕氏之法而为三经之音训者，尚有以成吾之志也哉。"可见朱熹因有吕氏《古易音训》，终身遂不复有别作《古易音训》之念。故朱熹再传弟子鲁斋王柏叙及吕祖谦《音训》亦只云："余暇日校《音训》，而有未能释然于可疑者。久之，方悟成公之谨于阙疑也……不有音训类其同异，则不知诸儒之得失；不见诸儒之异同得失，则不知伊洛以来传义之精也。《音训》之有益于后学如此……观今大纲领既正，《音训》甫毕，而成公梦奠，精神全在卷第之下分行注中，读者尤当留意焉。"亦绝口未提及朱熹作《音训》，可证朱熹卒后也向无有朱熹《音训》传世之事。《宋志》误录朱熹《音训》二卷，亦自有因。据朱鉴跋，吕氏《音训》有宝婺、临漳、鄂渚三本，按《朱文公文集》卷八十二《书临漳所刊易经后》云："右《古文周易经传》十二篇……《音训》妄意其犹或有所遗脱，莘叟盖言书甫毕而伯恭父殁，是则固宜。然亦不敢辄补也，为之别见于篇后云。淳熙九年夏六月庚子朔旦新安朱熹谨书。"跋作于淳熙九年，当原为宝婺刊本《古文易》所作。尤袤与吴仁杰书有云："顷得吕东莱所定《古易》一编，朱元晦为之跋，尝以板行。"又《朱文公文集》卷三十六《答陈同甫》书二云："近刊伯恭所定《古易》，颇可观，尚未竟，少俟断手,即奉寄。"(此书作于淳熙九年)即指此宝婺刊本《古易》,时朱熹在浙东提举任上,故有是刻。至绍熙元年朱熹知漳州,遂再刻四经,是为临漳本。然四经中《书》、《诗》、《春秋》三经后跋皆作于绍熙元年十月,独《易经》仍取淳熙九年旧跋附之,则可知临漳本与宝婺本无别,音训皆取吕氏,而于其所遗脱"亦不敢辄补"。至于鄂渚本,则稍有改易,朱鉴云"今文集中乃有晚岁书诿鄂教滕珙以改换最后两版者",其说有误,程曈《新安学系录》卷七《滕珙事述》下云:"溪斋(按:滕璘)为鄂州教授时,朱子以书属改四经四子《古易音训》版误字。后编《大全集》者误以是书归之先生,故朱子之孙鉴《古易音训跋》则曰鄂州教珙,先生实未尝为是官也,观者察之。"是为鄂州教者为滕璘而非滕珙。查真德秀《真文忠公文集》卷四十六《滕璘墓志铭》云:"又中乙科,以恩升首甲,调鄞县尉。教授鄂州,居中奉及母令人胡氏忧。"知程曈说不误。按胡氏卒于绍熙三年,中奉卒于绍熙四年,见《新安学系录》卷七《滕珙事述》。又《朱文公文集》卷八十《鄂州州学稽古阁记》:"鄂州州学教授许君中应既新其学……其役始于绍熙辛亥之冬,而讫于明年之夏……太守焕章阁待制陈公居仁、转运判官薛侯叔似实资之,而总卿詹侯体仁、戎帅张侯诏亦挥金以相焉。"未提及滕璘,知滕璘于绍熙二年冬之前已丁忧离去,故《古易》鄂渚本当刊刻于绍熙二年夏秋间,即朱鉴所谓"其为后出无疑"。《朱文公文集》卷四十九《答滕璘书》云:"向在彼刊得四经四子,当时校勘自谓甚子细,今观其间乃犹有误字。今不能尽记,或因过目遇有此类,幸令匠人随手改正也。《古易音训》最后数版有欲改易处,今写去。所欲全换者两版,并第三十四版之末行五字,此已是依原版大小及行字疏密写定,今但只令人依此写过看,令不错误,然后分付匠人改之为佳。

此只是修改旧版,但密为之,勿以语人。"据此,知鄂渚本仍取吕氏《音训》,而于旧版稍有修改,仅最后两版全换,此与朱鉴跋中所云"改换最后两版者"及朱鉴编《文公易说》卷十九论《古易》今刻前阙二版,说正相合,则鄂州本《易》与宝婺本、临漳本亦自无别,朱熹未别作《音训》,故朱鉴以三本相勘正讹;而因鄂渚本最后出,朱鉴刊刻朱熹《易学启蒙》、《周易本义》时,乃取鄂渚本为底本,以此三刻、参校本吕氏《音训》附刻于《易学启蒙》。作《宋志》者不谙其实,只据其有修改不同之处,且最后两版有别,异于婺、漳本,又复有朱鉴刊正讹误之处,加之又在朱熹《易学启蒙》之中,遂以为非吕氏《音训》,而误为朱熹所另作。盖吕氏《古易音训》多刻入朱熹《周易本义》与《易学启蒙》,因得以一并流传,单刻本元以后遂不传于世,反得由朱熹著作中抄撮而出,故张云章云:"伯恭《音训》之作,其门人金华王莘叟笔受者……今原本不可见,赖元刻本合程朱《传》、《义》为一编,得以抄撮成书。"(引自《经义考》卷三十)《宋志》误以朱熹《易》学著作中之吕氏《音训》归于朱熹,原因即在于此。又王应麟《玉海》卷三十六"淳熙《易学启蒙》、《本义》"条云:"朱文公熹淳熙四年《易本义》成十二卷,又为诸图冠首,为《五赞》及《筮仪》附于末,《音义》二卷。"此说误甚,《本义》非成于淳熙四年,是年更无作《音义》(即《音训》)之事,王应麟未明言此《音义》为吕氏作还是朱氏作,疑《宋志》之误即本于此。

朱熹作《易传》考

　　陈振孙《直斋书录解题》卷一著录朱熹《易传》十一卷、《本义》十二卷、《易学启蒙》一卷，云："（晦庵）初为《易传》，用王弼本；复以吕氏《古易经》为《本义》，其大旨略同而加详焉。"《文献通考》作《易传》十一卷，《宋史·艺文志》作《易传》十二卷。今人疑朱熹曾作《易传》一书，其说始于白田王懋竑。其于《朱子年谱考异》卷二云："今考之《文集》、《语录》，皆未尝言有《易传》、《本义》之异，后来纂辑诸书，亦未有言及此者，不知陈氏（直斋）何据而云然也。"王氏之疑与事实不合，朱熹自言作《易传》于文集昭昭可考。《朱文公文集》卷六十三《答敬孙甫》书五云："《易传》初以未成书，故不敢出。近觉衰耄，不能复有所进，颇欲传之于人，而私居无人写得，只有一本，不敢远寄，俟旦夕抄得，却附便奉寄。但近缘伪学禁严，不敢从人借书吏，故颇费力耳。"又《续集》卷八《答叶彦忠》书一云："《易传》且留是正不妨。《易》自伏羲始画八卦，文王重为六十四，作系卦、象辞，周公作系爻辞，孔子作彖、象、文言、系辞、说卦、序卦、杂卦，而彖、象、系辞各分上下，是谓十翼。"可见朱熹《易传》作之甚早，至晚年仍修改不断。又陆游《渭南文集》卷二十九有《跋朱氏易传》："易道广大，非一人所能尽，坚守一家之说，未为得也。元晦尊程氏至矣，然其为说亦已大异，读者自知之。嘉泰壬戌四月十二日老学庵识。"稍后乃有陈振孙将是书著录于《直斋书录解题》，足见嘉泰以来朱熹《易传》亦甚流传。王懋竑于此确凿可靠之记载皆不之信，反于《朱子年谱考异》中云："按文集《答孙敬甫书》云：'《易传》初以未成书，故不敢出。近觉衰耄，不能复有所进。颇欲传之于人，而私居无人写得，只有一本，不敢远寄。'其书在丙辰后,则《易本义》久已刊行,不当云'不敢出'。又书名《本义》,不名《易传》,且其语与程子答张闳中语略同,以《别集》答孙季和、杨伯起书考之,殊不相类,今不载。"由疑朱熹作《易传》进而疑《答孙敬甫书》,盖由先入之见而未之深考也。王氏之说实为无端致疑,而不知朱熹早年与晚年《易》学思想之演变转化。按朱熹早年独崇程氏《易传》,为《易》学中之义理派,程氏《易传》用王弼本,故朱熹亦用王弼本作《易传》;是时吕祖谦所定《古本易经》尚未出也。淳熙以后,朱熹发现《易》为卜筮之书,全为卜筮而作,遂由义理派转为象数派;而吕氏《古易》适于其时出,朱熹乃于是据吕氏定本而作《启蒙》、《本义》。故就大体言之,《启蒙》,象数派《易》说也;《易传》、《本义》,义理派《易》说也。晚年朱熹虽于《易传》多次据其象数说修改,而终不能出程氏义理之外,远不及《本义》于此用力之勤,朱熹亦自谓"其义理不能出程《传》"。此实即《启蒙》、《本义》得以传布而《易传》却独亡佚不传之根本原因也。兹将朱熹集中有关作《易传》材料钩稽如下,以见朱熹前后《易》学思想演变之迹,而《直斋书录解题》之说当非虚言。

朱熹自乾道以来已潜心于著述说《易》之书。《文集》卷四十三《答林择之》书三:"近读《易传》,见得阴阳刚柔一个道理,尽有商量,未易以书见也。"此书据其中云"侍旁如昨,祠官再请"、"(魏)元履竟为揆路所逐",知作于乾道五年。又卷三十一《答张敬夫》书十八:"近又读《易》,见一意思:圣人作《易》,本是使人卜筮以决所行之可否,而因之以教人为善……今亦录首篇二卦拜呈。此说乍闻之必未以为然,然且置之,勿以示人,时时虚心略赐省阅,久之或信其不妄耳。"按《张南轩文集》卷二十三《答朱元晦》书一有"《易》说未免有疑……恐非为卜筮"云云,知为答覆朱熹此书,张该书提及"《虞帝庙碑》已求得季克字……见议下手刊刻矣"。朱熹为作《虞帝庙碑》在淳熙二年七月,据此知朱熹《答张敬夫》书十八作于淳熙二年十二月(题下注"十二月")。朱熹与张栻论《易》说初见是书。朱熹后有再复张栻书云:"《易》之说固知未合,亦尝拜禀,姑置之以俟徐考……此书近亦未暇卒业。"同时朱熹又有书予吕祖谦,言及已作《易》说之书情况,《文集》卷三十三《答吕伯恭》书三十九:"熹近读《易》学有味。"(此书亦作在淳熙二年十二月)又书四十七:"熹所欲整理文字头绪颇多,而日力不足,今又方有远役,念之未始一日去心。读《易》之法,窃疑卦爻之辞本为卜筮者断吉凶,而因以训戒。至彖、象、文言之作,始其吉凶训戒之意,而推说其义理以明之……亦欲私识其说,与朋友订之,而未能就也。"该书有云"将为婺源之行","今方有远役",知作在淳熙三年二月将如婺源展墓之前。由上列诸书可见朱熹其时方草创说《易》之书,然吕祖谦定《古文易经》在淳熙八年(详说见前《朱熹未作古易音训考》与《朱熹作周易本义与易九图真伪考》所考),朱熹据吕氏定本《古易》而作《本义》则必在淳熙八年以后,故朱熹此于乾道至淳熙二三年间草创而未能就之说《易》书,必是据王弼本所作之《易传》无疑。

《别集》卷五《答皇甫文仲》书五:"所喻《易说》,实未成书,非敢有所吝于贤者,然其义理不能出程《传》,但节得差简略耳。"又书四云:"《大学或问》今付来介,看毕幸示及。《易传跋》语未敢容易,更容拟定续奉报也。"据书五中有云"某昨来求去不获……南轩必朝夕相见……龙山佳句可见一时宾主之胜"。按张栻《南轩文集》有《与宾佐登龙山》诗,卷二十四《答朱元晦》书十五亦云:"重九出郊二十里间,遂登龙山,回顾云水渺然,亦复壮观。"并提及《濂溪先生祠记》刻石事,则知朱熹此《答皇甫文仲》书五应作于淳熙六年十月(参见《南轩年谱》与《朱子年谱》)。既云"义理不能出程《传》,但节得差简略",明是朱熹已有说《易》简明之作,只因未定,不愿示人耳。而此说《易》之书又,非据王弼本所作《易传》莫属。《答皇甫文仲》书四所云《易传跋》,即《文集》卷八十一《书伊川先生易传板本后》,作于淳熙六年八月,朱熹是时所草《易传》大旨可由此跋中见。

《文集》卷五十六《答赵履常》:"读《易》亦佳……但经书难读,而此经为尤难。盖未开卷时已有一重象数大概功夫;开卷之后,经文本意又多被先儒硬说杀了,令人看得意思局促,不见本来开物成务活法。廷老所传鄙说,正为欲救此弊,但当时草草抄出,疏略未成文字耳。然试略考之,亦粗见门户梗概。"此答书之年不详,据嘉靖《邵武府志》卷十三《乡贤》:"饶幹,字廷老,邵武人。登淳熙二年进士,调吉水县尉。转知长沙,适逢朱熹为守,遂授业焉。"朱熹知长沙在绍熙五年,饶幹始来受业,则朱熹此答书应作在绍熙五年以后。所云"廷老所传鄙说",当指《易传》而非《本义》,盖《本义》已成于淳熙十五年(1188,见前文所考),至绍熙五年(1194)不得谓之"疏略未成文字"。据此答书,约可见朱熹晚年以象数说修改补充早年所作《易传》之况。

《文集》卷六十二《答张元德》书四云:"所说《易》传,极有难记当处。盖经之文义本自宽平,今传却太详密,便非本意。所以只举经文,则传之所言提挈不起,贯穿不来,须是于《易》之外,别作一意思读之,方得其极。寻常每欲将紧要处逐项抄出,别为一书,而未暇。"据此答书中有云"衡阳之讣,想已闻之",指庆元二年正月赵汝愚之卒;又云"熹幸已得祠,差可自安"。朱熹奉祠在庆元元年十二月,落职罢祠在二年十二月,故可确知此答书作于庆元二年二月至十一月间。则书中所云"寻常每欲将紧要处逐项抄出,别为一书,而未暇",当亦指《易传》无疑。前引《答孙敬甫》书言及作《易传》事,其中有云"近日因修《礼书》(按:指《仪礼经传通解》)","近缘伪学禁严",知亦作于庆元二三年间,与此答张元德书所述完全相合,白田之疑《答孙敬甫》一书为伪断非。又《文集》卷五十四《答吴宜之》书五云:"所喻《易》说,诚是太略,然此书体面与他经不同,只得如此点缀说过。多着言语,便说杀了。先儒注解非是不好,只为皆堕此病,故不满人意。中间便欲稍移经下注文入传中,庶得经文意思更宽,而未有功夫。到得今病衰如此,更有无限未了底文字,恐为没身之恨矣。"此书作年莫考,但据云"到得今衰病如此","恐为没身之恨",则应作在晚年庆元党禁之时,其中"而未有功夫"云云,亦与《答张元德》书四相合,所谓"无限了底文字",即主要指《易传》一书。

然据前引《答孙敬甫》书五及《答叶彦忠》书一,朱熹卒前《易传》实已成书,其抄寄孙敬甫与叶彦忠,即急欲"传之于人"。《答孙敬甫》书五作于庆元二三年间,则《易传》最后修改完稿约在庆元三年。其印刻已在嘉泰年间,疑陆游嘉泰二年所作《跋朱氏易传》即为首次刊刻《易传》而作也。

朱熹乾道至淳熙年间草创《易传》,本于程氏义理之说;淳熙以后至庆元年间修定《易传》,已杂以象数之说,有与《周易本义》说相同者,然终未能脱程氏义理《易》学窠臼,已同晚年朱熹耽嗜象数之学相左,故其以《启蒙》为精,以《易传》为粗,以《启蒙》为本,以《易传》为末,宝《启蒙》而不重《易传》,度正《性善堂稿》卷十四有《书易学启蒙后》叙述极明:

晦庵先生为《易传》方脱稿，时天下已盛传之。正尝以为请，先生曰："学者宜观《启蒙》。"时先生已授后山蔡季通，则谓正曰："子往取而观之，《易》之学庶几可求矣。"先生盖不自以《易传》为善也。《启蒙》之为书，发明象数，以极乎天地万物之蕴，盖集古圣之大成也。然先生之于《易》，以为本为卜筮而作，方作《易》时，其说已自如此。二书之指，虽精粗之不同，而其大本亦未尝不同也。后之学者观之《易传》，则可见先生初年学《易》所以发明《彖》、《象》、《文》者如此；观之《启蒙》，则可见先生后来学《易》所以举纲撮要，开示后学如此。本末先后，自有次第，不知不知……眉山杨仲禹笃好先生之学，并刊二书以贻同好……嘉定五年冬十有一月门人度正谨书。

度正初来考亭抠衣问学，执弟子礼，在庆元三年，见朱熹《文集》卷六十三《与晏亚夫》书三、卷八十四《跋度正家藏伊川先生帖》（详见前《与度周卿书》考），其时朱熹方修定成《易传》而始传授于弟子间，故度正得见《易传》，并亲闻朱熹之说如是。观此跋，可见《易传》乃朱熹初年之作，大旨在发明《彖》、《象》等义理；《启蒙》乃朱熹后来之作，大旨在发明象数以极天地万物之蕴。二书各有不同，故朱熹虽以《易传》为未善，亦自不废也。

　　然朱熹淳熙以后虽转向象数《易》学，而于程氏义理《易》学仍不废弃，其意盖谓义理与象数可以融通互补，而非冰炭难容，故欲铸程氏义理与康节象数为一新《易》学体系，而集义理派《易》学与象数派《易》学之大成，其于《启蒙》、《易传》之外，卒有《周易本义》之作，即因此故也。《周易本义》者，实以义理为本、参以象数说之书也，与专言象数揲蓍之《启蒙》有别。《易传》亦以义理为本

而参以象数之说,则近于《本义》而异于《启蒙》。《性善堂稿》卷十四又有《书晦庵易学启蒙后》云:

> 正尝请问:"《易》有圣人之道四,占特其一法耳,《易》之道宜无不该。先生传《易》,专以占之一法推之,何也?"曰:"《易》之道固无不该,然圣人作《易》,本为卜筮,以前民用,今从其所自起而求之,庶几可以见圣人之意耳。"正时虽不敢复问,然其心中犹有未释然者。一日,先生使人呼之,亲以《古今家仪》一书、了翁台州《谢表》一道、书稿一纸、笔一束授焉。正退阅其书稿。其一答王岘秀才书,论为学以收放心为本及读书之法。其一乃答刘宰君房论《易》书,谓:"此书本为卜筮而作,今其法已不传。诸儒言象数者,例皆穿凿;言义理者,又太汗漫。此《本义》、《启蒙》所以作也。然《本义》未成书,为人窃出,有误观览。《启蒙》且欲学者就《大传》所言卦画蓍数推寻,自今观之,如论河图洛书,亦未免有剩语。要之,此书难读,不若《诗》、《书》、《论》、《孟》明白易晓。"先生之于《易》,其说盖如此。所谓《本义》者,今世所传《易传》是也。其曰"本为卜筮而作"者,盖以奇偶之画即蓍之所由起,而其体制与《诗》、《书》文字绝不相类。先生所以断然为是说者,盖将以发千古之秘,使学者推本而求之,而自识其所以然耳……嘉定六年四月己卯门人巴川度正谨书。

朱熹于《启蒙》之外,另作《本义》与重定《易传》以纠象数派之穿凿与义理派之汗漫而合二而一,由此可见。度正之所以又视《本义》与《易传》为一书者,乃显因《易传》成书在前,《本义》成书在后,《本义》本承袭《易传》而广大其说;《易传》与《本义》同为专门发明程氏义理《易》说,而与《启蒙》不类。《易传》实可谓《本义》之最初草稿,后乃分化演变而为二书,《本义》之于《易传》,犹《大学章句》之于《大学集解》、《孟子集注》之于《孟子要义》、《中庸章句》之于《中庸详说》、《论语集注》之于《论语要义》欤?盖其经学著作之分合演变与其四书学著作之分合演变多类似也。

朱熹校正程氏《易传》及《晦庵先生校正周易系辞精义》真伪考辨

朱熹编定《二程遗书》与《二程外书》为人所知，而其校定程氏《易传》却不为人所道。诸本朱熹年谱及各家朱熹著述目均不言及朱熹校正伊川《易传》；后人由此更疑吕祖谦编定《晦庵先生校正周易系辞精义》为伪，几成铁案。朱熹早年为义理派《易》学家，其主义理一本伊川《易传》，故朱熹之校正《易传》，对了解其早年《易》学思想及其由义理派向象数派转变，至关重要，不可无考；与此相关之《周易系辞精义》一书真伪问题，更涉及吕祖谦、朱熹两人，盖亦一宋代《易》经学史上重要问题，非独有关于该书作者归属及其学术价值之争论也，尤不可不明辨。

按朱熹校正程氏《易传》在乾道四年，实与其编定程氏《遗书》同时。傅增湘《藏园群书经眼录》卷一著录"晦庵先生校正伊川易传□卷"，为宋刊本。又《增订四库简明目录标注》卷一于程颐《易传》亦云："京肆见宋刊残本，题'晦庵先生校正伊川易传'。"是宋元以来朱熹校本程颐《易传》亦甚流传。《东莱吕太史文集》卷七有《书校本伊川先生易传后》云："伊川先生遗言见于世者，独《易传》为成书，传摹浸舛，失其本真，学者病之。祖谦旧所藏本，出尹和靖先生家，标注皆和靖亲笔。近复得新安朱熹元晦所订，雠校精甚，遂合尹氏、朱氏书，与一二同志参合其同异，两存之以待知者。既又从小学家是正其文字，虽未敢谓无遗恨，视诸本抑或庶几焉。会稽周汝能尧夫、鄮山楼锷景山方职教东阳，乃取刊诸学宫。乾道五年十月既望东莱吕祖谦谨书。"吕氏用朱熹校本参合同异印刻《易传》在乾道五年十月，其借朱熹校本时间，据《吕东莱文集》卷三《与朱元晦》书一:"适有德庆亲迎之役,遂复未果。俟至秋末,当谋西安之行……此间有一士人,欲以伊川《易传》锓板,近闻书府所藏本最为善(子澄之书云尔),今以宾之丈处,假专人拜请,敢望暂付去介,异时却得面纳也。"据《吕东莱年谱》,德庆亲迎在乾道五年八月,西安(三衢)之行在十月,时刘宾之为衢守,知吕作是书求朱熹校本在八月间。朱熹《文集》卷三十三有《答吕伯恭》书二回告曰:"《易传》六册,今作书托刘衢州达左右。此书今数处有本,但皆不甚精,此本雠正稍精矣。须更得一言喻书肆,令子细依此誊写,勘覆数四为佳,曲折数条别纸具之,或老兄能自为一读,尤善。"据此,朱熹似据数处之本校雠而成,时间早于《遗书》之订。《文集》卷四十《答何叔京》书九有云:"所借书悉如所戒,但《易传》无人抄得,只纳印本去,此有别本,遂留几间可也。"是书提及古田林择之来学,知作于乾道二年,其时朱熹已有《易传》印本,并以赠人,则当是该年朱熹曾将此所校正本《易传》付梓印刻(疑刻于建阳)。乾道五年吕祖谦借此本参校重刻,朱熹助校尤力,遂于乾道六年刻成于婺州,《吕东莱文集》卷三《与朱元晦》书二云:"张丈(栻)在此,得以朝夕咨请……自去秋来,十日一课……婺州《易传》已成工,今先用草纸印一部拜纳告,更为校视,标注示及,当令再修也。""去秋来"云云,盖指乾道五年秋吕氏添差严州州学教授,张栻亦来知严州,故得朝夕相处,此书应作在乾道六年夏。朱熹就此印本再加校勘,吕《与朱元晦》书三云:"《易传》差误处,旦夕便递往金华,委谨厚士人厘正,'噬嗑和且治矣'一段,发明尤善,盖当时草草之过也。更看得有误处,告径附置来临安,俟刊改断手,即摹印数本拜纳次。"此书作于乾道六年闰五月,时吕、张已共赴临安入朝。至《答朱元晦》书五则云:"《易传》闻婺女刊正已毕，以相去远，不能一一如来谕，但改正误字而已。其版板未整者，皆未暇知也。"此书作于乾道六年秋（其中云"即日秋暑未艾"），《易传》刻成即在其时，实与朱熹所编定程氏《遗书》同刊于婺州也。吕《与朱元晦》书六云："婺本《易传》纳三本去，不敢加装治，误字皆已改，但卦画粗细行数疏密之类，不能如人意悉厘正耳。《遗书》建本未到之前，已用去冬所寄本刊板，故其间一两段更易次序处，姑仍其旧，余皆以建本为正，闻旦夕亦毕工矣。"朱熹于婺州《易传》大本刻成后，因嫌其阙误，旋又自于建阳再刻小本，朱熹《文集》卷三十三《答吕伯恭》书二十七云："小本《易传》尚多误字，已令儿子具禀。大本校雠不为不精，尚亦有阙误。"此书言及"周子充辞郡得请"，"《渊源录》许为序引"，"《祭礼》已写纳汪丈（应辰）处"等，知作于乾道九年，其时小本《易传》已刻成，其初刻之时，据《张南轩文集》卷二十一《答朱元晦》书十六云："比闻刊小书版（按：指刻小本《遗书》、《易传》等书）以自助，得来谕乃敢信。"此书以朱熹《别集》卷六《答林择之》书七考之，知作于乾道七年。此次刊小本《易传》仍与《遗书》同刻也。

朱熹自乾道二年至七年如此频频校刻《易传》，目的正与其频频校刻《遗书》同。程氏《易传》为《易》学义理派名著，然南渡以来因禁程学，象数图书说大盛，并与老佛杂说合流，程氏义理学未能恢宏广传，《易传》与其《语录》同遭冷落，无垢张九成之学泛滥，家有其书，尤为朱熹深恶痛绝。朱熹早年为《易》学义理派，推崇程氏义理而不甚重象数之说，乾道二年特作《杂学辨》，抨击无垢老佛之说，排摈苏氏父子《易》学。同年在与何镐信中又批评象数《易》说曰："兼山氏者，名忠孝，《语录》中载其问疾伊川之语。然顷见其《易》书，溺象数之说，去程门远甚。而尹子门人所记，则以为忠孝自觉论起，绝迹师门，先生没，不致奠，而问疾之语，亦非忠孝也。然则其人其学亦可见矣。"(卷四《答何叔京》书六)朱熹恰在同年校正刊印程氏《易传》，其独崇程氏、力排老佛异端与象数杂说之《易》学义理派立场，昭然可见，盖其时朱熹于图书象数之说尚未如后来耽嗜陷溺也。至乾道五年再次校刻《易传》，实亦有的放矢。乾道二年洪适知绍兴府，其于乾道三四年间尽刻无垢经解之书。朱熹《文集》卷四十二《答石子重》书五云："熹自去秋之中走长沙，阅月而后至，留二月而后归……闻洪适在会稽尽取张子韶经界板行，此祸甚酷，不在洪水夷狄猛兽之下，令人寒心，人微学浅，又未有以遏之。"又卷三十九《答许顺之》书十四亦云："近闻越州洪适欲刊张子韶经解，为之忧叹，不能去怀，若见得孟子正人心、承三圣意思，方知此心不是偶然也。"婺州守李衡亦刊印无垢《日新》，推波助澜，朱熹寄《易传》校正本予吕祖谦即叹："比见婺中所刻无垢《日新》之书，尤诞幻无根，甚可怪也已！事未明，无力可救，但窃恐惧而已。"(《文集》卷三十三《答吕伯恭》书二)此刻者即指婺守李衡，其《易》学驳杂，兼取象数、义理与老佛之说，《周易义海撮要》后有周汝能、楼锷后识云："江都李公衡属意于《易》，得蜀房生《义海》，删之以为《撮要》……公自御史来守婺，锓诸板，教授周汝能、楼锷识之，乾道六年十一月望日也。"是其于婺刻《义海撮要》正与朱、吕于婺刻《易传》在同时。房氏《义海》自谓因不满说《易》家"或泥阴阳，或拘象数，或推之于互体，或失之于虚无。今于千百家内斥去杂学异说，摘取专明人事、羽翼吾道者，仅百家编为一集"。李衡删其冗繁而为撮要，"益之以伊川、东坡、汉上之说"。然房氏虽去异端杂说，却不取伊川《易传》；李衡虽益以伊川《易传》，却又取苏氏《易解》老佛之说与汉上象数之说，或竟刻无垢《日新》以广其传，深为朱熹所忧惧不满，其于乾道五年与七年连刻大本与小本《易传》，即欲大张程氏义理之帜，与校刻程氏《遗书》、《外书》、《文集》、《经说》并行，恢宏光大伊洛道统，以程氏狂飙对抗无垢异端之洪水猛兽也。其后有张栻、皇甫斌于淳熙六年刻《易传》于江陵，请朱熹作跋，见《张南轩文集》卷二十三《答朱元晦》书十、朱熹《文集》卷八十一《书伊川先生易传板本后》、《别集》卷五《答皇甫文仲》诸书，应即用朱熹乾道七年小版《易传》校正本。今所见《晦庵先生校正伊川易传》，即从此本所出也。

然传为吕祖谦所编《周易系辞精义》一书后跋，与吕祖谦此《书校本伊川先生易传后》全同；而此《周易系辞精义》又称为《晦庵先生校正周易系辞精义》，尤使人不可解。此跋究为刊行《易传》而作，亦且为《系辞精义》而作；朱熹又究竟是否尝校正《系辞精义》，后人向未能有考，遂断《系辞精义》为伪，《四库全书》竟入于存目，世几无人问津。《直斋书录解题》录《系辞精义》二卷，云："吕祖谦集程氏诸家之说，程《传》不及《系辞》故也。《馆阁书目》以为托祖谦之名。"《四库提要》遂承其说，定是书为伪，其于《易类存目》中录此书云："旧本题宋吕祖谦撰……初，程子作《易传》，不及《系辞》。此书似集诸家之说，补其所缺，然去取未为精审。陈振孙《书录解题》引《馆阁书目》，以是书为托祖谦之名，殆必有据也。"今按：《馆阁书目》所云不可信，《中兴馆阁书目》由秘书少监陈骙上于淳熙五年六月，见陈骙《南宋馆阁续录》卷四，时吕祖谦尚未卒，又岂能有伪托之事？且吕亦方在临安朝中，是否吕作，陈自可面问，又何至将此书入目而疑为托吕之书邪？或直斋似指《中兴馆阁续书目》，按《续书目》由秘书丞张攀等上于嘉定十三年，然已在党禁毁板焚书之后，道学之书多有不传世者，且去吕、朱之卒已甚远，其于《系辞精义》是否吕祖谦作不甚明了本无足怪。至于以是书去取未为精审而疑其伪，更不足据。吕氏所编书恰正有去取芜杂不精之病，如《宋文鉴》、《吕氏家塾读诗纪》等等皆然。名人大儒之作亦非本本皆十全十美之完书，世间俗儒固多有盲崇吕朱为"巨儒先贤"而竟不敢以舛误不精之书归于吕朱者，如以《资治通鉴纲目》有误而定为非朱熹之作；以《系辞精义》有杂而定为非吕祖谦作，盖亦其类也。今考《朱子语类》卷一百二十二《吕伯恭》卷中，正有弟子问及吕祖谦作《系辞精义》二条，其一为袭盖卿录云："李德之问：《系辞精义》编得如何？曰：编得亦杂，只是前辈说话，有一二句与《系辞》相杂者皆载，只如触类而长之，前辈曾说此便载入，而不暇问是与不是。"此条朱鉴《文公易说》卷九亦录。其二为叶贺孙录云："或问《系辞精义》，曰：这文字虽然是哀集得做一处，其实于本文经旨多有难通者。如伊川说话与横渠说话，都有一时意见如此，故如此说。若用本经文一二句，看得亦自通；只要成片看，便上不接得前，下不带得后。如程先生说孟子勿忘勿助长，只把几句来说敬，后人便将来说此一章，都前后不相通，接前不得，接后不得。若知得这般处是假借来说敬，只恁地看，也自见得程先生所以说之意，自与孟子不相背驰。若此等处，最不可不知。"足见《系辞精义》为吕祖谦所作，而四库馆臣于《语类》亦未尝翻检也。"杂"，原为朱熹批评吕祖谦学问之常语。袭盖卿录在绍熙五年甲寅，见《语类》前附《朱子语录姓氏》。知《系辞精义》在吕氏卒后亦有流传，朱熹及其弟子皆知此书。至嘉定年间吕、朱弟子尚多在人世，亦无伪托可能。据朱熹《文集》卷三十四《答吕伯恭》书二十三："又尝附隆兴书，浼子约借《精义》补足横渠说定本，欲与隆兴刻板，亦乞为子约言，早付其人，或径封与彼中黄教授可也。千万留念，至恳，至恳。"此书言及恳吕祖谦作《五贤祠记》，知作在淳熙六年秋南康任上，其时吕祖谦亦主管武夷冲佑观归婺，或有时间草创《系辞精义》，故朱熹致书欲一借也。然究属草创未定之稿，次年张栻即卒，更一年吕祖谦亦下世，故朱、张、吕三人往返书札皆不及是书也。盖吕祖谦中寿，其著作生前多未及完书定稿，而由后人整理，故朱、张、吕三人通信中未言吕祖谦之书甚多，非独《系辞精义》一书。据其弟吕祖俭所作《吕祖谦圹记》云："公所为书，有《吕氏家塾读诗纪》三十卷……《大事记》起春秋，后终于五季……虽绝笔于政和之三年，亦未脱稿。其它遗文及所纂辑者尚众，以未编次，皆藏于家。"可见吕祖谦生前勉可谓完稿者亦只《读诗纪》一书而已（按：《读诗纪》最末几卷亦未整理成编）。吕祖俭所说"所纂辑者尚众，以未编次，皆藏于家"，必包括《系辞精义》在内。疑《系辞精义》一书后来由吕祖俭、吕乔年或吕氏门人所整理编定，而是书初亦无今吕东莱后跋附后。杨守敬跋元积德书堂刊本云："右元至正己丑积德书堂刊本，中缺宋讳，当为重翻宋本。唯首载朱子九图，又《精义》题'晦庵先生校正'，恐皆是坊贾所为。其东莱一跋，此本亦遗之，据董鼎（按：应作董真卿）《周易会通》补入。"由此可知宋刻本《系辞精义》尚无东莱后跋，将《书校本伊川先生易传后》妄附入而作为《系辞精义》后跋必是元人所为。杨守敬称是跋乃据董真卿《周易会通》补入，而董真卿于《周易会通》中亦言："程《传》正文只据王弼本，亦只有六十四卦，《系》、《序》传有及爻卦者掇入传中，故无《系辞》。以后至东莱吕氏，始集周子、二程子、张子诸家经说、语录及程子门人共十四家之说，为《精义》以补之。"可见此跋必是董真卿附入无疑。盖董真卿本以好擅变易经文为人所非，《四库提要》称其《会通》"惟其变易经文，则不免失先儒谨严之意，可不必曲为之词耳。"今观吕东莱此跋乃述雠校刊印《易传》之事，毫不及《系辞精义》；而程氏《易传》本亦不注《系辞》，故此跋与《系辞精义》一书可谓风马牛不相及，如何可作是书后跋？且《系辞精义》淳熙六年（1179）尚仅是未定草稿，又如何于乾道五年（1169）已有后跋？由此《系辞精义》题为"晦庵先生校正"之真相亦大白于天下：程氏《易传》中无《系辞》，故朱熹即便校正《易传》，亦无校正《系辞》之事，"晦庵先生校正"云云必是由此后跋附会而来，盖因跋中言及朱熹校正《易传》，遂误以为即校正《周易系辞》也，则《系辞精义》之妄加"晦庵先生校正"，更又在妄附入此东莱后跋之后矣。至若《系辞精义》前载朱熹《易九图》，更为后人妄增，朱熹《易九图》今在《周易本义》中，而《周易本义》成于淳熙十五年，《易九图》成于庆元三年（均见前考）。以《易九图》冠《系辞精义》首显亦元人所为，盖不过欲借朱熹之名以重是书而已。

自程氏《易传》出，宋《易》学义理派遂成，故朱、张、吕皆重是书，张、吕至要人学《易》只读《易传》。然《易传》仿王弼不解《系辞》，尤为义理派《易》家引为憾事。朱熹称"《系辞》一字也不胡乱下"（《文公易说》卷九），其推重盖如此。故张栻、吕祖谦皆有注解《系辞》以补程《传》之志。如张栻即作《系辞说》，《四库全书》卷三著录有《南轩易说》实即此书，而《简明目录标注》乃云："《系辞传》论始于'天一地二'一章，亦非完本。盖元人刊本，以程子《易传》阙《系辞》，割栻书补之，后又佚其前半也。"此说之误，即在不知张栻单注解《系辞》之意。按《张南轩文集》卷三十《答陈平甫书别纸》云："某近裒集伊川、横渠、杨龟山《系辞》说未毕，只欲年岁间记鄙见于下。"又卷二十八《答吴晦叔》书十二云："《系辞说》已衷集。"是张栻本只为《系辞》作注说,今存《南轩易说》当为完书,而书名则未当。吕祖谦之编《系辞精义》,其意盖与张栻作《系辞说》同。杨守敬云:"此书流传尤少,其中所载龟山《易》说久已失传,存之未必不无考证焉。"朱熹亦尝取是书所载以补足《横渠文集》。故《系辞精义》一书虽未经朱熹校正,而其学术价值当亦不可忽视。

朱熹作《诗集解》与《诗集传》考
（从《诗集解》到《诗集传》）

朱熹《诗集传》，上承欧阳修《毛诗本义》、苏辙《诗集传》、晁说之《诗序论》、郑樵《诗传辨妄》余绪，黜《毛序》而自创新说，别开生面，实为《诗》经学史上一划时代之作。然考其生平《诗》经学思想发展演变之迹，则颇曲折复杂。其早年乃主《毛序》而作《诗集解》，多辑先儒之说，鲜有发明；其后又几经曲折，方悟《毛序》之非，卒有《诗集传》之成。惜前人因于朱熹自《诗集解》至《诗集传》著述过程未有详辨，故于其由信《毛序》至废《毛序》之《诗》经学思想演变历程亦无从详探，至有各种误说相沿至今。如各家年谱均定《诗集传》成于淳熙四年丁酉（今人皆据此说）；以朱熹为《诗》说所作自序作为《诗集传》之序，而不知原为《诗集解》之序；以为朱熹始悟《毛序》之非在淳熙九年（白田），等等。凡此与事实不副，反为探研朱熹生平《诗》经学思想罩一重迷雾。故兹就朱熹《诗集解》与《诗集传》前后著述之况作一总考，澄清有关误说，试为详探朱熹《诗》经学思想理一可靠线索。

淳熙十五六年，朱熹曾向弟子自叙生平解《诗》经历云："熹向作《诗解》文字，初用《小序》，至解不行处，亦曲为之说；后来觉得不安，第二次解者，虽存《小序》，间为辨破，然终是不见诗人本意；后来方知只尽去《小序》，便自可通，于是尽涤荡旧说，诗意方活。"此语见《语类》卷八十吴必大录，又见朱鉴编《诗传遗说》卷二。据此可以确知朱熹生平解《诗》有二变：初本《毛序》，曲为之说，后转为存《毛序》，间为辨破，是为一变；由存《毛序》再转为尽去《毛序》，尽涤荡旧说，是为又一变。考之朱熹文集、语录，无不相合。

所谓初本《毛序》曲为之说与存《毛序》间为辨破者,盖即作《诗集解》阶段;而所谓尽去《毛序》、涤荡旧说者,则为作《诗集传》阶段也。若再细考朱熹生平解《诗》经历,自又不止此二变三阶段;然就根本言,则又可分主《毛序》作《诗集解》与黜《毛序》作《诗集传》两大阶段,盖前一变二阶段尚未超脱于《毛序》之外也。

（一）主《毛序》,作《诗集解》时期（绍兴三十年——淳熙四年）

朱熹为《诗》作集解甚早,与作《孟子集解》约同时。《别集》卷三《答程钦国书》云:"近集诸公《孟子》说为一书,已就稿。又为《诗》集传,方了《国风》、《小雅》。二书皆颇可观,或有益于学者。"程钦国即程洵允夫。据此书有云"讲学近见延平李先生,始略窥门户",知作于绍兴三十年（详考见前《朱熹前〈四书集解〉考》）,是年《诗集解》已完成太半。至隆兴元年,初稿已具。《文集》卷三十九《答柯国材》书二云:"《论语》比年略加工夫……更有《诗》及《孟子》各有少文字,地远不欲将本子去,又无人别写得,不得相与商榷为恨。"该书有云"延平逝去",指隆兴元年十月李延平卒;又云"熹奉亲粗遣,武学阙当有三年",指隆兴元年十二月朱熹除武学博士、待次请祠事。可知此书作于隆兴元年十二月。所云《孟子》文字指《孟子集解》,绍兴三十年已就稿。《诗》文字则指《诗集解》,据"不欲将本子去",此书当已稿成。《诗集解》初稿乃朱熹少时即已搜辑资料为之,故其于《吕氏家塾读诗纪后序》称为"熹少时浅陋之说"。是作主要在辑集众家之说,《语类》卷八十沈伺录云:"某旧时看《诗》数十家之说,一一都从头记得。"则《诗集解》辑录众说当有数十家之多,其解《诗》之法,同卷黄䌹录有记云:"当时解《诗》时,且读本文四五十遍,已得六七分;却看诸人说与我意如何，大纲都得之；又读三四十遍，则道理流通自得矣。"是时其方由泛滥老佛转尚崇信儒学，生平学问大旨未立，故《诗集解》辑集虽富，独主《毛序》之说，却甚芜杂，稿成后，朱熹修改不断，要在由繁趋简，由博返约，而其本于《毛序》解说则无所变。其间较大修改凡三次：

首次修改于乾道二、三年（1166—1167）。朱熹修改之法，主要与士友弟子论辨商订，《文集》卷三十九《答陈齐仲书》云："向所寄示《诗解》，用意甚深，多以太深之故，而反失之。凡所疑处，重已标出，及录示旧说求教，幸思之，因便垂诲。"该书中有云"近尝辨论杂学家数家之说"，即指《文集》卷七十二《杂学辨》，成于乾道二年。所谓"录示旧说"，即《诗集解》中之说。又《文集》卷四十《答刘平甫》书二、三、四、五均专论更定《诗》说之事，时间相去不远，于此次修改叙述甚详（见前《诗集解辑存》），书二云："且理会旧书如何。《二南》说未编次，可及今为之，它日相聚裁定也。"书三云："旧文两日多所更定，渐觉详备。""旧文"主要指《诗集解》（书四、书五可证，盖朱熹与刘平甫往返书信多论《诗》说）。书二提及"太硕人"，即庆国卓夫人，卒于乾道五年。书五言及作刘屏山墓表及除枢密院编修官事，按卷九十《屏山先生刘公墓表》："屏山先生刘公既没二十有一年，一日，其嗣子玶涕泣为其故学者朱熹言曰：'……墓道亦至今未克表……盍以所见闻者为我书之……'"刘屏山卒于绍兴十七年十二月，则朱熹为作墓表在乾道四年。然此答书云"铭文亦已得数语"，是铭文尚未成；又曰"归日当面言之"，应是朱熹在外未归，按乾道四年朱熹并无外出事，而乾道三年九月则曾往潭州访张栻，十二月归，正有除枢密院编修官事。可见此答书作于乾道三年十二月，朱熹于十二月归后仍在修改《诗集解》。至乾道五年,朱熹致书林熙之云:"《诗》之比兴,旧来以《关雎》之类为兴,《鹤鸣》之类为比,尝为之说甚详,今此本偶为人借去……"(《别集》卷五《答林熙之书》)该书言"师鲁遽不起",林师鲁卒于乾道五年(见《别集》卷七《祭芸谷文》),必是《诗集解》修改已颇觉满意方肯出借告人。

二次修改于乾道九年(1173)。朱熹访南轩归,思想遽变,生平学问大旨确立。故乾道三年修改尚欲求"详备",此次修改却在大删诸家之说,力求解《诗》简约明晰,而对二程理学诸公好发挥义理,曲说深求,深致不满,不取其说,以至招致张栻非难。《张南轩文集》卷二十五《寄吕伯恭》书三云:"元晦向来《诗集解》必已曾见,某意谓不当删去前辈之说,今重编过。如二程先生及横渠、吕、杨之说皆载之,其他则采其可者录之,如此备矣,而其间或尚有余意,则以己见附之。"又《答吴晦叔书》亦云:"日与诸人理会《诗》,方到《唐风》。向来元晦所编,多去诸先生之说,某意以为诸先生之说虽有不同,然自各有意思,在学者玩味如何,故尽载程子、张子、吕氏、杨氏之说,多在所取也。"寄吕书中有"今送《言仁》一册去"之句,据朱熹《文集》卷三十二《答吕伯恭》书二十三、二十七等,张栻修改《言仁录》在乾道九年(参见《张宣公年谱》)。答吴书中提及为曾搏作《拙斋记》等,也在乾道九年。"今重编过",则是朱熹于乾道九年将《诗集解》重加修订,而大旨在削去前辈诸公之说。张栻深为不满并非无因。乾道间,南轩在潭,东莱在婺,晦庵闽,三儒鼎立,为海内学者所宗,而讲论学问各有异趋。乾道九年前后,张栻作《诗解》,对前辈诸说兼收并蓄,而特重理学先贤解《诗》之说;吕祖谦作《吕氏家塾读诗纪》,则笃守毛《传》郑《笺》,俨然一经学醇儒;而朱熹作《诗集解》则欲自出新义,怀疑前辈,竟大删名儒之说,与张栻大相径庭。故是年张栻特致书朱熹揭橥其解《诗》主旨云:"《诗解》诸先生之说尽编入,虽是觉泛,又恐学者须是先教如此考究,却可见平淡处耳。"(张集卷二十一答朱书十三。该书有云"胡广仲一病不起","元履家事如何?某寄赙仪等去已久"。胡、魏皆卒于乾道九年,见张集卷四十《胡君墓志铭》与朱集卷九十一《国录魏公墓志铭》)其解《诗》正与朱熹南辕北辙。而朱熹亦致书刘子澄详论所以删去诸儒之说原因曰:"张、吕时得书,有所讲论,然亦颇有未定者,未欲报去也。大抵圣贤立言本自平易;而平易之中,其旨无穷。今必推之使高,凿之使深,是未必真能高深,而固已离其本指,丧其平易无穷之味矣。所论《绿衣》篇意极温厚,得学《诗》之本矣。但添入外来意思太多,致本文本意反不条畅。此《集传》所以于诸先生之言有不敢尽载者也。"(卷三十五《答刘子澄》书三)诸儒解《诗》好自为说,推高凿深,反失本旨;朱熹去其说,则在求平易。故经此大删,《诗集解》已甚简约,后朱熹致书吕祖谦云:"熹所《集解》,当时亦甚详备;后以意定,所余才此耳。"(卷三十三《答吕伯恭》书四十二)即指乾道九年二次修定,可见此次所削甚巨,《诗集解》由繁为简,可谓一变。

三次修改于淳熙四年(1177),是为《诗集解》定本。乾道九年修定在削诸儒之说,《毛序》之说则毫不触及;然既已怀疑删去先贤之说,则继而下及于怀疑《毛序》之说亦势所必然矣。朱熹何时始疑《毛序》向未有考,王懋竑曾定《语类》卷八十李煇录谓朱熹二十岁时已疑《小序》所记有误,然王氏谓朱熹"至壬寅(按:淳熙九年)书《读诗纪》后,乃致其疑"。其说亦误。按朱熹乾道九年删定《诗集解》后,当年即寄张栻,张栻未有指责其怀疑《毛序》之事。又据《吕太史年谱》,吕祖谦亦于淳熙元年正月始编《读诗纪》,淳熙二年四月吕来寒泉访朱熹,当就各自解《诗》有所交流共商,朱熹遂于淳熙二年九、十月将《诗集解》寄吕。朱熹《文集》卷三十三《答吕伯恭》书四十二云:"窃承读《诗》终篇,想亦多所发明(按:指编《读诗纪》),恨未得从容以请。熹所《集解》,当时亦甚详备;后以意定,所余才此耳。然为旧说牵制,不满意处极多。比欲修正,又苦别无稽援,此事终累人也。不审所欲见教者何事,亟欲闻之,恐不能悉论,姑得大者数条见示,亦足以有警也。"据此书有云"比日冬温","叔京遂为古人",何镐叔京卒于淳熙二年十一月,见朱熹作《何叔京墓碣铭》。故此答书应作于淳熙十一月间,据"不审所欲见教者何事"云云,知直至此时朱、吕两人尚未就《诗》说展开论辨。但又云"然为旧说牵制,不满意处极多",似即暗示为《毛序》之说所牵制,若有所悟。据《语类》卷八十有叶贺孙录云:"东莱《诗纪》,却编得子细,只是大本已失了,更说甚么!向尝与之论此,如《清人》、《载驰》一二诗可信,渠却云:'安得许多文字证据?'某云:'无证而可疑者,只当阙之,不可据《序》作证。'渠又云:'只此《序》便是证。'某因云:'今人不以《诗》说《诗》,却以《序》解《诗》,是以委曲牵合,必欲如《序》者之意,宁失诗人之本意不恤也,此是《序》者大害处!'"淳熙三年春,朱、吕会于三衢,其后直至淳熙八年吕卒,两人未再有晤,此录记朱、吕面论《小序》得失,则必为淳熙三年春事。由此可知朱熹始疑《毛序》应在淳熙二年寄《诗集解》与吕前后,朱熹自述第二次解《诗》,存《小序》而间为说破,即从此时开始,其解《诗》又一变。朱熹由此思想指导,至淳熙四年再修改《诗集解》,《文集》卷三十四《答吕伯恭》书四叙述极明:"《诗》说所欲修改处,是何等类,因书告略及之,比亦得间刊定。大抵《小序》尽出后人臆度,若不脱此窠臼,终无缘得正当也。

去年略修旧说,订正为多,向恨未能尽去,得失相半,不成完书耳。"此书言及吕祖谦迁进之宠与编《文海》、张栻北归及其子病危、刘醇叟尧夫来访等,事均在淳熙五年,可以确知此答书作于淳熙五年夏间,可见略修《诗集解》在淳熙四年无疑。然始疑《小序》,尚在怀疑摸索之初,未必立即能于《诗》三百篇均出新解,于解经体系上有根本改变,此次仅属"略修旧说",即仍本《毛序》,而仅间为说破而已;虽有说破,亦仍未脱《毛序》窠臼。即便笃守《毛传》如吕祖谦者,其《读诗纪》亦间有说破、逸出于《毛序》说外者,故朱熹淳熙四年所修定《诗集解》,大致仍属本《毛序》立说之解经体系(所谓"得失相半",乃当时认识;后来于《毛序》不断看破,自不会再以为是书"得失相半")。由此可见,今《诗集传》前附淳熙四年十月所作序,实原为淳熙四年修定本《诗集解》旧序,说亦未脱《毛序》藩篱,尤不当与《诗集传》并置也。朱熹孙朱鉴编《诗传遗说》卷二于此序下即有注云:"《诗传》旧序,此乃先生丁酉岁用《小序》解经时所作,后乃尽去《小序》。"《诗传遗说》中凡引此序,下亦注"旧序"。王懋竑《文集注》有考云:"按朱子明《诗传遗说》,《集传序》乃旧序,此时仍用《小序》。后来改定,遂除此序不用……以《读诗纪后序》及《读桑中篇》考之,其为旧序无疑。编文集者既不注明,而《大全》遂冠此序于纲领之前,坊刻并除纲领而止载旧序,其失朱子意益远矣。"今按:《诗传遗说》编于端平二年,既云"遗说",乃搜辑《文集》、《语录》中论《诗》之语编成,而凡《诗集传》中说均不录;朱鉴既将此序之说亦采入《遗说》,足证端平二年之时此序尚不在《诗集传》中,朱熹晚年删弃此序显然可见。据元刊本罗复《诗传音释》前已有此序,疑此序之附置《诗集传》之前为元人所为。淳熙四年修定本《诗集解》用《小序》解《诗》,而又间为说破,突为朱熹由主《毛序》转为黜《毛序》过渡阶段所作之书,故此书乃显然留有过渡痕迹,所谓"得失相半,不成完书";而为此书所作之序亦显然留有过渡痕迹,即既不全用《小序》,而又不言《小序》之非,王懋竑《年谱考异》对此有说云:"今考《序》言:'自邶而下,国之治乱,人之贤否,有是非邪正之不齐。'又云:'善者师之,而恶者改焉。'则亦不纯用《小序》,但不斥言《小序》之非,而雅郑之辨,亦略而未及。"按:此时朱熹尚未悟雅郑之辨,故序不言及。观此序通篇只作大论,而具体问题则避而不论,亦足见其时朱熹黜《毛序》之新《诗》经学思想尚未成熟确立,淳熙四年修定《诗集解》大致仍用《小序》而未脱其窠臼,亦于此可见。

　　总之,朱熹之作《诗集解》有二变:乾道九年删诸儒说,为一变;淳熙四年于《毛序》间为说破,又一变。然均未能脱于《毛序》说之外。然则淳熙三四年间朱熹方悟《毛序》之非,又何以于此时序定《诗集解》?盖淳熙四年为朱熹生平经学与四书学思想发展一大转捩点,亦即为其总结旧说,开启新学之年:是年其悟《易》为卜筮之书,乃定旧说《易传》,由义理派转向象数派,以后遂潜心于《易学启蒙》与《本义》著述;是年《论孟集注》、《或问》成,并序定《大学章句》、《中庸章句》,四书学正式确立,而仍修改不断;是年已悟《毛序》之非,而仍序定《诗集解》,其后乃由主《毛序》派转向黜《毛序》派,正与其《易》经学态度相似。不断总结、不断修定,正为朱熹生平著书立说一贯特点也。

　　(二)黜《毛序》,作《诗集传》时期(淳熙五年——淳熙十三年)

　　《诗集传》乃在《诗集解》基础上增删修改三次而成。第一次修改在淳熙五年。淳熙四年序定《诗集解》,是为《诗集解》定本,不啻表示对早年《诗》经学之总结与告别,黜《毛序》而作《诗集传》

亦由此开始。淳熙四年《诗集解》序定本朱熹并未寄吕祖谦（见卷三十四《答吕伯恭》书七），次年朱熹便进而始悟到"《小序》尽出人臆度，若不脱此窠臼，终无缘得正当也"，遂有恨于淳熙四年仅间为说破《小序》之《诗集解》为"不成完书"，有志重修，朱熹自叙所谓尽去《小序》、尽涤旧说而再作《诗》解者，即从是年开始。王懋竑以为朱熹至"甲辰（淳熙十一年）作《桑中后记》，则尽斥《小序》之非"。其说亦误。据《文集》卷三十四《答吕伯恭》书七云"《诗》说是何等类，因书告略及之，比亦得间刊定"，知淳熙五年夏前后朱熹又重修《诗》说，而主旨在尽破《小序》臆度，脱此窠臼，其解经体系乃根本大变，实即为黜《毛序》而作《诗集传》之始也。至淳熙六年，以《诗集解》为基础，《诗集传》初稿草成，朱熹即寄吕祖谦，展开论辨。《文集》卷三十四《答吕伯恭》书二十九云："《诗说》前已纳上，不知尊意以为如何……鄙说之未当者，并求订正，只呼塾子来面授其说，令录以呈白，而后遣来可也。"此书言及朱熹作《卧龙庵记》与《西原庵记》二记，并乞吕作《白鹿洞记》，知作于淳熙六年十一月。又答吕书三十亦云："《诗说》昨已附《小雅》后二册去矣。《小序》之说，未容以一言定，更俟来诲，却得反复区区之意，已是不敢十分放手了。"此书作于淳熙七年正月。又答吕书三十二亦云："《诗传》已领，《小雅》何为未见……但《小序》之说更有商量。"此书作于淳熙七年三月。由上可见淳熙五六年间所修成《诗集传》草稿因尽去《小序》臆说，与吕氏《诗》说全然不合，废《毛序》还是主《毛序》已成朱、吕《诗》经学思想争论焦点，而朱熹《诗集传》遂为世人所非。如复斋陆子寿与赵景明书曰："元晦《论语集解》已脱稿，此书必传于世。若《诗集传》、《中庸大学章句》则殊有未安，恐终不能传远。"（《宋元学案》卷四十九《晦翁学案》）陆子寿卒于淳熙七年,其所言《诗集传》应即指淳熙五年所草成《诗集传》初稿,亦以其黜《毛序》而深致不满。吕祖谦批评《诗集传》亦颇激烈,只因其收到朱熹所寄《诗集传》已在淳熙七年春间(见卷三十四答吕书三十二),而淳熙六年《吕氏家塾读诗纪》初稿已成,故《吕氏家塾读诗纪》中所引朱熹《诗》解,皆为乾道九年修定本《诗集解》之说也。

淳熙七年,朱熹又进悟雅郑之辨,再次修定《诗集传》标志其黜《毛序》《诗》经学体系至此方真正确立。《文集》卷三十四答吕书三十四云:"《诗序》之说,不知后来尊意看得如何?雅、郑二字,雅恐便是大小雅;郑恐便是郑风,不应概以风为雅,又于郑风之外别求郑声也。圣人删录,取其善者以为法,存其恶者以为戒,无非教者,岂必灭其籍哉!看此意思,甚觉通达,无所滞碍,气象亦自公平正大,无许多回互费力处,不审高明竟以为如何也。"此书言及张栻卒上遗奏,知作于淳熙七年三月。此一认识,可谓朱熹《诗》经学思想一大飞跃,盖此前其虽觉《小序》之非,仅有"破"之勇而尚未得"立"之法,犹未找到尽破《小序》之说而自立新说体系之具体路径;今有此一认识飞跃,断然以《诗》中郑风即郑声,《毛序》美刺说不攻自垮,一破千古之惑,遂使其解《诗》入于"通达无所滞碍"之境,得此一根本立足点,其黜《毛序》之新解经体系方真可矗然耸立。无怪此说一出,即遭吕祖谦激烈批评曰:"思无邪,放郑声,区区朴直之见,只守此两句,纵有它说,所不敢从也(《论语集注》解思无邪一段虽说得行,终不若旧说之省力。至于放郑声一句,决与郑渔仲之说不可两立)。横渠谓夫子自卫反鲁,乐正雅颂,各得其所。后伶人践工,识乐之正。及鲁下衰,三桓僭窃,自太师而下皆知,散之四方。圣人俄顷之助,功化如此。若如郑渔仲之说,是孔子反使雅郑淆乱……宋玉《登徒子赋》用《遵大路》之语，《左传》韩起解褰裳之义，均为它书之引《诗》者也，皆非《诗》之本说也。今《集传》一则采之，一则以断章而弃之（谓韩起之言非《诗》之本说，则《登徒子赋》亦可如此说也）。无乃犹以同异为取舍乎！此却须深加省察，若措之事业如此，则甚害事也。或喜渔仲之说方锐，乞且留此纸，数年之后试取一观之，恐或有可采耳。"（《东莱吕太史别集》卷十六《诗说辨疑》）朱熹未听吕氏之告。雅郑之辨一旦明确，回看《诗集传》草稿又几无足取，故是年起朱熹又再次大修大改《诗集传》，其有书致吕祖谦曰："《诗》不知竟作如何看？近来看得前日之说，犹是泥里洗土块，毕竟心下未安稳清脱。便中求所定者节目处一二篇一观，恐或有所警发也。"（《文集》卷三十四答吕书三十五，此书作于淳熙七年七月）又据淳熙九年作《吕氏家塾读诗纪后序》云："其后历时既久，自知其说有所未安，如雅郑邪正之云者，或不免有所更定，则伯恭父反不能不置疑于其间，熹窃惑之。方将相与反复其说，以求真是之归，而伯恭父已下世矣。"可见淳熙七年始悟雅郑邪正之辨后，朱熹便不断改定《诗集传》。淳熙十一年，朱熹特作《读吕氏诗纪桑中篇》，首将与吕祖谦解《诗》之矛盾公诸于世。此文详论雅郑邪正之辨，攻《毛序》美刺之说，实为一篇系统批判《毛诗》旧说、阐述其《诗集传》中新《诗》经学思想之作，足以表明修改《诗集传》至此已成。《文集》卷三十五《答刘子澄》书十二云："诸书今岁都修得一过，比旧尽觉简易条畅矣，恨不得呈以商量也。"此书言及陆九渊寄来对语，据《陆九渊年谱》，事正在淳熙十一年。"诸书"自必包括《诗集传》，则《读吕氏诗纪桑中篇》应为是年修改成《诗集传》有感而作也。

然淳熙十一年修成《诗集传》，朱熹仍嫌其太繁，未足以为定本。淳熙十三年,朱熹再将此《诗》说之书删削成一小书,并作《诗序辨说》附后,是为《诗集传》定本。王白田曾据《读吕氏诗纪桑中篇》,推断今本《诗集传》成于淳熙十一年甲辰以后,未有确考。今据下列朱熹集中材料,可以确知《诗集传》作成之年:

卷五十《答潘恭叔》书七:"读《诗》诸说,前已报去(按:指答潘书六,书中专论《诗》说)。近再看《二南》旧说,极有草草处,已略定别为一书,以趋简约,尚未能便就也……《小学》未成,而为子澄所刻,见此刊修,旦夕可就,当送书肆,别刊成当奉寄。"

卷五十《答潘文叔》书二:"近亦整理诸家之说,欲放伯恭《诗说》作一书,但鄙性褊狭,不能兼容曲徇,恐又不免少纷纭耳。《诗》亦再看旧说,多所未安,见加删改,别作一小书,庶几简约易读;若详考,即自有伯恭之书矣。"

卷五十三《答胡季随》书三:"《诗》六义本文极明白,而自注疏以来汩之,如将已理之丝重加棼乱……中间有答潘恭叔问说此甚详(按:即答潘恭叔书六),可更扣之……近修《诗说》,别有一段,今录去大概,亦与前说相似。"

按答潘恭叔书言及刊刻《小学》事,朱熹《小学序》后署淳熙十四年春,然《小学》实成于淳熙十二年,刊刻于十三年。《文集》卷二十六有《与陈丞相别纸》云:"近又编《小学》一书……并俟录呈。"陈俊卿卒于淳熙十三年十一月,是《小学》编成刊刻应在淳熙十三年十一月前后。又《小学》为朱熹与刘子澄共编,而由刘子澄刻于衡州。考刘子澄罢衡州任在淳熙十四年十二月二十七日,见《宋会要辑稿》一〇一册《黜降官》九。其初赴衡州任时间,据卷三十五《答刘子澄》书十三:"衡阳改命,不省所由……赵子直入蜀,前日至武夷别之。"赵汝愚帅蜀命下在淳熙十二年十二月(见《宋史·孝宗纪》),其赴蜀经武夷与朱熹相别在淳熙十三年春(见朱熹《文集》卷八),可见刘子澄除知衡州在淳熙十三年春。又《答刘子澄》书十四云:"使至辱诲示,得闻到郡(按:指赴衡州)诸况,深用慰喜……《小学》能为刊行亦佳,但须更为稍加损益乃善。"是刘子澄一至衡州即欲刻《小学》。可见答潘恭叔书七应作于淳熙十三年,答潘文叔书二、答胡季随书三与之作于同时;而答潘恭叔书六详论《诗》说,亦可见此年朱熹删定《诗集传》之一斑。至次年朱熹便已与吕子约等人论辨此定本《诗集传》得失,《文集》卷四十八《答吕子约》书三云:"《诗说》久已成书,无人写得,不能奉寄;亦见子约专治《小序》而不读《诗》,故自度其说未易合,而不寄耳。"此书作于淳熙十四年九月十日(按:题下注乃承前书注"丁未七月三日"而来;又是书言及潘恭叔受托整顿《礼书》,据答潘恭叔书四、五、六、七,事在淳熙十三年),已称"《诗说》久已成书",此亦足证朱熹删削《诗集传》而成一小书定本在淳熙十三年。后来朱熹曾委吴必大据此定本(旧本)再刻于豫章时,曾言此旧本后已有《诗序辨说》(详见下),可证《诗序辨说》即成于此时,盖将删余另编成说也。

淳熙五年成《诗集传》草稿时,朱熹尚未悟雅郑之辨;淳熙十一年修定《诗集传》,则又失之繁冗,多有未安;惟淳熙十三年删繁就简之定本,体系全具,朱熹自视为"成书"。故定《诗集传》成于淳熙十三年,乃为合理。自淳熙十三年以后,《诗集传》虽仍间有修改,然全书体系无变,其《诗》经学思想已无重大发展。

淳熙十三年后直至卒,朱熹已主要致力于刊刻《诗集传》。其生前有如下几刻,可见《诗集传》继续修改之况:

建安本。朱鉴《诗传遗说后跋》言豫章本之前有一旧板,音训间有未备。后朱熹请吴必大刻《诗集传》于豫章,即据此旧板修补刻成（见下）。据此，所云"旧板"当是最早刻本。按《直斋书录解题》于《诗集传》有云："今江西所刻晚年本，得于南康胡泳伯量，校之建安本，更定者几什一云。"则朱鉴所云旧板应即此最早之建安本。考《续集》卷二《答蔡季通》书九十八云："《中庸》首章更欲改数处，第二版恐须换却第二版，却只刊补亦可……且催令补了此数版，并《诗传》示及也……《启蒙》前日所改，尚欠数字，颇觉之否。《通书注》颇佳，当携往观也。"又答蔡书一百十八云："《诗传》中欲改数行，乃马庄父来，说当时看得不仔细，只见一字不同，便为此说，今详看乃知误也。幸付匠者正之，便中印一纸来。《中庸》必已了矣。"《启蒙》成于淳熙十三年，其后几年多与蔡季通书札往返，商量修改板刻事，《文集》载之甚明。《通书注》即《通书解》，据后记成于淳熙十四年。蔡为建人。据此可知所谓建安本，乃淳熙十四年由蔡季通负责刊刻于建安之本，则必是据淳熙十三年《诗集传》定本首次刊印。

　　豫章本。朱鉴《诗传遗说后跋》云："先文公《诗集传》，豫章、长沙、后山皆有本，而后山雠校为最精。第初脱稿时，音训间有未备，刻板已竟，不容增益，欲著补脱，终弗克就，未免仍用旧板，葺为全书。"按《文集》卷五十二《答吴伯丰》书三、四正论《诗集传》补版印刻事，书三云："印本已定，已不容增减矣。不免别作补脱一卷附之《辨说》之后。"书四云："所欲抄《集传》，缘后来更欲修改一二处，且令住写，令须到官方得写去也。庐陵之讣令人痛惜！""庐陵之讣"指刘子澄卒，在淳熙十六年秋（见《文集》卷八十七《祭刘子澄文》与《别集》卷四《与向伯元》书四）。吴必大为豫章人。据上可知豫章本应是淳熙十六年由吴必大负责刊刻于豫章。又《语类》有陈文蔚录云："见作《诗集传》，待取诗编排放在前面，驱逐

《序》过后面，自作一处。"陈文蔚录为淳熙十五、十六年所记，此所谓"见作《诗集传》"，即指淳熙十六年修改印刻豫章本《诗集传》。由此可见豫章本《诗集传》有较大修改：一作音训补脱一卷附《诗序辨说》之后；二将《毛序》悉取出附书后；三于诗解有所修改（详见于答吴伯丰书三）。《毛序》取附于经后盖始于此，旧说以为绍熙元年刻四经于临漳方如此，乃误。

长沙本。朱鉴云"豫章、长沙、后山皆有本"，长沙本于文集无考，然必是朱熹绍熙五年帅长沙时所刻。朱熹于长沙任上重建岳麓书院，置田五十顷，四方影从几千人（《文献通考》），故其时印刻《诗集传》以飨士子亦极自然。又时长沙郡博士邵囦与朱熹关系至密，尝刻张栻《三家礼范》，而请朱熹作跋。又特将释奠仪锓木以广其传，了却朱熹多年夙愿。疑此长沙本《诗集传》亦为邵囦印刻。

江西本。《诗集传》之刻，有新旧本之别。豫章本、长沙本据建安本印刻，均属旧板。庆元二年朱熹于《诗集传》又有修定，《文集》卷六十三《答孙敬甫》书四云："《大学》亦有删定处，未暇录去。今只校得《诗传》一本，并新刻《中庸》一本与印到程子《祭礼》并往。"该书言"祠官虽幸得请，然时论汹汹，未有宁息之期"。又言及叶适《进卷》毁板事。朱熹庆元元年十二月得祠官之请，提举南京鸿庆宫。叶适《进卷》毁板事在庆元二年三月，见《宋会要辑稿》一百八册《选举》四。是此年朱熹曾修定重校《诗集传》，此后所刻乃为新本。《续集》卷八《与叶彦忠》书三云："《诗传》两本，烦为以新本校旧本，其不同者，依新本改正。"旧本即指据建安本所刻之本，新本则为庆元二年以后所刻。《书录解题》曾言及南康胡伯量藏"江西所刻晚年本"，必即此新本无疑。据《续集》卷一《答黄直卿》书五十一云："向留丞相来讨《诗传》，今年印得寄之，近得来书云：日读数板，秋来方毕，甚称其间好处，枚举甚详，不易渠信得及肯如此子细读。"《文集》卷三十八《答李季章》书四："旧来诸经说三四年来幸免煨烬，今亦恐未可保。然间因讲说，时有更定，欲寄一本去，恐可与西州同志者共之，而未暇也。留卫公得《诗说》，日阅数板，手加点抹，书来颇极称赏，仍尽能提其纲，亦甚不易。"此答李书有云"熹明年七十"，应作在庆元四年（1198）。《语类》卷一百二十一郭友仁录亦云："留丞相以书问《诗集传》数处，先生以书示学者曰：'他官做到这地位，又年齿之高如此，虽在贬所（按：指留正贬邵州），亦不曾闲度日。'"郭友仁所录正在庆元四年（见《语类姓氏》）。由此可知晚年江西本应刻于庆元四年。

后山本。朱鉴云："豫章、长沙、后山皆有本，而后山雠校为最精。"后山本朱熹集中无考，然今人有见此本者，《藏园群书经眼录》卷一著录《诗集传》二十卷，云："宋刊本，板匡高六寸二分，宽四寸四分。半叶七行，每行十五字，注双行同，白口，左右双阑。版心单鱼尾下记诗卷第几，上记字数，下记刊工姓名。宋讳避至鞹字止，盖成书后第一刻本也……（陈）仲鱼所作缀文，定为后山所刊。"其谓"成书后第一刻本"则非。后山本疑在庆元五年朱熹又雠校《诗集传》，刊刻于后山。此即朱鉴藏本，今本《诗集传》所从出也。

据上所考，朱熹作《诗集传》，乃积四十年心血精力而成是编。以其《诗》经学思想演变而言，则由主《毛序》而辑集众家之解至删去诸儒之说，为一变；由删诸儒之说进而悟《毛序》之非，又为一变；由悟《毛序》之非再进而明雅郑邪正之辨，是为三变。以其《诗》说之书演变而言，则由辑众家解说之书三次修改删订，由繁趋成简而《诗集解》；又经三次修改删订，由博返约而成《诗集传》；再经二次雠校五次刊刻，乃成今本《诗集传》之貌。只江西本与建安本,相较修改已什一,可见其呕心沥血,宜其自以为于《诗集传》"无复遗恨、后世若有杨子云,必好之矣!"(《语类》卷六十七)兹将朱熹生平著述《诗集解》与《诗集传》始末列总表如下:

阶 段	时 间	大 事	说 明
作《诗集解》阶段主《毛序》	绍兴三十年	《诗集解》草稿略具	主《毛序》,辑集诸儒之说
	乾道二年	首次修改《诗集解》	
	乾道九年	二次修改《诗集解》	删诸儒之说
	淳熙四年	序定《诗集解》	主《毛序》,间为说破
作《诗集传》阶段黜《毛序》	淳熙五年	《诗集传》草稿修改成	悟《毛序》之非,尽弃旧说
	淳熙七年	再次修改《诗集传》开始	悟雅郑之辨,黜《毛序》经学体系确立
	淳熙十一年	修改《诗集传》成	作《读吕诗纪桑中篇》,系统论述《诗》学思想
	淳熙十三年	删定《诗集传》为一小书	删繁为简,作《诗序辨说》附后,是为定本
雠校刊刻《诗集传》	淳熙十四年	首次刊刻于建安(建安本)	
	淳熙十六年	二刻于豫章(豫章本)	取《毛序》附书后,增补脱一卷,修改旧解
	绍熙五年	三刻于长沙(长沙本)	
	庆元二年	修改校定《诗集传》	
	庆元四年	四刻于江西(江西本)	
	庆元五年	再次雠校 五刻于后山(后山本)	雠校最精,即今本《诗集传》所从出

朱熹《家礼》真伪考辨

（从《祭仪》到《家礼》）

朱熹《家礼》，《直斋书录解题》及《宋史·艺文志》均作一卷，《四库全书总目》著录《家礼》五卷附录一卷。是书以所定仪礼于古有征而又简约易行，宋元以来几乎家有此书，人人奉行。元至正间有应氏作《家礼辨》，始疑《家礼》非朱熹作。迨清白田王懋竑推广其说，作《家礼考》，断《家礼》为伪作，后人皆目为精到不易。《四库总目提要》甚至全录白田之文，云："懋竑之学笃信朱子，独于《易本义》九图及是书断断辨论，不肯附会，则是书之不出朱子，可灼然无疑。"《家礼》之书从此一如敝屣刍狗，几不为人所知。今各种研究朱熹专著与朱熹著述目，或以此书为伪，或不予一提，《家礼》之伪，已成"铁案"。然朱熹作《家礼》，于《文集》、《语类》本自昭昭可考，白田因应氏之疑而定《家礼》为伪，无一实证，其自称"尝遍考年谱、行状及朱子文集、语录所载"，恐未必然也。

按《家礼》附录有李方子语："乾道五年九月，先生丁母祝令人忧，居丧尽礼，参酌古今，因成《丧葬祭礼》；又推之于冠、昏，共为一编，命曰《家礼》。"黄𣞒语："先生既成《家礼》，为一行童窃以逃走。先生易箦，其书始出。今行于世，然其间有与先生晚岁之语不合者，故未尝为学者道也。"又陈淳语："嘉定辛未岁过温陵，先生季子敬之倅郡，出示《家礼》一编，云：'此往年僧寺所亡本也，有士人录得，会先生葬日携来，因得之。'"又朱熹弟子杨复亦云："《家礼》始成而失之，不及再加考订。先生既殁，而书始出。"洪去芜《年谱》更详云："先生居丧尽礼，既葬日，居墓侧，朔望则归奠几筵，自始死至祥禫，参酌古今，咸尽其变，因成《丧祭礼》；又推之于冠、昏，共为一编，命曰《家礼》。既成，未尝为学者道。易箦之后，其书始出于人家，其间有先生晚岁之论不合者。黄榦直卿云：'《家礼》世多用之，然其后亦多损益，未暇更定，览者详择焉。'"综上诸说，大致可知二点：一为朱熹初作《丧祭仪》，再由丧、祭推及冠、昏而成《家礼》；二为《家礼》方粗具而被窃，至易箦始出。王懋竑于上述材料均疑为伪，然按之《文集》、《语类》，与事实大致相合。所谓由丧祭礼推及于冠昏礼，即将《祭仪》一书增益而成《家礼》，故欲辨《家礼》真伪，当先考《祭仪》之成书始末。

《祭仪》为朱熹早年之作，今佚。是书草稿成后，经三次修改，方于淳熙二年最后定稿。按《语类》卷九十有沈僩录云："某自十四岁而孤，十六岁而免丧，是时祭祀只依旧礼……及某年十七八，方考订得诸家礼，礼文稍备。"朱熹绍兴十七年已考定得祭祀之仪，当是《祭仪》原始草稿，以后不断增补修订。首次修改定稿于乾道五年，预订者有林择之、张敬夫、汪应辰、陈明仲等。

林择之：《别集》卷六《答林择之》书六："元履传闻有添差台学之除……《祭仪》稿本纳呈，未可示人，且烦仔细考究。"据张栻《魏元履墓表》和朱熹《魏元履墓志铭》，魏掞之元履为台学教授在乾道五年六月。又朱熹《文集》卷四十三《答林择之》书二："熹奉养粗安。旧学不敢废，得扩之朝夕议论……敬夫又有书理会祭仪，以墓祭、节祠为不可……方欲相与反复，庶归至当。但旧《仪》亦甚草草，近再修削，颇可观。一岁只七祭为正祭，自元日以下皆用告朔之礼以荐，节物于隆杀之际，似胜旧《仪》。"林择之始从学于朱熹在乾道二年，林扩之初来学在乾道三年，见《文集》卷七十五《林用中字序》与《林允中字序》；朱熹母祝氏卒于乾道五九月，此书既云"熹奉养粗安"，则祝氏尚未卒，应与前引答林择之书作在同时。

年所谓"旧《仪》",即指绍兴十七年以来《祭仪》旧稿。由此可见,《祭仪》稿成于乾道五年九月祝氏卒前,洪本《年谱》乃误。

张敬夫:前引答林择之书云"敬夫又有书理会祭仪",乃因是年曾将《祭仪》稿本寄张敬夫。《张南轩文集》卷二十《答朱元晦秘书》书三:"示以所定《祭礼》……考究精详……但其间未免有疑,更其酌之。"其中论"墓祭、节祠为不可"甚详,知是答朱熹寄来《祭仪》之书。朱熹旋回书详加论辨,《文集》卷三十《答张敬夫》书九复告修改《祭仪》定稿之况云:"祭说辨订精审,尤荷警发。然此二事(指墓祭与节祠)初亦致疑……其它如此修定处甚多,大抵多本程氏而参以诸家,故特取二先生说。今所承用者为《祭说》一篇,而祭仪、祝文又各为一篇,比之昨本稍复精密。"可见《祭仪》中《祭说》一篇出自张栻之手,盖据二程说改定。

汪应辰:朱熹《文集》卷三十《答汪尚书》书八:"熹又尝因程氏立说,草其祭寝之仪,将以行于私家;而连年遭丧,未及尽试,未敢辍以拜呈,少俟其备,当即请教也。"书十:"伏蒙垂谕祭仪之阙,此间前日盖亦有疑之者(指陈明仲,见下)……昨见钦夫谢魏公赠谥文字……又见王彦辅《麈史》记富文忠、李文定忌日变服事,横渠《理窟》亦有变服之说,但其制度皆不同。如熹前日所定,则与士庶吉服相乱,恐不可行……当续修正也。"答汪书八、九、十均论"家庙"等祭事,时间先后相接,张魏公加赠太师、谥忠献及张栻上谢表在乾道五年二月,见张栻《谢太师加赠表》与《宋史·孝宗本纪》,故此书当作于乾道五年(《文集》于其下注曰"癸巳"乃误)。汪应辰有答书商定祭仪,见《文定集》卷十五《与朱元晦》书十四及《与吕伯恭书》。

陈明仲:朱熹《文集》卷四十三《答陈明仲》书九、十、十一、十二均论丧礼之事，其中提及《廛史》及汪应辰报书，与《答汪尚书》十所言相合，知此数书亦作于乾道五年。

由上可见，《家礼》所附李方子语谓乾道五年九月成《丧祭仪》当属可信，此附语必原为李方子所作《紫阳年谱》中语，后洪、李《年谱》据此臆推出"乾道六年《家礼》成"一条，则误甚。

二次修改定稿在乾道九年。《张南轩文集》卷二十五《答吕伯恭》书一："《祭仪》向来元晦本颇详，亦有几事，拟后再改来，往往已正，今录去。但墓祭一段，鄙意终不安……伯恭所考，因来却幸见寄也。"此书言及薛士龙卒（在乾道九年）、《论孟精义序》（序于乾道八年），故当作于乾道九年。又《吕东莱文集》卷三《与朱侍讲》书十四云："《祭礼》数年来尤勤催督，竟不及裁定……往时吾丈所定条目，便望早付下，或有暇更为考酌，令使可遵行。"该书言及吕先人之卒，当写在乾道八年五月，"吾丈所定条目"，即指乾道五年所改定《祭仪》一书。朱熹复书告以俟再改后奉寄，《文集》卷三十三《答吕伯恭》书十五："《祭礼》略已成书，欲俟之一两年，徐于其间察所未至。今又遭此期丧（指叔母丧），势须卒哭后乃可权宜行礼，考其实而修之，续奉寄求订正也。"此书言及吕先人卒，当亦作于乾道八年秋。因其时朱熹忙于叔母之丧，无从行礼修订。次年春叔母丧事毕，朱熹遂将二次修改再定稿《祭仪》寄吕祖谦，《文集》卷三十三《答吕伯恭》书二十七："《祭礼》已写纳汪丈处（应辰），托以转寄。"此书提及朱熹乾道九年十一月辞免改官宫观和该年周必大辞建宁府任、提举江州太平兴国宫事，应作在乾道九年岁末，可知朱熹再修定《祭仪》在初夏至十二月间。吕祖谦收到《祭仪》，已在淳熙元年二月，见《吕东莱文集》卷三《与汪端明》书十一与十二。

三次修改定稿在淳熙二年。据前引《答吕伯恭》书二十七，朱熹于寄出《祭仪》同时，又云："其间有节次修改处，俟旦夕别录呈，求订正也。"知乾道九年以后《祭仪》仍修改不辍。《张南轩文集》卷二十二《答朱元晦秘书》书十二："无咎（韩南涧）昨寄所编《祭仪》及《吕氏乡约》来，甚有益于风教。"此书据"某守藩倏八阅朔"考之，应作在淳熙二年十月。张栻远在广西，又托南涧转寄，故朱熹寄出《祭仪》约在八月间。此为乾道九年以后再定稿，亦即最后定稿，其后不再见朱熹言及修定《祭仪》之事。

然朱熹八月寄《祭仪》与张栻时，已另有更大计划，即着手将《祭仪》增益推及于冠、昏礼，成一完整礼书，《家礼》之作于此开始。对此《文集》卷三十三《答吕伯恭》书三十九叙述甚明：

> 熹近读《易》觉有味，又欲修《吕氏乡约》、《乡仪》及约冠、昏、丧、祭之仪，削去书过、刑罚之类，为贫富可通行者，苦多出入，不能就；又恨地远，无由质正。然旦夕草定，亦当寄呈，俟可否然后改行也。所惧自修不力，无以率人，然果能行之，彼此交警，亦不为无助耳。

据该书中有言"叔京自冬初与邵武朋友三两人来寒泉，相处旬日，既归即病，十一月末间手书来告诀，得之惊骇，即省，至则不起矣"。又言"今日岁除"。何镐叔京卒于淳熙二年十一月丁丑晦，见朱熹《文集》卷九十一《何叔京墓志铭》，是此答书当作在淳熙二年十二月三十日，距其寄定本《祭仪》与张栻约四月，其时朱熹以《祭仪》为基础、推及于冠昏而作新礼书虽尚未就，当已草具大半，否则不会称"旦夕草定，亦当寄呈"。淳熙元年来，朱熹因操心于长子朱塾婚事，潜研礼仪之书，对冠昏之仪尤注意加考，见《答吕伯恭》书三十八与四十二，促成其由丧、祭进而转向冠、昏。至《答吕伯恭》

书四十七更曰：

> 熹所欲整理文字头绪颇多，而日力不足，今又方有远役，念念未始一日去心也……《礼书》亦苦多事，未能就绪；书成，当不俟脱稿，首以寄呈，求是正也。

据该书有言"熹正初复至邵武，还走富沙，上崇安，四旬而后归。将为婺源之行，未及"，"(蔡季通)旦夕或同过婺源"，知所说"远役"指淳熙三年三月归婺源展先墓，故此答书当作在是年二月末，距其寄《答吕伯恭》书三十九约两月，所说《礼书》无疑应即《答吕伯恭》书三十九中所谓"约冠、昏、丧、祭之仪"一书，因该书已由丧、祭仪推及于冠、昏仪，故不称《祭仪》而称《礼书》，即今传《家礼》之最早草稿是也。若如白田谓朱熹未作《家礼》，则此淳熙二三年间草具"约冠昏丧祭四仪"之《礼书》，又为何书耶？《答吕伯恭》书三十九与四十七，乃朱熹作《家礼》之铁证。自淳熙二年八月至淳熙三年二月，已半年有余，《家礼》虽还未全部就绪，然去脱稿当已无几，故答书才有"不俟脱稿，首以寄呈"之句。据宋刻本《家礼》十卷，冠、昏仪各一卷，而丧、祭仪则共七卷，故由《祭仪》推及于冠昏而成《家礼》本自增益不多，无须旷费时日。

然观此后朱、吕、张三人往返书札，朱熹又实未尝将《礼书》(《家礼》)寄吕、张商订。如张栻淳熙三年六月编成《三家昏丧祭礼》，其时朱熹《家礼》也当完稿，而张书因未将冠礼编入，朱熹有书致问，《张南轩文集》卷二十四《答朱元晦》书四覆告曰："奉教以礼书中不当去冠礼事，甚当……见已改正，如冠礼，乃区区久欲讲者，当时欲留此一段，候将来商议定耳。比者长沙亦略考究为之说，因其多未安，今谩录呈，愿兄裁定示诲……惟早留意幸幸。"此札专论冠昏丧祭仪而未言及朱熹所作《礼书》。又吕祖谦乾道六年以来考定撰写丧祭礼之书,与朱熹往复商定不辍,但至淳熙七年建家庙、修宗法及祭礼时,据《吕东莱文集》卷四《与朱元晦》书八只云:"受之(朱熹长子)所请建家庙……作主只依前所示《祭仪》中制度。"依旧本《祭仪》而不言《家礼》,证明朱熹后确未尝将《家礼》寄吕。如此可疑可怪之事,唯以朱熹《家礼》稿略成忽被窃失,方解释得通。按《语类》有陈淳录一条云:"某尝修祭礼,只就温公《仪》中间行礼处分作五六段,甚简易晓,后被人窃去,亡之矣。""祭礼"不应打书名号,王懋竑认为此处"祭礼"即指《祭仪》一书,证明朱熹被窃亡失之书为《祭仪》而非《家礼》,其说误甚。朱熹《祭仪》有多种定稿本,并寄张敬夫、吕伯恭、汪圣锡、陈明仲、王子正等,又《语类》卷九十有辅广录云:"旧尝收得先生一本《祭仪》。"知《祭仪》曾广为赠送,故《祭仪》即便被窃一本,亦不足叹惜。而辅广录与陈淳录所记约在同时,亦可证此时朱熹手头有《祭仪》一书。如《祭仪》被窃,还可就张、吕、汪、陈、王、辅处抄回,绝不至亡失不传,大发感叹。此处所云"某尝修祭礼",当是指《家礼》中所修定祭礼,而非《祭仪》中所修定祭礼;被窃亡失之书必为《家礼》,而非《祭仪》。盖《祭议》所定祭礼与《家礼》所定祭礼有所不同,朱熹将《祭仪》推及冠昏而作《家礼》时,乃将原订祭礼予以修改增删,《祭仪》本于二程之说,而《家礼》本于司马光《书仪》。《文集》卷三十《答汪尚书论家庙》:"熹又尝因程氏之说,草其祭寝之仪。"又卷三十《答张敬夫》书九:"但见二先生皆有'随俗墓祭、不害义理'之说,故不敢轻废……其它如此修定处甚多,大抵多本程氏而参以诸家,故特取二先生说。"均指《祭仪》一书,故《祭仪》中首列《程子祭说》一篇。后朱熹于三礼中特重《仪礼》,转乃以司马光之说为是,《语类》有胡叔器问四先生礼,朱熹答曰:"二程与横渠只是古礼,温公则大概本《仪礼》,而参以今之所可行者。要之温公较稳,其中与古不甚远,是七分好。"故其作《家礼》,乃由本二程说参以诸家转为本司马说而参以诸家,《文集》卷八十三《跋三家礼》述之更明:"熹尝欲因司马氏之书,参考诸家之说,裁定增损,举纲张目,以附其后,使览者得提其要,以及其详,而不惮其难行之者,虽贫且贱,亦得以具其大节,略其繁文,而不失其本意也。顾以病衰,不能及已。"此处所言,实即据司马之说作《家礼》,只因该书被窃亡失,无从正式定稿,故有"顾以病衰,不能及已"之叹(王懋竑以此证明朱熹未作《家礼》亦误甚)。今朱熹《文集》、《语类》中常有言及据司马说修定祭礼,即指作《家礼》而非指作《祭仪》,如叶贺孙录:"某之祭礼不成书,只是将司马公书减却几处。"《文集》卷四十四《答蔡季通》书六:"祭礼只是于温公《仪》内少增损之。"(按:以上引文"祭礼"均不能打书名号)如关于时祭,朱熹最初据司马说,用分至;重订《祭仪》时从张栻改以二程说,用卜日;后作《家礼》又改从司马说,用卜日,如此反复,致使弟子辅广等启疑面问。因《家礼》乃朱熹由本二程说转向本司马说时所作礼书草稿,故其中仍留下此种过渡痕迹,而与晚年定论有不合处。陈淳此录既谓"只就温公《仪》中间行礼处分作五六段",则所说"被人窃去,亡之矣"之书,必是《家礼》无疑。

据淳熙三年二月之后朱与张吕书札不再提及作冠昏丧祭四仪之"礼书",以及张吕均未言及收得朱熹奉呈"礼书",可以推测朱熹《家礼》当是在淳熙三年三月往婺源展墓途中被窃亡失。朱熹此次远行,曾邀约吕祖谦于三衢相会,但怕被人所知,处处避人,拟于深僻处相晤,《文集》卷三十三《答吕伯恭》书四十五:"只拟夜入城寺,迟明即出,却自常山、开化,过婺源,犹恐为人所知,招致悔咎。今承诲谕,欲为野次之款,此固深所愿。但须约一深僻去处,蜷伏两三日乃佳。自金华不入衢,径趋常山,道间尤妙。石岩寺不知在何处,若在衢婺间官道之旁,即未为稳便。"吕祖谦其时亦正作丧祭之书,论辨冠昏丧祭之礼必定为此次面谈重要内容,故朱熹"不俟脱稿"便携《家礼》往会,宿于野僻僧寺,遂为僧童窃得抄本逃逸。

朱熹作《家礼》并被窃亡失,更可于陈淳文集找到铁证。《北溪先生全集》第四门文卷九有《代陈宪跋家礼》,云:

《祭仪》始得王郎中子正传本三卷,上卷编程子祭说及主式;中卷自家庙、时祭以至墓祭,凡九篇,而时祭篇中又分卜日、斋戒、陈设、行事,凡四条,为文盖统一而无分纲目;下卷则列诸祝词而已,盖最初本也。既而绍熙庚戌于临漳郡斋,尝以冠昏丧祭礼请诸先生,先生曰:"温公有成仪,早见行于世者。只为闲词繁冗,长篇浩瀚,令人难读,往往未及习行,而已畏惮退缩。盖尝深病之,欲为之裁订增损,举纲张目,别为一书,令人易晓而易行,旧亦略有成编矣,在僧寺为行童窃去,遂亡本子,更不复修。"是时只于先生之季子敬之传得《时祭仪》一篇,乃其家岁时所常按用者……虽未见亡本之为如何,而比前所初本者,体制迥不同也。嘉定辛未,自南宫回,过温陵,值敬之倅郡,出示《家礼》一编,云:"此往年僧寺所亡本也,有士人录得,会先生葬日携来,因得之。"即就传而归。为篇有五,通礼居一,而冠、昏、丧、祭四礼次之,于篇之内各随事分章,于章之中又各分纲目……其间亦尚有阙文而未及补、脱句而未及填与讹舛字之未获正者,或多见之。

又有《家礼跋》云:

先生……别为是书……方尔草定,即为僧童窃去。至先生没,而后遗编始出,不及先生一修,其间犹有未定之说。五羊本先出,最多讹舛……余杭本再就五羊本为之考订,所谓时祭一章,乃取先生家岁时常用之仪入之,惟此为定说,并移其诸参神在降神之前。今按:余杭本复精加校,至如冬至、立春二仪,向尝亲闻先生语,以为似禘祫而不举,今本先生意删去。

此两篇《家礼》跋文,可灼然考见《祭仪》与《家礼》最初原貌,足以尽释白田所疑。尤可注意者有如下五点:(1)朱熹又尝将《祭仪》赠送王子正,而其中首列以《程子祭说》,即以张栻意见改定,证明该书正本之于二程之说,与前所考若合符节。(2)陈淳跋文所言《家礼》被僧童窃失,与陈淳语录所记相合,当即一事,证明王懋竑据陈淳录所作窃失之书为《祭仪》之说,推断错误。(3)《家礼》后附陈淳语,与陈淳跋文相同,证明其出自陈淳跋中,《家礼》所附各家语绝非伪造。(4)《家礼》手稿中多有阙文脱句,确为"未俟脱稿"即被窃失之未定稿。稿失后,家尚存《时祭仪》一篇,余杭刻本取补入《家礼》,陈淳又删去冬至、立春二仪一节,阙文脱句之处,五羊本、余杭本、严陵本多有臆补,已失《家礼》原貌。(5)陈淳早于绍熙元年在临漳已听朱熹亲口言及作《家礼》,并非《家礼》于庆元六年失而复出后方由朱在处得知,证明王懋竑以为朱在"但据所传,不加深考",误信复出《家礼》为真,陈淳、黄榦等人又从而听信附和之,不符事实。

此外,据《铁琴铜剑楼藏书目录》卷四有宋刊本《纂图集注文公家礼》十卷,称此本"序文尚是朱子手书,与本集所载多不合处,如:'用于贫窭',《集》讹作'困于'(明刻本亦讹"困");'究观古今',《集》少'究'字;'务本实',《集》作'敦本'是也。白田王氏以此为依仿《礼范跋》语者,由未见此本故也。"(另参见《宋金元本书影》、《爱日精庐藏书志》卷四等)《家礼序》为朱熹手书真迹,亦是朱熹作《家礼》之一证。

朱熹《家礼》,不仅其弟子曾有臆补增改,且宋元以来被人窜乱移易。陈淳所见《家礼》稿本,分篇不分卷,未言有图。今存最早宋刻本则分通礼一卷,冠礼一卷,昏礼一卷,丧礼五卷,祭礼二卷,有图散见各门,则必为后人所作。至元刻本则又重编卷数,抽出深衣制度为《深衣考》一卷,又取出各图别立一卷,全失旧貌。至于内容亦有增改处。凡此均为使人致疑《家礼》为伪之因素,然无论后世有如何窜乱,朱熹之作《家礼》则无可怀疑。据上所考,可得如下结论:

(1)《祭仪》经三次修订,最后定稿于淳熙二年。洪、李《年谱》等载乾道六年《家礼》成一条,实为指乾道五年第一次修定稿《祭仪》,而在时间上误差一年,应以李方子所说时间为正。

(2)《家礼》草于淳熙二年九月至三年二月间,尚未完稿,即在三月赴婺源展墓途中被窃失于僧寺。今本《家礼》已被朱熹弟子及宋元后人窜乱移易。

(3)《祭仪》本于二程说,《家礼》本于司马说;前者繁,后者约。司马光《书仪》主要取于《仪礼》,而朱熹《礼》学思想特点,乃以《仪礼》为经,《礼记》为传;以《仪礼》为根本,《礼记》为枝叶。故由《祭仪》到《家礼》,可以窥测朱熹早年《礼》学思想演变之一侧面。

至于王懋竑以《家礼》为伪之理由,均属疑点,一无实据。兹就王氏《家礼考》中所列举数条,略加考辨于后:

王氏曰:"李公晦叙《年谱》,《家礼》成于庚寅居祝孺人丧时;

《文集》序不纪年月，而序中绝不及居丧事；《家礼》附录陈安卿述朱敬之语，以为'此往年僧寺所亡本，有士人录得，会先生葬日携来，因得之'。不言其何人，亦不言其得之何所也；黄勉斋作《行状》，但云'所辑《家礼》世所遵用，其后多有损益，未及更定'。既不言成于居母丧时，亦不言其亡而复得，其《书家礼后》亦然。敬之，朱子季子；公晦、勉斋、安卿，皆朱子高第弟子，而其言参错不可考据如此。"按：《祭仪》一稿定于祝孺人卒前（乾道五年九月前），二稿定于服除后（乾道九年）；而《家礼》草创于淳熙三年，《家礼序》、《行状》自不言及居丧事。李公晦《年谱》并未言《家礼》成于庚寅，乃洪、李《年谱》误推。陈淳言《家礼》由士人录得，意思已明，不愿道出姓名，不能证明《家礼》为伪。黄榦《行状》，以行状体例，凡叙述朱熹生平著述均简明扼要，不能以此独疑《家礼》。王氏只提及《家礼》所附陈淳语，而未查阅陈淳集中两篇《家礼》跋文，其一系列误考误推均从此而来，以至对各家所说不能去误存真，反认为"参错不可考据"。

王氏曰："汪、吕书在壬辰、癸巳，张书（指朱集卷三十答张书九）不详其年，计亦其前后也。壬辰、癸巳距庚寅仅二三年，《家礼》既有成书，何为绝不及之，而仅以祭仪、祭语为言邪？"按：答张敬夫书九作于乾道五年，已见前考。朱熹《家礼》稿成于淳熙三年，故汪、吕、张壬辰癸巳书未有言及。壬辰前后是《祭仪》写成，故以"祭仪、祭语为言"。

王氏曰："陈安卿录云：'向作祭礼、祭说，甚简而易晓，今已亡之矣。'则是所亡者乃《祭礼》、祭说而非《家礼》也明矣。"按：亡失之书为《家礼》而非《祭仪》，前已详考。王氏未见陈淳集中两篇《家礼》跋文，故有此误说。

王氏曰："文集、语录自《家礼序》外，无一语及《家礼》者。"按：答吕伯恭书三十九、四十七为朱熹作《家礼》铁证，《语类》、陈淳集等均言及作《家礼》，王氏盖未细读。

王氏曰："甲寅八月《跋三家礼范后》云：'尝欲因司马氏之书，参考诸家……顾以病衰，不能及已。后之君子，必有以成吾志也。'甲寅距庚寅二十年，庚寅已有成书，朱子虽耄老，岂尽忘之至是，而乃为是语邪？"按：朱熹因《家礼》未全脱稿即窃失不见，如今年迈多病，不及重修，故发"不能及已"之叹，并非说未尝作《家礼》。

王氏曰："朱子《跋古今家祭礼》在淳熙元年甲午，距庚寅五年，不言其有《家礼》。其云：'有能采集附益，通校而广传之，相与损益折衷，共成礼俗。'与《跋三家礼范后》虽前后绝远，而其意大概相同也。《家礼》之非朱子书，此亦一证。"按：《古今家祭礼》在荟萃众家家祭礼，而不以司马氏为本；《跋三家礼范后》则言本之司马之说而参考诸家，如何能说"其意大概相同"？《家礼》草于淳熙三年，《古今家祭礼》成于淳熙元年，其跋自无从言其作有《家礼》。如淳熙元年《祭仪》早成，而《跋古今家祭礼》不言朱熹作《祭仪》，岂非《祭仪》亦为伪作乎？

王懋竑断然以《家礼》为伪，证据不过如上六条。然由此可见其考只据洪、李《年谱》中"壬寅《家礼》成"一句引伸推说，而洪、李《年谱》此条本误，乃由李方子《年谱》中含混之语引出之误说，故可说白田《家礼》之考，无乃以误证误欤？

此外，王氏另有《家礼后考》十七条，引诸说以相印证；《家礼考误》四十六条，引古礼以相辨难，而以《家礼》与朱熹晚年说多有不合，以证《家礼》之伪，其辨亦可谓精核。然《家礼》为早年未定之稿,与晚年定论有异,恰可证明《家礼》不伪;如《家礼》与晚年之说全合,反倒有作伪之嫌。故王氏《后考》、《考误》若用以探研朱熹早年与晚年《礼》学思想之演变及与各家礼说之异同得失,颇有裨益;若用以证明《家礼》之伪,可不置辨。

朱熹作《训蒙绝句》考

朱熹作《训蒙诗》百首，今人皆以为伪，《年谱》不载，治朱熹者皆不言及。前人有将《训蒙诗》随意妄增移易，多有窜乱，甚至改名《性理吟》，与伪作同刻并行。朱玉辑入《朱子文集大全类编》，郑端编进《朱子学归》，两本面目大异，舛误有不可读者，遂无人问津。各种朱熹著述目，如吴其昌《朱子著述考》、牛继昌《朱熹著述分类略考》、周予同《朱熹·朱熹之著作》等，均不列入《训蒙诗》。前人以《训蒙诗》为伪作之理由，大率不过以为其作词气粗陋幼稚，思想羼杂不纯，与"大贤圣人"朱子之笔不副。此实不知《训蒙诗》为朱熹早年学问大旨未立时之作，而为研究朱熹早年未成熟思想及其演变之宝贵资料也。今考《宋人集》甲编徐经孙《徐文惠存稿》卷三有《黄季清注朱文公训蒙诗跋》，云：

> 右《训蒙绝句》五卷，晦庵先生朱文公之所作也。其注则沈江黄君季清之所述也。谨按先生《自序》，谓"病中默诵《四书》，随所思记以绝句，后以代训蒙者五言七言之读"。然自今观之，上至天命心性之原，下至洒扫步趋之末，帝王传心之妙，圣贤讲学之方，体用兼该，显微无间。其目虽不出于《四书》之间，而先生之性与天道可得而闻者，具于此矣。其曰"训蒙"，乃先生谦抑，不敢自谓尽道之辞云耳……绝句凡九十八首，始于《天》，而以《事天》终焉。其辞有曰："存养上还天所付，终身履薄以临深……"

徐经孙，《宋史》卷四百一十有传。宝庆二年（1226）进士，距朱熹卒不过二十余年。黄季清为《训蒙诗》作注当更早，按《朱子语类》卷一百三十八有包扬录一条云："季清言：'有一乡人卖文字，遇虎。其人无走处了，曾闻人言，虎识字，遂铺开文字与虎看，自去。'"可见黄季清乃朱熹弟子。徐经孙称其注为"述"，似黄季清之注多转述耳闻于朱熹之说者。据徐经孙序、原本训蒙诗名《训蒙绝句》，与今本有如下不同：

（1）原本九十八首，今本百首，当是后人羼入二首；

（2）原本有序，今本序亡；

（3）原本始于《天》，终于《事天》，今本始于《天》，终于《闻知》（朱本），次序已为后人移易。

《训蒙绝句》之被窜乱，大约始于元时。程端礼《程氏家塾读书分年日程》卷一云："日读《字训》纲三五段，此乃朱子以孙芝老能言，作《性理绝句》百首教之之意。"此《性理绝句》即《训蒙绝句》，知元时朱熹序已亡佚，遂误以为《训蒙绝句》是朱熹为训蒙其孙芝老而作，被人增附二首为百首，而改名为《性理绝句》。据徐经孙序，朱熹自序谓诗皆"病中默诵《四书》，随所思记以绝句"，徐亦谓诗皆"不出于《四书》之间"。查今朱本《训蒙绝句》中有《先天图》二首，与《四书》了不相涉，疑即后来贱人妄增。

又今朱本《训蒙绝句》有如下六首又见于《朱文公文集》卷二之中：《曾点》，《克己》，《困学》二首，《仰思》二首。此一事实至关重要，不仅足证《训蒙绝句》确为朱熹所作，而且可以考定《训蒙绝句》作年。按王懋竑《朱子年谱》："隆兴二年，《困学恐闻》编成。"《文集》卷七十五《困学恐闻编序》云："予尝以'困学'名予燕居之室⋯⋯目其杂记之编曰《困学恐闻》。"《困学恐闻》未板刻，后佚，然《困学》二首既编入《困学恐闻》又在《训蒙绝句》之中，则可知《训蒙绝句》当原编在《困学恐闻》内，所谓"以代训蒙者五言七言之读"。后《困学恐闻》散佚，《训蒙绝句》并序遂单独流传。《困学恐闻》大抵收隆兴元年前后之作,则《训蒙绝句》当亦作在此时。除其中《困学》二首为证外,据第八首《唤醒》有云:"二字亲闻十九冬,向来已愧缓无功。""唤醒"二字,乃指思孟派内心存养工夫,《中庸》首章云:"君子戒慎乎其所不睹,恐惧乎其所不闻。莫见于隐,莫显乎微,故君子慎其独也。"朱熹以为人当常存敬畏,不可懈怠,使心提撕警觉,永葆惺惺清醒境地,是谓之"唤醒"。故《朱子全书》卷二有云:"心只是一个心。所谓存,所谓收,只是唤醒。""人惟有一心是主,要常常唤醒。"按朱熹初读《中庸》深有所得,在绍兴十三年卜居潭溪受学于屏山、草堂、籍溪三先生之门以后,《语类》卷四云:"某年十五六时,读《中庸》'人一己百,人十己千'一章,因见吕与叔解得此段痛快,读之未尝不竦然警厉奋发!"《文集》卷十四《乞进德札子》亦云:"臣闻《中庸》'人一能之,己百之;人十能之,己千之。果能此道,虽愚必明,虽柔必强'。而元祐馆职吕大临为之说曰……臣少时读书,偶于此语深有省焉,奋厉感慨,不能自已,自此为学,方有寸进。"绍兴十四年(1144)朱熹十五岁,下推十九冬为隆兴元年(1163),恰是正作《困学恐闻》之年。"二字亲闻十九冬"应指其从学武夷三先生亲闻所得而言。隆兴元年朱熹《论语要义》、《论语训蒙口义》成,可见是年朱熹研读《四书》之勤,正与其《训蒙绝句序》所云"病中默诵《四书》"相合;而书名《训蒙口义》也与《训蒙绝句》趣味相类。朱熹《论语训蒙口义序》云:"(是书)取便于童子之习而已,故名之曰《训蒙口义》。盖将藏之家塾,俾儿辈学焉,非敢为他人发也。"朱熹之作《训蒙绝句》目的在"以代训蒙者五言七言之读",则必也为家塾儿辈童蒙习读之用(时熹尚未有孙),故后来为程端礼编入《程氏家塾读书分年日程》。后人不明《训蒙绝句》为童稚而设,嫌其浅陋而妄将其中诗句改成大人老成口吻,致将书名窜为《性理吟》,尤非朱熹本意。

《训蒙绝句》虽是朱熹早年为童蒙而作,然至晚年亦不废,在其生前已甚流传。考《八琼室金石补正》卷八十三有《石鱼题刻》一百段,皆按年先后留题,其中有朱熹诗刻云:"眇愁方寸神明舍,天下经纶具此中。每向狂澜观不足,正如有本出无穷。晦翁。"此诗正为朱本《训蒙绝句》第九十六首《观澜》诗。是刻高四尺四寸,广二尺四寸,四行,行七八字,径四寸余,正书,朱熹手笔,刻在淳祐十一年辛亥刘济川等题名与宝祐二年甲寅刘叔子诗刻之间,知朱熹此刻制成于淳祐十一年至宝祐二年中,然诗题作"晦翁",则是诗当是朱熹生前亲笔书写,死后由他人上刻。按石鱼在涪州,因黄山谷题诗而名闻遐迩,遂使有宋士大夫题刻竟有百段之多。朱熹手书之在涪州,则应同其蜀中弟子有关。《续补寰宇访碑录》卷二十一录有"北岩朱子与度周卿教授学士书,草书"。又录有"北岩晦翁七言绝诗,行书"。石刻作在同时,则此《观澜》诗手迹应得自度周卿。度周卿名正,号性善,庆元三年由蜀来访朱熹,见朱熹《文集》卷六十三《与晏亚夫》书三、《别集》卷一《答刘德修》书十一。朱熹曾专托其搜集濂溪周敦颐佚文,后度正编成《濂溪目录》。朱熹手书己诗赠度正自属可能。《八琼室金石补正》卷一百十二录"涪州北岩题刻朱子与度周卿书",中云:"□溪大字后事处曾访问得否?去岁回建阳后,方得□此　所惠书并书稿、策问。所需□□,又何敢复告邪?"空处似即指度正请朱熹书写诗事。此书后有"黄应□寄性善帖书"云:"猥蒙性善教迪,尝惠以墨本,俾为步趋□模。狄难以来,幸得宝藏亡恙……怅二老(按:指性善度正周卿与莲荡晏渊亚夫)之云亡,仰考亭之逾邈,每一抚遗墨,益以内自警省。因使君以莲荡之帖寄之,谨复摹性善之帖以告……考亭之辞及性善者二,性善既以同刊之家□,则性善一书亦可同刊之北岩书院,庶可示学者以前修师友渊源之所自云。淳祐章茂岁元月重阳日后学合阳黄应□。"据此,知此朱熹《与度周卿》手书真迹乃由度正赠黄应,由黄应刻石于淳祐十年。《观澜》诗刻在同时,则必也是黄应所为,诗真迹应得自度正之家,其意盖亦欲为北岩书院"示学者以前修师友渊源之所自"。朱熹此《与度周卿书》作在庆元四年,写赠《观澜》诗在同年,可见其晚年仍甚重《训蒙绝句》;而此诗入蜀刻石,也可见《训蒙绝句》其时已流传甚广。

朱熹作《训蒙绝句》无可怀疑,然因程端礼称其为"性理绝句",后世遂有附会伪造《性理吟》而与《训蒙绝句》鱼目混珠,大行于世。郑端收入《朱子学归》,尤侗刻入《西堂全集》、《槐轩全书》、《南宋名贤小集》等皆采此书。考《性理吟》伪书出现于明天顺年间,万历中高攀龙刻是书,力辨其非伪。是书除绝句九十四首外,又增七律四十九首(见后附),高攀龙有《性理吟序》云:

> 昔者朱子尝取六经、四子中要义,约为韵语,命曰《性理吟》,以训其子芝老。金川车公名振者,受于其祖松坡公,松坡得之五河李先生,李得自双峰饶先生,饶得之勉斋黄先生,黄则亲承师授者也。天顺中,车公为常州府司理刻于常,携其板归,毁于火。嘉靖中,车公婿饶公名传者,为汀州府司理刻于汀。今年予访城张公于武林,得而珍之曰:信非朱子不能作矣!味之而愈旨,研之而愈深,终身所不能穷也。昔明道先生尝欲为诗歌以训蒙士,未逮而卒。朱子此编,岂成其志乎!学者幼而诵之,长而绎之,载籍虽博,要旨不离乎是。以是求道,如规矩设而不可欺以方圆,南北辨而不可欺以燕越也夫!因重梓之,以广其传焉。万历乙巳孟夏后学锡山高攀龙书。

是序所述,一眼便见其伪。其说显本自程端礼而却自露作伪之迹:朱熹无有子名"芝老"者,程端礼称芝老为孙,而非其子;程端礼明言性理绝句,而非七律;又程端礼明言百首,而非一百四十三首。如证以徐经孙序,则《性理吟》四十九首七律之伪昭然若揭。此《性理吟》显系车振本人伪托,而由松坡上至黄榦师承传授也为其伪造无疑。明正德年间有谭宝焕者,作《性理吟》二卷,《四库提要》称此书"皆以《四书》及性理中字句为题,前列朱子之说,而以一诗括其意。前集一卷为七言绝句,后集一卷为七言律诗"。车振《性理吟》全类谭氏此书作伪,盖亦明人一时恶劣风气。然后世有疑《性理吟》不可信,遂并《训蒙绝句》为伪,亦未能深考也。

〔附〕《性理吟》七律四十九首

仁

天地本来生物心,先儒特指此为仁。
五行运转功归木,四序周流气属春。
一膜不通身且痹,寸私未去道非纯。
有能克己功夫到,腔子中间恻隐真。

义

理有当为在必为,事皆审处得甚宜。
富非以道穷宁忍,身可成仁死莫辞。
取予截然分界限,是非断不谬毫厘。
要知此道观元化,天地严凝肃杀时。

礼

天则初分礼已基,三千三百特其仪。
分由父子君臣定,恭岂声音笑貌为。
理在人心阴有节,民知天则犯天思。
圣门问月皆根底,四勿当先克己礼。

智

察慧为明类管窥,此惟公是与公非。
事行无事恶乎凿,知极先知觉自微。
明德功夫由格物,穷神造化可研几。
始条理至终条理,入圣优于圣域归。

信

有诸己者若为名,道在参前与倚衡。
充是四端非外铄,确然一理与俱生。
五行主以中央土,万善归于此意诚。
实理流通该造化,天何言处四时行。

诚

实理根源事降衷,浑然太极具胸中。
不思不勉圣而化,则著则形天者融。
一性毫厘无矫揉,两间化育妙流通。
学知未造斯诚地,主一功夫要扩充。

敬

进德功夫那处寻,常惺惺地主吾心。
精神收敛天常在,气象森严帝实临。
文若在宫先致肃,尧虽至圣尚能钦。
帝王心法皆由此,学者须还用力深。

心

虚灵知觉本无私,物诱其间易转移。
理义扩充无限量,贤愚异向只毫厘。
精神收敛归方寸,功用弥纶极两仪。
一念少差微亦显,谁云暗室可容欺。

又

此身有物宰其中,虚彻灵台万境融。
敛自至微充则大,寂然不动感而通。
五官本以思为主,一窍须防欲外攻。
不睹不闻穹壤隔,盍于谨独上加功。

性

此性凝于二五精,天之命我本来纯。
只因气质分清浊,遂使贤愚有等伦。
诚则践形非用力,学能克己始为仁。
尽人尽物皆吾事,本本元元只一真。

情

未发之时皆是性,动而感物乃为情。
欲如可欲仁非远,思或妄思邪易生。
万想不摇心正大,四端既发善流行。
提防意马如防寇,谨独功夫要讲明。

气

二五之精判混元,厥初本体自纯全。
配乎是道生乎义,牿则皆人养则天。
平旦清明常不挠,两仪充塞浩无边。
死生祸福谁能摄,听命于心即圣贤。

志

方寸中间彻两仪,规模全在立心时。
希贤希圣惟我适,行帝行王视所之。
有则竟成功易集,懦而无立事难为。
始焉趋向无当辨,舜跖其徒易背驰。

命

赋予皆原造此功,胡为定分杳难穷。
性根于我元无异,气禀之天有不同。
道在何须言寿夭,身修只合任穷通。
圣贤顺受无非正,义在当为命在中。

思

方寸中间贯两仪，五官五事本乎思。
憧憧合谨明从戒，亹亹无忘内省时。
理欲两端分界限，圣狂异向只毫厘。
思诚若达何思地，不问生知与学知。

意

万事皆从有意生，念头才起是根萌。
圣能毋我先应觉，学欲正心须自诚。
百虑经营行此志，一机感发属乎情。
濂溪不去窗前草，此意分明养得成。

乐

纷华扫退惟吾情，外乐何如内乐真。
礼义悦心衷有得，穷通安分道常伸。
曲肱自得宣尼趣，陋巷何嫌颜子贫。
此意相关禽对语，濂溪庭草一般春。

忧

富贵何须分外求，乐天知命本无忧。
事关职分思无旷，德在吾身患不修。
流涕贾生深汉虑，攒眉杜老为唐愁。
因心衡虑终无益，疗病还须药必瘳。

刚

铁壁金城硬脊梁,夜深剑气凛寒芒。
三军莫夺匹夫志,九殒难摧壮志肠。
毅若参乎宜有勇,欲如枨也岂为刚。
要须集义功夫到,血气何如志气强。

柔

温和如玉盎如春,义理薰蒸淑此身。
粹德常存乡善士,嘉猷巽入国良臣。
但推宽厚慈祥意,肯作脂韦软媚人。
张禹孔光何等习,巧言令色鲜其仁。

中

正体原从不倚生,亭亭当当理分明。
帝王相授皆惟一,夫妇虽愚可与行。
载在《羲经》推二五,寓诸《麟史》即权衡。
果能此道经斯世,天地中间掌样平。

权

事物秤量易一偏,权为善用乃为权。
一心酬酢中常主,万变纵横理自然。
不是反经求合道,要非胶柱可调弦。
若将变化参乾道,正气流行四序迁。

几

万事根源肇自微,当知微者著之几。
安危理势乘除顷,祸福机缄倚伏时。
智者未形先豫料,常情已著鲜能知。
毫芒善利尤当辨,舜跖其徒易背驰。

道

一太极中涵性分,六君子者得心传。
无形超出流行表,不物来从有物先。
龙负龟呈开妙蕴,鸢飞鱼跃会真筌。
经纶一息无斯道,圆盖方舆特块然。

德

此德根于此性真,四端万善足吾身。
出宁似舜天之合,懋敬如汤日又新。
细行不矜珪有玷,寸私无累玉其纯。
云行雨施乾元普,宇宙中间物物春。

圣

胸中何虑亦何思,妙在从容中道时。
自是性之非力强,纯乎天者岂人为。
一私不累大而化,万境俱融生则知。
孰谓神明难遽造,惟狂克念圣之基。

神

圣固非人可得为,至神尤更杳难知。
心功默与天同运,道化全无迹可窥。
阴阖阳开机孰使,风行雷厉今如驰。
无方无体纯乎易,祸福昭昭未判时。

忠 恕

内不自欺忠是体,推而及物恕行焉。
人能勉此几于道,圣则纯乎动以天。
探本穷源诚是主,视人犹己理同然。
圣门一贯知谁会,独自参乎得正传。

中 和

喜怒未形中固在,发而中节乃为和。
粹然本自性情出,舍此其如礼乐何。
正若固乔论矫亢,柔如光禹失依阿。
不偏不倚中庸训,理学功夫要琢磨。

阴 阳

形而下在谓之器,天道无阴不佐阳。
动则群阴俱发育,静而万物尽归藏。
雷方伏处潜萌地,冰欲坚时自履霜。
但使阳明胜阴浊,此身先自要平章。

变 化

流行造化杳难窥,物有推移道不移。
草木春花秋实际,兽禽孳尾氄毛时。
太虚瞬息阴晴雨,浮世骎寻壮老衰。
本体尚存形迹异,化焉形迹亦无之。

夜 气

时当向晦寂无营,是气分明养得成。
收敛精神安梦寐,流行旦昼亦清明。
五官泰定邪难入,一室中虚善自生。
存得满腔天理在,从他鼻息响雷鸣。

谨 独

一念根萌自隐微,外无形迹可容窥。
迹虽未动机先动,人不能知我自知。
颜烛夜燃防欲纵,震金暮斤畏天欺。
岂知为学求诸内,不但幽居晴室时。

格 物

一物中间一理存,欲穷是理见须真。
川流不息应知道,谷种能生始验仁。
制锦可观为邑者,斫轮能悟读书人。
此身有物先须格,万物从来备我身。

践 形

肖貌均之造化功,望惟和顺积诸躬。
声而为律身为度,目自能明耳自聪。
但见从容时中道,何须蹈履上加功。
物皆各尽天然则,一理纯乎四体充。

皇 极

以极为中义未安,示民标准有相关。
万殊本本元元地,一理亭亭当当间。
栋木在中群木拱,辰星居所众星环。
九章统会归诸五,千古箕畴彝训颁。

四 德

天德胚胎自浑沦,乾分四者可名言。
元工肇始斯仁普,亨道为通庶类蕃。
利则有华皆就实,贞而无物不归根。
流行四序周而始,诚贯其中是本源。

四 端

四者本无端可窥,一机感发善随之。
欲知本体胚胎处,著在良心发现时。
情动始能觇朕兆,性初元自有根基。
火燃泉达充而广,此理生生无尽机。

人　心

不是人心与道违，先儒特谓此心危。
气成形后有知识，物诱吾前易转移。
理欲两端分界限，圣狂一念判毫厘。
若人无有无戕者，物则依然具秉彝。

道　心

方寸中存无极真，纤毫物欲外难侵。
至精至粹纯乎理，无智无愚有是心。
诚实本来消众妄，阳明原自绝群阴。
帝王精一相传法，独向危微妙处寻。

明明德

一真洞洞在中扃，人不生知必学成。
克去己私无晦蚀，还他本体自光明。
荡除泥滓泉斯洁，拂拭尘埃镜乃清。
性分本来非外得，斯明原自内中生。

止至善

丘隅黄鸟咏绵蛮，止道光明体艮山。
物与俱生皆有德，德虽至大不窨闲。
敬仁尽乃君臣分，慈孝严于父子间。
知止乃能安汝止，明诚学力本相关。

絜距

物我由来总一般,四方八面要平看。
己如欲立人俱立,民既相安我始安。
异体莫如同体视,彼心当即此心观。
有能强恕功夫到,不信推行是道难。

求放心

放渠鸡犬欲求难,内省何须用力艰。
出入不窬方寸地,操存尤只片时间。
当知本体皎然在,不是良心去复还。
人患弗思思则得,可容旦旦伐牛山。

君道

制世非徒势位尊,克艰厥后止于仁。
九经统会先修己,万化纲维在得人。
政出中书权在我,利捐内帑富藏民。
大公至正无私昵,宇宙中间物物春。

相道

金鼎调元赞化工,此心端合与天同。
宗枋大计韩忠献,遐迩清名司马公。
造化无私参众论,格君有道竭精忠。
缀衣趣马皆吾属,不问宫中与府中。

师 道

聩聩谁开一性真,要将斯道觉斯民。
明如虞舜先敷教,圣若宣尼善诱人。
夜夜伊川门外雪,风生明道坐中春。
帝王亦有师承益,广厦群儒日日新。

吏 道

仕非其义仕奚为,一命当怀及物思。
清白居官皆可记,志勤莅职敢求知。
理财有道唐刘晏,用法持平汉释之。
硬着脚根行实地,班资何必计崇卑。

干 禄

颛孙为学太匆匆,便欲邀求禄位穹。
不想利名中着意,盍于言行上加功。
常将阙处思危殆,每把其余慎始终。
寡悔寡尤牢记取,自然有禄在其中。

朱熹南岳唱酬诗考

乾道三年丁亥朱熹往湖湘访南轩张栻。冬十一月朱熹与张栻、林择之由长沙出发同游南岳衡山，三人一路唱酬，下山抵岳市，乃裒集三人衡岳吟唱之诗而为《南岳唱酬集》。今《朱文公文集》卷五收有朱熹南岳唱酬之诗，张栻南岳唱酬之诗则散见于《南轩先生文集》卷七、卷一等中。此外，又有《南岳唱酬集》单行本传世，乃将朱、张、林三家唱酬诗集为一编。然将朱熹、张栻文集与单行本《南岳唱酬集》比勘，大有差异，所收诗作及其篇数多不同，有朱熹集中有而《南岳唱酬集》中无者，也有朱熹集中无而《南岳唱酬集》中有者，篇数多少迥别，真伪莫辨。张栻《南岳唱酬序》称"更迭唱酬，倒囊得百四十有九篇"，朱熹《东归乱稿序》也称"相与咏而赋之，四五日间得凡百四十余首"。而今本《南岳唱酬集》却共收一百六十一首，则其羼入伪作无可怀疑。又以三人得一百四十九首计算，平均每人应五十首，而今朱熹集中仅四十八首（按：《四库全书提要》以为五十首乃误，送别二诗不在唱酬集中），张栻集中仅四十首（与朱熹集中同者），故今朱、张集中所收南岳唱酬诗不全亦可肯定，其逸出朱、张文集而见于《南岳唱酬集》中者盖非篇篇皆伪也。《四库全书总目提要》有考云：

> 其游自甲戌至庚辰凡七日，朱子《东归乱稿序》称得诗百四十余首，栻序亦云百四十有九篇。今此本所录止五十七题，以《朱子大全集》参校，所载又止五十题，亦有《大全集》所有，而此本失载者，又每题皆三人同赋，以五十七题计之，亦不当云一百四十九篇。不知何以参错不合。又卷中联句，往往失

去姓氏标题,其他诗亦多依朱子集中之题,至有题作次敬夫韵,而其诗实为栻作者。盖传写者伪误脱佚,非当日原本矣。提要仅提所疑,而未作深考,且说亦多舛误。朱、张以诗为小道,作诗为其余事,故《南岳唱酬集》朱熹生前并未单独刻板印行,当时至多亦只将三人诗合抄一帙,各人一本家藏,故《南岳唱酬集》原本不可见。今本《南岳唱酬集》为后人所编,已被窜伪,据此本独附林择之材料于后,包括朱熹与林择之书三十二篇、林择之遗事十条、朱熹为林择之兄弟作字序二首等,竟占全书篇幅太半,足证今本《南岳唱酬集》必是林择之后裔所编,《提要》已惊怪其"以南岳标题,而泛及别地之尺牍;以倡酬为名,而滥载平居之讲论;以三人合集,而独载用中一人之言行:皆非体例"。而实不知此本盖为林择之(用中)家后裔所重编之故也。考《张南轩文集》乃在张栻卒后由朱熹据张栻家所提供材料编成,因张栻数次游衡岳,诗作相混,朱熹编集时未参考《南岳唱酬集》,遂使张栻南岳唱酬诗未能尽编入文集中,此只据朱熹集中有"次敬夫"韵诗,而张栻集中却无此原诗者(见下),可以为证。朱熹自订己作诗集多种,亦无一生前刻板印行者,其文集乃由其子朱在编于嘉定年间,距朱熹之殁已十余年,然朱在将朱熹告别张栻所作《奉酬敬夫赠言并以为别》二诗亦误编入《南岳唱酬》中,可证其编朱熹文集时亦未见三人合集《南岳唱酬集》原本(据张栻《南岳唱酬序》,此二诗不在该集中)。考其因或有二:或是当初因分手匆匆,南岳唱酬并未正式编集,只由张栻作一序以发其意,而仅林择之一人哀录三人诗珍藏于家,至朱熹编张栻集与朱在编朱熹集时,张、朱家藏各自所作南岳唱酬诗已少有亡佚;或是到朱在编朱熹集时,朱、张家藏《南岳唱酬集》均已亡佚,唯林择之家尚藏一部,遂为后来林氏后裔私自窜伪重编《南岳唱酬集》提供条件。按南岳唱酬并非篇篇皆有三人迭相次韵唱酬,有仅一人作,有为二人唱酬,有为三人次韵。林择之为朱熹弟子,辈低一等,今观朱、张集,显然朱、张次韵为多,林择之之诗最少,三人作诗必定参差不齐,然今《南岳唱酬集》中竟篇篇均有朱、张、林三人唱酬,整齐划一,参以朱、张文集,可见多为林氏后裔伪造林择之诗增附其下。今以朱、张集与《南岳唱酬集》相较,可发现重要事实有三:

(1)凡林择之未有唱酬诗者,皆由作伪者从朱熹集、张栻集中取诗,或已作伪诗,冒充为林择之诗窜入;

(2)张栻屡游衡岳,乾道四年秋间再游南岳(见集中卷五《自乌石渡湘思去岁与朱元晦林择之偕行讲论之乐赋此》等诗),作诗亦甚多,作伪者多取是年作诗窜入《南岳唱酬集》;

(3)三人唱酬,本来先赋后次各有不定,今《南岳唱酬集》乃一律按朱、张、林次序排列三人唱酬诗,遂多误将朱作与张作颠倒者,可见作伪者编集之拙劣,然颠倒之诗并非伪作。

以此三条事实参校朱集、张集与《南岳唱酬集》,便可考定《南岳唱酬集》中朱熹诗之真伪。今朱熹集中有南岳唱酬诗共四十八首,先考定此四十八首张、林各次韵多少首,便可确定三人各作多少诗,并进而可考明《南岳唱酬集》中有多少诗非伪。按朱熹此四十八首诗,林择之无唱酬者有七首,张栻无唱酬者有三首,兹考如下:

(1)风雪未已决策登山用敬夫春风楼韵

　　披风兰台宫,看雨百常观。安知此山云,对面隔霄汉。
　　群阴匝寰区,密雪渺天畔。峨峨雪中山,心眼凄欲断。
　　吾人爱奇赏,递发临河叹。我知冱寒极,见视今当泮。

不须疑吾言，第请视明旦。蜡屐得雁行，篮舆或鱼贯。
——朱元晦

隆堂谨前规，杰阁耸奇观。凭栏俯江山，极目眇云汉。
主人沂上翁，顾肯吟泽畔。俯仰一喟然，冲融无间断。
我来抑何幸，屡此承晤叹。平生滞吝胸，𣶒若层冰泮。
继今两切切，保合勤旦旦。万世尽纷纶，吾道一以贯。
——张敬夫

人言南山巅，烟云耸楼观。俯瞰了坤倪，仰攀接天汉。
勇往愧未能，长吟湘水畔。兹来渺遐思，风雪岂中断。
行行重行行，敢起自画叹。我闻精神交，石裂冰可泮。
阴沴驱层霄，杲日丽旭旦。决策君勿疑，此理或通贯。
——林择之

按：《南岳唱酬集》中此一组唱酬诗，第一首见朱熹集卷五，题同。第二首非张栻诗，乃是朱熹诗，见朱熹集卷五，题作《奉题张敬夫春风楼》，注作于"乾道丁亥冬至"。第三首非林择之诗，乃张栻诗，见张集卷二，即朱熹所用敬夫春风楼韵也。此显因林择之于该诗本无唱酬，作伪者乃取朱熹之诗窜入，而将张栻原韵归于林择之，以凑成三人唱酬之数。

(2) 十三日晨起霜晴前言果验再用敬夫定王台韵赋诗

北渚无新梦，南山有旧台。端能成独往，未肯遽空回。
磴滑新经雪，林深不见梅。急须乘霁色，何必散银杯。
——朱元晦

晴岚开岳镇，云雨断阳台。日出寒光迥，川平秀色回。
兴随天际雁，诗寄岭头梅。盛事他年说，凭君记玉杯。
——张敬夫

　　　　今朝风日好,抱病起登台。山色愁无尽,江波去不回。
　　　　客怀元老草,节物又疏梅。且莫催归骑,凭栏更一杯。
　　　　　　　　　　　　　　　　　　　　——林择之

按:此一组唱酬诗,第一首又见朱集卷五,第二首又见张集卷七,第三首非林择之诗,乃朱熹诗,见朱集卷五,且此诗非南岳唱酬之诗,可见林择之于此诗亦无唱酬。

(3) 敬夫用熹定王台韵赋诗因复次韵
　　　　新诗通造化,催出火轮来。云物低南极,江山接汉台。
　　　　心期千古迥,怀抱一生开。回首狂驰子,纷纷政可哀。
　　　　　　　　　　　　　　　　　　　　——朱元晦
　　　　珍重南山路,驱羸几度来。未登乔岳顶,空说妙高台。
　　　　晓雾层层敛,奇峰面面开。山间元自乐,泽畔不须哀。
　　　　　　　　　　　　　　　　　　　　——张敬夫
　　　　寂寞番君后,光华帝子来。千年余故国,万事只空台。
　　　　日月东西见,湖山表里开。从知爽鸠乐,莫作雍门哀。
　　　　　　　　　　　　　　　　　　　　——林择之

按:此一组唱酬诗,第一首又见朱集卷五,第二首又见张集卷七,第三首非林择之诗,乃朱熹诗,见朱集卷五,原亦非南岳唱酬之诗,显为林氏后裔窜入。

(4) 奉题张敬夫春风楼——朱元晦

按:此诗已见上录。张集与《南岳唱酬集》中皆无和诗,盖此诗据题作"奉题",乃因敬夫之请为题春风楼作,故张、林皆无唱酬。

(5) 感尚子平事
　　　　翩然远岳恣游行,慨想当年尚子平。我亦近来知损益,只将惩窒度余生。

——朱元晦

按:此诗只见朱熹集卷七,《南岳唱酬集》无,张栻集与《南岳唱酬集》中亦无和诗,知此诗张、林皆无唱酬。

(6) 穹林阁读张湖南七月十五日夜诗咏叹久之因次其韵

南岳天下镇,祝融最高峰。仰干几千仞,俯入一万重。
开辟知何年,上有释梵宫。白日照雪屋,清宵响霜镛。
极知瑰特观,仙圣情所钟。云根有隐诀,读罢凌长风。

——朱元晦

按:朱集卷五有此诗,《南岳唱酬集》亦只录朱此诗,而无张、林次韵诗,知张、林未尝唱酬。

(7) 自上封登祝融峰绝顶次敬夫韵

衡岳千仞起,祝融一峰高。群山畏突兀,奔走如曹逃。
我来雪月中,历览快所遭。扪天滑青壁,俯鏖崩银涛。
所恨无十牺,一挈了六鳌。遄归青莲宫,坐对白玉毫。
重阁一徙移,霜风利如刀。平生山水心,真作贪食饕。
明朝更清泚,再往岂惮劳。中宵抚世故,剧如千蝟毛。
嬉游亦何益,岁月今滔滔。起望东北云,茫然首空搔。

——朱元晦

按:《南岳唱酬集》唯有朱熹此诗,而不载张、林诗,知张栻原诗已佚(今张集中亦无),而林择之并未唱酬。

据上所考,朱集中四十八首诗,林择之唱酬四十一首,有七首未唱酬(按:《自方广过高台次敬夫韵》与《至上封用择之韵》两组唱酬诗有颠倒,然实三人均有唱酬)。至于张栻,则有三首诗未唱酬,即《奉题张敬夫春风楼》、《感尚子平事》、《穹林阁读张湖南七月十五夜诗咏叹久之因次其韵》,唱酬四十五首,其中《自上封登祝融峰绝顶》一首亡佚,有四首张集无而在《南岳唱酬集》中,即《七日发岳麓道中寻梅不获至十日遇雪作此》、《方广寺睡觉》、《十五日再登祝融用台字韵》、《胡丈广仲与范伯崇自岳市来同登绝顶举酒极谈得闻比日讲论之乐》(张集中仅四十首)。列表如下:

作者	唱酬	未唱酬	亡佚
朱熹	48		
张栻	45	3	1
林择之	41	7	
合计	134	10	

朱、张、林三人共唱酬诗一百四十九首,可见应还有十五首在《南岳唱酬集》中,即五组唱酬诗,兹考如下:

(1) 渡兴乐江望祝融次择之韵

江头晓渡野云遮,怅望山岐映暮霞。人值风波几千里,济川舟楫我侬夸。

——朱元晦

今日溪云迷小槎,层层锦浪映晴霞。须臾直至前村去,遥望群峰真可夸。

——张敬夫

日上宁容晓雾遮,须臾碧玉贯明霞。人谋天意适相值,寄语韩公不用夸。

——林择之

按:张栻《南岳唱酬序》云:"(十三日)予三人联骑渡兴乐江,宿雾尽卷,诸峰玉立,心目顿快。遂饭黄精,易竹舆,由马迹桥登山。"诗正与此合。然第三首见张集卷五,题作《渡兴乐江望祝融》,则非林择之诗,盖与第二首颠倒误置也。

(2) 岳后步月

衡岳山边霜夜月,青松影里看婵娟。正须我辈为领略,寒入衣襟未得眠。

——朱元晦

清光冰魄浩无边,桂影扶疏吐玉娟。人在峰头遥指望,举杯对影夜无眠。

——张敬夫

转缺霜轮出海边,故人千里共婵娟。山阴此夜明如练,月白风清人未眠。

——林择之

按:《朱文公文集》卷五《福岩寺回望岳市》有云"昨夜相携看霜月",正与此合。然第一首又见张集卷七,非朱熹作,盖与第二首颠倒误置也。

(3) 自上封下福岩道旁访李邺侯书堂山路榛合不可往矣

石壁崷岩路已荒,人言相国旧书堂。临机自古多遗恨,妙策当年取范阳。

——朱元晦

山道榛芜大道荒,令人瞻望邺侯堂。怀贤空自悲今昔,泪滴西风恨夕阳。

——张敬夫

百年古路已成荒,今日人称相国堂。麟凤已归天上去,空留遗像在斜阳。

——林择之

按：张栻《南岳唱酬序》云"欲访李邺侯书堂，则林深路绝，不可往矣"，正与此合。然第一首又见张集卷五，非朱熹诗，盖与第二首颠倒误置也。

（4）题南台

　　　　相望几兰若，胜处是南台。阁迥规模稳，门空昼夜开。
　　　　回风时浩荡，高岭更崔巍。漫说石头滑，支邛得往来。
　　　　　　　　　　　　　　　　　　　——朱元晦

　　　　步入招提境，云间有古台。管弦山鸟弄，琼玖雪花开。
　　　　方外人稀到，山头势更巍。登临思不尽，何日再重来。
　　　　　　　　　　　　　　　　　　　——张敬夫

　　　　山高耸楼观，天际有瑶台。地僻烟霞静，门空云雾开。
　　　　舆图真绝域，形胜实崔巍。久以平生慕，今年始得来。
　　　　　　　　　　　　　　　　　　　——林择之

按：张栻《南岳唱酬序》云："出西岭，过天柱，下福岩，望南台，历马祖庵，由寺背以登。"与此相合。然第一首又见张集卷四，非朱熹诗，盖与第二首颠倒误置也。

（5）将下山有作

　　　　五日山行复下山，爱山不肯住山间。此心无著自长健，明岁秋高却往还。
　　　　　　　　　　　　　　　　　　　——朱元晦

　　　　芒鞋踏破万重山，五日淹留在此间。行客归来山下望，却疑身自九天还。
　　　　　　　　　　　　　　　　　　　——张敬夫

　　　　昔日乘舆住此山，爱山五日住山间。今朝忽动思归兴，得伴先生杖屦还。
　　　　　　　　　　　　　　　　　　　——林择之

按：所谓"将下山"，即张栻《南岳唱酬序》云："庚辰未晓，雪击窗有声，惊觉。将下，山寺僧亦谓石磴冰结，即不可步，遂亟由前岭已下。"三人游岳自十日甲戌至十六日庚辰共七日，然以十二日丙子决策登山算，则为五日，即诗所云"五日山行复下山"也。又第一首亦见张集卷五，知非朱熹诗，盖亦与第二首颠倒错置也。《南岳唱酬集》编排之误类多如此。

据上所考，共得朱熹唱酬佚诗五首。以此十五首加前考一百三十四首，正为一百四十九首。此外，《南岳唱酬集》中另有朱、张、林唱酬诗多首，则必是伪作无疑，兹考如下：

(1) 自西园登山宿方广寺

俗尘元迥隔，景物倍增明。山色回围碧，泉声永夜清。
月华侵户冷，秋气与云生。晓起寻归路，题诗寄此情。
————朱元晦

雨后溪重碧，木落山增明。西风肃群物，感此秋气清。
振衣千冈远，俯瞰万籁生。起来追遐慕，政尔未忘情。
————张敬夫

登山极目望，梵宇自鲜明。风度闲花落，云低野树清。
夜长人不寐，地僻月初生。明发又归去，何能已此情。
————林择之

按：此第一首又见张集卷四，题作《宿方广寺》，第二首又见卷二，题作《自西园登山》。然朱、张、林三人游岳在冬十一月，而张此二诗乃言"秋气与云生"，"感此秋气清"，则显然为乾道四年秋再游南岳之作，非乾道三年冬唱酬之什也。作伪者不知，竟将二诗加作伪诗凑成一组，又拟"风度闲花落"秋景以与之合，其为伪作昭昭可见。

(2) 过高台获信老诗集

　　萧然僧榻碧云端,细读君诗夜未阑。门外苍松霜雪里,此君佳处尚高寒。

　　　　　　　　　　　　　　　——朱元晦

　　巍巍僧舍隐云端,坐看君诗兴不阑。读罢朗然开口笑,旧房松树耐霜寒。

　　　　　　　　　　　　　　　——张敬夫

　　今朝移步野云端,幸得新诗读夜阑。识破中间真隐诀,月明风雪道休寒。

　　　　　　　　　　　　　　　——林择之

按:此第一首又见张集卷七,题作《过高台携信老诗集》,知与第二首颠倒错置。查今《朱文公文集》卷五有《过高台携信老诗集夜读上封方丈次敬夫韵》方为此真正次韵唱酬诗。作伪者无知,以为此朱集次韵诗韵字与此二诗不同,遂另作一首窜入。以二书相较,朱集中诗为真,而《南岳唱酬集》中此诗为伪也。

(3) 题福岩寺

　　掷钵岩前寺,肩舆几度来。楼台还旧观,杉桧总新栽。
　　湘水堂堂去,秋山面面开。徘徊千古思,风銎有余哀。

　　　　　　　　　　　　　　　——朱元晦

　　天竺西方寺,人从此地来。寒泉流玉漱,瑶草倚云栽。
　　梵寺依岩舍,禅宫傍日开。踌躇怀往事,清兴写余哀。

　　　　　　　　　　　　　　　——张敬夫

　　久慕云间寺,相从此日来。山僧留客坐,野老把松栽。
　　地拱千寻险,天遮四面开。殷勤方外望,尘事不胜哀。

　　　　　　　　　　　　　　　——林择之

按:此第一首诗又见张集卷四,知非朱熹诗,盖与第二首颠倒错置也。然观此诗有云"秋山面面开",则当是乾道四年秋再游南岳之诗,且由"肩舆几度来""楼台还旧观"等,亦显可见乃再游之作。然则据此诗所作朱、林唱酬诗亦必为伪作无疑。

（4）夜得岳后庵僧家园新茶甚不多辄分数碗奉伯承

  小园茶树数千章,走寄萌芽初得尝。

  虽无山顶烟岚润,亦有灵源一派香。　　——朱元晦

  新英簇簇灿旗枪,僧舍今朝得品尝。

  入座半瓯浮绿泛,鸦山乌啄不如香。　　——张敬夫

  芽吐金英风味长,我于僧舍得先尝。

  饮时各尽卢仝量,去腻除烦有远香。　　——林择之

按:此诗第一首又见张集卷六,知非朱熹诗,盖与第二首颠倒错置。伯承即吴伯承,张集中诗多有提及者。此诗意在"奉伯承",则非朱、张、林三人唱酬诗。且诗云"寄萌芽"、"新英簇簇"、"芽吐金英"等,亦非在冬十一月,盖乾道四年秋间游岳诗也。乾道四年张游岳亦有多人偕行,疑此二首唱酬诗即此次同游者唱和之作,而误以为朱林之诗。其他伪作类多如此。

此外尚有三首三人联句,亦伪作,兹考如下:

（1）路出山背仰见上封寺遂登绝顶联句

  我寻西园路,径上上封寺。竹舆不留行,及此秋容霁。

  磴危霜叶滑,林空山果坠。崇兰共清芬,深壑递幽吹。

  不知山益高,但觉冷侵袂。路回屺阴崖,突兀耸苍翠。

  故应祝融尊,群峰拱而峙。金碧虽在眼,勇往讵容憩。

  绝顶极遐观,脚力聊一试。昔游冰雪中,未尽登临意。

  兹来天宇肃,举目净纤翳。远迩无遁形,高低同一视。

永惟元化功,清浊分万类。运行有机缄,浩荡见根柢。
此理复何穷,临风但三喟。

按:张集卷二有此诗,题作《路出祝融背仰见上封寺遂登绝顶》,无"联句"二字,可见此诗为张栻作,并非三人联句,该诗云"及此秋容霁",则当是张栻乾道四年秋再游南岳之作,而"昔游冰雪中,未尽登临意",则指乾道三年冬十一月朱、张、林三人共游衡岳也。

(2) 晨钟动雷池望日联句

浮气列下陈,天净澄秋容。朝暾何处升,仿佛呈微红。
须臾眩众采,阊阖开九重。金钲忽涌出,晃荡浮双瞳。
乾坤豁呈露,群物光芒中。谁知雷池景,乃与日观同。
徒倾葵藿心,再拜御晓风。

按:张集卷二有此诗,题作《晨钟动雷池望日》,知实为张栻之作,而非联句。其中云"天净澄秋容",则亦为乾道四年秋再游衡岳之诗。

(3) 中夜祝融观月联句

披衣凛中夜,起步祝融巅。何许冰雪轮,皎皎飞上天。
清光正在手,空明浩无边。群峰俨环列,玉树生琼田。
白云起我傍,两腋风翩翩。举酒发浩歌,万籁为寂然。
寄声平生友,诵我山中篇。

按:张集卷二有此诗,题作《题中夜祝融观月》,显为张栻题诗,而非联句。据张栻《南岳唱酬序》及朱张诗,三人两登祝融峰,一在十四日黄昏,一在十五日白天,无中夜祝融观月之事。疑此诗亦张栻乾道四年秋再游衡之作。盖乾道三年冬三人游衡岳只有次韵唱酬,而无联句也。

据上所考,得《南岳唱酬集》中非唱酬伪作共十三首,其中朱作四首,张作三首,林作三首,联句三首。加上前考《十三日晨起霜晴前言果验再用敬夫定王台韵赋诗》、《敬夫用熹定王台韵赋诗因复次韵》二首林择之伪诗,共十五首非唱酬伪作。三人全部唱酬情况列表如下:

作　者	唱酬诗	非唱酬伪作	亡佚诗
朱　熹	53	4	
张　栻	50	3	1
林择之	46	5	
联　句		3	
合　计	149	15	1

据此,《南岳唱酬集》原貌可拟复如下:

〔图表〕1

次序	朱　熹	张　栻	林择之
1	七日发岳麓道中寻梅不获至十日遇雪作此	七日发岳麓道中寻梅不获至十日遇雪次元晦韵	七日发岳麓道中寻梅不获至十日遇雪次元晦韵
2	大雪马上次敬夫韵	同元晦择之游岳道遇大雪马上作	大雪马上次敬夫韵
3	风雪未已决策登山用敬夫春风楼韵	风雪未已决策登山用春风楼韵	
4	渡兴乐江望祝融次择之韵	渡兴乐江望祝融次择之韵	渡兴乐江望祝融
5	十三日晨起霜晴前言果验再用敬夫定王台韵赋诗	元晦再用栻定王台韵赋诗因复次韵	

续表

次序	朱熹	张栻	林择之
6	敬夫用熹定王台韵赋诗因复次韵	用元晦定王台韵	
7	马上口占次敬夫韵	马上口占	马上口占次敬夫韵
8	马上举韩退之话口占	马上举韩退之话口占次元晦韵	马上举韩退之话口占次元晦韵
9	雪消溪涨山色尤可口占	雪消溪涨山色尤可喜口占次元晦韵	雪消溪涨山色尤可喜口占次元晦韵
10	马迹桥	马迹桥次元晦韵	马迹桥次元晦韵
11	登山有作次敬夫韵	登山有作	登山有作次敬夫韵
12	方广道中半岭小憩次敬夫韵	方广道中半岭小憩	方广道中半岭小憩次敬夫韵
13	道中景物甚胜吟赏不暇敬夫有诗因次其韵	道中景物甚胜吟赏不暇因复作此	道中景物甚胜吟赏不暇次敬夫韵
14	崖边积雪取食甚清次敬夫韵	崖边积雪取食甚清赋此	崖边积雪取食甚清次敬夫韵
15	后洞山口晚赋	后洞山口晚赋次元晦韵	后洞山口晚赋次元晦韵
16	后洞雪压竹枝横道	后洞雪压竹枝横道次元晦韵	后洞雪压竹枝横道次元晦韵
17	方广奉怀定叟	和元晦怀定叟戏作	和元晦怀定叟
18	方广圣灯次敬夫韵	方广圣灯	方广圣灯次敬夫韵
19	罗汉果次敬夫韵	赋罗汉果	罗汉果次敬夫韵
20	壁间古画精绝未闻有赏音者	和元晦咏壁画	和元晦咏壁画
21	方广版屋	和元晦方广版屋	和元晦方广版屋
22	泉声次林择之韵	泉声次林择之韵	赋泉声

续表

次序	朱熹	张栻	林择之
23	霜月次择之韵	霜月次择之韵	赋霜月
24	枯木次择之韵	枯木次择之韵	赋枯木
25	夜宿方广闻长老荣化去 敬夫感而赋诗因次其韵	闻方广长老化去有作	闻方广长老化去次敬夫韵
26	莲花峰次敬夫韵	赋莲华峰	莲华峰次敬夫韵
27	奉题张敬夫春风楼		
28	方广睡觉次敬夫韵	方广睡觉	方广睡觉次敬夫韵
29	感尚子平事		
30	残雪未消次择之韵	残雪未消次择之韵	残雪未消
31	自方广过高台次敬夫韵	自方广过高台	自方广过高台次敬夫韵
32	石廪峰次敬夫韵	赋石廪峰	石廪峰次敬夫韵
33	行林间几三十里寒甚道旁有残火温酒举白方觉有暖意次敬夫韵	道旁残火温酒有作	道旁残火温酒次敬夫韵
34	林间残雪时落锵然有声	林间残雪次元晦韵	林间残雪次元晦韵
35	至上封看雪次择之韵	至上封看雪次择之韵	至上封看雪
36	岳后步月次敬夫韵	岳后步月	岳后步月次敬夫韵
37	福岩寺回望岳市次择之韵	福岩寺回望岳市次择之韵	福岩寺回望岳市
38	福岩读张湖南旧诗	福岩读张湖南旧诗	福岩读张湖南旧诗
39	题南台次敬夫韵	题南台	题南台次敬夫韵
40	登祝融峰用择之韵	登祝融用择之韵	登祝融

续表

次序	朱熹	张栻	林择之
41	穹林阁读张湖南七月十五夜诗咏叹久之因次其韵		
42	晚霞	晚霞次元晦韵	晚霞次元晦韵
43	过高台携信老诗集夜读上封方丈次敬夫韵	过高台携信老诗集夜读上封方丈	过高台携信老诗集夜读上封方丈次敬夫韵
44	赠上封诸老	赠上封诸老次元晦韵	赠上封诸老次元晦韵
45	自上封登祝融峰绝顶次敬夫韵	自上封登祝融峰绝顶（佚）	
46	十五日再登祝融用台字韵	十五日再登祝融用台字韵	十五日再登祝融用台字韵
47	胡丈广仲与范伯崇自岳市来同登绝顶举酒极谈得闻比日讲论之乐	胡丈广仲与范伯崇自岳市来次元晦韵	胡丈广仲与范伯崇自岳市来次元晦韵
48	醉下祝融峰作	醉下祝融次元晦韵	醉下祝融次元晦韵
49	将下山有作次敬夫韵	将下山有作	将下山有作次敬夫韵
50	自上封下福岩次敬夫韵	自上封下福岩道旁访李邺侯书堂山路榛合不可往矣	自上封下福岩次敬夫韵
51	十六日下山各赋一篇仍迭和韵	和元晦十六日下山之韵	和元晦十六日下山之韵
52	和敬夫韵	又作	和敬夫韵
53	和择之韵	和择之韵	又作
合计	53	50	46

今本《南岳唱酬集》一百六十一首中,有十五首伪作,《朱文公文集》卷五所收南岳唱酬诗,又有二首为今本《南岳唱酬集》所无(《感尚子平事》、《过高台携信老诗集夜读上封方丈次敬夫韵》),且《南岳唱酬集》中诗或有阙文(如林择之《自方广过高台赋此》),或有亡佚(如张栻《自上封登祝融峰绝顶》),或多颠倒错乱,故可断定是书乃林氏后人据家藏散乱残缺稿本窜伪而成,盖或已在元时也。

朱熹著述补考十种

朱熹著述宏富，而著述方法亦与众异。除自作外，尚多有如下几种方式：一为与众人论辨商改，集思广益，精选众人之说而成，如《孟子集解》，朱熹比之为"集验方"。二为同他人共作，或己先作草稿，他人整理补充；或他人先成草稿，己予修改增删，如《小学》、《周易参同契考异》等皆如此。三为已定体例提纲，众人执笔分写，如《通鉴纲目》、《仪礼经传通解》皆其类。至于著述本身，可以自创新说，亦可述而不作，只编诸家之言，如《近思录》《古今家祭礼》等，或改编一家之书，如《程子微言》《昌黎文粹》；亦可只是校正改订他人著作，如《二程遗书》《校定急就篇》《校正裨正书》等。因朱熹著述之法有如此不同，后人不明，遂对若干著作之真伪与归属长期纷说不已，悬而难决，至有疑《通鉴纲目》亦为伪作之怪说。考今人作朱熹著述目者，主要有吴其昌《朱子著述考》(《国学论丛》第一卷第二号)、牛继昌《朱熹著述分类考略》(《师大月刊》一卷六期)、周予同《朱熹之著作》(《朱熹》)、金云铭《朱子著述考》(《福建文化》二卷十六期)等四家，然皆远未备。余前已考得如下十六种为诸家著述目所遗：

《训蒙绝句》一卷　（前人以为伪）

《文公进学善言》　（昺渊编）

《晦庵文集》前集十二卷、后集十八卷　（朱熹、王岘编）

《语录类编》　（昺渊编）

《四书类编》　（昺渊编）

《易问答语要》　（昺渊录）

《师友问答》　（曹彦约录）

《婺录》二十卷 （王佖编）

《语录汇编》 （胡常编）

《经济文衡》七十二卷 （马季机编）

《朱子语录》 （黄显子录）

《朱子语录》 （时子源录）

《晦庵语类》二十七卷 （潘墀编）

《文公语录》 （周耜录）

《校程氏易传》四卷

《家礼》五卷 （前人为伪）

兹就诸家朱熹著述目所阙者，再补考十种如下。

《楚辞协韵》一卷

朱熹作《楚辞协韵》向不为人言及。按《语类》卷八十李方子录云："某有《楚辞叶韵》，作子厚名字，刻在漳州。"朱鉴《诗传遗说》卷六亦引有李闳祖录云："熹有《楚辞叶韵》，作黄子和名字，刻在漳州。"盖李方子与李闳祖同在绍熙以后所亲闻，而子和乃子厚听误。是朱熹自言作有《楚辞协韵》一书。"子厚"指黄子厚，名铢，与朱熹俱事病翁刘子翚，攻诗辞，与朱熹相唱酬，有《谷城集》，朱熹曾为其诗集作序，见《文集》卷七十六《黄子厚诗序》。考《宋史·艺文志》楚辞类于朱熹《楚辞集注》下又著录"黄铢《楚辞协韵》一卷"，应即朱熹所云以子厚名字刻于漳州之《楚辞叶韵》。此书虽题作黄子厚名刊刻，而实朱熹与之共作，故朱熹向以己作视之，一再修改。《文集》卷五十九《答吴斗南》书一别纸有云："《楚辞协韵》一本纳上，其间尚多谬误，幸略为订之，复以见喻，尚可修改也。"此答书据其中云"比日春和"，"迫此治行之冗"，"旦夕南去,相望益远",指将南赴漳州任,应作于绍熙元年三月赴漳州前夕,可见朱熹正以《楚辞协韵》为己作赠人。此所赠本,乃先由朱熹委漳州守傅景仁所刻,再由朱熹刊正之,《文集》卷八十二《书楚辞协韵后》云:"始予得黄叔垕父所定《楚辞协韵》而爱之,以寄漳守傅景仁,为刻板,置公帑。未几,余来代景仁……于是即其板本复刊正之,使览者无疑焉。景仁说尚有欲商订者,会其去,亟不果。他日当并扣之,附刻书后也。绍熙庚戌十月壬午新安朱熹书。"《说文解字》云:"垕,古文厚,从后土。""黄叔垕父"必是黄铢子厚无疑。然黄子厚卒于庆元五年,《楚辞协韵》若非朱、黄共作,朱岂会于绍熙元年黄氏犹在世即妄改他人之作? 据同卷又有《再跋楚辞协韵》云:"《楚辞协韵》……当时黄君盖用古杭本及晁氏本读之……予于此编实尝助其吟讽,今乃自愧其眩于名实,而考之不详也。因复书其后,以晓观者云。"可见《楚辞协韵》当是朱熹委托黄铢先成草稿,已再"助其吟讽",与之共成,一如《小学》之书先委刘子澄作成草稿,已再修定补充也。且朱熹与修补订《楚辞协韵》当甚多,否则亦不至"自愧"。然则何以《小学》题作朱熹撰,而《楚辞协韵》却题作黄铢撰? 其因即在南宋朝廷禁用公帑印刻私书,朱熹于浙东提举任上按劾唐仲友罪状之一,即以官钱刻私书,遂忤时宰,以文字诬诋排击道学大起,而绍熙元年朱熹赴漳州任前,朝廷又方有命下禁以官钱印私书,朱熹《楚辞协韵》刻于漳州任上而只用黄铢之名,盖在畏祸避嫌而已,而终不免私下与弟子讲学之际明言。

朱熹晚年作《楚辞集注》,尝又作《楚辞音考》附之书后,委巩丰刊刻。《文集》卷六十四《答巩仲至》书十八云:"此尝编得《音考》一卷:音,谓集古今正音协韵,通而为一;考,谓考诸本同异,并附其间。只欲别为一卷,附之书后,不必搀入正文之下,碍人眼目,妨人吟诵,但亦未甚详密。"此答书作于庆元六年正月,所谓"集古今正音协韵,通而为一"者,应即本旧作《楚辞协韵》改订修成。

《仪礼释宫》一卷

是书有单刻,又入朱熹《文集》卷六十八,而小有异。历来皆定此书为李如圭作,而误入朱熹集中,诸家朱熹著述目遂不著录,其说皆本于《四库提要》,其云:"考《朱子大全集》亦载其文,与此大略相同,惟无序引。《宋中兴艺文志》称朱子尝与之校定《礼书》,疑朱熹因尝录如圭斯篇,而集朱子之文者,遂疑为朱子所撰,取以入集。犹苏轼书刘禹锡语题姜秀才课册,遂编入轼集耳……今刻本不传,惟《永乐大典》内全录其文,别为一卷,题云李如圭《仪礼释宫》。"《简明目录标注》亦从此说云:"《仪礼释宫》一卷,宋李如圭撰,《中兴书目》所载甚明,今刊入朱子《文集》者,误也。"此说实无据。今按:陈澧《东塾读书记》卷十五"朱子"有云:"《仪礼释宫》,李如圭所作,而入朱子《文集》,林月亭学正以为朱子所商榷而论定者,见《学海堂初集》,答问《仪礼释宫》何人为精确。"又《石遗室书录》亦云:"道光间,番禺林伯桐修本堂稿云:'《仪礼释宫》载于朱子《文集》杂著卷内,说者谓是李如圭之作,编《文集》者误收入也。案《文献通考》:"庐陵李如圭宝之《释宫》一卷。"又案《中兴艺文志》:"淳熙中李如圭为《仪礼集释》,又为《释宫》以论宫室之制,朱子尝与之校定《礼书》者也。"李氏著书于淳熙,而朱子于庆元二年六十七岁始修《礼书》(据《朱子年谱》)。即是书为李氏作,亦必经朱子商榷而论定者矣。'近儒江慎《仪礼释宫增注》一卷,号为精核,而其所著《礼书纲目》卷首及《乡党图考》第四卷,并载《释宫》一篇,俱以为朱子作,未尝据《文献通考》《中兴艺文志》之说,疑则传疑,盖其慎也。"其说为是,《仪礼释宫》由朱熹商榷论定,而委李如圭起草,正如《小学》《仪礼经传通解》《通鉴纲目》,盖亦朱熹著书之常法也。李如圭字宝之,朱熹弟子,今朱熹《文集》卷五十九尚存《答李宝之》一书,知尝委李如圭与修《仪礼经传通解》中祭礼等部分,而朱熹集中言及李宝之处俯拾皆是,李氏《礼》学之为朱熹所重由此可见。按《福建金石志》卷十一载有李图南乌石山诗刻(在侯官)云:"时嘉定癸酉灯□后十有一日,庐陵自然居士李图南来游是山……是时小儿如圭以帅属迎使长于富沙未返,游不及,惟斿、克二孙侍行。"是李如圭嘉定六年癸酉以后尚在人世,而朱在编定朱熹《文集》则在嘉定四五年(见下考),若其误将李文编入朱集,李自会提出而予删除,何以仍存朱集中流传至今?且如黄榦等皆与李如圭共作《仪礼经传通解》,其往还商定于朱熹集中皆清楚可见(如卷五十二《答吴伯丰》书二十二、二十四等),朱熹集中有此误收,黄榦等亦不当无一语。《中兴馆阁续书目》由张攀等上于嘉定十三年,其自必得见朱在所编朱熹《文集》,而却谓李如圭作《释宫》,或即由李如圭及朱熹弟子处得知《释宫》为李所草,朱论定;而其时众多朱熹弟子对张攀既无异词,亦不于朱熹集中删去,盖亦因知其间真情故也。《释宫》成于淳熙间,《仪礼经传通解》作于庆元二年以后,其说小有异亦无足疑,朱熹前后著作常有此况,《四库提要》乃云:"观朱子《仪礼经传通解》,于乡饮酒荐出自左房,聘礼负右房,皆但存贾《疏》,与是篇所言不同,是亦不出朱子之一证矣。"若如此说,则《仪礼经传通解》为黄榦、李如圭等共撰,岂非亦可据《仪礼经传通解》有异于《释宫》而证《释宫》乃至《仪礼集释》非李如圭作乎?要之,疑朱熹《文集》中《仪礼释宫》为误收一无实据，今仍定为朱、李所共撰。

《礼记解》一卷

此书乃朱熹据吕大临《芸阁礼记解》改编。陈振孙《直斋书录解题》著录《芸阁礼记解》十六卷，云："秘书省正字京兆吕大临与叔撰。案《馆阁书目》作一卷，止有《表记》、《冠》、《昏》、《飨》、《射》、《燕》、《聘义》、《丧服》、《四制》八篇。今又有《曲礼》上下、《中庸》、《缁衣》、《大学》、《儒行》、《深衣》、《投壶》八篇，此晦庵朱氏所传本，刻之临漳射垛书坊，称《芸阁吕氏解》者，即其书也。《续书目》始别载之。"卫湜亦云："兰田吕与叔《礼记解》，《中兴馆阁书目》止一卷，今书坊所刊十卷，有《礼记》上下、《孔子闲居》、《中庸》、《缁衣》、《深衣》、《儒行》、《大学》八篇。"（见《经义考》卷一百四十一）似指朱熹所传本。盖为朱熹所重编，而与原《芸阁礼记解》有异，故《中兴馆阁续书目》别载之。吕大临师事程颐，《礼》学精博，《中庸》《大学》尤所致意，故特为朱熹所重，刊刻其书非止一种。《宋史·艺文志》著录吕氏《礼记传》十六卷，张萱云："吕氏《礼记传》十六卷，今阙第三卷，宋淳熙（按：应为绍熙）中晦庵刻之临漳学宫。"然《芸阁礼记解》止有八篇已使人疑，而朱熹临漳所刻又只有另八篇，更不可解，岂有只刻芸阁解八篇而不刻全书之理？疑临漳所刻《礼记解》八篇实为朱熹采吕氏之说所成，而后为坊贾冒称为《芸阁吕氏解》者。考朱熹之《礼》学，乃以《仪礼》为经，《礼记》为传，悉反王安石废罢《仪礼》、独存《礼记》而行之，故欲将《礼记》诸篇分类附于本经之下，早年即与吕祖谦商定欲作《仪礼附记》与《礼记分类》之书。《文集》卷七十四《问吕伯恭篇次》中即拟将《礼记》分为五类：

《曲礼》《内则》《玉藻》《少仪》《投壶》《深衣》，六篇为一类；

《王制》《月令》《祭法》，三篇为一类；

《文王世子》《礼运》《礼器》《郊特牲》《明堂位》《大传》《乐记》，七篇为一类；

《经解》《哀公问》《仲尼》《坊记》《儒行》，六篇为一类；

《学记》《中庸》《表记》《缁衣》《大学》，五篇为一类。

朱熹一直无暇作此书，至淳熙十三年（1186）乃委潘恭叔编撰，《文集》卷五十《答潘恭叔》书四云："《礼记》须与《仪礼》相参通，修作一书乃可观……恭叔暇日能为成之，亦一段有利益事……如欲为之，可见报，当写样子去也，今有篇目先录去。"潘即据朱熹所定分五类编撰，至淳熙十四年已成若干篇，《答潘恭叔》书七云："《礼记》如此编甚好，但去取太深，文字虽少而功力实多，恐难得就，又有担负耳。留来人累日，欲逐一奉答所疑，以客冗不暇，昨夕方了得一篇，今别录去。册子必有别本可看，却且留此，俟毕附的便去也。"又论五类之分云："分为五类，先儒未有此说。第一类皆上下大小通用之礼，第二类即国家之大制度，第三类乃礼乐之说，第四类皆论学之精语，第五类论学之粗者也。"隔二年，绍熙元年，朱熹知漳州，或即取潘氏已成者八篇刻于临漳，即此《礼记解》，其不题己名，或亦在避以公帑刻私书之嫌，而后来坊贾遂据是书多引吕芸阁之说而称为《芸阁吕氏解》。《中兴馆阁续书目》别载此书，当是已知为二书之故。然朱熹自漳州归，又计划将《礼记》分为七类，《续集》卷二《答蔡季通》书九十六云："《礼记》纳去，归来未暇子细再看，恐可抄出，逐段空行剪开，以类相从，盖所取之类不一故也。四十九篇昨来分成七类：曲礼、冠义、王制、礼运、大学、经解、丧大记，试用推排喻及，以参得失如何。"至庆元间修《仪礼经传通解》，吕氏《芸阁礼记解》及潘恭叔所编书皆为重要采择参考之书，《文集》卷六十三《答余正甫》书五有："又吕芸阁书及潘恭叔、赵致道所编，今亦并往，恐亦可备采择。吕书甚精，潘、赵互有得失。"由此可见，朱熹之编刻《礼记解》，盖亦为其作《仪礼经传通解》作准备也。

田说注

朱熹此书向不为人所知。按《文集》卷三十六《答陈同甫》书一云："《战国策》《论衡》二书并自注《田说》二小帙，并往观之，如何也？"此书言及与同甫相晤之事，知作在淳熙九年春间。陈亮读朱熹《田说注》后曾有答评，《龙川集》卷二十《壬寅答朱元晦秘书》云："《战国策》《论衡》《田注》（按原作"曰注"乃误，今中华书局版《陈亮集》未校其误，标点亦错）为贶，甚佳，敢不下拜！《田说》读得一遍，稍详。若事体全转，所谓智者献其谋，其间可采取处亦多；但谓'有补于圆转事体'，则非某所知也。居法度繁密之世，论事正不当如此。此亦一述朱耳，彼亦一述朱耳，欲以文书尽天下事情，此所以为荆扬之化也，度外之功，岂可以论说而致；百世之法，岂可以揉合而行乎！天下，大物也，须是自家气力可以斡得动，挟得转，则天下之智力无非吾之智力，形同趋而势同利，虽异类可使不约而从也。若只欲安坐而感动之，向来诸君子固已失之偏矣；今欲斗钉而发施之，后来诸君子无乃又失之碎乎！论理论事若箍桶然，此某所不解也。"《田说》，即范如圭《夫田说》。此前朱熹方与沙随程迥论井田口赋之说，朱熹为作《井田类说》《开阡陌辨》，而程迥亦将己作《田制说》及所刻范如圭《夫田说》寄朱熹。《文集》卷三十七《答程可久》书二云："《田赋》《夫田》二书，更欲求得数本，以广长者救世之心，得早拜赐，甚幸，甚幸。"又同卷《答李寿翁》云:"程君(程迥)……其人见为进贤令,至此数得通书,恺悌博雅君子人也,自别有《易说》,又有《田制书》,近寄印本及所刻范伯达丈《夫田说》来,今各以一编呈纳。"此答书言及去年见戴师愈及李寿翁刻《麻衣易说》,知程迥寄《夫田说》在淳熙七年。时朱熹在南康任上,至淳熙九年改除浙东提举,均注意赋税与土地兼并问题,故潜研田说之书。此《田说注》应作于淳熙八九年间。范如圭字伯达,《宋史》卷三百八十一有传。其亦主井田复古之说,与朱熹思想颇合。朱熹《文集》卷八十九《范如圭神道碑》有云:"以直秘阁提举江西常平茶盐公事,出之。公辞行,复奏言:'今日屯田之法……宜举籍荆淮旷土,画为丘井,放古助法,酌今之宜,别为科条,以令政役,则农利修,武备饬,而复古亦有渐矣。'章下,任事者或笑以为迂阔,寝不奏。"则范氏《田说》虽佚,而其说大旨于此亦可得见,朱熹慕古井田制,主经界不遗余力,陈亮亦欲假井田以解决南宋现实问题。两人均好林勋《本政书》,陈亮特印刻此书并寄朱熹。《宋史》卷四二二《林勋传》云:"东阳陈亮曰:'勋为此书,考古验今,思虑周密,可谓勤矣。'世之为井地之学者,孰有加于勋者乎!要必有英雄特起之君,用于一变之后,成顺致利,则民不骇而可以善其后矣。"此文不见于今《龙川集》,疑为其淳熙二年刊刻《本政书》所作序文之语。又《龙川集》卷四《问答下》亦云:"井田封建,自黄帝以来,极十数圣人之思虑,所以维持而奉行之者,唯恐其一事之不详而一目之不精也。"淳熙九年朱熹与陈亮会于明招堂,两人当就田说有所讨论,故别后朱熹即寄《田说注》与陈亮。然陈亮以为井田应简易力行,而甚不满于朱熹但知著书立说,"斗钉而发施之","只欲安坐而感动之","以论述而致",故二人说终未有合。

《步天歌校》一卷

《文集》卷四十四《答蔡季通》书五云："钟律之篇，大概原于盛编……《星经》可付三哥毕其事否？甚愿早见之也。近校得《步天歌》颇不错，其说虽浅而词甚俚，然亦初学之阶梯也。但恨难得人说话。"又《续集》卷三《答蔡伯静》书二云："《步天歌》闻亦有定本，今并就借，校毕即纳还也。"按《直斋书录解题》录《步天歌》一卷，云："未详撰人。二十八舍歌也。《三垣颂》、《五星凌犯赋》附于后。或曰唐王希明撰，自号丹元子。"郑樵《通志·天文略》云："隋有丹元子，隐者之流也，不知名氏，作《步天歌》。王希明纂《汉晋志》以释之，《唐书》误以为王希明。"《唐志》《文献通考》并称一卷，《四库全书》著录则七卷，为后人所窜乱。郑樵已称《步天歌》"世有数本，不胜其讹"。朱熹之校《步天歌》，刻本当甚多。《四库提要》称《步天歌》"以紫微太微天市分上中下三垣宫，仍以四方之星分属二十八舍。皆以七字为句，条理详明，历代传为佳本。"《步天歌》乃以诗歌形式将恒星加以编排，以便讽诵记忆。朱熹与蔡元定皆精于天文历法，其校定《步天歌》，盖因作《周易参同契考异》所激发。前引答蔡季通书五言"钟律之篇"，乃指作《礼书》，《续集》卷二《答蔡季通》书五十九亦云："比因修《礼》，编得钟律一篇。"朱熹始修《礼书》在庆元二年。又《星经》指《甘石星经》，蔡元定校正《星经》，在庆元三年其谪舂陵之前，时方与朱熹共研《参同契》，《续集》卷二《答蔡季通》书十五云："时论又大变，旦夕必见及，其兆已见矣。《星经》《参同》甚愿早见之，只恐窜谪，不得共讲评耳。"又《续集》卷三《答蔡伯静》书二云："尊丈许录示《参同火候》，向见已写得多了。今必已竟……《步天歌》校毕即纳还也。"

由此可知朱熹校《步天歌》,当在庆元三年。

《中庸集解记辨》

吴其昌《朱子著述考》尝据朱熹答李守约书,而定朱熹曾作《礼记辨》,为周予同等人所从。然答李守约书只言《记辨》,而非《礼记辨》,观上下文,乃均言及修改《中庸》解事,无关《礼记》。兹将卷五十五《答李守约》书七、书八迻录如下,以便判断:

熹目益盲,而《中庸》未了,数日来不免力疾整顿一过。势须作三书:《章句》、《或问》粗定,但《集略》觉得尚有未全备处,今并附去,烦子细为看过。《记辨》并往,册头有小例子,可见去取之意,但觉删去太多,恐有可更补者,可为补之;或有大字合改作小字,小字或改作大字者,烦悉正之,早遣一介示及为佳。《章句》、《或问》中有可商量处,幸喻及。(书七)

《中庸》看得甚精。《章句》大概已改定,多如所论。但致中和处,旧来看得皆未紧要,须兼表里而言。如致中,则欲其无少偏倚,而又能守之不失;致和,则欲其无少差缪,而又能无适不然,乃为尽其意耳。盖致中如射者之中红心而极其中,致和如射者之中角花而极其中;又所发皆中,无所间断。近来看得此意稍精,旧说却不及此也。《集略》例当如所喻,《或问》《集略》目疾不能多看,俟修得却奉报也。(书八)

此二书先后相及,无一语论及《礼记》者。朱熹解《中庸》之书有三:《中庸章句》集其精粹;又设答问论去取之意为《中庸或问》;又删石𡼖《中庸集解》之繁而为《中庸集略》。观此书七,此次修改主要不满意《集略》当初于《集解》去取不当,删削太多,未能全备,现恐有可更补者,委李守约就原删削《集解》时所作《记辨》将可补者再补上。可见所谓《记辨》当是最初删削石憝《中庸集解》时所作札记,盖在明取舍去存《中庸集解》之意,应名曰《中庸集解记辨》。若《记辨》为《礼记辨》,李守约自当告以《礼记》修改之况,何以书八只言及《集略》修改之事?又《礼记》朱熹皆取以分类附《仪礼》之下,亦断无删削之事;若是指删削《礼记》解说之书,则亦当名《礼记解记辨》或《礼记说记辨》,不当名《礼记辨》。朱熹甚不满于石憝《中庸集解》繁冗求奇,其删取石书而成《集略》自有标准,故作《记辨》逐条辨其得失,似是皆记于《集解》书页之上,故云"册头有小例子,可见去取之意"。朱熹盲一目在庆元二年,此书七、书八作在庆元二年以后,是此修改《中庸》三解为晚年之时,而《中庸集解记辨》则应作在淳熙四年或淳熙十六年序定《中庸章句》之时。

《紫阳遗文》

此书为后人收辑朱熹遗文而成,而不为人所知。明戴铣《朱子实纪》卷十一有刘定之《紫阳书院遗文序》云:"(张适)复搜集遗文,得金仁本抄录唐长孺家藏文公所作与他所述有关于书院者,悉汇为帙,题曰《紫阳遗文》……正统十四年己巳七月之吉。"《紫阳遗文》由张适编于正统十四年,张本之金仁本抄本,而遗文原为唐长孺家藏,则是编遗文亦自有渊源可考,惜未能刊刻广传。戴铣、程敏政皆见此书,知其亡佚当在明以后,然其中遗文则有见于他书,流传至今。如程敏政《新安文献志》录朱熹《赠内弟程允夫》三首,即云"见《紫阳遗文》"。程氏于《新安文献志》中著录或言及朱熹集中所无之文,有未注明出处者,当出自《紫阳遗文》,如《答汪次山书》。又程氏言及朱熹为汪次山所作《四友堂记》,今佚,原当在《紫阳遗文》中。其他今所辑得有关新安之文,如洪去芜《年谱》

所录与程允夫二书,《徽刻诗集》所收《山茶》《梅》,《墨翰全书》所载《虱箴》《蚤箴》,等等,疑原皆在《紫阳遗文》内。自余师鲁所编《别集》而下七百余年,辑朱熹遗文者,唯此《紫阳遗文》与朱玉《朱子文集大全类编补遗》二书而已,而《紫阳遗文》乃复亡佚不传,则朱夫子之说为官方所重、而朱夫子之文不为世所宝何乃如斯邪!

《程氏经说校》七卷

二程《遗书》《外书》《经说》《文集》,宋时版行,号称《程氏四书》,实皆由朱熹校正编定。然今人但知朱熹编定《遗书》《外书》,而《经说》《文集》亦由朱熹编定则无所知,诸家朱熹年谱与著述目皆不之及。如《经说》一书,有七卷本与八卷本之异,其间误收、增附、改编、版本演变等况,因不知是书初由朱熹编定,遂无从考定。今按:《经说》与《文集》实同时由朱熹编定在《遗书》之后、《外书》之前。考朱熹之前最早提及程氏《经说》者,为程端中,其政和二年壬辰七月所作《伊川先生文集序》云:"先生有《易传》六卷,《系辞说》《书说》《诗说》《春秋传》《改正大学》《论孟说》各一卷,别行。"据此,程颐《经说》最早之本实只六卷,《诗说》为一卷而非二卷,《论孟说》合为一卷,《孟子说》附于《论语说》后(见下考)、《改正大学》在第五卷,且仅有伊川程颐《改定大学》而无明道程颢《改正大学》(因据程端中序,《经说》乃伊川之书,只称伊川先生有《改正大学》),故《经说》实为程颐之书而与程颢无涉。朱熹即据此本于乾道五年重加编定,《别集》卷六《与林择之》书四有一段详叙:

《经说》依后书所定,甚善。但止谓之"经说","不同"诸字尤好。又"春秋传序"四字,不须别出,但序文次行,不须放低,则自然可见。《论语说》下,不须注"孟子附"字。又欲移

《礼记》(按:即《改定大学》)作第七卷,而第一行下著"二先生"三字,其后却题"明道先生改正大学","伊川先生改正大学",其小序则仍旧附于第六卷尾《论》《孟说》后。盖此六卷,乃其本书;而后一卷,今所附者,使不相乱乃佳也。更白郑丈(伯熊景望),看如何。向借刘子驹本,改字多是胡家改定者,非先生本书,今不必用,然恐有合参考者,偶此本在家中,今令此人去取纳上,更仔细商量为佳。《外书》既未备,不欲遽出,此事正不须忙……并白郑丈,看如何,却示及为幸。

据此可知朱熹改定本与原本大异:(1)原本六卷,朱定本为七卷;(2)原第五卷《礼记》改为第七卷,则当是将《诗说》又分为二卷,原第四卷《春秋传》为第五卷,方合七卷之数;(3)原第五卷程颐《改正大学》中小序附入第六卷《论孟说》后;(4)第七卷增入明道程颢《改正大学》,并另附其他材料,合为一卷。

尤可注意者为第四条。程颐之书增入程颢之文,已属不类。所增第七卷,朱熹称"后一卷今所附者",未明言所增附为何材料。按朱熹称"孟子附"、"尾论孟说",知"孟子说"附于"论语说"后,必是文字甚少之故。然今本《论语说》与《孟子说》分为二卷,文字尤多,后人已疑其为增附,而不知增附者为谁。涂宗瀛刻本《经说》卷七《孟子解》有云:"按:晁昭德《读书志》,程氏《孟子解》十四卷,《大全集》止载一卷。"又按:"《近思录》及时氏本无之,校之阁本,又止载'尽信书不如无书'一章。及反复通考,则皆后人纂集《遗书》、《外书》之有解者也。故今亦不复载,因存其目云。"又卷六《论语解》有云:"按时氏本,伊川先生作《论语解》,止此。然以《大全集》校之阁本,详略不同。后人又自'子绝四'以下,至'尧曰',纂集《遗书》《外书》之有解者以附益之。今因重出,故从阁本云。"今按:阁本实犹存朱熹定本之旧,《直斋书录解题》录《经说》七卷,称"《河南经说》凡《系辞》一,《书》一,《诗》二,《春秋》一,《论语》一,《改定大学》一"。《四库全书》所录《程氏经说》亦七卷,提要云:"《书录解题》谓之《河南经说》……其门目卷帙,与此本皆合,则犹宋人旧本也。"以其《诗说》为二卷、有《论语说》一卷而《孟子说》不单独为一卷、《改定大学》在第七卷等考之,显然与朱熹定本相合。由此可见朱熹定本第六卷中附于《论语说》后之《孟子说》尾论,必即仅"尽信书不如无书"一章(因非完解,故附《论语说》后),其余孟子说,以及自"子绝四"至"尧曰"之论语说,必为朱熹纂集《遗书》《外书》之说而成,原附第七卷中,即所谓"后一卷今所附者,使不相乱乃佳也"。盖朱熹是时方编定《遗书》《外书》,故撷拾其中《论》《孟》之说附入《经说》;后人不知,遂将"子绝四"至"尧曰"并入《论语说》中,而将孟子说材料与"尽信书不如无书"一章相合,单独为一卷,致使朱熹定本增附一卷之事实淹没无闻。

朱熹之重编定《经说》,实因不满于南轩张栻独信胡氏本,据以印刻程氏《文集》《经说》(详下《二程文集校》所考),故采他本重编也。今《经说》卷三《诗解》题下犹有注云:"世传胡氏本,辞多不同,疑后人删润,今悉从旧本也。"此正与《答林择之》所云"向借刘子驹本,改字多是胡家改定者,非先生本书,今不必用"完全相合,则必是朱熹改定《经说》时所作注语也。考朱熹改定《经说》在乾道五年,而由郑伯熊刊刻于建宁。郑伯熊于乾道五年除福建路提举(见朱熹《文集》卷四十《答何叔京》书十五,按:提举司设在建宁),与朱熹关系极密,朱熹称"新仓使郑景望甚贤"。是年郑氏遂将其所编《遗书》《文集》《经说》作小书本印刻于建宁,而蔡季通、林择之助校是书与力为多,朱熹《续集》卷二《答蔡季通》书九十四所云"仓司《程书》已了",《文集》卷四十四《答蔡季通》书四所云"国宝《程书》告早为校正示及",即指仓使郑伯熊印刻《经说》等书,《周益国文忠公集·书稿》卷一《与张敬夫左司》书一(乾道九年)云:"郑景望学问淳正……其在闽中,尝类程氏《遗书》《文集》《经说》,刊成小本,独《易传》在外耳。"《薛浪语集》卷二十五《与郑景望》亦云:"伊洛遗训,旧苦其芜杂,尝愿博求会粹,备一家言,顾非其人,所得不广,用是不克。兹蒙镌本印赐,知有先着鞭者。"均指朱熹编定、郑伯熊印刻之小本《遗书》《文集》《经说》(时《外书》尚未成),张栻对此颇致不满,《南轩文集》卷二十一《答朱元晦》书十六云:"比闻刊小书版以自助,得来谕乃敢信……某初闻之,觉亦不妨,已而思之,则恐有未安者……今日此道孤立,信向者鲜,若刊此等文字,取其赢以自助,切恐见闻者别作思惟,愈无灵验矣。"盖实有憾于朱熹不取胡氏本也。

知朱熹编定本《经说》由郑伯熊乾道五年刊刻于建宁,则其中《论语说》与《孟子说》之真正纂集者应为建宁府学教授汤烈便真相大白。赵希弁《郡斋读书志附志》卷五下《语录类》著录《论语集程氏说》二卷、《孟子集程氏说》一卷,云:"右宣教郎建宁府教授汤烈编集程氏二先生《论》《孟》说也。二先生议论答问散在诸集,学者未能遍观,烈取《遗书》语录与夫门人编纂之言,条而类之于逐章之下;续又得《论语》说一百二十有九,《孟子》说六十有八,附于卷末,曰拾遗云。"《附志》编刻于淳祐九年,《遗书》由朱熹编成于乾道四年,郑伯熊乾道五年来建宁任闽路提举,则可知汤烈纂成《论语说》与《孟子说》后,除单行外,即由朱熹、郑伯熊取编于《经说》后一起印刻,疑汤烈之纂《语》《孟》说亦出朱熹授意也。

朱熹编定七卷本《程氏经说》出,广被流传,原六卷本遂不可见。《书录解题》《宋志》均著录七卷本《经说》。至明万历徐必达刊《经说》，乃并《诗解》二卷为一卷，又将《孟子说》单独为一卷（第七卷《孟子解》），再加《中庸解》一卷，共八卷，是书愈见舛伪，《论语解》与《孟子解》为汤烈所纂集自此无人知晓，至于《中庸解》实为吕大临所作，前人如康绍宗已发其误，其说云："《中庸》明道不及为书，伊川虽言已成《中庸》之书，自以不满其意，已火之矣。反复此解，其即朱子所辨蓝田吕氏讲堂之初本、改本无疑矣。"今考定朱熹所编定为七卷之本，则《中庸解》之非程颐之作昭然可明。然自八卷本出，朱熹编定之七卷本又几不传于世，今中华书局本《二程集》中，《经说》仍取八卷本，《中庸解》不去，汤烈所集《论语解》仍予保留，亦未能深考也。兹将《经说》六卷本至八卷本之演变特列一总表如下：

卷数	原　本	朱熹编定本	《书录解题》《宋志》本	徐必达本
第一卷	系辞说	系辞说	系辞说	易　说
第二卷	书　说	书　说	书　说	书　解
第三卷	诗　说	诗　说	诗　说	诗　解
第四卷	春秋传	诗说	诗　说	春秋传
第五卷	程颐改正大学	春秋传	春秋传	礼记（改定大学）
第六卷	论语说、孟子说附	论语说，孟子说，小序	论语说	论语解（汤烈）
第七卷		程颢改正大学、程颐改正大学、论孟说附	改定大学	孟子解（汤烈）
第八卷				中庸解（吕大临）

《二程文集校》十二卷

朱熹编定《二程文集》始于乾道二年，刊刻于乾道五年。乾道二年刘珙帅湖南时，尝由张栻负责刊印《二程文集》。张栻所用为胡安国家传本，张栻以是本出于安国名家之手，不可更改，遂一本胡氏本，不复校定。朱熹则以为胡氏本已经胡安国删改，且文有颠倒遗阙，并非善本，力主以他本相校，遂与刘珙、张栻往复展开论辩。朱尝将其所校寄栻，据其《与刘共父》云：“此间所用二本，固不能尽善，亦有灼然却是此间本误者，当时更不曾写去。”则其乃以二本参校。张栻对其所校亦有所取，《南轩文集》卷二十一《答朱元晦》书二云：“前次所校，已即为改正七八……老兄又送所校来……今以所校者，改正近二百处矣。”然朱熹意犹甚不满，至《文集》刻板已成，仍寄校文促其修改，《答张敬夫》有云：“改之，不过印本字数稀密不匀，不为观美，而他无所害。然则胡为不改也？卷子内如此处，已悉用朱圈其上，复以上呈。然所未圈者，似亦不无可取。”然刘、张卒未肯全用其校，朱熹于《与刘共父》中颇有微词云，“《程集》及诸书拜领厚意，但误字处更不吝修改为善，略读所改数处，似少吝矣。”因甚不满意于刘张长沙本《二程文集》，朱熹遂有另编定印刻程集之举。

朱熹编定《二程文集》，又再搜刻本，与蔡元定共校，《续集》卷二《答蔡季通》书八云：“《程集》近复借得蜀本，初恐有所是正，然看一两处，乃是长沙初刊时印本，流传误人如此，可恨。今谩纳去，试为勘一过，有不同处，只以纸蘸糊帖出，或恐有可取也。”朱熹又搜辑二程佚文，补入集中，张栻《书明道先生遗文后》云：“右明道先生遗文九篇。长沙学官既刻《二先生文集》，后三年，新安朱熹复以此寄栻,云得之玉山汪应辰,敬以授教授何蕴,俾嗣刻之。乾道己丑四月朔,广汉张栻谨书。"赵希弁《附志》卷五下,即录是本也。乾道五年朱熹校成《二程文集》,遂由郑伯熊以小本书与《遗书》《经说》同刊刻于建宁(见前《经说》考)。其间朱熹亦曾同郑伯熊商定,朱熹《文集》卷三十七《答郑景望》书三,即对郑氏欲从集中剔去明道程文表示反对云:"示谕明道程文不必见于正集,考求前此固多如此,然先生应举时已自闻道,今读其文,所论无非正理,非如今世举子阿时徇俗之文,乃有愧而不可传也……愚意只欲仍旧次第,不审台意以为如何?"此即因建宁刊刻其所定程集而发也。

朱熹所定建宁本一出即甚流传,次年吕祖谦又刻于婺州,《吕东莱文集》卷三《答朱元晦》书六云:"《遗书》建本未到之前,已用去冬所寄本刊板……《二程先生集》,款曲亦当令婺人刊之,然新添伊川二子所为序引,殊无家风,恐适足为先生之累,欲削去之,更望一报。"是吕祖谦亦尝参预校定焉。《直斋书录解题》录《河南程氏文集》十二卷,云:"二程共为一集,建宁所刻本。"此应即郑伯熊所刻建宁本,可见朱熹此校定本流传之广。入元亦然,涂宗瀛刻本《重校二程全书凡例》云:"元至治间,临川谭善心校刻《遗书》《外书》《文集》,标题编次一遵朱子之旧,盖原出宋建宁本也。"谭善心所本之朱熹校定本,乃得自内翰吴某家藏,见其《二程文集跋》,盖亦出于建宁本,则今传世《二程文集》实源出朱熹校定本可无疑问矣。至于张栻所刻长沙本,本有取朱熹所校,且将朱熹所辑佚文补入,其得朱熹校定之益亦甚多也。

《横渠集校补》

朱熹校定张载《横渠集》,始于乾道元年。南渡以来,张载文集有《张横渠崇文集》十卷流行于世，见《郡斋读书志》卷十九，但收文不全。乾道元年汪应辰帅蜀，得张载文集刻本多种，寄朱熹校定。《文定集》卷十五《与朱元晦》书十云："横渠先生之曾孙，流落在蜀，有横渠《语录》，前所未见，又《文集》亦多于私家所传者。俟有的便纳去，幸为审订也。"朱熹得本校定，犹以蜀本多有阙遗，而另予补辑，次年即尝以此告何镐叔京，《文集》卷四十《答何叔京》书三云："近成都（按：指汪应辰）寄得《横渠书》数种来，其间多可附入者，欲及注补也。"所谓"注"，即欲为《西铭》等作解；所谓"补"，则是另辑遗文以补订《横渠集》。至乾道九年吕祖谦刊印《横渠集》于婺州，刻板成而方知汪应辰有蜀本，朱熹有所辑遗文，遂停板遣人求之，《吕东莱文集》卷三《与汪圣锡》书十："近欲刊《横渠集》，已刻数板矣，而子澄具道尝闻诲谕，在成都所传得于横渠子孙，最为详备。今即令辍工，专遣人往拜请。"又书十三云："横渠遗文，俟元晦送到，即附刊于后。"汪氏寄来蜀本，又提供新得资料，《文定集》卷十五《与吕伯恭书》云："《横渠集》，元晦颇以为未尽，曾再理会否？集后有《温公帖》，偶有吕和叔《与明道帖》，正是答温公所论，今亦同往。"朱熹送去遗文，建议补刊《别集》，《文集》卷三十三有《答吕伯恭》书二十三云："《横渠集》刊行，甚善。但不知用何处本？若蜀中本，即所少文字尚多。俟寄来看，或当补，即作《别集》也。"至淳熙元年春，又再寄另一种写本，以助吕祖谦刊刻《别集》，同卷答吕书三十云："《横渠文集》此有一写本，比此增多数篇，偶为朋友借去，俟取得寄呈，可作《别集》，以补此书之阙也。"然吕祖谦旋又从张栻处另得一二篇张载文，出于谨慎，迟迟不刊刻续集，《吕东莱文集》卷四有《答朱元晦》书六解释曰："后来如周伯忱《论语》、《横渠》、《孟子》等书，皆以印板既定，不可复增，此前事之鉴也。《横渠集》续收者，本欲便刊，以近得张丈书，复寻得一二篇，俟其送至，乃下手，此亦开板太遽之失也。"吕祖谦此后一直不下手开板，淳熙三年朱熹再往书催刻，《文集》卷三十三答吕书四十八云："横渠诸说，告早补定，即刊为佳。此本既往，无以应朋友之求假，但日望印本之出耳。千万早留意，幸甚。"吕氏仍迟不刊刻。直至淳熙六年朱熹赴南康任前，吕祖谦方告朱将刊刻于婺州，朱熹遂又再将新得横渠遗文寄吕氏，《续集》卷二《答蔡季通》书一百十三云："《横渠集》告付下婺州，用川本刊成。欲寄此，令补所无也。"至此，朱熹已自有《横渠集》刻本多种与遗文多篇，或是不满于吕祖谦迟迟不刻及终嫌其只"用川本刊成"，朱熹遂于是年秋刊刻己所校补本《横渠集》于隆兴，又将《系辞精义》中之张载说补入，《文集》卷三十四《答吕伯恭》书二十三云："又尝附隆兴书，浼子约借《精义》补足横渠说定本，欲与隆兴刻板，亦乞为子约言，早付其人，或径封与彼中黄教授也。"黄教授即朱熹弟子黄灏商伯，时为隆兴府教授。据此可知，朱熹校补本《横渠集》，应由黄灏刻板于隆兴府，盖与其刊印《韦斋集》同时也。据上所考，朱熹校补《横渠集》所据刻本甚多，补辑遗文亦复不少，已非《崇文集》旧本所比，较之吕刻婺本尤精。今传世之《张子全书》，实源出于朱熹所校补《横渠集》也。

朱熹诗文辨伪考录

王应山《闽都记》卷十二录朱熹《游鼓山》五古一首："灵源有幽趣，临沧擅佳名。我来坐久之，犹怀不尽情。褰裳步翠麓，危绝不可登。豁然天地口，顿觉心目明。洋洋三江汇，迢迢众山横。清寒草木瘦，翠盖亦前陈。山僧好心事，为我开此亭。重游见翼然，险道悉以平。会方有行役，邛蜀万里程。徘徊更瞻眺，斜日下云屏。"按此诗刻在鼓山临沧亭石笋上，署"淳熙十三年正月四日愚斋"，其非朱熹诗甚明。《福建通志·金石志》卷十、《闽中金石志》卷九皆题作《愚斋鼓山诗刻》。陈《略》考云："此诗或疑朱子作。考朱子未尝有'愚斋'之号，又诗中有云'会方有行役，邛蜀万里程'，亦非生平游迹所及。鼓山旧志疑为赵汝愚诗，谓汝愚知福州，以是年移官四川，与诗语合。又朱子题名鼓山，有'水云亭怀四川子直侍郎'之语，更是为证。然究亦未闻汝愚之号'愚斋'也。"叶《记》亦云："开禧陈宓灵源洞题名称'诵浚仪相国之诗，观晦庵先生遗墨'云云，盖即指此。《闽都记》以愚斋为朱子诗，误矣。孙氏《访碑录》载此，碑题称'愚斋诗，见浙江鄞县范氏拓本，盖曾入天一阁所藏'。亦不识其为鼓山石刻也。"今按：《宋史·孝宗纪》："淳熙十二年十二月甲子，以知福州赵汝愚为四川制置使。"此即诗中所谓"会方有行役，邛蜀万里程"。然赵汝愚之离福州赴蜀已在淳熙十三年春后，朱熹《文集》卷八有饯行诗四首为证，其首篇云："公子威名动海滨，四年相与愧情亲，忽闻黄钺分全蜀，更祝彤庭列九宾。执手便惊成契阔，赠言还喜和阳春。政成但祝归来早，别恨无端莫重陈。"知赵汝愚春离福州途经武夷与朱熹一晤相别，与此鼓山诗"正月四日"时间正相先后，当是赵汝愚离福州前夕特往鼓山一游，题此诗留念，又韦居安《梅磵诗话》卷上有云："赵愚斋《客中清明》诗云：'红尘乌帽寄他乡，欲语春愁怕断肠。惆怅清明归未得，借人门户插垂杨。'"是赵汝愚确号愚斋也。

祝穆《方舆胜览》卷十七载朱熹《彭蠡湖》七古一首："茫茫彭蠡春无地，白浪春风湿天际。东西捩柁万舟回，千年老蛟时出戏。少年轻事镇南来，水怒如山船正开。中流蜿蜒见脊尾，观音胆堕予方哈。衣冠今日龙山路，庙下沽酒山前住。老矣安能学欲飞，买田欲弃江湖去。"此诗多见载于方志山志之书，如正德《南康府志》卷十、毛德琦《庐山志》卷七皆录此诗，可见其亦甚流传。今按此诗所述与朱熹生平事迹不合。诗云"少年轻事镇南来"，朱熹并无少年仕宦江西，往游彭蠡之事，且朱熹乃闽人，亦不得谓"南来"其非朱熹之作甚明。此实为王安石诗，见其诗集。

厉鹗《宋诗纪事》卷四十八载朱熹《挽沈菊山》诗："爱菊平生不爱钱，此君原是菊花仙。正当地下修文日，恰值人间落帽天。生与唐诗同一脉，死随陶令葬千年。如今忍向西郊哭，东野无见更可怜。"《杭州府志》云："沈菊山，袁州宜春人，由进士知钱塘，尝植菊数百本以自乐。晚节益坚。适以九月九日殁，朱文公挽之云云。"《万姓统谱》亦云："沈庄可，分宜人，宣和间进士。知钱塘县事，嗜菊，庭植尝数百本。晚年退居，益放情于菊。后以九月九日死，朱熹哭之诗云云。"今按：邹登龙《梅屋吟》有《秋夜怀菊山沈庄可》："凉风动金昊，奄忽寒节至。百卉俱萎垂，梧桐亦飘坠。明月入我牖，展转不能寐。顾影重伤心，思君长下泪。"其《寄呈后村刘编修》诗下有刘克庄后题云："余为宜春守，在郡白八十二日，坐向者疏狂妄罢去。是日举场开白袍皆入试，无一士余送者，惟诗人沈庄可出分宜县郭十余里饯别甚勤，又携邹君诗卷见示。夜投古驿，吏卒皆散，挑灯读之，语极清丽，不觉尽卷，亦逐客一段佳话也。嘉熙改元中秋后一日，莆田刘克庄题。"是嘉熙元年（1237）沈庄可犹在人世，其距朱熹之卒已三十七年，朱熹又如何为沈作挽诗？张弋《秋江烟草》中亦有《赠沈庄可》诗一首："卷上芳名旧所知，见君还恨识君迟。数茎短发沾霜白，一叶扁舟触浪危。问遍菊名因作谱，画将兰本要求诗。向南郡邑多经过，楚士能狂更有谁？"盖沈庄可与张弋、邹登龙、刘克庄、戴复古辈同活动于端平、嘉熙前后，与朱熹非同时也。

《古今别肠词》卷三有朱熹《青玉案》："雪消春水东风猛，帘半卷、犹嫌冷。怪是春来常不醒。杨柳堤边，杏花村里，醉了重相请。而今白发羞垂领。静里时将旧游省，记得孤山山畔景：一湾流水，半痕新月，画作梅花影。"《全宋词》第三册录此词，云："似是明人作品，必非朱熹词。"按：此乃元末明初杨基词。

《永乐大典》卷五百四十有《生查子·拒霜花》词："庭户晓光中，帘幕秋光里。曲沼绮疏横，几处新梳洗。　　红脸露轻匀，翠袖风频倚。鸾鉴不须开，自有窗前水。"题曰"朱晦庵词"。按：此乃李处全《晦庵词》之作。

《鹤林玉露》甲编卷四《朱文公词》云："世传《满江红》词云：'胶扰劳生，待足后何时是足？据见定随家丰俭，便堪龟缩。得意浓时休进步，须知世事多翻覆。漫教人白了少年头，徒碌碌。

谁不爱,黄金屋;谁不羡,千钟禄。奈五行不是、这般题目。枉费心神空计较,儿孙自有儿孙福,也不须采药访神仙,惟寡欲。'以为朱文公所作。余读而疑之,以为此特安分无求者之词耳,决非文公口中语。后官于容南,节推翁谔为余言,其所居与文公邻,尝举此词问公。公曰:非某作也,乃一僧作,其僧亦自号'晦庵'云。"按:此词为上竺寺僧慧明法师所作,说见前《春日过上竺》一诗所考。

《朱文公文集》卷八十四《书钓台壁间何人所题后》录《水调歌头》词一首:"不见严夫子,寂寞富春山。空留千丈危石,高出暮云端。想象羊裘披了,一笑两忘身世,来插钓鱼竿。肯似林间翮,飞倦始知还? 中兴主,功业就,鬓毛斑。驱驰一世人物,相与济时艰。独委狂奴心事,未羡痴儿鼎足,放去任疏顽。爽气动星斗,终古照林峦。"题下有注云:"此词实亦先生所作。"祝穆《方舆胜览》卷四录为朱熹词作,《全宋词》亦归之朱熹。然此题后云是"顷年屡过七里滩,见壁间有胡明仲丈题字刻石,拈出严公怀仁辅义之语,以厉往来士大夫,未尝不为之摩挲太息也,然亦不能尽记其语。后数十年再过,因觅其石,则已不复存,意或者恶闻而毁灭之也。独一老僧年八十余,能诵其词甚习,为余道之,俾书之册。比予未久而还,则亦为好事者裂去矣。因览两峰赵傁《醉笔钓台》乐府,偶记向所尝见一词正与同调,并感胡公旧语,聊为书此。"是此词作朱熹作本甚明。《渚山堂词话》卷一云"依旧本定为胡明仲作",恐亦非,朱熹此题后以"尝见一词"与"胡公旧语"并提,题目亦称"何人所题",则此词亦非胡寅作。

朱玉编《朱子文集大全类编》曾补辑朱熹佚文佚诗若干,然多有伪作误收。《朱子集》曾于《凡例》指出若干伪误云："玉本答问数十条,误刊书内。《写照铭》一篇,误刊题词内,兹悉更正。又《雪梅》二阕,奉怀敬夫,宋本编入诗类,今从玉本改为诗余;其题后诗一首,仍存诗类。至《居家要言》,实是朱致一用纯先生所作,玉本羼入,今删。宋本《答陈明仲》一条,臧本《答刘平甫二南说》一条,《送许顺之南归》诗二首,玉本诗补遗《临流石》、《悬岩水》、《穿林径》三首,均系重出。《复卦赞》与《复斋铭》一字不差,今并删,存其一;若一篇之内题目各异,文或更换数句数字者,俱两处并存。集中《答冯仪之》一条,玉本漏刻,今从宋本增。《蒙斋》、《敬义斋》、《艮泉》三铭,宋、臧二本皆无,今从玉本增入。"然朱玉误收非仅止此,详见下考。

朱玉《朱子文集大全类编》补辑朱熹《遂初堂赋》一篇:"皇降衷于下民兮,粤惟其常。猗欤穆而难名兮,维生之良。翕然美而具存兮,不显其光。彼孩提而知爱敬兮,岂外铄繄中藏!年烨烨而寝长兮,纷事物之交相。非元圣之生知兮,惧日远而日忘。缘气禀之所编兮,横流始夫滥觞。感以动兮不止,乃厥初之或戕。既志帅而莫御,气孰决骤以翱翔。六情放而曷御,百骸弛而莫强。自青阳而逆旅,暨黄发以茫茫。倪矍然于中道,盍反求于厥初!伊何夫岂远欤?彼匍匐以向井,我恻隐之拳如,验端倪之所发,识大体之权舆。如寐而聪,如迷而途,如睨视之非遐,乃本心之不渝。呜呼,予既知其然兮,予惟以遂之,若火始然而泉始达兮,惟不息以终之。予视兮毋流,予听兮毋从,予言兮毋易,予动兮以躬。惟日反兮于理,兹日新兮不穷。逮充实以辉光,信天资而本同。极存神而过化,亘万古而常通。呜呼,此羲文之所谓复,而颜氏之所谓为万世道学之宗欤?"云出《翰墨全书》。《朱子集》亦收录不疑。今按:张栻《南轩先生文集》卷一有此《遂初堂赋》,前有序云:"洛阳石伯元作堂于所居之北,榜曰'遂初',广汉张某为之辞曰……"后有跋云:"吾友石君筑室湘城,伊抗志之甚远,揭华榜以维新。命交交兮勿固,演妙理以旁陈。探上古之眇微,得斯说于遗经。谓非迂而匪异,试隐几而一听。然则兹其为遂初也,又岂孙兴公所能望洋而瞠尘者乎!"张栻文集乃由朱熹亲手编订,则此《遂初堂赋》断非朱熹之作。《黄氏日抄》卷三十九"读《南轩先生文集》"下即有云:"《遂初赋》为发明复之意,方以羲文之复明牧,而末句仅以一语及孙兴公,此理之所在,亦文法也。"是宋人皆知此赋为南轩作矣。盖黄榦《勉斋黄先生文集》卷五有《刘正之遂初堂记》云:"癸亥之秋,予复访正之于屏山,正之与予言曰:'予少时尝以"遂初"名其所居之堂,晦庵朱先生尝为予书之,子能为我记之乎?'"作伪者必是据此附会,将张栻之赋冒充为朱熹所作,竟无一人揭其伪,世人好研治朱熹而不读张栻文集乃至如斯。

朱玉《朱子文集大全类编》补辑朱熹《蒙斋铭》:"物盈两间,有万其数;天理流行,无一不具。维象之显,理寓乎中;反而求之,皆切吾躬。观天之行,其敢遑息?察地之势,亦厚于德。天人一体,物我一源,验之羲经,厥旨昭然。卦之有蒙,内险外止,止莫如山,险莫如水。曷不曰水,而谓之泉?滥觞之初,厥流涓涓。其生之微,若未易达;其行之果,则不可遏。有崇兹山。润泽所钟,维静而正,出乃不穷。始焉一勺,终则万里,问奚以然?有本如是。是以君子,法取于斯。维义所在,必勇于为。维行于本,繄德焉出。是滋是培,其体乃立。静而养源,澄然一心。动而敏行,万善毕陈。

厚化川流，初岂二致；溥博渊泉，其用弗匮。於惟简肃，易有此孙。揭名斋扉，目击道存。养正于蒙，奚必童稚！终身由之，作圣之地。"云出《翰墨全书》。《朱子集》亦收。此铭甚流传，多见载于方志、类书，至有刻石者。按此铭实真德秀作，见《真文忠公文集》卷三十三，前尚有序云："桂阳史君张侯某以蒙名斋，西山傻真某取果行育德之义为之铭，其辞曰……"《性理大全》亦录《遂初堂赋》，题朱熹作而无序，朱玉之误当本此也。

朱玉《朱子文集大全类编》补辑朱熹《敬义斋铭》："惟坤六二，其德直方。君子体之，为道有常。内而立心，曰直是贵，惟敬则直，不偏以陂；外而制事，曰方是宜，惟义则方，各当其施。曰敬伊何？惟主乎一，懔然自持，神明在侧；曰义伊何？惟理是循，利害之私，罔汩其真。静而存养，中则有主。动而酬酢，莫不中矩。大哉敬乎，一心之方；至哉义乎，万事之纲。敬义夹持，不二不忒，表里洞然，上达天德。若有哲王，师保是询。丹书有训，西面以陈。敬与怠分，义与欲对，一长一消，祸福斯在。怠念之萌，阒然沉昏；欲心之炽，荡乎狂奔。惟此二端，败德之贼，必壮乃歼，如敌斯克。怠欲既泯，敬义斯存，直方以大，协德于坤。一念少差，视此斋扁，严师在前，永诏无倦。"云出《翰墨全书》。《朱子集》收录。按此亦真德秀作，见《真文忠公文集》卷三十三。嘉靖《建宁府志》卷十八："童伯羽，字蜚卿，瓯宁人。沉默寡言，好读书，尝师事朱文公先生，所著有《四书集成》及诸经解。文公曾到其居，题其堂曰'敬义'，楼曰'醉经'。"《闽书》亦称其"师事朱文公，文公尝造访之，名其堂曰'敬义'……时人以敬义先生称之"。此《敬义斋铭》伪冒朱熹之作，必是童氏后裔附会为之，朱熹伪作之出率皆类此。

朱玉《朱子文集大全类编》补辑朱熹《青玉案》诗："共言的皪水花净，并倚离披风盖凉。浪笔更题青玉案，佳人怅望碧云乡。"云出《徽刻诗集》。《朱子集》亦收录。按：《朱文公文集》卷六有《圭父为彦集置酒白莲沼上彦集有诗因次其韵呈坐上诸友》，此《青玉案》诗盖即其中四句。

朱玉《朱子文集大全类编》补辑朱熹《艮泉铭》一首："凤之阳，鹤之麓，有觉而伏。堂之坳，圃之腹，斯粪而沃。束于亭，润于谷，取用而足。清如官，美如俗，是为建民之福。"朱玉云出自《翰墨大全》，并有注云："泉在建宁府治中和坊紫霞洲文公祠前，井水清冽，四时不竭。"是铭甚流行，且有为之刻石，据此伪造朱熹卜居紫霞洲之说。如《建瓯县志》卷二十二《金石》即有此铭刻石，云朱熹作。今按：韩元吉《南涧甲乙稿》卷十八有此铭，题作《北园艮泉铭》，末且有注云"淳熙乙未岁六月庚午记"，则此铭应是韩元吉作于淳熙二年。韩元吉与朱熹关系极密，淳熙元年由婺州移知建宁（参见《宋史翼》），与此铭所记正合。此铭误为朱熹之作盖亦有因。《建瓯县志》卷二十二云："（艮泉）井在朱子祠前，宋淳熙乙未凿，文公铭……"又"徽国朱文公祠下"云："在县治北中和坊紫霞洲。宋宝庆二年丁亥，季子在佐嫡孙鉴建祠奉祀。"又卷七"紫霞洲"下云："按：《通志》谓故老相传，宋朱熹尝卜居于紫霞洲，构亭于其左，扁曰'溪山一览'。考之祝穆著《方舆览胜》，载紫霞洲并不言熹居之。穆于熹表侄，此无所载，窃意熹子在所构而相传之误也……清蒋蘅有《朱子祠碑记》，郡城紫霞洲之有朱子祠，盖始于宋宝庆间。"据此，可知朱在朱鉴于紫霞洲建朱子祠，因艮泉在朱子祠前，后人遂误以为泉亦并朱熹所凿，而以泉铭亦归之朱熹,乃至有朱熹卜居紫霞洲之误传。

《(同治)弋阳县志》卷十一载朱熹吊陈康伯之《祭陈鲁公文》:"惟公德在生民,功书信史。大节昭然,善终善始。中兴辅相,比立豪英,曰文曰武,各以其名;孰如我公,道全德备,莫得而名,繁名之至,亦弗自如。惟诚惟一,众善毕随。士于见闻,以多为富;公无不窥,不以博著。士于词章,以丽为精;公无不能,不以文称。匪清匪浊,不夷不惠,和不至流,廉不至刿。论无苟异,亦无必同,温温其毅,坦坦其恭,执法于中,不专为直。大奸既除,国论始一。承流于外,不一于宽,苛娆不作,闾里自安。中坐庙堂,宏纲是总,主德既修,民听不耸。从容一言,拔佞移宠,帝纳其忠,人服其勇。晚而告休,脱冕遗绅,安车驷马,归卧里门。进不出位,退不忘君。垣屋虽卑,德义日尊,群众兼融,尚不胜纪;公亦何心,有此全美!惟其不有,道则弥光,两宫之春,四海之望。谓当百年,再登丞弼,卒惠我民,永绥王国;云胡不淑,奄忽长终!临绝之言,不忘奏宫。呜呼哀哉!我从公游,出入二纪,晚途间关,辱托知己。千里讣至,一觞荐诚,想公如在,洒泪同倾。尚飨!"云原出自"《谭志》"。按《朱文公文集》卷八十七有《祭陈福公文》,与此同,乃祭陈俊卿。盖陈俊卿与陈康伯同为丞相,同封福国公,作伪者乃将此文"出入三纪"改为"出入二纪",将"祭陈福公文"改为"祭陈鲁公文",遂成为吊陈康伯之作,可谓苦心,然殊不知祭文所云与陈康伯仕历全不相合。陈俊卿卒于淳熙十三年(1186),上推三纪为绍兴二十年前后,朱熹之识陈俊卿约在其时。若陈康伯卒于乾道元年(1165),上推二纪为绍兴十一年(1141),时朱熹方十二岁,"出入二纪"岂非梦呓,又何论三纪邪!

《(同治)弋阳县志》卷十一载朱熹《陈文正公集序》:"先生中兴之首勋也。先生之相亚行实,系籍圣贤,其后必传诸史册,泐诸金石,昭然可纪。故凡性情道德学问文章,发之于纪纲政事,显之于号令声名,金锡圭璧,无在不见,为可法而可传者也。况其有关于庙谟,有裨于生民,有传于后世,此天地之正气,川岳之钟灵,盖不世出之英杰,诚哉一代之伟人也!故先生之在朝,历事二帝,前后二十余载,功业词章,巍然焕然。设使天假以年,则宋室之土宇可全复,而不徒江南之半壁矣。从事二纪,获庇同朝,先生之相业、行实,皆熹之习见习闻,亲炙而佩服之者也。惜泰山既颓,梁木既坏,遗言硕画,幸赖有贤嗣伟节伯仲诸人克继先业,显名于朝。又熹之金兰笔砚同事者,一日以先生之文集丐余为序,熹虽不敏,亦不敢辞。于是浣手焚香,端坐肃观,越月余而始毕,不敢赞一词,但因所请,以次第其篇凡三十卷,而弁诸首云。时乾道七年新安门人朱熹顿首拜书于碧落洞天书院。"云原出于"《陈志》"。按:此序及前《祭陈鲁公文》、下所考《上福国公启》、《上陈鲁公启》等,实均出于《陈文恭公集》,为陈氏裔孙伪造无疑。《四库全书总目》卷一七四别集类存目录《陈文恭公集》十三卷,云:"是集为其裔孙以范编次,并以诰敕及诸书文字有涉于康伯者汇附于后。然遗文仅二卷,而附录乃十一卷,末大于本,殊非体例。且遗文亦多伪作,如所载《谢敕命修家谱表》称'昨进《家谱》,敕令史院编修填讳'。自古以来,无是事理。其谢语称'伏惟圣躬保重''圣寿隆长',而首称'臣康伯叩头拜谢曰',末称'臣等不胜欣跃,无任感戴叩谢之至',尤不晓宋人章表体例。又首载原序一篇,称'乾道七年新安门人朱熹顿首拜书于碧落洞天',其词鄙陋殊甚。"今只按其"从事二纪"一语,即可定其伪作无疑,盖必是以《祭陈福公文》为本,而与《祭陈鲁公文》同出于一手伪造。

《(同治)弋阳县志》卷十二载朱熹《上陈鲁公启》:"迥忧思以求闲,方陈危恳,即便安而误宠,并沐殊私,弗遂恳辞,迄成忝冒。伏念某学非信己,才不逮人。生际休明,岂自甘于沦弃;病侵迟暮,久莫奉于驰驱。比叨民社之临,犹冀桑榆之效;属私门之变故,致公务之弛隳。黾勉旬时,已积简书之畏;顾瞻畴昔,未望香火之修。仰洪造之不违,服明恩而已厚,敢意便蕃之锡,更升论撰之华!顾先帝特达之深知,昔幸容之逊避;而圣上叮咛之申命,今复轸于眷怀。惟拜赐之无名,屡腾章而自列。重烦睿旨,曲借宠光,仰戴皇慈,欲终辞而不敢。自怜末路,知仰报之难图,祗命以还,措躬无所。兹盖伏遇丞相国公,妙熙天滓,独运化钧,欲储材于朽钝之余,首垂意于事功之外,遂令衰晚有此叨逾。某敢不思称荣名,勉终素业?考诸前圣,傥不谬于正传;觉彼后知,或少裨于大化。过此以往,未知所裁。"云"文正公本集增",盖亦出自《陈文恭公集》。按《朱文公文集》卷八十五有《谢政府启》,与此文同,而将"寿皇"(孝宗赵眘,淳熙十六年上号曰寿皇)改为"先帝",其作伪之迹尤昭昭可见。原启题下注云"漳州解罢得祠",则应作于绍熙二年(1191),"丞相国公"指留正等,与陈康伯了不相涉。

《(同治)广信府志》卷十一之二《艺文》载朱熹《上福国公启》:"先生气粹珪璋,学深渊海,蚤著士林之望,亟膺宸眷之知。仰商山恬养之风,久淹琳舍。复紫禁清华之旧,超冠天官。欲振起斯文于委靡之余,故将顺其美于听纳之际。志存社稷,身任股肱。宰相以镇抚四裔,莫予敢侮。丈夫当扫除天下,舍公其谁?谓事君莫如以人,故在上必引其类。"按:此启乃由王十朋《梅溪王先生文集》后集卷二十二《陈侍郎康伯》与《陈右相》二启拼凑而成。

雍正《江西通志》卷一百四十《艺文》载朱熹《答饶州蔡通判》："一麾出守，迹滥厕于九贤；同官为僚，治实资于半刺。礼过于厚，缄来以朋。恭惟某官，世袭衣冠，家传诗礼。学古然后入政，修身乃能治人。宜所至之有声，谅无入而不得。展庞统骐骥之足，贰番君山水之邦。靡行终更，即膺迅擢。某误被宸命，滥持郡符，雅闻别乘之贤，喜见天书之面。通家自今日，行登元礼之门；异才非王孙，误倒蔡邕之履。"按：此启见《梅溪王先生文集》后集卷二十三，盖王十朋之作也。

郑珍《巢经巢文集》卷四《书朱子诗卷真迹后》，录朱熹手书武夷精舍诗四首：

门外青山紫翠堆，幅巾终日面崔嵬。
只看云断成飞雨，不道云从底处来。

擘开苍峡吼奔雷，万斛飞泉涌出来。
断梗枯槎无泊处，一川寒碧自潆洄。

步随流水觅溪源，行到源头却茫然。
始悟真源行不到，倚筇随处弄潺湲。

白酒频斟当啜茶，何妨一醉野人家。
据鞍又向冈头望，落日天风雁字斜。

后题"淳熙甲辰春日书于武夷精舍，晦庵朱熹"。诗卷后有吴宽、王鏊、沈周、许初四跋。郑珍跋叙此卷传藏甚详，云："右朱子自书七言绝句四首一句……纪年甲辰，盖淳熙十一年，为作武夷精舍之明年，时朱子已五十五岁……据吴匏庵跋，卷曾为赵松雪藏。后归王叔明，继又归王济之，以后流传不可考，今藏同里唐鄂生烱家。余季姑之王舅汉芝先生，鄂生大父直圃先生之从祖父也。某十一二岁时，即闻先子雅泉士言，汉芝先生官黔西州学正时，有陈氏子从学，公视之犹子，后补学弟员，其父厚谢，不一受；及奉旧藏此卷进，乃拜受之。公殁，卷已失去，因指壁上汉芝先生书'白酒频斟'一首，言是即公写卷中诗也，某时已心识之。后乃知在鄂生尊人子方先生所，往来寤寐者数十年。及咸丰壬子秋，子方先生自楚藩归，珍谒之待归草堂，始出示此卷，言汉芝先生卒后，其家以售一隶人；迨直圃先生宰粤东，乃以五十金购归，非盥洁焚香，不展阅也。某于是具知此卷百余年流传之详。今年鄂生宰南溪，余过署，再出敬观，其心画之妙，前人跋已尽。为识始末，俾后有所考云。"按：此四首诗前三首见《朱文公文集》卷二，题作《偶题三首》；末一首见卷五，题作《次韵择之进贤道中漫成》（共五首，此为首诗）。四首诗非作一时，前三首约作于绍兴末、隆兴初，后一首作于乾道三年冬访南轩张栻归途。此诗卷将不相关四首诗抄凑成一组七言绝句，不可理解，此诗卷并后题乃伪迹，而郑氏未翻检朱熹文集，不知集中明载有此四诗也。

康熙中棘津郑氏端刊本《训蒙诗》，有与朱玉《大全类编》所载不同者四首：

体　认

虽云道本无形象，形象原因体认生。
试验操存功熟后，隐然常觉在中明。

仁之三

天理生生本不穷,要从知觉验流通。
若知体用元无间,始笑前来说异同。

辞达而已矣之二

因辞可以验人心,心地开明辞必明。
试把正人文字看,何尝巧滞与艰深。

大而化之之二

春水融尽绝澌微,彻底冰壶烛万几。
静对春风感形化,圣心体段盖如斯。

《养蒙书九种》中《训蒙诗》后有贺瑞麟跋云:"乙丑九月大荔扈仲荣来此,乃出杨仁甫订正本,盖据康熙中棘津郑氏端所刊本,其间字即可通,而意味较长,且属显讹,一皆镌正。独此本《唤醒》之二、《为己为人》之一、《固穷》一首、《仰思》二首,皆郑本所无;而郑本多《体认》一首,增《仁》之三、《辞达而已矣》之二、《大而化之》之二,削去《困心》、《衡虑》之目,而归其诗于《困学》之一,以复《大全集》之旧……但郑本止九十九首,增《仁》之三,又《大全集》《送林熙之》五首之三,不知此书何以互异如此。疑程畏斋谓'朱子所作,教其孙芝老者',未必尽朱子亲定,或其门人及后人传写不同,故不免舛误耳。"又明高攀龙刻《训蒙诗》,贺瑞麟亦云:"明高忠宪刻《性理吟》,不曰《训蒙》,想亦两名耳。独忠宪所刻绝句止九十四首,而又有七律四十七首,七律中语多可疑,绝不类朱子手笔,忠宪岂未之详耶？今不复论，但绝句如《曾点》《克己》《困学》《仰思》六首，皆见文集，又析《困学》之次为《困心》《衡虑》，恐亦非朱子之旧，特后人附益，以足百首耳，忠宪刻时或又削此六首耶？"按：郑端本与朱玉本《训蒙诗》，各有渊源，亦各有伪作，两本不同之四首，何本为伪，何本为真，今难确考，以朱玉为朱氏后裔，其所传本或自有据，则郑本此四首之为伪可能性较大，参见前《朱熹训蒙诗考》。

《道藏》载朱熹《提举洞霄宫客五年》诗：
岩谷秉贞操，所慕在元虚。
清夜眠斋宇，终朝观道书。
形忘气自冲，性达理不余。
于道虽未已，庶超名迹拘。
至乐在襟怀，山水非所娱。
寄语驰狂子，营营竟焉如？
坐厌尘累积，脱洒味幽元。
静披笈中素，流咏东华篇。
朝昏一俯仰，岁月如奔川。
世氛未云遣，仗此息诸缘。
端居独无事，聊披老氏书。
暂释尘累牵，超然与道俱。
门掩竹林幽，禽鸣山雨余。
了此无为法，身心同焉如。

《洞霄宫旧钞志》则以为朱熹曾为洞霄宫祠官，称朱熹"以时论指称伪学，诏提举"。《余杭县志》卷二十二《祠官》录此诗，云："此诗为朱子《大全集》所无，当是道流伪托为之，援以实提举洞霄之事未可知，姑录附之。"又云："考史传载朱子提举鸿庆，正在宁宗即位、除焕章待制侍讲之时，实无提举洞霄之事。《旧钞志》不知作于何时，而信以朱子为尝来提举，亦不知出于何据。今堂中奉主有司春秋致祀，垂为令甲，有其举之，莫或废也。故仍采《旧钞志》语录入。"今按：《道藏》此诗实在《朱文公文集》卷一中，而由《读道书作六首》之首诗及《诵经》《久雨斋居诵经》三首诗拼凑而成，盖皆朱熹手编《牧斋净稿》中诗，作于绍兴二十二年与二十三年，断非提举洞霄宫之咏。朱彝尊《洞霄宫提举题名记》云："文公当日第主管崇道、冲祐、云台、崇福、太一诸祠，提举鸿庆一宫，未尝主此地。事从其实，故不书。"朱熹提举洞霄宫并有题咏，显系道流伪造。

《京口三山志·金山志》卷九载朱熹《金山》诗：
　　浩浩长江水，东逝无停波。
　　及此一回薄，潮平烟浪多。
　　孤屿屹中流，层台起周阿。
　　晨望爱明灭，夕游惊荡磨。
　　极目青冥茫，回瞻碧嵯峨。
　　不复车马迹，唯闻榜人歌。
　　我愿辞世纷，兹焉老渔蓑。
　　会有沧浪子，鸣船夜相过。

又载朱熹《暇日侍法曹叔父游金山得往字》：
　　暇日西委输，汇泽东滉漾。
　　中川屹孤屿，佛屋寄幽赏。
　　我来此何日，秋气欲萧爽。
　　共载得高俦，良辰岂孤往。

酒酣清啸发，浪涌初月上。

叠鼓唤归艎，寄迹真俯仰。

按：朱熹生平足迹未尝至京口。此二诗见《朱文公文集》卷七，首诗原题作《落星寺》，为《奉同尤延之提举庐山杂咏十四篇》之一；后一诗原题作《暇日侍法曹叔父陪诸名胜为落星之游分韵得往字率尔赋呈聊发一笑》。二诗盖皆朱熹南康军任上咏庐山之作，与金山无关。此二诗被窜改题目以误传误，多载见于方志，《古今图书集成·方舆汇编·山川典》第一百二卷即录此二诗而归入《金山部》（是书此类舛误尤多）。

《宜兴旧志》卷十载朱熹《舟泊山溪》诗："郁郁层峦夹岸青，春溪流水去无声。烟波一棹知何处，鹧鸪两山相对鸣。"按：朱熹生平足迹未尝至宜兴。《朱文公文集》卷十有《水口行舟》二首，其二即此诗，只将"春山绿水去无声"改为"春溪流水去无声"，以与题相合。

民国《同安县志》卷八载朱熹游蔡林社八景诗：

圃山夕照

未向谢家寻旧榇，圃山久已抱高风。

莫嫌隔岸风清远，几度斜阳照碧红。

珠屿晚霞

宝珠自古任江流，锁断银同一鹭洲。

晓望平原灿日色，霞光映入满山丘。

金龟寿石

十朋巨石自天然,忍耐烟云不计年。
此地古称多寿者,金龟寿石出彭坚。

玉井泉香

玉井由来桔下延,上池得饮是仙缘。
从今勿慕槛中水,频酌清香觉爽泉。

沙堤岸影

一片玉玑耀水明,秋来鸿雁宿沙瀛。
只因海客忘机未,影落长堤字几行。

渔网蝶影

飞飞江上织渔艘,举纲随风汲浪高。
远盼云舟浮绿水,飘然蝴蝶出波涛。

莲道樵歌

樵夫一曲和歌清,莲道响穷鹤浦城。
多少江湖名利客,不如伐木诵丁丁。

文江渔唱

锦江夜色月明多,静听渔人唱棹歌。
昨日山妻藏斗酒,为余问渡漾秋波。

按:蔡林八景为游人赏观之地,朱熹如有八题,自必为世人所习知,然朱熹门人陈利用编《大同集》,林希元增补《大同集》,均不知有此八景诗而未收入,可见其为晚出伪作。

《石渠宝笈续编》第五录乾清宫藏朱熹自书《读道书有感》诗六首,宋笺本,行书,后题云:"乾道元年□酉岁仲秋既望,寓南岳读道书有感成六首,晦庵朱熹书。"并有钤印四:"纯庵","与木石居","晦翁","朱熹之印"。今按:此六首诗见《朱文公文集》卷一,题作《读道书作六首》,乃编在《牧斋净稿》中,作于绍兴二十二年壬申,断非乾道元年之作;且乾道元年朱熹尚未号"晦庵",更无"寓南岳"之事。此必为赝品无疑。

《朱文公文集》卷七十六有《三先生论事录序》,云:

> 昔顾子敦尝为人言,欲就山间与程正叔读《通典》十年。世之以是病先生之学者,盖不独今日也。夫法度不正,则人极不立;人极不立,则仁义无所措;仁义无所措,则圣人之用息矣。先生之学,固非求子敦之知者,而为先生之徒者,吾惧子敦之言遂得行乎其间。因取先生兄弟与横渠相与讲明法度者录之篇首,而集其平居议论附之,目曰《三先生论事录》。夫岂以为有补于先生之学,顾其自警者不得不然耳。

此序无人疑伪,吴其昌、牛继昌、周予同等朱熹著述目录均据此序而定朱熹曾作《三先生论事录》,实误。今按:陈亮《龙川集》卷十四亦有此序(仅"仁义无所措"为"仁义礼乐无所措"),此序应陈亮之作,而为编朱熹集者误收。陈亮乾道年间尝从吕祖谦潜研理学,而尤推重二程及横渠,乾道九年特撰《伊洛正源书》,考其源流,而比横渠、二程为孔孟,正与《三先生论事录》大旨同。吕祖谦曾为此有书复陈亮大加称赞,并论及作《三先生论事录》事,《吕东莱文集》卷五《答陈同甫》书五云:"《正源录序》说横渠、二程比孔孟……《论事录》此意思自好,但却似汲汲拈出,未甚宏裕。昔尝读《明道行状》及门人叙述,至末后邢和叔一段,方始缕缕说边事军法,向上诸公曾无一辞及之,恐亦有说。"东莱此书作于乾道九年(言及薛士龙卒),可见陈亮《三先生论事录》应作于乾道九年,且有信与东莱商论,惜信已佚。陈亮集编于嘉泰四年,最早刻于嘉定六年,叶适序谓四十卷,《直斋书录解题》亦著录《龙川集》四十卷、《外集》四卷。后散佚残缺,明成化以后只有三十卷本传世。然据宋人所编《圈点龙川水心二先生文粹》后集卷二十已有陈亮《三先生论事录序》,据饶辉序,此《二先生文粹》刻于嘉定五年壬申,邓广铭先生考定在端平初至咸淳末之间(见《历史研究》一九八四年第二期《三十卷本〈陈龙川文集〉补阙订误发覆》)。可见此《三先生论事录序》原在《龙川集》中。而《朱文公文集》卷七十六收序文,均按年编次,直至庆元六年朱熹卒前;惟最后二序则异,一为《赠笔工蔡藻》,作于淳熙元年;一即此《三先生论事录序》,置于最末,尤可见此序原为朱在编朱熹集时所未收,而为后来人所误增补入。足证朱熹编《三先生论事录》及作此序为子虚乌有。陈亮《三先生论事录》成后曾予刊刻,至淳熙二年朱熹致书吕祖谦转求其书,《文集》卷三十三《答吕伯恭》书三十九:"前书托求《本政书》《续添图子》《论事录》等,望留意。"吕祖谦即告陈亮曰:"《三先生论事录》《礼书补遗》及《本政书》,续刊已了者,入城幸各携一帙来,盖朱元晦累书欲得之也。"(《吕东莱文集》卷五《答陈同甫》书十五)《三先生论事录》非朱熹所作,王应麟于《困学纪闻》已首发此误:"《三先生论事录序》,陈同甫作也。编于《朱文公文集》，误。"

《四库全书总目》卷九十五《子部》儒家类存目一录童伯羽《玉溪师传录》一卷，《附录》一卷中有朱熹诗二首及《敬义堂铭》，提要云："伯羽字蜚卿，瓯宁人，朱子之门人也。是编所录朱子语，在饶本语录内，系以庚戌，庚戌为绍熙元年，伯羽时年四十七也。本名《晦庵语录》，明成化中，其九世孙训以《语类》诸本参校补订，改题今名。前列道学统宗一图，上溯羲、孔，而以伯羽直接朱子之下，盖亦训之所为。后附墓表、行实，载朱子诗二首及《敬义堂铭》。考朱子文集及续刊诸集，皆所未载，莫详所自。其称伯羽撰《四书集成》《孝经衍义》《群经训解》三书，《宋志》不著录，朱彝尊《经义考》亦惟载伯羽有《四书训解》，无此诸名。又前有邱浚序，其文不类。复有龚道后序，作于万历甲午，而称'皇宋淳熙'，跳行出格，尤为舛迕。疑即训捃拾《语类》附益之，非必果出伯羽也。"今按：嘉靖《建宁府志》卷十八："童伯羽，字蜚卿，瓯宁人。沉默寡言，好读书，尝师事朱文公先生。所著有《四书集成》及《诸经训解》。文公曾到其居，题其堂曰'敬义'，楼曰'醉经'。"又《闽书》亦云："童伯羽，字蜚卿，瓯宁人，师事朱文公。文公尝造访之，名其堂曰'敬义'。伯羽以道自任，化行乡里，时人以'敬义先生'称之。"均只言名敬义堂而不言作《敬义堂铭》。此铭及二诗均伪。

《四库全书总目》卷三十七《经部》四书类存目录《或问小注》三十六卷，题朱子撰，中有朱熹《与刘用之书》及《序》四篇。提要考云："宋以来诸家书目皆不著录，诸儒传朱子之学者亦无一人言及之。康熙壬午，始有陈彝则家刻本，称明徐方广所增注。越二十年壬寅，郑任钥又为重刻，而附以己说，并作后序，反复力辨，信为朱子书。如卷首载朱子《与刘用之书》及《序》四篇，晦庵集中不载，则以为集中偶佚；年谱不记作此书，则以为年谱遗漏；书中多讲时文作法，则以为制义始王安石，朱子亦十九举进士，心善时文。连篇累牍，欲以强词夺理。至如解《中庸》'其至矣乎'一节，'道之不行也'一节，皆剿《四书大全》所载双峰饶氏语；'射有似乎君子'一节，全剿《四书大全》所载新安陈氏语，伪迹昭然，万难置喙，则以为《大全》误题姓名，其偏执殆不足与辨。又既称此书作于《集注》之后，而《孟子》'万物皆备于我矣'一章，乃于第三条下附记曰：'此条系《语类》说，第八条系《或问》说，前辈多疑此为未完之说，在《集注》之前。'信哉是《小注》又在《集注》前矣！不亦自相抵牾耶？所载《中庸》原序，称'熙淳己酉冬十月壬申'，考《宋史·孝宗本纪》，是月有庚子、壬寅二日，使庚子为朔，则下推三十二日为壬申；使壬寅为晦，则上推三十一日为壬申，均不得在十月。《文献通考》载朱子之言曰：'《集注》后来改定处多，遂与《或问》不相应，又无工夫修得云云。'是《或问》尚未暇改，何暇又作《小注》？陈振孙《书录解题》又曰：'《论语通辑》十卷，黄榦撰。'其书兼载《或问》，发明妇翁未尽之意。使朱子果有此书，榦亦何必发明乎？其为近人依托无疑。王懋竑《白田杂著》有是书跋，称任钥刻是书后，自知其谬，深悔为汤友信所卖。并称序及诸论皆友信之笔，任钥未尝寓目云。"又《四库简明目录标注》卷四《经部》八亦于朱熹《四书或问》下云："有徐思旷夹注本。存目《或问小注》三十六卷，旧题朱子撰，提要力斥其伪，不知是书即思旷所注也。"按；诸家所说虽是，亦有未得。若《或问小注》即徐思旷夹注之书，徐又何至于己注书中伪造《与刘用之书》及四序？考陈彝则家刻本分明云明徐方广所"增注",则其原来已有注,后为徐方广所增。疑徐方广与徐思旷为一人,盖一以称字,一以称名。《与刘用之书》及四序必为徐氏增注前已有,与原注同伪托朱熹作,然则徐方广增注非伪,而增注前之原注及《与刘用之书》、四序则为伪矣。作伪者自不会愚蠢到明窃《四书大全》以露作伪之迹,注中多有与胡广《四书大全》同者亦不得谓为剽窃作伪,而当是徐方广取《四书大全》所载增入注中,作伪之时当尚未见《四书大全》之出。按《四书大全》由胡广等撰成于永乐十三年,而全取元倪士毅《四书辑释》稍加点窜而成。《四书辑释》前有至正丙戌汪克宽序,知倪士毅作《四书辑释》在此之前。由此可知伪作《或问》原注及《与刘用之书》、四序者,应为至正六年丙戌(1346)以前之一宋元人也。

《四库全书总目》卷三十七《经部》四书类存目录《四书问目》一书,提要考云:"旧本题曰'考亭朱元晦先生讲授,门人云庄刘爚、睦堂刘炳述记。'前有永乐壬寅其九世孙刘文序,称:'《四书问目》世所传者,《四书大全》、朱子《文集》内载数条而已。近于亲表教授程蕃家求得《论语》二十篇。及任江西丰城尉,适吴侍御家得《大学》《中庸》数十条,而《孟子》则同修国史崇邑邱公永锡家藏焉。于是散者复合,而阙者几全。'又有弘治十一年郑京序,称:'宣德间书林有与同姓者,欲附其族,为刘氏子孙所辱。遂于凡载籍间二人姓名悉剔去之,或易以他名,欲灭其迹。'又称:'刘文所辑湮晦失传,其裔孙复于鹰山游氏得其全帙云云。'案朱彝尊《经义考》,刘爚有《四书集成》,刘炳有《四书问目》,并注已佚。则《问目》独出于炳,不应兼题爚名。又《丰城县志》载明一代典史六十三人,亦无所谓建阳刘文。且建阳一书贾,其力几何,安能尽毁爚、炳之书,又安能尽铲爚、炳之名以易他氏?其说皆牴牾支离。书中问答,亦皆粗浅,不类朱子之语,殆皆其后人所依托欤?"按:刘文所说朱子《文集》内载《四书问目》数条,指《续集》卷九《答刘韬仲问目》,《续集》之编在淳祐五年,据王遂自序云:"岁在癸卯(淳祐三年),遂假守建安,从门人弟子之存者而求其议论之极,则王潜斋已刻之方册。间从侍郎(朱熹子朱在)之子请,亦无所获。惟蔡西山之孙觉轩早从之游,抄录成秩;刘文昌家亦因而抄掇。悉以付友人刘叔忠,刊落其烦,而考订其实。"知王遂来守建安,特往蔡元定父子家及刘爚、刘炳家访求朱熹遗文;而今《续集》一编亦正主要收辑朱熹答蔡氏父子与答刘氏兄弟之书,若刘氏兄弟有《四书问目》,何以王遂只得《答刘韬仲问目》若干条,而未得《四书问目》全本?此尤足证当时实仅有《答刘韬仲问目》而断无《四书问目》。且景定三年余师鲁来守建安,再收辑遗文编刻《别集》,据建安书院山长黄镛咸淳元年序云:"建通守余君师鲁,好古博雅,一翁二季,自为师友,搜访先生遗文,又得十卷,以为别集……镛于君之长子谦一为同舍郎,亦尝预闻搜辑之意。"刘氏兄弟乃崇安人,若有《四书问目》,此时亦必可访得入集;而《别集》搜辑之多过于《续集》,亦无《四书问目》,更可证《四书问目》为后人伪作无疑。刘文欲假《续集》中有《答刘韬仲问目》以证《四书问目》之可信,殊不知适足暴露其作伪之迹。

《永乐大典》中有《家山图书》一书,题为朱熹所作。《四库全书总目》卷九十二《子部》儒家类二录此书,有考云:"今考书中引用诸说,有《文公家礼》,且有朱子之称,则非朱子手定明矣。钱曾《读书敏求记》曰:'《家山图书》,晦庵私淑弟子之文,盖逸书也。李晦显翁得之于刘世常平父,刘得之于鲁斋许文正公。其书以

《易》、《中庸》、古大学、古小学参列于图，而于修身之旨归纲领，条分极详。此本惜不多觏，宜刊布之，以广其传云云。'会家所藏旧本，久已不传，世无刊本，书遂散失。惟《永乐大典》尚备载其原文，然首列小学本旨图，中多曲礼、内则、少仪之事，与曾所谓'以《易》、《中庸》、古大学、古小学参列于图'者，体例稍异。意是书诸儒相传，互有增损，行世者非一本欤？"《提要》与《敏求记》考定《家山图书》非朱熹作为是，然于著者亦无说。今按：《善本书室藏书志》卷十五著录翁萝轩藏元刊本《文公先生小学明说便览》六卷，题云"后学余姚夏相纂辑，松坞门人京兆刘剡音校。"丁氏云："前有文公《小学书题》及《题辞》十节，更列弟子受业之图，至衿鞶箧笥楎椸图，凡五十有四，与四库本《家山图书》相合，惟缺首叶右小学本旨一图……钱曾所藏旧本无从踪迹，惟《永乐大典》尚载原文。兹独附小学之首，与阁钞《家山图书》对看，赖以补正甚多。夏相，《余姚志》无其名，《经籍志》亦无其目。"据此，《家山图书》与《文公先生小学明说便览》实为一书，而其著者为夏相。翁氏藏元刊本《文公先生小学明说便览》，其列五十四图，与今《永乐大典》本《家山图书》同；然其首无小学本旨图，列朱熹《小学书题》及《题辞》，内容多有可补正今《永乐大典》本《家山图书》，则似又接近钱曾旧藏本《家山图书》；且书名又不名《家山图书》，则必是最初之本无疑。盖后人因书名中有"文公先生"云云，前又列朱熹《小学题辞》，书中又多引朱熹之说，遂妄改书名为《家山图书》而归之朱熹，初非夏相作伪也。家山者，乃崇安刘韫堂名，以门外有峰得名。《建宁府志》卷二十"刘韫宅"："在县南九曲巷，韐弟也，仕宋历倅三州、典二郡，归隐于此。所居宅有家山堂、拙政堂……朱熹为作十五咏以纪其胜。"朱熹集中与刘韫唱酬尤多，卷三即有次刘韫家山堂等十五咏,另如《次亭字韵诗呈秀野丈兼简王宰》中亦有"晚来却向南堂坐,珍重家山数点青"之句。朱熹妹即嫁刘韫子刘子翔彦集。后家山堂归赠朱熹,卷八有《次彦集经营别墅之作》云:"向北成南指顾间,要令华敞对巉屼。家山信有千岩拥,云月何妨两处观。杰阁已资邻筑胜,新基还见缭墙宽。老仙鹤骨殊萧爽,归兴从今岂易阑。"杰阁句下有自注云:"熹近蒙知府掇赐旧第楼居。"夏相之书改名为《家山图书》或即由此而来。

《同安县志》卷三十一引有朱熹致许权诗云:"许权,字正衡,号巽齐。以明经登治平元年甲辰科进士,官至承信大夫。盛德高标,文名籍甚。平生所为名蓝古刹碑文最多,人争传诵。朱子簿同安,曾勖以诗云:'文圃山高君莫羡,圣门巖崿与天齐。'著文集被兵燹湮灭,仅存者《苏魏公赞》《西安桥记略》耳。卒于宋大观二年。"按:朱熹簿同安在绍兴二十三至二十七年间(1153—1156),而许权卒于大观二年(1108),朱熹如何以诗勖之?《同安县志》盖本之于《许顺之族谱》等书,许顺之为朱熹弟子,则此所谓朱熹作诗勖许权云云,必为许氏族人因许顺之附会伪造无疑。

民国廿九年纂修《郑氏大宗统谱》前载有朱熹作《重修荥阳郑氏世谱原序》:

> 予尝仰观乾象,北辰为中天之枢,而三垣九曜旋绕归向,譬犹君之尊而无所不拱焉;俯察地理,昆维为华岳之镇,而五岳八表逶迤顾盼,譬犹祖之亲而无所不本焉。此君亲一理,忠孝一道,悖之者谓之逆,遗之者谓之弃,慢之者谓之衰。无将之戒,莫大于不忠;五刑之属,莫大于不孝。为人

臣所当鞠躬尽瘁,为人后所当慎终追远,而不可一毫或忽。郑氏谱牒上溯得姓之始,下逮继世之宗,非大忠大孝者而能之乎?噫,世之去祖未远,问其所自,而不知者,愧于郑氏矣。龙图阁待制学士兼宣谟阁说书正籍翰林典入宣史馆新安朱熹拜书。

又卷一载朱熹为郑虔所作《唐著作郎弱齐公像赞》:

望隆五老,名著丹青。仿右军之书法,萃李杜之精英。贤哉明哲,足羡多闻。宋翰林院编修朱熹拜撰。

按:此二文显系伪作,朱熹生平无任"龙图阁待制学士"、"宣谟阁说书"等事,故只就此已见伪造之拙劣。《郑氏大宗统谱》可谓集伪造之大成,其中所载"名贤"之文几无一可信。

《广信府志》卷十一之二《艺文》载朱熹作《上陈鲁公书》:

伏惟明公以大忠壮节,早负天下之望,自知政事,赞襄密勿,凡所念执,皆系安危。至其甚者,辄以身之去就争之,虽无即从,天子之信公也盖笃,天下之望公也益深,懔懔然惟惧其一旦必去而不可留也。

按:朱熹《文集》卷二十四有戊子冬《贺陈丞相书》,乃贺福公陈俊卿而非鲁公陈康伯,其开首与此同,知此《上陈鲁公书》实为陈康伯裔孙截取此贺书伪造而成。

《闽书》、《南安县志》、《泉州府志》等均载有朱熹作《题石佛岩》一首:"卧草浮云不记秋,忽然成殿坐岩幽。纷纷香火来求佛,不悟前生是石头。"此诗甚为流传,多被今人引作朱熹在同安初悟释氏之非之证,实误。按此诗乃王十朋所作,见《梅溪王先生文集·后集》卷十八,题作《石佛》。

《九江府志》卷四十九载有朱熹作《同王太守暨诸公濂溪祠诗》一首:"发明正学古无闻,千载寥寥独见君。喜有人能弘此道,定知天未丧斯文。永阳遗俗堪垂则,溢浦流风又策勋。我率诸公拜祠下,要令今古播清芬。"毛德琦《庐山志》卷十一、吴宗慈《庐山志》卷十等均载此诗,甚为流行。今按:此诗实王溉作。《周子全书》卷十九《交游赠述》有王溉作《谒濂溪先生祠堂》二首,序云:"有宋淳熙岁承火羊,月临水鼠,阳生后之三日,群太守王溉同贰车赵希勉、周梓,款谒濂溪先生祠堂,陪礼者幕官吕蚁、唐绍彭、朱光祖,邑令黄灏、广文应振、郡庠诸生六十有二人。行礼讫事,王溉赋诗二章,以纪其事云。"其第二首即此诗也。王溉为九江守,毛氏《庐山志》卷九载周颐《圣寿无疆颂》刻石,末署"淳熙八年秋八月刻石于五老峰前,奉议郎权知江州军州兼管内劝农事借紫王溉"。

隆庆《临江府志》卷三载朱熹诗《烟云台》一首:"吴门不作南昌尉,上疏归来朝市空。笑拂岩花问尘世,故人子是国师公。"按:此诗乃黄庭坚作,见《山谷外集》卷十三,题作《隐梅福处》。

《南岳唱酬集》多载有朱熹唱酬诗四首:

自西园登山宿方广寺

俗尘元迥隔,景物倍增明。山色回围碧,泉声永夜清。
月华侵户冷,秋气与云生。晓起寻归路,题诗寄此情。

过高台获信老诗集

巍巍僧舍隐云端,坐看君诗兴不阑。
读罢朗然开口笑,旧房松树耐霜寒。

题福岩寺

天竺西方寺,相从此日来。山僧留客坐,野老把松栽。
地拱千寻险,天遮四面开。殷勤方外望,尘事不胜哀。

夜得岳后庵僧家园新茶甚不多辄分数碗奉伯承

新英簌簌灿旗枪,僧舍今朝得品尝。
入座半瓯浮绿泛,鸦山乌啄不如香。

又有朱熹与张栻、林择之三人联句三首:

路出山背仰见上封寺遂登绝顶联句

我寻西园路,径上上封寺。竹舆不留行,及此秋容霁。
磴危霜叶滑,林空山果坠。崇兰共清芬,深壑递幽吷。
不知山益高,但觉冷侵袂。路回屹阴崖,突兀笋苍翠。
故应祝融尊,群峰拱而峙。金碧虽在眼,勇往讵容憩。
绝顶极遐观,脚力聊一试。昔游冰雪中,未尽登临意。
兹来天宇肃,举目净纤翳。远迩无遁形,高低同一视。
永惟元化功,清浊分万类。运行有机缄,浩荡见根柢。
此理复何穷,临风但三喟。

晨钟动雷池望日联句

浮气列下陈,天净澄秋容。朝暾何处开,仿佛呈微红。
须臾眩众采,阊阖开九重。金镇忽涌出,晃荡浮双瞳。
乾坤豁呈露,群物光芒中。谁知雷池景,乃与日观同。
徒倾葵藿心,再拜御晓风。

中夜祝融观日联句

披衣凛中夜,起步祝融巅。何许冰雪轮,皎皎飞上天。
清光正在手,空明浩无边。群峰俨环列,玉树生琼田。
白云起我傍,两腋风翩翩。举酒发浩歌,万籁为寂然。
寄声平生友,诵我山中篇。

按:以上七首非朱熹诗,其中多为张栻之作,详考见前《朱熹南岳唱酬诗考》。

光绪《桃源县志》卷十载朱熹诗《桃溪》一首:"涧里春泉响,种桃泉上头。烂红纷委地,未肯出山流。"志称其"(乾道六年)奉敕谕苗过鼎州,至桃源洞,有《桃溪》诗。"又卷十二云:"自长沙至辰州,别有山道,不甚崎岖,并不经州过治,可省一日程。昔朱子抚苗往黄塘岭,在郡南七十里,今讹黄土店,后以官吏难于迎候,改置今驿路,而商旅多取道于此。"今研究朱熹在岳麓活动者多引此诗。按:乾道六年朱熹丁母忧在家,断无往鼎州谕苗之事。或以指绍熙五年朱熹在潭州任上谕苗事,亦非。观诗应作在春间,然朱熹绍熙五年五月五日方至长沙,八月六日已赴行在。所谓谕苗,乃指朱熹镇压苗民起义、招降蒲来矢事(详见前《与汪会之书》所考),湖北湖南两路合击，蒲来矢瑶民义军由辰州进入邵阳，朱熹乃在邵州招降蒲来矢，并未深入辰州、鼎州等地，其《同监司荐潘焘韩邈蔡咸方铨状》等述之甚明。《宝庆府志》卷二亦云"辰蛮侵扰邵阳"，《宋会要辑稿》第一七八册《兵》十三述此"立功"之人亦多为邵州官员："绍熙五年，瑶贼蒲来矢等作过，邵阳、新化两县巡检庞福、邵阳县东尉李国良、西尉乔滋、邵州都监薛章、邵州黄安洞首领白身廖才兴，各系追赶斗敌立功之人，统辖官田昇系招抚立功之人。"邵州属湖南路，辰州、鼎州（常德）属湖北路，朱熹为湖南安抚，辰州鼎州谕苗乃湖北帅之职，非朱熹所得过问也。

淳安县郭城公社瀛山书院得源亭今保存有朱熹方塘诗石碑，为乾隆丁卯（1742）仲春南州后学闵鉴所书："半亩方塘一鉴开，天光云影共徘徊。问渠那得清如许？惟有源头活水来。丁□访占虚舟先生游此睹……有感而作。"据朱熹诗后题，此诗为往淳安访占虚舟有感而作，明王畿《瀛山书院记》："瀛山距邑西北四十里，宋熙宁时，有占安者构书院于其岗，群族戚子弟而教之，山下凿池引泉注之为方塘，以便游息。厥后其孙仪之始慨然有志于学。举绍兴二十一年进士，累官吏部侍郎。淳熙中与朱晦翁相友善，常往来山中，论格致之学，因为题《方塘诗》以见志。"又《占氏宗谱》云："瀛山书院，安公致仕，建书院于其上，以训子弟，下凿方塘。后朱子访占仪之公于院中，观书有感，作《方塘诗》。"今有人遂以此石碑诗并题为真迹，专著考文以为方塘即指淳安瀛山马凹里之方塘，定得源亭为朱熹所建，并附摄影以证其真（《浙江学刊》一九八三年第二期《朱熹的方塘诗考》）。今按：《朱文公文集》卷二及卷三十九《答许顺之》书十均有此诗而无此题，"惟有源头活水来"均作

"为有源头活水来",诗名《观书有感》,非访占虚舟仪之有感而作,宗谱、书院记均不可信。遍考朱熹生平仕历游踪,断无往淳安游访之可能,石碑诗题之伪不待一辨。今就朱熹文集中考之,卷二之诗大致按年编排,此方塘诗同绍兴三十年所作《题西林院壁二首》等并列,则为绍兴三十年居崇安潭溪观书有感而作,今有人用此说。然据卷三十九《答许顺之》书十云:"此间穷陋,夏秋间伯崇来相聚,得数十日讲论……幸秋来老人粗健,心闲无事,得一意体验……更有一绝云:'……'试举似石丈(??)如何?湖南之行,劝止者多,然其说不一,独吾友之言为当,然亦有未尽处。后来刘帅遣到人时已热,遂辍行。"范伯崇来相聚在乾道二年(1160),见卷四十《答何叔京》书二(参见书一、书三、书四,均作在乾道二年)与卷三十二《答张敬夫》书四。"老人粗健"云者,指朱熹母祝氏,卒于乾道五年。所谓"湖南之行"与"刘帅"云者,乃指朱熹乾道二年尝想趁刘珙帅潭之时往湖南访南轩张栻而未能成行(次年乃往),据朱熹《刘珙墓记》(《文集》卷九十四),刘珙乾道元年三月帅潭,至三年正月召赴行在,此答许书云"刘帅遣到人时已热",知刘珙时方在湖南未去,则必作于乾道二年秋也。故决可知此方塘,必为崇安方塘无疑,盖后世各地据朱熹此诗附会方塘并构天光云影亭甚多,以予只就方志所见,不下五六处,淳安瀛山不过附会之一也。乾道二年前后朱熹方与何镐、石??、许顺之多人研讨"敬"说,许作《敬斋记》并有"敬字不活"之说,故朱熹作此诗,借源头活水以喻"敬"之非"不活"(见答许书十一、十二),本自显然可见,断非作在淳熙年间。淳熙间朱熹行踪历历可考,无从往淳安访虚舟也。

今长沙朱熹手书《二诗奉酬敬夫赠言并以为别》诗碑(拓本存

湖南省博物馆），后且有题曰："乾道三年九月八日诗奉酬敬夫赠言，再以为酬。新安朱熹书。"吴大澂识云："此卷墨迹，余得自粤中，曾属乐生炳元以端石摹刻之。兹来湘水，重钩勒石，置之岳麓书院。"按此诗见《朱文公文集》卷五，无此后题。朱熹九月八日抵潭州，与敬夫别乃在十一月二十三日，此题显伪。或以为此诗乃真迹，后题则为刻碑者所妄添，亦非，细审此诗与此后题字画笔迹全同，显系出一人之手，盖皆仿朱熹笔迹伪书也。